# 눈(目)
## 제주 4·3 사건의 실체적 진실

눈(目)
제주 4 · 3 사건의 실체적 진실

지 은 이 · 한철용
펴 낸 이 · 성상건

펴 낸 날 · 2025년 2월 24일
펴 낸 곳 · 도서출판 나눔사
주     소 · (우) 10270 경기도 고양시 덕양구 푸른마을로 15
            301동 1505호
전     화 · 02)359-3429    팩스 02)355-3429
등록번호 · 2-489호(1988년 2월 16일)
이 메 일 · nanumsa@hanmail.net

ⓒ 한철용, 2025

ISBN  978-89-7027-848-3   03810

값 15,000원

# 눈(目)

## 제주 4 · 3 사건의 실체적 진실

한철용 장편 소설

한 철 용 저(著)

나눔사

## 글을 시작하면서(서언)

　책의 제목을 눈(目)으로 정한 것은 모든 사물을, 특히 제주 4 · 3사건을
두 눈(目)으로 똑바로 보자는 뜻으로 정한 것이다.

　제주 4 · 3 사건은 섣부른 이념에서 빚어진 제주 역사상 최대의 비극이
다. 다시는 이러한 비극이 평화스러운 탐라의 땅에 일어나서는 안 된다.
제주는 역사적으로 1273년 삼별초의 난과 1374년 목호의 난 등으로 이미
제주인들이 관군에 의해서 많이 희생된 불운의 섬이다.

　이러한 비극적인 참사를 똑바른 두 눈(目)으로 보지 않고 외눈박이로
4 · 3 사건을 바라보는 경향이 있어서 이렇게 소설 제목을 눈(目)으로 설
정하였다. 그래서 저자는 객관적으로 4 · 3 사건을 바른 눈(目)으로 조명
하였다고 자부한다.

　저자는 어려서, 정확하게는 초등학교 1~2학년 때 불현듯 4 · 3 사건에
대하여 소설을 써서 무도한 경찰을 고발하고 싶다고 생각한 적이 있다.
부모와 주위에서 들은 이야기는 서북청년단 출신 경찰이 마을의 예쁜

아가씨와 강제 결혼하려고 치근거리고 초가지붕에 있는 닭도 총으로 쏘아 잡아갔다는 둥 부정적인 말을 많이 들은 면도 있고, 또 저자는 어려서부터 소위 배알이 좀 있어서 불의를 못 보아 넘기는 성정을 갖고 있었던 것 같다.

그런데 그런 부정적인 생각은 저자가 육군사관학교에 들어가고 장교로 임관되어 군 생활을 하면서 희석되어 버렸다. 특히 1971년 월남전에 소대장으로 참전하면서 월남 게릴라전이 23년 전의 제주 4 · 3 사건과 중첩되는 면이 있다는 생각이 들어서 더욱 그랬다.

2002년 제2연평해전과 관련하여 국회 국방부 국정감사장에서 "제2연평해전은 국방부가 북한군의 도발 정보를 고의로 무시하여 해군에 하달하지 않은 결과로 발생하였다."라고 증언하자 당시 김대중 정부는 저자를 강제 전역시킨다. 저자는 그 후 제2연평해전의 실체적 진실을 기록한 '진실은 하나'라는 책을 발간하였다. 그 책을 참고로 하여 관객 600만을 동원한 영화 '연평해전'이 만들어졌다.

2010년에 책을 발간하고 나서 강제 전역이라는 마음의 상처를 치유하고자 저자는 고향 제주도 김녕리로 낙향하여 버려진 돌 동산을 일구어 마을 공원을 가꾸고 있었다. 그때 자연 동굴 속에 강아지 새끼를 낳은 유기견을 만나면서 2019년에 '유기견 진순이와 장군 주인'이란 소설을 썼다. 그리고 그해 문예사조에서 소설가로 등단했다.

그리고 다시 제주도에 실제로 있었던 제주 비바리 홍윤애와 유배 선비 조정철 간의 슬프고 아름다운 사랑 이야기를 그린 '사랑의 영웅들'을 2020년에 출간하였다.

저자는 더 이상 소설을 쓸 기력도 없고 소재도 없어서 거의 절필하려는 순간에, 김녕리 마을의 역사와 문화 등을 기록한 김녕리지(金寧里誌)가 처음으로 출간되어 대충 뒤적이는데 '제9장 김녕리와 4 · 3 사건'이라는 소제목에 눈이 꽂혔다.

단숨에 읽어 보니 내가 모르는 사건들이 꽤 기록되어 있었다. 약 40쪽 분량이었다. 저자가 거의 절필하려는 순간에 문득 어렸을 때 4 · 3 사건 관련 고발 소설을 쓰고 싶었었다는 생각이 머리에 떠올랐다.

김녕리지(金寧里誌)와 함께 동시에 김영중 전 제주경우회 회장(경찰서장 출신)이 집필하여 최근에 보완하여 발간한 '제주 4 · 3 사건 문과 답'이라는 책자를 읽는 순간 '아! 이것도 나에게 4 · 3 사건 관련 소설을 쓰라는 하나의 계시일지도 모르겠다.'라는 생각이 머리를 스쳐 지나갔다. 그래서 컴퓨터 앞에 앉아 자판을 두드리기 시작한 것이 이렇게 소설로 나오게 되었다.

제주 4 · 3 사건은 1947년 3월 1일 3 · 1절 기념행사로 거슬러 올라간다. 좌파의 시위 행사 후에 관덕정 앞으로 시위대가 몰리자 기마경찰이 질서 유지를 위해 출동했는데, 한 어린이가 기마경찰이 타고 있던 말의 뒷발에 치이는 사건이 발생한다. 여기에 군중이 항의하며 경찰서로 몰려

드는 과정에서 경찰이 발포하여 6명이 죽고 8명이 부상하는 3 · 1절 경찰 총격 사건이 발생하는데, 이 3 · 1절 총격 사망 사건으로 분노가 폭발하여 그 분노가 3 · 10 총파업 투쟁으로 분출된다. 3 · 1절 시위와 3 · 1절 총격 사건 그리고 3 · 10 총파업 등이 4 · 3 사건의 전조가 된다.

드디어 1948년 4월 3일 새벽 2시를 기하여 공산 남로당 제주도당의 인민 유격대 사령관 김달삼의 총지휘하에 무장대 460여 명이 '단선(單選) · 단정(單政) 반대'를 기치로 내걸고 오름(산)에 봉화를 올리며, 제주도 전역의 경찰지서 24개소 중에서 12개소를 공격하여 경찰관 10명과 우익인사 17명을 살해한다. 무장대의 인명피해는 고작 4명뿐이었다. 이게 4 · 3 사건의 시작이다.

남로당 무장대가 주장하는 단선(單選) · 단정(單政)의 반대는 5 · 10 제헌 국회 총선거를 반대하고 대한민국 단독 정부 수립을 반대한다는 것이었 다. 이러자 미군정은 이를 무장 반란으로 보고 진압 작전에 돌입한다. 이것이 4 · 3 사건의 요체이고 본격적인 토벌 작전의 시작이다. 6 · 25 전 쟁이 일어나기 전에 이미 제주에서는 이렇게 공산당과의 전쟁이 시작되 고 있었다.

4 · 3 사건은 사전에 막을 수 있었다. 경찰이 그동안 불순분자 안세훈 과 이덕구 등 221명의 핵심 세력을 검거하여 수감하고 있었는데 5 · 10 선거를 위해 석방해야 한다는 UN 한국 임시위원단의 권고를 미군정이

받아들여 1948년 3월 말에 221명을 전격적으로 석방한다. 이것은 미군 정의 큰 실책 중의 하나이다.

미군정은 이 4 · 3 무장 반란을 진압하기 위하여 강경 진압으로 선회한 다. 그동안 경찰에게만 치안 유지 임무를 부여했던 미군정이 무장 반란 이 일어나자 군까지 투입하여 군경이 함께 한라산의 공산 남로당 무장대 를 토벌하기 시작한다.

9연대장 김익렬과 김달삼 간의 평화회담 등 다소 무장대에 유화적인 김익렬 연대장을 강성인 박진경 대령으로 경질한다. 박진경 대령은 선 무 작전(공작)과 동시에 적극적인 진압 작전을 펼친다. 그러나 박진경 대령은 그의 강경 진압에 불만을 품은 부하 남로당 계열의 문상길 중위 가 사주한 손선호 하사에 의해 잠자는 중에 암살된다.

연대장 박진경 대령이 암살되었을 뿐만 아니라 9연대 병력의 41명이 집단탈영하여 입산하였고, 연이어 공산 남로당 프락치 고승옥 상사가 부하 7명을 동반하여 입산하는 사건이 발생하는 등 심각한 상황 때문에 적극적이고 공세적으로 토벌 작전을 전개하게 되었다.

1948년 10월 17일 군과 경찰은 주민과 남로당 무장대를 분리하는 작 전에 돌입하는데, 이것이 바로 소개령에 따른 초토화 작전이다. 해안으 로부터 5km 밖의 소위 중산간마을의 주민을 해안으로 소개하고 마을 은 불을 질러 전부 태워버리는 작전이었다. 11월 17일 계엄령 선포와 맞 물려 초토화 작전을 강력하게 전개하면서 4 · 3 사건의 억울한 희생자가 엄청나게 발생하였다.

군경이 좀 더 신중하고 차분하게 작전을 펼쳐야 하는데 속전속결 그리고 군경의 편의 위주로 전개했던 것이 큰 잘못 중의 하나였다. 군경은 중산간 지역에서 농사 또는 소와 말 목축 등으로 당장 소개하지 못한 주민을 불순자로 간주하여 즉석에서 처형하여 버렸다. 또한 가족 중에 산으로 올라간 사람이 있어서 불안하여 또는 단지 군경이 두려워서 자연 동굴 속에 잠시 피신해 있던 사람을 공산 남로당 무장대와 연결된 불순분자로 간주하여 처형하였다.

그들은 무기를 소지하지 않고 있었기 때문에 처형하기 전에 체포하여 격리하고 집단 수용한 다음에 법적인 절차를 밟아서 처리했어야 했는데 군경의 편의대로 현장에서 즉결 처분하였다.

또한 군경의 지시대로 해안 마을로 소개된 주민 중에 식구가 산으로 올라간 사람이 한 사람이라도 있는 경우이거나 또는 그들에게 양식 등을 제공한 사람들을 색출하여 처형해버렸다. 아쉬운 점은 이러한 무고한 주민들을 분리하여 집단 수용소에 수용하여 교화하는 노력을 기울이지 않고 공포의 수단으로 그들을 처형했다는 것이다.

또 하나는 군대에서, 특히 초급 장교들에게 생명 존중과 인권 중시 등 휴머니즘(인류애) 교육을 확실하게 하지 않은 결과로 무고한 양민을 집단으로 총살하는 것을 막지 못했다는 것이다. 그 좋은 예가 조천면 북촌리 너븐숭이 양민 학살 사건과 이웃 마을 동복리 굴왓 양민 학살 사건 등이다.

학살 이유는 군인들이 무장대의 매복에 걸려 희생된 데 대한 보복이었지만 이는 군이 백번이라도 사과해야 할 사안이다. 이는 4·3 사건 토벌 작전 중에 가장 부끄러운 일이고, 야만 국가에서나 일어날 수 있는 일이다.

한편 군경의 눈에 제주 젊은이들과 중학생들이 '제주도 빨갱이'로 보이자 그들은 빨갱이가 아니라는 것을 증명하기 위하여 6·25 전쟁이 발발했을 때 해병 3, 4기생으로 무려 3,000명이 자원입대하였다. 그들은 인천 상륙 작전, 수도 서울 탈환, 도솔산 전투 등에서 혁혁한 공을 세워 제주의 빨갱이라는 불명예를 씻기도 했다.

육군으로 입대한 제주 청년과 학생은 주로 11사단으로 대거 충원되었는데 공교롭게도 11사단이 1951년 거창 양민 학살 사건에 연루되는데 여기에 제주 출신 군인들이 있었다는 것은 역사의 아이러니이다.

또한 제주 4·3 사건은 국내적으로도 큰 반향을 일으킨다. 바로 여수 14연대 반란 사건이다. 이는 국군의 전신인 조선 국방경비대의 명운이 걸려 있는 사건이었다. 여수에 주둔하고 있는 제14연대가 제주 4·3 사건 토벌 출동 명령을 거부하며 지창수 상사 등 하사관(부사관)들이 주동이 되어 일으킨 반란 사건이다. 8일 만에 진압되었지만, 그동안 무려 2,269명의 희생자가 발생한 사건이었다.

저자가 국가 안보의 일선에서 근무했던 장성 출신으로서 이 소설을 쓴 이유와 목적은 4·3 사건의 진실을 밝히고 4·3 사건으로 무고한 양민이 속절없이 희생되었는바, 이러한 비극이 다시는 여기 평화의 섬 우리 제주에서 일어나서는 안 된다는 것을 강조하기 위함이다.

　우리가 4·3 평화공원을 조성하고 해마다 희생자 추모행사를 거행하는 것은 억울하게 희생된 4·3 희생자를 추모하는 것이지 4·3 사건의 주모자인 남로당 무장대를 추모하는 것이 아니다. 더구나 4·3 사건 그 자체를 추모하는 것은 더욱더 아니다.

　그리고 4·3 사건의 성격과 관련하여 논란이 많은데, 좌파 정부의 우상인 김대중 대통령까지도 1998년 11월 23일 미국 CNN 방송과의 인터뷰에서 4·3 사건과 관련하여, "원래 시작은 공산주의자들이 폭동을 일으킨 것이지만 많은 무고한 사람들이 공산주의자로 몰려서 억울하게 죽임을 당했습니다 ·····"라고 4·3의 성격을 명확하게 언급했다.

　지금까지 우리 제주인들은 화해와 상생을 위하여 4·3 사건을 재조명하여 왔다. 쌍방 간의 화해는 서로가 잘잘못을 인정하고 사과하고 재발 방지를 약속할 때 성사되는 것이다. 한쪽만 옳고 상대편은 그르다고만 주장하면 화해는 이루어지지 않는다.


　끝으로 이 책을 발간할 수 있도록 자료를 지원해주신 정수현 회장(전 제주 수필문학회 회장), 김영중 전 제주도 경우회 회장(경찰서장 역임), 이승학 사무총장(4·3 진실규명 도민연대), 그리고 이 책을 발간해주신 도서출판 나눔사 성상건 대표에게 감사드린다.

또한 격려와 지원을 아끼지 않은 저자의 반려자 추순삼 권사와 외동 딸 은비에게도 고마움의 뜻을 전한다.

마지막으로 이 책을 4·3 사건으로 억울하게 희생당한 무고한 희생자 들과 군경 전사자에게 바친다. 그리고 '제주도 빨갱이'라는 오명을 씻 기 위해 6·25 전쟁에 출정하여 공산군을 무찔렀던 해병 3, 4기 3,000 여 명과 육군 제11사단 등 육군에 입대한 1만 5천여 명에게도 이 책을 바친다.

2024년 12월 28일
제주도 제주시 구좌읍 김녕리 부모슬 공원 자택에서

# 일러두기

    저자는 제주 4 · 3 사건의 실체적 진실에 관하여 딱딱한 역사 교과서를 통하여 공부하지 않고 재미있게 읽을 수 있는 소설로 쓰는 게 어떨까 하는 생각으로 이 소설을 쓰기 시작했다. 이 소설은 역사 소설이라고 볼 수 있다. 이 소설의 각 장의 제목이나 소제목은 사실이다.

    그러나 내용으로 들어가면 소설인지라 창작(픽션: fiction)된 부분도 없지 않다. 전체적으로 볼 때 80% 이상은 진실이고 20% 정도가 창작이라고 보아야 할 것이다. 창작 부분도 진실을 호도하지 않은 범위 내에서 한 것이지 진실을 왜곡하면서까지 하지는 않았다. 단지 소설이니까 좀 부드럽게 주물렀을 뿐이다. 그렇지만 이는 단지 소설일 뿐이다.

    그리고 여기에 사람의 이름이 꽤 등장하는데 중요한 공인된 인물은 실명으로 명시했지만, 그 외의 인물인 경우는 개인 정보 보호 차원에서 가명을 썼다. 가명을 썼지만 중요한 등장인물은 이름의 첫 글자(이니셜: initial)를 썼다.

    이 소설의 장소는 제주 전역이 아니고 저자의 고향 김녕리와 인근 부락으로 한정하였다. 4 · 3 사건의 피해가 비록 적은 마을이었지만 한 마을의 저변에서 어떠한 일들이 벌어졌는지 조명하기 위함이었다. 왜냐하면 김녕리와 주변에서 일어난 사건들이 다른 마을에서도 비슷하게 발생했기 때문이다. 저자의 나이 3살 때 4 · 3 사건이 일어나 너무 어려서 직접 경험은 하지 못했지만 간접 경험은 하였으며, 저자가 자라면서 보고 들은 내용을 좀 더 깊게 조명하기 위해서이다. 이웃 마을까지 확대된 것은 우리 김녕리나 저자와 연관이 있기 때문이다. 또 비약하여 여수 14연대 반란 사건과 거창 양민 학살 그리고 6·25 전쟁까지 언급한 것은 제주 4·3 사건이 제주 섬에만 국한된 사건이 아니었음을 알리고 싶었기 때문이다.

4·3 사건은 공산 남로당 무장대를 군경이 강경 토벌하는 과정에서 양민의 희생이 컸던 제주는 물론 대한민국의 최대 비극이다. 그런데 지금까지 4·3 사건 관련 소설은 어느 한쪽의 입장만을 대변하고 합리화하는 내용이 주를 이루었고, 범위는 제주도 전역 그리고 시각도 위에서 조감하는 방법이었지만 여기서는 아래에서 일어났던 일을, 저자의 고향 김녕리를 중심으로 현장 위주로 밑에서, 마치 물고기가 바닷가 물속에서 육지를 올려다보는 앙감(仰瞰) 방식을 택하였으며, 어느 한쪽에 치우치지 않고 군경과 남로당 무장대 그리고 희생자 처지에서 4·3 사건을 객관적으로 조명하려고 노력하였다.

그래서 이 소설에서 저자는 군경의 남로당 무장대 토벌 작전을 있는 그대로 묘사하다 보니 군경의 강경 일변도의 진압 작전만 묘사가 되어 군경을 폄훼하는 것으로 보일 수도 있지만 되도록 객관적으로 잘잘못을 그렸다. 또한 무장대에 대하여서도 사실대로 묘사하였으며, 때로는 남로당 무장대를 '산 폭도' 또는 '빨갱이'라고 당시 썼던 용어를 그대로 사용한 부분도 있다.

또한 4·3 사건을 민중 항쟁으로 미화시켜서는 안 된다는 점을 강조하였고, 희생자 유족들에게 중립적인 입장을 견지해야지 무장대를 일방적으로 미화해서는 안 되며 4 · 3 사건 주모자의 역성을 들어서도 안 된다고 언급하였다. 왜냐하면 무고한 희생자는 빨갱이가 아니었기 때문이다.

그래서 저자는 군경과 희생자 유족, 더 나아가 우익과 좌익으로부터 동시에 비난받을지도 모르겠지만 이는 소설이라는 것을 이해해 주었으면 하는 바람이다. 사실을 기반으로 하되 창작을 통하여 덜 지루하고 재미있게 읽을 수 있는 소설로 4 · 3 사건을 다루었다는 점을 강조하면서 창작된 소설이라는 것을 독자들께서 다시 한번 염두에 두고 읽어주었으면 한다.

다시 한번 강조하지만, 이 소설은 4 · 3 사건을 기반으로 한 창작된 소설에 불과하다.

참고로 이 소설은 역사 소설로서 꼭 차례대로 읽을 필요는 없다. 독자가 차례를 보고 읽고 싶은 주제를 읽으면 된다. 예를 들면 김달삼이 궁금하면 차례에서 '김달삼의 야심'이라는 장을 펴서 읽으면 되고, 4 · 3 희생자 현황을 알고 싶은 독자는 그 장을 열고 읽으면 되며, 이덕구가 궁금하면 '이덕구 인민 유격대 사령관 사살'을 찾아서 읽으면 된다. 그러다 흥미가 있으면 다 읽게 될 것이다.

# contents

# contents

눈(目)

제주 4·3 사건의 실체적 진실

# 복면한 무장대, 대동청년단 간부 집 침입

1948년 봄 어느 날 야삼경에 복면을 쓴 괴한들이 대동청년단 간부인 한재순의 집에 들이닥쳤다. 문을 열어젖힌 괴한 두목은 다짜고짜 물었다.

"재순이 삼춘(삼촌) 이수꽈(있습니까)?"

대동청년단은 반공 제일주의 우익 단체로서 김녕리에는 1947년 12월에 조직되어 좌익들의 준동을 견제하고 있었다. 단장은 김병문이었고 한재순은 김녕리 대동청년단의 주요 간부였다. 대동청년단의 핵심 간부는 공산 남로당 무장대의 살해 표적이었다.

당시 한재순의 집은 김녕리 남흘동에 자리 잡고 있었다. 김녕리는 총 8개 동으로 이루어져 있었다. 남흘동은 김녕리의 외딴 지역의 동(洞)으로 김녕 경찰지서가 자리 잡은 아랫동네와 신작로를 가로질러 한라산 쪽으로 300~400m 따로 떨어져 있었고, 게다가 한재순의 집은 남흘동 외곽 한라산 방향에 자리 잡고 있어서 산에서 소위 남로당 무장대(인민 유격대)가 접근하기 쉬운 곳이었다. 당시 집에는 부인 부두순과 자식들만 잠자고 있었다. 그의 집에는 갓 태어난 딸이 있었다. 그는 이어서 놀란 부인 부두순을 안심시키려는지 복면을 벗고 말했다.

"나양(저는) 우장걸 아덜(아들) 경원이우다(입니다)."

그 말을 들은 부인 부두순은 처음에는 가슴이 덜컥 내려앉았지만, 동네 어르신인 우장걸을 잘 아는 터라 다소 안심이 되어, "지금 삼춘(삼촌)은 아랫동네 친척 집에 제사가 있어 거기에 가서 엇쩌(없다)."라고 말했다.

그러자 그는 "지금 자정이 훨씬 넘은 시각이어서 돌아와 있을 시간 아니우꽈(아닙니까)?"라며 의심의 눈길을 주었다.

그러자 부인은 "아랫동네 제사 집에 가면 제사 후에 종종 친구들과 노름을 하는데 아마 지금쯤 노름판에 있을꺼여(거요)."라고 사실대로 대답했다. 사실이 또 그랬다. 남편은 그날 밤 제사가 끝난 후, 살아남을 운명인지, 집에 돌아오지 않고 밤새 친구들과 노름했었다.

한라산으로 올라가 남로당 무장대가 된 우경원은 용두동에 있는 한재순의 본가 근처에 살았던 청년으로서 대동청년단 간부 한재순과는 잘 아는 사이였다. 그는 제주읍 소재 제주농업중학교에 다녔었는데 똑똑하다는 평을 들었었고 동네에서 촉망받았었다. 그런데 좌익 사상에 빠져 산으로 올라갔다는 소문이 마을에 파다한 터였다.

그는 "삼춘(삼촌) 보고 경원이가 왔땅 갔땐 고라 줍써(왔다 갔다고 말해 주십시오)."라고 하고는 일당과 함께 사라졌다. 그들이 시야에서 사라지자 부인은 놀란 가슴을 쓸어내리며 그날 조상의 제사 덕분에 남편이 죽을 고비를 넘겼다며 조상의 제사를 잘 모시면 복이 온다고 전해 내려오는 속설을 실감할 수 있었다. 그래서 부인은 부엌에서 정화수를 떠 놓고 감사의 기도를 올렸다.

밖으로 사라진 그 복면 무장대 일당들은 이웃집 문 씨 집에 침입하여 협박하고 소 1마리와 양식을 탈취해서 산으로 올라갔다.

무장대의 습격에 놀란 부인 부두순은 생명에 위협을 느낀 나머지 이튿날 남편 한재순과 상의 하여 자식들을 데리고 아랫동네로 이사를 했다. 이때 부인 부두순은 등에 갓 태어난 딸아이 옥란이를 업고 넷째 아들 정철의 손을 잡고 아랫동네로 이사를 했다. 아들 한정철은 왜 이사를 하는지도 모르고 어머니의 손을 잡고 아랫동네로 내려갔다.

이때 아들 정철은 파릇파릇한 보리밭 곁을 지나 어머니의 손을 잡고 이사했던 기억이 난다고 했다. 이때 정철의 나이는 3살(1946년생)이었다. 그는 당시 어머니의 손을 잡고 보리밭 곁을 지나 이사 가던 일이 아직도 생생하다고 했다.

한정철의 중학교 시절에 국어책에 서양 작가가 쓴 '어머니의 얼굴'과 관련된 수필에서 작가가 죽은 어머니가 흰 천에 얼굴이 덮여 있는 것을 본 것이 3살이라고 했을 때 한정철은 자신은 가장 어렸을 때가 언제인가 추적한 끝에 얻어 낸 답이 3살 때 어머니의 손을 잡고 파릇파릇한 보리밭을 지나 아랫동네로 이사 가던 일이었다. 아랫동네와 남흘동 사이에 신작로가 가로놓여 있었고 그사이에 보리밭들이 있었다. 얼마 후에 아랫동네 용두동 해안가 근처에 살던 정철의 집안은 경찰지서와 가까운 곳인 대충동 '솟을대문 안 골목'으로 다시 이사했다.

이사를 하게 된 계기는 작은할아버지가 술에 취한 상태에서 짱돌을 들고 마루에 올라와 마루를 찍어 부수며 집을 비우라고 고함을 질러 대었기 때문이다. 증조할아버지가 그 집을 뒤늦게 유산으로 작은할아버지에게 주었는데 우리가 살고 있으니 빨리 집을 비우라는 성화였다.

또 다른 정철의 어린 시절의 기억 중 하나가 동생 인용이가 태어날 때의 일이다. 그의 어머니가 쾌의 고리에 광목 끈을 매고 끌어당기면서 비명을 지르고 고통을 호소하며 막냇동생을 분만하는 것을 봤다. 동네 산파 할머니가 분만하는 것을 도와주었다. 정철의 나이 5살 때였다.

얼마 후에 김녕리 소재 높이 115m 묘산봉(일명 고살미)에 공산 남로당 무장대의 봉횃불이 계속 올랐다. 봉횃불이 오르면 김녕리민들은 어찌할 바를 몰라 공포에 질려서 공황에 빠지곤 했다. 어린 한정철은 묘산봉의 봉화 횃불을 보고 놀라 기절할 정도로 공포감을 느꼈다. 그가 어린이로서 느낀 공포감은 말로 이루 형언할 수 없었다.

묘산봉에 남로당 무장대의 봉횃불이 오르는 날에는 여지없이 김녕리 민보단장 이한정은 김녕 경찰지서의 높은 망루에 올라 조용한 밤에 김녕리 주민들에게 크고 우렁찬 목소리로 이민을 위무하고 남로당 무장대와 결연히 싸울 것을 강조하는 연설을 하곤 했다.

당시는 경찰지서에 마이크가 없던 시대였다. 그의 우렁찬 육성이 차가운 밤공기를 타고 어린이 한정철의 귓가를 때렸다. 그럴 때마다 어린 정철은 등골이 오싹했다.

이때면 우용 형이 대피 훈련한답시고 곤히 자는 나이 어린 동생 정철을 깨워 벽장이나 구들묵(온돌 아궁이)에 숨는 연습을 시키곤 했다. 나이가 어린 정철은 당시 상황을 잘 이해하지 못해 어리벙벙할 때가 한두 번이 아니었다.

형이 극악무도한 무장대가 침입하여 민보단 대대장이었던 아버지와 그의 자녀들을 죽이거나 납치해 갈 것으로 상정하여, 대비 차원에서 훈련하는 것을 어린 정철은 이해할 수 없었다. 어린 나이에, 아닌 밤중에 홍두깨 격으로 공포를 자아내며 대피 훈련을 시키는 것을 보고, 어린 나이에도 불구하고, 미쳐 죽고 싶은 심정이었다.

이런 대피 훈련이 아마 더 길게 계속되었더라면 공포증에 걸려 미쳐서 정신이상자가 되었을 것으로 정철은 지금도 생각하고 있다. 한정철은 지금 생각해도 당시의 대피 훈련은 악몽이었다고 회고한다. 대피 비상 훈련이 힘든 것이 아니고 곤히 자는 어린애를 갑자기 깨워서 정신을 차리지 못한 상태에서 "폭도가 침입했다."라고 형이 외치며 비상 훈련을 하니 정신이 없을 수밖에 없었다. 우용 형은 나와 3살 터울인 대용 형을 데리고 대피 훈련을 시켰다. 완용 형이 있었는데도 우용 형이 대피 훈련을 전담하였다.

1948년 11월 17일 제주도 전 지역에 계엄령이 선포되기 전에 이미 김녕리에는 그동안의 자경단을 해체하고 남로당 무장대(인민 유격대)의 마을 습격을 막기 위하여 1948년 6월에 민보단(民保團)이 결성된다. 대동청년단 간부였던 한재순은 민보단의 대대장이 된다.

민보단은 18~55세의 남성 약 250여 명으로 조직되어 있었고 그 예하에 2개 대대가 있었는데 한재순은 제2대대장이었고 민보단장은 이한정이었다. 당시 한정철의 아버지 한재순이 민보단 대대장이었기 때문에 그는 남로당 무장대의 살해 표적이어서 그들이 민보단 대대장을 죽이려고 집을 습격할 것이라고 우용 형은 믿고 있었다.

그래서 묘산봉에 봉홧불이 오르는 날에는 어김없이 형이 무장대가 침입했을 때를 상정하여 잠자는 어린 동생 정철이를 깨워서 대피 훈련을 시키곤 했다. 정철은 그런 자세한 내용은 모르고 마을 산에 봉화를 올려 마을 사람들을 공포 속으로 몰아넣는 남로당 무장대를, 이른바 무장 반도(叛徒)를 나쁜 놈들이라고만 생각했었다.

1953년 초등학교에 들어가기 전까지는 한정철은 4 · 3 사건이 무엇인지를 잘 모르고 자랐다. 그의 어머니가 '남흘동에 살았는데 어느 날 아버지를 죽이려고 폭도가 침입했기 때문에 아랫동네로 이사했다.'라는 말을 듣고 자란 것이 전부였다.

그저 귀동냥으로 어른들이 하는 말, 즉 남흘동에 무장대가 침입하여 인명피해는 물론 처녀들을 납치하여 산으로 끌고 올라갔고, 또 그전에 어느 마을에 무장대가 출몰했고, 이웃 마을에서는 마을 사람 수백 명이 군인의 총에 맞아 죽었다는 등의 말을 들었을 뿐이다. 나중에 어느 정도 자라서 알고 보니 마을 사람 학살은 한정철의 외가가 있는 이웃 마을 동복리와 한 다리 건너 이웃 마을 조천면 북촌리에서 발생한 무고한 민간인 학살 참극이었다.

한정철은 어렸을 때 또한 주위의 어른들로부터 경찰의 못된 짓들에 대해 자주 그리고 수없이 듣고 자랐다. 경찰지서에 한 번 잡혀가면 초주검이 되어서 나온다, 특히 서북청년단 출신들이 마을의 고운 처녀들과 결혼 한 번 해보려고 치근덕거린다, 또는 지붕에 닭이 있으면 총으로 쏘아 잡아먹는다, 주민들에게 군림하여 주민을 하인처럼 하대한다는 등의 이러한 부정적인 말을 들었을 때 한정철은, 어려서도 배알이 있었는지 모르지만, 앞으로 자라서 이런 이야기를 소설로 써서 고발하고 싶다는 충동에 사로잡히기도 했었다.

한정철은 어려서 공산주의자들인 무장대의 살인 등 극악무도한 짓을 알지 못하고 단순히 주위에서 들은 서북청년단 출신 경찰의 악행 이야기만을 가지고, 즉 편견이 있어서인지 공산 반도 무장대보다 군경이 더 밉고 싫었다. 지금 생각해보니 어려서 속 좁은 생각이었다는 것을 한정철은 절실히 느끼고 있다. 지금 4 · 3 사건 희생자 유족들은 한정철이 어렸을 때 생각했던 것처럼 남로당 무장대보다는 군경을 더 증오하고 있을지도 모른다는 생각이 든다.

한정철이 4·3사건의 실체를 어렴풋이나마 처음 알게 된 것은 두 가지 사건 때문이었다. 첫째가 같은 안골목에 사는 청년이 총기 오발 사고로 사망한 사건이고, 다른 하나는 무장대 부두목 정권수의 시신을 목격한 일이다.

4·3사건이 나던 해에 산 폭도 무장대의 마을 침입을 막기 위하여 성벽을 쌓고 마을 청년과 처녀들이 보초를 섰다. 우리 안골목에 사는 두 청년이 카빈 총을 가지고 밤에 보초를 서곤 했는데, 1950년 어느 봄날 둘이서 암구호 연습을 한답시고 박병국이 친구 이창선을 침입자 산 폭도로 가정하여 "누구냐? 손들어?" 하였는데 상대편 이창선이 장난으로 "나 손 못들겠어."라고 답하자 "손 안 들면 쏜다."라고 말하였다.

그 친구가 장난으로 "그래 한번 쏴 봐."라고 대답하자 "정말 쏜다."라며 장난으로 방아쇠를 당겨버린 것이었다. 박병국은 탄알이 장전된 줄 모르고 방아쇠를 당겨서 아까운 청년 한 명이 현장에서 사망하는 어처구니 없는 사건이 벌어졌다. 총기 오발 사건이었다. 4·3사건의 부작용이었던 것이다.

다른 한 가지는 한정철이 초등학교 4학년 때인 1956년 4월 3일 김녕지서 앞에 사살된 무장대의 마지막 부두목인 정권수의 시신을 전시한 것을 보았을 때였다. 방과 후에 초등학교 친구들이 "빨갱이 폭도 부두목이 사살되어서 경찰지서 앞에 전시되어 있다는데 한 번 가서 보자."라고 하는 말을 듣고 한정철은 친구들이랑 지서 앞으로 가서 봤다. 남로당 무장대(인민 유격대) 정권수는 김녕 경찰지서의 경찰 토벌대에 의해 사살되었다. 정권수는 구좌면 상도 출신으로 당시 남로당 무장대의 교육책이면서 구좌면 담당 무장대의 총책인 것으로 알려져 있었다. 그는 거의 소멸하여 가는 무장대 잔당 몇 명과 함께 한라산을 근거지로 다랑쉬 오름을 전진기지로 삼아 유격전을 벌이고 있던 공산 남로당 무장대의 부두목이었다.

무장대 정권수의 시신은 가마니에 덮여 있어서 발만 볼 수 있었다. 어떤 어른들은 덮여 있는 가마니를 들어 올려 정권수의 얼굴을 보기도 했지만, 한정철 같은 초등학교 어린이들은 겁이 나서 차마 그럴 엄두가 나지 않았다. 가마니에 덮인 정권수는 키가 작은 편이었고 신발은 목이 있는 구두였는데 수제품인 듯 고급스러워 보였다. 그는 송당 일대에서 경찰과 총격전 끝에 사살되었는데 총을 쏘며 대항하였다고 한다.

당시 김녕 민보단의 특공대 청년들이 경찰과 함께 정권수의 출몰에 대한 정보를 입수하여 바로 토벌 작전에 나섰다. 당시 정권수에게는 현상금 35만 환이 걸려 있었다. 덕천리를 수색하고 송당리를 수색하던 중에 정권수와 우연히 만났다. 총격전이 벌어졌는데 정권수가 카빈총으로 극렬하게 대항하자 고태홍 순경과 민보단 특공대원 한창섭이 동시에 그를 조준하여 사살하였다. 경찰은 정권수가 소지하고 있던 카빈총 1정과 탄환 14발을 회수하였다.

한창섭은 6 · 25 전쟁에 참전했던 해병대 3기 출신으로서 민보단 2대대장인 한재순과 촌수가 가까운 일가친척이었다. 이렇게 김녕리 민보단 청년들, 특히 특공대원들은 경찰과 혼연일체가 되어 무장대 토벌 작전에 임하였었다. 그 결과 김녕리는 다른 지역보다는 4 · 3 사건의 피해가 비교적 적었다.

한편 1990년 제주도 경찰국이 발간한 '제주 경찰사'에 따르면 '정권수는 1948년 3월 18일 산으로 올라간 이래 군인과 경찰 그리고 민간인들을 살해하고 납치했으며 마을과 학교를 방화하였다.'라고 기록되어 있다.

*

1947년 3·1 투쟁 시위와 3·1절 경찰 총격 사건이 도화선이 되어 3·10 총파업에 돌입하자 경찰이 위법자를 체포하고 구속하는 등 강력히 대처하게 된다. 좌익은 이를 경찰과 서북청년단의 무도한 탄압으로 받아들여 단선·단정 반대의 기치를 들고 1948년 4월 3일 4·3 사건, 즉 무장 반란을 일으킨다.

# 제주 4 · 3 사건 발발

## 3 · 1절 경찰 총격 사망 사건, 3 · 10 총파업의 도화선

1945년 8월 15일 일본의 갑작스러운 항복으로 해방 공간에 행정의 공백을 메꾸기 위하여 여운형 등이 8월 16일 건국준비위원회(약칭 건준)를 발족시킨다. 건국준비위원회(건준) 예하에 전국적으로 각 지역에 140여 개의 지부를 결성하여 지방 행정 기구를 인민위원회로 전환하여 개편한다.

이들 인민위원회는 전국 각 지역 지방마다 수백 곳이 있었는데, 지역 마을 단위에서 신임을 얻고 있으며 영향력 있는 인사들이 인민위원회에 추대되어 좌우익 사상을 막론하고 다양한 계급과 계층의 인물들로 구성되었다.

이러한 인민위원회가 실질적으로 마을 행정을 주도하였다. 그러나 인민위원회는 좌익의 목소리가 커서 처음부터 다소 좌익 성향의 색채를 띠기 시작한다.

여운형 등이 주도한 건국준비위원회가 발족한 이후 건국준비위원회 내 박헌영을 비롯한 좌익세력들이 주도하여 1945년 9월 6일 조선인민공화국을 공포하였고, 9월 7일 건국준비위원회가 해체된다. 그러나 9월 8일 남한 지역에 진주한 미군정에 의해 조선인민공화국이 10월 10일에는 또한 불허된다.

초기에 인민위원회는 사상, 즉 이념을 넘어서 좌우합작의 성격을 띠고 있었으나, 조직력에서 앞선 좌익 계열 세력이 주도하는 경우가 많았다. 미군정은 '인민위원회는 공산주의 계열 조직망'이라고 판단하여 1945년 12월 12일 자로 인민위원회를 불허하게 된다. 이에 따라 인민위원회는 미군정의 탄압을 받는다.

또한 1946년 11월 23일 박헌영의 조선공산당(1948. 8. 24일 재건)과 여운형의 조선인민당(人民黨), 백남운의 남조선 신민당(新民黨)이 합당하여 남조선 노동당이 창당되었다. 시간이 지나면서 남조선 노동당은 공산주의자들의 당으로 변질한다. 명칭만 남조선 노동당이지 본질은 남조선 공산당이었다.

비록 인민위원회가 미군정에 의해 해체되었으나 이미 4개월 동안 인민위원회가 활동하였던바, 좌익 성향의 인사들이 이미 인민위원회를 좌지우지하는 지경까지 이르러, 당시 제주도에서는 좌익 성향의 인민위원회의 영향력이 만만치 않았다. 시간이 지나자 인민위원회가 수면 아래로 가라앉았으나 지하에서 좌익 활동은 여전하였다. 특히 남로당이 마을마다 조직한 자위대는 외형상 인민 유격대(무장대)로부터 마을을 보호하기 위한 조직이라고 하였으나 4 · 3 사건 기간에 남로당 무장대의 온상이 된다.

한편 제주 4 · 3 사건의 낌새는 1947년 3 · 1절 행사로 거슬러 올라간다. 그날 3 · 1절 행사는 제주 북초등학교에서 거행되었다. 그날 제주 북초등학교에 남로당, 좌파 계열의 민주주의민족전선과 민주주의청년동맹 그리고 부녀동맹, 인민위원회 등에서 동원한 17,000여 명의 군중과 기타 군중 8,000여 명 등 총 3만여 명의 군중이 모여들어 3·1절 기념식을 했다. 좌익들의 권고와 종용으로 동쪽에서는 조천면 그리고 서쪽에서는 애월면 주민들이 그 먼 길을 걸어서 제주읍까지 도보로 걸어가서 행사에 참석할 정도였다. 한마디로 3·1절 행사는 글자 그대로 좌익들의 시위 행사였다. 김달삼은 이 3·1절 시위를 '3·1 투쟁'이라고 불렀다.

이때 제주 북초등학교에서 거행되는 3·1절 행사를 원만히 진행할 수 있도록 제주 경찰 330명과 육지에서 파견된 응원 경찰 100명 등 총 430여 명의 경찰이 주변 경비 활동을 하고 있었다. 기념식을 마친 3만여 군중은 북초등학교와 그리 멀지 않은 관덕정 광장으로 모여들어 가두 시위에 들어갔다.

이때 군중의 질서를 유지하기 위하여 기마경찰이 말을 타고 현장에 나타난다. 그러자 우왕좌왕 혼잡해진 틈을 타서 군중 중의 한 사람이 갖고 있던 막대기로 기마경찰의 말의 궁둥이를 쑤셔버렸다. 그러자 놀란 말이 날뛰면서 어린이를 뒷발로 치고 만다. 그 어린이는 상처를 입었으나 중상은 아니었다. 그 어린이는 자라서 오현고등학교 9회로 신구범 전 지사와 같이 졸업했다.

그런데 여기서 문제가 생긴다. 기마경찰은 어린이를 쳐놓고도 상처 입은 어린이를 응급처치 등 치료를 하지 않고 그냥 가버렸다. 그런데 당시 상황이 혼잡해서 기마경찰은 어린이가 치인 사실을 모르고 있었다. 그러자 주변에 있던 시위 군중들이 "애를 치어놓고 사과도 없이 어디 가는 거냐?"라며 몰려들어 기마 경찰관에게 돌을 던지고 야유를 보내면서 경찰서까지 쫓아갔다.

이때 망루에서 제주 경찰서를 경비하던 경찰들은 "성난 군중이 우리 경찰서를 습격하기 위하여 돌진하고 있다. 빨리 막아야 한다."라고 외치면서, 돌진하는 군중이 경찰서를 습격하는 것으로 오판하여 군중을 향해 발포를 해버렸다. 성난 군중을 해산하기 위해 공포를 쏘아야 하는데 놀란 경찰이 공포를 쏘지 않고 군중을 향해 직접 총을 쏜 것이 큰 실책이었다. 그 결과 주민 6명이 죽고 8명이 부상하는 큰 인명피해 사건이 발생하였다. 희생자 중에는 초등학생 어린이도 있었고 아기를 업고 있던 20대 여성도 포함되어 있었다.

그렇지 않아도 좌익들이 경찰을 벼르고 있던 터라 좌익은 관덕정 총격 사망 사건을 빌미로 경찰에 대한 저항 운동에 돌입한다. 이리하여 3·1절 경찰 총격 사건에 대한 도민의 분노가 3·10 총파업으로 표출된다.

해방 직후 경찰에 대한 좌익들의 감정은 매우 적대적이었다. 일본의 식민지로부터 해방을 맞은 좌익들은 오랜만에 공산주의의 좌익 활동을 마음대로 구가하고 싶었는데 경찰이 눈을 부릅뜨고 그들의 일거수일투족을 감시하고 있었기 때문이다. 일제 강점기 때의 좌익들은 독립운동과 공산주의 운동을 동일한 운동으로 보고 동시에 하고 있었다. 그러니까 독립운동과 공산주의 운동은 그들에게는 동전의 양면이었던 셈이다.

당시 일본은 군국주의를 표방하고 있던 터라 일본 공산당이 '침략 전쟁에서 손을 떼라, 식민지를 해방시켜라, 조선 반도를 조선인의 손에 넘겨라, 천황제 타도 등' 군국주의를 비방하는 공산주의를 배격했고 범법자는 법으로 처벌했었다.

그래서 일본 경찰, 즉 소위 순사는 공산주의자 색출에 단연코 베테랑이었다. 해방 직후에 미군정은 남한의 치안을 유지하기 위하여 직무 경험이 풍부한 일제 강점기의 순사들을 대다수 그대로 경찰로 채용하여 해방 공간의 불안한 치안을 유지하려고 했다.

일제 강점기 때의 순사 위세는 대단했었다. 우는 아이보고 "호랑이가 온다."라고 해도 울음을 멈추지 않았던 아이도 "저기 순사가 온다."라고 하면 울음을 뚝 그쳤다는 우스갯소리가 있을 정도로 순사의 위세는 하늘을 찌를 듯했다.

해방 직후의 경찰이 일제 강점기 때의 순사 버릇을 그대로 답습하여 거들먹거리며 주민들을 대하자 주민들은 역겨움과 냉소적으로 대했고. 특히 좌익들은 경찰이 그들의 공산주의 활동을 철저히 감시하는 것을 고깝게 여겨 한발 더 나아가 도전적으로 경찰을 대하였다.

그뿐만 아니라 순사를 경찰로 채용한 미군정과 이승만 정부에 반감을 갖는 사람들도 있었다. 이리하여 남로당 무장대는 공산주의자를 색출하는 경찰을 제일의 적으로 간주하여 도전하였고, 좌익들은 미군정과 이승만 정부에 대하여 노골적인 반감을 품었다.

한편 미군정 당국은 경찰 총격 사망 사건을 경찰의 정당방위로 주장하고 사건을 '시위대에 의한 경찰서 습격 사건'으로 규정지어 3 · 1절 시위 행사를 준비한 사람들을 연행하기 시작했다. 그러자 좌익은 3 · 1절 경찰 발포 사건을 빌미로 3 · 10 총파업에 돌입한다.

이리하여 제주도의 교육과 행정 등이 마비된다. 3 · 1절 시위 행사와 3 · 1절 경찰 발포 사건 그리고 3 · 10 총파업으로 수면 아래에 있던 공산 남로당의 마각이 드러나기 시작한다. 이 과정에서 김달삼은 남로당 제주도(島) 당책에 임명되었고 본격적인 지휘부를 구성하여 군사부장까지 겸임하게 된다. 당시 해방 공간에서 제주 도민의 의식 수준은 생각보다 높았다. 일제 강점기 때 제주 사람들은 바다를 건너갈 때 목포와 부산 그리고 서울 등 육지보다는 일본을 더 선호했다. 당시 제주 인구가 약 30만 명이었는데 그 6분의 1인 5만여 명이 일본에 가 있었다. 일본에서도 특히 오사카(대판, 일본 제2의 도시)에 집중되어 있었다. 한정철의 부모도 일본 오사카에서 서로 만나 연애하고 결혼했다.

일본은 교통상 왕래가 편리했고 이웃이었으며 우리보다 생활 수준이 높아서 일자리가 많았기 때문이었다. 제주와 일본의 오사카를 직접 왕래하는 여객선 군대환(君代丸, 가미가요마루)이 취항하고 있었고, 그 여객선이 서쪽으로 제주도를 한 바퀴 돈 다음에 성산포에서 김녕리 앞바다에 들러 김녕리 주민을 태우고 조천에 들른 다음 제주읍에서 출항하여 일본 오사카로 취항하였었다. 항해에는 이틀이 걸렸다.

일제 강점기의 일본은 군국주의로서 공산주의를 배척했지만, 지식인 중에는 공산주의(Communism)에 매료된 사람이 많았으며 특히 국제 공산주의(코민테른: Comintern)에 가입한 지식인들이 꽤 있었다. 한국 유학생들도 그들과 어울리며 자연히 신사조(新思潮)인 공산주의를 접하게 되었고, 개중에는 코민테른(국제 공산주의)에 가입하여 활동한 사람들이 꽤 있었다.

사람이 흔히 새로운 유행을 좋아하고 따르듯이 당시 공산주의는 새로 태동한 사상으로서, 즉 신사조로서 지식인들에게 유행했었다. 당시 유럽에서는 마르크스 · 레닌주의, 즉 공산주의가 대유행이었다.

특히나 한국 유학생에게는 '식민지의 해방'을 주창한 레닌의 제국주의론(Imperialism)에 깊은 감명을 받고 있었다. 레닌의 제국주의론의 부제가 '제국주의, 자본주의 최고 단계'로서 이 말은 역사 발전 5단계 중에 자본주의가 공산주의로 넘어가는 최후의 단계인데 제국주의는 그 자본주의의 최고 단계로서 필연적으로 소멸하여 공산주의가 도래한다는 뜻인바, 식민지의 독립 또한 필연적이라는 말이다.

레닌의 제국주의론에 따르면 '제국주의가 식민지에서 반제국주의 투쟁을 유발하기 때문에 그런 투쟁을 적극적으로 지지하는 것이 혁명적 사회주의자들의 의무'이다. 이러한 레닌의 주장에 의해 코민테른(국제 공산주의)이 창설됐다.

1920년 9월 코민테른이 바쿠에서 개최한 제1차 동방민족대회의 구호는 '만국의 노동자와 피억압 민족이여 단결하라!'였다. 이는 제국주의로부터 식민지를 해방하는 것이 사회주의(공산주의)의 임무라고 천명한 것이다.

이러한 레닌의 제국주의론은 한국의 독립운동에 도움이 된다고 믿어 공산주의 운동이 곧 항일운동이고 또한 독립운동과 직결된다고 오판하게 된다. 실제로 일본의 국제 공산주의자(코민테른: Comintern)들은 "식민지 한국은 물론 대만과 만주까지 독립시켜야 한다."라고 주장하였다.

식민지하의 설움과 울분에 차 있던 한국 유학생들은 '식민지 한국을 독립시켜야 한다.'고 주장하는 일본 국제 공산주의자들이 고마웠고 그래서 공산주의에 더 빠져들게 된다. 이렇듯 당시 독립운동가들은 식민지 해방을 주창한 레닌의 제국주의론에 빠져 거의 공산주의자가 되어 있었다. 그들은 식민지의 해방을 주창한 레닌의 제국주의론에 심취해 있었지만, 경제 관련 마르크스주의(Marxism) 이론에는 발만 들여놓은 상태였다.

이리하여 공산주의 운동이 곧 독립운동이고 항일운동이라고 생각하고 비판 없이 공산주의를 신봉하는 경향이 두드러졌었다. 독립운동가 중에 공산주의자들이 많은 것이 바로 이런 까닭이다. 이러한 경향이 해방 후에 우리나라가 좌익과 우익이 갈라져 이념 대결을 하게 되고 급기야는 남북으로 분단되는 결과를 초래하게 된다.

한정철은 중학교 때부터 왜 우리나라의 항일 독립운동가들의 대다수가 사회주의 공산주의자였는지에 대해 의아해하고 있었다. 육사에 들어가서야 공산주의 이론을 처음 접할 수 있었다. 한정철이 제국주의론

(Imperialism)을 처음 접하게 된 것은 1981년 미국 펜실베이니아 대학(U. of PENN.)에서 국제관계학 석사과정 시절이었다. 군에서 그가 소령 때 당시 공산권인 소련을 연구하고 오라고 유학을 보낸 것이었다. 당시만 해도 일반대학에서 공산주의 이론을 공개적으로 공부할 수 없던 때였다. 그러나 한정철은 공산국가인 소련을 연구하기 위하여 러시아어까지 배웠고 공산주의 서적을 탐독하면서 레닌의 제국주의론을 처음 접할 수 있었다.

그래서 중학교 때 가졌던 수수께끼를 풀 수 있었다. 그래서 공산주의란 신사조의 매력은 물론 식민지인 우리나라를 제국주의 일본으로부터 독립시켜야 한다고 주장하니 우리 같은 약소 민족은 마르크스 · 레닌주의의 매력에 빠질 수밖에 없었다. 그래서 우리나라 항일 독립운동가들의 대다수가 사회주의 공산주의자가 될 수밖에 없었다.

1945년 해방이 되자 일본에 살던 제주 도민 약 5만여 명이 귀향하였는데 그중에 일부가 일본에서 공산주의에 물든 사람들이 독립운동가 또는 항일운동가로 둔갑하여 고향 제주도에 돌아와 주민들을 공산주의자로 계몽하기 시작한다. 개중에는 야학이나 청년회 등을 통하여 계몽한답시고 "우리는 평등한 사회를 만들어야 잘살게 된다."라는 등 좌파 신(新)지식인들에 의해 독립운동과 계몽운동이 결합하면서 도민들에게 공산주의 사상을 불어넣기 시작했다. 한마디로 소위 공산주의 의식화 활동이 활발하게 전개되었다. 그 결과 순진무구했던 제주 도민들은 '공산주의가 세상을 구원해 줄 것'으로 믿게 되었다.

물론 결과적으로 보면 현재 공산주의는 1917년 러시아의 볼셰비키 혁명에서 1991년 소련의 붕괴까지 74년간 실험을 한 결과 이 세상을 망쳤다는 것이 만천하에 사실로 드러났지만, 그 당시만 하더라도 사람들은 오늘날 공산주의의 허구성과 잔혹성을 몰랐었기 때문에 공산주의에 매료되지 않을 수 없었다.

특히 1940년대 해방 공간에 세계의 지성이 공산주의에 열광하고 매료된 것은 1930년대 스탈린의 경제 5개년 계획의 성공으로 인하여 미국에 이어 소련이 제2의 경제 대국이 되었고 또 1940년대 초 소련의 대조국전쟁으로 히틀러 나치 독일의 수도 베를린을 점령하는 등 제2차대전에서 소련이 승리하자 공산주의가 전 세계로 유행병처럼 번져나갔다.

그러자 일본과 우리나라 식자와 젊은이들도 덩달아 휩쓸리기 시작했다. 그래서 해방 공간에서 사회주의 선호도가 무려 70%에 달했다. 그런데 당시 세계의 지성 대다수가 공산주의 국가인 소련의 정체성과 참모습을 정확하게 꿰뚫지 못하는 우를 범한다.

그러니까 사람들은 공산주의란 이념이, 한 개인이 자라면서 이유 없는 반항기인 사춘기를 거쳐서 성숙한 사람이 되듯이, 이 세상에 공산주의의 태동은 우리 인류 역사 발전의 사춘기라고 볼 수 있다는 것을 간과하였다.

그래서 시골 마을에서 좀 똑똑하다는 사람들까지도 신사조(新(思潮)인 공산주의를 접하고 혹하게 된다. 이렇게 소위 사회와 마을 지도자들이 공산주의 물이 들게 되자 제주 사회는 좌익이 활개를 치기 시작하였고 미군정과 경찰은 좌익을 억제하고 견제하기 시작한다. 이런 와중에 3·1절 경찰 발포 사망 사건이 벌어지자 이를 빌미로 좌익 활동가들이 단결하여 3·10 총파업을 선언하고 총공세에 나선 것이다. 3·10 총파업에 166개 기관과 단체 그리고 경찰, 공무원, 교사 등 4만 1,211명이 가담하여 제주도의 행정과 교육 그리고 치안이 한동안 마비되었다.

이때 경찰과 서북청년단이 3·1절 시위 행사와 3·10 총파업을 주도한 좌익들을 검거하고 고문하는 등 탄압이 심해지자 이러한 무자비한 탄압에 항거하고 급기야는 단선·단정 반대의 기치를 내걸고 4·3 무장 폭동에 돌입한다.

좌익은 3·1절 경찰 총격 사건이 4·3 사건의 도화선이라고 주장하고 있으나 오히려 4·3 사건의 토양이 되었다는 것이 더 정확한 표현이다. 즉 3·1절 경찰 총격 사건이 3·10 총파업의 도화선일지언정, 4·3 사건과 직접적인 연관은 없다는 것이다. 다시 말해서 3·1절 경찰 발포 사건이 4·3 사건 발발의 구실이 되고 또 계기가 되었을망정 그것이 원인이나 도화선이라고 볼 수는 없다. 3·1절 경찰 발포 사건은 3·10 총파업을 촉발하는 도화선 역할을 하였다.

# 4 · 3 사건 발생

남로당 제주도당은 1947년 8월에 중앙당의 군사 체제에 걸맞게 무장 반격전을 준비하기 시작한다. 무장 반격전(무장 반란)을 위하여 군사 체제로 전환하면서 김달삼은 인민 해방군(인민 유격대)의 사령관이 된다.

인민 해방군 본부에는 특경대를 두고 8개 면에는 유격대와 자위대를 조직하였다. 완전한 군대 조직이다. 4 · 3 사건 발발 직전의 병력 규모는, 김달삼의 극비 문서인 '제주도 인민 유격대 투쟁 보고서'에 의하면, 유격대 100명, 자위대 200명, 특경대 20명 등 총 320명이었다. 무기 면에서는 99식 소총 27정, 권총 7정, 다이너마이트 25발, 연막탄 7발, 나머지는 죽창이 전부였다.

그러나 실제 4 · 3 사건 당일 12개 지서를 습격한 무장대의 수는 '제주도 인민 유격대 투쟁보고서'에 의하면 459명이나 된다. 최초 계획된 병력 규모보다 140여 명이 증가한 숫자다.

1947년 9월에는 남로당 제주도당은 무장 반격전을 펴기 위하여 본거지를 산으로 옮기고 본격적인 무장투쟁 준비에 돌입한다. 무장대의 훈련정보가 경찰에 입수되기 시작한 것은 1947년 말부터이며 1948년 2월 초에 애월면의 새별오름 근처에서 숫자 미상의 무장대가 훈련을 실시했다. 훈련장에서 다이너마이트 폭약과 식량 그리고 옷가지 등 훈련 흔적을 경찰이 발견하였던 것이다.

또한 남로당 무장대의 기밀문서 '제주도 인민 유격대 투쟁보고서'에 의하면 "1948년 3월 20일 경 새별오름 공동묘지에서 전원 67명 합숙 훈련 중 애월 지서원 1명, 서청 2명, 구엄 대청원 6명 계 9명이 미명에 취사장을 습격하였으므로 아부대에서 응전 발포 1발로 적은 도주, 추격도 중 동무 1

명 부상"이라고 기록되어 있는 것으로 보아 무장대는 4 · 3 무장 반란을 위하여 합숙 훈련까지 하였었다.

한편, 1948년 1월 22일과 1월 26일 사이 남로당 제주도당의 불순한 움직임을 파악한 제주경찰은 안세훈과 이덕구 등 핵심 수뇌부 221명을 일망타진 검거하여 수감하고 있었다. 그런데 5 · 10 총선거를 이유로 221명 전원을 석방하고 만다. 결국 이들이 공산당의 암(癌)세포가 되어 4 · 3 사건의 기폭제가 된다.

여태까지 잠자코 있던 한정철의 중고등학교 동창인 절친한 친구 김승호가 물었다.

"남로당 무장대는 무장대의 조직 동기 또는 4 · 3 무장 투쟁의 동기가 경찰과 서북청년단에 의한 공산주의자들에 대한 무도한 탄압과 무고한 공산주의 혐의자를 경찰지서 2곳에서 고문치사한 사건에 대한 저항 차원에서 시작되었다고 주장하고 있는데, 정철, 자네는 어떻게 생각해?"

"김달삼의 일당 공산주의자들이 1월 22일과 1월 26일 사이 비밀리에 회합을 가져 4 · 3 무장 반란을 획책하였기 때문에 법질서 유지 차원에서 그들 221명을 체포하고 구금했던 것이지 자유민주주의 활동을 탄압하거나 억압한 것은 아니었던 거야. 이를테면 북한에서 김일성이가 자유민주주의 활동을 한 사람을 반동분자라며 그들을 처단하는 것과 마찬가지의 이치라고 볼 수 있지. 따라서 당시 미군정이 공권력에 의해 공산주의자들의 활동을 탄압한 것은 정당하고 합당한 조치였어. 이것이 왜 탄압이야? 탄압이라고 볼 수 없지. 만일 이를 방조했다면 그것이 오히려 미군정의 직무 유기에 해당하는 거 아냐?

그리고 두 건의 고문치사 사건 때문에 분노하여 김달삼이 4 · 3 무장 반란을 일으켰다고 주장하고 있는데 고문치사 사건 이전에 이미 그들은 소위 4·3 무장 반격 작전을 위한 군사 훈련을 실시하고 있었어. 고문치사는 그 후 3월 6일과 3월 14일에 발생하였고 무장대의 훈련은 그 이전인 2월에 이미 실시했었어. 따라서 3월 6일 최초의 조천지서 고문치사 사건(김용철 사망)과 3월 14일 모슬포지서 고문치사 사건(양은하 사망) 때문에 분개하여 4·3 무장 반란이 일어났다는 것은 어불성설이야. 그들의 그러한 주장은 구실에 지나지 않고 그들은 3·1절 시위 집회와 3·10 총파업 이후 거의 1년의 오랜 기간에 걸쳐 무장 반란을 획책하며 꾸준히 준비해 왔던 것이었어."라고 정철은 승호의 그럴싸한 질문에 다소 장황하게 대답했다.

승호가 "그리고 또 남로당 제주도당은 남한 내 대한민국의 단독 정부 수립을 저지하고 통일 조국을 건설하기 위하여 4·3 무장 투쟁을 전개하였다고 주장하고 있는데, 통일 조국 건설은 우리도 바라는 것 아냐? 저들의 주장이 일리가 있는 것처럼 들리거든? 저들의 통일 조국 건설 주장을 어떻게 생각해?"라며 마치 그들의 주장에 다소 동조하는 듯한 말투로 물었다.

"우리나라 사람들은 통일이라는 말만 나오면 어쩔 줄 몰라 하는데 통일 조국의 성격이 무엇인가가 핵심이야. 남로당 무장대는 공산주의자들로서 그들이 주장하는 통일은 자유 통일이 아니고 공산 통일이야. 우리가 공산 통일을 받아들일 수는 없지 않아? 그래서 미군정과 대한민국 정부는 자유민주주의 대한민국을 건설하기 위하여 그들을 토벌하지 않을 수 없었어."라고 정철은 통일 조국 건설 주장에 대하여 일침을 놓았다.

이어서 정철이 "해방 공간에 통일이라는 말만 나오면 어쩔 줄 몰라 하듯이 요즘 '평화 통일'이라는 말만 나오면 우리나라 사람들은 어쩔 줄 몰라 하는 실정이야. 어떤 사람은 북한이 주장하는 평화 통일과 우리가 주장하는 평화 통일이 같은 것으로 이해하고 있는데 그렇지 않아. 북한의 평화 통일에는 함정이 있다는 것을 잘 모르는 경우가 많아.

우리의 평화 통일은 '평화적 통일' 즉 전쟁하지 않고 평화적으로 통일한다는 뜻인 데 반해, 북한은 '평화를 위한 통일' 즉 협상장에서는 우리가 해석하는 뜻으로 이야기하면서도 기본적으로 그들의 속내는 한반도가 적화 통일이 되어야 비로소 한반도에 평화가 도래한다는 뜻으로 평화 통일을 말하고 이해하고 있다는 것을 우리는 잘 알아야 해. 또 평화라는 어휘도 남북한이 같은 뜻으로 쓰이지 않고 있어. 우리는 전쟁 없는 남북한 공존을 의미하지만, 북한은 한반도가 공산 통일이 되어야 드디어 평화가 도래한다는 뜻으로 쓰이고 있어. 우리는 이러한 공산주의자들의 용어 혼란 전술에 속아 넘어가서는 안 돼. 한마디로 평화를 우리는 남북한 공존으로 이해하고 있지만 북한은 공산 통일만이 곧 한반도에 평화가 도래한다는 인식을 하고 있어 무력으로 공산 통일을 지향하고 있다는 것을 간과해서 안 되네."라고 일갈하였다.

승호가 "평화 통일의 뜻이 다르게 해석된다는 데 대하여 이해가 되는 것 같으면서도 이해가 잘 안되네."라고 반응하였다.

"이해가 어렵기 때문에 이것이 바로 용어 혼란 전술이라는 거야. 우리는 통일이 목표이고 평화가 수단인 데 반하여 북한은 목표가 평화이고 수단은 (무력) 통일이야. 우리는 전쟁을 하지 않고 평화스러운 통일을 추구하는데, 북한은 공산 통일을 해야 드디어 한반도에 평화가 도래한다는 목표 하에 무력에 의한 공산 통일을 선호하고 있어. 한마디로 평화 통일을 위해 우리는 '전쟁 불가론'을 견지하고 있는 데 반하여 북한은 '전쟁 불사론'을 견지하고 있다는 거야. 이는 극과 극이지."라고 정철이 설명하였다.

당시 남로당 제주도당 공산주의자들의 좌익 활동은 처음에는 좌익 관련 치안 사항인바, 치안을 담당하는 경찰과 좌익의 충돌로 나타났다. 이때 군은 국방경비대 소속으로 경찰과 좌익의 충돌에 관여하지 않고 있었다. 말하자면 중립적 입장이었다.

당시 9연대는 1946년 11월 16일에 모슬포에서 창설되어 장창국 중위(대장, 합참의장 역임)가 초대 연대장으로 1개 대대 병력만 유지하고 있었을 뿐이었다. 군의 임무는 본래 외적의 침입 시에 적을 격퇴하는 것이었기 때문에 좌익을 다루는 치안 임무를 맡지 않고 있었다. 당시 치안 유지는 경찰의 임무였다.

드디어 물이 차면 넘치듯이 공산 남로당 무장대의 마각이 드러난다. 1948년 4월 3일 새벽 2시에 460여 명의 남로당 제주도당 무장대가 단선·단정 반대, 즉 5·10 제헌 국회의원 선거를 방해하고 8월 15일 38도선 이남 남한 지역에 대한민국의 건국 반대의 기치를 내걸고 단선(單選)·단정(單政)을 반대할 목적으로 한라산과 오름에 봉홧불을 올리고 무장 폭동을 일으켜 제주도 내의 전 경찰지서 24개소 중 외도, 구엄, 애월, 한림, 대정, 남원, 성산, 세화, 함덕, 조천, 삼양, 화북 등 12개소를 습격했다.

남로당 무장대는 경찰관과 서북청년단 그리고 선거관리 위원과 대한독립촉성국민회 등 우익 단체 요인들의 집도 습격하였다. 이에 따라 경찰관 10명이 살해되고 우익인사 17명이 무장대의 손에 죽는 등 총 27명이나 목숨을 잃었다. 그런데 무장대의 인명피해는 고작 4명뿐이었다.

당시 구엄과 애월지서 습격에 무장대가 각각 120명과 80명 총 200명이 동원되었다. 4·3 사건 직전의 계획상으로는 무장대 총병력이 320여 명이었는데 2개 지서에 200명이 동원되었다는 것은 4월 3일 무장봉기 시에는 병력이 증가했다는 뜻이다. 그 밖에도 '제주도 인민 유격대 투쟁 보고서'에 의하면 무장대가 외도지서에 14명, 한림지서에 15명, 한림여관에 6명, 신창여관에 15명, 대정지서와 대청사무소에 9명, 화북지서에 14명, 삼양지서에 16명, 조천지서에 40명, 함덕지서에 40명, 세화지서에 40명, 성산지서에 40명, 남원지서에 10명 등 총 459명이 12개 지서를 습격하였다.

증가 병력은 기존 면 단위 자위대가 예비 자위대 요원들을 응원 병력으로 합류하도록 설득한 끝에 합세하였다. 무장대는 무기 면에서는 비록 열세하였지만, 병력 면에서는 만만치 않았다. 당시 구엄지서 습격 무장대 120명에게 99식 소총 4정을 무장하게 하였는데 30명당 소총 1정씩을 무장시킬 수밖에 없었다.

원래 무장 반란은 2월 중순부터 3월 5일 사이에 일으키는 것으로 계획을 세웠으나 1월 22일 신촌 회의에서 그리고 1월 26일까지 조천면 회의에서 안세훈과 이덕구 등 총 221명이 체포되어 구금되는 바람에 무산되었었다.

그러던 중 4·3 사건 발생 19일 전인 1948년 3월 15일 무렵 남로당 전라남도 도당(全羅南道 道黨) '올구(조직책)' 참석하에 조천면 신촌리에서 남로당 제주도당 상임위원회가 비밀리에 회합을 개최한다.

여기에는 남로당 제주도당 원로와 청년 김달삼 등 19명이 참석하여 무장 반격전, 즉 무장 반란을 일으키기로 한다. 당일 무장 반격 일자는 정하지 못하고 3월 25일까지를 준비기간으로 정하였다.


3월 28일에 다시 회합을 가져 4월 3일 오전 2~4시를 기하여 무장 반격전을 전개하기로 하였다. 다시 말해서 3월 15일경 회합에서 남로당 전남도당(全羅南道 道黨) '올구' 참석하에 '무장 반란'을 일으키기로 하고 3월 28일 최종 회합에서 무장 반란 날짜를 4월 3일로 정하였다. 이리하여 드디어 4월 3일 새벽 2시를 기하여 인민 유격대 사령관 김달삼의 지휘하에 4·3 사건, 즉 무장 반란이 일어났다.

그들은 9연대의 호응 등을 고려하여 무장 반란이 성공할 것으로 확신하고 있었다. 김달삼은 1946년 말 9연대 창설 시에 이미 제주 토박이 출신 고승옥과 문덕오 등 남로당 프락치 4명을 심어놓고 내통하고 있었다. 그러나 4월 3일 무장대의 반란에 동조하기로 했던 9연대 남로당 계열의 병력은 움직이지 않았다.

여태까지 잠자코 있던 한정철의 중고등학교 동창으로 절친인 김승호가 물었다.

"무장 반란에 가담하기로 약조했던 9연대 병력이 '남로당 중앙당으로부터 지시가 없었기 때문에 움직이지 않았던 것'이라고 문상길 중위가 말했는데 절호의 기회에 중앙당이 참여를 지시하지 않았던 이유가 무엇이지?"

"남로당의 군사 프락치 총책 이재복과 지리산 유격전구 사령관 이현상 등은 군에 남로당 프락치를 더 심어 경비대의 군 전체를 좌경화하는 게 장기적인 목표였기 때문에 4 · 3 사건 무장 반란에 경비대가 참여할 경우에 군의 프락치 잠입이 조기에 노출되는 것을 우려하여, 여건과 분위기가 성숙할 때까지 기다려야 한다는 원대한 계획을 수립해 놓고 있었어. 참여하면 그들의 원대한 계획이 조기에 노출되는 것을 꺼렸던 거야. 그래서 남로당 중앙당 군사부는 9연대 남로당 프락치 문상길 중위에게 4 · 3 사건 참여를 지시하지 않았어. 결과적으로 남로당 중앙당은 정치부와 군사부가 서로 협조가 잘 되지 않았던 거야."라고 정철이 대답했다.

"만에 하나 문상길 중위가 남로당 중앙당의 의도를 무시하고 김달삼이 계획한 대로 9연대 남로당 계열의 병력이 호응하여 제주도 경찰국과 제주읍 경찰서를 공격했었더라면 4 · 3 사건의 양상은 달라졌을지도 모를 일이었네."라며 승호가 안도하는 모습을 보였다.

이에 정철은 "만일 그랬더라면 정말 큰일 날뻔했지. 당시 계획상으로는 자동차로 군병력이 이동하게 되어 있었어. 그들이 서로 협조가 잘 안되었다는 것은 우리로서는 불행 중 다행이야. 그런데 그러한 협조가 중앙당 프락치 문상길과 무장대 간에 이루어진 것이 아니고 실권이 없는 제주도당

프락치 고승옥 사이에 이루어진 것이었어."라고 안도의 숨을 내쉬며 대답
했다.

　그러나 그 이후 문상길 중위는 남로당 제주도당과 긴밀한 관계를 유지
하며 그들의 요구사항을 실천한다. 9연대 병사들의 무장 탈영 종용과 무기
공급 그리고 박진경 대령의 암살 등이 바로 그것이다.

*

미군정은 4·3 사건이 발발하자 상황이 더 이상 확전되어 악화되는 것을 막기 위하여
김익렬 연대장에게 무장대 사령관 김달삼과 평화 협상을 벌일 것을 지시한다.

# 김달삼과 김억렬 연대장, 소위 평화회담

## 소위 평화회담

4·3 사건이 발발하자 제주도 경찰과 서북청년회단 토벌대는 이들 공산 반란 세력 진압에 나섰다. 이때 국방경비대 9연대 김억렬 연대장은 4월 17일 제주 주둔 미 육군 제59 군정 지휘관 맨스필드(John S. Mansfield) 중령으로부터 남로당 무장대에 대한 진압 작전에 참여하라는 명령을 받은 데 이어 다음날 4월 18일 '본격적인 진압 작전에 앞서 남로당 무장대 지도자와 교섭하라.'는 지시도 함께 내려왔다.

맨스필드 중령으로부터 진압 작전에 참여하라는 지시를 받기 전까지 군의 입장은 중립이었다. 다시 말해서 4·3 사건 발발 당시에는 경찰이 단독으로 남로당 무장대를 상대하고 있었다. 4·3 사건 발발 이후에야 군이 비로소 토벌 작전에 가담한다.

김억렬 연대장은 민족끼리 죽이고 죽는 비극, 즉 동족상잔(同族相殘)을 막아야 하겠다는 일념으로, 또 맨스필드 중령으로부터 이 임무를 하달받은 터라, 임무를 받은 바로 그날 무장대에게 평화회담을 요청하는 전단을 만들어 4월 22일에 경비행기 L5를 통해 살포했고, 이에 김달삼이 호응하면서 1948년 4월 30일 12시에 9연대장 김익렬 중령과 인민 유격대 사령관 김달삼 사이에 안덕면 산속의 독립 초가집에서 귀순 교섭 협상이 이루어진다.

다음은 김달삼과 김익렬 연대장 간의 귀순 교섭 협상과 관련하여 김익렬 연대장이 5월 6일 보직 해임되어 육지로 떠난 3개월 후에 1948년 8월 6일부터 3일간 중앙지 국제신문에 기고한 내용이다.

이는 그가 죽기 전에 남긴 유고문과는 시차가 있으나 9연대장 해임 후 3개월 만에 바로 기고한 내용이기 때문에 귀순 협상에 관한 한 그의 유고문보다는 사실에 가깝고 신빙성이 더 높다고 볼 수 있다.

『 -중략

4월 24일 상오 6시에 "평화회담에 응할 용의가 있으나 신분보장 한다는 말은 믿을 수 없다. 작년 서울에서도 신분보장 운운하고 체포한 사실이 있는데 믿을 수 없다."고 삐라로 회답이 왔다.
4월 25일 "절대 신분보장 한다."는 고문(告文)을 또 뿌렸다. 4월 26일 또 삐라가 전달되었다.
"경비대의 신사성(紳士性)을 믿는다. 4월 29일 12시경에 회견하되 장소는 추후 통지하겠다."고 회답이 왔다.

-중략-

29일 상오 12시에 정보처(情報處)에 광목 잠방이에 밀짚모자를 쓴 34~35세의 중년 농부가 반란군의 연락관으로 경비대를 찾아왔다.
그는 간단한 인사가 있고 난 뒤 30일 상오 12시에 안덕면 산간 부락에서 회견할 것을 제기하고 공격이 심하였음을 말하는 한편 무조건 항복한다는 말까지 전하고는, 회견하는 데는 쌍방 모두 3인 이하로 하되 경비대 측에서는 총지휘관인 연대장과 그 밖에 두 사람으로 하고 무장은 서로 사양하자고 하였다. 나는 이러한 조건을 무조건 수락하였다.

-중략-

30일 나와 두 사람의 부관 그리고 자동차 운전사 모두 네 사람은 커다란 희망과 슬픔을 가득 품고 산상으로 달렸다. 산이라고 하여도 자동차가 통행할 수 있는 도로가 있었다. 이 도로는 일본군이 본토 방어 작전에 대비하고자 제주도 한라산 산록 일대에 강제 부역을 통해 만든 길이다.

-중략-

해발 300m나 되는 이 지점에서, 우리 경비대가 주둔하고 있는 대대와 중대들의 자동차와 병사의 막사들이 성냥갑을 흩트려놓은 듯이 내려다보였다. 이 순간 나는 무엇인가를 생각하였다. 우리 진지와 움직임을 이렇게 자세히 볼 수 있는 곳에서 좋은 전과(戰果)를 올리지 못하는 반란군의 군사 지휘력도 가히 짐작할 수 있었으며, 그들 산 사람에게 박격포와 중기관총 등 중화기가 없다는 것이 다행이기도 하였다.
엔진 소리도 요란히 달리는 자동차 앞에는 지게를 지고 가는 여인 3명이 있음을 보았다. 며칠 전 전투에도 지금 저 여인들 모양으로 산상에 식량을 운반하는 것을 보았다. 저들도 필시 그러한 역할을 하는 여인들이라는 것은 가히 추측할 수 있는 일이다.
갑자기 "정차!"라고 하는 소리가 들렸다. 이번에는 보초가 여인이었다. 역시 그 좌우 돌담 사이에는 약 40명으로 추산되는 복병이 있었다. 그중의 한 여인은 아까의 농부 모양으로 우리들의 행장에 상당한 주시를 하는 모양이었다. 한참 만에 우리는 이 둘째 번의 보초선을 통과하였다.
"왼편으로 꼬부라져 오른편으로 돌고 좀 더 가다가 또 왼편으로 돌으시오." 이것이 그 여인들이 일러주는 길 안내였다. 우리는 역시 한마디 말도 없이 일러주는 대로 길을 따라 올라갔다.

-중략-

점점 가까이 갈수록 집도 확실히 보였고 그 집 앞에는 아까 농부 군인 모양의 철모에 99식 소총을 멘 한 사람의 폭도가 서 있었다. 우리의 차는 그 폭도 앞으로 다가갔다. 그 폭도 초병도 역시 우리의 행장을 유심히 바라보았다.

산간 농가로는 보기 드물게 깨끗이 소제가 되어 있고 뜰에는 백일홍과 봉선화 등 이름을 자랑하는 꽃들이 아름답게 피어 있었다.

-중략-

보초병은 자동차와 운전사를 밖에 남겨두고 우리 3명을 방으로 안내하였다. 방안도 역시 아무런 장치도 벽보도 없는 보통 농가의 방이고 다만 이 회담을 하기 위하여 멋대로 만든 책상이 하나 방 가운데 놓여 있었다. 조금 있다가 문이 열리면서 젊은 사나이가 부하인 듯한 또 한 명의 청년을 데리고 들어왔다.

"동무 오시느라 수고했소."라는 소리를 듣는 순간 나는 "앗!" 하고 놀라지 않을 수 없었다. 너무 너무나 의외였다. 그것은 내가 생각하던 반란군의 지휘자와는 너무도 이미지가 상반되는 인물이었기 때문이었다. 이때 시각은 정각 12시 조금 전이었다.

반란군의 사령관이라고 하면 누구나 봉두난발(蓬頭亂髮: 쑥대머리)하고 그 사람의 인상이 좀 험악하리라 생각될 뿐만 아니라 음성까지도 우렁차고 무시무시하리라고 생각되었던 것이었다. 그러나 내가 본 소위 인민군 사령관이라는 사람은 정말 놀랄 만한 사람이었다. 마치 무슨 영화에 나오는 인기배우와도 같이 맑고 넓은 이마와 검은 눈썹 아래 별 같이 반짝이는 두 눈, 키는 좀 큰 편이나 몸집은 그리 건장하지 못하기보다 가냘픈 축에 들었다.

산에서 진두지휘할 양이면 피부 빛이라도 검붉을 것인데 살빛은 모란꽃같이 뽀얗고 새로 만든 듯한 소위 마카오 곤색 내리받이 무늬 있는 양복과 복숭아 같은 빛깔의 와이셔츠를 입고 넥타이도 서울서 유행하는 마카오 제품이었다. 구두는 미국 장교들이 신고 있는 것과 같은 것이고 양말도 역시 외국품이었다. 아무튼 어느 모로 보든지 간에 반란군의 지휘자라고는 이해하기 어려운 사람이며 몸차림이었다.

나는 얼마 후에 비로소 입을 열어 "우리는 조선의 예법에 따라 예의로서 시작하고 예의로서 끝마칩시다."라고 제안하였다. 그도 역시 동감이라는 듯이 빙그레 웃었다. 목소리와 웃는 모습 등 좀 보기 드문 미남자(美男子)였다. 그는 자기 이름을 김달삼(金達三)이라고 하였다.

나도 나의 이름을 알려주고 "나이는 몇 살이나 되느냐?"고 물었으나 그는 대답하기를 좋아하지 않았으며 서로의 신분이나 과거, 미래, 현재를 언급하지 말자고 하므로 나도 그리 알아둘 필요도 없고 구태여 물어볼 생각도 하지 않았다.

그러나 나이는 23~25세 사이의 청년이고 말씨는 서울 말씨였으며 상당한 지식을 가진 사람같이 생각되었는데 특히 그는 침착한 태도를 보이었다. 나는 자주 열려 있는 문으로 실외를 보았다. 이 집 앞은 돌담으로 쌓여있는데 그 돌담 틈으로 총구멍이 웅긋쭝긋 박혀 있는 것을 보고 빙그레 미소를 지으며 말없이 김달삼의 태도를 엿보았다. 그는 확실히 당황하였다. 얼른 눈치를 챈 김달삼의 부하가 방문을 닫았다.

나는 마침 가지고 있던 가족사진을 보이며 당신도 가족사진이 있느냐고 물었다. 그는 나의 가족사진을 물끄러미 들여다보고 퍽 처량한 표정을 지었다. 그 순간 김달삼은 무슨 결심이 있는 듯이 회의 진행을 재촉하였다.

"여기가 당신의 숙소요?"라고 쓸데없는 말을 해보았다.

"아니요. 이 회의를 위하여 좀 빌렸을 뿐이지요……."라고 그는 대답하였다. 그러자 문이 열리며 나이가 한 스무 살쯤 되는 여자가 보리차를 가지고 들어왔다. 이것도 이해하기 곤란한 것이 미남자 김달삼이와 비교하여 어떠한 의미로서 좋은 동무라고 볼 수 있듯이 상당한 미인이었다.

그 여자는 파마머리를 하였고 값진 옷을 입고 있었다. 나는 속으로 김달삼을 가리켜 이 친구는 남자를 선동하고 저 여자는 부녀자를 선동하는 것인가? 그러나 그 여자는 내가 자세히 볼 사이도 없이 나가버렸다. 김달삼은 차를 권하였다. 나는 웃으면서 "이 차를 먹고 배를 앓는 것이나 아닌지요?"라고 물어보았다. 그도 따라 웃으면서 "글쎄 적당히 생각해 주시오." 하고 자기가 먼저 찻종을 들었다. 내가 미리 생각하고 있던 바와는 달리 김달삼이 인간적으로 그리 악인 같은 인상이 없었다.

나는 또 한 번 농담하였다. "지금 그 여자는 누구요?" 이 미지 여인의 정체를 알고도 싶었다. 그는 다만 "이 집 딸인 모양이오."라고 말끝을 흐려버리고 말았다.

-중략-

끝 』

두 사람이 차를 마신 다음에 쌍방의 소위 귀순 교섭 협상은 약 4시간 동안 이루어졌는데 의견 충돌이 있었으나 분위기는 진지하였다. 김익렬 연대장은 무장대의 무장 해제 등 3개 항을 제안하였고, 김달삼은 우리와 미 군정이 도저히 받아들일 수 없는 단선(單選)·단정(單政) 반대와 경찰의 무장 해제 등 6개 항을 제안하였다.

사실 김달삼의 제안은 김익렬의 재량권을 넘어서는 것이었으므로 받아들일 수는 없었으나 김달삼도 일단 휴전에는 합의하였고, 양측은 평화적으로 사태를 수습할 것처럼 보였다. 그런데 회담 결과를 두 사람이 공동으로 서명한 문서는 없다. 김익렬 연대장의 보고에 의하면 3일 후에는 모든 전투가 중단되며 말단 조직까지 전달하는 데 애로가 있어 5일 후의 도발은 평화회담의 결렬로 간주한다는 것이다.

평화회담 결과의 공동 서명 문서가 없는 대신에 평화회담을 보장한다는 의미에서 김익렬 연대장의 가족을 인질로 잡는다는 구두 약속으로 대신하였다는 것이다. 그런데 김익렬 연대장의 주장과 달리 김달삼은 그의 극비 문서 '제주도 인민 유격대 투쟁 보고서'에 평화회담과 관련하여 일언반구도 없다. 평화회담이 그의 업적이라면 김달삼이 반드시 '제주도 인민 유격대 투쟁 보고서'에 그 업적을 자랑하기 위하여 기록했어야 했는데도 불구하고 평화회담의 '평'자도 없다.

한편 반란자의 우두머리와 회담하는 자리에서 국익을 위하여 냉정해야할 국군(국방경비대) 연대장 김익렬 중령은, 배우 같은 미남자 김달삼을 맞아, 그에게 너무 호의적이다 못해 한눈에 반한 것 같은 감정에 빠진 것 같았다. 그는 마치 시쳇말로 김달삼과 브로맨스에 빠지지 않았나 할 정도였다. 그런 성정을 가진 사람이 제주인의 생사가 걸려 있고 대한민국의 안위가 걸려 있는 협상을 진행한다는 자체가 위험한 일이다.

김억렬 중령은 태평양 전쟁 때는 학도병으로 징집되어 후쿠지야마(복지산) 육군예비사관학교를 졸업하고 일본군 소위로 임관되어 복무하다가 8·15 광복 후 귀국하였다. 김억렬은 1946년 소위로 임관되었다. 임관 후 광주 4연대 작전과장을 역임했으며, 1947년 9월 초에 제주도의 제9연대 1대대장으로 임명되었다. 그런데 연대가 아직도 창설 중이어서 1대대의 참모는 없고, 2개 중대뿐인 병력은 연대장이 직접 장악하고 있어서 9연대장인 이치업 중령 밑에서 부연대장으로 역할을 했다.

　1948년 2월 1일 이치업 중령의 후임으로 제9연대장이 되었다. 김억렬은 1948년 3월 15일에 중령으로 진급한다. 김억렬은 일본 대학 학사 출신에다 일본군 소위의 경력과 영어군사학교 1기생 출신으로서 영어까지도 구사하는 장교였다. 그런데 그는 제주도에 유배 왔다는 속 좁은 생각에 마음은 편치 않았다.

　김억렬과 같이 근무했던 전임 연대장 이치업 중령에 의하면 김억렬 중령은 평소 허풍이 심하다고 평을 하였다. 그 외 그를 아는 몇 사람도 그가 좀 허풍이 심하다는 공통된 의견을 보였다. 허풍이 심하다는 것은 듣는 사람에 따라 유머러스한 면이 좀 있다는 평일 수도 있다.

　김억렬 연대장은 무장대에는 다소 유화적이고 호의적이었지만 그의 특유의 허풍과 유머 감각으로 군대 생활을 영위하여 군단장까지 역임하고 육군 중장 계급장까지 달고 예편하였다.

　김억렬 연대장은 소위 김달삼과의 귀순 협상에서 감성에 치우쳐서, 동족상잔의 방지라는 소망이, 단지 이른바 평화 협상을 하기만 하면 이루어진다는 순진한 생각을 가진 그의 의식이 문제였다.

　공산주의자들과의 평화 협상은 신뢰할 수 없다는 것이 역사의 교훈이다. 중국의 장개석과 모택동의 양자 간 평화 공존의 '국공 합작'이 두 번이나 이루어졌지만 두 번 다 모택동이 깨고 결국 공산혁명이 일어나 중국에서 성공하였다. 장개석은 국공 합작이 모택동의 통일 전선(統一戰線) 전략이라는 것을 간파하지 못하고 모택동에게 속아서 결국 대만(타이완)으로 쫓겨나는 비운을 맞았다.

남로당 무장대 사령관 김달삼이 작성한 극비 문서인 '제주도 인민 유격대 투쟁 보고서'에 김달삼이 '평화회담을 주장하는 김익렬을 이용하자'라는 구절이 41쪽에 나온다.

> "9연대 연대장 김익렬이 사건을 평화적으로 수습하기 위하여 인민군 대표(김달삼 지칭)와 회담하여야 하겠다고 사방으로 노력 중이니 '이것을 교묘히 이용한다면 국경(군인)의 산(山) 토벌을 억제할 수 있다는 결론'을 얻어 4월 하순에 이르기까지 전후 2회에 걸쳐 군책(김달삼 지칭)과 김(익렬) 연대장과 면담하여····"

이렇게 '제주도 인민 유격대 투쟁 보고서'에 기록되어 있다. 이러한 극비 문서인 김달삼의 '제주도 인민 유격대 투쟁 보고서'의 주요 내용은 뒤에 소개된다. 그런데 이 구절, 즉 '이것(평화회담)을 교묘히 이용한다면 국경(군인)의 산(山) 토벌을 억제할 수 있다는 결론을 얻어 4월 하순에 이르기까지 전후 2회에 걸쳐 군책(김달삼 지칭)과 김(익렬) 연대장과 면담하였다.'라고 천명하고 있다. 이 구절만 보아도 김달삼은 평화회담을 통하여 진정한 평화를 바라는 것이 아니고 군경의 토벌 작전을 일단 막을 수 있다는 술책임이 드러난다. 일단 소나기를 피하고 보자는 전술이었다.

그런데 김익렬 연대장이 평화회담으로 동족상잔의 참상을 막을 수 있다고 순진한 자신감을 가진 것과 달리 김달삼은 일단 군경의 토벌을 피할 방법은 평화회담밖에 없다고 판단하고 있었던바, 서로가 다른 꿈을 꾸는 동상이몽의 평화회담이었다는 것을 '제주도 인민 유격대 투쟁 보고서'는 웅변으로 말해 주고 있다.

한편, 협상 장소와 관련하여 한정철의 오랜 친구 김승호가 물었다.

"김달삼과 김익렬 연대장 두 사람의 회담 장소가 김익렬은 '기고문'에는 안덕면 산록의 초가집이라 하고 그의 '유고문'에게서는 구억초등학교라고 하는데 어느 곳이 맞아?"

"회담 장소의 규명은 본질과 다소 거리가 멀지만 두 곳 중의 하나임에는 틀림이 없어. 그런데 협상 장소가 언론 기고문대로 산록의 초가집일 경우에 내가 의심하는 것은 두 가지야.

첫째는 회담 장소에 이르는 길이 본래 일본군이 1945년에 미군의 제주도 상륙에 대비하여 건설한 한라산 기슭의 전술도로인데, 건설한 지 3년이 지나서 도로 상태가 비에 씻겨 보수가 안 된 도로로서 움푹 깊게 파인 곳들이 너무 많아서 차량 통행이 정말 불가능했을 텐데 거기에 대하여 일언반구 언급이 없다는 점이야. 그래서 자동차로 갔다는 것이 이상한 점이지.

둘째는 그 회담 장소인 초가집의 주위를 묘사하면서 백일홍과 봉선화가 피어 있었다는 거야. 알다시피 백일홍과 봉선화는 여름철 꽃인데 4월 말에 그것도 표고 300m 이상의 한라산 기슭에 필 수 있는 꽃이 아니지 않아? 그래서 뭔가 이상하다는 생각이 들어. 이것 또한 그의 장기인 허풍이 아닌가 하고 말이야. 나는 제발 허풍이 아니기를 바랄 뿐이네."라고 정철은 초가집 회담장에 대한 그의 의구심의 일단을 피력하였다.

한정철은 이어서 "그의 유고문에는, 자네 말마따나, 그의 기고문과 달리 회담 장소가 구억초등학교라고 언급하고 있어서 도대체 어느 말이 맞는지 모르겠어. 한 입으로 서로 다른 두 말을 하고 있으니 말일세. 그런데 김달삼의 '제주도 인민 유격대 투쟁 보고서'에 김익렬을 두 번 만났다고 했거든. 그렇다면 이렇게 두 번 만난 날짜가 4월 28일과 4월 30일 양일 같은데 어느 날이 소위 평화회담의 날짜인지 김익렬 중령 자신이 혼동하는 것 같

아. 신문 기고문에는 4월 30일 산속 독립 초가집이라 하고, 유고문에는 4월 28일 구억초등학교라고 했어. 이러니 그의 말에 도대체 신뢰가 가질 않는단 말일세. 그러나 평화회담 날짜와 장소가 문제의 핵심은 아니기 때문에 그 문제에 그렇게 비중을 둘 필요는 없다고 생각하네. 단지 그의 말에 신뢰성이 떨어진다는 것밖에는 할 말이 없네."라고 말했다.

이와 같은 점을 고려해볼 때 김익렬 연대장이 4 · 3 사건을 해결할 수 있는 군지휘관이었는지는 연구의 대상이다.

## 오라리 방화 사건, 평화회담 결렬과 무관

김익렬 연대장은 소위 평화회담(귀순 협상)이 우익 대동청년단의 오라리 방화 사건으로 결렬되었다며 우익과 경찰에 책임을 돌렸다. 평화회담 바로 이튿날 5월 1일 오라리 방화 사건으로 쌍방 간 평화회담이 깨진 것으로 되어 있다. 그런데 그 방화 사건은 오비이락처럼 전개되었다.

4월 30일에 평화회담이 있었는데, 바로 하루 전날 1948년 4월 29일에 제주읍에서 한라산 방향으로 남쪽에 있는 산간 부락인 오라리 마을의 대동청년단 부단장과 단원이 행방불명되고 다음날 4월 30일 제주읍 오라리 대동청년단원의 부인 강공부와 임갑생 두 명이 무장대에 납치되었다. 두 여인 중 강공부는 죽고 임갑생은 가까스로 탈출해 이 사실을 경찰에 알렸다. 5월 1일 연미 마을에서 강공부의 장례식이 치러졌다. 경찰 트럭에 실려 고향 마을에 온 강공부의 시신은 '제기물 동산'에 안장되었다. 이때 경찰 트럭을 타고 대동청년단과 서북청년단 등 우익 청년단원 30여 명도 함께 왔다.

장례가 끝난 후 경찰관은 트럭을 몰고 돌아갔지만, 현지에 남은 대동청년단 단원들에 의해 5월 1일 12시경 연미 마을에서 당시 좌익 활동을 한 것으로 간주되었던 5명의 마을 사람의 집 5세대 12채의 초가에 대한 방화가 벌어졌고, 이에 민오름 주변에 있던 남로당 무장대원 20여 명이 총과 죽창을 들고 내려와 이들을 추적, 이 과정에서 경찰관 가족 1명(김 순경의 어머니)이 피살됐다.

신고받은 경찰이 두 대의 트럭을 타고 오후 2시경 출동하였지만 이미 마을 안의 남로당 무장대는 도주하고 사라진 뒤였다. 따라서 쌍방 간의 전투는 벌어지지 않았지만, 경찰이 마을 입구에서 난사한 총에 맞아 여성 주민

1명이 죽었다. 이것이 평화회담이 결렬된 5월 1일에 일어난 이른바 '오라리 방화 사건'이다.

여기에서 김달삼이나 무장대가 평화회담 결렬 책임의 소재를 따진 적도 없고 항의한 적도 없었다. 그러나 김익렬 연대장의 주장대로 굳이 따진다면, 협상 다음 날인 5월 1일에 오라리 방화가 일어났지만, 이 사건은 이틀 전부터 전개되던 연속적인 충돌 사건이어서 평화회담을 결렬시키기 위한 의도적인 방화로는 볼 수 없는 사건이다.

한마디로 오비이락이라고 볼 수밖에 없다. 그리고 또 당시 두 사람 간 회담 결과의 발표 내용 중에 '72시간(3일) 이내에 전투를 완전히 중지하되 산발적인 충돌은 연락 미달로 간주하고 5일 이후의 전투는 배신행위로 본다.'라는 회담 조건에 비추어 볼 때 오라리 방화 사건이 평화회담이 있은 지 5일 이후에 발생한 사건이 아니고 평화회담 바로 뒷날 발생한 사건이기 때문에 회담 결렬의 원인이라고 보는 것은 억지에 불과하다.

또한 회담 날짜가 4월 28일이라고 가정해도 회담 일로부터 3일 후에 일어나서, 5일 이후에 발생한 것이 아니기 때문에 오라리 방화 사건이 평화회담 결렬의 원인이라고 볼 수 없다.

승호가 물었다.

"평화회담이 5월 1일 오라리 방화 사건으로 결렬됐다고 김익렬 연대장과 좌파들은 주장하고 있는데 무장대 측의 반응은 어떠했지?"

"무장대 측에서는 일절 반응이 없었어. 그러니까 무장대 측에서 오라리 방화 사건에 대하여 일언반구도 없는 것은 평화회담에 대하여 기대를 걸고 있지 않았다는 뜻이고, 설령 그들이 관심을 두고 있다고 하여도 72시간(3일) 이내에 일어난 사건이기 때문에 협정 위반이 아니야. 그런데 김익렬 연대장과 좌파에서는 어렵사리 평화회담에서 평화적 해결을 약속했는데 우익과 경찰이 방해해서 평화회담이 깨졌다며 우익과 경찰에 그 결렬 책임을 돌리고 있어. 김달삼은 '인민 유격대 투쟁 보고서'에 날짜별로 작전 상황을 기록했는데 12쪽에

"5월 1일, 개(경찰) 7명, 반동(우익인사) 2명이 화북리 3구에 침입하여 탄압하려는 것을 아 부대원(무장대) 20명이 포위, 도주하는 개들을 추격, 반동 1명 숙청"

이렇게 기록한 것이 전부야. 그 어디에도 5월 1일 오라리 방화 사건에 대하여 언급한 것이 없어. 당사자인 김달삼은 오라리 방화 사건을 평화 협상 위반이라며 이의를 제기하지도 않고 있는데, 김익렬 연대장이 우군인 우익과 경찰에 책임을 전가하고 있는 것은 긁어 부스럼을 만드는 격이네. 이는 자해행위나 다름없어. 정말 한심한 일이지."라고 정철이 말했다.

여기까지 듣고 있던 승호가 "그리고 하나 더 의심스러운 것은, 지난번에도 같은 질문을 했었는데, 평화회담 날짜를 김익렬은 국제신문 기고문에는 4월 30일이라고 했고 그의 유고문에는 4월 28일이라고 언급했는데 어느 쪽이 진짜 평화회담 날짜일까? 당사자인 김익렬 연대장부터 날짜를 이렇게 서로 다르게 말하니 헷갈리네. 그러니 그의 주장에 신뢰성이 떨어져 쉽게 믿을 수가 없네."라고 덧붙였다.

"그러게 말이야. 회담 날짜의 차이가 이틀 상관이어서 그렇게 크게 의미가 있는 것 같지 않지만, 김달삼의 '제주도 인민 유격대 투쟁 보고서'에 의하면

"4월 하순에 이르기까지 2회에 걸쳐 군책(김달삼)과 김(익렬) 연대장과 면담하여…"

이렇게 기록하고 있는데 4월 하순에 이르기까지 김익렬 연대장이 김달삼과 만난 것은 총 2회야. 비밀리에 1회 그리고 공개적으로 평화회담 1회

를 가졌기 때문에 어느 날에 평화회담을 했는지 헷갈린 것으로 보이네. 유고문보다는 국제신문 기고문의 날짜 4월 30일이 맞지 않나 하는 생각이 들어. 왜냐하면 시간이 오래되면 기억이 가물가물할 때가 있기 때문이지."라고 정철이 소상히 설명하였다.

그는 이어서 "또한 김달삼의 '제주도 인민 유격대 투쟁 보고서'에, 앞에서 이미 언급한 것과 같이, 오라리 방화 사건으로 4·30 평화회담이 결렬되었다는 내용은 눈을 씻고 보아도 없어. 이는 김익렬 연대장만 평화회담의 성과를 과대 포장하여 주장하고 있지, 실제 김달삼은 평화회담에 관심도 없고 오라리 방화 사건과 관련하여 전혀 언급이 없는 것으로 보아 김익렬 연대장이 혼자 북 치고 장구 친 격이 아닌가 하는 의구심이 들 뿐이야."라고 덧붙였다.

김익렬 연대장의 유고문에 의하면 평화 교섭의 결과에 대하여 양쪽이 서명하고 이를 공동 성명으로 발표하는 일은 없었다.

김달삼이 "평화 교섭 결과에 대하여 서명할 수 있느냐?"고 제의하자 김익렬 연대장은 "서명할 수는 없고 평화 교섭 결과를 준수하겠다는 뜻으로 연대장의 가족을 인질로 잡으시오."라고 역(逆)제의하였다. 그러자 김달삼은 인질 장소로 산속은 너무한 것 같으니 대정면 소재지 민가에 거주하는 형식을 택하였다.

귀순 교섭의 결과를 성공적으로 실천하기 위해서 김익렬 연대장은 합의한 대로 그의 집식구 노모와 처 그리고 자식 등 총 3명을 최단 시간 내에 바로 약속 인질 장소인 민가에 인질로 보내야 했다. 유고문에 교섭 협상일이 4월 28일이라고 했는데 5월 1일 오라리 방화 사건 날까지 무려 3일간, 시간을 다투는 상황이었는데도 불구하고, 그는 인질을 약속 장소에 보내지 않았다.

소위 평화회담 조건인 인질 약속을 당사자인 김익렬 연대장부터 지키지 않았다. 이는 당시 교섭 협상이 실효성이 없다는 것을 이미 인정하고 시늉만 낸 것이지 양쪽 모두 교섭 협상에는 관심이 없었고 단지 각자 자기 체면과 이익만 챙기는 협상이었다고 볼 수밖에 없다.

김달삼은 당분간 군경의 임박한 토벌 작전을 막을 수 있는 실익을 얻을 수 있었고, 김익렬은 평화 교섭 협상에 임했다는 치적을 남길 수 있는 실익을 얻었다.

승호가 물었다.

"유고문이라는 말이 나왔으니 하는 말인데, 김익렬 연대장은 왜 자기가 죽은 다음에 유고문을 발표하라고 가족에게 유언하였을까? 자서전 등 자기가 하고 싶은 말은 생전에 출간하는 게 원칙이지 않아?"

"그 점을 나도 의아하게 생각하고 있어. 장군 출신이 할 말이 있으면 생전에 떳떳하고 당당하게 할 말은 해야지, 생전에 발표 못 할 무슨 곡절이 있었는지 이해가 안 가네. 혹시 있을지 모르는 주위의 신랄한 비난을 감당할 자신이 없어서 이를 회피하려는 조치일 수도 있다고 생각하네. 그러니 신뢰성이 많이 떨어지는 내용들이 포함되어 있다는 것을 웅변으로 말해 주고 있는지도 몰라."라고 한정철이 꼬집었다.

"결론적으로 소위 평화 협상이 오라리 방화 사건으로 결렬되었다는 것은 억지라는 뜻인가?"라고 승호는 단도직입적으로 정철에게 물었다.

"그래. 억지에 불과해. 김달삼은 극비 문서인 '제주도 인민 유격대 투쟁 보고서'에 오라리 방화 사건의 '오'자도 꺼내지 않았어. 그는 평화에는 관심이 없었고, 김달삼은 '제주도 인민 유격대 투쟁 보고서'에 '평화회담을 주장하는 김익렬을 이용하자'라는 구절이 41쪽에 기록된 것처럼 단지 군경의

토벌 작전을 회피하는 수단으로 김억렬과의 소위 평화회담에 임했던 것이
지."라고 정철이 대답했다.

## 9연대장 김익렬 중령 전격 경질

아무튼 이렇게 협상의 결과가 오리무중인 가운데 5월 6일 경무부장 조병옥과 9연대장 김익렬 간에 몸싸움까지 벌어지는 지경까지 이른다.

5월 6일 제주 미군정청 사무실이 있는 제주중학교에서 미군정장관 딘 (Dean) 장군이 주재하는 긴급 대책회의가 소집되었다. 육지에서 민정장관 안재홍, 경비대 사령관 송호성 준장, 경무부장 조병옥이 참석했고, 제주도에서는 제주 군정장관 맨스필드(Mansfield) 중령, 제주도지사 유해진, 9연대장 김익렬 중령, 제주도경국장 최천 등 내로라하는 사람들이 모인 긴급회의 자리였다.

이 자리에서 김익렬 연대장이 첫 발언자로 발언을 하였다.

"제주도 폭동은 육지인에 대한 제주 도민의 배타성, 경찰의 밀수 단속으로 인한 주민의 난동에 공산분자와 불평분자가 편승한 탓입니다."라고 말했다.

그는 이어서 "경찰의 기강이 문란하여 진압 작전에 지장이 많으니 제주도경의 지휘권을 저에게 주십시오."라고 요구했다. 그러자 그렇지 않아도 제주 경찰로부터 김익렬 연대장이 평소 남로당 무장대에 유화적이라는 보고를 받고 있던 터여서 화가 난 경찰의 총수 경무부장 조병옥이 되받아쳤다.

"연대장의 말은 경찰을 중상모략하기 위한 허위 조작입니다."

그는 김익렬 연대장을 손가락으로 가리키면서 "저기 공산주의 청년이 한 사람 앉아 있소."라고 크게 소리를 질렀다.

그는 이어서 "나는 처음으로 국제 공산주의(코민테른: Comintern)가 무서운 줄 알았소. 헝가리, 루마니아, 체코슬로바키아 등지에서 그랬듯이 처음에는 민족주의를 앞세워 각지에서 폭동으로 정부를 전복하고 나중에는 본

색을 드러내듯이 공산주의자들의 상투 수단이오."라고 일갈하였다. 이에 격분한 27세의 김억렬 연대장이 단상으로 뛰어 올라가 고함을 질렀다.

"내가 왜 공산주의자냐?"

그는 자신의 나이보다 두 배나 많은 54세의 조병옥 경무부장의 멱살을 잡고 흔들어 대었다.

이를 본 최천 도경국장이 단상에 뛰어 올라가 뜯어말렸다. 회의장은 순식간에 아수라장이 되었다. 이런 광경을 본 적이 없는 딘 장군과 맨스필드 중령은 눈을 크게 뜨고 말똥거리기만 했다.

조선경비대 사령관 송호성 준장이 호통쳤다.

"이놈, 연대장! 이놈이 누구에게 폭행이냐? 네 놈 죽을 줄 모르느냐?"

민정장관 안재홍도 "외국인들 앞에서 이게 무슨 짓이오?"라고 일갈했다.

드디어 딘 장군이 미군 헌병을 투입하여 난장판을 수습하였다.

딘 장군은 퉁명스러운 어조로 "오늘 회의는 이것으로 해산이오."라고 언급하고는 나가버렸다. 이에 민정장관 안재홍은 "민족의 비극이오."라고 말하며 눈물을 흘렸다.

사실인즉, 김억렬 연대장은 무장대에 유화적이었다. 김억렬 연대장은 또 미군정 지휘관 맨스필드 중령으로부터 4월 17일부터 남로당 무장대에 대한 진압 작전에 참여하라는 명령을 받았으나 5월 10일까지 별다른 성과를 내지 못했다. 무장대의 '제주도 인민 유격대 투쟁 보고서'에

"5·10 투쟁까지는 국경으로부터 아무런 공격도 없어 우리의 활동에는 크나큰 이익을 가져왔다."

이렇게 기록할 정도로 9연대장 김익렬 중령은 시늉만 내었지 진짜 토벌다운 토벌 작전은 하지 않았던 것으로 나타났다. 4·3 사건 발발 이후 '동족상잔(同族相殘)은 막아야 한다.'는 신조 때문에 김익렬 연대장이 진압 작전에 소극적이어서 남로당 무장대는 태평성대를 구가했다는 뜻이다. 김익렬 9연대장은 조병옥 경무부장과 멱살잡이를 한 바로 그날 5월 6일부로 해임되어, 전라남도 여수읍 주둔 제14연대장으로 전출되었다. 이리하여 김익렬의 후임 연대장으로 박진경 중령이 급거 부임한다.

박진경 연대장이 부임하자마자 5월 10일에 제주도에서 치러진 제헌 국회 선거 시에 무장대의 방해공작으로 투표자 숫자가 과반을 넘지 못하여 3곳 중 2곳이 선거 무효가 되어 2명의 국회의원을 배출하지 못했다. 결국 4·3 무장대들의 선거 방해 공작에 의해 5·10 제헌 국회선거가 제주 '갑' 지역과 '을' 지역 등 2곳에서 좌절됨으로써 4·3 무장대는 그들의 목표인 단선 반대의 목표를 삼분의 이(2/3)는 달성하였다. 이렇게 무장대는 4.3 무장반란을 일으키고 단선(單選) 반대의 목표까지 달성하는 지경에 이른다.

한편 김익렬 중령이 연대장으로 부임한 14연대는 5개월 후에 여순 10·19 반란을 일으킨 바로 그 연대이다. 그러나 김익렬 중령은 14연대장으로 약 1개월간만 근무하고 반란 4개월 전에 이미 14연대를 떠난다. 그는 박진경 대령 암살과 관련하여 약 한 달간 CIC(미군 방첩대) 조사를 받았으나 혐의가 없자 무혐의 조치를 받고 제13연대장으로 보임된다.

<hr/>

*

박진경 대령은 부임 43일 만에 남로당 중앙당 프락치 문상길 중위의 사주를 받은 손선호 하사에게 암살된다.

# 11연대장 박진경 대령 암살과 군경의 토벌 작전

## 박진경 대령 암살

박진경 중령은 1948년 5월 6일 9연대장 김익렬 중령의 후임 연대장으로 취임한다. 박진경 중령은 1920년 1월 22일 경상남도 남해군 남면 홍현리에서 태어났다. 진주고등보통학교를 졸업하여 일본 오사카 외국어대학 영어과에서 공부하였다.

태평양 전쟁 때에는 학병으로 징집되어 일본육군 공병학교를 졸업하고 소위로 임관된 후에 제주도에 주둔했던 일본군 58군 소속으로 복무하였다. 그래서 그는 제주도 지리를 어느 정도 아는 연대장이었다.

그는 해방 후에 조선경비대 장교로 현지 임관되어 조선경비대 총참모부 인사국장을 지냈다. 그는 외국어대학 영어과 출신으로 영어에 능통하여 미군정하에서 조선경비대 소속 장교로서 미군과 소통이 잘 되어 미군정의 신뢰를 받게 된다.

또한 그는 일본군 장교로 복무한 터라 군인으로서 능력도 출중했다. 미군정은 그의 출중한 능력을 인정하여 딘 군정장관이 1948년 5월 6일 김억렬 9연대장 후임으로 그를 전격 발탁한다. 그는 새로 제주도에 전개되는 11연대장으로 취임하고 9연대는 1개 대대 규모로 축소되어 이세호 대위(육군 참모총장 역임)가 지휘하게 되었다.

그런데 취임 2주 만인 5월 20일 9연대 1대대 병력 41명이 느닷없이 집단으로 소총과 탄약 14,000발을 트럭에 싣고 탈영하여 한라산으로 올라가 남로당 무장대와 합류하는 엄청난 사건이 발생한다. 최 상사의 지휘하에 하사관(부사관)이 11명이고 병이 30명이었다.

이들은 대정 경찰지서에 들러 무장대를 토벌하러 나왔다고 거짓말을 한 후 경찰관들을 안심시키고 경찰 4명과 급사 1명 등 총 5명을 살해하고 지서장 등 2명에게 부상을 입힌 후 서귀포까지 가서 민간 차량을 탈취하여 한라산으로 올라갔다.

이들 중에는 제주 출신들이 꽤 많이 포함되어 있었다. 공산 무장대를 적극적으로 토벌해야 할 제주 출신 군인마저 탈영하여 산 폭도 무장대와 합류하니까 '제주도 빨갱이'라는 오명이 확산되기 시작했다.

불행 중 다행히 이튿날 그중 21명을 대정 부근에서 체포하고 소총 19정과 탄약 5,600발을 회수하기는 했지만 이러한 집단 무장 탈영 사건은 그동안 반란군 무장대와 문상길 중위 등 남로당 세포들 간에 합의된 사항이고 당시 경비대 내에 좌익이 오래전부터 똬리를 틀고 있었다는 증거이기도 하다.

이렇게 21명이 낙오되어 체포된 것은 무장대와 문상길 중위 간에 탈영병들과 접선을 위한 장소와 시간 등에 오차가 있었기 때문이라고 김달삼의 '제주도 인민 유격대 투쟁 보고서'에 기록되어 있다.

이세호 대대장(제2대 주월 한국군 사령관, 육군 대장, 육군 참모총장 역임)은 박진경 11연대장에게 이러한 사실을 보고하려 했으나, 탈영병들은 용의주도하게도 전화선마저 모두 절단해 버렸다. 주번사령 문상길 중위에게 "부재중 더 이상의 사고가 나지 않도록 당부한다."라는 말을 남기고 부랴부랴 발동선 통통배를 타고 모슬포에서 제주읍 11연대 본부로 향했다.

상황이 어수선한 때인지라 도로를 이용하여 제주 읍내로 가다가 무장대의 매복에 걸릴까 봐 이세호 대대장은 고육지책으로 안전한 해상교통을 이용할 수밖에 없었다. 이세호 대대장은 박진경 연대장에게 자초지종을 보고했다.

박진경 연대장은 "이 대위, 충격이 얼마나 컸겠는가? 귀관이 지휘하는 9연대는 제주도 병사들이 많으니까 당분간 토벌 작전에 9연대 투입을 보류하고 별도 명령이 있을 때까지 장병들 신상과 동태 파악에 최선을 다하시오."라고 오히려 이세호 대위를 위로해 주었다. 귀대 후 문상길 중위에게 박진경 연대장의 지시사항을 소상히 전해 주었다.

그런데 상황이 다급해지자 토벌 작전 참가가 보류되었던 9연대 1대대도 참가하지 않을 수 없었다. 드디어 이세호 대위가 지휘하는 9연대 1대대도 토벌 작전에 참여하였다. 6월 14일 한라산 중턱에 있는 어승생악 동굴을 수색하게 됐다. 이 동굴은 남로당 무장대들의 보급창고였다. 동굴 내부에 들어가자 재봉틀, 쌀과 보리 등 식료품, 의약품, 의복 등 엄청난 양의 식량과 보급품이 쏟아져 나왔다.

이때 문상길 2중대장은 마음에 내키지 않은 토벌에 참여하고 있었다. 무장대의 보급품이 털리는 것을 보고 문상길 중위의 마음이 쓰라렸다. 전과를 보고 받은 박진경 연대장은 기분이 좋아서 "9연대 1대대는 제주북국민학교로 이동해 휴식하면서 차기 작전을 준비하라."라고 격려까지 해주어서 이세호의 1대대는 제주 읍내에 있는 제주북국민학교에서 휴식하며 정비하고 있었다.

이세호 대대장이 쉬고 있는데 문상길 중위가 느닷없이 찾아와 "일신상의 사정이 있으니 다른 부대로 전출시켜 주십시오"라고 요청했다. 이세호 대대장은 "얼토당토않은 소리 그만해."라며 일언지하에 그의 청을 거절하였다.

며칠 후 문 중위는 다시 대대장을 찾아와서 "몸이 아파 병원에서 입원 치료를 받아야겠습니다."라고 보고하였다. 대대장은 즉시 그의 입원을 허가했다. 나중에 알고 보니 그의 입원은 토벌 작전을 피하려는 목적이었고, 박진경 대령을 암살하기 위하여 병원에서 손 하사 등에게 구체적인 지시를 하게 된다.

새로 11연대장으로 취임한 박진경 연대장은, 남로당 무장대와의 평화 협상 등 평화적인 해결과 소극적인 진압 작전을 중시하던 김익렬 연대장과 달리, 선무 작전(공작)과 아울러 적극적인 진압 작전을 펼쳤다.

박진경 연대장은 4차에 걸쳐 토벌 작전을 전개한다. 제1차(5. 27~28)는 2일간 한라산 산록 일대를 토벌, 제2차(5. 30~6. 2)는 4일간 제주도를 4개 지대로 나누어 서쪽 해안에서 동쪽 해안까지 서에서 동으로 제주 전 지역을 훑는 토벌, 제3차(6. 3~6. 12)는 각 부락에 주둔하며 토벌, 제4차(6. 13~6. 17)는 5일간 한라산 백록담을 중심으로 포위 토벌 작전을 전개하였다. 이리하여 박진경 연대장이 취임한 후 43일(6주간)의 단기간에 걸쳐 진행한 토벌 작전으로 불순분자로 보이는 제주 도민 5,000여 명이 체포되었다.

그는 체포하여 구속만 하였지 10월 17일 이후 소개령에 따른 소위 초토화 작전 때처럼 불순분자들을 즉결 처분하지 않았다. 단지 극소수만 희생될 정도로 박진경 연대장은 선무 작전(공작)에 심혈을 기울여 무고한 희생자가 없도록 진압 작전을 전개하였다.

어쨌든 박진경 연대장의 적극적이고 과감한 진압 작전으로 무장대의 준동이 일시 주춤하였다. 박진경 연대장은 선무 작전(공작)과 더불어 대대적인 검거와 체포 작전으로 경비대의 강력한 토벌 의지를 과시함으로써 일반 주민들에게도 공포심을 심어주어 무장대와 주민을 분리했으며, 남로당 무장대를 산속으로 몰아넣어 고립시키는 데 일단은 성공했다.

이러한 공로를 인정받아 박진경 연대장은 1948년 6월 1일 대령으로 고속 승진한다. 하지만 그의 단기간 내 선무 작전(공작)과 과단성 있는 진압 작전은 일반 주민을 공포심에 떨게 하였고, 좌익 성향의 군인이 있는 경비대 내에서도 동요가 일어났으며, 남로당 무장대는 국방경비대(군인)가 그동안 무장대와 노골적인 적대관계가 아니었었는데, 박진경 연대장이 취임하자 갑자기 국방경비대(군인)가 경찰과 마찬가지로 그들에게 적이라고 인식하게 하는 계기가 되었다.

한편 제헌국회 선거일 5월 10일(갑을 2개 지역구 선거 좌절) 제주 읍내에서 남로당 무장대의 대표로서 군책(軍責, 김달삼)과 조책(組責, 김양근) 등 2명과 국방경비대 오일균 대대장과 부관 그리고 9연대 정보관 이(윤락) 소위 등 5명이 회담하여 박진경 연대장의 암살을 모의하는 지경에 이른다.

박진경 연대장이 대령으로 진급하자 6월 17일 제주도 유지들이 제주 읍내 요릿집(요정) 옥성정에서 대령 진급 축하연을 베풀었다. 진급 축하연에서 박진경 대령은 기분 좋게 술을 좀 마시고 숙소로 돌아와 잠자리에 들었는데 6월 18일 새벽 3시 20분경에 부하의 총에 맞아 암살된다. 그의 나이 29세, 아까운 청춘이었다.

박진경 연대장의 강경 진압에 불만을 품은 좌익 문상길 중위가 김달삼의 암살 지령을 받고 위생병 손선호 하사를 사주하여 M1 소총으로 잠자는 자기 상관인 연대장 박진경 대령을 암살하게 했던 것이다.

손선호 하사는 경주 출신으로서 일찍이 대구 폭동에 가담하였다가 경찰의 추적을 피하여 군에 입대하였다. 육지에서 파견된 오일균 소령의 5연대 1대대 병력의 일원이었다.

수사 과정에서 문상길 중위를 비롯해 양회천 이등상사와 신상우 일등중사 등 일등중사 2명 그리고 손선호 하사 및 배경용 하사 등 하사 4명이 전격 체포되었다. 이들 중에 문상길 중위, 신상우 일등중사, 손선호 하사, 배경용 하사 등 4명은 8월 14일 열린 군법회의에 넘겨져 군사재판에서 사형을 선고받았으며, 이들 중 2명 문상길 중위와 손선호 하사는 9월 23일 경기도 수색에서 총살형이 집행되었다.

문상길은 군사 법정에서 도민의 학살을 막기 위하여 강경 진압의 장본인인 박진경 대령을 암살하였다며 도민의 안전을 최고의 가치로 판단하였다고 주장하였다. 그러나 그의 목적은 도민의 학살을 막기 위한 행동이 아니고 한라산의 남로당 무장대 조직의 수호 및 방어와 안전을 위한 조치였다.

박진경 연대장은, 바로 직전 연대장 김익렬의 유화적인 태도와 남로당 무장대와 내통했던 것에 비교하여 볼 때, 남로당 무장대로서는 공포의 대상이었다. 이런 박진경 대령을 그냥 놔두면 한라산의 남로당 무장대는 얼마 못 가서 전멸할지도 모른다는 공포심 때문에 김달삼은 오일균 소령 등에게 제거하라는 지령을 내린다. 김달삼은 악의 뿌리를 싹부터 잘라야 한다는 판단하에 암살이라는 극단적인 결론에 다다른 것이다.

'제주도 인민 유격대의 투쟁 보고서' 41쪽에

"5·10 제주읍에서 도당 대표로서 군책(軍責, 김달삼), 조책(組責) 2명과 국경 측에서 오일균 대대장 및 부관 9연대 정보관 이 소위 등 3명과 계(計) 5명이 회담하여
ㅇ 국경 프락치에 대한 지도 문제

o 제주도 투쟁에 있어서 국경이 취할 태도

o 정보 교환과 무기 공급 등 문제를 중심으로 토의한 결과 다음의 결론에 의견의 일치를 보게 되었음.

Ⓐ -생략-

Ⓑ 제주도 치안에 대하여 미군정과 통위부에서는 전면적 포위 토벌을 지시하고 있으나 이것이 실행되면 결국 제주도 투쟁은 실패에 돌아가고 만다. 그러므로 국경에서는 포위 토벌 작전에 대하여 적극적인 사보타주 전술을 쓰며 국경 호응 투쟁에 관해서는 중앙에 건의한다. 특히 대내(隊內) 반동의 거두 박진경 연대장 이하 반동 장교들을 숙청하지 않으면 안 된다.

Ⓒ -생략-"

여기에서의 핵심 내용은 국경이 토벌 작전을 못 하도록 태업을 할 것과 박진경 연대장을 숙청하라는 2가지다. 이는 박진경 연대장이 취임한 지 불과 4일 후에 김달삼이 오일균 소령 등에게 지시한 내용이다. 그러니까 김달삼은 박진경 연대장이 강경 진압 작전을 전개하기 전에 이미 암살을 계획한 것이어서 문상길이가 30만 제주 도민의 희생을 막기 위하여 암살할 수밖에 없었다는 것은 변명을 위한 변명에 지나지 않는다.

승호가 놀란 표정으로 물었다.

"정철, 김억렬 유고문에는 박진경 대령이 '폭동 진압을 위해서는 제주 도민 30만을 희생시키더라도 무방하다.'라고 소위 막말했다던데 같은 민족을 그렇게 다 죽여도 좋다고 실제로 그런 말을 한 거야? 정말로 그랬었다면 그것은 보통 문제가 아니지 않은가?"

"그건 악의적인 발언이라고 생각하네. 박진경 연대장이 아마 정신 교육 시에 부하들에게 '어떠한 희생을 치르더라도 공산반도(共産叛徒) 무장대를 소탕해야 나라가 산다.'라는 뜻으로 강조한 것을 그렇게 곡해하지 않았나 하는 생각이 들어."라고 정철이 대답하였다.

그는 이어서 "박진경 연대장이 취임하고 얼마 지나지 않아 바로 강경한 토벌 작전을 펼쳐 불순분자 5,000여 명을 체포하였어. 이 중에 극소수만이 희생되었을 뿐이야. 그런데 김억렬 중령이 주장한 대로 박진경 연대장이 '폭동 진압을 위해서 제주 도민 30만 명을 희생시켜도 무방하다.' 했으니, 그 5,000여 명을 그렇게 수고스럽게 체포할 일이 아니고. 체포와 동시에 현장에서 전부 처형했어야 하는 것 아닌가? 그런데 극소수만 처형하고 나머지 5,000여 명을 체포했었던 것을 어떻게 설명할 것인가?"라며 오히려 승호에게 반문하였다.

"그러니까 '박진경 대령이 그런 뜻으로 말도 안 했겠지만, 설령 그렇게 말을 했었더라도 그것은 엄포에 지나지 않았다는 것이 증명된 것 아냐?'라고 나의 동의를 얻고 싶어서 그런 질문을 하는 거지?"라고 승호가 되물었다.

"그런데 왜 박진경 연대장의 말을 왜곡하여 그를 폄훼하고 확대 재생산하는지 모르겠어. 무고한 양민의 희생은 9연대장 송요찬 중령에 의해 1948년 10월 17일 소개령이 내려지고 11월 17일 계엄령이 선포되면서 발생하기 시작한 것이지, 박진경 연대장의 43일(6주)간 근무 동안에 일어난 일이 결코 아니라는 것을 알아야 하네. 그는 선무 작전(공작)을 펼쳐서 무장대와 주민을 분리하는 데 최선을 다하여 5,000여 명을 검거하였던 거야. 즉결 처형이란 게 없었잖아? 그런데 왜 '제주 도민 30만을 죽여도 무방하다.'라는 말을 했다며 비난하는 의도가 무엇인지 나는 잘 모르겠어."라고 정철이 주장했다.

그는 이어서 "박진경 연대장이 설령 그런 과격하고 악의적인 말을 했다고 치자. 그런데 결과는 인명을 살상하지 않고 전부 검거하여 체포하지 않았는가? 이는 박진경 연대장이 인명 중시 사상을 가졌기 때문이라고 생각하네. 이래도 박진경 연대장이 '제주 도민 30만을 희생시켜도 무방하다.'라고 말했다고 좌파는 계속 주장할 수 있을까?"라고 되물었다.

당시 9연대 본부에 병사로 근무했던 서귀포 출신 한성택 예비역 소령(현재96세)은 "박진경 대령이 정신교육 시간에 토벌 당위성을 강조했으나 그런 극단적인 말을 한 적이 없다."고 술회했다. 한성택은 수도사단 1연대장 한신 대령 밑에서 소대장으로 낙동강 방어 전선에서 혈투를 벌였던 역전의 용사이다.

'제주 도민 30만의 희생 무방설'은 한국 역사상 처음으로 2024년 노벨 문학상을 받은 한강 작가도 4·3 소설 '작별하지 않는다'에 "이 섬에 사는 삼십만 명을 다 죽여서라도 공산화를 막으라는 미군정의 명령이 있었고···" 라고 인용하였다. 화자에 따라 제주 좌파는 박진경 대령의 명령이라 하고, 노벨 문학상 수상 작가 한강은 미군정의 명령이라고 했다. 누구의 말이 맞으며 실제로 그런 발언이 있기나 했던 것인지 의구심을 지울 수 없다.

그러자 승호가 물었다.

"그런데 좌파들은 왜 김익렬 중령은 추앙하면서 박진경 대령은 악마화하는 거지? 지난해에는 일부 사회단체에서 박진경 추모비를 철창으로 에워싸서, 죽어서도 감옥살이를 해야 한다는 식의 퍼포먼스까지 벌인 적이 있잖은가?"

"좌파는 그들이 추앙하는 김익렬 중령은 동족상잔의 비극을 막기 위해 평화 협상을 하였다고 주장하고 있으나, 그 내막을 알고 나면 꼭 그렇지도 않네. 김달삼의 기록에 의해 김익렬 연대장의 정체가 드러날 걸세. 조금만 참으면 뒤에 그의 정체에 관한 이야기가 나오니까 그때 그를 판단하세. 김익렬 중령은 토벌도 제대로 안 하고 반도 무장대의 편을 많이 들어주었던 연대장이야.

이에 반해 박진경 연대장은 4·3 사건 이후 처음으로 대대적인 토벌 작전을 벌이니까 무장대와 좌파는 두려운 나머지 박진경 연대장이야말로 그들의 원수일 수밖에 없었다고 나는 생각하네. 비록 즉결 처형은 없었지만 불순분자를 5,000여 명을 검거하였으니 그들은 패닉 현상에 빠질 수밖에 없었던 거야. 그래서 악에 받쳐 박진경 연대장에게 악담을 퍼붓고 있는 거지.

무고한 수많은 희생자의 발생은, 아까 이미 말했지만, 10월 17일 소개령이 하달되면서 시작되었는데도 불구하고 그 효시가 박진경 연대장이 강경토벌 작전을 전개하면서 시작되었다고 보는 데서 출발한 것 때문이라고 보네."라고 정철은 대답했다.

그런데 당시 미군정의 미 24군단 G2 정보 보고서(1948. 7. 2)에는 다음과 같이 기록되어 있다.

"6월 30일 국방경비대(국군) 11연대가 지난 6주 동안의 제주도 토벌 작전 결과 약 4,000명의 폭도 혐의자를 체포해 조사했다. 이들 중 약 500명은 경찰과 국방경비대 그리고 미군 조사요원에 의해 조사받은 후 감금되었다. 폭도 20명을 사살하고 소총 약 50정과 칼 등을 노획하였다고 보고했다. 현재는 기상 조건상 토벌 작전을 보류해 놓고 있는데 국방경비대 4개 대대가 섬 주위의 순찰 임무를 띠고 중요한 지역 곳곳에 배치되어 있다."

이 미국 측 보고서의 내용은 지금까지 우리가 11연대장 박진경 대령의 토벌 작전 결과를 조명하고 논한 바와 큰 차이가 없다.

박진경 대령은 토벌 기간에 반도 무장대와 불순분자 20여 명을 처형했지만, 김달삼은 같은 기간에 반동분자라며 도민 총 298명을 살해하였다. 김달삼의 '제주도 인민 유격대 투쟁 보고서'의 37쪽에 기록된 '전도 면별(面別) 전과 일람표'에 의하면 4. 3~6. 18일 간의 전과 현황이 사살 총 298명으로서 그 세부 내용은 경찰 56명과 우익인사 223명 그리고 그 가족 19명이나 된다.

이 현황만 보더라도 누가 제주 도민을 많이 살해하였는지를 알 수 있다. "도민 30만을 희생시켜도 무방하다."라고 극언했다던 박진경 대령은 20여 명을 처형했지만 "모두가 평등하게 잘 살 수 있는 세상을 만들겠다."던 김달삼은 도민 300여 명을 살해하였다. 누가 더 제주 도민을 사랑했는가. 도민 20명을 처형한 박진경 대령인가, 아니면 무려 도민 300여 명을 죽인 김달삼인가. 누가 더 악인(惡人)인가. 이래도 박진경 대령이 김달삼보다 더 악마라고 치부할 수 있는가. 김달삼은 박진경 대령보다 15배나 되는 도민을 살해하였다. 김달삼은 같은 기간 동안, 4 · 3 사건 당일 27명의 희생자를 빼더라도, 272명을 살해한 것이다. 누가 제주 도민을 더 사랑했다고 볼 수 있는가.

우리가 어떤 사람을 평가할 때 그의 말만 가지고 평가하는가 아니면 행동이나 실천 여부를 가지고 평가하는가. 실천 여부의 결과를 가지고 평가한다. 박진경 대령이 소문대로 극언하지도 않았겠지만 설령 그랬다손 치더라도 '제주 도민 30만을 희생시켜도 무방하다.'라는 극언만 두고 평가할 것인가 아니면 그가 극언대로 도민을 무자비하게 처형하였는지, 즉 처형 여부의 결과를 가지고 평가할 것인가.

물론 처형 여부의 결과를 가지고 평가해야 할 것이다. 박진경 대령은 43일(6주)간 복무기간 동안 5,000여 명을 검거하여 체포만 하였지, 그의 극언대로 처형하지 않았다.

정철은 승호를 쳐다보며 "우리가 필요로 하는 군 지휘관은 말로는 동족상잔을 막겠다고 하며 뒷구멍으로는 적장과 한 통속이었던 지도자는 아닐걸세. 박진경 대령의 암살로 실기하는 바람에 호미로 막을 수 있었던 4 · 3 사건을 가래로도 막지 못하는 꼴이 되어 억울한 인명피해가 많았던 것으로 판단되네."라며 박진경 대령의 암살로 결국 도민들의 피해를 더 키우는 결과를 초래했다고 탄식하였다.

한편 암살 소식을 접한 딘(Dean) 군정장관(육군 소장)은 "내 손으로 박진경 대령의 시신을 수습해서 오겠다."라며 전용기인 C-47 수송기를 타고 제주도에 직접 내려와 시신을 손수 수습하여 전용기에 싣고 서울 김포공항에 도착하였다.

백선엽(육군 대장, 참모총장 역임) 중령이 김포공항에서 딘 장군과 박진경의 시신을 맞이했다. 박진경 대령은 한때 백선엽 중령의 부하였으나 대령 계급장은 백선엽보다 먼저 달 만큼 한·미군의 신뢰가 두터웠던 장교였다.

백선엽은 "박 대령의 시신을 직접 몸소 싣고 온 딘 장군의 표정은 매우 침통했다. 그가 아꼈던 한국군 장교를 먼저 저세상으로 떠나보낸다는 개인적인 슬픔을 전혀 감추지 않았다."라고 술회했다.

이어서 백선엽은 당시의 한 미군의 느낌을 "그러나 딘 장군이나 우리 모두에게 한결같이 머릿속을 파고들던 생각이 있었다. '도대체 좌익이라는 존재가 무엇이기에 부대장이 부하에게 살해당하는 일이 벌어지는가'였다. 좌익이 어디까지 파고들어 왔으며, 그들은 장차 대한민국 건국 뒤에는 어떤 활동력을 보일 것인가. 그리고 우리는 어디까지 그들을 용인해야 하는가. 그런 생각이 우리 군 수뇌부와 미군 지도부의 뇌리를 맴돌았다."라고 회상하였다.

박진경 대령의 장례식은 딘 군정장관의 참석 하에 육군장 제1호로 치렀다. 딘 군정장관은 한국군의 위대한 영웅 한 사람을 잃었다며 애통해하였다. 박진경 대령은 당시 백선엽 중령(대장, 육군 참모총장 역임)보다 빨리 진급할 정도로 장래가 촉망되었던 유능한 장교였기 때문에 그의 죽음은 한국군의 큰 손실이었다.

제주도에서는 충혼묘지에 그의 추도비가 도민의 이름으로 1952년 세워졌고, 남해군 군민공원에는 1990년 그의 동상까지 세워졌다. 특히 그의 고향인 남해에서는 그의 양자로서 예비역 육군 준장 출신이며 국회의원을 역임한 박익주 장군의 헌신적인 노력으로 '창군 영웅'으로까지 여겨지고 있다. 그의 아들이며 박진경 대령의 손자인 박철균 장군(예비역 준장)도 육군사관학교 출신으로서 대대로 무골 집안이다.

한편 박진경 대령은 미군정장관 딘 장군이 제일 총애하고 인정하는 명실상부한 한국군의 표상이고 영웅이었다. 박진경 대령을 발탁했던 딘 장군은 미군정장관을 마치고 일본에 주둔했던 제24사단장으로 보임된 후 6·25 전쟁이 발발하자 미군 최초로 미24사단을 이끌고 한국전쟁에 참전한다. 그런데 딘 장군은 대전지구 전투에서 북한군의 포로가 되었다가 1953년 7월 27일 정전 협정이 이루어지자 포로 교환으로 석방된다. 딘 소장은 이처럼 한국과 인연이 깊은 미군 장군이다.


한편 해체되었던 제9연대는, 11연대가 제주를 떠나 육지로 이동 배치되자 7월 15일 재편성되었고, 연대장으로는 제11연대 부연대장이던 송요찬 중령(육군 중장, 육군 참모총장 역임)이 임명되었다.

송요찬 중령은 제9연대의 숙군을 시행해 좌익 혐의자들을 발본색원했다. 비극적인 박진경 대령 암살 사건은 여수 14연대 반란 사건과 함께 국방경비대가 숙군에 박차를 가하는 계기가 되었다.

숙군이라는 말에 승호는 궁금한 눈치를 보였다.

"정철, 숙군이라는 말이 나와서 갑자기 생각나는 게 있어서 그런데, 문상길이가 박진경 대령 암살 사건이 아니더라도 숙군할 때 숙군에 포함되어 처형됐을 거라고 그러던데 정말인가? 김달삼의 기밀문서에 문상길의 죄상이 기록되어 있다고 들었네. 그게 사실인가?"

"그래, 그게 사실이야. 그 기밀문서는 극비 문서로서 김달삼의 '제주도 인민 유격대 투쟁 보고서'일세. 그 극비 문서에 문상길 중위의 이적 행위가 기록되어 있어. 그 극비 문서의 '제주도 인민 유격대 투쟁 보고서'의 내용을 나중에 뒷장에서 보면 알게 되겠지만, 문상길은 비밀리에 적장 김달삼을 만나고 반도 무장대에 소총과 실탄을 제공했을 뿐만 아니고 병사 41명을 집단으로 탈영시켜 한라산으로 올라가 무장대에 귀순하도록 막후에서 조종했던 인물이야."라고 정철이 그의 이적 행위 3가지를 설명해주었다.

그러자 승호가 놀란 표정을 지으며 물었다.

"그래? 그렇다면 문상길은 뼛속까지 새빨간 빨갱이였네. 그런데 일부 4·3 단체는 2022년에 경기도 고양시 망월산 근처에 가서 문상길 중위와 손선호 하사를 위한 진혼제까지 지냈다는데 그들은 문상길의 그런 이적 행위를 알고서도 그런 거야?"

"그들은 그렇게 깊은 내용은 모르고 그랬을 거야. 그들은 문상길이 비록 좌익일지라도 박진경 연대장이 제주 도민을 전부 죽이려 달려드는 것으로 잘못 알고서 그것을 막기 위해, 즉 애민정신의 발로로 박진경 대령을 암살한 것으로 보고, 동정심 때문에 진혼제를 지내지 않았을까 하는 생각이 들어. 그들이 문상길이 이적 행위를 서슴지 않은 골수 공산주의자라는 것을 알았으면 그렇게 처신하지 않았을 것으로 믿고 싶네."라고 정철은 자신의 소견을 피력하였다.

문상길 중위는 경상북도 안동 출신이며 육사(경비대 사관학교) 3기생이다. 그는 중대장으로서 육사 2기생 이세호 대위(육군 대장, 육군 참모총장 역임)를 대대장으로 모시고, 육사 5기생 채명신 소위(육군 중장, 제1대 주월 한국군 사령관 역임)를 휘하에 소대장으로 두고 근무했었다.

## 군경(軍警)의 대대적인 무장대 토벌 작전

암살된 11연대장 박진경 대령의 후임으로 최경록(육군 중장, 육군 참모총장 역임) 중령이 6월 21일 부임하였다.

전임 연대장의 살해범 체포에 노력을 기울인 결과 7월 초순에 어느 하사관의 투서로 암살범 문상길 중위 등 일당 8명을 검거하는 데 성공한다. 연대장은 암살범이 체포되자 장병들의 사기를 북돋우려고 정신 교육을 강화하면서 토벌 작전을 수행하였다.

1948년 7월 24일 제11연대를 수원으로 원대 복귀시키고 7월 15일부로 재편된 9연대가 11연대의 토벌 작전 임무를 이어받았다. 재편된 9연대의 연대장으로는 11연대 부연대장이었던 송요찬 소령이 중령 진급과 동시에 임명되었고, 예하 3개 대대의 구성을 보면, 11연대에 배속되었던 본래의 9연대 1대대가 원상으로 복구되었으며 나머지 2개 대대는 육지에서 배속받았다.

연대장은 토벌 작전에 앞서 주민과 무장대를 분리해야 한다는 것을 절감하고 선무 공작을 중점적으로 실시하였는데 그 성과는 대단하였다.

이덕구가 제2대 무장대 사령관이 된 후 남로당 무장대는 1948년 10월 1일 소련혁명기념일을 기하여 대규모로 경찰 습격을 자행하였다. 이에 대적하기 위해 10월 11일부로 제주경비사령부가 설치되었다.

사령관에는 5여단장 김상겸 대령이 임명되었으나 10월 19일 여수 주둔 14연대가 반란을 일으키자 지휘 책임을 물어 김상겸 대령을 해임하고 송요찬 중령이 제주경비사령관으로 임명된다. 송요찬 연대장은 무장대와 주민의 분리 작전으로 어느 정도 성과를 거두고 나자 1948년 10월 17일 해안으로부터 5km 이상 중산간 지역으로 통행을 금지하는 통행금지 포고령을 내렸다. 일명 소개령을 내린 것이다. 이때 소위 산간마을에 초토화 작전이 시작되어 주민을 해안 마을로 소개한 후 마을에 불을 질러 무장대가 더 이상 산간마을에 은거하지 못하도록 하였다.

한편 무장대들은 여수 · 순천지역에서 제14연대가 반란을 일으키자 이에 고무되어 무장대의 습격 활동이 극심하였다. 이에 대응하기 위하여 제주도에 11월 17일 계엄령을 선포한다. 1948년 12월 29일 제9연대를 육지로 이동시키고 대신에 여수 14연대 반란을 진압한 경험이 있는 대전 제2연대를 제주도에 이동 배치한다. 그러니까 제주 9연대와 대전 2연대가 부대 교대를 한 것이다. 함병선 대령의 2연대가 제주에 이동 · 배치 완료되자마자 11월 17일에 내려졌던 계엄령이 12월 31일부로 약 한 달 반 만에 해제된다.

2연대장 함병선 대령은 소탕 작전을 지휘하면서 입산한 주민들이 한라산 일대의 동굴에서 비참한 생활을 하는 것을 목격하고 무장대 소탕 작전보다는 선무 공작을 통하여 민심을 수습하는 것이 급선무라고 판단하여 선무 작전을 펼친 결과 무려 1,500여 명이 내려와 귀순하였다.

한편 1949년 1월과 2월에 걸쳐 무장대의 활발한 매복 작전으로 상황이 심각해지자 1949년 3월 2일에 제주지구 전투사령부를 설치하였다. 전투사령관에는 유재흥 대령(육군 중장, 국방부 장관 역임)을 임명하였으며, 제2연대장 함병선 대령은 참모장을 겸임하게 되었다. 제주지구 전투사령부가 설치되면서 대유격전 전담 부대인 독립 제1대대가 추가로 배속되어 대대 수로는 총 4개 대대가 되었다.

1949년 3월 말, 전투사령부 예하 전 병력 4개 대대가 제주 전 지역에 토벌 작전을 전개하고 있었는데 남제주군 중문면 서북방 녹하악에서 임부택 대위가 지휘하는 2연대 1대대가 이덕구 사령관이 지휘하는 1,000여 명의 무장대와 격전을 벌인 결과 적 사살 179명과 소총 203정을 획득하는 대전과를 올렸다. 이후부터 남로당 무장대는 더 이상 대규모 기습 작전 능력을 상실하고 만다. 그 결과 지난해 국회의원 선거를 치르지 못한 2개 지역구, 즉 제주 '갑' 지역구와 제주 '을' 지역구의 보궐선거가 5월 10일 무사히 끝나자 제주지구 전투사령부는 5월 15일부로 해체되고 2연대와 독립 1대대가 남아서 토벌 임무를 수행하게 된다.

또한 1949년 6월 7일 화북지서 경찰에 의해 이덕구 2대 무장대 사령관이 사살되자 무장대의 전투력이 급속히 저하되는 양상이 나타나기 시작했다. 이리하여 제2연대는 8월 13일부로 무장대 토벌 임무를 독립 제1대대(대대장, 소령 김용주)에 인계하고 배치된 지 8개월 15일 만에 인천으로 이동하였다. 이로써 제주도 경비 임무는 이제 1개 대대가 맡게 되었다.

그런데 독립 1대대의 뒤를 이어 1949년 12월 28일부로 대한민국 해병대 사령부가 제주도로 이동 배치되었다. 해병대 사령관 신현준 대령은 휘하 2개 대대를 모슬포에 배치하고 제1대대를 북제주군 담당으로, 제2대대를 남제주군 담당으로 각각 작전 책임 지역을 설정하였다. 해병대사령부는 민심을 수습하고 도내 무장대의 발호 실태를 파악한 다음, 1950년 2월부터 6월까지 5개월 동안 한라산 지구의 무장대 토벌 작전을 강도 높게 전개하였다.

1950년 6 · 25 전쟁이 발발하자 해병대사령부는 계속 남하하는 북한군의 남침을 저지하기 위하여 휘하의 1개 대대를 통영 상륙 작전에 투입하여 상륙에 성공함으로써 '귀신 잡는 해병'의 신화를 만들어 낸다. 그 후 해병대는 제주도에서 해병 3, 4기 3,000여 명을 모집하여 1개 연대로 편성하고 9월 1일 제주 산지항을 떠나 부산으로 이동하여 9월 15일 인천 상륙 작전에 참가하고, 9월 28일에는 서울을 탈환하는데 선봉장이 된다. 6 · 25 전쟁의 발발로 제주 주둔 군인들이 전선에 투입하기 위하여 제주도를 떠나 육지로 이동 배치된다. 그 결과 무장대를 토벌할 전력이 없게 되자, 1952년 11월 1일부로 제100 전투경찰 사령부를 설치하여 무장대 토벌 임무를 경찰이 전담하게 된다.

제100 전투경찰 사령부가 무장대 토벌을 전담한 가운데 중간중간에 해병대 1개 중대가 3개월(1951. 1~1951. 3)간, 또 육군 무지개 부대가 3개월(1953. 2.~1953. 5)간 토벌 작전을 전개하였다. 제100 전투경찰 사령부의 토벌 작전 성공으로 1954년 9월 21일부로 한라산 금족령이 해제되었고, 1957년 4월 2일 마지막 무장대 오원권이 생포됨으로써 꼭 만 9년간의 4·3 사건의 막이 내려졌다.

*
4·3 사건 발발 때도 습격받지 않았던 김녕리가 1948년 8월에 반도 무장대의 습격을 받아 구장 출신 우익인사 등 주민과 마을 유지들이 살해되었다.

# 무장대의 김녕리 유지 · 우익인사 살해

해방을 맞이한 한정철의 고향 시골 마을 김녕리에도 해방의 기쁨과 함께 독립 국가 수립을 위한 김녕리 인민위원회가 조직되었다. 이는 물론 중앙의 여운형 건국준비위원회의 하부 조직이다. 김녕리 인민위원회가 조직되기 시작 전부터 소위 좌익들이 득세하고 있었고, 사회 분위기가 신사조(新思潮)인 소위 공산주의 사상에 호감을 느끼기 시작했었다.

그런데 남한 지역을 관장한 미군정은 인민위원회를 공산 계열의 조직망으로 판단하여 인민위원회를 탄압하자 김녕리 인민위원회도 해체되었다. 이때 좌익의 극렬분자 한두 명은 산으로 올라가 산(山) 사람, 소위 남로당 무장대가 되었다.

4월 3일 새벽 2시를 기하여 드디어 봉화가 김녕리 묘산봉(일명 고살미, 높이 115m)에도 올랐다. 남로당 무장대의 습격을 알리는 신호였다. 야밤에 봉화가 오르는 것을 보고 김녕리민들은 불안에 떨어야 했다.

그런데 웬일인지 김녕 경찰지서는 습격받지 않았다. 제주도 24개 지서 중에 12개 지서가 공격받았다. 바로 이 남로당 무장대들의 12개 경찰지서 습격 사건이 제주도의 비극인 4 · 3 사건이다.

이후 김녕리민은 낮에는 경찰의 보호를 받았으나 밤에는 남로당 무장대 의 출몰로 공포 속에 살아야 했고, 때로는 그들이 요구하는 양식과 옷 그 리고 급기야는 자금까지도 지원해야 했다. 그렇지 않으면 생명의 위협을 받았기 때문이다.

경찰지서가 있는 마을도 이러할 진데 하물며 경찰이 주둔하지 않은 마을 주민들은 과연 어떠했을까 짐작이 간다.

4 · 3 사건 당일에도 습격받지 않았던 김녕 경찰지서가 1948년 5월 24일 무장대 20여 명의 기습공격을 받았다. 약 30분간 교전이 벌어졌으나 양쪽 의 피해는 없었다. 그로부터 3개월 후 1948년 8월 31일 남로당 무장대의 기 습공격을 받았다. 무장대 30여 명이 야밤에 김녕지서를 습격하였으나 경 찰과 민보단 특공대원들의 완강한 대응 사격으로 습격에 실패하고 퇴각하 였다. 무장대는 단결된 경찰과 특공대의 맞수가 되지 못했다. 양쪽의 피해 는 전혀 없었으며 그 후 무장대는 막강한 경찰과 민보단 특공대의 전투력 에 놀란 나머지, 김녕리 경찰지서를 함부로 습격하지 못했다.

한편 무장대가 지서를 습격하는 동안 일부 무장대는 전날 무장대의 요구 에 불응한 구장 출신 우익인사 부양은의 집을 습격하여 부양은을 살해한 다. 바로 전날 우익인사를 회유하기 위하여 김녕리에 잠입한 남로당 무장 대들이 구장(리장) 출신인 마을 우익인사 64세 부양은에게 "남로당에 가입 하시오. 그리고 이 백지 투표지에 도장을 찍으시오."라고 강요하며 협박까 지 하였다. 그때 강요한 백지 투표지의 날인은 '북조선 제1기 최고인민회 의 대의원' 선출을 위한 지하 선거 투표지에 서명 날인하는 것이었다.

이를 강요받은 부양은 구장은 "당신들 지금 뭐 하는 짓이오? 나는 이런 백지 투표지에 서명 날인 할 수 없소이다. 그냥 돌아가시오."라며 일언지하에 거절하였다. 그러자 그들은 그날 그냥 돌아갔다.

그런데 이튿날인 8월 31일에 무장대 일부가 지서를 습격하는 동안 나머지는 구장 부양은의 집을 습격하였다. 협조하지 않은 것에 대한 보복이었다. 부양은은 혹시 있을지 모를 보복을 예상하여 그날 밤은 안방에서 자지 않고 여차하면 도망갈 요량으로 뒷담 가까운 곳에 있는 헛간에서 자고 있었다.

아니나 다를까 예상한 대로 야밤에 무장대가 안방에 들이닥치자 부양은은 뒷담을 넘어 경찰에 신고하기 위하여 지서 쪽으로 뛰었다.

도망가는 부양은을 본 무장대는 "저놈 잡아라. 경찰지서에 신고하러 뛰어가고 있다. 놓치면 큰일 난다."라고 무장대 우두머리가 소리를 질렀다. 그러자 무장대들이 뛰어가 도망치는 노인 부양은을 붙잡아 살해했다. 나이가 64세 된 노인인지라 사력을 다해 뛰었으나 젊은 남로당 무장대들의 날쌘 달음질에는 속수무책이었다. 이리하여 선량한 양민이 무도한 무장대에게 살해당하게 된 것이다. 차마 눈 뜨고 볼 수 없을 정도로 처참하게 난자당한 상태였다. 이는 4·3 사건 기간에 김녕리에서 발생한 남로당 무장대에 의한 첫 희생자였다.

한편, 미군정의 미 24군단 G2 정보 보고서에는 8월 31일 무장대의 김녕지서 습격과 우익인사 살해 사건과 관련하여 다음과 같이 기록되어 있다.

"8월 31일 김녕지서가 약 30명의 무장대에게 공격을 받았다. 그들의 대다수가 일제 철모와 경비대 복장 그리고 M1 소총을 갖고 있었다. 유격대원 중 많은 수가 경비대 탈영자인 것으로 믿어진다. 경찰과 유격대 사이에 수 백발의 총격전이 한 시간 이상 벌어졌다. 경찰이나 유격대 중 사상자는 없는 것으로 알려졌다. 그러나 김녕리에서 유력한 우익인사 1명이 피살됐다(B-2, 1948. 9월 3일)"

이렇게 마을에서 존경받는 사람이 밤에 무장대에 의해 무참하게 살해되자 이튿날 마을 사람들이 옹기종기 모여 "어젯밤에 폭도가 들어와 구장 어른을 죽여 버렸대요. 그것도 칼로 난도질하여서 차마 눈 뜨고는 볼 수 없을 정도였대요. 앞으로 마을 유지들이 살아남기가 힘들 것 같네요. 경찰들이 잘 막아주어야 할 텐데요."라며 이민들은 불안과 공포에 떨기 시작했다. 이때부터 비로소 마을 민심이 술렁이고 급기야는 동요하기 시작했다. 이후부터 동네 유지들은 불안하여 잠을 제대로 이루지 못했고 개중에는 밤에 몰래 잠입한 무장대가 요구한 대로 지원하는 사람들도 더러 있었다. 경찰이 밤에 주민을 보호해 주지 못하니 각자도생을 위한 자구책이었다.

소위 테러(terror)는 이렇게 파급효과가 무서운 것이다. 부양은은 일제 말엽에 구장(리장)을 역임했고 해방 후에는 대한독립촉성국민회의 열렬한 지지자로서 김녕리의 큰 어른이었다. 그의 품성은 불의와 타협하지 않는 매우 강직한 우익인사로 알려져 있었다.

경찰지서가 습격당하고 마을의 유지가 무참하게 살해당하는 것을 본 김녕리민들은 불안과 공포에 떨기 시작했고, 이를 막기 위하여 경찰과 민보단 그리고 유지들이 혼연일체가 되어 마을을 보호하자고 결의하게 되었다. 이러한 단결은 마을을 보호하는데 크게 주효했다.

마을 유지 부양은 구장(리장)이 마을 안에서 살해된 지 약 한 달 후인 1948년 9월에 이번에는 장례를 치르는 장지인 들판에서 민보단 특공대장 박인주(호적 명 박귀생)가 무장대에 의해 살해당하는 사건이 발생했다.

마을에서는 무장대의 마을 침입을 막기 위하여 경찰과 함께 작전을 수행할 특공대를 민보단 내에 특별히 조직하였다. 체격이 우람하고 용맹스럽고 날렵한 청년 30명으로 구성되어 있었다. 무장대들에게는 특공대가 경찰 다음으로 무서운 존재였으며 공포의 대상이었다.

무장대들은 이 용맹스러운 특공대를 무력화시키는 전략을 수립하게 된다. 우선 제일 먼저 특공대장을 처단하기로 계획을 세운다. 특공대는 체력이 좋고 날쌔며 특히나 검도 유단자인 박인주 청년이 특공대장이 되어 지휘하고 있었다. 이런 박인주 특공대장이 남로당 무장대의 제일의 표적이라는 것은 더 이상 말할 필요도 없었다.

　　1948년 9월 25일 낮에 서김녕리 소재 '논밭두덕' 지경(한라산 방향)에서 서김녕리 김석범 조모 장례를 치르는 장지에 느닷없이 긴 장검을 소지한 복면 무장대 3명이 나타났다. 장지에는 일가친척과 조문객 60~70여 명이 모여 있었다. 무장대는 이중 첩자를 통하여 장지에 특공대장이 참석한다는 정보를 입수하여 나타난 것이었다. 입수한 정보 그대로 특공대장 박인주가 문상객으로 참석하고 있었다.
　　두목 격인 복면한 무장대가 박인주를 지목하자 부하 무장대 2명이 박인주를 향해 장검을 들고 돌진하였다. 특공대장은 잡히면 죽으니까 도망치기 시작하여 밭담을 넘는데, 죽을 운명인지, 밭담이 무너지면서 발이 돌에 걸려 넘어지고 만다. 넘어진 특공대장을 무장대 2명이 달려들어 장검으로 난도질하여 살해하였다.
　　그런데 복면을 한 두목은 합세하지 않고 지켜만 보았다. 그는 같은 동네 사람을 죽이는 것이 께름칙했는지도 모른다. 이 끔찍한 살해 장면을 거기에 있던 조문객 60~70명이 전부 보고서는 공포에 질려 사색이 되었다. 후일담이지만 그 상황에서 특공대장이 도망가지 말고 검도 유단자이니까 상주의 방장대를 검으로 간주하여 그 방장대를 잡고 장검을 든 무장대와 검도 시합으로 결투를 벌였으면 어땠을까 하는 아쉬움을 표하는 마을 사람들도 더러 있었다.

조문객에는 민보단장 이한정도 포함되어 있었다. 특공대장이 살해되는 장면을 보고 있던 마을 사람들이 민보단장을 숨기려고 애를 쓰기 시작했다. 어떤 할머니가 상주의 상주복을 벗겨서 얼른 이한정으로 하여금 그 상복을 입게 하였다. 두건까지 씌웠더니 전연 알아볼 수 없는 사람으로 변했다. 그 노파의 순간적인 재치가 이한정 민보단장의 목숨을 구해 주었다. 특공대장 박인주를 살해한 후 복면을 한 무장대 두목이 경고한다며 일장 연설하였다.

"민보단장 이한정도 크게 반성해야 한다. 지금 이 장소에는 처단할 사람이 분명 더 있으나 박인주 특공대장을 처형했으니 이만 돌아가겠다."라는 경고의 말을 남기고 복면 무장대들은 한라산 방향으로 유유히 사라졌다.

상주의 상복으로 갈아입고서 위기를 모면한 민보단장 이한정은 안도의 한숨을 내쉬었다. 그러나 민보단장 이한정은 무장대의 경고를 듣고 나니 만감이 교차했고 김녕리민을 보호하기 위해 자신이 어떻게 처신해야 하는지를 숙고하게 되는 계기가 되었다.

그런데 무장대는 이한정 민보단장을 죽이려면 얼마든지 죽일 수 있었다. 왜냐하면 그들은 이중 첩자로부터 민보단장 이한정이도 참석한다는 정보를 이미 입수했고 무장대가 장지에 나타나자 이한정이 문상객 뒤로 숨는 것을 무장대 두목이 눈으로 똑똑히 보았었기 때문이다.

그러나 무장대 두목은 전략적으로 특공대장만 죽이고 겁을 준 후에 민보단장은 살려 보내서 향후 협조를 잘하도록 하는 편이 이롭다고 판단했다. 즉, 당시 장지에서 위장복으로 상주복을 입고 있던 이한정에게 똑바로 협조하지 않으면 이한정 민보단장도 죽는다는 것을 보여주기 위하여 '민보단장 이한정도 크게 반성해야 한다. 지금 이 장소에는 처단할 사람이 분명 더 있으나······'라고 여지를 남겼다.

남로당 무장대의 경고성 일장 연설을 들은 동네 사람들은 특공대장 박인주를 지목하고 또 민보단장 이한정을 거론한 것으로 볼 때, 김녕리를 잘 아는 사람임이 틀림없다고 판단하여, 복면한 무장대 두목이 우장걸의 아들 우경원일 것이라고 수군거렸다.

장지에서 그것도 백주 대낮에, 많은 문상객이 모여 있는 자리에서, 남로당 무장대가 거리낌 없이 안하무인 격으로 특공대장을 칼로 무자비하게 난도질하는 것을 본 사람들은 혼비백산하여 손에 일이 잡히지 않았다. 사람이 사람을 처참하게 죽이는 장면을 생전 처음 눈으로 직접 보았던 것이다.

사람들은 공포에 질려 어찌할 바를 몰랐다. 무장대에 협조하지 않으면 저렇게 죽임을 당한다는 것을 보여주기 위하여 무장대는 주민이 보는 앞에서 잔인하게 특공대장을 죽였다. 이는 무장대가 즐겨 쓰는 수법이다. 사람을 테러를 이용하여 공포로 몰아넣어 자기들에게 협조하도록 하는 첩경이 바로 이와 같은 테러라는 것을 그들은 잘 알고 이와 같은 테러를 자행했던 것이다.

실제로 거기에 있던 주민들은 앞으로 무장대가 마을에 침입하여 식량이나 옷가지 등을 요구하면 목숨을 구하기 위하여 그들의 요구를 무조건 들어주어야겠다고 생각하게 되는 계기가 되었다. 그만큼 그 충격이 컸다. 아까까지만 해도 믿음직스럽게 행동하던 특공대장이 살해당하자 사람들은 인생의 허무함과 공포감을 느끼지 않을 수 없었다. 이 살해 사건이 있고 난 뒤에 김녕리민은 불안에 떨기 시작했다.

우경원은 김녕 경찰지서가 치안을 담당하는 구역, 즉 김녕리, 그 서쪽 마을 동복리, 김녕 동쪽 마을 월정리와 행원리 그리고 한동리, 김녕 남쪽 중산간마을 덕천리와 송당리 등 7개 마을을 망라한 구역, 즉 서구좌면 지역을 담당하는 총책으로서 인민 유격대 김달삼 사령관과 이어서 그의 뒤를 이은 이덕구 사령관 휘하의 중간 두목이었다. 우경원이 김녕리 등 7개 마을을 관장하고 있었고 그의 위상이 무장대 전체 내에서 또한 대단한 인물이었다.

한편 장지에서 구사일생으로 살아서 돌아온 민보단장 이한정은 무장대와 협조하기보다는 대결 노선을 택한다. 그러나 마을 유지들은 구장 출신 부양은이 살해되고 용맹스러웠던 특공대장 박인주마저 백주에 난도질당한 사실을 알게 된 후 무장대가 밤에 몰래 잠입하여 협조를 부탁할 때 박절하게 거절하지 못하고 생명 부지를 위하여 응하는 수도 더러 있었다. 경찰지서가 있었지만, 경찰관의 수가 적어 밤까지 마을을 완전무결하게 보호하는 데는 역부족이었다. 무장대는 인간의 이러한 심리적 약점을 이용하여 테러를 자행했다.

또 다른 무장대에 의한 희생으로서 6·25 전쟁이 발발한 1950년 12월 24일에 보초 경계 중이던 성산면 고성리 출신 김수순이 무장대의 습격을 받아 행방불명되었다. 당시는 납치되어 산으로 끌려간 것으로 판단했다. 그로부터 3일 후인 12월 27일에는 또 무장대들이 김녕리를 습격하여 민보단원이었던 박중우를 살해했다.

이런 와중에 무장대에 의한 다섯 번째 주민 살해 사건이 발생하였다. 1951년에 민보단 예하 특공대의 제2대 특공대장이 무장대에 의하여 들판 목장 지대에서 살해되었다. 무장대에 의하여 살해된 박인주 특공대장의 뒤를 이어 제2대 특공대장으로 취임한 신성천이 1951년 4월경에 방목한 말을 살펴보고 오겠다면서 남쪽의 '납세' 성문을 통과하여 한라산 방향의 방목지로 떠난 뒤 돌아오지 않아 행방불명되었다.

예전에는 그와 같이 방목한 말을 살펴보러 갔다가 무사히 곧잘 돌아오곤 했었다. 그런데 이번에는 돌아오지 않아 마을에 비상이 걸렸다. 마을 사람들이 무리를 지어 수색한 결과 3개월 만인 7월에야 그의 시신을 찾았다.

한라산 방향의 들판에 말을 방목하던 김녕리 목장에서 그의 사촌 여동생이 그의 시신을 발견하였다. 시신은 돌에 쌓여 묻혀 있었고, 때가 여름이어서 시신은 많이 부패하여 있었다. 무장대들이 죽창으로 그를 찔러 죽였던 것이다.

신성천 특공대장은 명사수이고 총을 항상 소지하고 다녔으며 그날도 성밖을 나갈 때 카빈총을 어깨에 메고 나갔다. 그런데 풀리지 않은 수수께끼는 총을 가지고 있었는데 칼과 창을 가진 무장대에 의해 어떻게 살해당했느냐이다. 총탄이 충분하지 않아 몇 발 쏘았더니 실탄이 떨어진 경우이거나 총이 아예 고장이 나서 발사가 안 되어 붙잡혀 죽었을 수도 있었다. 결론은 총알이 부족하였거나 총이 고장 났을 경우이다. 총기가 고장이 안 났더라면 신성천 특공대장이 몇 발이라도 쏘아 접근한 적 무장대를 쏘아 죽여 전과를 올렸으리라는 생각이 든다.

어려서 한정철이 '장판' 동네에 살 때 신성천 특공대장의 아들 신현기와 이웃에 같이 살았었다. 신현기의 모친은 시골에 살았어도 농사를 짓지 않아 김녕리에서는 시쳇말로 하이칼라 여성으로 살았다는 기억이 난다고 한정철은 회상했다. 특공대장의 아들 신현기는 이웃의 한정철보다 4년 후배이다. 신현기는 자라서 사업에 성공하였고, 급기야는 재경 제주도 도민회장을 역임하였다. 제주도 밖의 제주도지사라고 불리는 명예직이다. 부전자전이라 아니 할 수 없다.

*

김달삼이 1947년 3월에 김녕리까지 침투하여 청년들을 포섭하여 남로당 당원들을 모집하기 시작하였다.

# 김달삼, 김녕리까지 파고들어 청년 포섭

일제 강점기 때 동·서 김녕리로 나누어졌던 김녕리가 1945년 해방이 되자 하나로 통합되어 김호민이 초대 이장이 되고 또한 건국준비위원회 김녕리 인민위원회 위원장이 되었다. 그런데 1946년에 들어서면서 이념 때문에 좌·우 세력으로 분열되기 시작하였다. 이념과는 별도로 또 호별세 부과 방법 때문에 문제가 발생하여 김녕리 마을은 분열되기 시작하였다.

다시 동·서 김녕리로 분열되는 조짐이 보여 이장직에 염증을 느낀데다 미군정의 인민위원회 탄압과 차남 김창윤의 남로당 활동 등의 이유로 마음에 갈등이 생겨서 김호민 이장은 1946년 말쯤에 밀항선을 타고 일본으로 가버렸다.

이처럼 어수선한 시기에 동김녕리에 키가 크고 용모도 준수하며 똑똑한 청년 이강추가 살고 있었다. 그의 집에는 연안에서 주로 자리돔을 잡는 뗏목인 '테우'가 있었다. 때로는 해안가 가까운 바다로 테우를 타고 나가 일반 낚시질도 하였다. 1947년 3월쯤에 테우를 타고 나가 친구와 낚시하기 위하여 친구 김두호와 일찌감치 미끼인 새우를 잡아다 놓고 집에 들어서니 이강추 집의 작은 방에 김녕초등학교 동기 동창 여럿이 모여 있었다. 강경연, 고모, 김모, 김모(22세), 강모(20) 등 총 5명이었다.

이강추는 동창생 여러 명이 이렇게 한자리에 모여 있으니 반가워서 "아니 도대체 무슨 일이 있는가? 전에는 한 번도 이렇게 여럿이 낮에 모이는 일이 없었는데 괴이한 일이로군."이라며 친구들이 모여 있는 것을 반기면서 의아한 생각이 들어 농담을 하면서 주위를 둘러보았더니 방 한쪽에 야무지고 준수하게 생긴 낯선 청년이 앉아 있었다.

이강추는 그 청년이 누구인지 궁금했지만 보는 앞에서 누구냐고 물어보지는 않았다. 그러나 그의 자태에서 풍기는 풍모는 여느 젊은이와 확연히 달랐다. 세련미를 볼 때 제주에서만 자란 사람 같지는 않았다. 아무튼 범상한 사람이 아니라는 것은 확실했다.

잠시 후에 그들은 이강추에게 백지에 이름을 쓰도록 하고 손도장을 찍도록 하였다. 백지 날인한 것은 나중에 알고 보니 공산 남로당 입당 원서였다. 친구 강경연은 이미 그 손님 청년과 교류하고 있었다. 친구 따라 강남 간다고 이강추도 친구들이 분위기를 잡으니 찜찜한 마음으로 손도장을 찍었다. 당시 공산주의 이념의 본질은 모르고 섣부르게 그냥 좋다는 것만 알고 있던 시대로 이강추의 친구들은 이미 포섭이 되어 공산 남로당의 정체도 확실히 모른 채 입당을 결심한 상태였다.

이때 이강추의 매부가 자기 장인인 이강추 부친에게 "지금 찾아온 그놈들 나쁜 놈들이니 빨리 쫓아내십시오."라고 성화를 부리며 매우 재촉하였다. 이강추의 아버지는 아들뻘 되는 강경연이 "공부하겠으니 방을 빌려달라."고 하자 의심 없이 작은 방 하나를 내준 것뿐으로, 이강추의 친구인 강경연은 이강추의 집 작은 방을 얻어서 살고 있었다.

이런 사상적인 모임을 하기 위해서 시골이라 사무실은 얻을 수 없고 셋 방이 하나 필요했던 것이다. 이강추는 얼떨결에 경찰이 주장하는 무허가 집회와 장소 제공, 남조선 노동당 입당 원서를 쓴 꼴이 되어버렸다. 훗날 이것으로 인해 청년 이강추는 곤욕을 치른다.

1947년 12월 14일은 강경연의 할아버지 소상이었다. 오후 5시쯤에 김녕 경찰지서 이강철 순경 외 2명이 와서 강경연에게 상복을 벗도록 하고는 대문 밖으로 20여m를 나선 후 강경연의 손을 뒤로해서 포승줄로 묶고 김녕 지서로 끌고 갔다. 이때 이강추는 친구 3명과 몰래 뒤따라 나서 지서까지 가보았다. 지서에 들어서자 경찰은 강경연을 가죽 채찍(쇠좃매)으로 마구 치며 남로당 입당 원서에 도장을 찍은 친구의 이름을 대라고 하였다. 강경연은 이강추를 임기수라고 거짓으로 말했다.

경찰이 당시 "외부에서 준수하게 생긴 젊은이가 입당 원서를 갖고 왔다는데 그가 누구냐?"라고 물었으나 강경연은 "남로당 제주도당 간부라는 것만 알지 이름은 모릅니다."라고 거짓말을 하였다.

그 청년이 바로 제1대 인민 유격대 사령관을 지낸 남로당 제주도당 조직 부장 김달삼이었다. 강경연은 그가 김달삼이라는 것을 알고 있었지만, 친구들에게는 그의 정체를 비밀로 했다. 이는 공산당 조직의 와해를 막으려는 방편이었다.

이렇게 1948년 4·3 사건이 발발하기 1년 전인 1947년 3월부터 남로당 제주도당은 당원 모집에 진력하고 있었다. 김달삼은 자신의 신분을 감춘 채 제주도에서 규모가 큰 마을을 직접 순회 방문하며 청년들을 포섭하여 남로당원으로 규합하고 있었다.

한편 강경연이 경찰에 붙잡힌 것을 모르고 잠을 자던 김모, 김모(22세), 강모(20) 등도 김녕지서에 붙잡혀 갔다. 뭣 모르고 남로당 입당 원서를 썼던 친구들이 붙잡혀 들어가자 위험을 느낀 이강추는 나머지 3명과 숨어 살기로 했다. 이강추는 2달 동안 숨어 살다가 김녕포구 '한개'에서 해녀와 무를 운반하는 화물선을 타고 부산으로 가서 잠시 도피 생활을 하였다.

이강추는 1948년 9월쯤에 고향 김녕으로 되돌아왔다. 돌아와 보니 김녕에는 민보단이 조직되어 단원이 250명이나 되었다. 이한정이 연대장, 원시협은 제1대대장, 한정철의 부친 한재순이 제2대대장을 맡고 있었다.

이강추는 키가 크고 인물이 훤칠한 탓이었는지 1대대 1중대 1소대장이 되었다. 민보단 소대장을 맡자 이강추의 동창 김모(22세)와 강모(20)는 이강추에게 "시원치 못해 도피하지 못했다."라고 조롱하더니 급기야 그들은 "비겁한 놈."이라고 이강추를 비아냥거렸다. 그들은 아직도 섣부른 공산주의 이념에서 벗어나지 못한 상태였다.


1949년 1월 하순께 이강추는 김녕리의 한 술집에서 김녕초등학교 2년 선배인 민보단 평대원 김산봉과 사소한 시비 끝에 주먹질로 이어져 피가 낭자하도록 싸웠다. 다음날 김산봉은 김녕지서 한재길 주임을 찾아가 "산 폭도를 잡기 위해 싸우다 왔다."며 피로 얼룩져 망가진 얼굴로 이강추를 고발했다. 한재길 주임은 깜짝 놀라며 산 폭도로 민보단 소대장 이강추를 지목했다.

이강추는 그날 오후 지서로 끌려갔다. 백 경사로부터 매를 맞으며 취조 받고 있을 때 한재길 주임이 취조실로 들어와 "죽지 않을 정도만 혼내어 주라."고 지시했으나 지서에 있던 서북청년단 출신 경찰들은 발길질하고 채찍으로 후려갈기며 욕설을 퍼부었다.

"이런 빨갱이가 어떻게 민보단 소대장이 됐어? 공산 남로당 세포 아냐? 우리 경찰의 비밀을 산 폭도에게 다 갖다준 거 아냐?"

그리고 나서 경찰관 모두가 이구동성으로 노리쇠를 후퇴 전진시키는 장전 시늉을 하며, 결론을 내리는 것이었다.

"내일 아침에 총살하기로 합시다."

"이제 나는 모함에 걸려 죽는구나."라고 이강추는 사색이 되어 혼자 독백하였다. 너무 놀란 나머지 머리가 하얘져서 아무 생각도 없이 미친 사람처럼 멍하니 있을 수밖에 없었다.

다음 날 새벽 2시쯤에 "유치장 문을 열라."는 소리와 함께 무턱대고 유치장을 박차고 들어선 군인이 있었다. 그는 "민보단 소대장이 누구냐?"라고 물었다.

이강추가 놀란 눈으로 그를 쳐보았더니 제2연대 특무상사 계급장을 단 군인이었다. '드디어 이제 군인한테 끌려가서 정말 총살당하는구나. 어제 취조 시에 내일 아침에 총살하기로 하자는 말이 공갈 협박이 아니고 드디어 실현되는구나.'라는 생각이 그의 뇌리를 스쳐 지나갔다.

이강추는 무섭고 떨리는 목소리로 고개를 떨군 채 절망적인 작은 목소리로 대답했다.

"제가 민보단 소대장 이강추입니다."

그 특무상사 군인은 이강추를 유치장에서 데리고 나와 지서 안으로 들어가서는 "그동안 고생이 많았죠? 자 담배나 한 대 태우며 마음을 진정시키시오."라며 이강추의 입에 귀한 양담배 한 대를 물리며 라이터로 불까지 붙여주었다. 이 광경을 본 순경은 놀란 표정을 지으며 가만히 지켜만 보고 있었다. 이강추는 어떤 영문인지도 모르고 얼떨떨한 상태였다. 그런 상황인데도 담배 맛은 세상에 태어나 처음 맛보는 것이었다.

이강추를 '산 폭도'라고 지서에 고발한 김산봉에게는 '하극상을 저질렀다'며 발길질을 하고 나서 워낙 몰골이 험해지자 다시 유치장에 입감시켰다. 그리고 나서 특무상사는 옆에 서 있던 당직 순경에게 말했다.

"무고당한 민보단 소대장 이강추를 데리고 나가려고 왔다."

그동안 광경을 지켜보던 순경이 민보단 소대장 이강추와 군과는 토벌 관계상 특별하고 밀접한 관계인 것으로 간주한 나머지 대답했다.

"저희가 민보단 소대장을 잘못 취급한 것 같습니다. 죄송하게 됐습니다. 아침에 지서장이 출근하면 보고하고 조치하겠습니다."

그러자 특무상사는 인상을 쓰며 "나 건드리면 알지?"라고 엄포를 놓고 또한 다짐을 받고서 지서를 나갔다. 날이 밝자 순경은 간밤의 일을 한재길 주임에게 보고했다.

한재길 주임은 이강추에게 말하였다.

"일단 혐의를 털어놓고 가라."

"사상적으로 은폐했다면 부산에서 숨어 살지 거기를 떠나 여기 호랑이 굴로 왜 다시 들어왔겠습니까? 저는 빨갱이가 아닙니다."라고 이강추가 지서장에게 대답하자 석방되었다.

경찰이 무고죄와 하극상 죄를 적용하여 김산봉을 군법회의에 회부시키려는 것을 이강추의 아버지가 그를 형무소로 보내면 동네에서 원수가 된다며 지서장에게 애걸복걸하여 섣달그믐날 등에 업혀 집으로 보내게 했다.

경찰지서에서 총살 직전까지 갔다가 구사일생으로 풀려 살아난 이강추는 이런 기적이 자기에게 일어난 것을 전혀 믿을 수가 없었다. 이강추의 목숨을 살려 준 사람이 분명히 있을 텐데 알 길이 없었다. 이강추는 군인은 한 사람도 아는 이가 없는 상태였다. 친구에게 물어보아도 자기들도 전혀 아는 바가 없다는 것이었다.

한참 지나서야 그 진실을 알게 되었다. 이강추가 야학에서 학생을 가르쳤는데 여학생이 절반이었다. 그 여학생 중 1명이 경찰지서에 잡혀간 이강추를 구해달라고 2연대 특무상사 군인에게 부탁하였던 것이다.

야학 여학생 중에 얼굴이 예쁘고 영특한 한 학생이 있었다. 그 처녀 학생의 고향은 옆 동네 월정리였지만 4 · 3 사건으로 신변에 위협을 느껴 부모가 다 자란 딸을 안전한 김녕리 외갓집으로 보내서 살게 하고 있었다.

그 처녀는 이미 결혼한 이강추 선생이 멋있고 키도 크면서 준수하니까 연정을 품기 시작했다. 나이는 선생 이강추보다 한 살 위였다. 이강추는 그 학생이 공부도 잘하고 또 예쁘고 행실도 얌전하니까 특별한 관심을 두고 공부를 성의있게 잘 가르쳐 주었다. 때로는 휴일에 야학이 없는 날에도 개인적으로 가르쳐 달라며 찾아오기도 했다. 처녀 학생은 시간이 지나면서 선생 이강추에 대한 상사병에 걸리고 만다.

그런데 어느 날 야학 시간인데 선생 이강추가 안 나타났다. 그 처녀는 이강추가 보고 싶었는데 안 나타나자 마음만 졸이고 있었다. 야학이 끝날 무렵 경찰지서에 잡혀갔다는 소식을 듣고 가슴이 철렁 내려앉았다. 일단 지서에 잡혀가면 병신이 되든지 살아나오지 못한다는 것을 익히 알고 있던 처녀 학생은 안절부절못하였다. 사랑하는 선생을 보지 못한다는 것은 상상도 못 할 일이었다. 선생 대신 자기가 오히려 죽고 싶을 정도로 혼자서 짝사랑했었다. 선생을 살릴 방법이 없을까 하고 골몰하던 차에 머리에 퍼뜩 떠오르는 사람이 있었다.

월정 중앙초등학교에 주둔해 있는 군인 특무상사가 떠올랐다. 1개 중대가 주둔해 있었는데 서북청년단으로 구성된 특별 중대였다. 그 처녀 학생은 월정리에서 소문난 미인이었다. 그래서 그 특무상사가 자꾸 치근덕거렸지만, 제주 사람들이 일단 서북청년단을 싫어하고 또 이강추를 짝사랑하던 터라 그의 추파에 냉정하다 못해 무관심했었다. 그 특무상사는 총각이고 그 처녀를 짝사랑하고 있었다.

그 처녀 학생은 그날 밤에 군인 특무상사를 만나려고 중앙초등학교 위병

소 보초를 찾아갔다. 보초가 먼저 알아보았다. 부대 내에는 이미 특무상사에게 짝사랑하는 미인 처녀가 있다는 소문이 파다한 상태였다. 특무상사를 만나 볼 일이 있다고 하자 보초 군인 아저씨가 자기 일처럼 좋아하며 연락해 주었다. 짝사랑하는 아가씨가 면회하러 왔다는 말을 들은 특무상사는 그동안 냉정하던 아가씨가 찾아왔다니 흥분하여 가슴이 뛰었다. 만면에 미소를 띠고 나왔다. 그의 표정을 보아하니 좋아서 어쩔 줄 몰라 했다.

그는 아가씨를 보자마자 먼저 입을 열었다.

"이거 웬일이에요. 무관심하던 사람이 이렇게 밤에 다 찾아왔으니 말이오. 김녕에서 야학은 잘 다니고 있지요?"

"네, 아저씨! 야학은 잘 다니고 있는데 우리 야학 선생인 사촌 오라버니가 경찰에 붙들려 갔어요. 도움을 부탁드리려고 이렇게 만나 뵈러 왔습니다."라고 학생 처녀가 말했다.

"그까짓 것 빼내는 것은 문제가 없지요. 그러나 나도 위험 부담은 좀 있습니다."라며 그는 한 발짝 빼는 것이었다.


그러자 다급해진 처녀는 발을 동동 구르며 애원하였다.

"시간이 없어요. 빨리 빼내지 않으면 죽을지도 몰라요. 저를 봐서 우리 사촌 오라버니를 살려주세요."

처녀가 애원하는 것을 보고 이것을 빌미로 연애 허락을 받을 요량으로 특무상사는 처녀의 반응을 떠보았다.

"아가씨! 내가 오라버니를 빼 주면 나의 청도 들어주는 거지요?"

'빼 주면'이라는 말을 듣자 처녀는 대답했다.

"오라버니를 경찰지서에서 빼내만 주면 물론 아저씨의 부탁을 들어드리죠."

그 말을 들은 특무상사는 아가씨의 그동안 냉정과 무관심이 미덥지 못해 단도직입적으로 확약을 받아내려는 뜻으로 말했다.

"앞으로 만나자면 계속 만나주는 거지요? 그리고 내가 하자는 대로 따르는 것이지요?"

처녀는 이강추를 사랑한 나머지 그가 살아서 나오기만 하면 더 이상 바랄 것이 없어서 그녀의 자존심도 버리고 부탁했다.

"네, 아저씨! 그렇게 할게요. 오라버니만 빼내어 살려주세요."

청년 이강추는 얼떨결에 김달삼에게 남로당 입당 원서에 손도장을 찍었다가 빨갱이로 몰리어 죽을 뻔했던 상황에서 그 처녀 학생 덕분에 구사일생으로, 아니 기적적으로 살아나게 되었다. 그렇게 처형 직전에 기적적으로 살아나서 풀려난 이강추는 김달삼에게 공산 남로당 입당 원서에 도장을 찍었던 것을 후회하며 개과천선한 후에 구좌면 김녕출장소 면서기로 오랫동안 일하다가 동김녕리 이장을 두 번이나 역임하는 등 마을에서 존경받는 원로가 되었다.

80대에 접어든 이강추는 경찰지서에 잡혀가 구사일생으로 살아남을 수 있도록 도와준 월정리 학생 처녀가 생각나서 당시를 생각하며 눈을 감고 과거를 회상하였다.

"내가 18살에 장가를 가 유부남인 줄 알고서도 그 처녀 학생은 나를 짝사랑하였다. 어느 날 내가 만취되어 쓰러졌을 때도 그녀가 자기의 무릎에서 하룻밤을 재워주기도 하였다. 그 처녀는 야학에서 나에게 한글을 배운 20여 명의 처녀 가운데 한 사람인 제자였다. 아리따운 그녀는 월정리 주둔 제2연대 그 군인을 찾아가 '오라비만 구해오면 내 몸 마음대로 해도 좋다.'며 몸을 바쳐 나를 구해내었다. 생명의 은인인 그 처녀는 목포 방면의 방직공장 여공으로 취업하여 월정리 고향을 떠나고는 소식이 끊겼다. 저승에 가서라도 그 처녀로부터 받은 빚을 꼭 갚겠다."라고 회상하며 독백을 마친 80대 중반의 이강추의 눈가가 촉촉해졌다.

*

김달삼의 극비 문서인 '제주도 인민 유격대 투쟁 보고서'가 획득됨으로써 4·3 사건의
전모가 드러나고 김억렬 연대장과 남로당 중앙당 프락치 오일균 소령과 문상길 중위
의 이적 행위가 밝혀진다.

# 유격대 사령관 김달삼의 야심과 '인민 유격대 투쟁 보고서'

## 김달삼의 야심

김달삼의 본명은 이승진(李承晉)이다. '김달삼'이라는 이름은 남로당 간부였던 장인 강문석의 가명을 이어받은 이름이다. 김달삼은 1925년 5월 14일 제주도 대정면 영락리에서 태어났다. 김달삼은 제주도에서 태어났지만 4·3 사건 당시를 제외하면 활동무대는 제주도가 아니었다. 그는 고향만 제주도 대정면이었지, 자라고 학교 다닌 곳은 대구와 일본이고, 활동반경도 그러했다.

부친 이명근이 대구로 이사하면서 그는 대구에서 유소년기를 보냈다. 김달삼은 대구 공립심상소학교(초등학교)를 졸업한 후, 곧바로 일본에 유학하여, 교토 세이호중학교(聖峰中学校)를 졸업하고 도쿄 중앙대학(中央大學) 전문부 법학과 2학년 재학 중에 일본육군 예비사관학교에 지원하여 일본군 소위로 임관하였다.

일본군에 복무 중인 1945년 1월 19일, 역시 제주도 대정면 출신으로 일본 공산당 비밀 당원인 강문석(姜文錫)을 만나고 그의 장녀 강영애와 결혼했다. 그러다가 일제가 패망하여 해방되자 혼자 귀국하여 일단 대구에 정착하였다. 귀국 후 김달삼은 대구에 체류하며 장인 강문석을 통해 알게 된 조선공산당 경북인민위원회 보안부장인 목사 출신 이재복과 손을 잡고 1946년 10월 1일 대구 10·1 폭동 사건에 가담하였다. 1946년 10월 경북에서의 대대적인 좌익 검거 선풍을 피해 김달삼은 고향 제주도로 숨어 들어와 대정중학교에 교사로 10월 20일에 임명된다. 이때는 물론 자신의 신분을 속이고 이름을 김달삼으로 하지 않고 호적상의 진짜 이름인 이승진으로 신상 명세서에 기록한다.

수배자의 이름은 김달삼인데 본래의 호적 이름인 이승진(李承晋)으로 교사에 임용되었으니 경찰은 그가 대구 폭동 가담자라는 그의 공산당 전력을 전혀 알아채지 못했다. 그래서 그는 아무런 제재를 받지 않고 자유롭게 자신의 계획대로 거침없는 활동을 통하여 공산주의 이념 교육을 제주 전역에 부식시킬 수 있었다. 김달삼은 생각지도 않았는데 의외로 교사로 손쉽게 즉시 임용도 되었고, 또 제주도는 그동안 인민위원회 활동이 활발하였고 재일 교포 5만여 명이 귀국한 터라 공산주의 사상이 널리 퍼져 있었다. 그는 속으로 육지의 어느 다른 곳보다도 공산주의 토양이 잘 구축되었다고 판단하였다.

그래서 그는 자신의 신분 상승을 위한 발판을 고향 제주도에서 굳힌 다음 중앙으로 진출하기로 마음을 먹고 우선 공산 남로당 당원 확보를 위하여 비밀리에 제주도 전역을 돌아다니며 포섭하기 시작하였다.

그런 목적의 하나로 1947년 3월에 천하대촌이라고 소문난 한정철의 고향 김녕리를 방문하여 강정연과 이강추를 비롯한 청년을 대상으로 당원을 모집하였다.

김달삼은 자신이 이 좁은 제주도에 묻혀서 공산주의 활동을 해봐야 중앙에서 주목받을 수 없다는 것을 절감하고 자신의 존재감과 명성을 중앙에 알릴 방법을 모색한 결과 자신이 중앙으로 진출할 수 있는 유일한 길은 제주도에서 소요를 일으켜 김달삼이라는 자신의 이름을 널리 알리는 길밖에 없다는 결론에 이른다. 김달삼은 철저한 마르크스 · 레닌주의 공산주의자였다.

소요의 시기가 문제였다. 박헌영이 주도하는 남로당 중앙당에서는 1948년 8월에 남로당 인민 대표자대회를 개최하기로 이미 결정한 상태였다. 김달삼으로서는 8월에 열리는 남로당 대표자대회에서 북한 최고인민회의 제1기 대의원(우리나라 국회의원에 해당)으로 선출되는 것이 급선무였다.

이를 위하여 5월 10일 제헌 국회의원 선거를 방해할 목적으로 소요를 늦어도 4월 이전에 일으키고 그 여세를 몰아 인민대표대의원 투표를 비밀리에 실시하여 그 지하 투표지를 8월에 실시하는 남로당 인민대표자대회에 상정하면 북한 최고인민회의 제1기 대의원이 되어 드디어 중앙에 진출할 수 있다는 복안을 수립한다.

김달삼은 자나 깨나 대한민국의 공산화만을 꿈꾸었다. 김달삼은 단선 · 단정 반대의 기치를 내걸고 그가 지휘하여 4 · 3 무장 폭동을 일으켰지만, 그것은 명분에 지나지 않고 4 · 3 폭동을 한낱 자기 자신의 입신양명의 수단으로 생각했다.

1947년 3 · 1절 시위 후에 관덕정 앞에서 벌어진 경찰의 총격에 의한 시위대 민간인 사망과 관련하여 3 · 10 총파업이 발생하자, 1948년 1월 22일 경찰이 이와 관련된 골수 공산주의자들을 검거하였는데 이때 김달삼도 검거되었다. 그런데 연행 중에, 김달삼은 용케도 탈출하는 데 성공하여 무장대 조직을 정비하고 드디어 1948년 4월 3일 4 · 3 무장 폭동을 일으킨다. 당시 김달삼은 인민 유격대의 사령관으로서 4 · 3 폭동을 진두지휘하였다.

그는 제주 4·3 무장 폭동 이후 지속적인 유격전 전개에는 그다지 관심이 없었고 오직 자신의 입신양명을 위한 공산당 중앙 진출에만 골몰하였다. 그런 그의 야심 때문에 월북한 후에 제주도로 복귀하지 않았다.

김달삼(1925년생)은 그와 거의 동시대의 인물들인 남미의 게릴라 영웅 체 게바라(1928년생)와 쿠바의 카스트로(1926년생)보다 앞서 한반도의 공산화 꿈을 꾸었던 인물인지도 모른다.

한편 김달삼은 그의 원대한 꿈을 실현하기 위하여 4·3 무장 폭동 전에 제주도에서 남로당 당원을 어느 정도 모집한 후에 남로당 중앙당과 전라남도 도당 올구(조직책)와 접촉하면서 무장 반격에 대한 의견을 주고받기 시작한다.

김달삼은 1946년 11월 6일 제9연대 창설 시에 제주 출신 고승옥과 문덕오 등 프락치 4명을 입대시킨 후에 1947년 3월에 이들을 누가 어떻게 통제할 것인지에 대해 논의하게 되었다. 김달삼은 1947년 5월경 제주도에 내려온 남로당 중앙당의 올구(조직책) 이명장에게 "전라남도 당부에 가서 프락치 4명에 대한 지도 문제와 활동 방침을 지시하여 주도록 잘 말해 주십시오."라고 요청하는 한편 직접 수차례에 걸쳐 지시를 요청하게 된다. 그러나 회답이 없었으므로 독자적인 선을 확보하여 남로당 대정면당 부서를 통하여 프락치 고승옥 등에 대한 지도를 계속했었다. 물론 이때는 김달삼이 대정면당 부서를 장악하고 있었다.

1948년 3월 중순쯤 전라남도 남로당부에서 제주도당부로 올구(조직책) 이(李) 동무를 파견하여 무장 반격 지령과 함께

"활동이 저조한 국방경비대 프락치는 제주도당부에서 지도할 수 있으니 무장 반격에 이것(국방경비대 9연대)을 최대한으로 동원하여야 한다.'고 언명"하였던바, 이처럼

남로당 제주도당부 상임위원회에서는 전남도당부의 지령을 받고, 같은 해 3월 15일경 제주도 파견 올구를 중심으로 회합하여 남로당의 조직 수호와 방어의 수단으로, 또 단선·단정 반대 구국(조선민주주의인민공화국) 투쟁의 방법으로 무장 반격, 즉 무장 폭동을 전개하여 제주도 전 도민을 궐기시키기로 하고 그 준비 및 실행 계획을 수립하게 된다.

준비기간은 3월 15일부터 3월 25일까지로 했으나, 후에 3월 28일까지로 자동 연장하였다. 그 준비 내용의 골자는 남로당 제주도당 투쟁위원회 군사위원회를 조직하고 투쟁에 필요한 200여 명의 인민자위대를 조직하며 보급과 무기 준비 및 선전 사업 강화 등 책임을 분담하여 준비하는 것이었다. 이때 폭동 거사 시점은 4월 3일 오전 2~4시 사이로 정하고, 제주읍 성내 특히 감찰청(제주도 경찰국)과 제1구경찰서(제주읍 경찰서)는 국방경비대가 담당하여 분쇄하고 도내 12개 경찰지서는 인민 유격대 및 인민자위대 총 320여 명을 배치하여 습격하기로 하였다.

한편 국방경비대 제9연대 프락치 고승옥에게 첩자를 보내 들으니 "(무장 반격에) 동원할 수 있는 병력 숫자를 문의한 결과 '800여 명 중 400여 명은 확실성이 있고, 200여 명은 마음대로 할 수 있으며, 반동은 주로 간부로서 장교와 하사관(부사관)까지 합쳐도 18명이므로 이들만 숙청하면 문제없으니, 병력 동원에 필요한 차량 5대만 보내 달라.'는 요청과 함께 만약 배차가 안 될 때는 도보로라도 습격에 가담하겠다."라는 연락이 있었다. 당시 9연대의 병력 규모는 연대본부와 예하에 1개 대대밖에 없어서 총병력이 800여 명 수준이고 제주 출신들이 꽤 있었다.

그러나 4·3 사건 당일 감찰청(제주도 경찰국) 및 제1구경찰서(제주읍 경찰서) 등 경찰의 두뇌에 해당하는 경찰의 최고 관서 분쇄는 국방경비대 제9연대가 무장대의 4·3 반란에 불참함으로써 실패하고 말았다.

국방경비대 공작원인 도상위청책(島常委靑責)이 습격 지령을 전달하기 위하여 국방경비대 제9연대에 사병 프락치를 만나러 갔었으나 프락치 고승옥과 문덕오 등 2명은 9연대 영창에 수감 중이어서 만나지 못했다.

남로당 중앙당 장교 프락치 문상길 중위를 만나 본 결과 그가 "국방경비대에는 나(문상길 중위)를 중심으로 하는 남로당 중앙당 직속의 장교 프락치 정통 조직과 고승옥 하사관(부사관)을 중심으로 하는 사병 제주 출신 지방 프락치 등 이중 세포로 되어 있다."라고 말하고 나서야 실패의 원인을 알게 되었다.

문상길은 말하였다.

"얼마 전에 고승옥 하사관으로부터 앞으로 있을 4·3 무장 투쟁에 경비대를 동원 참가하여 달라는 요청이 있었지만, 남로당 중앙당 지시가 없어서 거절하였다."

국방경비대 공작원 도상위청책(島常委靑責)은 직접 재차 동참을 요청하여 보았으나 문상길이 여전히 "나는 중앙당 지시가 없어서 동참할 수 없습니다."라며 거절하자 공작원은 서로 협조가 잘 안 이루어지고 있음을 알게 된다. 결국 국방경비대 동원은 불가능하였고 따라서 경찰 최고 관서의 분쇄도 실패하고 말았다. 그 결과 4·3 무장 폭동은 경찰을 아주 마비시키지 못하고 절반의 성공도 거두지 못하는 반란으로 끝나고 만다.

김달삼은 4·3 무장 폭동을 지휘하면서 4·3 투쟁 보고서를 작성했는데 이것이 소위 '제주 인민 유격대 투쟁 보고서'이다. 이는 극비 문서로서 그가 해주에서 1948년 8월에 열리는 남로당 대표자대회에서 자신의 업적을 홍보하기 위해 작성한 것이기도 하였다. 그는 중앙 진출이 꿈이었기 때문에 제주 4·3 무장대의 지휘를 내팽개치고 야반도주하기에 이른다.

그는 1948년 8월 2일에 소위 최고인민회의 대의원 투표지 5만 2천여 장을 소지하고 목포를 거쳐서 해주로 월북하였다. 그와 같이 월북한 사람은

그를 비롯한 안세훈, 강규창, 문등용, 고진희, 이정숙 등 6명의 골수 공산
주의자들이었다.

4·3 사건을 일으킨 이후 월북한 김달삼은 8월 21일에 황해도 해주에
서 열린 남로당 인민 대표자대회에 참석했고, 여기서 그는 제주 4·3 사건
에서 자신이 세운 공적을 선전하여 다른 참석자들로부터 박수갈채를 받는
다. 4·3 사건의 공적을 기록한 극비 문서인 '제주도 인민 유격대 투쟁 보
고서'를 증거로 제시하였다. 그 결과 드디어 8월 25일 김달삼은 북한 최고
인민회의 제1기 대의원(대한민국의 국회의원에 해당)에 선출된다.

김달삼은 이날 연설에서 "이번 제주 인민들의 거대한 구국 투쟁에 우리들의 조국
의 통일과 독립을 위하여……조국이 완전 통일 민주 독립을 쟁취할 때까지 싸울 것을 굳
게 맹세하고 있습니다."라고 통일을 강조하며 "우리 조국의 해방군(軍)인 위대한 소련군
과 그의 천재적 영도자 스탈린 대원수 만세!"라고 외치며 연설을 끝낸다.

그는 국기훈장 2급 수훈에 북한 헌법위원회 위원으로까지 활동하는 등
출세 가도를 달린다. 이리하여 일단 그의 꿈과 소망은 이루어진다.

# 김달삼의 '제주도 인민 유격대 투쟁 보고서'

당시 김달삼이 작성하여 해주 남로당 대표자대회에서 발표한 극비 문서 4 · 3 사건의 '제주도 인민 유격대 투쟁 보고서'는 다음과 같다. 이 보고서는 1948년 4 · 3 사건 직전 3월부터 김달삼이 1948년 8월 2일 북한 해주로 탈출하기 전까지 활동 상황을 망라한 기록이다.

조직면의 일부와, 작전면, 투쟁면 이상 3개 항은 여기에서는 지면상 생략하고 제일 중요한 '국방경비대와의 관계'만을 주로 수록하였다. '제주도 인민 유격대 투쟁 보고서'는 분량이 총 47쪽이나 되고 한자가 많이 쓰여 있다.

이 보고서는 훗날 '한라산은 알고 있다. 묻혀진 4 · 3의 진상'이라는 소책자로 1995년에 화북경찰지서장 출신 문창송에 의해 발간되었다. '제주도 인민 유격대 투쟁 보고서' 원문의 영인본도 함께 수록되어 있다.

(극비)
## '인민 유격대 투쟁 보고서'

一. 조직면
[조직의 시발과 발전 과정 및 조직의 현세]
1. 조직의 시발
 ① 조직의 동기
　제주도에 있어서 반동 경찰을 위시한 서청, 대청의 작년 3·1 및 3·10 투쟁 후의 잔인 무도한 탄압으로 인한 인민의 무조건 대량 검거, 구타, 고문 등이 금년 1월의 신촌 사건을 전후하여 고문치사 사건의 연발(조천지서에서 김용철 동무, 모슬포지서에서 양은하 동무 고문치사)로서 인민 토벌 학살 정책으로 발전 강화되자 정치적으로 단선·단정 반대, UN 조위 격퇴 투쟁과 연결되어 인민의 피 흘리는 투쟁을 징조(徵兆)하게 되었다.
　3·1 투쟁에서의 각급 선전 행동대의 활동은 기후(그 후)의 자위대 조직의 기초가 되

없으며, 3·1 투쟁 직후 도당(道黨: 전라남도 도당 지칭)의 지시에 따라 각 면에 조직부(면당) 직속 자위대를 조직하게 되었으나 별로 진전을 보지 못하였다.

기후(그 후) 사태가 거익(더욱) 악화됨을 간취(看取)한 도상위(제주도 상임위원회)는 3월 15일경 도(道: 전라남도 지칭) 파견 '올구'(조직책)를 중심으로 회합을 개최하여

첫째, 조직의 수호와 방어의 수단으로서

둘째, 단선·단정 반대 구국 투쟁의 방법으로서

적당한 시간에 전 도민을 총궐기시키는 무장 반격전을 기획 결정

25일까지를 준비기간으로 하여 도상임(島常任, 특히 투위鬪委 멤버)으로서 군위(軍委)를 조직 투쟁에 필요한 자위대 조직(200명 예정)과 보급, 무기 준비, 선전 사업 강화에 대하여 각각 책임을 분담

예정 기간을 넘어 3월 28일, 비로소 재차 회합을 가져 기간의 준비 사업에 관한 각자의 보고를 종합 검토한 결과 4월 3일 오전 2~4시를 기하여 별항의 전술하에 무장 반격전을 전개하기로 결정하였음.

② 4·3 투쟁 직전의 조직 정세: 생략

二. 작전면: 생략

三. 투쟁면: 생략

四. 국경(국방경비대 군인)과의 관계

(1) 관계 시작 경위

1946년 본도(제주도), 3·1 및 3·10 투쟁 직후 때마침, 본도 주둔 9연대가 신설되어 제1차 모병이 있으므로 이에 대정 출신 4명 동무(고승옥, 문덕오, 정두만, 류경대)를 프락치로서 입대시켰음. 그 후 5월에 내도(來島)한 중앙 올구(조직책) 이명장 동무에게 이것을 보고하여 지도 문제와 활동 방침을 남도(전라남도)에 가서 지시하여 주시도록 요청한 바 있었으나 그 후 아무런 지시도 없었고, 내도한 올구를 통해서 재삼재사 프락치 지도에 관한 시급한 지시를 요청하였으나 아무런 대답이 없었음.

그 후 대정면당을 통하여 정상적으로 연락을 확보하였으나 좌기(상기) 프락치 4명 중 정두만 동무는 조직이 없이 탈출하여 일본으로 도피, 류경대는 군기대에 전근 이래 반동의 기색을 띠게 되었음.

(2) 4·3 투쟁과 국경(국방경비대 군인)과의 관계

3·1 투쟁 직전에 내도한 도(道: 전라남도) 올구(조직책) 이(李) 동무의 상도(上道) 편

에 국경 문제에 대한 시급한 대책을 요청하였던바 이(李) 동무는 재차 3월 중순에 내도함과 동시에 무장 반격에 관한 지시와 아울러 "국경(국방경비대) 프락치는 도당(島黨: 제주도당)에서 지도할 수 있으며 이번의 무장 반격에 이것(국방경비대)을 최대한으로 동원하여야 한다."고 언명하였음. 이 지도를 중심으로 4·3 투쟁의 전술을 세우는 데 있어서 감찰청(監察廳: 경찰국)과 1구서(1區署: 경찰서) 습격에 국경(국방경비대)을 최대한으로 동원하고 나머지 각 지서는 유격대에서 담당하기로 양면작전을 세워 즉시 좌기(상기) 프락치에게 연락을 부치고 동원 가능 수를 문의한바 800명 중 400명은 확실성이 있으며 200명은 마음대로 좌우할 수 있다. 반동은 주로 장교급으로서 하사관(부사관)을 합하여 18명이니 이것만 숙청(처형)하면 문제없다는 보고가 있었음.

동시 만일 경비대(군인)가 동원된다면 현재 1연대(9연대의 오기 추정)에는 차가 없으니 차 약 5대만 돌려주면 좋고 만약 불가능하면 도보로라도 습격하겠다는 말이 있었음. 이 보고를 중심으로 즉시 4·3 투쟁에 총궐기하여 감찰청과 1구서를 습격하라는 지령과 아울러 자동차 5대를 보냈음.

그런데 이외에도 4·3 당일에 국경(국방경비대) 군인이 동원되지 않으므로 이것을 이상한 일로 생각하고 있던바, 4월 5일에 상도(上島)한 도(제주도) 파견 국경 공작원(도 상위청책 동무)의 보고에 의해 다음과 같은 진상이 판명되었다.

즉 파견원이 최후의 지시를 받고 국경 프락치를 만나러 갔던바, 프락치 2명은 영창에 갇혀 있었으므로 할 수 없이 횡적으로 문상길 소위를 만났던바, 이 동무의 입을 통해서 국경에는 이중 세포가 있었다는 것, 즉 하나는 문 소위를 중심으로 한 직속 정통적 조직이며 또 하나는 고승옥 하사관을 중심으로 한 제주도 출신 프락치로 이루어진 조직이었음.

그래서 4·3 투쟁 직전에 고(승옥) 하사관이 문(상길) 소위에게 앞으로 무장 투쟁이 있을 것이니 경비대(군인)도 호응 궐기해야 한다고 투쟁 참가를 권유했던바, 문 소위는 중앙 지시가 없으니 할 수 없다고 거절한 바 있었다고 함. 이 말을 듣고 도(島) 파견 국경 공작원은 깜짝 놀라서 이렇게 된 이상 어찌할 수 없으니 제주도 30만 인민의 생명과 재산을 수호하고 또한 우리의 위대한 구국 항쟁의 승리를 위하여 기어코 참가해야 한다고 재삼재사 요청하였으나 중앙 지시가 없으므로 어찌할 수 없다고 결국 거절당했음. 이리하여 4·3 투쟁에서 국경(군인) 동원을 통해 거점을 분쇄하고자 한 목표는 실패했음.

(3) 그 후의 연결

기후(그 후) 올구를 파견하여 문 소위와 정상적인 정보 교환을 하여 오던바, 4월 중순에 이르러 돌연히 부산 5연대 1대대가 내도하여 산 부대(인민 유격대)를 포위 공격하게 되었으므로 시급히 대책을 세워야 한다는 긴급 연락이 있어 군책(軍責)이 직접 파견되어 문제를 수습하기로 하였음.

군책(김달삼 지칭)과 문 소위가 만난 결과 국경의 세포는 중앙 직속이므로 도당의 지시에 복종할 수 없으나 행동의 통일을 위하여 밀접한 정보 교환, 최대한의 무기 공급, 인민군 원조 부대로서의 탈출병 추진, 교양 자료의 배포 등의 문제에 의견의 일치를 보았고, 더욱이 최후의 단계에는 총궐기하여 인민과 더불어 싸우겠다고 약속하였음.

또 9연대 김익렬이가 사건을 평화적으로 수습하기 위하여 인민군 대표와 회담하겠다고 사방으로 노력 중이니 이것을 교묘히 이용한다면 국경의 산(山) 토벌을 억제할 수 있다는 결론을 얻어 4월 하순에 이르기까지 전후 2회에 걸쳐 군책(김달삼)과 김(익렬) 연대장과 면담하여 금반(금번) 구국 항쟁의 정당성과 경찰의 불법성을, 특히 인민과 국경을 이간시키려는 경찰의 모략 등에 의견의 일치를 보아 김 연대장은 사건의 평화적 해결을 위하여 적극적으로 노력하겠다고 약속하였음(제1차 회담에는 5연대 대대장 오일균 도 참가하여 열성적으로 사건 수습에 노력했음).

그 후 5월 7일에 내도한 중앙 올구(조직책)는 국경 프락치에 대한 지도는 도당에서 할 수 있다고 언명하였기에 국경과 도당과의 관계는 복잡해지고 투쟁에 결정적인 약점을 가져오게 되었음. 그 후 5·10 투쟁까지는 국경으로부터 아무런 공격도 없어 우리의 활동에는 크나큰 이익을 가져왔다.

5·10 제주읍에서 도당 대표로서 군책(軍責, 김달삼), 조책(組責) 2명과 국경 측에서 오일균 대대장과 부관 9연대 정보관 이 소위 등 3명과 계(計) 5명이 회담하여

• 국경 프락치에 대한 지도 문제
• 제주도 투쟁에 있어서 국경이 취할 태도
• 정보 교환과 무기 공급 등 문제를 중심으로 토의한 결과 다음의 결론에 의견의 일치를 보게 되었음.
Ⓐ 국경 지도 문제에 있어서 일방에서는 도당에서 지도할 수 있다고 하며 일방에서는

중앙 직속이라 하므로 결국 이 문제는 해결 불가능하다. 그러므로 도당에서 박은 프락치만은 도당에서 지도하되 행동의 통일을 위하여 각각 소속 당부의 방침 범위 내에서 최대한 협조를 해야 한다.

ⓑ 제주도 치안에 대하여 미군정과 통위부에서는 전면적 포위 토벌을 지시하고 있으나 이것이 실행되면 결국 제주도 투쟁은 실패로 돌아가고 만다. 그러므로 국경에 대해서는 포위 토벌 작전에 대하여 적극적인 사보타주 전술을 쓰며 국경 호응 투쟁에 관해서는 중앙에 건의한다. 특히 대내(隊內) 반동의 거두 박진경 연대장 이하 반동 장교들을 숙청하지 않으면 안 된다.

ⓒ 최대의 힘을 다하여 상호 간의 정보 교환과 무기 공급 그리고 가능한 한 도내에 있어서의 탈출병을 적극적으로 추진시키지 않으면 안 된다.


(4) 국경으로부터 우리에 대한 원조 경위(탈출병을 중심으로)

• (1948년) 3월 25일경 한림면 협재리에 와 있던 해경 중에서 동무 1명이 99식 총 5정을 가지고 탈출하여 인민군으로 입대. 그 후 4·3 투쟁 후에 기관장으로부터 조명탄 1정과 동 탄환 7발을 보내왔음.

• 4월 중순쯤 문 소위로부터 99식 총 4정, 오일균 대대장으로부터 카빈 탄환 1,600발, 김억렬 연대장으로부터 카빈 탄환 15발을 각각 공급받음.

• (1948년) 5월 중순 5연대 통신과 동무로부터 신호탄 5발 공급받음.

• 5월 17일경 오일균 대대장으로부터 M1 소총 2정, 동 탄환 1,443발, 카빈총 2정, 동 탄환 800발을 공급받음.

• 5월 20일 문 소위의 지시에 따라 9연대 병졸 최 상사 이하 43명이 각각 99식 총 1정씩을 가지고 탄환 14,000발을 트럭에 실어 탈출, 도중 대정지서를 습격, 개(경찰) 4명, 급사 1명을 즉사시키고 지서장에게 부상시킨 후 서귀포 경유 상산(上山)하려고 했으나 그 연락이 안 되어 결국 22명은 피검, 탄환 다수 분실 혹은 압수당하고 겨우 4~5일 후에야 나머지 21명과 아부대(무장대)와 연락이 되었음(이때에는 각각 99식 총 1정과 99식 탄환 100발씩만이 남아 있었음). 이때 연락이 안 된 원인은 문 소위가 우리에게 보낸 연락 방법과 탈출병들의 연락 방법 사이에 커다란 차이가 있던 것에 기인함.

• 5월 21일 대정면 서림 수도(水道) 보초 2명이 99식 총 3정을 가지고 탈출, 인민군에 입대.

- 5월 말일 애월면 주둔 5연대 병졸 4명이 각각 M1 소총 1정씩 가지고 탈출, 인민 군에 입대.
- 5월 말일 9연대 고승옥(프락치) 상사 이하 7명이 카빈총 1정과 99식 총 7정을 가지고 탈출, 인민군에 입대.
- 6월 초순 대정에서 9연대 상사 문덕호 동무 99식 총 1정 가지고 탈출, 인민군에 입대.
- 6월 20일 대정면에서 해경 1명이 99식 총 2정 가지고 탈출.
- 7월 1일 대정에서 서림 수도(水道) 보초 10명이 99식 총 11정을 가지고 탈출, 인 민군에 입대.
- 7월 12일 대정에서 9연대 병졸 1명이 99식 총 1정을 가지고 탈출.
- 7월(6월의 오기) 18일 9연대 이정우 동무는 오전 3시 반경 박진경 연대장을 암 살한 후 M1 소총 1정을 가지고 상산 인민군에 입대.
- 7월 24일 9연대 병졸 1명 99식 총 1정, 동 탄환 10발을 가지고 탈출, 인민군에 입대.
- 7월 초순 M1 1정 가지고 1명 탈출.

계(計) - 탈출병 수 52명(피검 22명과 도주한 1명 제외)
　- 무기
　총: 99식 총 56정, 카빈 3정, M1 8정
　합계 67정
- 탄환만의 공급
　M1 1,443발, 카빈총 탄환 2,415발
　계 3,858발
- 기타 무기
　조명탄 통 1개, 동 탄약 7발
　신호탄 통 5개
주(註). 전기 탈출병 52명 중 그 후의 국경(군인) 작전에 의하여 1명 피살, 3명 피검되 고 현재 48명이 인민군에 편입되어 있음.

(5) 국경의 토벌 작전과 이로 인한 군(남로당 무장대)의 피해
- 국경의 토벌 작전

5·10 단선 직전 미군정과 통위부는 김억렬 제9연대장과 오일균 5연대 대대장을 육지부로 보낸 후 악질 반동 장교 박진경 중령을 11연대장으로 임명, 병력을 2연대 500명, 3연대 300명, 4연대 200명, 9연대 800명, 5연대 1,500명, 6연대 500명 계(計) 3,800명을 증가, 이를 15개 중대로 편성하여 포위 토벌 작전을 개시
제1차 공격 - 5월 27, 28일 간 산록 습격
제2차 공격 - 5월 30일부터 6월 3일까지 4일간 제주도를 4개 지대로 나누어
 제1지대는 한림면 금릉리로부터 출발 구좌면 종달리에 도착
 제2지대는 한림면 음부동으로부터 출발 성산포에 도착
 제3지대는 한림면 금악을 출발 성산면 온평리에 도착
 제4지대는 대정으로부터 온평리에 도착
제3차 공격 - 6월 3일부터 각 지구별로 각 부락 주둔
제4차 공격 - 6월 13일부터 동 17일까지 5일간 한라산 백록담을 중심으로 포위 토벌 공격

 • 우리(남로당 무장대)의 피해

① 5월 17일 광평리에서 대원 1명 중상당하고 포로로 해서 그 후 경찰에 넘기기 때문에 학살당했음(연락원)
② 5월 21일 아부대원 2명이 국경 탈출병과 연락을 취하기 위하여 남원리에 복병 중 경관차가 질주하여 오는 것을 국경차로 오인하고 손을 들고 차에 접근하여 본 즉 경관차였고 피할 시간적 여유가 없으므로 할 수 없이 개(경찰)에 달려들어 개의 총을 빼앗았으나 결국 다른 개(경찰)의 총에 학살당했음
③ 5월 24일 애월 군 레포 2명이 두모에서 피검되었다가 후일 석방
④ 5월 27일 대정 주둔군 아지트 피해, M1 총 1정, 99식 총 1정, 군도 2본, 고무신 20족, 전화기 1개, 쌀 2입, 천막 2개, 의류 20종을 압수당함
⑤ 5월 27일 선흘리에서 국경에게 포위당하여 지대 간부 2명 포로당하다(그중 1명은 후일 석방되고 1명은 경찰에 인계당하다.)
⑥ 5월 말일 경 대정 아지트 부근에서 대원(연락원) 1명 학살
⑦ 6월 7일 도사령(島司領) 정보부원 1명, 제1지대 경리책 1명, 국경 탈출병 1명 계 3명이 오동리에서 피검, 이 중 정보부원은 경찰에 넘어갔다가 후일 석방
⑧ 6월 13일 제주읍 아지트 피습, 군도 5본, 철갑, 창 다수 압수당하고 그 후 국경은

계속 아지트에 주 둔하여 탐사한 결과, M1 탄환 850발, 99식 총 4정(사용 불가), 지뢰 5개, 척탄통 탄환 18발을 압수당함

⑨ 6월 14일 도사(島司) 레포(리포터: 통신원) 2명이 월평리 위에서 피검되었다가 후일 석방

⑩ 6월 17일 애월 아지트 피습 피해 무

⑪ 6월 21일 대흘리 아지트를 국경에게 포위 습격당하여 전원이 무사히 피하기는 했으나 비장했던 카빈 1정, M1 탄환 35발, 카빈 탄환 15발을 국경에게 압수당함

⑫ 6월 29일 국경에게 서귀포 주둔 부대 아지트 포위 습격당했으나 군(무장대)의 피해는 없었음

⑬ 7월 초일 국경에게 추격당하여 아 부대원 5명이 신촌리에 피해 있던바 개에게 습격당하여 4명 피검 (그중 2명 부상. 이 중 1명은 국경 탈출병) M1 1정, 동 탄환 8발, 의류품 약간을 개에게 압수당함

⑭ 7월 초순 제1지대 제1부대 연락원이 월평리 위에서 피검되었다가 후일 석방

⑮ 7월 4일 대정 아지트 부근에서 해경 탈출병 1명 피검, 국경 탈출병 1명 피검

⑯ 6월 16일 월평리 위에서 지대원 2명이 피검되었다가 후일 석방되다.

⑰ 6월 18일 도사령부(島司領部) 간부 1명 조천면 선흘리에서 피검되었다가 후일 석방되다.

이상
(극비 '인민 유격대 투쟁 보고서' 끝 의미)

## 남로당 전남 도당의 지시, 김억렬과 오일균 그리고 문상길의 이적 행위

극비 문서인 김달삼의 '제주도 인민 유격대 투쟁 보고서'를 단숨에 다 읽은 승호가 말했다. "여기 '제주도 인민 유격대 투쟁 보고서'는 4·3 사건을 전후한 폭도들의 활동 상황을 자세하게 기록한 문건으로서 4·3 사건의 실체를 이해하는 데 결정적인 기록이네."

그는 이어서 "6·25 전쟁과 관련하여 남침인가 북침인가의 문제를 놓고 좌파는 북침이라며 억지 주장을 했었는데, 6·25 전쟁 관련 소련의 기밀문서가 1994년에 해제되어 당시 옐친 대통령이 우리 김영삼 대통령에게 전달하여 공개되자, '북한에 의한 남침'이라는 진실이 밝혀졌듯이, 4·3 사건 관련 진상도 이 '제주도 인민 유격대 투쟁 보고서'로 밝혀지겠군. 기대가 크네. 이런 극비 문서를 획득했다는 사실 그 자체가 기적이군. 그런데 도대체 이런 극비 문서를 어떻게 획득한 거야?"라며 승호는 벌린 입을 다물지 못했다.

"제2대 인민 유격대 사령관 이덕구가 1949년 6월 7일에 한라산 기슭 견월악 산전에서 사살되었는데 그때 그의 부관(양생돌)의 배낭 속에서 발견되었어. 4·3 사건의 동기와 목적으로부터 소위 4·3 무력 반격 작전을 기획하고 결정하는 4·3 사건의 전개 과정과 상황을 자세하게 기록한 작전 상황 일지로서, 4·3 사건의 전말을 알 수 있는 매우 중요한 자료야. 망라 기간은 1948년 3월부터 8월 2일 김달삼이 월북할 때까지야. 이 '제주도 인민 유격대 투쟁 보고서'는 '제주판 소련의 6·25 전쟁 기밀문서'라고 해도 과언이 아닐걸세.

우리 군경 입장에서 볼 때는 호박이 넝쿨째 굴러온 횡재야. 여기에 4·3

사건의 진실이 전부 기록되어 있어서 그동안 외재적 접근법에 의하여 4·3 사건을 분석 평가한 내용의 진위 여부가 간단하게 구별될 수 있는 매우 귀중한 자료야."라고 정철이 다소 흥분된 어조로 말했다.

그러자 승호가 물었다.

"4·3 사건을 분석 평가한 내용의 진위 여부라니 그게 무슨 말인가?"

"이를테면 4·3 사건이 제주 남로당 무장대가 자주적으로 일으킨 것인지 아니면 상부의 지시에 의해서 일어난 것인 지의 여부는 물론, 김익렬 연대장 등 장교들의 이적 행위 등이 기록된 문서로서 그 비중이 상당히 크다고 볼 수 있어. 소위 판도라의 상자가 열린 셈이야. 한번 기대해 보게나."라고 정철이 자신 있게 대답했다.

"우선 좌파에서는 4·3 사건이 남로당 중앙당의 지령 없이 제주도당의 자주적인 투쟁, 즉 독자 감행이라고 주장하는데 그게 진실인가? 소위 '2월 신촌 회의'에서 4·3 무장 투쟁과 관련하여 강경파와 온건파 간에 열띤 토의를 벌인 결과 12 대 7로 김달삼의 강경파가 승리하여 무장 투쟁을 벌일 것으로 결정하였다고 이삼룡이가 진술하였다면서 3월 15일경 상부 지시보다 시차가 앞섰기 때문에 무장대가 독자적으로 결정한 것이 맞다는 거야. 이를 어떻게 생각해?"라고 승호가 물었다.

"12 대 7로 강경파 김달삼이 승리하였다는 이삼룡의 진술은 일방적인 주장으로서 교차검증이 필요한 사항이야. 그런데 김달삼의 '제주도 인민 유격대 투쟁 보고서'에는 소위 '2월 신촌 회의'에 관한 내용이 전혀 없어. 그들이 모여서 토의는 할 수 있었겠지만 결정할 위치에 있지 않았어. 위계질서가 엄격한 공산주의 체제하에서 말단 부서인 남로당 제주도당이 결정할 수 있는 성질의 것이 아니었어."라고 정철이 말했다.

정철은 이어서 "무장 투쟁과 관련하여 좌파는 남로당 중앙당의 지령 없이 제주도(島)당이 자주적으로 일으킨 투쟁이라고 주장하고 있지만, 사실은 전라남도 도당의 올구(조직책) 이 동무가 무장 반격, 즉 4·3 무장 투쟁에 대한 '지시'를 하였다고 '제주도 인민 유격대 투쟁 보고서'에 기록되어 있어. 그 '제주도 인민 유격대 투쟁 보고서' 39쪽에

'3·1 투쟁 직전에 내도한 도(道: 전라남도) 올구(조직책) 이(李) 동무의 상도(上道) 편에 국경 문제에 대한 시급한 대책을 요청하였던바 이(李) 동무는 재차 3월 중순에 내도함과 동시에 무장 반격에 관한 지시와 아울러 국경(국방경비대) 프락치는 도당(島黨: 제주도당)에서 지도할 수 있으며 이번의 무장 반격에 이것(국방경비대)을 최대한으로 동원하여야 된다고 언명하였음.
이 지도를 중심으로 4·3 투쟁의 전술을 세우는 데 있어서 감찰청(監察廳: 경찰국)과 1구서(1區署: 제주읍 경찰서) 습격에 국경(국방경비대)을 최대한으로 동원하고 나머지 각 지서는 유격대(무장대)에서 담당하기로 양면작전을 세워 ⋯⋯'

이렇게 적시함으로써 전라남도 도당의 올구(조직책)가 무장 반격에 대한 '지시'를 하였다고 기록하고 있으며 '언명' 그리고 또 '지도'라는 단어들이 기록되어 있는데, 이는 4·3 사건의 무장 반격, 즉 무장 폭동을 지시하였음은 물론, 이어서 전라남도 도당 올구가 국경 프락치를 통하여 국방경비대를 최대한 동원하여야 된다고 '언명'을 한 것은 제주도당의 상부인 남로당 전남도당의 '지시'가 있었다는 것을 천명하고 있는 것이야. 무장 반격전을 김달삼의 강경파가 독자적으로 이미 결정을 했다면, 하급 부서가 상급 부서의 허락도 없이 결정할 수도 없는 일이지만, 전남도당 올구가 무장 반격에 대하여 '지시'라는 어휘 대신에 '추인'또는 '승인'을 한다든지 다르게 표현해야 하는 것 아닌가?
김달삼은 보고서에서 '지시'라고 표현하고 있지만 상급자나 상급 부서의 지시는 곧 명령이므로 이를 통상 지령이라고도 표현한다네.

그리고 또 1947년 3·1 시위 집회 직후에 전라남도 도당의 '지시'에 따라 제주도당이 각 면에 자위대를 조직하게 되어 있었지만 실효를 거두지 못했다는 내용이 '제주도 인민 유격대 투쟁 보고서' 1쪽에 다음과 같이 기록되어 있네.

'3·1 투쟁 직후 도당(道黨: 전라남도 도당 지칭)의 지시에 의하여 각면에 조직부(면당=面黨) 직속 자위대를 조직하게 되었으나 별로 진전을 보지 못하였다.'

이 내용은 4·3 사건 1년 전부터 상급 부서인 전라남도 도당이 4·3 사건 관련하여 제주도당에 지령을 계속 내리고 있었다는 증거야. 이렇게 김달삼이 무장 반격전(4·3 무장 반란)을, 전라남도 도당 올구의 참석하에, 기획 결정하였다고 언급함으로써 전라남도 도당이 관여하였다고 스스로 고백하고 있어."라고 장황하게 설명하였다.

정철은 계속하여 "'제주도 인민 유격대 투쟁 보고서' 1쪽에 3월 15일경 '무장 반격전을 기획 결정'하였다고 기록되어 있어.

'도상위(제주도 상임위원회)는 3월 15일경 도(道: 전라남도 지칭) 파견 '올구'(조직책)를 중심으로 회합을 개최하여
첫째, 조직의 수호와 방어의 수단으로서
둘째, 단선·단정 반대 구국 투쟁의 방법으로서
적당한 시간에 전 도민을 총궐기시키는 무장 반격전을 기획 결정'

이렇게 도상임위에서 3월 15일경 도(道) 파견 '올구'(조직책)를 중심으로 회합을 개최하여 적당한 시간에 무장 반격 작전을 기획하고 결정하였다고 김달삼의 극비 문서에 적시한 것은 김달삼의 강경파에 의하여 '2월 신

촌 회의'에서 자주적이고 독단적으로 무장 반격전을 결정하였다는 주장과 정면으로 배치되는 내용이야. 4 · 3 사건 주역이면서 장본인인 김달삼이 3월 15일경 도(島)상임위에서 전남도당 파견 올구 참석하에 '무장 반격전을 기획 결정'하였다고 기록으로 남겼는데 왜 제3자인 이삼룡의 증언, 즉 '2월 신촌 회의'에서 강경파 김달삼이 결정을 하였다는 것을 정설인 것처럼 좌파들은 믿고 있느냐 이 말이야. 논리에 맞지도 않고 이치에 맞지 않은 주장을 이제는 그만했으면 해."라며 제주도당의 강경파에 의하여 4 · 3 무장 반격전을 결정하였다는 것은 근거가 없는 거짓말이라고 강조하였다.

또 정철은 "'제주도 인민 유격대 투쟁 보고서'에 기록된 상급 부서의 지시 말고도 남로당 지령은 1948년 1월 22일과 2월 12일 압수된 문건에 의하면 '2월 중순부터 3월 5일 사이에 제주도 전역에서 폭동을 시작하라'는 폭동 지령이 두 번이나 포착되었어."라고 추가 증거를 나열하며 설명하였다.

"이처럼 증거가 차고 넘치는데도 불구하고 좌파는 4 · 3 사건은 제주 남로당 무장대가 자주적으로 일으킨 것, 즉 독자 결행이라고 주장하고 있는 거야. 그래서 4 · 3 사건은 민중 항쟁이라고 주장하고 있는데 이게 가당키나 한 주장인가?"라고 정철은 승호를 쳐다보며 물었다.

정철은 이어서 "당시 제주도가 미군정 하에서 1946년에 도(道)로 승격되었으나 남로당 내에서는 아직도 제주도(島)당은 전라남도의 예속으로서 전라남도 도(道)당의 예하 지부로 취급받고 있었어. 지휘 계통이 엄격한 공산주의 체제에서 중앙당이 차차 하급 제대인 제주도(島)당에 직접 지시를 내리지는 않지. 단지 중앙당이 지도는 할 수 있지만 지시는 하지 않는다네. 마치 사단장이 연대장을 거치지 않고 바로 대대장에게 명령을 내리지 않는 이치와 마찬가지야. 그러므로 엄격한 공산주의 체제하에서 전라남도 도당이 중앙당의 지시 없이 제주도당에 그런 지시를 내릴 수 있는지도 연구 대상이네. 공산주의 체제에서는 하급 부서가 상급 부서의 지시를 이행하지 않아도 처벌받고 또 상급 부서가 지시하지 않은 사항을 임의대로 처리해도 처벌받는다네. 이렇게 공산주의 명령 체계는 엄격하네. 그리고 또 문상길이 남로당 중앙당의 지시가 없어 9연대 병력 동원을 하지 않은 것을 두고 중앙당의 지시가 없었던 증거라고 주장하는데 이는 남로당 중앙당의 양대 산맥인 정치부와 군사부 사이에 4·3 무장 투쟁에 관한 한 서로 협조가 원활하지 못했기 때문이었어.

이상의 내용으로 볼 때 4·3 사건이 상부의 지시 없이 순수한 제주도 남로당 무장대가 주동이 되어 자주적이고 독립적으로 일으켰다는 것은 거짓말이라는 거야. 제주 4·3 사건이 상부의 지시에 의해 자행되었다는 주장에 이보다 무슨 증거가 더 필요한가?

4·3 사건을 일으킨 당사자 김달삼이 직접 상부 남로당 전라남도 도당의 '지시'를 받았다고 실토하고 있는데, 당시 현장에도 없었던 제3자들이 무슨 자격으로 또 무슨 근거로 제주도(島)당이 상부의 지시를 받은 적이 없다고 억지를 부리며 우길 수 있지? 옛말에 남대문을 구경하지 아니한 사람과 구경한 사람이 싸우면 구경하지 아니한 사람이 이긴다더니 바로 그 꼴 아니야?"라고 되물었다.

"4·3 사건이 제주도(島)당의 상부인 전남도당의 '지시'에 의하여 일어난 것은 자명한 사실이네. 이 '제주도 인민 유격대 투쟁 보고서'가 빼도 박도 못하는 증거니까 말일세."라고 승호가 응수했다.

"그러니까 이는 좌파가 4·3 사건을 민중 항쟁이라고 주장하는 근저(根底), 즉 남로당 제주도(島)당의 자주적·자발적·독단적 항거였다는 주장을 뿌리째 부정하는 증거야."라고 정철은 강조하였다.

"다른 질문이 하나 더 있는데 '제주도 인민 유격대 투쟁 보고서'에는 무슨 목적으로 4·3 사건을 기획 결정하였다고 기록되어 있는가?"라고 승호가 물었다.

"바로 앞에서 이미 제시한 '제주도 인민 유격대 투쟁 보고서' 1쪽에 그 목적을 잘 설명하고 있어.

'도상위(제주도 상임위원회)는 3월 15일경 도(道: 전라남도 지칭) 파견 '올구'(조직책)를 중심으로 회합을 개최하여
첫째, 조직의 수호와 방어의 수단으로서
둘째, 단선·단정 반대 구국 투쟁의 방법으로서
적당한 시간에 전 도민을 총궐기시키는 무장 반격전을 기획 결정'

이와 같이 기록되어 있는바, 한마디로 요약하면 단선(單選)·단정(單政) 반대의 기치를 들고 4·3 사건을 일으킨 거야. 좌파들은 경찰의 무지막지한 탄압에 대항하여 4·3 사건을 일으켰다고 주장하고 있으나 그것은 계기로서 하나의 구실에 지나지 않고 4·3 무장 반란의 목적은 위에 열거한 두 가지 때문이야."라고 정철이 쾌도난마처럼 정리하였다.

그러자 승호가 "그러니까 정리하자면 4·3 사건은 제주도당의 자주적 무장 투쟁이 아니고 상부인 전남도당의 지시에 의한 것이고, 목적은 단선(單選)·단정(單政) 반대를 위하여 일으킨 무장 폭동이라고 보면 되겠네. 무장대와 제주 남로당이라는 조직의 생존을 위한 수호와 방어는 언급할 필요조차 없는 기본적인 목적 아닌가?"라고 핵심을 간단명료하게 잘 언급하였다.

"그래, 정리를 잘하였네. 4·3 사건의 요체를 다시 한번 딱 부러지게 일목요연하게 정리를 잘하였어."라고 정철이 평가하였다.

정철은 이어서 "저들은 4·3 사건을 4·3 무장봉기라고도 하는데 이는

다수의 도민이 궐기하였다는 뜻이야. 그러나 '제주도 인민 유격대 투쟁 보고서'에 '전 도민을 궐기시키는 4·3 무장 반격전을 기획 결정'하였다고 기록하고 있는바, 이는 순서가 무장 폭동을 먼저 일으켜서 전 도민을 궐기시키겠다는 뜻이지. 그런데 4·3 사건이 일어나면 동시에 또는 조금 후에라도 전 도민이 총궐기했어야 하는데 총궐기는 고사하고 일단의 소요 사태도 없었어. 즉, 전 도민은 아니더라도 도민의 일부라도 호응하여 궐기해야 하는데 궐기하는 일이 전혀 없었다 이 말이지.

반도 무장대들은 4·3 무장 폭동을 일으킨 후 전부 한라산 속으로 숨어들어가 게릴라전, 즉 유격전을 벌였어. 따라서 4·3 사건을 민중 봉기로 볼 수 없는 이유가 바로 여기에 있다고 볼 수 있어.

봉기의 사전적 의미는 '벌 떼처럼 많은 사람이 한꺼번에 들고 일어남'이라고 풀이하고 있는데 4·3 사건을 일으켰으면 거기에 도민들도 호응하여 벌 떼처럼 일어나 죽이 되든 밥이 되든 마지막까지 투쟁하여 끝장을 보아야 봉기라고 말할 수 있는 것 아닌가? 그런 면에서 여순10·19 사건은 봉기라고 볼 수 있지. 여수 14연대 반란군과 여수와 순천 불순분자들이 합심하여 8일 간을 줄기차게 투쟁하였으니까 말이야."라고 열변을 토했다.

한편 '제주도 인민 유격대 투쟁 보고서'에 처음 보는 낯선 '무장대'와 '군책'이라는 용어를 접한 승호가 그 뜻을 몰라서 물었다

"무장대는 우리가 알고 있는 폭도라는 의미인데 북한이 폭도를 무장대라고 부르고 있어서 그 명칭을 차용하여 쓰고 있고, 군책이란 군 책임자라는 뜻으로 여기서는 무장대 사령관 김달삼을 지칭하는 거야. 김익렬 연대장은 그의 언론 기고문과 유고문에는 아직도 무장대라고 호칭하고 있지 않고 당시에 부르던 호칭 그대로 폭도라고 언급하고 있다네."라고 정철이 대답했다.

정철의 설명을 들은 승호가 물었다.

"다시 본론으로 돌아가서 투쟁 보고서에 무장대의 군책과 김(억렬) 연대장이 두 번 만났다고 술회했는데, 그렇다면 4월 30일 소위 평화회담 이전에 김억렬 연대장과 김달삼 사령관이 한 번은 더 만났다는 것 아닌가? 그렇다면 이미 내통하고 있었다는 것 아닌가?"

"김달삼과 김억렬 연대장이 오일균 대대장을 대동하고 평화회담 전에 1차로 이미 한 번 더 만났다는 기록을 보고는 나도 깜짝 놀라지 않을 수 없었네."라고 정철이 대답하였다.

"정철, 그리고 1차 만남에서는 대대장 오일균 소령도 같이 참석했다고 했는데 이 정도면 평화회담이라기보다는 내통 내지는 역모(逆謀) 수준이 아닌가?"라며 승호가 의구심을 드러냈다.

"그래, 역모 수준이라고 볼 수도 있지. 4월 하순에 이르기까지 전후 2회에 걸쳐 김달삼과 김억렬 연대장이 회동했는데 '제주도 인민 유격대 투쟁 보고서' 41쪽에

'4월 하순에 이르기까지 전후 2회에 걸쳐 군책(김달삼)과 김(억렬) 연대장과 면담하여 금반(금번) 구국 항쟁의 정당성과 경찰의 불법성을 특히 인민과 국경을 이간시키려는 경찰의 모략 등에 의견의 일치를 보아 김 연대장은 사건의 평화적 해결을 위하여 적극 노력하겠다고 약속하였음(제1차 회담에는 5연대 대대장 오일균 씨도 참가, 열성적으로 사건 수습에 노력했음)'

이렇게 제1차 회담 사실을 괄호 속에 처리하면서까지 특별히 강조한 것으로 보아, 제1차는 4월 28일이고 양자의 소위 평화회담은 4월 30일에 있었다고 잠정적인 결론을 내릴 수 있네. 그래서 김달삼과 김억렬 연대장 간의 평화회담은 4월 30일에 있었다는 것이 인민 유격대 투쟁 보고서가 증명해주고 있어."라고 정철이 대답했다.

그는 이어서 "김억렬이 유고문에 평화회담이 4월 28일이라고 기록한 것은 혼동 때문이 아니고 우리가 모르는 다른 의도가 있다고 보아야 하네. 만일 소위 평화회담이 4월 28일이었다면 대대장 오일균 소령을 대동한 제1차 회담은 4월 28일 이전이라는 것이야. 아무튼 공식적인 양자의 평화회담 전에 은밀하게 한 번 더 만났다는 것은 주지의 사실이고 심각한 문제로 볼 수밖에 없네.

평화회담 날짜가 4월 30일이냐 아니면 4월 28일이냐가 중요한 것이 아니고, 국군 연대장이 남로당 계열의 오일균 소령을 대동하여 비밀리에 미군정의 허락도 없이 적장인 김달삼을 이미 한 번 더 만났다는 것은 보통 문제가 아니야. 이는 반역에 해당하는 문제가 아닌가?"라고 심각한 어조로 말했다.

정철은 또 이어서 "김억렬 중령은 그의 언론 기고문과 유고문에 회담 출발에 앞서 가족과 친지에게 유언장도 써서 남기고, 또 부하들을 집합시켜 놓고 일장 훈시를 한 다음에 '5시까지 돌아오지 않으면 살해된 것으로 판단하고 전투 작전을 개시하라'고 지시까지 하는 등 비장한 모습을 보였었어. 그런데 이미 앞서 1차로 남로당 계열의 오일균 대대장을 대동하고 적장 김달삼을 만나서 내통한 적이 있었기 때문에 생명에 위협을 전혀 느낄 필요가 없었던 상황인데도 불구하고 생쇼를 벌인 것을 어떻게 생각해? 가증스럽지 않아? 이는 그의 장기인 허풍이 도진 것이 아닌가? 이러니 김억렬의 기고문과 유고문을 어디까지 믿어야 할지 모르겠어.

사람은 신뢰가 먼저이고 가장 중요하지 않아? 회담 날짜도 그렇고 회담 장소도 그렇고 또 회담 횟수도 전부 거짓말이니 도대체 김억렬 중령의 말을 어디까지 믿어야 할지 모르겠어. 그에 대한 신뢰성이 문제야. 그는 김달삼의 '제주도 인민 유격대 투쟁 보고서'가 있는 줄도 모르고 허풍을 떨었던 것 같아. 진실은 언젠가 밝혀진다는 것을 모르지는 않았을 텐데 말이야. 너무 아쉬워."라고 안타까운 심정을 토로했다.

승호가 물었다.

"두 사람 간의 평화회담이 대단한 성과를 낸 것처럼 김익렬 연대장은 언론 기고문과 유고문에서 주장하고 있어. 또한 여기 김달삼의 '제주도 인민 유격대 투쟁 보고서' 41쪽에는

'김 연대장은 사건의 평화적 해결을 위하여 적극 노력하겠다고 약속하였음.'

이렇게 짧막하게 김달삼이 소위 평화회담을 평가하고 있는데 자네는 어떻게 생각해?"

"김달삼에게 평화의 뜻은 국군(국방경비대)에 의한 토벌 작전이 없다는 뜻이네. 다시 말해서 김익렬 연대장이 토벌 작전은 안 벌이겠다는 뜻으로 받아들였다는 뜻 아닌가? 또 그 표현이 전부가 아니야. 그 문장 바로 앞에

'금반(今番) 구국 항쟁의 정당성과 경찰의 불법성을, 특히 인민과 국경을 이간시키려는 경찰의 모략 등에 의견의 일치를 보아'

이러한 문구가 더 큰 문제야. 서로 전투를 중지하자고 하는 평화회담 아닌가? 그런데 적대적인 관계에 있는 두 지도자 김달삼과 김익렬 연대장이 '구국 항쟁(4 · 3 무장 폭동)의 정당성과 경찰의 불법성과 모략 등'에 의견의 일치를 보았다고 했으니 국군 연대장이 어디 감히 대치하고 있는 적과 동조할 사항이냐 이 말이지. 어디 국군 연대장이 4 · 3 무장 폭동의 정당성에 동조할 수 있느냐 이거야. 이는 반역 아닌가?"라고 정철은 울분을 터뜨렸다.

그는 이어서 "평화회담을 하라고 미군정이 지시했는데 적장과 만나서는 김달삼이 일으킨 4 · 3 무장 폭동이 정당하다고 호응하며 맞장구를 치고 있

으니 이 상황을 어떻게 해석해야 하지? 김억렬 중령은 그의 유고문에 '(4·3 사건의) 그 내면을 들여다보면 경찰에 대한 공포와 원한이 폭동으로 표현된 것이라고 나는 확신하고 있었다.'라고 천명하였어.

이 구절만 보아도 김억렬은 김달삼의 소위 4·3 구국 항쟁의 논리와 경찰의 불법성의 논리에 동조하고 있다는 거야. 김달삼은 4·3 무장 폭동이 단선(單選)·단정(單政) 반대 구국 투쟁이라고 '제주도 인민 유격대 투쟁 보고서'에 명시하고 있는데도 불구하고 김억렬 중령은 무슨 자다가 남의 다리를 긁는 소리를 하는지 모르겠어."라고 일갈하였다.

"듣고 보니 김억렬 연대장은 4·3 사건의 성격을 완전히 다르게 보고 있는 것 같군."이라고 승호가 화답하였다.

"경찰의 불법성을, 특히 인민과 국경을 이간시키려는 경찰의 모략 등에 의견의 일치를 보아'

이 구절이 함의하고 있는 것은 두 당사자가 경찰의 불법성과 경찰의 모략 등에 의견의 일치를 보았다는 뜻인데, 이는 어디까지나 오월동주 격이야. 무장대와 국방경비대가 공동으로 대처해야 할 대상이 경찰이라니 이게 말이 되는 소리인가?

서로 원수지간으로서 서로 견제해야 할 두 지도자가 서로가 적이 아니고 오히려 무장대와 국방경비대의 공동의 적이 경찰이라는 데에 일치를 본 것 아닌가? 두 지도자가 두 번 만나서 평화를 위하여 의견의 일치를 본 것이 고작 '경찰에 대한 적대시와 견제'였어.

김억렬 연대장은 경찰과 일심동체가 되어 무장대를 소탕해도 시원치 않은 마당에 무장대와 한통속이 되어 경찰을 적대시하는 것으로 일치를 보았다는 것은 이적 행위 아냐?

　그래서 그 후 김억렬 중령은 경찰을 경원시하는 태도를 보였고 급기야는 5월 6일 미군정장관 딘(Dean) 장군이 참석한 한미 수뇌 회의에서 경찰의 지휘권을 국방경비대에 넘기라고 제안하기까지에 이른 거야.

　그러자 조병옥 경무부장이 김억렬 중령을 손가락으로 가리키며 공산주의자라는 말까지 하게 되지. 그래서 멱살잡이하기까지 이르렀었네.

　그러니까 김억렬 중령의 경찰지휘권 인수 요구가 그냥 나온 말이 아니고 김달삼과 김억렬 연대장이 가졌던 두 번의 양자 회합에서 의견의 일치를 본 것이 현실로 나타났던 것이야. 김억렬 연대장은 끝까지 경찰과 화합하지 못했어. 그의 유고문에서도 조병옥 경무부장과 경찰을 매도했어. 그 앙금이 죽는 순간까지도 풀리지 않았을 정도였어."라고 정철이 다소 장황하게 설명하였다.

　정철로부터 설명을 들은 승호가 그래도 이해가 잘 안 갔는지 다시 물었다.

　"김억렬 연대장은 평화회담이 성공적이었다고 평가하고 있는데 어떻게 생각해?"

　"공산주의자와 평화회담이라니 그 무슨 평화회담인가? 본래 공산주의자와의 회담은 속임수가 밑바탕에 깔려 있기 때문에 곧이곧대로 믿으면 안 되는 거야. 김달삼은 일단 소나기를 피하고 보자는 식인 데 반하여 김억렬 연대장은 곧이곧대로 믿고 당장 평화가 오는 것처럼 생각했지만 김달삼은 다른 주머니를 차고 있었다고 봐야 해. 앞에서도 이미 언급했지만, '제주도 인민 유격대 투쟁 보고서' 41쪽에 기록하고 있는 것처럼 오직 군(국방경비대)에 의한 토벌 작전을 회피하기 위한 수단으로 소위 평화회담에 임하였다는 것을 명심해야 해. 그 이상도 그 이하도 아니야.

　그러니까 김달삼은 평화회담에 기대를 걸고 있지 않고 시간을 벌면서 자신의 구상대로 군경이 토벌 작전을 전개하지 못하도록 하는 방안에만 몰두하고 있었다고 봐야 해."라고 정철이 열변을 토했다.

"아, 그렇군. 그리고 또 김달삼이 대대장 오일균과 만나 연대장 박진경 대령의 암살에 대하여 논의하였다고 했는데 그렇다면 박진경 대령의 암살은 김달삼의 지령에 의한 것이라고 봐야되는 것 아냐?"라고 승호가 물었다.

"그렇다고 보아야지. 제헌 국회의원 선거일인 5월 10일에 김달삼은 조직책(김양근)과 함께 국방경비대 측의 대대장 오일균 소령과 부관 그리고 정보장교 이(윤락) 소위 등 3명과 회합했어. 이들은 그 자리에서 당면한 문제를 토의했는데 '인민 유격대 투쟁 보고서' 42쪽에 토의 내용이 다음과 같이 기록되어 있어.

'제주도 치안에 대하여 미군정과 통위부에서는 전면적 포위 토벌을 지시하고 있으나 이것이 실행되면 결국 제주도 투쟁은 실패에 돌아가고 만다. 그러므로 국경에서는 포위 토벌 작전에 대하여 적극적인 사보타주 전술을 쓰며 국경 호응 투쟁에 관해서는 중앙에 건의한다. 특히 대내(隊內) 반동의 거두 박진경 연대장 이하 반동 장교들을 숙청하지 않으면 안 된다.'

이러한 문단이 말해 주듯이 이렇게 박진경 연대장 등 반동 장교 숙청에 대한 합의가 이루어졌어. 그 후 38일 만에 박진경 대령은 부하의 손에 암살되었어.

그리고 오일균의 대대가 부산에서 제주도에 도착하자 겁먹은 김달삼이 문상길 중위를 만나 대책을 논의하였는데 이때 대화 내용이 '제주도 인민 유격대 투쟁 보고서' 41쪽에 다음과 같이 정리되어 있네.

'군책(김달삼 지칭)과 문 소위가 만난 결과 국경의 세포는 중앙 직속이므로 도당의 지시에 복종할 수 없으나 행동의 통일을 위하여 밀접한 정보 교환, 최대한의 무기 공급, 인민군 원조 부대로서의 탈출병 추진, 교양 자료의 배포 등의 문제에 의견의 일치를

보았고 더욱이 최후의 단계에는 총궐기하여 인민과 더불어 싸우겠다고 약속하였음.'

이렇게 비망록 형식으로 요약정리되어 있는데, 이와 같이 문상길 중위는 무장대 수괴 김달삼과 만나 남로당 중앙당의 지시가 없어서 도당의 지시에 응할 수 없으나 탈출병 추진 등 적극 지원을 약속했어. 이와 같이 문상길 중위와 오일균 소령은 무장대 수괴 김달삼과 한통속이었어. 1946년 말부터 문상길은 모슬포 9연대에, 김달삼은 대정중학교 선생으로 같은 지역에 근무하면서 서로 알고 지내는 사이였어."라고 정철이 설명했다.

승호는 "그러고 보니 의심스러운 곳이 한두 군데가 아니네. '제주도 인민유격대 투쟁 보고서' 43쪽의 기록을 보면

'4월 중순경 문(상길) 소위로부터 99식 총 4정, 오일균 대대장으로부터 카빈 탄환 1,600발, 김억렬 연대장으로부터 카빈 탄환 15발을 각각 공급받음.'

이렇게 기록되어 있어. 김억렬 연대장이 카빈 소총 실탄 15발을 공산 무장대에 공급했다고 기록되어 있는데 국군 연대장이 적에게 무기를 이렇게 주어도 되는 거야?

국군 연대장이 적의 수장과 비밀리에 만나고, 그것도 모자라서 적에게 카빈 소총 실탄까지 제공했으니 이것은 적과 내통하고 있었다는 증거가 아닌가? 우리네 같은 보통 사람으로서는 도저히 이해가 안 가는 일이네. 정철, 자네는 어떻게 생각하는가? 그리고 그래도 명색이 연대장인데 실탄 15발은 너무 적지 않아?"라며 울분에 찬 목소리로 정철을 향해 물었다.

"글쎄 말이야. 문상길 중위와 오일균 대대장이야 공산당 프락치였으니까 어느 정도 이해는 가지만, 국군 연대장이 적에게 소총탄을 제공했다는 것은 상상도 할 수 없는 일이네. 더구나 김달삼이 4·3 무장 폭동을 일으킨 직후에 김억렬 연대장이 실탄을 제공했다는 것 아닌가?

김달삼과 김익렬 연대장 간에 평화회담 이전에 이미 김익렬 연대장이 남로당 무장대에게 수량의 과소(寡少)를 떠나 무기인 카빈 탄환 15발을 지원했다는 그 자체가 아연실색할 일이야. 그리고 실탄 15발이 너무 적다는 것이 의문인데 이 극비 문서를 필사하면서 150발에서 '0'을 하나 정도 실수로 빼먹은 것은 아닌지 의심이 들어.

게다가 앞에서도 이미 언급했지만 비밀리에 적의 수괴까지 만났다는 사실은 국군의 고급 장교로서는 도저히 상상할 수도 없는 일이네.

대한민국 국군 연대장이 적장에게 무기인 소총탄을 지원하고 몰래 만나서 내통했다는 것은 반역 행위나 다름없고 또 있을 수도 없는 일이지. 이는 전시나 다름없는 상황이기 때문에 군법회의 회부감이야. 회부되면 총살감이지 뭐.

그리고 김익렬 중령은 언론 기고문이나 유고문에 비밀리에 오일균 대대장을 대동하고 김달삼을 만난 사실을 숨겼고, 또 적장에게 무기인 카빈 실탄 15발(극비 문서 재작성 때 실수로 150발에서 '0'을 하나 빠뜨린 것으로 의심-저자 주)을 몰래 지원한 것, 그리고 적장 김달삼을 만나 4 · 3 사건의 정당성과 경찰의 불법성에 대한 견해가 서로 일치하였다는 사실에 대하여 일언반구가 없어.

결정적인 약점은 감추고 잘한 것만 기록한 유고문은 신뢰성이 떨어져, 유고문으로서 가치가 없다고 보아도 무방하지 않아?"라며 정철은 도저히 맨정신으로 이해할 수 없다는 뜻으로 말했다.

그리고 그는 이어서 "그 후 오일균은 M1과 카빈 소총 그리고 실탄을 지원하고 문상길은 무장 탈영병 41명의 한라산 입산을 주선하였어."라고 강조하였다.

다음은 이와 관련된 '제주도 인민 유격대 투쟁 보고서' 43쪽의 내용이다.

"5월 17일경 오일균 대대장으로부터 M1 소총 2정, 동 탄환 1,443발, 카빈총 2정, 동 탄환 800발을 공급받음.

5월 20일 문 소위 지시에 의하여 9연대 병졸 최 상사 이하 43명(41명의 오기)이 각각 99식 총 1정씩을 가지고 탄환 14,000발을 트럭에 실어 탈출, 도중 대정지서를 습격, 개(경찰) 4명, 급사 1명을 즉사시키고 지서장에게 부상시킨 후 서귀포 경유 상산(上山)하려고 했으나 그 연락이 안 되어 결국 22명은 피검, 탄환 다수 분실 혹은 압수당하고 겨우 4, 5(4~5)일 후에야 나머지 21명과 아부대(무장대)와 연락이 되었음(이때에는 각각 99식 총 1정과 99식 탄환 100발씩만이 남아 있었음)

이때 연락이 안 된 원인은 문 소위가 우리에게 보낸 연락 방법과 탈출병들이 연락한 연락 방법 사이에 커다란 차이가 있던 것에 기인함."

이렇듯 오일균 소령과 문상길 중위는 적에게 소총과 실탄을 지원했을 뿐만 아니라 적장 김달삼과 비밀리에 만나 모의하였고, 문상길 중위는 탈영병의 입산을 주선하였으며, 오일균 소령은 뒤에 설명하겠지만 체포된 폭도 무장대 10명을 석방하는 등 이적 행위를 서슴지 않았다. 이상 김달삼의 '제주도 인민 유격대 투쟁 보고서'에서 살펴본 바와 같이 김익렬 연대장과 오일균 대대장 그리고 문상길 중대장은 4·3 사건 동안 반역의 길을 걸었던 것이다.

정철은 이어서 "김익렬 중령은 동족끼리 서로 죽이는 동족상잔을 막아야 한다며 평화 협상을 주장하였으므로 양쪽이 서로 죽이지 않도록 노력해야 정상인데 4·3 사건 직후에 적장에게 실탄을 지원하여 우리 군경과 우익인사를 오히려 죽이도록 도와주면서, 우리 군경에게는 적도 동족이기 때문에 죽여서는 안 된다고 주장하는 그의 이율배반적인 사고체계의 정체는 도대체 무엇인가? 그가 진정 동족상잔의 비극을 막으려 했다면 적의 수괴에게 실탄을 제공하는 행동은 하지 말았어야 하는 것 아닌가?"라고 한탄하였다.

한편 '제주도 인민 유격대 투쟁 보고서'에 오일균 소령이 무장대에 소총과 실탄을 제공했다는 사실 말고도 포로 심문 과정에서 산 폭도 무장대를 빼돌렸다는 사실이 드러난다.

대대장 오일균 소령이 남로당 프락치 역할을 한 예로서 '제주도 인민 유격대 투쟁 보고서' 45쪽에는 위에 열거한 것 말고 그동안 잘 알려지지 않았던 사항이 사실로 기록되어 있다.

'제주도 인민 유격대 투쟁 보고서'에는 박진경 연대장이 감행한 토벌 작전 결과 무장대의 피해가 기록되어 있다. 무장대의 피해를 보면, 인민 유격대 대원 4명이 사살되고 18명이 체포되었다. 그런데 체포된 무장대 18명 중에 무려 10명이나 석방되었다고 기록되어 있다. 다음은 '제주도 인민 유격대 투쟁 보고서' 45쪽에 기록되어 있는 피검자의 석방 기록이다.

"③ 5월 24일 애월 군 레포(연락 무장대) 2명이 두모에서 피검되었다가 후일 석방

⑤ 5월 27일 선흘리에서 국경에게 포위당하여 지대 간부 2명 포로당하다(그중 1명은 후일 석방되고 1명은 경찰에 인계당하다)

⑦ 6월 7일 도사령부 정보부원 1명, 제1지대 경리책 1명, 국경 탈출병 1명 계3명이 오등리에서 피검, 이 중 정보부원은 경찰에 넘어갔다가 후일 석방됨

⑨ 6월 14일 도사(도사령부) 레포(연락 무장대) 2명이 월평리 위에서 피검되었다가 후일 석방

⑭ 7월 초순 제1지대 제1부대 연락원이 월평리 위에서 피검되었다가 후일 석방

⑯ 6월 16일 월평리 위에서 지대원(지대소속 무장대) 2명이 피검되었다가 후일 석방되다.

⑰ 6월 18일 도사령부 간부 1명 조천면 선흘리에서 피검되었다가 후일 석방되다."

이와 같이 피검자 무장대 10명이 무혐의로 석방된 것은 심사 요원 중에 오열이 끼어있었다고 보아야 한다.

당시 심사 책임자는 공산 남로당 계열의 오일균 대대장이었다. 고양이

에게 생선가게를 맡긴 꼴이었다. 인민 유격대 사령관 김달삼이 '제주도 인민 유격대 투쟁 보고서'에 무장대라고 적시한 인물 10명을 오일균 대대장이 심사 책임자로서 심사하면서 석방하였다. 정말 어이가 없는 일이 벌어진 것이다. 사필귀정이라고나 할까, 결국 대대장 오일균 소령은 남로당 프락치로 검거되어 숙군 때 처형된다.

1947년 조선 경비 사관학교(육군사관학교 전신)에서 박정희는 대위 계급장을 달고 교관 겸 생도대 중대장으로서 생도대장 오일균 소령과 같이 근무했었다. 오일균 소령은 박정희 대위의 일본 육사 4년 후배였지만 군사영어학교를 졸업하고 조선경비대 장교로 오일균이 먼저 임관하는 바람에 계급이 뒤바뀌었던 것이다. 육사에 근무하면서 오일균 소령과 박정희 대위는 친하게 지냈다.

오일균 소령과 관련된 박정희 대통령의 일화 한 토막이 있다. 1960년대 중반 박 대통령이 지방 순시 차 기차를 타고 충북 청원을 지날 때였다. 동승했던 이 지역 출신 신범식 (작고) 당시 청와대 대변인이 말했다.

"각하, 저기가 오일균이 살던 동네입니다."

그러자 갑자기 박정희 대통령이 "어디?, 어디?"하고는 그 마을을 한참 동안 멍하니 쳐다보더라는 것이다.

신 대변인은 '박정희 대통령의 가슴속에 오일균의 그림자가 아직 남아 있는 것 같았다.'고 한 후배 언론인에게 털어놓은 적이 있다.


한편 월북한 이후 김달삼은 강동정치학원에서 유격대 훈련을 받은 후, 1949년 8월 4일 강동정치학원의 유격대원 300명을 이끌고 태백산맥 일월산 일대로 침투한다. 김달삼은 인민 유격대 태백산 지구 제3병단(일명 김달삼 부대) 단장으로 부대를 지휘하여 태백산맥 산악지역의 영양과 영덕 일대에서 유격전을 벌였다. 결국 국군 토벌대에 밀려 퇴각하던 중 1950년 3

월 20일 김달삼이 정선군에 있는 반론산(높이 1,068m) 부근에서 국군 8사단 21연대 7중대에 발견된다. 이어 총격전이 벌어지고 김달삼은 8사단 21연대 7중대에 의해 사살되었다. 그의 나이 26세였다.

그의 시체는 반론산으로부터 동북쪽 정선군 여량면 봉정리에서 발견되었다. 그는 소련제 모젤 권총을 소지하고 있었으며 용병 작전에 관한 1950년 3월 20일까지의 상황이 러시아어로 기록된 수첩을 휴대하고 있었다.

8사단 토벌대는 봉정리 송지골에서 그의 시신을 효수하였고, 정선 주민들은 그 송지골을 '김달삼 모가지 잘린 골'이라고 부르기 시작하였으며 지금도 그렇게 부르고 있다. 이는 대한민국 지명 중에 두 번째로 긴 지명이다.

그런데 8사단 21연대는 4·3 사건의 수괴 김달삼을 사살한 전과를 자랑거리로 삼고 있었으며 부대에 대한 자부심과 긍지가 대단했다. 한정철이 1997년 10월 8사단장으로 부임하자 21연대 장병들이 자기네 21연대가 김달삼을 사살하였는데 제주 출신이 사단장으로 부임한 것도 아이러니한 일이라고 말한 적이 있다.


4·3 무장 반란의 수괴 김달삼을 사살한 8사단에 공교롭게도 제주 출신 육군 소장 한정철이 제40대 사단장으로 취임한다. 김달삼이 사살된 지 47년 후의 일이다. 이것도 묘한 일이라면 묘한 일일 수도 있다.

항일 빨치산들이 묻혀있는 북한 평양의 애국열사릉에는 김달삼의 묘가 있다. 물론 가묘이다. 또한 이덕구의 가묘도 여기 평양의 애국열사릉에 있다.

한편 탈북자 김성민은 유튜브 방송 '눈으로 보는 자유 북한 방송'을 통하여 "김달삼의 아들 이경섭은 평양에 살고 있었는데 술을 너무 즐겨서 알코올 중독자가 되어 격리된 적이 있다. 평양 이웃집에 살아서 알게 되었다. 그가 김달삼의 아들인데 왜 성이 이 씨냐고 자기 어머니에게 물었더니 김달삼의 본명이 이승진이라고 말했다."라고 전하면서, 북한 당국은 김달삼에 대하여 "김달삼이 조선민주주의 인민공화국 제1기 대의원이다. 민족의 자주권과 조국의 자주적 평화 통일을 실현하기 위한 성스러운 위업에 크게 이바지한 것에 대하여 1993년 7월 공화국 영웅 칭호가, 1990년 8월 15일 조국통일상이 수여되었다. 애국열사릉에 그의 묘가 있다."라고 보도하였다고 김성민의 유튜브 방송은 2019년 4월 4일 전했다.

*

전라남도 여수에 주둔해 있던 14연대가 1948년 10월 19일 제주 4·3 사건 토벌 출동을 거부하며 반란을 일으킨다. 또한 이에 영향을 받아 제주도에서 군과 경찰이 반란을 기도하다 적발된다.

# 여수 14연대 반란과 제주 4 · 3 사건에 미친 영향

## 4 · 3 사건 토벌 거부, 지창수 상사 비롯한 하사관(부사관) 위주 반란

1948년 10월 19일 여수에 주둔해 있던 제14연대가 제주 4 · 3 무장 폭동 진압을 위한 출동을 거부하며 반란을 일으켰다. 남로당 세포로 신분을 속이고 조선경비대에 들어온 지창수 상사 등 하사관(부사관)들이 주동이 되어 반란을 일으킨 것이다. 나중에 김지회 중위와 홍순석 중위 등 장교가 적극 가담한다.

당시 제주도에는 6개월 반 전에 발발한 4 · 3 무장 폭동으로 치안이 불안하였으며 더구나 폭동 진압의 주역인 제11연대 연대장 박진경 대령이 암살당한 상황에서 반란을 진압하기 위하여 육지로부터 병력 지원이 절실히 필요한 시기였다.

제14연대 장병들은 비록 얼마 전에 연대를 떠났지만 9연대장이었던 김억렬 연대장으로부터 제주 4 · 3 사건에 대하여 많이 듣고 자세히 알고 있었다.

제14연대 반란의 특징은 반란의 주체가 장교 위주가 아니고 지창수 상사를 비롯한 하사관 (부사관) 위주였다는 것이다.

지창수 상사는 "장교들은 이승만의 수족이야. 저들은 제주의 4·3 무장 항쟁을 토벌하기 위하여 우리 14연대의 1개 대대가 제주도로 출동하는 것에 반대하지 않고 있단 말이야. 저 장교 놈들부터 먼저 처단해야겠어. 자네의 생각은 어떤가?"라며 이세기 일등 중사에게 물었다.

"인사계님! 장교들이라고 전부 이승만에게 충성하지는 않은 것 같습니다. 장교들 간에 출동에 관하여 대화 나누는 것을 지나가다가 언뜻 몇 마디 들은 적이 있는데 불만을 품고 있는 장교도 꽤 있는 것 같았습니다."라고 이세기 일등 중사가 대꾸했다.

"이 중사는 저간의 사정을 잘 모르고 하는 소리야."라고 지창수 상사는 이 중사의 의견을 무시해버린다. 그의 마음속에 장교단 처형이 이미 똬리를 틀고 있었다. 그래서 하사관들이 일단은 장교를 제거의 대상, 즉 사살 표적으로 보고 장교들을 먼저 사살하게 된다.


10월 15일 육군 총사령부(육군본부)로부터 제주도로 출동하라는 명령이 하달되었다. 그런데 사령부 명령이 군 통신망이 아니고 일반 우체국 전보로 하달되는 바람에 일반 병사들에게도 금방 소문이 퍼졌다. 출동 날짜는 10월 19일로 매우 촉박했다. 남로당 중앙당에 소속된 김지회 중위 등 장교 프락치들은 남로당의 기본 방침이 아직은 무장봉기를 할 때가 아니라는 것으로 판단하고 있었던 데 반해, 지창수 상사 등 하사관(부사관)들은 병사위원회를 개최하여 출동을 거부하고 반란을 일으키기로 한다.

지창수 상사는 회의 자리에서 "먼저 연대 상황실을 장악한 후 비상 나팔을 불을 걸세. 그러면 그때 전체 부대원을 연병장으로 집합시키기로 합시다."라며 회의 말미를 장식했다. 한편 1948년 10월 19일 밤에 연대장 박승훈 중령은 부연대장과 함께 제주도 출동을 위해 여수항에서 무기와 장비

그리고 탄약의 선적을 지휘하고 있었고, 같은 시각 장교들은 출동하는 제
1대대 장교들을 위하여 2대대와 3대대 장교들이 회식 자리를 마련하여 출
동 장교 환송 회식 중이었다. 여수 항구에는 병력 상륙함인 해군 함정 LST
가 정박해 있었다. 밤 10시 10분경에 이미 연대 상황실이 장악된 상태에
서 비상 나팔이 울려 퍼졌다. 영문을 모르는 사병들이 연병장에 집결할 때
장교들은 환송식에서 만취하여 잠들었거나 여전히 술을 마시는 중이었다.
갑작스러운 4·3 폭동 진압 출동 명령으로 열 받은 상황이기는 하지만 이들
장교 대부분은 남로당 중앙당원으로서 중앙당의 지시만 기다리고 있었다.
   그런데 지창수 상사 등 하사관(부사관)과 병사들은 장교들이 남로당 중앙
당원이라는 사실을 전혀 모르고 있었다. 그들의 비밀조직의 특성상 종적
으로만 연결되어 있지, 횡적으로는 단절되어 있었기 때문이다.

   먼저 지창수 상사가 연단에 올라가 "애국 병사 여러분! 우리는 동족상잔
의 제주도 출동을 결사반대합니다."라고 일장 연설하였고 상당수의 병사
가 어리둥절한 상태에서 좌익 사병들이 "옳소! 옳소!"라고 고함치며 바람
을 잡았다.
   그런데 '동족상잔의 제주도 출동 반대'는 빈말에 불과한 말이고 내용인
즉 4·3 무장 폭동 세력이 자기의 편인 남로당 조직이었기 때문에 자기가
자기쪽의 세력을 토벌해서는 안 된다는 판단 때문이었다. 이런 급박한 상
황에서 누군가 외쳤다.
   "지금 경찰 놈들이 부대에 쳐들어오고 있다."
   "무기를 들어라! 경찰과 싸우자!"라며 우왕좌왕하던 사병들까지 단결하
게 되었다.
   이때 하사관을 포함한 장교 3명이 연단으로 뛰어나가 "안 돼! 뭐 하는 건
가? 지금은 때가 아니야!"라며 아직은 반란은 시기상조라고 만류하였다.

그러나 그들 장교가 남로당 중앙당원인 것을 모르는 사병들은 말할 기회도 주지 않고 연단에 오르는 이들을 사살해 버렸다.

당시 "경찰들이 부대로 쳐들어오니 무기를 들고 싸우자."했을 때 부대원이 단결하는 모습을 보인 것은 그동안 누적되었던 군과 경찰 간의 알력 때문이었다. 14연대 군인들이 경찰을 적대시한 데는 그럴만한 이유가 있었다.

1947년 6월 2일 국방경비대원과 경찰 간에 사소한 시비로 급기야는 총격전이 벌어졌다. 광주 4연대 하사 1명이 영암 경찰지서에 구금되자 4연대 병력 300여 명이 떼거리로 영암 경찰지서에 쳐들어갔다. 당시 경찰은 M1과 카빈 소총은 물론 기관총까지 최신 무기로 무장되어 있었으나 경비대는 일본 99식 소총이 고작이었다.

결국 무장 열세로 군인 6명이 죽고 상당수가 부상당하는 참사가 발생했다. 평소에 국방경비대는 경찰의 보조대에 불과하다고 무시당하던 터라 군경 간에 갈등이 심했고 군인들은 복수의 기회를 엿보고 있었다.

이렇게 경찰과 총격전을 벌였던 광주 4연대의 김지회 중위와 지창수 상사 등 좌익 사상의 병력 일부가 여수 14연대의 창설 모체 부대가 된다. 그래서 14연대 반란 시 경찰이 쳐들어온다며 선동하여 복수의 기회로 보고 반란을 일으킨 14연대는 여수 경찰서를 맨 먼저 공격하였다. 또한 근본적인 문제는 해방과 함께 미군정이 들어서면서 국내 치안 관련 내부의 실정을 잘 아는 경력자인 순사들이 미군정 경찰로 고스란히 채용된 것이다. 즉, 왕년 일제 강점기의 일본 순사가 그대로 경찰이 되어버린 셈이다.

어제의 일본 순사들이 경찰 제복을 입고 이전처럼 거들먹대는 모양이 눈꼴사나워서 이들 부대원은 모조리 국방경비대(국군의 전신)에 입대했다. 또한 당시 외적의 침입을 우려하는 상황이 아니었기 때문에 미군정은 조선

경비대 군(軍)보다는 치안 유지를 위해 경찰에 더 관심이 많았고 지원순위도 경찰이 우선이었다. 그러다 보니 경찰이 군을 다소 얕잡아 보는 경향도 있어서 서로 충돌하는 경우가 더러 있었다. 그래서 평소의 경찰에 대한 군의 악감정이 터져버린 것이었다.

이어 반란군은 무기고와 탄약고를 지키던 보초를 쏴 죽이고 문에 잠겨 있는 자물쇠를 총으로 부수고 들어가 무기고에서 무기와 탄약을 탈취한 다음에 반란에 가담하지 않은 장교와 하사관들을 찾아서 사살하기 시작했다.

제5중대 주번사관인 박 소위는 주번사령에게 비상 문의를 하러 가다가 탄약고 쪽에서 쏘는 반란군의 총을 맞고 쓰러진다. 반란군은 군의관 등 이용 가치가 있는 몇 명만 빼고 20여 명의 장교를 살해했다. 여기에는 제주도에 출동할 1대대장 김 대위를 비롯하여 2대대장 김 대위, 3대대장 이 대위 등 대대장 3명 전원과 연대 작전주임 강 중위 등 연대 참모 2명 그리고 진 소위 등 중대장 12명 또 대대 참모 소위 3명 등 총 20여 명에 달했다. 1948년 5월에야 창설된 14연대는 장교 충원율이 낮아 경비사관학교 5기생인 10여 명의 소위가 모두 중대장 직책을 맡고 있었고 각 소대장직은 고참 하사관들이 맡고 있었다. 그런데 사후 조사에 의하면 하사관(부사관)들에게 희생된 장교 20여 명 중 15명이 남로당 중앙 프락치 당원이었다. 하사관들은 그런 사실을 전혀 모르고 다만 장교들이 그들의 반란에 걸림돌이라고만 생각했다. 부대의 상층부에 속하는 장교들을 사살했다는 것은 반란 이전에 하극상이다.

한편 14연대 내 장교들이 대부분 살해되었을 때 수송장교 윤 중위가 여수항으로 달려가서 연대장 박승훈 중령에게 보고한다.

제14연대는 M1 소총 등 신식 무기로 교체하는 중이어서 평상시보다 2배에 달하는 6천여 정의 소총을 보유하고 있어서 지창수 상사의 반란군은 남아도는 소총으로 반란 후 민간인 좌익 폭도들을 무장시킬 수 있었다.

그런데 불행 중 다행이랄까, 반란이 일어나기 직전에 이러한 신식 무기와 탄약이 해군 상륙함인 LST에 이미 선적되어 있었다. 그리고 반란 발발과 동시에 연대장 박승훈 중령은 만약에 대비하여 일부러 LST를 여수항에서 바다 멀리 떨어져 정박시켜 놓고 있었다. 그래서 신형무기와 막대한 탄약이 반란군의 손아귀에 들어가지 않아 최악의 상황은 피할 수 있었다.

## 반란군의 여수·순천 점령과 진압

지창수 상사는 스스로 연대장에 취임하고 병사위원회 소속 하사관(부사관)들을 즉석에서 지휘관으로 임명했다. 자천으로 연대장이 된 지창수는 하사관들로 새로 임명된 대대장과 중대장을 집합시켜놓고 출동 명령을 내렸다.

"지금 여수 읍내로 출동한다. 우선 경찰서를 공격하여 점령한다."

그러자 이세기 일등중사가 물었다.

"연대장님! 경찰서를 점령한 다음에 감옥에 있는 수형수들은 어떻게 할까요?"

"이세기 1대대장이 내가 미처 생각하지 못한 점을 잘 착안했어요. 감옥에 갇혀 있는 수형인들을 모조리 석방하고 그들에게 소총을 주어 우리들의 호위무사가 되도록 조치하시오. 이 특별 임무는 이세기 1대대장이 책임을 지고 수행하시오."

"예! 연대장님의 지시대로 명령을 수행하겠습니다."

이세기는 대대장이라고 호칭해 주어서 그런지 용기백배하여 대답하였다.

하사관에서 갑자기 장교 지휘관이 된 하사관들은 들뜬 기분으로 바로 병력을 이끌고 여수 읍내의 경찰서를 공격한다.

경찰은 순식간에 격파당하고 반란군은 경찰서 안으로 진입하였다. 경찰서를 점령한 반란군은 즉시 유치장을 열어 각종 범죄 피의자 50여 명을 석방하고 무기를 지급하였다. 그러자 갑자기 감옥에서 해방된 수감자 50여 명은 총까지 지급받자 기뻐 날뛰며 반란군의 호위무사가 되었다. 그들은 경찰과 우익인사는 물론이려니와 대지주를 처형하는 데 앞장서는 바람에 애꿎은 희생자도 많았다. 이리하여 여수는 반란군의 손아귀에 들어갔다.

반란군과 여수 남로당원은 10월 21일까지 경찰과 가족 그리고 우익인사뿐만 아니라 대지주와 부자 등 800여 명을 소위 인민재판에 회부하여 처형하였다. 이때 남로당 여수지구 위원장 이연구 등이 앞장서서 여수 반란에 가담하였다. 그런데 이때 그런 소용돌이 속에서도 어느 대지주 한 사람이 극적으로 살아남는다.

제14연대 반란군은 부자와 지주들을 잡아들여 소위 인민재판을 거쳐 처형하기 시작했다. 이때 여천 군청은 반란군의 혁명평의회 건물이었는데 군청 2층에 여수의 만석꾼으로 소문난 봉소당의 대지주 33세 김성환과 천일 고무신 사장 김영준이 끌려왔다. 몇 시간 후에는 인민재판을 받고 처형될 운명이었다.

그런데 이때 봉소당의 종의 아들인 19세 '태주'가 빨간 완장을 차고 2층으로 올라왔다. 그는 자기의 주인 김성환이 끌려오는 것을 먼발치에서 보고 급하게 뛰어 2층으로 올라온 것이었다. 종의 아들 '태주'가 자기 주인에게 눈길도 주지 않자, 주인인 김성환은 이제 자기가 데리고 있던 종한테 맞아 죽는다고 생각했다.

태주는 보초를 서고 있던 두 명의 반란군을 돌려보낸 후 아무 말도 하지 않고 의자를 거꾸로 돌리고 앉아서 벽을 바라보며 신문만을 보았다. 30여 분이 지났는데도 상황의 변화가 전혀 없었다. 이때 봉소당 주인 김성환은 도망가라는 신호임을 알고 2층 창문을 열고 도망을 간다. 도망가기 전에 천일 고무신 사장 김영준의 소매를 끌어당겼으나 그는 죄가 없다며 거부하였다. 그는 몇 시간 후에 부호로 몰려 처형당한다.

종의 아들 '태주'는 어려서부터 자기 아버지가 봉소당 대지주의 선행에 대하여 이따금 들려주는 이야기를 들으며 자랐다. 구한말부터 만석꾼의 영광 김씨 집안인 여수 봉강동의 봉소당 대지주였던 김성환의 할아버지가

30여 명의 노비를 거느리고 있었는데 그들을 풀어주며 노비문서를 전부 불태워버렸을 뿐만 아니라 노비 30명에게 각각 논 10마지기와 밭 7마지기를 나누어주고 게다가 그들의 살 집도 지어 주었다는 것이다.

기적적으로 살아난 김성환은 자기가 살아남은 것은 할아버지의 음덕 때문이라고 믿고 그 이후 할아버지를 본받아 베풀며 봉소당을 잘 이끌어 21세기 현재까지 약 150년 동안 만석에 상응하는 재산을 유지하고 있다.

한편 반란군이 경찰서를 접수하자 남로당 여수지구 위원장 이연구는 그동안 감췄던 신분을 드러내고는 지창수 상사를 쳐다보며 "무장봉기를 축하드립니다. 이제야 미제를 몰아내고 공산 통일의 위업을 달성하게 되었습니다. 여수 읍민들이 오늘이 오기를 학수고대하고 있었습니다."라며 제14연대의 반란을 환영하였다. 그러자 지창수 상사는 상기된 표정으로 "위원장님! 38선에서는 인민군이 전선을 돌파하여 남하 중이고 이제 곧 여기 여수에 도착할 것입니다."라며 자신의 소망 사항을 사실인 것처럼 말했다.

지창수의 인민군 남하설에 고무된 이연구는 용기백배하여 "듣던 중 반가운 소식입니다. 이제 곧 우리도 미제에서 해방이 되고 공산 통일이 되겠네요."라고 대답하였다.

"그리고 이제 곧바로 우리 봉기군은 김지회 중위의 지휘하에 순천을 점령할 것입니다. 순천까지만 점령되면 여수 · 순천 주위의 광양군과 보성군 등이 함락되어 우리 봉기군의 세상이 될 것입니다."라고 의기양양하게 지창수가 말했다.

"봉기군의 전도가 양양합니다."라고 이연구 위원장은 거들었다. 그래서 용기백배한 이연구 남로당 여수지구 위원장은 경찰과 우익인사 처형에도 적극적이었다. 반란군은 파죽지세의 기세로 여수에 이어 순천을 장악하고, 급기야는 광양과 보성 등 주변 7개 군을 석권하게 된다.

남로당 수장인 박헌영의 오른팔이자 '지리산 유격전구' 사령관인 이현상이 내린 '봉기군(반란군)은 지리산으로 입산하라.'는 지시에 따라 이미 20일 오전 8시경 김지회 중위의 지휘로 반란군 주력 2개 대대(1,400명)는 기차와 화물 트럭으로 순천으로 향했고, 일부는 지역 방어를 해야 한다는 지창수 상사의 주장에 따라 2개 중대만 여수에 남았다.

이에 정부는 10월 21일에 반란군이 점거한 지역 일대에 계엄령을 선포하고 진압군을 파견한다. 육군 총사령관 송호성 장군을 지휘관으로 하는 '반란군 토벌 전투사령부'가 광주에 창설되었고, 진압군은 대전 제2연대, 전주 제3연대, 광주 제4연대, 부산 제5연대, 대구 제6연대, 군산 제12연대, 마산 제15연대 등 총 7개 연대의 전 병력 또는 일부 병력을 차출하였다. 진압군 병력은 이상 7개 연대 병력과 서울 및 각도 혼성 경찰 병력 약 2개 대대로 거의 1개 사단 규모였다.

이때 광주에 창설된 송호성 육군 총사령관의 '반란군 토벌 전투사령부'에 박정희 전 대통령이 소령 계급장을 달고 작전담당관으로 송호성 사령관을 보좌하며 참여하고 있었다. 박정희 소령도 당시 남로당 계열의 장교였다.


한편 광양 방면으로 이동 중인 김지회 중위는 22일 오후 광양군 옥곡면 백운산 기슭에서 마산에서 출동한 제15연대와 대치 중에 15연대장 최남근 중령과 만났다. 둘은 남로당 계열 장교로서 이미 서로 내통하는 사이였다. 최남근 연대장은 김지회 중위에게

"김 중위! 나 이현상 사령관님을 만나서 내가 지금 이 상황에서 어떻게 처신해야 할지 지침을 받아야겠어요. 내가 사령관님을 만나 뵐 수 있도록 주선해주시오."라고 부탁을 하자 김 중위는 "연대장님! 잘 생각하셨습니다. 제15연대를 이끌고 투항해서 우리와 함께 봉기하는 것이 어떻겠습니

까?"라고 제안하였다.

그 제안에 최남근 연대장은 "나도 그러고 싶지만 이현상 사령관님의 계획이 무엇인지 먼저 알아봐야겠소."라고 그의 의견을 피력했다. 그러고 나서 최남근 연대장은 '지리산 유격전구' 사령관인 이현상과 만나 자신의 행동 지침을 듣기 위해 포로로 가장하여 지리산으로 입산한다.

지리산에서 만난 이현상 사령관은 최남근 연대장에게 여수 제14연대 반란에 대하여 부정적으로 말하는 것이었다.

"모든 일에는 때가 있는 법인데 시기 면에서 너무 일러서 무모할 것 같소. 우리의 피가 더 흘릴 것 같소이다. 그리고 결정적인 실수는 남로당 계열 장교를 무려 15명이나 사살해버렸어요. 어렵게 군에 심어놓은 우리의 동지 전사들이었는데·····"라며 말을 잇지 못했다. 그는 그 죽은 15명의 장교들이 공산화 통일의 주역이 될 인물이었는데 아쉽게 불귀의 혼이 된 것을 무척 안타까워하였다. 억장이 무너지는 것만 같았다.

그러자 최남근은 "정말로 안타까운 일입니다. 그런데 사령관님! 한 부대에 있으면서 지창수 등 하사관(부사관)들은 그 장교들이 남로당 동지라는 것을 몰랐단 말입니까? 한두 명도 아니고 무려 15명이나 되었는데 말입니다."라고 안타까운 심정을 피력했다.

사령관 이현상이 "몰랐을 확률이 높아요. 우리의 조직은 비밀조직이기 때문에 종적인 관계만 알지 횡적인 관계는 전혀 모르지 않소. 즉 상하 각각 1명밖에 모르지요. 그러니까 자기가 접촉하고 있는 상사 1명과 또 아랫사람 1명뿐이지요. 만에 하나 누가 잡히더라도 관계된 3명만 잡혀 들어가는 것이지요. 그래야 한 사람이 잡혀도 그 조직이 살아남을 수 있기 때문입니다."라고 말했다.

"그렇군요. 그러니까 제14연대 하사관은 사살된 장교들이 공산주의 동지라는 것을 몰랐고 장교 역시 반란을 일으킨 하사관들이 공산주의 동지라는 것을 몰라서 그런 참극이 벌어졌었군요."라며 그제야 이해를 했다는 듯이 최남근 연대장이 대답하였다.

"바로 그것이오. 나 같은 위치에 있는 사람이야 조직을 알고 있으니까 주요 인물들을 전부 꿰차고 있지만 지창수 상사 같은 사람은 남로당 중앙에서 관리하는 프락치 인원이 아니고 전라남도 도당에서 관리하는 프락치 인원으로 알고 있어요. 즉, 남로당 전남도당이 심어놓은 프락치라는 말이오. 그러니 나는 김지회 중위나 홍순석 중위 정도는 알고 있었지만 하사관(부사관)들은 전혀 모르고 있었소. 이번에 반란이 일어나서야 전남도당에서 관리하는 인원이라는 것을 알게 되었지요. 남로당 중앙당의 군 프락치와 전남도당 군 프락치와는 횡적인 관계이기 때문에 서로 전혀 모르는 구조이지요."라며 리더십이 부족한 하사관 출신 지창수 상사가 주도한 반란을 못마땅하게 생각하는 것처럼 말했다.

"사령관님! 제가 이런 상황에서 어떻게 처신해야 하겠습니까? 사령관님의 지시를 받으려고 이렇게 포로를 가장하여 지리산까지 찾아왔습니다."라고 최남근이 방문 목적을 말했다.

"최 동무! 아직은 때가 아니오. 군에, 아니 조선경비대에 머물면서 동지를 더 포섭하고 규합하는 것이 필요하오. 내가 아까 말했듯이 규합된 인원은 서로 몰라야 됩니다. 우리의 무장봉기는 북한 김일성 장군님과 호흡을 맞추어야 해요. 김일성 장군님이 머지않아 조국 해방 전쟁을 일으킬 것이오. 그때를 맞추어 군사 봉기를 일으켜야 이승만 군대는 협격(挾擊) 받는 형국이 되어 와르르 무너집니다. 내 말의 뜻을 알겠소?"라며 이현상 사령관이 말했다.

"잘 알겠습니다만 이번에 저의 15연대가 봉기에 합류를 안 해도 봉기가 성공할 것 같습니까?"라고 최남근이 물었다.

"아까도 말했지만 때가 아닌 것 같소. 그리고 우리 남로당 군사부가 전국적으로 준비가 안 된 상태입니다. 이번 제14연대의 봉기는 돌출 행동입니다. 또한 제주도 4·3 무장봉기도 마찬가지고요. 전남도당이 중앙당과 무장봉기에 관한 한 손발이 잘 안 맞은 것 같아요. 이번에 잘못하면 국방군의 전투력만 강화시켜 주는 계기가 되지 않을까 걱정입니다. 남 좋은 일만 시킨 것 같아서 나도 답답합니다. 어째 한낱 하사관 주제에 이렇게 큰 사건을 상부와 상의도 없이 저지를 수 있단 말이오?"

"그러게 말입니다. 그동안 조선경비대는 갓 창설되어 오합지졸이 모인 곳인데 이번 토벌 작전을 통해서 전국의 연대 병력들이 총집결하는 등 토벌 작전의 경험을 축적시키는 결과가 초래되어 급기야는 국방군의 전투력과 작전 능력만 강화시켜 주는 꼴이 되지 않을까 하는 걱정도 해보았습니다."라고 최남근이 맞장구를 쳤다.

"아직은 말하기가 이르지만 제14연대가 제주도에 출동했어도 거기에서 한라산 남로당 무장대와 합류하여 제주도를 해방구로 만들 수도 있지 않았나 하는 생각이 들 때도 있어요. 그러니까 내 말은 출동 거부가 능사가 아니었다는 말입니다. 출동했어도 거기에서 변수가 있을 수도 있었다는 말이지요."

"변수의 가능성을 언급하셨는데 그 뜻을 잘 이해할 수 없습니다."라며 그 변수가 무엇인지 알고 싶어 최남근이 물었다.

"나는 제14연대가 제주 4·3 봉기를 진압하기 위하여 출동한다는 정보를 접하고서 속으로는 쾌재를 불렀지요. 왜냐하면 제주도에는 이미 4·3 봉기로 무장 반격 작전이 시작되어 있었고 또 그 세력이 만만치 않았을 뿐만 아니라 도민들도 많이 포섭되어 있어서 남로당 무장대가 증원만 된다면 승산이 있는 게임이었어요.

이처럼 4·3 무장대가 증원군이 절실히 필요할 때 우리 남로당 프락치 장교가 최소 5명 이상이 포진하고 있는 제14연대 1대대가 합법적으로 제주도에 증원된다니 우리로서는 그 이상의 호재가 없었지요.

게다가 우리의 동지인 오일균 소령이 지휘하는 1개 대대가 이미 제주도에 파견 배치되어 있어서 14연대 1개 대대가 더 증원된다면 시너지 효과가 나타날 수 있는 호기가 될 수도 있다는 뜻이오. 그런데 그런 꿈이 사라져 버려서 안타까울 뿐이오."

"듣고 보니 그렇게 됐으면 훌륭한 시나리오였겠네요. 그러니까 출동거부만이 능사가 아니었다는 말씀이네요."라고 최남근 연대장이 맞장구를 쳤다.


"당시 제14연대 1대대가 출동하기로 되어 있었는데 1개 대대 병력이 600여 명이 됩니다. 이 600여 명이 남로당 세포 장교들에 의해 한라산 무장대와 합류한다면 제주의 4·3 봉기의 상황은 달라집니다. 급기야는 4·3 봉기가 성공하여 제주도는 글자 그대로 해방구가 됩니다. 마치 1273년 삼별초의 난을 피해 김통정 장군이 제주에 상륙하여 거점을 마련하였던 것처럼 말이지요. 제주도가 해방구가 되면 가까운 장래에 김일성 장군의 인민군이 해방 전쟁을 벌이면 남과 북에서 이승만의 군대를 협공(挾攻)하는 형국이 되기 때문에 손쉽게 공산화 통일을 이룰 수 있는 것이지요. 그래서 나는 그런 구상을 하고 있었는데 지창수 상사 등 하사관(부사관)이 중앙당 군사부의 허락도 없이 일을 저질렀으니 낭패가 이만저만이 아니오."라며 한숨을 쉬며 이현상 사령관이 술회하였다.

그는 이어서 "제주 4·3 민중 항쟁 때 문상길을 통하여 9연대를 움직일 수도 있었지만 시기가 아직 성숙되지 않았기 때문에 9연대를 움직이지 않앉어요. 그런데 노동당 전남도당은 중앙당의 이러한 깊은 뜻도 모르고 올구를 제주에 파견하여 4·3 민중 항쟁에 관여하였었죠. 만에 하나 프락치의 신분이 노출되면 숙군 작업이 조기에 이루어질 것이오. 이번 지창수 상사의 경솔한 행동으로 군에 숙군 작업이라는 폭풍이 몰아칠지도 모르지요. 심히 걱정되오."라며 그의 착잡한 심정을 최남근 연대장에게 토로하였다.

"사령관님의 말씀을 들어보니 그것도 일리가 있는 것 같습니다. 돌출 행동으로 반란을 일으켜 국방군에게 경각심만 일깨워 주고 또 전투 경험을 쌓도록 일조를 하게 되면 우리에게는 봉기가 낭패이지요. 게다가 여수 14연대 반란이 숙군 작업의 계기가 된다면 이는 보통 문제가 아니겠네요."라고 최남근이 거들었다.

"아직은 무장봉기가 실패라는 말은 아니오. 성공할 수도 있지요. 광주에 이제 막 설치된 반란군 토벌 작전사령부에는 우리의 동지가 있으니 그들의 작전 능력을 보면 알게 될 것이오."라고 이현상이 의외의 말을 내뱉었다.

"우리의 동지가 있다니 그게 누구입니까?" 최남근이 안달이 나서 자기도 모르게 물었다.

"이 사람아! 아까도 말했잖아. 횡적인 동지에 관한 정보는 비밀이라고 말일세."라고 말을 더 이상 붙이지 못하게 잘라버리는 것이었다.

이현상이 말한 그 동지는 박정희 소령을 뜻하는 것이었다. 그러나 비록 박정희 소령이 작전참모로서 남로당 계열의 장교였으나 어찌 된 영문인지, 토벌 기간에 이현상은 토벌 작전사령부의 박정희 소령으로부터 어떠한 정보도 입수하지 못한다.

이때 지리산에서 이현상으로부터 군(조선경비대)내 지하 세력을 규합하라는 지령을 받고 탈출을 가장하여 하산한 최남근 연대장은 이후 이 사실이 발각되어 총살당한다. 이렇게 당시는 연대장까지도 남로당 계열이었을 정도로 군내의 요로에 빨갱이들이 따리를 틀고 있었다.

10월 23일 오전 중에 진압군은 순천을 완전히 수복하였다. 그런데 반란 군의 주력은 보이지 않았으나 총과 죽창을 든 좌익 학생과 좌익 단체 단원 들의 저항이 있기는 했다. 처음에는 반란군이 점령하면서 경찰과 우익인 사를 학살하였으며, 후에는 진압군이 탈환하고 나서 보복으로 반란군의 동조자를 처형하여 그 피해가 상당했다.

처음 순천 점령 시에 반란군은 경찰과 우익인사 900여 명을 무자비하게 처형하였다. 좌와 우가 이렇게 바뀌면서 잔혹한 보복이 잇따랐으며 그 보 복의 현장은 피비린내로 끔찍했다.

당시 진압군은 여수와 순천을 회복하는 것에만 집중하고 있었다. 그러나 이현상과 김지회의 반란군 주력의 목표는 지리산 입산이었고, 이에 전투를 회피하며 빠져나갔다. 사실 원래 진압군의 작전은 지리산 입산 차단이었다.

10월 23일 오전 9시 40분 함포 사격을 지원받아 5연대가 여수 수복 작 전을 개시하였지만 반란군의 저항이 거세 실패한다. 24일 두 번째 공격은 송호성 장군이 직접 지휘를 맡아 여수 인구부(연등동 일대)에서 펼쳐지나 이번엔 매복에 걸려 송 장군이 부상을 당하고, 그 여파로 후퇴하게 된다. 25일부터 박격포로 화력 지원을 받은 12연대가 주공을 맡게 되고, 결국 10 월 27일 여수를 탈환한다.

여수가 반란군에게 점령당한 지 8일 만이다. 여수와 순천은 물론 7개 군 (郡)지역을 점령한 반란군을 8일 만에 진압하고 평정하였다는 것은 높이 평가할 일이다. 당시는 정규군도 아니고 조선경비대가 허술한 체제였기 때문이다. 하지만 이때 이미 반란군의 대다수는 지리산이나 벌교 등으로 도주한 이후였다.

10월 23일과 24일 연 이틀간 송호성 장군이 여수 탈환 작전에 실패하자 이후 그의 보직은 시원치 않았다. 그러자 거기에 불만을 품고 6·25 전쟁이 발발하자 송호성 장군은 북한으로 월북하여 북한의 인민군 사단장이 된다. 송호성 장군은 이승만 정부 아래서 육군에서 최초로 육군 준장에 진급한 인물이다. 그런데 그런 육군의 상징적인 장군이 월북해버리자 이승만 대통령은 크게 실망하였다.

한편 제14연대 반란 사건과 제15연대장 최남근의 간첩 행위 그리고 제주 4·3 사건 등으로 인하여 '여수 14연대 반란 사건' 이후 이승만 대통령은 숙군 작업에 박차를 가한다.

이때 박정희 소령도 숙군 대상이었다. 박정희 소령은 얼마든지 도피할 수 있었지만 이화여대 출신의 미인 이현란을 사랑한 나머지 그 사랑을 포기할 수 없어서 순순히 체포된다. 그러나 이현란은 '빨갱이는 싫다'며 가출하고 만다. 백선엽 대령 덕분에 사형에서 무기로 감형되고 급기야는 정보처 정보분석관 군무원으로 근무하게 되었는데 6.25전쟁이 발발하자 현역 소령으로 다시 군에 복귀한다. 결과적으로 이화여대 출신 이현란과 6.25 전쟁을 일으킨 김일성이 박정희를 대통령으로 만들었다.

한편, 여수 시가전 끝에 27일 오전에 여수 남국민학교에 진압군사령부가 설치되면서 완전 수복이 이뤄진다. 그리고 2진으로 도착한 경찰부대는 동료 경찰과 그 가족들이 처참하게 학살당한 것을 보고 눈이 뒤집어졌고, 1차 진압 군경의 피해 규모를 몇 배 이상 웃도는 대규모 보복 학살이 시작되었다.

이리하여 여수 14연대 반란 사건으로 고작 8일 동안에 무려 2,269명의 희생자가 반란군과 진압군의 무자비한 살해와 보복으로 발생하였다. 당시 일부에서는 희생자가 7,000여 명이라는 설이 나돌았다. 지창수 상사는 반란 초장에는 위세가 당당했으나 시간이 지나면서 반란군의 졸개로 전락하여 반란군의 뒤를 졸졸 따라다니다가 1949년 2월 지리산 기슭 경남 하동군 화개면에서 국군 토벌대에 의해 발목에 총상을 입고 생포되었다. 반란의 주모자여서 정식 군법회의에 회부되어 무기징역을 선고받게 된다. 하지만 6 · 25가 발발하고 낙동강 전선이 위태로운 1950년 8월 중순 처형당하였다.

또한 1949년 4월 9일 새벽 2시 30분쯤 김지회와 홍순석 일당 29명은 남원군 산내면 반선리 선술집 금판정에서 주민의 신고로 군경에 포위된다. 홍순석을 비롯한 정치부장과 후방부장 등 17명이 사살되었고, 7명은 포로로 잡혔다. 생포된 공비들이 김지회와 그의 처 조경순도 같이 있었다고 진술하였지만 이들 부부의 시체는 발견하지 못했다.

그렇지만 나흘 후 4월 13일 조경순을 비롯한 일당을 생포하였고, 조경순을 심문하여 김지회의 행방을 추궁한 끝에 600m 정도 떨어진 야산에서 김지회 중위의 시체가 발견되었다. 김지회는 일본군 소위 출신이기도 하다. 김지회의 처 조경순도 생포 후 사형에서 무기로 감형되었다가, 한국전쟁 직후에 형무소에서 처형된다.

조경순은 제주 출신으로서 전라남도 소재 병원에서 간호사로 근무하고 있을 때 당시 광주에 주둔 중인 4연대에 근무하던 김지회가 입원하면서 서로 알게 되어 결혼하였다. 당시 그녀의 나이는 20세였다.

남로당 여수지구 위원장 이연구는 여수가 진압군에 의해 탈환되자 인민군이 곧 내려온다는 제14연대 반란군의 말에 속았다며 지리산으로 피신하지도 않고 여수에서 목매달아 자살했다.

김지회의 죽음을 안타깝게 여기던 남부군 사령관 이현상은 1951년 말 군경의 1차 대공세로 남부군이 큰 피해를 보게 되자 100명밖에 안 남은 병력으로 '김지회 부대'와 '박종하 부대'로 부대를 재편한다. 이후 김지회 부대만은 이현상의 직속으로 끝까지 그를 지켰지만, 김일성에 의해 남로당 박헌영이 숙청될 때 이현상도 숙청되어 평당원으로 강등되자 지리산에서 숨어 살다가 1953년 9월 18일 지리산 비점골에서 경찰에 의해 사살된다. 향년 48세였다.

사살된 남부군 사령관 이현상의 시신이 서울로 옮겨져 창경원에서 전시된 후에, 그의 고향인 충남 금산에 있는 친척에게 시신을 찾아가도록 공지하였으나 거절당하자, 할 수 없이 경찰 토벌대장 차일혁이 그의 시신을 섬진강 백사장에서 화장한 후 그 유골을 섬진강에 뿌려 흘러가는 물에 띄워 보냈다.

이때 차일혁 토벌대장은 "수틀리면 숙청해 버리는 공산주의 이념이 무엇이 그리 좋아서 그대는 그토록 충성하여 우리 자유민을 그렇게 많이 죽였는가? 이제야 속았다는 것 알겠는가? 이 헛똑똑이야!"라고 읊조렸다. 그러고 나서 그는 권총을 빼 들고 공산주의에 속았던 그에게 조의 반(牛)과 통쾌 반(牛)의 마음을 표하기 위해 공중을 향해 3발의 조총을 발사하였다.

이현상이 숙청될 때 김태규를 부대장으로 하고 이름도 995부대로 바꾸어 전남도당 구례군당 산하로 소속을 변경한다. 995부대는 1953년 말 군경의 2차 대공세 때 김태규가 투항하면서 끝난다. 이리하여 제14연대 반란군과 이현상의 남부군도 이로써 완전히 역사 속에서 자취를 감추고 영원히 사라진다.

# 군과 경찰 프락치 사건

이덕구는 1948년 10월 19일 여수 14연대가 제주 4·3 사건 토벌을 거부하며 반란을 일으키자 여순 10·19 사건이 전국적인 반란으로 확산할 것으로 믿고 무장대의 습격 활동을 강화하여 제주도를 하루빨리 해방구로 만들어야 한다는 확신을 갖게 된다. 그리하여 고무된 이덕구는 급기야는 갓 건국된 대한민국에 대하여 1948년 10월 24일 선전포고하기에 이른다. 그리하여 이후부터는 밤에만 습격 활동을 하던 무장대가 대낮에 버젓이 도발을 자행하기에 이른다.

1948년 11월 2일 9연대 2대대 6중대가 한림초등학교에 주둔하고 있었는데 무장대가 대낮에 기습공격을 감행하였다. 무장대는 도망가는 척하며 6중대를 유인하여 매복하고 있다가 기습공격을 가해 중대장을 포함하여 14명이 전사하였고 6중대를 지원 나갔던 8중대도 기습공격을 받아 중대장은 부상을 당하고 7명이 전사하였다. 5중대가 야간에 무장대가 야영하는 곳을 공격하여 100여 명을 사살하여 복수하였다. 그렇지만 군의 피해도 총 21명이나 되었다. 무장대와 상호 전투에서 이렇게 피해가 큰 것은 처음이었다.

제주 남로당 무장대가 여순 10·19 사건에 고무되어 도발 위협이 점차 증가하는 마당에 군과 경찰 내에서는 반역의 음모가 꾸며지고 있었다. 어떤 조직이나 국가가 망하는 것은 외부의 적보다는 내부의 적 때문인 경우가 허다하다는 것을 역사가 증명하고 있다.

한라산의 무장대는 여순 반란 사건이 일어나자 용기백배하여 더욱 기세를 올리고 적극적인 공세를 펼치기 시작했다. 이로 인해 작전의 주도권을 잃은 9연대는 무장대를 유인하여 격멸한다는 계획을 수립한다.

군 프락치 사건은 1948년 10월 28일 제주도 경비사령관 제9연대장 송요찬 중령이 공작 계획에 대해 경찰과 협조하기 위하여 제주도 경찰국장과 전화를 연결하는 과정에서 혼선이 생겨서 우연히 다른 곳에서 통화하는 것을 엿듣게 되었는데, 경비대의 군 장교가 남로당 무장대에 9연대의 공작 계획을 누설하는 내용이었다.

9연대장 송요찬 중령은 참모 회의에서 참모에게 지시하였다.

"여수 14연대의 반란으로 한라산 무장대가 요즘 사기가 올라서 날뛰고 있는데 이들을 탐색 격멸하는 게 어렵기 때문에 그들을 유인하여 포위 섬멸하는 방안은 없는지 강구하라."

"여수 14연대 반란군이 함덕 해수욕장으로 침투한다는 거짓 정보를 무장대에 흘리면 그들이 14연대 반란군을 환영하기 위하여 함덕 해수욕장으로 마중 나오지 않겠습니까?"라고 정보과장이 제안하였다.

이 제안을 들은 연대장은 "거참 좋은 착상이오. 작전과장은 정보과장이 제안한 가짜정보를 가지고 무장대를 유인하여 일망타진하는 계획을 수립하시오."라고 지시하였다.

작전과장은 조천읍 함덕리 백사장으로 10월 19일에 반란을 일으킨 여수 14연대 반란군이 침투 상륙하는 가상 시나리오를 만들어 무장대에 흘려서 무장대를 유인하는 공작을 비밀리에 펴기로 계획을 하고 연대장의 승인을 받는다. 이것이 바로 9연대의 공작 계획이었다.

9연대는 정상적인 작전 형태로는 도저히 무장대를 포착하고 격멸할 수 없는 실정을 감안하여 여수 14연대 반란군으로 가장한 국군 병력을 함덕 백사장에 상륙시켰을 경우, 특히 조천지구 무장대가 환영과 안내차 출현할 것으로 판단하고 고도의 보안 조치를 한 가운데 이 계획을 수립하였다.

공작 시나리오대로 진행되면 무장대의 주력부대가 여수 14연대 반란군을 맞이하고 환영하기 위하여 함덕 백사장 모래밭에 나타날 것이므로 이 때 9연대 병력이 무장대의 주력을 포위 섬멸한다는 계획이었다. 여수 14 연대 반란군이 함덕 백사장에 상륙하는 것은 9연대 이 중위가 5중대의 일부 병력을 지휘하여 연출하기로 계획을 세우고, 야밤에 조천포구에서 3척의 풍선을 타고 함덕 해수욕장에 상륙 침투하는 예행연습까지 마친 상태였다.

함덕 백사장은 역사적으로도 상륙에 안성맞춤인 지역으로 정평이 나 있었다. 1273년 김통정 삼별초의 난 때 김방경 장군이 김통정 장군 삼별초의 반란을 진압하기 위하여 상륙한 곳이 바로 함덕 백사장이다.

또한 일제 강점기에 일본이 제주도를 최후의 결전지로 삼아 미군이 함덕 백사장에 상륙하는 것을 막기 위하여 백사장의 서우봉에 해안포와 인간어뢰 동굴 진지를 구축해서 대비했던 곳이기도 하다.

9연대 송요찬 연대장은 이와 같은 공작 계획을 경비대의 군 장교가 무장대에 누설하는 것을 듣고 바로 검거에 들어갔다. 이들은 공작 계획만 누설한 것이 아니고 검거하여 조사하는 과정에서 9연대 구매관 강 소위 등이 여순 10·19 반란 사건을 모방한 반란까지 시도하려는 거사 계획도 꾸미고 있다는 것이 밝혀졌다.

송요찬 연대장이 급거 검거한 결과 밝혀낸 것은 9연대 제2대대장 김 대위 등 80여 명이 가담한 반란 기도 사건이었다. 송요찬 연대장은 제2대대장 김 대위와 강 소위 등 80여 명을 일망타진하여 군법회의에 회부하여 강력하게 처벌하였다.

그리고 또 여수 14연대 반란 사건의 영향을 받아서, 그러한 반역 기도 사건이 군에서만 일어난 것이 아니고 경찰 내에서도 반역 기도가 똬리를 틀고 있었다. 경찰 프락치 사건은 1948년 '11·7 사건' 또는 '제주도 적화 음모 사건'이라고 불리는 사건이다.

이는 남로당 제주도당이 러시아 10월 혁명 기념일을 계기로 제주도를 적화하기 위한 혁명 완수를 위하여 치밀하게 계획한 사건이다. 제주도 전역을 대상으로 통신 장악, 유치장 개방, 무기고 탈취, 경찰 및 정부 관료와 우익인사 암살, 전(全) 관공서 방화를 계획한 사건으로 10월 24일 이덕구의 선전포고로 인하여 일정이 앞당겨지자 11월 1일에 거사하기로 되어 있었으나 거사 시간 30분 전에 경찰 프락치 서용각이 전향하여 위생계장 고창호 경위에게 보고함으로써 미수에 그친 사건이다. 경찰, 도청, 법원, 검찰청, 읍사무소, 해운국에 침투한 공산 프락치 83명을 검거하여 일망타진한 사건이다.

군과 경찰이 거의 같은 시기인 10월 28일과 11월 1일에 발각된 반란 기도 사건은 제주도의 명운이 걸린 매우 위중한 사건이었다. 정말 하느님이 보우하사 제주도가 공산화가 되는 것을 막을 수 있었다. 남로당 제주도당과 무장대는 이처럼 군과 경찰은 물론 검찰청과 법원 그리고 각급 행정기관의 요로에 마수를 뻗치고 있었다.

한편, 여순 10 · 19 사건의 영향을 받아서 인민군 유격대 사령관 이덕구가 선전포고하는가 하면 군과 경찰 내에서도 반역 기도가 발각되는 등 제주 4 · 3 사건 토벌 작전이 도전받기 시작했다. 이에 정부에서는 이 시국을 타개하기 위하여 1948년 11월 17일 제주도에 계엄령을 선포하였다. 계엄사령관에는 9연대장 송요찬 중령이 임명되었다.

무장대가 대낮에도 기습공격을 감행하는 등 공격이 활발해지자 군도 절치부심, 강경 진압에 돌입하였다. 이미 진행되고 있던 소위 소개령에 의한 산간마을의 초토화 작전은 계엄령이 선포되자 속도를 내기 시작했다. 소개령에 즉각 응하지 않은 산간마을 주민들의 희생이 컸다. 초토화 작전과 계엄령의 성격을 잘 모르는 주민들이 죄 없는 자기들을 군인들이 설마 죽이기야 하겠어 하며 우왕좌왕 늑장을 부리다가 화를 입는 경우가 허다했다.

*

남로당 무장대가 김녕리의 이웃 마을 월정리에 침입하여 주민을 살해하고 월정리 이장 부인과 어린 딸을 살해하고 태아까지 난자하는 만행을 저질렀다.

# 남로당 무장대의 월정리 습격과 만행

1948년 10월 18일(음력) 밤 10시 공산 남로당 무장대 10여 명이 월정리를 습격하였다. 월정리는 김녕리의 바로 동쪽 이웃 마을이고, 집이 300여 호이며, 김녕 경찰지서의 관할지역이다. 밤에는 월정리에 경찰이 주둔하지 않아서 무장대가 활개를 치며 다녔다. 침입한 무장대는 먼저 월정리 공회당에 불을 질러 새빨간 불길이 새까만 밤하늘을 타고 오르자 "불이야! 불!"이라며 무장대가 악을 쓰며 고함을 질러댔다. 이는 월정리민에게 공포심을 자아내기 위하여 그렇게 방화하고 고함을 질러댔던 것이다.

이때 공회당 바로 옆집에 사는 김길선의 모친 안 노파가 방구석에 쪼그리고 앉아 오들오들 떨고 있는 며느리 김계생을 쳐다보며, "며늘아! 우리 집에 불 옮겨붙겠다. 어서 나서거라. 같이 나가 지붕 위에 물이라도 뿌려야겠다."라며 재촉했다.

"어머님! 가만히 집에 계십시오. 그놈들한테 당하려고 그러십니까?"라며 아들 김길선이 말렸다.

"아니다. 그놈들도 사람의 새끼 아닌가? 이 늙은이를 죽이기야 하겠느냐? 너희들은 숨어 있어라. 나는 나가서 멍석이라도 지붕 위에 덮어야겠다."라며 밖으로 나갔다.

제주도 마을은 집들이 육지와 달리 다닥다닥 붙어 있어서 불길이 바람을 타고 불씨가 바로 이웃집 지붕으로 옮겨붙기 때문에 일단 초가지붕 위를 멍석으로 덮어 당장 불이 옮겨붙는 것을 방지하고 동시에 물을 뿌려 불이 번지는 것을 막는다

헛간에서 멍석을 들고나오는 노파를 본 무장대의 눈에 살기가 넘치고 있었다. 그 무장대는 99식 소총 개머리판으로 "에잇!"하며 노파의 머리를 내리쳤다. 노파는 "윽!" 하고 외마디만 남기고 그 자리에서 고꾸라졌다. 머리가 으깨진 것이었다.

"말도 말아. 그때 시어머니 말씀을 듣고 나갔더라면 나도 죽었을 거요. 그놈들은 인간 백정이여."라며 안 노파의 며느리 김계생이 그때를 회상하며 몸서리쳤다.

그들은 노파를 때려죽여 놓고 또 "불이야! 불!"이라며 고래고래 고함을 쳐대며 '터의낭 거리'에서 서쪽으로 마을을 우회하였다. 마을 전체가 불에 휩싸인 것 같았다. 기왓장 깨지는 소리가 요란하였다. 그러나 누구 한 사람 문밖을 내다보지 않았다. 만일 나갔다면 무장대는 완전 범죄를 위하여 그들을 죽여버렸기 때문이다.

그리고 또 성동격서의 전술을 구사하고 있었다. 주민의 주의를 공회당 불난 곳에 돌리고 다른 데서 우익인사 암살을 꾀하는 술책이었다. 무장대들의 그러한 악랄한 수법을 월정리 주민은 이미 듣고 보아서 알고 있는 터였다.

무장대는 "불이요! 불!! 공회당에 불이 났소. 사람들이 나와서 불을 끄지 않으면 줄 불이 붙어 마을 전체가 불바다가 될 것이요. 어서 나와 불을 끄

시오."라고 고함을 치며 돌아다녔다.

그 말을 듣고 불을 끄려고 집 밖으로 나가기만 하면 나오는 족족 죽여버리는 그들의 술책을 아니까 주민들은 밖으로 얼씬도 하지 않았다.

박을석은 "나는 그때 폭도들이 습격한 것을 알고 있었네. 일어나 옷을 입고 떨고 있었지."라고 회상했다. 그런데 그의 어머니가 무장대의 고함 소리에 동조하여 물허벅을 지고 불을 끄려고 채비를 하는 것을 보고 그는 "어머니, 안 됩니다. 나가면 죽습니다."라며 어머니를 잽싸게 만류했다. 만일 그때 그의 어머니가 나갔더라면 반드시 피살되었을 것이라고 아들 박을석은 확신했다.

박을석은 "그날 폭도들은 그런 식으로 마을을 한 바퀴 돌았으나 개미 새끼 한 마리 얼씬하지 않자 박 이장 집으로 갔던 것이네."라고 월정리 박 이장의 아들 박서동에게 말하였다.

그는 이어서 "우리보다 2년 선배인 강창익도 폭도의 손에 죽었어. 그날은 토요일이었지. 강창익은 제주시 중학교에 재학 중이어서 양식을 가지러 집에 왔었지. 마을 청년들로부터 온 김에 보초 서 줄 것을 부탁받았네. 거절할 이유가 없지 않은가. 그래서 공회당에 보초를 서다 폭도의 습격을 알고 숨었다가 발각되어 창에 찔려 죽임을 당하였네. 어디 그뿐인 줄 아는가, 총으로 쏘고 창으로 또 찔러 확인 사살까지 했어. 지독한 놈들이었다구. 게다가 시신을 확인해보니 머리가 으깨지고 피와 골이 사방에 튄 것으로 보아 폭도들이 죽은 사람을 바윗덩어리로 머리를 여러 번 내리쳤던 것으로 보였어. 폭도들은 잔악무도하게 사람을 죽였다네."라고 박서동에게 말했다.

무장대는 방화하고 주민을 죽이며 4시간여에 걸쳐 마을에 공포 분위기를 조성하면서, 사람의 그림자도 얼씬 못하게 해놓고 박 이장 집을 급습했다.

시간은 그러니까 이튿날 10월 19일 새벽 2시쯤이었다. 박서동의 아버지 박 이장은 김녕 경찰지서에 회의차 가서 귀가하지 않았고, 큰방에는 박서동의 외할머니, 누나, 형, 여동생이 잠을 자고 있었다. 작은 방에는 아들 서동이와 어머니 그리고 여동생 매화가 잠자고 있었다.

드디어 올레(대문 앞길) 밖에서 요란한 발소리가 들리더니 갑자기 큰 방문을 열어젖히면서 무장대가 다짜고짜 물었다.

"박 이장! 이 반동 새끼! 어디 있어?"

이때 외할머니가 소리를 질렀다.

"폭도야! 폭도."

마당에는 훤히 비추는 달빛 아래 무장대 10여 명이 총과 철창을 들고 마당 한가운데 서성이고 있었다. 그들의 복장은 주로 마을에서 갈취한 것들이었지만 그중 한 명은 일본군 복장을 하고 있었다. 그놈이 그날 무장대의 두목이고 앞 동네 청년이었다.

'앞동산'에 사는 고창수가 방한모를 깊숙이 눌러쓰고 할머니 앞을 가로막는가 했더니 길게 팔을 뻗어 할머니 목을 껴안고 솥뚜껑만 한 손으로 입을 틀어막았다.

무장대 무리가 바둥거리는 할머니를 에워싸는 동안 "야! 새똥아!" 부르며 서동의 어머니는 화들짝 놀라 일어나 앉은 아들 서동의 손목을 잡고, 한쪽 팔에는 어린 딸 매화를 안고 맨발로 달음질을 쳤다. 그의 어머니가 '돗통시(돼지우리)' 안으로 뛰어 들어갔다. 그런데 그 훤한 달빛이 죄였다. 무장대가 돼지우리로 숨는 그들을 보았던 것이다.

외할머니는 그 커다란 손아귀에서 빠져나오려고 애를 쓰면서도 남로당 무장대들을 한놈 한놈 누구인지 알아보고 있었다.

"요놈은 '앞동네' 고창수, 그 옆에 서 있는 놈은 그놈의 둘째 아들 고장식, 그 옆 놈은 '아랫동네' 강수청, 또 저놈은 이웃 마을 행원리 김근모의 큰아들"이라고 할머니는 확인하였다. 이렇게 너덧 놈의 얼굴을 확인할 수 있었다.

고창수가 할머니를 껴안고 입을 막고 있는 동안 누나는 형과 동생을 데리고 '구들묵(온돌 아궁이)'으로 숨어들었다. 이때 "빨리 빨리 해치워." 앞동네 고창수 아들의 명령이었다. 명령이 떨어지기가 무섭게 행원리 김근모의 큰아들과 얼굴을 알 수 없는 두 놈이 '돗통시'를 향했다.

"아악…" "악!" 연약한 여인의 비명과 어린 여자아이의 비명이 들렸다. 인간의 숨결의 끊김은 그렇게 간단했다. 죽창과 철창이 달빛에 번뜩였다.

"원길(딸 이름)아!…요, 금화(큰 손녀 이름) 어멍(엄마)아!… 정신 차리라… 죽으면 안 된다." 억센 사나이의 팔 안에서 발버둥 치면서 외할머니는 수없이 딸 이름을 외쳐댔다. 외칠 때마다 그는 외할머니의 입을 더 세게 틀어막았다.


돗통시에서 살인극이 벌어지는 동안 집안으로 침입한 무장대들은 외양간에서 소를 끌어낸 후 '고팡(고방)'을 털기 시작했다.

"오늘 낮에 '우영밭(텃밭)'에 묻었던 약재, 꿀, 알루미늄 그릇, 양식들을 '고팡(고방)'에 정리했다고 들었어. 모조리 소에 실어. 산에 가면 약재는 더욱 필요하고, 꿀은 추워 오는데 먹으면 힘이 펄펄 솟아날 거야. 빨리 죄다 실어." '앞동네' 고창수의 둘째 아들의 명령이었다.

밀정이 이웃에 있었다. 박서동의 아버지 박 이장이 김녕지서에 간 것이며, 모든 귀중품이 집 안으로 들어온 것도 그들은 죄다 알고 있었다.

'돗통시'에서 모녀에게 악귀 노릇을 하던 행원리 김근모의 큰아들이 "이제는 어떡하지? 애새끼까지 배었구먼!"이라며 다음에 무엇을 할지를 물었다.

그러자 '앞동네' 고창수의 둘째 아들이 명령을 내렸다.

"배 속에 있는 태아까지 죽여!"

이때 집안으로 침입한 무장대들은 옷, 식량, 한약재, 꿀, 알루미늄 그릇들을 가마니, 마대에 가득가득 담고 마당으로 나섰다. 외양간 쪽으로 간 폭도가 소를 끌고 나와 끌어모은 물건들을 소등 위의 길마에 올려놓기 바빴다.

돗통시 쪽에서도 마당에 못지않게 행원리의 김근모의 큰아들과 그 한패가 바쁘게 움직였다. 박서동의 어머니와 누이동생의 시신을 돗통시 바닥에 끌어내어 놓고 그의 어머니 배를 날카로운 일본도로 찔렀다. 선혈이 돗통시를 적시고 피보다 더 붉은 6개월 된 태아의 피가 솟구쳐 올랐다. 어머니와 누이동생의 주검이 폭도들의 만행으로 차가운 달빛 아래 놓였다.

"배 속의 태아까지 바로 죽여!!" '앞동네' 고창수의 둘째 아들이 다시 명령을 내렸다.

"에잇!!" 소리를 지르며 그들은 어머니의 뱃속의 태아의 시체에 창을 꽂고 또 꽂았다.


선혈이 낭자했다. 이 정도면 인간 백정이지 인간이라고 볼 수 없는 짓을 그들은 저질렀다. 무장대는 박 이장을 살해하러 왔는데 그가 없자 그 분풀이로 태아에게까지 잔인하고 포악무도한 짓을 자행하였던 것이다.

아들 박서동은, 어머니가 돼지우리 안으로 그를 밀어 넣고는, 그에게 등을 돌리고 여동생을 안은 채 앉았다는 것과 이상한 소리가 들렸다는 것까지만 인지했을 뿐, 그 후 다른 일은 전혀 생각이 나지 않았다.

박서동은 돼지우리의 푹신한 보리 짚에 눕자마자 깊은 잠에 빠지고 말았다. 그도 그럴 것이 낮에 울안에 파묻었던 물건들을 집안으로 옮긴다고 집안이 떠들썩할 적에 어머니를 도와드린다고 쫓아다녀 피곤한 탓인지 어머니의 갑작스러운 행동에 넋이 나간 탓이었는지 모르겠지만 박서동은 돼지

우리에 들어가자마자 잠에 곯아떨어져 옆에서 굿을 해도 모를 정도로 나무토막처럼 잤다.

한참 시간이 지나 정신을 차렸는지, 잠에서 깨었는지 모르지만 박서동이 돼지우리에서 나온 것은 어스레한 새벽녘이었다. 돼지우리는 시뻘겋게 물들여져 있었다. 박서동은 6살 어린 나이였지만 자기 어머니에게 무슨 일이 일어났다는 것을 직감하였다. 6살의 박서동에게 비친 돼지우리 안의 처참한 광경은 처절하였다.

"아_ 앙_!" 하며 피에 범벅이 된 채 박서동 어린이가 울음을 터뜨리면서 무너진 돗통시 담을 넘어 비실비실 마당으로 걸어 나오는 것을 보고 11세 된 누나 금화가 덥석 안아주면서 "우리 서동이 살아 있었구나."라며 펑펑 울어대었다. 그러자 무슨 일이 생겼다는 생각에 서동이는 전신이 와들와들 떨리기 시작했다. 서동이가 죽지 않고 살아남은 것은 기적이었다. 뱃속의 태아까지 죽이는 마당에 사내아이를 그대로 놓아둔다는 것은 있을 수 없는 일이었다. 서동이도 그 살인극이 펼쳐지던 마당에 자기가 어떻게 살아남게 되었는지 이해를 할 수 없었다.

사실은 서동이가 돼지에 가리어서 무장대가 그를 보지 못했던 것이다. 돼지우리에 들어갔을 때 그의 어머니가 아들 서동이를 맨 안쪽으로 밀어 넣어서 자게 했다. 그의 어머니는 2살 난 딸을 품에 안고 있었는데 돼지가 서동이와 모녀 사이를 비집고 들어와 누웠다. 그래서 무장대가 돼지 너머에서 나무토막처럼 잠자는 서동이를 발견하지 못했던 것이다. 이런 것을 우리 인간은 '하늘이 도왔다.'고 하고 '기적'이라고 한다.

죽은 줄 알았던 막내 손주가 살아남게 되자 그때부터 외할머니는 막내 손주 서동에게 "니네 어멍 창 맞은 자국이 서른여섯 곳이었겨. 이놈아! 이걸 이지민 안 된다, 안 되어! (너희 어머니 창 맞은 곳은 서른여섯 곳이었다. 이놈아! 이걸 잊으면 안 된다, 안 돼!)"라고 계속 말해왔다. 그래서 그때부터 박서동의 뇌리에는 외할머니의 넋두리가 선명히 각인되었다.

그의 2세 된 누이동생 매화의 어린 몸에 창 흔적은 14곳, 이름도 없고, 맑은 눈을 뜨고 세상을 본 일이 없는 태아 동생의 몸에 창이 후빈 곳은 여섯 곳이었다.

어머니와 여동생 시신이 방안에 나란히 누워 있었다. 밤새 빠져버려도 피는 마르지 않았다. 그것은 태아의 피였다. 아연실색해버린 외할머니, 누나, 형, 서동, 동생, 새벽에 달려온 아버지는 시신 앞에 아무도 말이 없었다. 서동이는 사람들 틈에서 커다란 두 눈만을 껌벅거리고 있었다. 그리고는 생각에 생각을 골똘히 하고 있었다.

"빨갱이들은 지 애비 보고도 동무라 하네, 애라 애라 흥, 애라 애라 흥." 박서동은 이 노래를 입속으로 중얼거리며 복수에 복수를 다짐하고 있었다. 어머니가 돌아가신 후 박서동의 집안 식구들은 이웃 마을 김녕리, 외할머니 친정의 조카 집으로 잠시 피난 생활을 했다. 20여 일의 피난 생활을 끝내고 돌아왔을 때는 집은 폐허가 되어 있었다.

그 후 무장대들이 마을을 습격할 때마다 보릿짚 더미 속, '구들묵', 고시락(보릿겨) 속에서의 공포심도 겪을 수밖에 없었던 일 중의 하나였다. 만여섯 살 나이에 보릿짚 더미 속에 숨어 날카로운 창끝이 명치 앞까지 왔는데도 숨을 죽이며 생명을 이어야 했던 인내가 오늘 박서동이 있게 한 원동력이 아닌가 하는 생각을 그는 한다.

한편 박서동의 외할머니가 얼굴을 확인했던 '앞동네' 고창수의 둘째 아들 고장식과 아랫동네 강수청은 후에 군경에 체포되어 처형되었다. 인과응보였다.

박서동은 1988년 월간 관광제주 10월호와 11월호에 그가 6살 때 겪은

4 · 3 사건을 수기로 위와 같이 게재하면서 독백하였다.

"내가 겪은 4 · 3 사건은 빨갱이 폭도의 천인공노할 만행이었다. 누가 이 악랄함을 필설로 오롯이 표현할 수 있겠는가?"

한편 김녕리의 이웃 마을 월정리는 4 · 3 사건 기간에는 공산 남로당 무장대 때문에 공포에 시달렸던 마을이지만 최근에는 제주도에서 서귀포 다음으로 젊은이들이 가장 많이 찾는 관광명소로 변했다. 월정리는 월정리 해변으로 유명한 마을로 탈바꿈하였다.

*

남로당 무장대는 제주 1호 이도종 목사를 생매장하고 유부녀를 윤간하였으며 태아까지 살해하고 시신을 토막내는 등 만행을 저질렀다. 토벌군도 일가족을 몰살하고 영아까지 살해하는 사례가 있었다.

# 무장대의 무자비와 잔혹성

## 제주도 1호 목사 이도종 생매장 살해

1948년 6월 16일 이도종(李道宗) 목사는 예배를 집전하기 위하여 좀 멀리 떨어진 대정면 인성리 대정 교회를 향하여 자전거를 타고 가고 있었다. 대정 교회는 이도종 목사가 거주하고 있는 고산리에서 7~8km 정도 떨어져 있었다. 당시 제주도에는 이도종 목사와 젊은 조남수 목사 두 분밖에 없어서 여러 교회를 순회하며 목회를 하고 있었다.

이 목사는 도중에 수색 작전에 나섰던 경찰과 만난다. 경찰은 이도종 목사에게 "요즘 이 지역에 폭도가 자주 출몰한다는 신고를 받고 출동하였으나 폭도를 발견하지 못하고 철수 중인데 이 지역은 위험하니 이 중산간 도로를 타지 마시고, 해안가 일주도로를 이용하는 것이 안전합니다."라고 경고하였다.

"아무리 폭도가 야수와 같다고 해도 하나님의 복음을 전하는 이 목사에게까지 위해를 가하겠습니까? 걱정하지 마십시오. 그럴 일이 없을 것입니다."라고 이 목사는 대답했다.

그러나 그의 마음은 편치 않았다. 대정 교회 신자들이 목사님을 보면서 4·3 사건이 일어난 이후에는 산길이 위험하므로 당분간 목회 활동을 자제할 것을 건의하였었다. 게다가 조금 전 경찰의 경고도 예사롭지 않다는 상념 속에 기도하며 산길을 가고 있었다. 산길의 오르막 정상을 향해 비탈길을 오를 때는 자전거에서 내려서 자전거를 끌고 가고 있었다. 그때 비탈길 정상에는 복면한 무장대 예닐곱 명이 기다리고 있었다.

그들은 이도종 목사가 자주 다니는 길이라는 것을 알고 그날 길목을 지키고 있었다. 길 정상에서 마주치자 무장대 두목 격인 '몽치'라는 별명을 가진 자가 먼저 다짜고짜 물었다.

"목사 양반, 수색 정찰 나왔던 경찰들을 어디에서 만났소?"

"저 밑 한참 아래에서 한 시간 전쯤에 만났소."라고 이 목사는 대답했다.

주위에 경찰이 없다는 것을 확신한 무장대들은 고양이가 쥐를 잡고 놀듯이 이도종 목사를 가지고 놀기 시작했다.

"어이! 목사 양반, 예수를 믿지 말고 공산주의를 믿는 게 어떻소? 죽어서 천당 간다고 믿지 말고 이승에서 모두가 평등하고 행복하게 잘 사는 공산주의를 믿는 게 더 낫지 않소?"라고 이 목사를 조롱하기 시작했다.

"나는 목회자로서 하나님을 믿지 않는 무신론의 공산주의가 싫소."라고 이 목사는 대꾸했다.

"신이 보여야 신을 믿지, 보이지도 않는데 어떻게 신이 있다고 믿을 수 있소?" 몽치가 조롱 조로 물었다.

"신을 믿으면 신이 보입니다. 한 마디로 먼저 신을 믿으면 신이 존재한다는 것을 알 수 있소."라고 목사는 핵심을 말했다.

"목사와 예수쟁이들은 내세의 천당을 믿지만, 우리 공산주의는 현세의 천당을 이루려고 하고 있소. 당신 같은 예수쟁이들이 있어서 공산주의 운동에 방해가 되고 있소."라고 몽치가 위협했다.

"그러니 공산주의 국가를 만들 수 있게, 우리 무장대들의 승리를 위해 기도해 달라."고 옆에서 지켜보던 무장대 한 명이 거들었다.

"내세의 천당은 있지만 현세의 천당은 없습니다. 공산주의는 허구를 좇고 있어요."라고 이 목사가 일갈했다.

"우리 공산주의의 목표는 모든 인민이 평등하게 잘 사는 나라를 건설하자는 것이오. 모든 인민이 평등하게 잘 사는 나라가 천국 아니오? 지금 북한은 김일성 장군의 영도하에 대지주의 토지를 빼앗아 소작 농민에 나누어주는 토지 개혁을 실시하고, 기업을 국유화한 결과로 북한 인민은 지금 하루 세 끼 밥 굶지 않고 잘 먹으며 평등하게 잘살고 있는 천국인데 우리 남한은 하루 두 끼 먹고 살기도 힘든 상황입니다. 우리도 하루빨리 김일성 장군이 이루려는 지상낙원 공산국가를 건설해야 합니다. 그런데 이런 엄중한 시기에 예수만 믿으면 장땡입니까? 그러니 목사 양반은 지금부터 목회를 그만두고 우리와 같이 합심하여 공산주의 지상낙원을 건설하는 것이 어떻소?"라고 회유하였다.

"무신론을 주장하며 개인재산을 인정하지 않는 공산주의는 허구입니다. 시간이 지나면 알게 될 것입니다. 그러나 하나님의 나라는 영원할 것입니다."라고 이도종 목사는 반박하였다.

그러자 그들은 목사를 회유하기는 글렀다고 판단하고는 처형하는 수밖에 없다는 결론에 다다른다. 회유하기에 실패한 몽치는 명령을 내렸다.

"저 목사를 구덩이 속에 처넣어 죽여라. 총을 쏘면 총소리 때문에 경찰이 나타날지도 모르니 생매장해라."

그러자 무장대들은 목사를 구렁텅이로 밀어 넣었다. 그 구렁텅이는 일제 강점기에 제주도 방어를 위한 '결7호 작전'을 수행하기 위하여 일본군이 파놓았던 가슴높이 깊이의 개인 산병호(대피호)였다. 구렁텅이에 엎어져 있던 이도종 목사는 살아남기가 불가능하다는 것을 알아차리고 구렁텅이 속에서 엎어진 몸을 일으켜 꿇어앉아 기도하기 시작했다. 무장대들은 구렁텅이로 자갈흙을 밀어 넣기 시작했다.

흙이 배꼽까지 차오르자 목사는 몸에 지니고 다녔던 회중시계와 성경책을 무장대에게 주며 간절하게 말했다.

"나는 가지만 당신들은 나중에 회개하여 예수를 믿으면 천국에서 다시 만날 수 있으니 그때 봅시다."

성경과 회중시계를 받은 무장대들은 처음 보는 회중시계를 서로 돌려가며 보기 시작했다. 성경책은 필요 없다면서 그 자리에서 던져버렸다. 회중시계는 무장대의 두목인 몽치가 가졌다. 그들은 이렇게 이도종 목사를 일본군의 산병호에 생매장한 후 회중시계만 가지고 유유히 사라졌다. 그의 나이 향년 56세였다.

이도종 목사는 제주도 출신 제1호 목사이다. 그는 일제 강점기에 독립운동을 했던 인물이다. 그는 중국 상해에 있는 대한민국 임시정부에 전해지는 군자금 모금 활동을 하다가 발각되어 투옥된다. 모진 고문을 받은 그는 후유증으로 다리를 절게 된다.

당시 제주도에서 개신교 포교는 어려운 분위기였다. 한국 이름이 서서평(徐舒平)인 미국 출신 개신교 여성 선교사 셰핑(Elisabeth Johanna Shepping)은 1933년 선교 보고서에서 '일본에 갔다 온 제주인들 중에 볼셰비키의 치명적 사상에 빠져 돌아오는 사람들이 유행처럼 번져갔다. 교회를 포위하고 지도자들을 때리는 사람들'이라고 밝히기도 했다. 이렇게 해방 이전부터 제주도에서는 개신교에 대하여 배타적이었다.

하지만 이도종 목사를 비롯하여 깨어 있는 기독교인들은 창조주 하나님을 부정하는 공산주의 사상을 받아들일 수 없었다. 이도종 목사는 조남수 목사와 함께 마을마다 다니며 반공 강연을 하였다. 당시 중앙 정부의 영향력이 상대적으로 덜 미치는 제주도에서는 사상 대립이 특히나 심각했다. 공산주의 사상을 지지하는 좌익세력에게 반공 강연을 주도했던 이도종 목사는 눈엣가시와 같은 존재였다. 그래서 4 · 3 사건이 터지고 약 2개월이 지난 후에 무장대들은 순회 목회 중이던 이도종 목사를 길에서 납치해 생매장했던 것이다.

드디어 경찰이 몽치와 무장대 일당을 체포하였다. 조사 과정에서 몽치가 회중시계를 가지고 있는 것이 발각되었다. 당시 보통 사람들이 회중시계를 지니고 다닌다는 것은 흔치 않은 때여서 이를 이상하게 여긴 경찰이 심문한 결과 이도종 목사의 회중시계라고 몽치가 자백하였다.

경찰이 무장대 몽치 일당이 진술한 매장 장소에 가서 산병호를 파서 보니 이도종 목사가 꿇어앉아 기도하는 자세로 죽어 있었다. 그들은 기도하는 목사를 생매장하여 죽였던 것이다.

이리하여 이도종(李道宗) 목사는 제주 출신 제1호 순교자가 된다.

## 부녀자 강간, 태아 살해, 토막 살해

이렇듯 당시 제주도 전역에서 무장대의 잔인성과 포학성은 필설로 이루 형언할 수 없을 정도였다. 제주읍 도두리에서 대동청년단 간부였다가 피살된 김용조의 처 24세 김성희가 기적으로 살아나와 다음과 같이 당시 상황을 진술했다.

"1948년 5월 19일 저와 3세 된 장남을 30여 명의 폭도가 같은 동네 고희숙의 집으로 납치한 후 윤간하였습니다. 그리고 또 같은 동네 김승옥의 60세 노모 김씨, 누이 김옥분, 김중삼의 처 50세 이씨, 16세 소녀 김수년, 36세 김순애의 딸, 정방옥의 처와 장남, 허영선의 26세 딸, 그 딸의 5세와 3세의 어린이 2명 등과 저를 포함하여 총 11명을 역시 고희숙의 집에 감금하고 무수히 난타한 후에 '눈오름'이라는 삼림지대로 끌고 가서 부녀자들의 노소를 불문하고 무장대 50여 명이 강제로 윤간하였습니다. 그러고도 부족하여 총검과 죽창 그리고 일본도 등으로 부녀자의 젖가슴, 배, 음부, 볼기 등을 함부로 찔러대며 아직 절명도 하기 전에 땅에 생매장하였었는데 그런 절망적인 상황에서도 저는 살아남을 수 있었습니다."라고 피살된 김용조의 처 김성희가 구사일생으로 살아나서 진술하였다.

이 내용은 당시 1948년 6월 9일 자 경향신문에도 게재되었다. 이렇게 무장대는 여자들을 납치하여 강간하기 일쑤였다.

또한 태아까지 죽이는 일이 월정리에서만 일어나지는 않았다.

"1948년 11월 15일 대정면 출신 폭도 3명이 대정면 신도1리에 거주하는 48세 김치부 구장의 집을 습격하여 방화하고 김 구장을 현장에서 살해하였습니다. 살해 현장에서 김치부의 처가 만류하자 옆에 있는 말 방앗간으로 끌고 가서 칼과 죽창으로 난자하여 살해했는데 임신 8개월 된 아기가 죽은 채 배 밖으로 나와 있는 것을 보았습니다. 그 죽은 아이는 남자아이였습니다. 그리고 얼마 후에 무장대인 그가 체포되어 무릉초등학교에서 총살되었는데 총살 직전에 '인민 공화국 만세!'를 부르기도 했습니다."라고 신도1리 출신 김상선이 증언하였다.

또 당시 13세 소녀 이완선은 "남로당에 협조하지 않는다는 이유로 1948년 11월 10일 조천리에 살던 나의 아버지, 어머니, 숙부, 동생 9세, 7세, 4세, 3세, 2세 등 식구 총 8명이 한꺼번에 몰살당했습니다. 나는 창과 일본도로 일곱 군데나 찔렸으나 돗통시(돼지우리)로 기어들어 가 구사일생으로 살아남았습니다. 나의 7세 된 남동생 만선이가 무서워서 '어멍(엄마)! 어멍!'이라고 울부짖자 폭도가 일본도를 휘둘러 배를 두세 번 찔렀습니다. 그러자 창자가 배 밖으로 나와 어머니 옆에 쓰러져 죽었습니다."라고 증언하였다.

또 남원리에 거주하는 정난구(일명 정난호)는 "나 정난호가 33세에 민보단에 가입했다는 이유로 1948년 11월 28일 임신 6개월 된 부인, 자식 10세, 8세, 6세, 누이동생 25세, 그녀의 자녀 3세, 2세, 1세, 둘째 누이동생 17세, 집에 같이 살던 외가 쪽 친족 아이 15세 등 가족과 친인척 총 10명이 한꺼번에 몰살당했습니다."라고 증언하였다.

이렇게 공산 남로당 무장대는 임산부의 배를 가르고 태아를 꺼내어 죽이는 만행을 저질렀을 뿐만 아니라 부녀자를 강간하는 만행을 저지른 잔인무도한 인간들이었다. 그들의 만행은 한두 번이 아니었다.

여기에서 한정철의 친구이며 4·3 희생자 유족인 고대감이 한정철에게 군경도 어린이를 살해한 기록이 있다면서 "제주 4·3 평화공원에 가면 어린 딸을 꼭 껴안고 죽은 엄마의 조형물 비설(飛雪)이 있어. 1949년 1월 6일

눈이 내리는 날 제주시 봉개동 오름에서 영아를 안은 한 아낙(변병생, 25세)이 군인에게 쫓기던 중에 총살되었어. 며칠 뒤에 눈 속에 파묻힌 영아를 꼭 안고 죽은 모녀를 발견하여 나중에 그것을 형상화한 조형물이 바로 비설이야. 또 북촌리 4 · 3 너븐숭이 기념관에 가면 죽은 엄마의 젖을 빠는 어린 아기의 그림이 있는데 무장대나 군경이나 피장파장, 아니 오십보백보 아닌가?"라며 마치 자기 눈의 대들보는 보지 못하고 남의 눈의 티만 보는 격이라며 반박하였다.

이에 한정철은 자신도 그것들을 보았다면서 "북촌 너븐숭이 기념관의 그림은 어머니가 총을 맞았지만, 젖먹이 아기가 총을 맞은 것은 아니지 않은가? 그리고 봉개 오름에서 죽은 모녀도 어머니가 총에 맞아 죽자 어린이도 겨울철이라 얼어 죽은 것이지 군경 토벌대가 잔인하게 어린이까지 총살한 경우는 아니지 않은가? 그러나 무장대인 경우는 태아를 산부의 배에서 꺼내어 살육하였다네. 공산 무장대의 잔인성과 악독함은 어디에도 비교할 수도 없을 정도네."라고 고대감의 주장에 반박했다.

정철의 반박에 열을 받은 고대감은 군경도 일가족 몰살과 젖먹이 영아까지 살해한 사건이 있다면서 "희생자 이양호의 둘째 아들의 증언에 의하면 1949년 2월 17일 오후 3시경 외도리에 거주하는 이양호 외 가족 9명을 외도지서 경찰들이 죽창으로 무자비하게 살해하였어. 큰아들이 보이지 않는다는 이유에서 온 가족을 지서로 호출하여 신문하였어. 그러나 장남 이완영은 폭도에게 납치되어 갔던 것이었어. 아버지 이양호(67세), 어머니 고정숙(63세)을 비롯한 이완영의 처 고의순(41세), 동생 기영(18세), 아들 부부 이영희(19세)와 고춘자(19), 그 밖의 자식 이봉희(17세), 딸 이옥자(7세), 딸 이옥희(3세), 그리고 장남의 생후 10개월 손자 영아까지 일가 4대 총 10명이 경찰지서에 불려가 한 장의 조서도 없이 속칭 절 뒤에 끌려가서 죽창으로 학살되었어. 특히 아들 봉희는 기동하지 못하는 몸이어서 그날 어머니의 등에 업혀 지서에 출두했었어."라고 열변을 토했다.

또 고대감은 군인들이 새파란 청년들을 집단 학살하는 만행을 저질렀다고 성토하였다.

"1948년 11월 11일 무장대가 조천지서를 습격하고 퇴각하자 토벌대는 무장대를 추격하여 와흘리 1구까지 와서 마을에 불을 질렀어. 이때 와흘 주민들은 와흘굴 등에 숨어 큰 피해는 없었어. 그러나 이틀 후 토벌대가 와흘리 2구를 포위했을 때 청년들은 날쌔게 도피했으나 75세 할머니와 3살과 2살 된 아기 그리고 노약자들이 희생되었으며 마을이 불탔어. 1주일 후에 해변 마을로 소개하라는 명령이 내려졌지. 소개한 지 보름이 지나자 소위 '자수 사건'이 벌어졌어. 소개 주민뿐만 아니라 해변마을 주민들에게까지 자수할 것을 권고하였어. '지금 자수하면 살려주지만 만일 자수를 안 하면 처형을 면치 못한다.'라고 위협을 가하면서 '이미 명단이 확보되어 있으니까 빨리 자수하여 광명을 찾아라.'라며 어르고 달랬어.

명단을 이미 확보했다는 공갈 협박 때문에 살려고 조금이라도 켕기는 것이 있는 사람, 즉 중산간마을에 살아서 무장대가 '양식을 내놓아라. 또 집회에 참석하라.'라는 것을 거절하면 죽이니까 생명 부지를 위하여 동조했던 사람들이 자수하기만 하면 살려준다니까 그 말을 철석같이 믿고 자수를 하였던 거야.

와흘리 사람을 비롯하여 조천면 관내 약 200명이 군 주둔지인 함덕초등학교로 찾아가 자수를 하였어. 보름가량 지난 후에 이 중 150여 명이 제주읍 농업학교로 이동했다가 12월 21일 다시 거기에서 100여 명이 차로 오라동 박성내로 이동하여 박성내 냇가에서 집단 총살을 당하였어. 나머지 50여 명은 군법회의에 회부되었어. 18~39세의 와흘 청년 42명을 포함하여 조천면 청년들 100여명이 집단 총살당했어. 이러한 학살은 기적적으로 살아난 김태준이 증언하였어. 살려준다고 해서 자수한 앞길이 창창한 청년 100여 명을 학살한 사건이 전에도 있었을까? 기가 막혀 말이 안 나오네. 천인공노할 일 아냐?"

고대감은 이어서 "4 · 3 당시 구좌면 하도리 신동 조합장을 지낸 어떤 어르신의 증언에 의하면 이 마을에서도 토벌대에 의해 자행된 행위 중에는 인륜을 저버린 험악한 일들이 많았다면서 가족 중에 입산자 폭도가 있다는 이유로 두 살짜리 젖먹이와 아홉 살 난 어린아이를 포함해 일가족 6명을 학살한 사례도 있다는 거야. 내가 예로 든 세 사건만 보더라도 잔학성 면에서 볼 때 무장대나 군경이나 피장파장 아닌가? 승호 자네는 어떻게 생각하는가?"라며 옆에 있는 친구 김승호에게 물었다.

"경찰이 일가족 10명, 또 다른 가족 6명을 그것도 영아까지 처형했다는 것은 안타까운 일이네. 그러나 잔혹성에 관한 한 군경은 무장대처럼 산부의 뱃속의 태아를 살해하거나 부녀자 강간과 윤간 등 부도덕하고 비인간적인 잔인한 행위는 하지 않았네.

그래서 민심은 잔인하고 반인륜적인 무장대에서 이미 떠나있었어. 군경이 애민정신 결여로 무고한 많은 양민을 신중하게 여기지 않고 즉결 처형하는 오점을 남기는 했지만 말일세. 여기에서 이미 승패의 판가름은 나 있었다고 보네."라고 김승호가 일갈하였다.

또 무장대는 남자의 성기까지 자르는 비인간적인 행태를 보이기도 하였다.

"1948년 12월 31일 밤에 산 폭도 무장대가 남원면 위미리의 민보단장이었던 47세 강기서를 창과 칼로 손과 팔은 물론 다른 신체 부위를 주먹만 한 크기의 여러 조각으로 도려내었으며, 심지어 성기까지 잘라버렸습니다. 시신 조각을 수습하고 보니 5kg이 넘을 정도였습니다."라고 민보단장의 아들 강한석이 증언하였다.

또 애월면 용흥리에서는 경찰 출신 양영호를 납치하여 굵기가 가는 철봉으로 입에서 항문까지 시신을 꿰어서 매장한 일도 있었다.

남로당 무장대의 이러한 잔혹 행위, 즉 일가족을 몰살하고 그것도 모자라 뱃속의 태아까지 도륙하는 잔인성의 발로는 공포심을 최고조로 극대화하여 주민들이 군경에 협조하는 것을 원천적으로 차단하고, 무장대에 협조하지 않은 사람은 이렇게 잔인하고 처참하게 보복을 당한다는 것을 보여주기 위한 시위였고, 소위 일벌백계의 수법이었다. 이는 공산당이 즐겨 쓰는 공포 유발 수법이다.

*

김녕리에서는 주민이 경찰지서에 잡혀가 즉결 처형되는가 하면 김녕초등학교에 주둔하던 1개 소대 군인들에 의해 교사 3명이 총살되는 어처구니 없는 사건도 벌어졌었다. 법이 실종된 시대였다.

# 군경에 의한 김녕리 주민 처형

4·3 사건을 전후하여 김녕리는 평온한 마을이었다. 그러나 1948년 8월에 공산 남로당 무장대에 의해 마을 구장 부양은이 피살되고, 이어서 9월에는 그것도 백주에 장지에서 특공대장 박인주가 피살되자 조용했던 마을에도 피바람이 불기 시작하였다. 이번에는 군과 경찰이 김녕리민 중에 공산주의에 물들었다며 색출하여 억울한 사람을 처형하기 시작했다.

23세 강원주는 일본에서 의과 전문대학을 마치고 해방이 되자 귀국하여 고향 김녕리에서 의료 활동을 하던 중에 소위 '맥아더 포고령' 위반 혐의로 구속되어 광주법원에서 징역 10개월의 형을 선고받고 복역한 후에 출소하여 김녕리 고향으로 돌아왔다.

해방 직후 가구가 1,000여 호에 인구가 6,000여 명이 넘는 대촌인데, 병원다운 병원도 없고 의사다운 의사도 없던 시절에, 그래도 의료전문대학 출신이 있어서 사소한 의료행위로 김녕리민들이 덕을 크게 보았었다. 그러나 재검속되어 연행된 후에 1948년 11월 27일 김녕리 '큰남생이' 부근에서 동복리와 북촌리 등 인근 지역의 피검속자들과 함께 경찰에 의해 총살당하였다. 그가 죽자 당장 김녕리민들의 의료에 문제가 생겨 그의 죽음으로 공백이 컸다. 강원주처럼 의료전문인들은 주민의 건강과 생명에 직결되기 때문에 처형에 신중했어야 한다는 것이 마을 사람들의 중론이었다.

34세 한중열은 민보단원으로서 활동하던 중에 대원들에게 막걸리를 제공하였었다. 그런데 이런 행위가 근무 불성실을 초래했다는 이유로 1948년 12월 13일 지서에 끌려가서 경찰한테 뭇매를 맞고 죽었다.

당시 마을 사람들은 근무 중에 대원들에게 막걸리를 먹였다는 것은 일종의 군 기강 해이로 강력한 처벌을 받아 마땅한 일이지만 이것이 때려죽일 만큼 죄질이 엄중한 것인가 하고 수군거렸다.


27세 원정옥은 잡화상을 운영했는데 동네 어느 목수의 열 살 된 아들이 과자를 자주 훔쳐 가서 김녕지서에 신고하였는데 지서에서는 그 아들을 훈방 조치한 사실이 있었다. 이 사건으로 그 목수는 상점 주인 원정옥에게 앙심을 품고 있었다. 그로부터 얼마 지나지 않아 이번에는 이 상점에 큰 도둑이 들어 현금이 들어 있는 휴대용 소형 금고가 털린 사건이 발생했다. 그런데 이번에는 전과 같이 경찰에 신고조차 하지 않고 자체적으로 해결하였다.

그렇지 않아도 앙심을 품고 있던 목수는 상점 주인 원정옥이 자신의 어린 아들의 좀도둑질은 신고하여 자기에게 모욕을 준 반면에, 금고를 털어간 큰 도둑은 경찰에 신고도 하지 않자, 복수의 칼을 뽑아 들었다.

마침 육지에서 토벌 작전을 지원 나온 '응원 경찰' 중에 친구가 있어서 그에게 자초지종을 설명하고 그에게 따끔한 맛을 보여주라고 부탁한다. 그러자 그 친구 경찰관은 원정옥이 폭도에게 고무신을 제공했다는 무고를 가지고 취조하면서 심한 고문을 하였다.

그 결과 원정옥은 그 후유증으로 경찰지서에서 나온 지 며칠이 채 지나지 않아 1948년 11월 6일에 생을 마감한다. 이는 경찰 권력의 남용에 의한 양민 살인 행위라고 주민들이 입을 모았었다. 그의 부인도 경찰에 소환되어 심한 취조를 받아 심신의 고통을 많이 받았다. 원정옥은 이강추의 매부로서 이강추의 집에 김달삼과 김녕 청년들이 모여 남로당 입당 원서를 쓸 때 자기 장인인 이강추 부친에게 "지금 찾아온 그놈들 나쁜 놈들이니 빨리 쫓아내십시오."라고 성화를 부렸던 바로 그 사람이다.

22세 김서규는 소위 '맥아더 포고령' 위반으로 복역 후에 출소하였으나 재검속으로 체포되어 1949년 11월 28일 경찰에 의해 화북리 소재 별도봉에서 처형되었다.

27세 김여익은 검속을 피하여 여수에서 도피 생활을 하던 중에 1949년 3월에 체포되었다. 체포된 그는 공주 교도소에서 수감생활을 하던 중에 6 · 25 전쟁 발발로 행방불명되었다.

22세 김창윤은 오현중학교에 다니면서 학생 신분으로 무장대원으로 활동하였다. 1948년 11월에 체포되어 목포 형무소를 거쳐 김천 형무소에 수감되었다가 1950년 6 · 25 전쟁이 발발하자 사상범 수형자 우선 처결 원칙에 따라 김천 형무소에서 처형되었다.

또한 제주 세무서에 근무하던 한을생은 1948년 12월 17일 제주도 계엄지구 고등군법회의에서 내란죄로 징역 15년 형을 선고받고 대구 형무소에 수감되었다가 6 · 25 전쟁이 발발하자 처형되었다. 그는 한정철의 초중학교 동창 한철우의 부친이다.

한편 이번에는 경찰이 아니고 군인에게 초등학교 교사 3명이 처형되는 일이 벌어진다. 26세 강중빈과 25세 이응우 그리고 평대리 출신 김기추 교사 등 이상 3명은 김녕초등학교 교사로 근무하고 있었다.

그런데 1949년 1월에 숙직을 하던 중 무장대의 습격을 받았다. 강중빈 교사는 등사판과 등사원지를 무장대에게 **빼앗긴다**. 또 이응우와 김기추 교사는 공산주의 서적을 소지하고 있었다. 강중빈 교사는 1944년 일본 교토에 있는 양양(兩洋)중학교를 졸업하고 해방이 되자 귀국하여 김녕초등학교에서 교사로 학생들을 가르치고 있었다. 훌륭하고 실력 있는 교사로 정평이 나 있었다.

그런데 1949년 2월에 서북청년단 출신 군인 1개 소대 병력이 김녕초등학교에 임시로 주둔하게 되었다. 그러자 이때 군인과 젊은 교사 간에 알력이 생기기 시작했다. 발단은 얼굴이 예쁜 변명숙 선생 때문이었다. 변 선생은 방년 19세의 꽃다운 나이에다 미인이었다. 변 선생은 군인들의 선망 대상이었다.

그도 그럴 것이 외모도 출중한데다 일본에서 미에켄 오와세 고등여학교에서 공부한 엘리트였기 때문이었다. 2학년 재학 중에 해방이 되자 제주도로 귀국하여 또 제주여중 2학년으로 편입하여 1947년에 제주여중을 졸업하고 제주 초급 교원 양성소를 수료한 후 1948년 9월 1일에 김녕초등학교로 부임하였다.

변명숙 선생은 김녕초등학교의 홍일점 여성 교사로서 남자 교사들 사이에도 인기를 독차지하고 있었다. 특히 강중빈 교사와 친했다. 왜냐하면 일본에서 중학교에 다닌 경력 때문에 누구보다도 서로 대화가 잘 통했다.

하루는 변 선생이 강중빈 교사에게 하소연을 하는 것이었다. 김녕초등학교에 주둔 중인 소대의 선임하사가 자꾸 치근거리다 못해 연애 편지질도 한다는 것이었다. 며칠이 지나자 또 하소연하는데 이번에는 치근거림이 좀 지나친 내용이었다. 이대로 방치했다가는 사고가 날 것 같아서 젊은 선생들이 변 선생을 보호하기 위하여 행동에 나서기로 했다.

그게 바로 이응우와 김기추 교사였다. 그들과 강중빈 교사 등 3명이 소대장과 소대 선임하사를 찾아가서 "군인 중에 우리 변명숙 선생에게 치근거리는 군인이 있다는데 그 치근거림이 도를 넘어서는 것 같으니 좀 잘 타일러서 앞으로 그런 일이 없도록 해 주시면 고맙겠습니다."라고 선임하사의 체면을 살려 그의 이름은 거명하지 않고 겸손하게 부탁하였다.

이때 선임하사의 얼굴이 일그러지기 시작했다. 여선생과 관련된 문제 말고도 평소에 군인들은 자존심이 강했던 젊은 남자 교사들에게 함부로 대했고, 또 젊은 교사들은 군인들이 무식하다며 겸손하게 대하지 않고 뻣뻣하게 굴자 군인들이 이런 젊은 교사들을 벼르고 있던 참이었다.

이와 같은 일은 젊은 세대끼리 흔히 있을 수 있는 알력이었다. 그러나 당시 군인은 무소불위의 즉결 처분권을 갖고 있었다. 군인들이 주둔하기 1개월 전에 무장대에게 등사판을 뺏겼고 또 불온서적을 소지하고 있는 것을 빌미로 소대장과 소대 선임하사는 아니꼬운 교사들을 없애버리기로 한다. 군인들은 교사 3명의 이와 같은 잘못을 꼬투리 잡아 교사 3명을 모두 체포한다.

또한 군인들은 못 먹는 감 찔러나 본다고 변명숙 선생이 사상이 의심스럽다며 김녕지서에 조사를 의뢰한다. 당시는 경찰도 군의 요구를 비중 있게 다루던 때였고, 마침 지서에는 군인과 잘 통하는 서북청년단 출신 경찰이 있었다.

이튿날 경찰이 변 선생을 지서로 호출하여 취조하기 시작했다. 일본에서 고등여학교에 다닐 때 공산주의 활동 여부와 김녕초등학교에 부임하여 강중빈 교사와 또 공산 서적을 소지했던 이응우와 김기추 교사와의 관계 등을 취조하는 것이었다.

변 선생은 경찰지서에 불려가 여자로서 감당하기 힘든 취조를 받았다.

또한 변 선생은 변 선생을 보호해 주려던 강 교사 등 3명이 군인들에게 체포된 것이 마음에 걸리어 더 이상 김녕초등학교에 근무하다가는 제명에 못 죽을 것 같다고 판단하여 임용된 지 6개월 만인 2월 24일부로 교사직을 그만두고 집이 있는 제주읍으로 떠나버린다. 변 선생은 4 · 3 사건 소용돌이 속에 이렇게 허무하게 선생의 젊은 꿈을 접어야 했다.

군인들은 체포된 교사들을 임시로 철조망으로 만든 군대 영창에 가두어 놓고 3일 만에 취조하기 시작했다. 다음날 소대는 철수하기로 되어 있어서 3월 4일이 취조하고 결말을 지어야 할 마지막 날이었다.

그래서 오전부터 취조하기 시작했다. 소대장과 소대 선임하사 그리고 분대장들은 이미 건방지고 아니꼽다고 판단한 교사 3명을 처형하기로 결정을 본 상태였다. 주민에 대한 취조는 경찰의 임무인데 군인이 일반 주민을 취조한다는 것이 어불성설이었지만 당시는 법이 없던 시대나 마찬가지여서 군인들이 월권으로 선생들을 처단하기 위하여 취조하기로 했다.

소대 선임하사가 강중빈 교사를 취조하기 시작했다.

"등사판과 원지는 산 폭도가 빼앗아 가서 삐라 등 선전물을 만들어 마을에 뿌리고 대문에 붙이는 등 주민들을 선동하는 데 쓰이는 중요한 물품이오. 알만한 선생이 그것을 빼앗겼어. 도대체 이거 어떻게 된 건가? 왜 이렇게 중요한 것을 뺏겼어?"라고 소대 선임하사가 다그쳤다.

"등사판이 중요한 물품이라는 것은 알고 있었습니다만, 산 폭도 3명이 총과 긴 칼을 들고 들어와서 안 내놓으면 죽인다고 해서 할 수 없이 뺏겼습니다."라고 강중빈 교사가 사실대로 대답했다.

그러자 변 선생과 연애 기도를 방해한 것에 원한을 품고 있던 선임하사가 감정이 더 폭발하여 몽둥이로 내리치면서 "죽는 한이 있더라도 뺏기지 말아야지 혼자 살려고 등사판을 뺏겨? 너는 죽어야 돼. 등사판을 뺏긴 것은 군량미인 식량을 탈취당한 것보다도 더 죄질이 나쁘고 무거운 것을 몰라? 선생이라는 작자가 그런 초보적인 것도 모른단 말인가?"라고 윽박지른 다음, 몽둥이로 사정없이 두들겨 팼다.

"너 빨갱이와 내통했지? 너의 숙직 날을 알려주었지?"라고 선임하사는 터무니없는 죄를 만들어서 묻고는 대답을 들으려고 하지도 않았다. 선임하사는 떠나버린 변 선생을 생각하니 미칠 것 같아서 그 원한이 사무쳐서 몽둥이를 마구 휘둘렀다. 맞으면서도 "아야" 소리도 내지 않고 선임하사를 뚫어지게 쳐다보자 화가 난 선임하사는 가슴팍을 발로 세게 걷어찼다. 그러자 강중빈 교사는 "억"하며 앞으로 쓰러졌다. 그는 초주검이 되었다.

건너편 한쪽에서는 평대리 출신 김기추 교사가 취조를 받고 있었다. 취조 건은 공산주의 서적을 소지한 문제였다.

분대장이 "김 선생! 선생이랍시고 그리고 뭐 좀 안다고 공산주의 책을 읽었구먼. 그래 당신 똑똑하면 얼마나 똑똑해?"라며 몽둥이로 후려갈기는 것이었다. 마치 진짜 빨갱이를 앞에 놓고 대하듯 안하무인 격이었다. 취조하는 분대장은 서북청년단 출신 군인이어서 이북 말을 썼다.

그들은 이북에서 빨갱이한테 시달리다가 월남해서 그런지 공산주의 서적을 소지한 것만으로도 김 교사를 이미 빨갱이로 예단하고 잡도리하려는 기색이 역력했다.

"요즘 지식인과 젊은이 사이에 관심이 많다는 공산주의 이론이 도대체 무엇인가 하고 호기심에서 한 번 훑어보았을 뿐 아직 공산주의 이론에 빠져들지도 않았고 더구나 공산주의 활동은 전혀 한 일이 없습니다."라고 김 교사는 사실대로 설명했다.

그러나 분대장은 듣는 둥 마는 둥 하고 나서 "요즘 좀 똑똑하다는 사람은 전부 공산주의를 신봉한다고 들었는데 김 선생도 똑똑하다 그 말인가?

또 공산주의를 말하면 사람들이 똑똑한 사람이라고 칭송한다던데 그런 말 듣고 싶어서 불온서적을 갖고 있었어?"라고 묻고는 대답을 들으려고 하지도 않고 발길질하고 몽둥이를 마구 휘둘렀다.

마치 북한 빨갱이에게 당한 것을 여기 만만한 제주도에 와서 앙갚음하는 것과 같았다. 발길질로 얻어맞고 채찍으로 무지하게 얻어맞은 김 교사는 초주검이 되어 움직이지도 못했다.

분대장은 이어서 이응우 교사를 같은 방법으로 심문하기 시작했다. 이응우는 동료 교사가 바닥에 쓰러져 초주검이 된 것을 보고 두려운 마음이 생겼다. 분대장은 이응우 교사를 심문하며 초주검이 되도록 두들겨 팼다.

오전부터 시작한 취조가 오후까지 계속되었다. 군인들은 이들 3명이 건방지게 굴었다며 그동안 쌓였던 악감정을 복수하는 길은 처형밖에 없다고 판단하고 처형하기로 한다.

포승줄로 손을 뒤로 묶고 처형장 옴팡밭으로 끌고 갔다. 3명은 처형장으로 끌려가면서 어이가 없어서 다소 비협조적이었다. 그랬더니 군인들이 뿔이 나서 세차게 발길질하였다. 옴팡밭에 도착하여 총살하기 전에 선임하사가 강중빈 교사 앞으로 다가와 서서는 "여기 끌려오면서 투덜거리던데 마지막으로 할 말이 있는가?"라고 물었다.

"아무리 사람의 생명이 하찮다 하더라도 등사판 하나 빼앗겼다고 파리새끼 죽이듯 이렇게 처형해도 되는 겁니까? 하늘이 무섭지 않소?"라고 강중빈 교사가 호통을 쳤다.

그러자 화가 난 선임하사는 그 자리에서 총으로 쏘아 죽이고 말았다.

이어서 평대 출신 김기추 교사가 참지 못하고 "그래, 공산주의 서적을 한번 읽었다고 빨갱이로 취급하는 법이 어디 있나요?"라고 강력히 항의하자, 옆에 포승줄에 묶여 있던 이응우 교사도 "대한민국에는 법도 없소? 단지 불온서적을 소지한 것이 사형감이 된단 말이오? 나는 빨갱이가 아니오."라고 항의하자 분대장은 화가 치밀어 총을 여러 발 쏘아 두 교사를 사살하고 말았다.

이렇게 군인들은 사적인 감정 때문에 죄 같지 않은 죄를 물어 무고한 교사 3명을 처형해버렸다. 이처럼 총살감이 아닌데도 무고한 제주 도민을 재판도 거치지 않고 즉결 처분한 일이 다른 지역에서도 비일비재했다. 법이 실종된 암흑기로 보아도 무방할 정도였다.

강중빈 교사는 처형되기 전에 학교를 그만두고 떠난 여교사 변명숙 선생에게 "변 선생! 얼마 전 1월 17일에 이웃 마을 동복리와 북촌리에서 많은 양민이 군인들에게 학살당하였어요. 가슴 아픈 일이었어요. 인권이 없는 우리나라의 사정이 참으로 안타깝습니다. 무력을 행사하는 군과 경찰에게 인간애(휴머니즘), 아니 애민정신(愛民精神)에 대한 철저한 교육이 급선무입니다. 이제부터라도 우리가 먼저 어린이들에게 휴머니즘 교육을 먼저 해 나갑시다. 인간의 생명을 제일 중시하는 나라를 만들어 가는 데 진력해야 합니다."라고 곧잘 말하곤 했었다. 그런데 강 교사의 염원이 보람도 없이 애민정신이 결여된 군인들에게 무참히 처형되고 말았다.

또한 김녕중학교 김군봉 교사가 경찰지서에 끌려가 심한 고문을 받았다. 24세 김군봉은 서울 사범대학을 중퇴한 후에 김녕중학교 교사로 재직하며 김녕중학교 3회 졸업생까지 가르쳤다. 당시 제주도에서, 그것도 시골 김녕리 출신이 서울 사범대학을 다녔다는 것은 대단하고 특기할만한 일이다. 교사로 재직 중에 무장대가 김녕중학교를 습격하여 등사판과 등사원지를 탈취해간 사건이 발생한다. 게다가 동복리 출신 제자 18세 양해중이 학생회장이었는데 한라산으로 올라가 무장대에 합류한 것이 발각되어 김군봉 교사는 1949년 5월 어느 날 경찰지서로 끌려가 심한 취조를 받는다.

취조와 고문은 서북청년단 출신 이 순경이 맡았다. 이 순경은 김군봉을 거꾸로 매달아 놓고 취조를 할 때마다 가죽 채찍으로 내려치곤 했다. 이 순경은 "등사판과 등사원지는 산 폭도들이 삐라를 만들려고 빼앗아 간 것인데 그것을 왜 뺏겼어? 결투를 해서라도 뺏기지 말았어야 하는 것 아냐? 선생이란 자가 그것도 몰랐어? 이 간나 새끼!"라고 취조하며 대답이 좀 늦자 가죽 채찍으로 후려갈겼다.

김군봉 교사는 하도 얻어맞아서 이미 초주검이 되었다. 당시에는 주민이 일단 경찰지서에 끌려가면 호된 고문과 매질로 초주검이 되었고, 설령 무혐의로 풀려나와도 그 후유증으로 죽는 사람이 꽤 있었다. 그래서 주민들은 경찰지서에 끌려가는 것을 아주 두렵고 무서워했다.

이어서 이 순경은 물었다.

"너의 제자이면서 학생회장인 양해중이 산으로 올라가 폭도가 되었는데 네가 평소에 부채질했지? 네가 전적으로 책임을 져야 하지 않아?"

"저는 양해중이 학생회장이기 때문에 관심을 가지고 지도했을 뿐입니다. 그가 산에 올라가 산 폭도가 된 것은 저와 아무런 관계가 없습니다."라고 김군봉이 대답하였다.

그러자 이 순경이 약이 올라서 "너는 아직도 정신을 못 차리고 있어. 맛을 좀 더 보아야겠어."라며 또 채찍으로 후려쳤다. 그러자 김군봉은 거꾸로 매달린 채 기절하고 만다.

집에서는 김군봉이 오전에 경찰지서에 끌려가서 오후 늦게까지 집에 돌아오지 않자, 형 김군천이 경찰지서로 찾아가 보니 동생 김군봉이 초주검이 되어 걸을 수가 없었다. 동생이 초주검이 되도록 고문한 서북청년단 이 순경을 증오의 눈초리로 쏘아보고 김군천은 동생을 등에 업고 집에 돌아왔다. 그는 언젠가는 복수하겠다는 마음을 먹는다.

지서에 끌려가 고문을 받고 풀려난 김군봉 교사는 경찰의 요시찰 대상이 되자 부산으로 피신한다. 여동생의 남편의 친구 결혼식에 참석하기 위하여 여동생과 함께 거제도로 갔었는데, 이른바 거제도 민간인 희생 사건(1947. 8~1950. 9)의 좌익 동조자로 의심받고 피검되어 1949년 10월 6일 고문치사 당하였다.

동생 김군봉이 죽은 지 어언 30여 년이 흐른 뒤 김군천의 아들이 결혼하게 되었는데 생각하지 못했던 큰 암초에 걸리고 만다. 김군천은 김녕리 노인회장을 역임하였고 젊어서는 김녕리의 발전을 위하여 열심히 봉사했던 김녕리민이 진심으로 존경하였던 김녕리의 원로이다. 어느 날 아들이 갑자기 결혼하겠다고 선언한 것이다. 그동안 좋은 규수 여러 명을 며느릿감으로 보고, 아들에게 결혼하라고 여러 번 종용해도 별 반응을 보이지 않던 아들이었다.

아들은 초·중학교 동기 동창인 여자와 열애 중이었다. 그러니 아버지가 소개한 아가씨랑 결혼할 생각이 아예 없었다. 결혼하겠다는 아들의 말을 듣고 아버지가 좋아하며 색시를 한번 보자고 했다.

그런데 이게 웬 청천벽력인가. 결혼하겠다고 말한 색시가 동생 김군봉이를 고문했던 서북청년단 출신 이 순경의 딸이었다. 그 말을 듣는 순간 김군천은 기절할 뻔했다. 30여 년 전에 지서에서 지독하게 고문받고 초주검이 된 동생을 업고 집에 돌아왔던 기억이 엊그제 일처럼 생생하게 주마등처럼 흘러갔다.

그리고 이 순경이 아니었으면 요시찰 대상이 되지 않아 부산으로 피신할 필요도 없었는데 이 순경 때문에 동생 김군봉 교사가 거제도에서 잡혀 죽은 것을 원통하게 생각하고 있었다. 동생의 죽음은 이 순경 때문이라고 원망하고 있던 차에 이 순경 딸과 결혼하겠다는 말을 들은 김군천은 아들에게 일언지하에 거절하며 호통을 쳤다.

"우리 집안하고 원수지간인 그 집의 딸을 며느리로 데려올 수 없다. 아버지는 그런 결혼을 눈에 흙이 들어갈 때까지는 승낙할 수 없다. 당장 그만두어라."

영문도 모르는 아들은 아닌 밤에 홍두깨 격이어서 어안이 벙벙하여 말문이 막혀 어쩔 줄을 몰라 했다. 아버지가 반대하는 영문을 모르는 아들에게 그의 어머니는

"옛날에 너의 작은아버지가 지서에 끌려갔을 때 고문을 지독하게 했던 순경이 바로 연애 중인 아가씨의 아버지 이 순경이다. 그래서 너의 아버지가 죽어라 반대하고 있는 것이란다."라고 자세히 설명해주었다.

그동안 이 순경이 경찰을 그만두고 같은 마을에 살고 있었기 때문에 그에 대한 부정적인 이야기를 화합 차원에서 자제해 왔었는데 갑자기 원수처럼 생각했던 집안과 사돈을 맺는다는 것은 인륜적으로도 양심상 허락되지 않았다.

그런데 아들은 그런 사정도 모르고 이미 사랑에 빠져 둘이서 결혼하기로 굳게 맹세한 터였다. 그들은 자타가 공인하는 선남선녀이고, 특히 이 순경의 딸은 키도 크고 늘씬한 미녀였다. 과거의 집안끼리 원수였다고 선남선녀 자식들의 사랑까지 막을 수 없었다.

"아버지가 우리의 결혼을 반대하면 저는 자살하겠습니다. 저는 이 순경 딸이랑 결혼 못하면 살아갈 의미가 없습니다."라며 아들이 아버지에게 최후통첩하였다.

자식을 이기는 부모가 없다고 아버지가 항복하고 만다. 결국 그들은 어

려운 결혼을 하였다. 이로써 그들은 제주판 로미오와 줄리엣이 되었다. 그들은 지금 제주시에 있는 민속박물관 앞 국수거리에서 유명한 국숫집을 경영하고 있다.

\*

김녕리 강 씨 집안으로 시집온 이덕구의 큰누이가 경찰에 잡혀가 총살되었으며, 김녕 출신 유일의 산 폭도 우경원의 어머니가 경찰에 의해 처형되었고, 김녕중학교 출신 이웃마을 여성 무장대가 출산 중에 경찰에 잡혀가서 총살되는 등 세 여인이 기구한 운명을 맞이하였다.

# 기구한 운명의 세 여인

## 김녕으로 시집온 사령관 이덕구의 큰누이 처형

인민 유격대(무장대)의 제2대 사령관 이덕구의 큰누이는 신촌에서 한정철의 고향 김녕리의 강씨 집안으로 시집와서 농사를 지으며 행복하게 잘 살고 있었다. 그런데 이덕구가 신촌에서 산으로 올라가 공산 남로당 무장대가 되면서 이덕구의 큰누이는 당연히 경찰의 감시 대상이 된다. 얼마 안 돼 이덕구가 김달삼의 대를 이어 제2대 인민 유격대 사령관이 되자 김녕지서 경찰이 그동안 요시찰 인물로 지목받던 이덕구의 누나를 체포하여 제주 경찰서로 압송한 후 처형한다.

한편 이덕구가 1948년 4·3 사건이 발발하기 전에 한라산으로 올라가 무장대가 되고, 이어서 월북한 1대 무장대 사령관 김달삼의 뒤를 이어 1948년 9월에 제2대 무장대 사령관이 되자 경찰은 하산을 촉구하는 전단을 만들어 살포한다. 산에서 내려와 귀순하지 않으면 가족과 친인척들이 무사하지 못할 것이라는 협박 내용이었다. 그런데 이튿날 무장대가 조천과 신촌을 습격하여 피해를 주자 귀순 전단이 소용없게 되어 결국 가족과 친인척들이 화를 면할 길이 없어져 버렸다.

이미 이전에 1948년 10월 19일 육지에서 여수 14연대 반란 사건이 일어나자 10월 25일 경찰이 이덕구의 집과 형과 동생의 집까지 불을 놓아 태워버렸었다. 이렇게 이미 보복은 이루어지기 시작했었다. 그러자 가족과 친인척들은 바람 앞에 촛불처럼 불안하였고 처형될 날은 재깍재깍 다가오고 있었다. 드디어 1948년 12월 26일 이덕구의 가족과 친인척 20여 명이 화북에 있는 별도봉에서 무더기로 처형되었다.

이날 별도봉 처형장에는 김녕리에 시집와서 살던 평범한 농부의 아내 이덕구의 큰누이도 포함되어 있었다. 이덕구의 큰누이는 슬하에 자식 3명을 두고 있었다. 11살짜리 아들 강실과 9살 된 딸, 2살 된 딸 등 3명이었다.

"나의 어머니는 당신의 운명을 직감했는지 경찰 체포 며칠 전부터 맛있는 밥을 진수성찬으로 차려주고 옷도 새 옷으로 입히고 잠잘 때도 돌아가면서 자식을 한 사람 한 사람씩 꼭 품에 안아서 잤어요."라고 아들 강실이 회고하였다. 자라서 생각해보니 죽기 전 마지막 사랑을 어머니가 베푼 것이라는 것을 알았다는 것이다.

12월 20일경 매우 추운 겨울날 자식들이 강실의 어머니 품에 안겨 단잠을 자고 있었는데 새벽 2시에 경찰이 갑자기 들이닥쳤다. 어머니는 각오를 했는지 경찰에게는 덤덤한 표정을 지었다. 강실의 어머니는 포승줄에 묶이면서 아들 강실과 딸을 가리키며 경찰에게 애원하였다.

"저것들은 제발 살려 주십시오."

"씨라도 받게 그냥 놔두지. 뭐!"라고 고참 경찰이 같이 온 경찰에게 말하는 것이었다. 그러자 같이 온 졸병 경찰이 고개를 끄덕였다.

"그래서 그 절체절명의 순간에 나와 나의 누이동생은 살았다."라고 아들 강실은 한숨을 쉬며 회상했다. 강실의 어머니는 두 살 된 딸을 업고서 아들과 큰딸을 껴안고 볼을 비비며 작별 인사를 하였다.

경찰이 또 친절하게도 "등에 업은 아이도 두고 가지요."라고 제의하자 강실의 어머니는 "저 애들은 어느 정도 커서 밥을 빌어먹을 수 있지만 이 아기까지 먹여 살리려면 저 불쌍한 자식마저 다 죽게 됩니다."라고 대답하고는 경찰의 포승줄에 묶여 어둠 속으로 사라졌다.

자식들이 울고불고하며 어머니의 치맛자락을 잡고 따라나서자 경찰이 자식들을 방으로 밀어 넣었다. 아들 강실은 자기 어머니를 끌고 간 경찰을 쏴 죽이고 싶을 정도로 증오심이 가득했었다.

김녕지서의 경찰에게 끌려간 강실의 어머니와 친인척들이 끌려간 곳은 조천지서이고 곧 제주읍 경찰서로 옮겨져 거기서 일주일간 구류된 후 12월 26일 별도봉에서 단지 이덕구의 친인척이라는 이유 하나만으로 20여 명이 집단 처형되었다.

처형 대상에는 이덕구의 7세 된 어린 아들도 포함되어 있었다. 그의 어린 아들은 신구범 전 제주지사와 같은 동급생으로서 옆자리 친구였는데 어느 날부터 학교에 나오지 않았다고 신 지사는 회상하였다. 나중에 커서야 그가 아버지 이덕구 때문에 처형됐다는 것을 알게 되었다는 것이다.

왕조 시대에 대역죄인일 때 3족을 멸했었던 것과 꼭 같은 일이 현대 문명 시대의 제주도에서 벌어졌었다. 인명 중시와 인권 존중의 인류 현대 문명의 보편적 가치가 구 왕조 시대의 삼족 멸문지화의 틀을 벗어나지 못하고 있었다. 휴머니즘(인류애)이 실종된 시간이었다.

# 무장대 중간 두목 우경원 어머니 처형

무장대 중간 두목인 우경원의 어머니는 농사짓는 아낙이었지만 영특한 면이 없지 않았다. 보통 농부들은 먹고살기에 바쁘고 설령 좌익들한테 공산주의의 이론을 들어도 이해가 잘 안되어서 그들과 부화뇌동 되지 않았지만, 아들의 영향을 받아서인지 우경원의 어머니는 주위 가까운 사람들에게 "이제 곧 잘사는 세상이 온다."라며 4·3사건을 두둔하는 발언을 하고 다녔다.

우경원은 제주농업중학교 4학년에 재학 중인 학생으로서 당시는 시골에서 제주읍에 소재한 농업중학교에 진학하는 것이 그리 쉽지 않았던 때이다. 그는 한라산에 올라가기 전에 동네 참한 아가씨와 이미 약혼한 상태였다. 아가씨라고 해봐야 16살밖에 되지 않아서 소녀티를 아직도 벗지 못한 터라 소녀가 더 정확한 표현이다.

약혼녀의 이름은 한도선이다. 약혼녀의 집은 민보단 제2 대대장 한재순의 모친이 사는 기와집 본가와 이웃한 집에 살고 있었으며 한재순 집안과 친척 간이었다. 약혼녀의 집안은 부농이었고 형편이 좋은 소위 양반 집안이었다. 약혼녀 한도선은 얼굴도 예뻤고 중학교까지 졸업한 재원이었다.

그런데 경찰은 이미 우경원이 한라산으로 올라가 남로당 무장대가 되었으며 김녕 경찰지서의 관할지역 7개 마을, 즉 김녕리를 비롯한 동복, 월정, 덕천, 송당, 행원, 한동리를 담당하는 남로당 무장대 중간 두목이라는 사실을 알게 되었다. 그래서 경찰은 우경원 모친의 행방과 약혼녀 한도선의 말과 행동에 관심을 가지고 그들을 감시하기 시작했다. 그러자 우경원의 모친은 잠행에 들어갔다.

어느 날 시어머니와 약혼녀 한도선은 김녕리의 신작로 서쪽 끝에 있는 절 백련사를 찾아간다.

"애야! 백련사에 같이 가자. 부처님께 산속에 있는 아들 경원의 무사 안녕을 빌어야 하겠다."라고 시어머니가 말하자 한도선은 순순히 따라나섰다.

그런데 누가 고자질했는지 경찰 두 사람이 백련사 절 쪽으로 걸어오는 것을 본 주지 스님이

"지금 개가 여기로 오고 있다. 빨리 숨어라."라고 일러주었다. .

스님의 말을 들은 둘은 부처님 불상 아래 숨었다. 당시 무장대는 경찰을 '개'라고 불렀다. 그런데 스님도 경찰을 개라고 부르는 것이었다. 경찰관 2명이 절을 샅샅이 뒤졌으나 불상 밑까지는 보지 않고 돌아가는 바람에 그들은 무사했다. 아마 들켰으면 산으로 올라가려고 시도했다고 덤터기를 씌워 모질게 고문하고 매질을 했을 것이다.

시어머니는 지서에 불려가는 게 싫고 두려워서 되도록 잠행을 하였다. 툭하면 경찰이 우경원의 모친을 불러 아들 우경원과 관련하여 취조를 했기 때문이었다.

"어떤 때는 잡혀가지 않으려고 시어머니는 밤에 며느리가 될 나와 함께 자네 정철의 아버지 한재순의 기와집 본가의 구들목(온돌 아궁이)에 숨는 게 다반사였어."라고 한정철에게 실토하기도 했다.

서로 발을 막고 누워서 시어머니는 한도선의 발을 만지작거리며 격려해 주었다.

"우리 며느리가 될 도선이가 착하고 게다가 참하고 곱구나. 우리 집 며느리 되기가 이렇게 어렵구나. 조금만 참으면 좋은 세상이 온다니까 그때까지만 참고 견디자꾸나."

약혼녀 한도선은 약혼남이 산으로 올라간 다음 시어머니랑 여러 번 같이

구들묵에서 발을 막고 자면서 정이 더 많이 들었다.

1949년 2월 8일 경찰이 한도선의 시어머니인 우경원의 어머니와 약혼녀 한도선을 지서로 끌고 가서 고문과 매질을 하면서 취조를 하였다. 시어머니는 그때 나이가 41세였다. 한도선은 어려서 심한 고문과 매질을 당하지 않았지만 시어머니는 기절할 정도로 고문과 매질을 당하여 옷에다 오줌도 싸고 탈진하여 심한 갈증을 호소하였다.

그녀는 경찰을 향해 개미만 한 목소리로 애원하다시피 부탁했다.

"나 물 혼직 줍서(나에게 물 한 모금만 주십시오)."

그랬더니 같은 마을 남흘동 출신 강 순경이 "아흔아홉 골에 물이 없더냐?"라고 능글맞게 비웃으며 박정하게 거절하였다.

아흔아홉 골은 한라산 기슭에 있는 99개의 골짜기로서 무장대의 본거지를 이르는 말이고, 거기에는 샘물이 있어서 무장대들이 진을 치고 있었다. 그러니까 그 어머니가 무장대의 근거지인 아흔아홉 골까지 다녀왔다고 심문하는 것이었다. 주민에게 물 한 모금도 주지 않은 같은 마을 출신 경찰의 몰인정에 약혼녀 한도선은 치를 떨었다.

시간이 조금 지나자 주검 하나가 문밖으로 가마니에 들려 나갔다. 고문과 매 맞아 죽은 사람이었다. 그 시신은 여자였다. 김녕리민은 아니고 이웃 마을 동복리 아니면 덕천리 사람으로 보였다. 가마니 들것에 실려 나가는 시신을 보고 오늘 여기서 살아 돌아가기가 어렵다는 생각이 한도선의 머리를 스쳐 지나갔다.

경찰은 한도선에게 엄포를 놓으며 물었다.

"산으로 올라간 우경원과 어디서 몇 번이나 만났느냐? 사실대로 이실직고 안 하면 여기서 살아남지 못한다. 아까 가마니에 실려 나간 시체를 봤지? 사실을 말하지 않으면 저렇게 죽어서 시신이 되어 나갈 수밖에 없다."

"저는 우경원이 산에 올라가기 전에 그와 약혼은 했지만 단둘이서 만난 적이 없고 또 산에 올라간 후에도 단 한 번도 접촉한 적이 없습니다. 저는 정말 결백합니다."라고 약혼녀 한도선은 놀란 가슴을 쓸어내리며 사실을 있는 그대로 대답하였다. 경찰은 한도선이 아직은 어리고 가문이 좋은 집안 출신이며 좌익 사상에 물들 집안이 아니라는 것을 알았는지 더 이상 심문하지 않았다.

또한 지서에는 그들 말고 이웃 마을 동복리 출신 30대의 여자 한 사람이 대여섯 살로 보이는 어린 딸과 함께 와서 이미 취조를 받고 있었다. 그 여자는 이미 초주검이 되어 쓰러져 있었다.

"남편이 산 폭도가 되고 나서 몇 번 만났어? 바른대로 말해. 그렇지 않으면 여기서 살아남아 돌아갈 수 없어."라며 경찰이 내통했다는 사실을 인정하라는 것이었다.

"남편이 산에 올라간 것은 사실이지만 한 번도 접선한 적이 없었고, 지금 살았는지 죽었는지 저는 생사조차 모릅니다. 남편이 자기 발로 갈 사람은 아니고 산 폭도에게 끌려갔습니다."라고 그 아낙은 주장했다. 사실이 그랬다. 그녀의 남편은 순수한 농부이고 마누라와 자식만을 사랑하는 사람이었다. 그리고 공산주의가 좋다며 추종하는 사람을 경계하며 "빨갱이는 나쁜 거야."라고 입버릇처럼 말하고 다녔던 남자였다.

그런데 경찰은 그 아낙의 말을 참작하지 않고 처형하는 쪽으로 가닥을 잡은 것 같았다.

시간은 빨리 지나 어느덧 오후 서너 시가 되었다. 경찰은 한도선은 석방하고 나머지 2명은 포승줄에 묶어 밖으로 데리고 나갔다. 드디어 처형장으로 끌고 가는 것이었다. 처형장은 성문인 서문 옆에 있는 밭이었다. 절 백련사 근처였다. 총알도 아까웠는지 창으로 찔러서 죽이는 것이었다. 어른 2명은 체념했는지 덤덤한 상태로 최후를 맞이했지만 대여섯 살로 보이는 여자 어린이는 울면서도 창끝을 이리저리 피해서 처형하는데 경찰이 다소 애를 먹었다.

"어른들이야 죄가 있을 수도 있겠지만 대여섯 살의 어린아이가, 그것도 연약한 여자 어린이가 무슨 죄를 지었겠는가? 이 세상에 저렇게 어린 여자 아이에게까지 무장대와 내통했다고 죄를 물을 수 있단 말인가? 그것도 연약한 여자 어린이를 창으로 찔러 죽인다는 것은 인간의 탈을 쓴 사람이라면 정말 못 할 짓이다. 아니, 해서는 안 되는 짓이다. 저렇게 무지막지하고 무자비한 경찰에게 벼락을 내리치지 않은 하늘이 원망스럽다."라며 한도선은 울부짖었다.

그 이후부터 한도선은 경찰을 증오하기 시작했다. 한도선은 얼굴이 곱고 중학교까지 졸업한 재원이어서 경찰관들이 침을 흘리며 결혼하려고 중매가 그녀에게 여러 번 들어왔지만, 경찰관하고는 결혼을 절대로 할 수 없다며 일언지하에 거절했다. 그래서 그녀는 준수하게 생긴 같은 마을 청년과 결혼했다.

## 어느 여성 무장대의 최후

김현숙 여성 무장대는 북동리의 내로라하는 집안의 딸이었다. 아버지는 그 옛날 시골에서 한학을 공부할 정도로 깨인 집안이고 또 부농이었다. 그녀는 북동리에서 김녕까지 10리 길을 자전거를 타고 김녕중학교에 통학하는 여학생이었다. 얼굴도 예쁘고 영특한 면이 있어 남학생들에게 인기가 대단했고 또 선생님한테도 귀여움을 받았었다.

김현숙은 집안 사정이나 본인 자신의 처지에서 볼 때 불평불만이 없었을 텐데 무슨 연유에서인지 공산주의 사상에 물들게 된다. 그녀는 중학교를 졸업하고 19살 되던 해에 부잣집의 며느리로 들어간다. 그러나 남편이 여러모로 시원치 않아 시집을 뛰쳐나온다.

김현숙은 결혼도 실패하고 친정에 마냥 머무는 것도 미안하고 또 무료하던 터라 공산주의 세상이 그녀를 현 상황에서 탈출시켜주리라 판단하여 한라산으로 올라간다. 남로당 무장대에는 마침 전라남도 남로당 지부에서 제주도에 파견된 올구(조직책) 문재락 동무 한 사람이 있었다. 문재락 동무는 남로당 무장대의 정신을 공산주의로 무장시키는 임무를 수행하고 있었다. 김현숙은 그로부터 공산주의 이론을 체계적으로 배우면서 서로 친하게 지내는 사이가 되었다.

이렇게 같이 밀접하게 6개월을 지내다 보니 정이 들어 버렸다. 누가 먼저라고 말할 것도 없이 서로가 끌리어 연인관계로 발전하였다. 올구 문재락 동무는 나이가 20대 후반의 홀아비이고 김현숙은 20세의 이혼녀로서 사랑하는데 거침이 없었다.

김현숙은 올구 문재락과 연인이 된 지 얼마 안 되어 바로 임신하였다. 김현숙은 임신을 기뻐했고 올구도 하루에도 몇 번씩이나 임신한 배를 만지며 "내 새끼가 잘 크고 있는가?"라며 시도 때도 없이 속삭였다. 그럴 때마다 김현숙은 올구의 애를 가진 것이 행복했다.

드디어 산달이 다가왔다. 산속에서 아기를 낳을 수는 없는 노릇이었다. 그렇다고 북동리 친정으로 갈 수도 없는 형편이었다. 할 수 없이 함덕리에 사는 먼 친척 집에 가서 몸을 풀기로 계획을 세웠다. 1949년 4월 중순에 드디어 아기를 낳았다. 아들이었다. 김현숙은 아기를 안고 너무 행복해했다. 아기는 올구 문재락을 빼닮았다. 출산 보름 후에 올구도 야밤에 함덕 출신 무장대의 안내를 받아 산에서 내려와 아기를 안아보았다. 문재락 올구도 첫 자식이어서 기뻐 어쩔 줄을 모르며 옥동자를 낳은 김현숙을 꼭 안아주었다.

"아기가 태어난 지 지금 보름이 지났으니까 이제 보름만 잘 견디면 산속에서 합류할 수 있어요. 보름 후에 산으로 올라가게 되니까 위험을 무릅쓰고 다시 함덕으로 내려오지 마세요. 위험합니다."라고 김현숙은 올구 문재락에게 당부하였다.

김현숙은 야밤에 아기의 기저귀를 바닷가 용천수가 있는 곳으로 가서 이틀에 한 번은 빨아야 했다. 그런데 처음에는 대수롭지 않게 보던 이웃이 계속 야밤에 낯선 젊은 여인이 빨랫감을 가지고 바닷가 용천수로 가는 것을 이상하게 여기어 경찰에 신고하였다.

신고받은 경찰은 즉시 출동하여 급습하였다. 기습당한 김현숙은 전혀 생각지도 않던 일이 벌어지자 혼절하고 만다. 김현숙은 현장에서 체포되어 함덕 경찰지서로 끌려갔다.

경찰은 끌려온 여자가 그동안 수배령이 내려졌던 북동리 출신의 김현숙임을 확인하고 김현숙을 심문하기 시작했다. 김현숙은 처음부터 묵비권을 행사했다. 그러자 경찰은 고문을 서슴지 않았다.

경찰은 "근거지 위치를 대라. 어느 산속에서 생활했느냐? 아기 아버지가 있는 곳을 대라."며 가죽 회초리로 호되게 때렸다. 그러나 김현숙은 사랑하는 올구의 아지트를 불지 않았다.

경찰은 아무리 위협하고 설득하고 고문을 해도 묵비권을 행사하는 김현숙에게 학을 떼었다. 아무리 고문해도 정보를 캐낼 수 없다는 것을 실감한 경찰은 즉결 처형하는 수밖에 다른 방도가 없었다. 김현숙의 처형 여부를 놓고 찬성 측과 반대 측의 의견이 팽팽했다.

처형을 찬성하는 측은 "저런 미모의 여성 빨치산이 평범한 남성 폭도와 사랑했겠어요? 우리들의 판단에는 무장대의 간부급이 생겨버린 아이일 것이오. 그렇다면 지난번처럼 구금된 무장대의 가족을 구출하려고 우리 함덕지서를 습격할지도 모르지 않습니까?"라며 즉시 처형을 주장하였다.

그러자 반대 측은 "전에 어떤 일이 있었는데 그렇게 겁을 잔뜩 먹고 있는 거요?"라고 신출내기 경찰이 반문하자 즉결 처형 측은 당시의 상황을 설명하기 시작했다. 처형 주장 측의 김 순경이 설명한 내용은 '제주도 인민 유격대 투쟁 보고서' 16쪽에 기록된 1948년 5월 14일 무장대가 함덕지서를 습격하여 함덕 지서장을 비롯하여 경찰 6명을 몰살한 작전 상황일지의 내용이었다.

### 5월 14일

오후 4시를 기하여 함덕지서를 습격. 지서 내에 개(경찰) 6명, 아부대(무장대) 약 50명이 카빈 총 2정, 44식 총 1정, 99식 소총 33정, 수류탄 10발을 소지. 이 중 25명을 3개 소대로 편성하여 1개 소대는 서쪽 대로, 1개 소대는 동쪽 대로, 1개 소대는 지서 후방 퇴각로에 각각 복병, 나머지 26명은 지서 전면을 2중으로 완전 포위 성공.

그러나 지서 내에는 동무(무장대)들 가족 4명이 피검되어 있으므로 이를 구출하기 위해서 처음에는 신경전 위협전으로 개시. 우선 감시대에서 감시하던 개를 향하여 발사 이를 죽이고 나자, 그 총소리에 비로소 지서 내에서 포위당한 것을 알고 지서원 소집 명령을 하면서 발포 시작. 그래서 아부대(무장대)에서는 지서를 향하여 간간 산발(散發)하며 수류탄을 던졌다.

지서 내의 인민(무장대 가족)을 구출하기 위해서 격전으로 나가지 못하고 위협 정도로밖에 공격을 하지 못했음. 전면 포위 부대는 전진, 지서 최근거리까지 육박하여 지서 내로 향해서 "인민들은 나오라."고 외치자 지서 내에서 부인 1명이 "인민입니다."라고 하면서 나오는 것을 동무 1명이 이를 구출하려고 접근해 본 즉, 그는 지서에 숙박했던 개의 처였으므로 당장에 사살해 버리고 또 "다시 인민은 나오라."고 외치자 그때야 감금당했던 인민들이 자신으로 유리창 문을 쳐부수고 지서 밖으로 뛰어나오자 동무들은 아부대의 뒤에 대기하던 인민들에게 이를 넘기고 지서 인접 인민(함덕리민)들을 피난시켰음.

그다음에 일제 맹공격을 개시하여 지서 옆에 있는 개 숙사를 방화하고 황린탄을 투척, 지서 내에 명중 폭발. 이로써 개들은 일부 부상당하고 발사를 중지하자 우리 부대 일부는 지서 내에 돌입하여 부상당해서 자빠진 개 3명을 총살하고 지서 내의 문서와 무기 등을 압수해서 무장 부대는 개가(凱歌)로 귀도(歸途).
그리고 지서 내에 아부대 돌입하고 있을 때, 마침 동쪽으로 차 1대가 질주해오는 것을 복병했던 동무들이 발견했으나 그 차가 버스였으므로 객차로 오인해서 발사하지 않고 통과시키다가 본 즉, 차창으로 총구가 보이므로 그때야 개들이 타고 있음을 알고 수류탄을 투척하였으나 맞지 않고 자동차에서도 난사하면서 지서 앞까지 박진하여 정차할 기세를 보이다가 우리 쪽 기세에 눌리어서 그대로 속도를 가하여 서쪽(제주읍 방향)으로 질주하는 것을 동무들은 우선 차를 정지시키려고 발사하자 운전수의 양완(양팔)을 관통 부상시켰으나 조수가 대리로 운전하여 그대로 서쪽으로 질주하는 것을 서쪽의 복병부대도 처음은 객차로 오인해서 발사하지 않았다가 총구가 보인 후에야 수류탄을 던졌으나 맞지 않아서 결국 도주시키고 말았다.

무장대가 지서에 방화한 다음 개선해 버리자 지서가 잘 타지 않은 것을 본 리민(함덕리민)들이 속고(조짚)를 지서 내에 집어넣고 또다시 방화하자 천장 위에 숨어 있던 개

1명과 숙직실 장방 속에 숨어 있던 개 1명을 발견 포로하고 또 이웃집 돼지우리 속에 숨어 있던 개 1명을 포로하다가 계 3명을 숙청하였는데 그중 지서장은 극악질로서 리민들의 극도의 원한의 대상이었으므로 리민들이 죽어 쓰러지고 있는 지서장 사체를 발견하여 돌멩이로 지서장의 두부(머리)를 때려 부수고 사체를 지서 내에 달아놓아서 방화하여 완전히 소각하였다.

그리고 무장부대는 개선 도중에 반동(우익인사) 가옥 3개소를 습격하여 반동 3명을 숙청하고 그 가옥 3호를 소각하였다.

김 순경은 지서장 피살과 관련하여

"당시 지서장은 철저한 반공주의자로서 일부 좌익 성향 리민들을 철저히 단속했던 장본인인 바, 여기에 앙심을 품은 좌익 성향 리민들이 꽤 있었습니다. 지서장이 그들에게는 극도의 원한의 대상이었으므로 죽어 쓰러져 있는 지서장 사체의 머리를 돌덩이로 내리쳐 때려 부수고 사체를 지서 내에 담아 놓아서 소각하여 버렸습니다. 이리하여 그날 대낮에 함덕경찰지서에서는 지서장을 포함하여 경찰관 6명 전원이 피살되는 안타까운 상황이 벌어졌었지요. 불에 타버린 초가집 지서장 관사가 지서 건물 바로 옆에 붙어 있었는데 지서장의 8살짜리 아들은 성산포 할아버지 집에 가서 살고 있었고, 부인은 마침 시장 보러 간 사이에 일어난 일이어서 지서장 식구들은 화를 면할 수 있었습니다."라고 소상히 설명하였다.

즉결 처형 측은 이상의 실제 상황을 설명하고 나서 즉결 처형을 강력하게 주장하였다. 상기 내용을 들은 반대파들도 만약 처형을 늦추면 김현숙을 구출하기 위하여 무장대의 습격을 받을지도 모른다는 공포심 때문에 당장 즉결 처형 측의 의견을 받아들여 이튿날 후환이 없도록 바로 처형하였다.

한편 여성 무장대 김현숙은 함덕 해수욕장 모래밭에서 처형되는 순간까지 산속의 연인 올구 문재락과 갓 태어난 아기만을 생각하며 여한 없이 사랑하였다고 중얼거리면서 눈을 감았다. 또한 아기를 누군가 데려다 키워줬으면 하면서도 폭도 새끼를 키워줄 사람은 없을 것으로 생각하며 차마 감지 못할 눈을 감았다.

친정어머니가 자기 딸의 비보를 듣고 나타나서 아기를 안았다. 아기는 배가 고파서 울기 시작했다. 동네 젊은 아낙에게 부탁하여 젖을 얻어 먹였는데 그것도 한두 번이지 계속 부탁하자 그 아기가 여성 무장대의 자식인 것을 알고서는 "아주머니! 아기가 불쌍한 것은 알겠는데 폭도 새끼에게 젖을 물렸다며 경찰이 나를 잡아갈지도 모릅니다. 내가 죽으면서까지 폭도 새끼에게 젖을 먹일 수는 없지 않습니까? 이해해 주십시오."라고 사양하였다.

그 후에는 그 동네를 떠나 다른 곳에서 젖을 동냥하며 아기를 키우기 시작하였다. 그러나 폭도 새끼라는 소문이 이웃 마을 전체에 퍼져있어서 젖을 더 이상 얻어 먹일 수가 없자 아기는 결국 한 달을 못 버티고 영양실조로 죽고 만다.

친정어머니는 외손자를 딸 묘소에 합장하면서 사상이 무엇인지 원망하며 시대를 잘못 만난 탓으로 돌리고 이 소용돌이의 시대가 하루빨리 끝나기를 기원하며 발길을 돌렸다.

*

남편이 양식을 무장대에게 준 혐의로 경찰에 의해 총살된 희생자의 부인이 남편의 시신을 찾아 준 것이 인연이 되어 그 경찰과 결혼하게 된다. 이렇게 경찰이 희생자 유가족을 도와주는 가 하면 어떤 서북청년 출신 경찰은 자기의 연적인 신혼 신랑을 오발을 가장하여 사살하는 사건도 있었다.

# 경찰관과 희생자 부인 간의 사랑

김호택(25세)은 김녕리 출신으로서 일본 고등상업학교를 졸업하고 귀국하여 제주 읍내의 산지 항구 지역에 있는 제주 주정 공장에 고위 간부로 근무하고 있었다. 제주 주정 공장은 제주도에서 많이 생산되는 고구마를 가지고 술의 원료인 주정을 만들고 있었다. 김녕리 시골 사람이 제주 읍내에 있는 주정 공장에 다닌다는 그 자체만으로도 큰 벼슬이나 다름없던 시대였다.

그런데 어느 날 오현중학교에 다니는 친척인 공산 남로당 무장대 김창윤이 찾아와서 양식이 필요하다고 하여 불쌍한 나머지 식모가 주인의 허락도 받지 않고 그에게 약간의 양식을 주었다. 그런데 무장대 김창윤이 경찰에 잡혀 신문하는 과정에서 주정 공장 고위직 간부가 자기의 삼촌뻘 되고 양식도 얻어왔다고 진술한 것이 화근이었다. 김창윤은 친척 중에 그래도 높은 친척이 있는 것을 경찰이 알면 선처하여 줄 것으로 착각하여 진술하였는데 그것이 화근이 될 줄은 몰랐다.

이 사실을 알게 된 경찰은 김호택을 체포하여 취조를 한 결과, 비록 식모가 주인의 허락도 받지 않고 주었지만 무장대에게 양식 서너 되박을 준 것은 사실이었다. 적에게 식량을 주는 것은 군량미를 제공하는 것이기 때문에 총이나 실탄 같은 무기를 지원한 죄목 다음으로 그 죄상이 무거웠다. 당시 이는 총살감이었다. 1948년 11월 13일 경찰은 그를 체포하여 적에게 군량미를 제공했다는 죄목으로 총살하여 버렸다.

집에서 남편을 기다리던 부인이 저녁밥을 지어 밥상을 차려놓고 남편이 오기를 학수고대하고 있었지만 끝내 오지 않았다. 그날 밤으로 숙직실로 찾아가 남편의 행방을 물었으나 당직을 서는 직원은 모른다는 것이었다. 부인은 뜬눈으로 밤을 새우고 지피는 데가 있어서 혹시나 하고 경찰서를 찾아갔다. 그런데 경찰서 담당관이 체포되어 들어 온 사람이 너무 많아서 확인할 방법이 없다며 냉정하게 거절하였다. 부인은 혹시 남편이 노름판에 미쳐서 집에 아니 돌아오는 줄 알고 하룻밤을 더 기다렸다.

그런데 이튿날 부인은 꿈자리도 이상해서 남편에게 무슨 불길한 일이 생겼다고 생각한 나머지 경찰서로 다시 찾아갔다. 이번 담당자는 어제 대면했던 박정한 경찰관이 아니었다. 경찰관이 착하게 생겼고 친절하였다. 자초지종을 말했더니 서류를 뒤져보고는 경찰이 약속을 하였다.

"검거된 것은 사실인데 그다음 사항은 잘 모르겠네요. 오늘은 일과 시간도 다 되고 내일 오면 자세한 내용을 파악해 두었다가 알려 드리겠습니다."

집에 돌이 온 부인은 남편이 경찰서에서 풀려나 금방 방문을 열고 들어올 것만 같은 착각 때문에 열릴 듯 닫힌 문에 눈이 자주 갔다. 김호택 부부는 주위에 소문난 잉꼬부부였다. 남편은 키도 훤칠하고 미남이었으며 부인은 키가 적당하면서 아주 미인이었다. 주위에서는 김호택 부부를 부러워하다 못해 그들의 우상으로 삼았다. 남편은 오직 착하고 예쁜 부인만 생각하고 부인은 오직 후덕하고 훤칠한 미남인 남편만 생각하는 보기 드문 이상적인 부부였다. 그날 밤도 남편을 기다리느라 한숨도 자지 못하고 이튿날 다시 경찰서로 찾아갔다. 그들 부부에게는 슬하에 딸이 둘 있었다.

날이 밝자 그 부인은 한달음으로 경찰서로 갔다. 어제 친절하게 대면해 주었던 순경이 있었다. 주위에서 그를 송(원화) 순경이리고 불렀다. 송원화 순경은 시무룩하게 부인을 맞는 것이었다. 부인은 사정이 안 좋다는 것을 직감했다. 부인은 안달이 나서 물었다.

"저의 남편 문제를 알아보셨습니까?"

담당 송 순경이 머뭇거리며 부인의 눈치를 살핀 후에 대답했다.

"이미 죽었습니다. 어제 총살당했습니다."

그러자 부인은 기절하고 만다. 그러자 난감한 송 순경이 동료 순경을 불러 가료를 하고 물을 한 모금 먹였더니 정신은 차렸지만 온전하지 못했다. 시간이 좀 지나자 정신이 들었는지 대성통곡을 하며 울었다. 한참 울고 나서 부인이 물었다.

"무슨 죄를 지었기에 멀쩡했던 사람을 죽였습니까?"

"친척 무장대에게 양식을 주었다는 것입니다. 그것 때문입니다."라고 경찰은 미안한 표정을 지으며 대답하였다.

"저희 남편의 시신은 어디에 있습니까? 시신이라도 찾아야겠습니다."라고 부탁했다.

"시신이 어디에 있는지 나는 잘 모릅니다."라고 경찰은 퉁명스럽게 대답했다.

당시는 혼란기이고 어떤 경우는 집단 총살할 경우 가족에게 알리지도 않고 집단으로 매장하는 사례가 많았다. 부인은 사랑하는 남편의 시신을 찾아야겠다는 생각뿐이었다. 부인은 시신을 꼭 찾을 요량으로 송 순경을 붙들고 간절한 마음으로 부탁하였다.

"저희 남편의 시신을 꼭 찾아주십시오. 저희 남편은 저의 손으로 묻어주지 않으면 죽어서도 구천을 떠돌 사람입니다. 저의 남편의 영면을 위해서라도 제가 저의 손으로 묻어 혼을 달래주어야 합니다. 만일 시신을 찾지 못하면 저는 미쳐버리고 끝내는 자살하고 말 것입니다."

"사정을 잘 알겠습니다만 시신을 찾는 게 그리 쉬운 일이 아니어서요." 라고 송 순경이 약간의 여운을 남기는 대답을 하였다. 부인은 송 순경의 바짓가랑이를 붙잡고 애원하였다.

"저의 남편의 시신만 찾아주신다면 제가 경찰관님의 식모 노릇이라도 하겠습니다. 아니 죽으라면 죽기라도 하겠습니다. 뭐든지 시키는 대로, 원하는 대로 무엇이든 다하겠습니다."

이렇게 간절한 부탁의 말을 들은 송 순경도 감동하였다.

"한 번 찾아보겠습니다."

이튿날 부인이 반신반의하면서 다시 경찰서로 찾아가자 송 순경이 말했다.

"남편 시신을 찾지 못했습니다."

그러자 부인은 낙담하여 기어들어 가는 목소리로 또 애원하였다. "저의 남편의 시신만이라도 꼭 찾아주십시오. 찾아만 주시면 경찰관님의 종이라도 되겠습니다."

"찾아는 보겠습니다만 하도 여러 곳에서 동시에 처형했기 때문에 찾기가 쉽지 않습니다. 시일이 오래 걸릴 겁니다."라며 송 순경은 비관적으로 말했다.

이 말을 들은 부인은 크게 실망하여 집에 돌아왔다. 그는 시간이 걸리더라도 사랑하는 남편의 시신을 꼭 찾아서 원혼이 구천을 떠돌지 않도록 해야겠다는 각오를 단단히 했다. 그래서 부인은 남편의 시신을 찾기 위해 경찰관을 만날 수 있는 방법을 모색하던 중에 주위에서 경찰서 식당에서 밥하는 여자를 구한다는 소식을 듣고 경찰서 식당에 위장 취업하였다. 목적은 월급을 받기 위한 것이 아니고 남편의 총살형에 가담한 경찰이나 아니면 그 소재를 아는 경찰이 혹시 있지 않을까 하는 바람 때문이었다.

식당에서 일한 지 서너 달이 지났을 때였다. 우연히 식당에서 송 순경을 만났다. 식당에 전혀 오지 않던 그가 그날은 점심을 먹으러 식당에 내려온 것이었다. 서로가 깜짝 놀라 만나자마자 반가워하며 두 손을 꼭 잡고 놓을 줄을 몰랐다. 부인은 생각지도 못했는데 만났고 송 순경은 그동안 서류를 이리저리 뒤지며 부인의 남편을 수소문하여 처형 장소를 알아내었었다.

송 순경은 그 부인의 사정이 딱하고 또 인도주의 측면에서도 도와주어야 겠다는 생각이 들었다. 또한 그 부인이 워낙 미인이어서 연정도 다소 품고 있었다. 도와주고 나면 좋은 일이 생길 것도 같은 예감이 들었다. 그런데 그 부인과 연락할 방법이 없었다. 남편이 죽자 주정 공장 관사에 살던 부인이 관사를 비워주고 다른 곳으로 이사를 가버렸기 때문이다.

"부인에게 연락할 방법이 없어서 안타깝고 답답했습니다."라며 송 순경이 자초지종을 이야기하자 부인의 눈에서 감사의 눈물이 주르륵 흘러내렸다. 안 그래도 미인인데 눈물을 흘리는 부인은 더 예뻐 보였다. 송 순경은 그만 마음속으로 더 진한 연정을 느끼게 되었다.

송 순경은 말했다.
"남편의 처형 장소를 알아냈습니다. 그러나 남편의 인상착의를 모르기 때문에 남편인지 여부는 아직 모릅니다."

그 말을 들은 부인은 너무 감동을 받아 펑펑 울면서 고마운 나머지 송 순경의 손을 두 손으로 꼭 잡고 말했다.

"고맙습니다. 고맙습니다. 남편 시신만 찾아주시면 이 은혜는 죽어도 잊지 않겠습니다."

부인은 고마워서 잡은 손이지만 송 순경은 마음속으로 그 부인의 미모에 반하였던 상황이라 기분이 묘했다. 그래서 자기도 모르게 두 손으로 부인의 손을 어루만지며 말했다.

"남편의 인상착의를 알려주면 내가 먼저 가서 찾아보겠습니다."

그러자 부인은 송 순경에게 남편의 인상착의를 알려주었다. 남편의 인상착의를 메모지에 메모한 송 순경은 "내가 일단 오늘 가서 여러 구의 시신 중에 남편이 있는지 확인하고 내일 알려 드리겠습니다."라고 말하고는 자리를 떴다.

부인은 집에 돌아와 부엌에 정화수를 떠 놓게 남편의 시신을 찾게 해달라고 빌고 또 빌었다. 밤새 한잠도 못 자고 뜬눈으로 밤을 새웠다.

이튿날 송 순경이 식당으로 찾아왔다. 송 순경의 표정이 밝아 보여서 부인은 남편의 시신을 찾은 것으로 확신하고 다짜고짜 물었다.

"시신을 찾으셨습니까?"

"다행히 찾았습니다."

"저의 남편은 어디에 있습니까?"

"삼성혈 옆 동쪽 밭에 있습니다."라고 송 순경이 대답했다.

그러자 부인은 눈물을 흘리며 연거푸 "고맙습니다. 고맙습니다."라는 말만 되풀이했다. 그러자 송 순경이 친절하게도 "제가 안내해 드리겠습니다."라고 말하고는 앞장서서 걷기 시작했다.

현장에 도착해보니 시신이 여러 구가 있었다. 부인이 남편의 시신을 보자 또 혼절하여 쓰러졌다. 이미 서너 달이 지나서 시신은 부패해 있었으나 입었던 옷은 그대로였다. 양복에 흰 와이셔츠, 청색 넥타이 그대로였다. 동행한 사람들이 가료를 해주었다. 정신을 차린 부인은 시신의 옷자락을 붙들고 대성통곡을 하였다.

옷이 아니었으면 알아볼 수 없을 정도로 시신은 훼손되어 있었고 시신은 나뭇가지에 걸려 있었다. 잡목 나무 앞에 세워놓고 총살했던 것이다, 하마터면 시신을 못 찾을 뻔했는데 송 순경 덕분에 남편의 시신을 찾아 장례를 잘 치렀다. 시신 찾으러 같이 갔던 사람들이 '경찰이 호의를 베푼 것은 부인의 부부애를 높이 샀고 또 부인이 미인이기 때문'이라며 그 와중에도 뒷담화를 하였다

"여자는 일단 얼굴이 이쁘고 봐야 돼."라고 말이다.

갑자기 남편을 잃은 부인은 자나 깨나 남편 생각에 잠을 이루지 못했다. 남편의 장례를 무사히 잘 치르고 시간이 지나고 나니 뜻밖의 엄청난 충격에서 벗어날 수 있었다. 세월이 약이라는 말이 맞다는 생각이 들었다.

어느 날 밤 남편이 꿈에 나타나 아내가 어려움을 무릅쓰고 남편 시신을 찾아 장례를 정성스레 잘 치러주어서 남편은 극락에서 잘 지내고 있다는 것이었다. 잠을 깬 부인은 남편의 원혼을 달래어 줄 수 있어서 마음의 부담이 덜어진 것 같아서 마음이 가벼웠다.

어느 정도 일상을 되찾았을 때 남편의 시신을 찾아서 안내까지 해준 송 순경에게 감사의 인사를 해야겠다는 생각이 퍼뜩 들었다. 그래서 조그마한 선물꾸러미를 들고 집으로 찾아가 고맙다는 인사를 하였다.

송 순경은 노모를 모시고 살고 있었으며 인성이 착하고 약자를 돕는 반듯한 사람이었다. 송 원화 순경은 4·3 사건 당일 구엄 경찰지서에 근무할

때 산 폭도 무장대가 송 순경의 숙소를 습격하여 단창으로 여덟 군데나 찔렀으나 단창을 빼는 순간 도망쳐서 죽을 고비를 넘겨 구사일생으로 살아난 적이 있는 바로 그 순경이다. 그리고 송 순경의 부친은 4월 12일 아들이 순경이 되었다는 이유로 제주읍 오라리 집에서 무장대에게 무참하게 살해당했다. 그래서 송 순경은 누구보다도 무장대에 원한이 많이 쌓인 경찰이었다.

송 순경은 '김달삼의 인민 유격대 투쟁보고서'에 언급될 정도로 공산 무장대에서도 요주의 인물이었다.

"4월 3일 오전 2시를 기하여 구엄과 애월 양지서를 습격, 구엄지서 습격 시 악질개 송원화 집에 배치한 분대는 송을 잡고 단창으로 찔렀으나 단창을 빼자 송은 도주"라고 기록되어 있으며 이어서
"4월 12일 4인 1조로서 오라리 거주 악질 경관 송원화 부친을 숙청 후 동 가옥을 소각"하였다고 기록되어 있다.

"처음 제가 약속한 대로, 남편의 시신을 어렵사리 찾아주셨으니까, 식모 살이라도 하겠습니다."라고 부인은 말했다. 이는 그녀의 진심이었다.

"그런 약속은 안 지켜도 됩니다. 고맙지만 사양하겠습니다."라고 송 순경은 수줍은 표정을 지으며 정중히 거절하였다.

"정 그러시다면 식모살이는 접고, 집도 크고 하니 보름에 한 번쯤 들러서 집안 대청소라도 해 드리겠습니다."라고 제의하자 미인 부인을 사모하던 터라 자신도 모르게 승낙하고 만다. 승낙을 받아낸 부인은 은혜를 갚을 수 있는 기회를 얻어내서 기뻤다. 그 이후부터 부인은 송 순경 집을 보름에 한 번씩 찾아가 청소도 하고 그 순경의 연로한 모친과 얘기도 나누고 하다 보니 정이 들어 한집안 식구처럼 지내게 되었다.

남편의 3년 상을 며칠 앞두고 친정어머니가 자기 딸을 쳐다보면서 재가

할 것을 종용하였다

"너는 재가를 안 하고 청상과부로 살 거냐? 딸자식이 둘이 있지만, 아들이 있어야 네가 죽으면 제사라도 지내 줄 것 아니냐? 곧 3년 상인데 3년 상만 지나면 재가해도 주위에서 너를 탓하는 사람이 없을 것이니 잘 생각해보아라."

이번만 그러는 게 아니고 친정어머니는 소상이 끝날 때부터 재가를 언급했다.

경찰관의 어머니도 가끔 묻곤 했었다.

"재가해야지요. 청상과부로 살기에는 얼굴이 아깝네요. 남편 3년 상은 언제 끝나요?"


송 순경의 노모는 김호택의 부인을 좋아하고 마음에 들어 했었다. 드디어 3년 상이 끝났다. 부인의 마음도 일단은 가벼웠다. 그러던 어느 날 집에 대청소하러 찾아온 부인에게 송 순경의 노모가 물었다.

"부인! 남편 3년 상이 끝났지요?"

"덕분에 3년 상을 잘 치렀습니다. 3년 상을 치르고 나니 마음이 한결 가벼워졌습니다."라고 부인은 고맙다는 뜻을 담아 대답했다.

그러자 그 노모가 물었다.

"부인! 청이 하나 있소. 들어 줄라오?"

부인은 송 순경에게 남편 시신을 찾아준 은혜를 갚지 못해서 미안하던 터라, 죽으라면 죽을 각오까지 했던 사람이었기 때문에, 못 들어 줄 부탁이 없었다.

"어렵게 생각하지 마시고 말씀하십시오. 뭐든지 다 들어드리겠습니다." 라고 흔쾌히 대답했다.

그 어머니는 그래도 혹시나 거절하면 어쩌나 하면서 불안한 마음으로 입을 뗴었다.

"우리 아들하고 결혼하면 안 되겠소? 아들이 숙맥이라 부인을 사랑하면서도 표현을 하지 못하고 있는 것 같아요. 우리 아들 어때요? 내 며느리가 되어 주지 않겠소?"라고 주문하는 것이었다.

부인은 안 그래도 그런 분위기를 감지하고 있던 터이고 속으로 송 순경을 마음에 두고 있었기 때문에 흔쾌히 대답했다.

"아드님이 저를 좋아해요? 아드님만 좋다면 저는 결혼하여 이 집안의 며느리가 되겠습니다."

그 노모는 너무 고마워서 부인의 손을 두 손으로 꼭 잡으며 기뻐 어쩔 줄 몰라 했다.

"부인! 정말 고맙습니다. 나는 처음 보는 순간부터 우리 며느릿감이라고 생각했어요. 빨리 결혼해서 두꺼비 같은 아들 두엇만 낳으시오. 대가 끊겨 제사를 차릴 사람이 없을까 걱정이 되어 노심초사했었어요."

그러고 나서 그들은 곧 결혼했다. 그들은 슬하에 정말 두꺼비 같은 아들 둘을 낳았다. 그리고 그 송 순경은 김녕리에서 외할머니랑 사는 딸 둘을, 마치 자기 소생의 딸이 없어서 그런지, 친딸 이상으로 사랑하였다. 외할머니랑 같이 사는 딸 둘은 한정철의 집과 가까이 살아서 잘 아는 사이였다. 큰딸은 한정철보다 초 · 중학교 1년 선배이고 작은딸은 초 · 중학교 1년 후배였다. 송 순경은 작은딸을 경찰서에 같이 근무하는 형사와 결혼하도록 주선을 하는 등 친딸 이상으로 잘 보살펴 주었다. 한정철은 그들 어머니의 얼굴을 본 적은 없었지만 어려서부터 여러 사람으로부터 굉장한 미인이라고 들어서 잘 알고 있었다. 그리고 경찰과 희생자 부인 간의 아름다운 사랑 이야기도 들어서 잘 알고 있었다.

* * * *

이렇게 아름다운 사랑 이야기가 있는가 하면 사람들의 눈살을 찌푸리게
하는 사랑 이야기도 있다.

김녕 경찰지서에 근무하는 서북청년단 출신 남 순경이 미모의 어떤 마을
처녀를 사모하였다. 몇 번이나 청혼해도 거절당하였다. 당시는 서북청년
단 출신 경찰의 무례함 때문에 마을 처녀들이 경찰과 결혼하는 것을 싫어
했고 부모들도 딸을 그런 경찰에게 시집가는 것을 선호하지 않았다. 그러
던 차에 그 처녀는 20세의 건장한 마을 청년 김용식에게 시집을 가버렸다.
남 순경은 자기가 연모하던 예쁜 아가씨를 그에게 **뺏겼다**고 생각하여 앙
심을 품고 있었다.

1949년 3월 22일 경찰과 민보단 특공대원들이 합동으로 중산간마을 덕
천리로 토벌 작전을 나갔다. 휴식 시간에 민보단 특공대원인 마을 청년들
이 모여 앉아서 김용식에게 요즘 신혼생활이 어떤지를 물으면서 다소 진
한 농담까지 하였다. 옆에서 신혼 기분에 대하여 듣고 있던 남 순경은 부
아가 치밀어 오르고 심사가 뒤틀렸다. 남 순경은 앙심을 품고 복수의 기
회만 노리고 있었다. 그런데 그때 마침 봉홧불을 올리는데 잘못 올렸다는
이유로 남 순경이 김용식을 즉결처분해버린다. 일각에서는 총기 오발 사
고라고 둘러대었으나 총기 오발 사고도 남 순경의 변명에 지나지 않았다.
총기 오발이든 즉결처분이든 연적을 죽인 것은 사실이었다.

이렇듯 양민이 단지 경찰의 연적이라는 이유 하나만으로 경찰의 총에 맞
아 희생되는 어처구니없는 일이 발생했다. 토벌 작전도 일종의 전쟁 성격
을 띠고 있는바, 이처럼 전쟁은 불합리하니까 경찰이 우군인 특공대원을
단지 연적이라는 이유 하나로 불합리한 일을 저지른 것이었다. 4·3 사건

222 · 눈(目) 제주 4·3 사건의 실체적 진실

이라는 격동기였기 때문에 이런 사건도 그냥 묻혀서 넘어갔다. 새신랑이 연적 경찰의 총에 맞아 죽었다는 날벼락 같은 비보를 접한 새색시는 실성하고 만다. 하루아침에 청상과부가 된 새색시는 경찰을 증오하며 한 많은 세상을 살아야 했다.

또한 서북청년단 출신 경찰 강 순경이 마을 예쁜 처녀에게 반해서 처녀 문 씨의 집안을 못살게 굴었다. 그 처녀도 그렇고 문 씨의 집안 부모도 다 같이 경찰에게 시집가는 것을 반대하였다. 그런데도 그 강 순경은 비위도 좋게 자기를 싫어하든 말든 한결같이 그 처녀에게 결혼할 것을 요구하였다. 때로는 밑도 끝도 없이 몽니를 부르기도 하였다. 1년을 넘게 한결같이 결혼을 요구하며 집요하게 집을 자주 방문하자 부모가 학을 떼어 그냥 딸을 경찰에게 주어버렸다. 강 순경은 몽니를 부려 양갓집의 딸을 빼앗아 간 것, 아니 강탈한 것이나 다름없었다. 비록 이런 일이 김녕리에만 있었던 것이 아니고, 4·3 사건 동안에 제주도 다른 곳에서도 비일비재했다.

*

남로당 무장대의 북촌리 매복 작전으로 생명을 잃은 4명의 부하의 시신을 목도한 젊은 중대장이 이성을 잃고 만다. 어제도 이웃 마을 동복리에서 무장대의 매복에 걸려 4명의 부하를 잃었었다. 어제는 그래도 이성을 잃지 않고 중대장이 참고 또 참고 있었는데 오늘 또다시 4구의 부하 시신을 보자 피가 거꾸로 솟아 부하를 출동시켜 집합한 북촌리와 동복리 주민에게 복수극을 벌인다. 이것이 북촌 너븐숭이 학살이고 동복 굴왓 학살 사건이다. 뒤늦게 대대장이 달려와 총살 중지 명령을 내려서 그나마 나머지 집단 총살은 막을 수 있었다.

# 양민 집단 학살 사건

## 북촌리 너븐숭이 양민 학살 사건

1949년 1월 17일 추운 겨울날에 군용차량 1대가 구좌읍 월정리에 있는 구좌중앙초등학교에 주둔해 있던 군인 약간 명을 싣고 함덕리에 있는 대대본부를 향해 달리고 있었다. 군용차에는 월정리 여성 주민 1명과 김녕리 여성 주민 1명 등 민간인 2명도 함께 타고 있었다.

아침 일찍 북촌 출신 청년 이집사 등 여럿이 모여 매복 작전에 대한 구수 회의를 가졌다. 위치는 동복리를 지나 북촌리 마을 어귀 '마가리' 동산 고갯길 숲속이었다.

매복해 있던 한 청년이 "오늘 아침 일찍 월정리에 주둔하고 있는 군인들이 군용차에 탑승하여 함덕으로 온다는 정보가 있습니다."라고 말했다.

그러자 우두머리 격인 이집사가 "그동안 미루어 왔던 매복 작전을 오늘 실행에 옮긴다. 그러니 준비를 철저히 하여야 한다. 우선 도로상에 지금 당장 큰 돌덩어리로 장애물을 설치하라. 도로 폭이 좁으니까 차가 통과할 수 있는 공간을 두고 돌덩어리를 설치하라."라며 구체적으로 지시했다.

그러자 대원 4명이 내려가 큰 돌덩어리를 끙끙거리며 운반하여 길을 연하여 20m 간격으로 세 군데에 설치했다. 그래 놓고 버스가 통과하는 것을 보았는데 속도가 확실히 줄어드는 것이었다. 그 정도의 속도라면 군용차를 얼마든지 저격할 수 있다는 자신감이 생겼다.

매복 준비를 다 끝내놓고 대기하고 있는데 이집사의 아내가 아침밥을 갖고 숲속으로 찾아왔다. 여기 대원의 아내들이 마을에 모여서 정성스럽게 만든 아침밥이었다.

우두머리 이집사가 자기 아내를 쳐다보며 강조하였다.

"오늘 우리가 여기에서 군인이 탄 차를 공격할 것이오. 우리의 적 군인들을 오늘 확 쓸어버려야 하오. 군인들이 죽으면 분명 함덕에 주둔해 있는 군인들이 마을에 들이닥쳐 마을 주민에게 복수극을 벌일지도 모르니 총소리가 나면 대원 가족들에게 연락하여 안전한 곳에 숨든지 멀리 도망가시오. 혹시 군인들이 집합시켜도 그 말을 절대 믿지 마시오. 마을에 내려가자마자 바로 전달하시오."

"그렇게 전할게요. 그나저나 군인이 탄 차가 안 왔으면 좋겠네요."라고 그의 아내는 대답하고는 종종걸음으로 마을로 내려갔다.

아침 식사를 막 끝내자 멀리서 자동차 소리가 들렸다. 100m 떨어져서 망을 보던 대원이 손을 들어 군인이 탄 차가 다가오고 있다는 신호를 보냈다. 드디어 장애물 내에 들어오더니 차의 속도가 확 줄어 엉금엉금 걸어가는 속도였다.

이때 두목 이집사가 큰 소리로 명령을 내렸다.

"사격 개시!"

명령이 떨어지자마자 무장대 일당이 군용 트럭을 향해 일제히 기습사격을 가했다. 총구에서 일시에 불을 뿜었다. 조용하던 어촌에 총소리가 요란하였다. 이 매복 작전은 오래전부터 도모하고 있었던 계획이었다. 무장대의 기습사격으로 군인 4명(이순범, 이영준, 김선락, 최하중)이 즉사하고 김녕리 출신 여성 주민 1명도 그 자리에서 죽었다.

김녕리 출신으로 무장대의 총에 맞아 죽은 여성은 66세의 김갑봉 할머니였다. 함덕리에 볼 일이 있어서 정거장에서 차를 기다리던 중에 마침 군용차가 지나가자 손을 들었더니 군인들이 고맙게도 태워줘 오늘 공짜로 함덕까지 갈 수 있다는 기쁨도 잠깐, 비운의 사자(死者)가 되어 버렸다. 김갑봉할머니는 한정철과 촌수가 먼 친척 한대영의 외할머니였다. 한정철은 한대영의 어머니로부터 "북촌에서 산 폭도의 매복에 걸려서 우리 어머니가 돌아가셨어. 그리고 군인들의 보복으로 사람이 많이 죽어 북촌에는 한날한시에 집집 마다 제사를 지낸단다."라고 말해 주어서 알게 되었다. 또한 "월정리 출신 여성은 기적으로 살아남아서 해안을 따라 월정리에 무사히 도착했다."라고 말했다. 그래서 한정철은 그때부터 북촌 너븐숭이 양민 집단 학살 사건에 대하여 관심을 두게 되었다.

당시 군인들은 북촌 지역을 지날 때는 항상 긴장하여야 했다. 그날도 이 일병이 옆자리에 앉은 전우 김 일병에게 말했다.
"나는 북촌만 지날 때는 항상 등골이 오싹해요. 이 마을은 성분이 좋지 않은 청년이 많다는 거예요."
그러자 옆 전우 김 일병이 대꾸했다.
"경찰에게는 적개심을 가졌을 수도 있을지 모르겠지만 군인을 그렇게 나쁘게 보겠어요?"

이 일병이 그렇게 말을 하는 데는 이유가 있었다.

1948년 6월 16일 우도를 떠나 제주읍 산지 항으로 향하던 돛단배가 역풍을 만나서 북촌 포구에 일시 피항했을 때 북촌 자위대 공산당 청년들이 승선하여 경찰관 2명을 끌어내어 총을 빼앗고 살해하였다. 우도 지서장의 시신은 3일 후에 연북정이 위치한 조천 해안에서 발견되었다. 지서장의 다리에 새끼줄로 돌덩어리를 묶고 수장시켰던 것이었다. 그런데 그 새끼줄이 끊어져서 물 위로 시신이 올라온 것이었다. 나머지 순경 한 명은 북촌의 야산 통물 근처 구렁텅이에 유기되어 있었다. 이뿐만 아니라 그날 경찰 가족 등 10여 명을 납치한 적이 있는 위험한 지역이었기 때문이다.

나중에 납치되었던 10여 명은 경찰에 의해 구출되었다. 그래서 군인들은 긴장 상태를 유지하며 유사시 응사할 수 있도록 준비를 단단히 하고 있었지만, 기습사격에는 당할 재간이 없었다.

이 비보가 함덕리에 위치한 중대본부에 전달되었다. 북촌리 마을 원로 9명이 군인의 시신 4구를 수습하여 들것에 실어 중대본부에 도착하였다. 전우의 시체를 본 중대원들은 눈이 뒤집혀서 경찰 가족 1명만 빼놓고 8명을 그 자리에서 죽여버렸다.

전날 동복리에서 무장대의 매복으로 부하 4명을 잃은 중대장은 피기 거꾸로 솟아 분노를 겨우 참고 있었는데 오늘 4구의 부하 시신을 또 보게 되자 눈이 뒤집혀 피가 거꾸로 솟았다. 중대장은 거의 미칠 정도로 분노를 느껴 도저히 참을 수 없었다.

복수의 감정에 북받친 중대장은 바로 비상을 걸어 "중대는 완전 무장하고 사고 발생지인 북촌리와 동복리를 향해 지금 출발한다."라고 지시하고 함께 식식거리며 출발했다. 시간은 오전 11시쯤이었다. 1개 소대는 매복지역을 수색하게 했다. 매복지역에서는 무장대가 그날 먹었던 밥그릇 등이 발견되었다. 밥그릇과 숟가락 숫자로 보아 얼추 10여 명은 되었다. 주위를 수색했으나 공산 도배 무장대는 이미 도망가고 사라진 뒤였다.

북촌리 출신의 무장대들의 소행임을 확신한 중대장은 2개 소대를 동원하여 "북촌리 주민 전부를 북촌초등학교 교정에 집합시키도록 하라."고 명령하였다. 매복지 수색에 참여했던 1개 소대는 계획한 대로 동복리 주민에게 보복하기 위하여 바로 지척인 이웃 마을 동복리로 출발하였다.

그리고 나서 군인들은 총을 어깨에 메고 북촌 마을 집마다 돌아다니면서 "초등학교에서 연설회가 있으니 모이시오."라고 독촉하였다. 경찰이나 민보단원 청년이 아니고 군인들이 집합을 독촉하는 것이 다소 이상했지만 그동안 3·1절 행사나 8·15 광복절 행사를 학교 운동장에서 모여서 치르던 터라 주민들은 별다른 의구심 없이 학교 교정으로 모여들었다. 얼추 1,000여 명이 초등학교 교정에 모였다.


그때 카빈 소총을 옆구리에 올려놓은 젊은 중대장이 운동장 교단에 올라가 비장하고 화가 잔뜩 난 목소리로 명령하였다.

"민보단장과 민보단원들은 앞으로 나오시오."

그러자 겁에 질린 민보단장과 민보단원 19명이 교단 앞으로 나갔다.

"오늘 아침 군인 4명이 공산 폭도의 매복에 걸려 죽었다. 이는 여기에 있는 민보단장과 민보단원이 북촌리 마을 방호에 실패한 결과이다. 그 책임을 묻지 않을 수 없다."라고 외쳤다.

그는 이어서 부하에게 명령하였다.

"민보단장만 남기고 나머지 단원은 끌고 나가."

부하들은 민보단원 18명을 너븐숭이로 끌고 가 사살하였다. 약 1개월 전인 1948년 11월 16일에도 마을 방호에 실패했다는 이유로 민보단원 24명을 산으로 끌고 가 총살한 적이 있었다.

부하들이 민보단원을 끌고 나간 뒤 중대장이 민보단장을 쳐다보며 "민보단장은 오늘의 책임을 통감하시오."라고 말을 끝내자마자 민보단장 장운관을 마을 사람들이 운집하여 보는 앞에서 즉결 처형해 버린다. 마을 사람들은 미간을 찌푸리며 동요하기 시작한다.

군인들은 어린아이들을 일으켜 세워서 "여기 빨갱이가 누구인지 가리켜 봐!"라며 여러 어린이에게 종용하며 물어보았다. 어린이들은 군인들이 묻는 말을 이해하지 못하고 눈만 말똥말똥 굴렸다. 매복했던 무장대는 이미 산 쪽으로 내뺐고 그의 가족들도 이미 보복이 있으리라는 것을 예상하고 피신한 상태였다. 그러니까 오늘 학교 운동장에 모인 주민은 순수한 양민들뿐이었다. 약 400가구의 북촌리 마을 주민 1,000여 명이었다.

"군인 가족이 있으면 앞으로 나오시오. 북촌리장은 군인 가족이 맞는지를 똑똑히 가리시오."라고 중대장이 엄명을 내렸다. 그러자 주민 20여 명이 우르르 몰려 나갔다. 집안에 군인 간 아들이 있으면 그 부모와 형제뿐만 아니라 사촌까지도 몰려 나갔다. 이장은 분위기가 심상치 않자 사촌까지를 형제지간으로 간주하여 눈감아주었다.

중대장이 다시 "경찰 가족이 있으면 앞으로 나오시오."라고 명령을 내리자 이번에는 15명 정도가 앞으로 나갔다.

중대장은 다시 "공무원 가족이 있으면 앞으로 나오시오."라고 명령을 내렸다. 이번에는 30여 명 정도가 앞으로 나갔다. 이때 눈치가 빠른 사람들은 공무원 가족이 아닌데도 그 이웃에 살고 있다는 이유로 이장에게 눈감아달라고 눈짓하며 앞으로 나가 떼죽음을 모면한 영특한 사람들도 있었다.

이때 아기를 안고 있던 한 젊은 아낙이 교문 쪽에 서 있다가 저리로 가면 살 것 같아서 공무원 가족이 모인 쪽으로 줄달음을 치자 경계를 서 있던 군인이 총을 겨누더니 방아쇠를 당겼다. 그러자 그 아낙은 그 자리에 쓰러지고 만다. 머리에 선혈이 낭자하더니 곧 숨을 거두었다. 아기는 죽어서 쓰러진 엄마가 젖을 먹이려고 누운 것으로 착각하고 엄마의 젖을 빨기 시작했다.

교정에 모인 주민들이 도망을 가지 못하도록 2개 소대 병력이 총에 대검을 꽂고 에워싸서 경계하고 있었다. 주민들은 독 안에 든 쥐나 다름없었다.

중대장은 소대장에게 명령을 내렸다.

"사전에 계획한 대로 시행하라."

주민들은 이 말이 무슨 뜻인지 몰랐다. 이는 약 40여 명씩 잘라내어 '너븐숭이 옴팡밭'으로 끌고 가서 총살하라는 지시였다. 군인들의 삼엄한 경계 속에 소대장과 군인들은 학교에 비치되어 있던 장대 2개를 연결하여 주민 40여 명을 잘라내며 "지금 함덕으로 소개하려고 격리하는 것이다."라고 거짓말로 주민을 속인 뒤에 함덕 방향에 있는 너븐숭이로 끌고 가는 것이었다. 주민들은 함덕으로 소개한다는 말을 철석같이 믿고 끌려갔는데 군인들은 너븐숭이에 다다르자 옴팡밭으로 주민들을 밀어 넣은 다음 남녀노소 가리지 않고 총을 난사하여 학살하기 시작했다.

이때 학교 교정에 있는 주민들이 조금 멀리서 '따따따····' 총소리를 들었지만 자기네 마을 주민을 군인들이 총으로 쏘아 죽이는 줄은 꿈에도 몰랐다. 가까운 거리였지만 총소리가 울창한 소나무 숲에 가리어서 그렇게 요란하게 들리지 않았다.

제1조의 집단 총살이 끝나자 제2조가 아까와 똑같이 또 40여 명이 장대에 잘리어 처형장으로 향했다. 이어서 제3조와 제4조가 각 40여 명이 장대에 잘리어 처형장으로 향했다.

너븐숭이에서 이렇게 처절한 주민 처형이 이루어지고 있을 때 1개 소대 (화기 소대) 병력은 마을로 내려가 아직도 학교 교정에 모이지 않은 주민을 모이도록 독려하는 한편 횃불을 들고 다니면서 주민의 초가집에다 불을 지르기 시작했다. 사람도 죽이고 집도 불태우는 글자 그대로 천인공노할 초토화 작전을 수행하였다. 북촌리는 이렇게 아비규환이었고 아수라장이 되었다.

40여 명씩 잘리어 처형장으로 끌려가는 주민 중에는 간간이 어린이의 손을 잡은 아낙들도 있었다. 아무런 증거 하나도 없이 무고한 마을 주민을 단지 북촌 출신 무장대가 매복하였다가 군인을 살해했다는 이유 하나만으로 북촌리 주민에게 연대책임을 물어 학살을 자행한 것은 하늘이 용서하지 않을 일이다.

제4조의 처형이 끝나자 40여 명 단위로 제5조가 아까 같이 또 처형장으로 끌려갔다. 뒤이어 제6조, 그리고 제7조가 똑같은 방법으로 끌려가서 처형당했다.

드디어 제8조가 처형장을 향해 교문 밖을 나설 때는 오후 늦은 시간이었다. 교문을 나서는데 죽은 엄마의 젖을 물고 빨고 있는 아기를 보았다. 엄마는 비록 죽었지만 체온은 아직 따뜻한지라 엄마가 죽은 줄도 모르고 그 아기는 배가 고파서 엄마의 젖을 빨고 있었다. 시간이 지나면서 엄마의 젖이 식어간다는 것을 어린 아기도 느꼈겠지만 식어가는 젖이 엄마의 죽음 때문이라는 것을 그 젖먹이 아기가 알 턱이 없었다.

제8조로 끌려온 주민들 몇몇은 교문에서 죽은 아낙을 보고, 또 옴팡밭에 총살당한 주검을 보고 난 후여서 놀란 나머지 처형장 옴팡밭으로 들어가지 않으려고 하자 군인들은 그 자리에서 주민 몇 명을 사살하였다. 그러자 마을 주민들은 두려워서, 몇 초 후에는 뻔히 죽을 줄 알면서도, 옴팡밭으로 들어가는 것이었다. 이게 인간의 심리인가. 이미 3개의 옴팡밭에는 시신이 즐비하게 널려 있었고 어떤 곳은 시신이 포개져 있기도 했다.

이제 막 끌려온 제8조에는 당시 9살 된 초등학생 여자 어린이 고완순(현재 85세, 북촌리 노인회장 역임)이 어머니의 손을 잡고 처형을 기다리고 있었다.

지금 80대인 고완순 노인회장은 "옴팡밭에는 이미 시체가 널브러져 있었고 붉은 피가 흘러 흙은 까만색으로 변해 있었다. 겨울철이라 흥건하게 흐른 피가 살짝 얼어서 햇빛이 비치자 유리처럼 빛났고, 햇빛이 구름에 가리면 없어졌다가 또 햇님이 나오면 유리처럼 빛나기가 반복되었다."라고 당시를 회상했다.

이어서 그 소녀는 "그 시체 옆에 앉아 있다가 일어서려고 땅을 짚었는데 물컹한 것이 손에 잡혀 손을 보니 빨간 피가 묻어있어서 소스라치게 놀란 나머지 앙! 하고 울음을 터뜨렸었다."라고 회고했다.


제8조 40여 명이 처형장에 도착하여 옴팡밭으로 들어가라는 군인들의 지시가 떨어져 주민들이 옴팡밭으로 거의 다 들어갔을 때 군인 차 1대가 '삐익!' 하고 소리를 내며 급정거하더니 갑자기 "사격 중지! 사격 중지! 사격 중지!·····"라고 고함을 지르며 어떤 군인이 처형장으로 달려왔다. 알고 보니 대대장이었다.

상기된 대대장 정준철 대위는 헐레벌떡 뛰어와 권총을 뽑아 들고 부하 군인들을 보며 "이놈들아! 누가 죄 없는 주민을 죽이라고 했어? 중대장 어디 있어?"라고 고함을 질러대며 중대장이 옆에 있으면 바로 쏘아죽일 태세였다. 절체절명의 순간에 구세주나 다름없는 대대장이 나타나서 황천길의 지옥문 앞에까지 갔던 고완순 어린이와 제8조 40여 명의 주민이 기적적으로 살아났다.

그리고 북촌초등학교에 모여 있던 나머지 수백 명의 북촌리 주민의 목숨을 건졌다. 대대장이 좀 더 일찍 왔더라면 주민들의 희생을 일찍 막을 수 있었을 터인데 그렇지 못해서 아쉬움이 너무나 컸다.

  정준철 대대장이 현장에 그렇게 늦게 도착한 이유는 제주 읍내에서 열리는 토벌 작전 회의에 참석하느라고 함덕리 소재 대대본부에 없었기 때문이었다. 대대장은 군인들이 북촌리 주민을 학살하고 있다는 사실을 전혀 모르고 있었다. 그런데 제주 읍내에서 학살 사건을 보고 받고 부랴부랴 현지로 달려 온 것이 제8조 주민 40여 명을 총살하기 바로 직전이었다. 그날 제7조까지 처형된 총 인원은 약 270명에 달한다. 4·3 사건 기간에 기록된 마을 단위별 단 하루 동안 희생자 수효 면에서 최고의 희생 기록이다.

  승호가 정철에게 물었다.
  "대대장이 늦게 도착해서 안타깝지만 늦게라도 왔으니 망정이지 그렇지 않았더라면 희생이 더 늘뻔했네. 그런데 대대장은 어떻게 알고 비록 늦었지만 처형 현장에 나타날 수 있었지?".
  "대대장에게 학살 사건이 보고된 경위는 북촌리 초등학교 교정에 집합했다가 경찰 가족으로 인정받아 학살을 면했던 경찰 가족 중 한 사람이 너븐숭이에서 나는 총소리를 듣고 학살이라고 이상하게 생각하여 자기 아들이 근무하는 함덕 경찰지서로 걸어가서 신고하면서부터 시작이 되었어. 보고 받은 함덕 경찰에서는 큰일이 났다고 판단하여 대대장과 직접 통화하려고 했지만, 통신수단이 원활하지 못해 제주 읍내 회의에 참석 중인 대대장과 통화하는 데 시간이 오래 걸렸지. 때마침 지서에 함덕리 대동청년단장 한재원이 자리하고 있었어. 한재원 대동청년단장과 대대장 정준철하고는 막역한 사이였어. 경찰이 대대장과 전화가 연결되자 한재원 대동청년단장이 전화기를 건네받고서 '대대장님! 한재원 대동청년단장입니다. 북촌리에 큰일 났습니다. 군인들이 주민을 막 쏴 죽이고 있습니다. 빨리 오셔서 중단시켜 주십시오.'라고 다급하게 말했어. 그래서 전화를 끊자마자 전속력으로 달려온다는 게 그렇게 늦었던 것이야."라고 정철은 자초지종을 소상하게 설명하였다.

대동청년단장 한재원이 메이지(明治: 명치) 대학 재학 중에 1944년 학도병으로 입대하여 일본 관동군 견습사관으로 근무할 때 정준철 대대장은 병사로서 같이 근무하였었다. 해방이 되어 헤어졌다가 우연히 제주도에서 상봉하게 된 것이다. 이번에는 신분이 뒤바뀌어 있었다. 일본 관동군 졸병이 대대장이 되고 일본 관동군 견습사관 장교는 대동청년단장으로서 군과 경찰의 지시를 받는 처지였다. 그러나 한재원이 워낙 인품이 훌륭해서 정준철 대대장은 함덕에서 한재원을 형님으로 깍듯이 모시고 있었다. 대대장이 한재원 대동청년단장에게 부대의 권총을 한 자루 주어 차고 다니도록 배려할 정도였다.

한재원은 대대장에게 제주 주민을 함부로 처형하지 못하도록 자주 조언을 해주었다. 그래서 대대장은 한재원 때문에 제주 도민에게 매우 우호적이었다. 한재원은 김녕지서장 한재길 경위의 동생이며 부친이 성산포에서 주정 공장을 소유하고 있어서 부자였고, 그래서 아들들을 일본에 있는 대학으로 유학을 보낼 수 있었다. 한재원은 후에 도의원을 역임한 존경받는 제주의 원로였다.

한재원은 도의원 시절 1960년 6월 8일 개최된 도의회에서 4 · 3 사건으로 인한 양민 학살 사건에 대한 시 · 군 단위로 조사한바, 의원들로부터 보고가 있었는데, 북제주군을 담당한 한재원(韓在源) 의원은 "북촌에서 387명이 학살당한 것을 비롯해 동복리 양민 학살 85명과 전 부락이 전소된 사건 등이 있었다."라고 처음으로 폭로하기도 했던 인물이다. 학교 교정에 모였던 군인, 경찰, 공무원 가족과 제8조로 편성되어 기적적으로 살아남은 마을 주민들과 나머지 주민들은 함덕리로 소개되었다.

그런데 이렇게 소개된 주민 중에 30여 명이 불순분자로 낙인찍혀서 이튿날 함덕리 해안에서 또 처형되었다. 그러니까 '너븐숭이' 집단 학살 270여 명에 추가로 함덕 해안 희생자 30여 명을 합치면 300여 명의 희생자가 발생하였다. 너븐숭이 4 · 3 기념관에 북촌리 4 · 3 희생자가 총 462명으로 등록되어 있는데 이는 집단 학살 얼마 전에 처형된 민보단원 24명의 희생자와 형무소 행방불명자 80명 기타 58명을 포함한 숫자이다.

함덕리에 소개되었던 북촌리민들은 당장 시신을 수습해야 했다. 시신을 찾는데도 여기저기 흩어져 있어서 애를 먹었다. 몸은 하나인데 거두어야 할 시신은 이리저리 흩어져 있었다. 아버지는 당팟에서 죽어 있다 하고 누이는 너븐숭이에 있다 했다. 또 총각인 외삼촌의 시신은 댓질 옴팡밭에서 보았다고 했다.

그나마 시신을 찾은 사람은 윗도리를 벗어 얼굴을 감싸고 흙이나 덤불 더미로 덮어 날까마귀들의 범접을 피하게 하여 시신이 훼손되지 않도록 조치하는 것이 급선무였다. 살아남은 사람들은 당장 장례를 치를 여건도 되지 않아 발만 동동 굴릴 수밖에 없었다. 정말로 그들은 허무한 죽음이었다.

그런데 처형 당시 북촌초등학교 교문에서 마지막으로 보았던 엄마의 시신은 발견되었지만 죽은 엄마의 젖을 빨던 그 젖먹이는 발견할 수 없었다. 실제는 그 광경을 본 한 여인은 제8조에 속했던 아낙으로서 젖먹이를 보고 퍼뜩 자식을 못 낳는 자기 여동생 부부가 생각났다. 죽음을 앞둔 순간에도 저 고아가 된 저 아기를 동생이 양자로 들였으면 하는 마음을 갖고 있었다. 그런데 자기는 죽게 되었으니 부질없는 생각이라고 치부하고 말았었는데 기적적으로 살아나서 함덕으로 소개되자 바로 동생을 찾아가서 자초지종을 이야기했다.

그 말을 들은 여동생 부부는 부처님이 주신 선물일지도 모른다는 생각에 바로 그날 초저녁에, 시체가 쌓인 무서운 너븐숭이 처형장을 지나 북촌초등학교 정문에 가서 그 젖먹이 아기를 구출해 왔다. 마침 그 젖먹이 아기가 울고 있어서 쉽게 발견할 수 있었다. 그러고는 그들 부부는 언니에게 비밀로 했다. 자기들이 낳은 자식으로 위장하기 위한 묘책이었다.

그런데 그 언니는 처형장에서 구사일생으로 살아나 혼이 완전히 빠진 공황 상태에서 자기 동생에게 그 말을 한 것을 새까맣게 잊고 있었다. 그래서 그 언니는 아기가 감쪽같이 없어진 게 이상하다고만 생각했지 자기가 여동생에게 그 말을 한 것을 완전히 잊고 있었다. 그래서 그 죽은 엄마의 젖을 빨던 아기는 여동생 부부의 진짜 자식으로 환생한 것이었다. 그 부부는 북촌 출신이었다.

남편이 학살지역에서 구출한 아기를 보며, 부인에게 하소연하였다.

"산 폭도가 군인만 죽이지 않았더라면 군인들의 양민 학살이 없었을 것이고 이 아기는 자기 어머니 품에서 고이고이 잘 자랄 수 있었을 텐데 정말 안타깝구려."

그러자 부인이 "그런데 당신은 누가 나쁘다고 생각해요?"라며 단도직입적으로 물었다.

"그야 군인들이 잘못이지요. 무고한 양민을 무참히 죽였으니까요."라고 남편이 대답했다.

"그러나 당신은 조금 전에 '산 폭도가 군인만 죽이지 않았더라면'이라고 단서를 단 것을 보면 산 폭도가 책임이 더 크다는 뜻으로 들리는데, 그래요?"

"아! 그 말은 인과율(因果律)이라고 즉, 원인이 없는 결과는 없다는 뜻인데 양민 학살은 산 폭도가 먼저 군인을 사살했기 때문이었다는 말이지요."라고 남편이 대답했다.

"그렇게 원인을 따져 나간다면 산 폭도는 왜 출현한 것이죠? 경찰의 좌익 활동에 대한 탄압 때문이라고 하던데요?"라고 부인이 대꾸했다.

"그런 논리는 '닭이 먼저냐 달걀이 먼저냐'라는 끝없는 논쟁만 일으키지 않나요? 그러니까 문제를 해결하려면 최종적인 결과와 바로 그 직전 원인을 따져보고, 그래도 안 풀리면 그 원인의 원인은 무엇이었는지 역순으로 따져서 문제를 해결하려고 노력해야 발전이 있는 것이지 '닭과 달걀 논리'에만 의존하면 문제 해결은 요원하지요. 끝내는 사람이 사람을 학살했으니 원인은 사람을 창조한 조물주의 책임으로 돌려야 되겠네요."라고 남편이 웃으며 대꾸했다.

"그렇다면 당신의 논리대로 우리 마을 북촌리 학살 사건을 한번 해명해 보세요."라고 부인이 못마땅한 표정을 지었다.

"발단은 군인 4명이 산 폭도의 매복으로 죽은 것이지요. 바로 그 전날 동복리에서도 군인 4명이 산 폭도의 매복에 걸려 죽었지요. 그 전날에는 노련한 대대장과 젊은 장교와 군인들이 이성을 가지고 울분을 참고 있었는데 이튿날 또다시 부하의 시신이 눈앞에 놓이자 피 끓는 젊은 중대장은 그만 이성을 잃어버리고 총을 들고 복수의 길에 나섰다는 생각이 드네요.

전쟁터에서 민간인을 죽여서는 안 된다는 국제법도 소용이 없었지요. 법은 멀고 주먹은 가깝다고 그들은 이성을 잃고 본능적으로 행동했지요. 전쟁터에서 전우의 피를 보면 자신도 모르게 눈에 핏발이 서서 보이는 게 없다는 거예요. 그래서 전우의 피를 보면 조건반사적으로 죽을 줄 알면서도 돌격하게 되고 그 결과 고지를 점령한다는 거예요."라고 남편이 설명했다.

"제가 드리고 싶은 말은 군인들이 복수를 해야겠다는 각오를 가졌다면 그 남로당 무장대를 토벌할 일이지 왜 만만한 양민을 모아놓고 학살했느냐 이 말입니다. '남정네가 관에 가서 뺨 맞고 집에 돌아와 계집 치는 것'과 뭐가 다르냐 이 말입니다. 이는 하수(下手) 중의 하수예요. 국가 권력을 그렇게 만만한 사람에게 앙갚음하듯 행사하는 것은 옳지 않아요."라고 부인이 남편에게 반박했다.

"그것은 합리적인 상황일 때나 있을 수 있는 일이고 전쟁은 본래 불합리한 것이에요. 죽고 죽이는 전쟁터에서 합리성을 찾지 마시오. 오직 정글의 법칙인 약육강식만이 작동하는 곳이 전쟁터라오. 그러니까 젊은 중대장과 군인들은 각각 부하와 전우의 시체 8구를 보고 나니 눈이 뒤집혀서 당장 복수의 길에 나선 것이지요. 마을로 들어가 무장대를 색출했지만 나오지 않자 울분을 참지 못하고 그만 연대책임을 물어 애꿎은 양민만 학살했던 것이오. 그들은 북촌리를 전쟁터로 착각한 것이지요. 이러한 일이 앞으로도 계속 반복될 텐데 방지책을 강구해 나가지 않으면 안 된다는 것을 강조하고 싶어요. 그래서 군대에서 생명 중시와 인권 존중을 젊은 군인들에게 부단히 교육해야 합니다. 전쟁터에서도 휴머니즘(인류애) 교육이 필요하지요."라고 남편이 자기의 소신을 피력했다.

"그렇지만 그 와중에 대대장이란 사람이 달려와 사격 중지 명령을 내렸으니 망정이지 그 대대장이 만일 안 나타났더라면 북촌리 사람 1,000여 명이 거의 다 죽을 뻔했어요."라며 그래도 불행 중 다행이라는 뜻으로 부인이 말했다.

"바로 그것이지요. 계급이 높은 사람은 경험이 풍부하고 참을성도 있어서 이성을 가지고 충동적인 행동을 하지 않지만 젊은 장교는 젊은 혈기에 이성을 잃고 충동적으로 행동합니다. 당시 노련한 대대장이 옆에 같이 있었더라면 학살이라는 불행한 일은 아예 없었을 텐데 젊은 장교들만 있었다는 것이 문제였지요. 그래서 집안이나 군대뿐만 아니라 그 어떤 조직에서도 어른이 있어야 하는 법입니다."라고 남편이 논쟁에 종지부를 찍었다. 그러나 부인은 남편의 설명이 마뜩잖은 듯이 뒷머리를 긁적이며 아기를 안고 자리를 떴다.

시신이 쌓였던 3개의 옴팡밭에서는 그 이후 사오년간 농사를 짓지 못했다. 우선 그 밭에만 들어서면 당시의 사살 장면의 악몽이 떠오르고, 혹여 호미로 김을 매다가 탄환 납덩이가 걸려 나오면 당시 죽은 원혼이 맴도는 환청 때문에 도저히 농사를 지을 수 없었다. 게다가 선혈이 낭자했던 것이 거름이 되어 곡식을 키웠다고 생각하니 도저히 수확한 것을 양식으로 먹을 수가 없어서 더욱 농사를 짓지 못했다.

여기까지 북촌리 양민 학살에 대하여 들은 승호는 정철에게 물었다.

"정철, 1949년 1월 양민 학살 이후에 북촌리에서 소위 '아이고 사건'이 있었다던데 그게 양민 학살과 무슨 관련이 있지? 당시 그 사건으로 북촌 사람들이 경찰지서에 불려가서 조사도 받았다고 하던데 그게 도대체 무슨 사건이야?"

"아, 그거 그렇게 심각한 문제는 아닌데 경찰이 북촌초등학교에 장례 상여팀이 '꽃놀림'을 하던 중에 북촌 양민 학살 희생자를 위하여 곡(哭)을 한 번 하자고 해서 술 한 잔을 올리며 '아이고, 아이고'라고 곡(哭)을 한 것인데 경찰이 뒤늦게 알고 조사를 벌였던 사건이야. '자라 보고 놀란 가슴 솥뚜껑 보고 놀란다'는 속담처럼 말일세. 별것도 아닌데 경찰이 과잉 반응을 보인 사건이지. '도둑이 제발 저린다'고 경찰의 과민 반응이라고 보면 돼."라고 정철은 덤덤하게 대답했다.

'아이고 사건은' 군대에 갔던 북촌 청년이 죽었는데 상여를 메고 '꽃놀림'

을 하면서 시작된다. 예로부터 북촌 마을에는 젊은 청년이 죽으면 장례를 치르기 전날 그의 넋을 위로하고 기리기 위하여 꽃놀림을 하는 풍습이 있었다. 6·25 전쟁은 끝났지만 4·3 사건은 아직 끝나지 않은 1954년의 일이다. 군대에 갔던 김석태 청년이 순직했다는 비보가 전해지자 온 동네 사람들은 애석한 마음을 금할 수 없었다.

젊어서 죽은 것이 너무 억울하니 어렸을 때 뛰놀던 곳에서 한 번 더 놀고 가라고 그날도 마을의 곳곳을 꽃상여를 메고 한 바퀴 도는 꽃놀림 행사를 하였다. 북촌초등학교에 꽃상여가 도착하자 꽃상여를 내려놓고 제를 지내는데 주위에서 누군가 4·3 사건 때 죽은 영혼에게도 술을 한잔 올리며 곡을 한번 하자고 제안하자 모두가 '아이고, 아이고'라며 곡을 하였다.

이처럼 나중에 곡을 한 것이 아직도 4·3 사건에 대하여 원한을 품고 있는 것은 아닌지 우려한 끝에 경찰이 당시 이장을 불러 다시는 이런 일이 없도록 하라는 시말서를 쓰게 한 것이 소위 북촌리 '아이고 사건'이다. 당시는 이렇게 슬퍼도 슬프게 울지도 못하는 세상이었다.

한편 북촌 초등학교 정문에서 죽은 엄마의 젖을 빨던 아기는 자식을 낳지 못하는 부부에게 구출되어 잘 양육되었으나 천수를 누리지 못하고 22세의 나이로 요절하고 만다.

또한 당시 9세의 소녀였던 고완순(80) 전 노인회장은 2019년 6월에 미국 뉴욕 소재 UN을 방문하여 제주 4·3 UN 인권심포지엄에 참석하고서는 4.3사건의 진상을 눈물로 증언하여 큰 반향을 일으킨 바가 있다. 그녀는 남동생과 이모 등 6명의 가족을 잃었으며 북촌리 4·3희생자 유가족 대표이다.

# 동복리 굴왓 양민 학살 사건

1949년 1월 17일 북촌 너븐숭이 양민 집단 학살이 자행되던 같은 날 동복리에서도 86명의 양민을 집단으로 총살하는 사건이 벌어진다. 아침 일찍 무장대에 의해 북촌리 어귀 '마가리' 동산에서 매복 작전으로 군용차량에 탔던 군인 4명이 죽었다. 그리고 바로 전날 1월 16일 오후 대대본부가 있는 함덕리에서 구좌면 월정리를 향하여 달리던 군용차량이 동복리와 김녕리 사이에 위치한 '개여물' 동산에서 무장대 매복조의 기습공격으로 군인 4명(김원식, 김건조, 김현수, 박현수)이 전사하고 민간인 운전사 1명이 죽는다.

이날 정오쯤에 아홉 살배기 김건상 어린이가 그의 아버지와 함께 소를 몰고 밭으로 가는데 한라산 무장대로 보이는 산 사람(산 폭도) 30~40명이 산에서 '개여물' 동산으로 내려오는 것을 멀리서 보았다. 아들 김건상 어린이가 무서워서 "아부지! 저것들 산 폭도 담쑤다(산 폭도 같습니다). 모수완 죽어지쿠다(무서워 죽겠습니다.)"라고 말했다. "건상아! 그쪽으로 얼굴 돌리지 말고 못 본 척하고 앞만 보고 걸어라."라고 아버지가 엄하게 말했다.

그러자 아들이 아버지에게 재차 물었다.

"아부지! 경찰에 신고해야 되는 거 아니우꽈(아닙니까)?"

"못 본 척하고 가던 길을 계속 걸어가야 아무 탈이 없는 것이다. 만일 우리가 가던 길을 안 가고 마을로 내려가면 저기 산 폭도들이 우리가 신고하러 가는 줄 알고 쫓아와서 우리를 죽여버리니까 하는 말이다. 계속 곧장 걸어라."라고 아버지가 걱정스러운 어조로 말했다.

그날 오후에 부자가 밭에서 한참 일을 하는데 '개여물' 동산 쪽에서 요란한 총소리가 들렸다. 무장대의 매복 기습공격이었다. 무장대는 기습공격

후 쏜살같이 산 쪽으로 도망갔다. 김건상 어린이와 아버지는 집에 돌아와서 오늘 기습공격으로 군인 4명이 죽고 민간인 운전사 1명도 죽었다는 것을 알게 되었다.

아버지가 아들 건상이를 쳐다보며 엄명을 내렸다.

"건상아! 오늘 폭도들이 산에서 내려오는 것을 보았다고 아무에게도 말하지 말아라."

아들 건상이는 의아해서 물었다.

"아부지! 무사마씸(왜요)?"

"건상아! 만일 이 사실을 경찰이 알게 되면 너와 아부지가 경찰에 끌려가 죽게 된단다. 그러니 속솜(발설 금지)해야 한다. 절대 비밀로 해야 한다. 맹심허라이!(명심하라!)"라며 아버지가 아들의 입단속을 철저히 했다.

아버지는 이어서 "이것은 우리가 나쁜 의도를 가지고 거짓말을 하는 것이 아니고 살아남으려는 방법이니 너무 신경 쓰지 않도록 해라."라고 아들에게 교육도 하면서 안심도 시켰다.

"그게 어떵해연(어째서) 살아남는 방법이우꽈(입니까)?"라고 어린 아들이 아버지에게 재차 물었다.

"왜냐하면 폭도를 신고하면 나중에 폭도들이 우리에게 보복할 것이고, 만일 신고를 안 했다는 것을 경찰이 알면 우리가 경찰에 붙잡혀 가서 총살당할 거니까, 이런 경우에는 아예 못 본 척하는 게 장땡이란다. 그게 사는 길이고 요령이란 말이다. 이게 지금처럼 혼란기에 힘없는 민초가 살아남는 각자도생의 길이고 방법이라는 것을 너도 크면 알게 될 거다."라고 아버지가 아들에게 교육하였다.

한편 북촌리 매복 기습에 격분한 군인들은 오늘과 전날 매복 기습공격을 북촌리와 동복리 출신 무장대의 각각 소행으로 판단하여 2개 마을의 주민을 집합시켜서 집단으로 총살하였다.

북촌리 매복지역을 수색했던 군인 1개 소대가 수색 후에 출발 전 사전 계획대로 동복리 학살에 투입된다. 동복리에 도착한 군인들은 주민을 집합하도록 가가호호를 방문하여 '굴왓' 밭에 집합시켰다. 얼추 150여 명이 모였다. 이때 육감으로 불길함을 느낀 사람은 숨거나 멀리 도망가서 집합장소에 모이지 않았다.

이때 김건상 어린이가 불길한 예감이 들어서 자기 아버지에게 "아부지, 왜 난데없이 군인들이 우리 마을 사람들에게 집합하라고 야단입니까? 모수완 죽어지쿠다(무서워서 죽겠습니다)."라고 말하는 것을 듣자 그제야 건상의 아버지가 정신이 바짝 들었다.

"빨리 밭으로 가자. 군인들이 집합시키는 것을 보니 오늘 '무신 숭시가 날 꺼 닮다(무슨 나쁜 일이 날 것 같다.)'. 굴왓 밭에 가지 말고 우리는 빨리 우리 밭으로 가야 한다. 빨리 서둘러라."라고 그는 집안 식구들을 보고 고함을 치며 식구 5명이 줄달음으로 밭으로 내뺐다. 다행히 그들은 요령이 있어서 화를 면했다. 그러나 그날 집에서 쉬고 있던 순수한 농부와 물질하는 해녀들만이 집합 영문도 모른 채 모였다.

소대장이 앞에 나가 운집한 주민을 향하여 "군인 가족과 경찰 가족 그리고 공무원 가족은 앞으로 나오시오. 이장! 이장은 군인, 경찰, 공무원 가족인지 아닌지 똑바로 확인하시오."라고 지시하자 60여 명이 우르르 몰려 나갔다. 요령 좋은 사람은 공무원 가족인 것처럼 위장하여 몰려 나가 화를 면했다.

자리를 다시 정리한 소대장이 소대원들에게 명령을 내렸다.

"사격 개시!"

명령이 떨어지자마자 군인들의 총구에서 불을 뿜었다. 모여 서 있던 사람들이 갑자기 신음을 내며 고꾸라지고 넘어지며 벽이 무너지듯 전부 쓰러졌다.

소대장이 함덕 군부대와 동복리 주민 간 연락원이 있어서 그 연락원에게 지시할 사항이 있어 군경과 공무원 가족의 모인 곳을 쳐다보며 큰 소리로 물었다.

"함덕 군부대와의 연락원 고갑두 씨는 어디 있어요?"

죽은 시쳇더미에서 고갑두가 벌떡 일어나서 큰 소리로 대답했다.

"네! 여기 있습니다. 제가 연락원 고갑두입니다."

이에 놀란 소대장이 소대원들에게 다시 지시하였다.

"아직 다 죽지 않았다. 확인 사살하라."

그러자 쓰러져 있는 주민들에게 군인들이 총을 쏘고 대검으로 찌르는 등 확인 사살하였다. 연락원 고갑두가 쓸데없는 짓을 하는 바람에 몇 명 정도인지는 모르지만 용케 살아 있던 사람조차도 다 죽었다.

그렇게까지 확인 사살했는데도 불구하고 그 와중에 4명이 기적적으로 살아남았다. 그들은 시체가 그들을 덮고 있어서 확인 사살에서도 하늘이 도와서인지 살아남았던 것이다. 그중에 신용빈의 부친은 다리에 총상을 입고서도 살아남았다. 나머지 3명은 거짓말처럼 멀쩡했다. 굴왓 밭에서 집단 총살당한 사람이 86명이나 되었다.

한편 이날 북촌리와 동복리에서 한날한시에 억울하게 죽은 400여 명(북촌 약 300명과 동복리 86명)의 제사가 한날한시에 서로 이웃 마을에서 거의 모든 집마다 모셔진다. 한날한시에 양쪽 이웃 마을에서 집집마다 제사를 봉양하다 보니 제수품도 제한되고 또 서로 돕지도 못하는 까닭에 그날 제사는 초라하게 지낼 수밖에 없다. 그래서 그날 제사가 초라하다는 뜻으로,

까마귀조차도 모를 정도의 제사라는 뜻에서 '가메기(까마귀) 모른 식게(제사)'라고 일컬어지고 있다.

'굴왓'밭에서 양민을 학살한 군인들은 마을로 내려가 집마다 불을 질러 마을 전체를 초토화하기 시작했다. 일단의 군인들이 횃불을 들고 신상보의 집에 불을 지르려고 나타났다. 신상보의 집 대문에는 아들을 낳았다는 표시로 새끼줄에 빨간 고추를 끼우고 그것을 대문 위에다 걸어놓았었다. 횃불을 든 군인들이 빨간 고추가 달린 새끼줄을 가리키며 물었다.

"이것은 무엇을 의미하는 것이오?"

"어제 아이를 낳았는데 아들을 낳았다는 표시입니다."라고 신상보의 어머니가 설명하자 군인들도 사정을 이해했는지 불을 지르지 않고 그냥 발길을 돌렸다.

며칠 전에는 신상보의 집에 슬프고 불행한 일이 연거푸 발생했다. 신상보의 아버지가 자결하고, 바로 다음 날 할아버지가 경찰의 총에 맞아 죽었던 것이다. 그래서 할아버지와 아버지 두 사람의 장례를 동시에 한꺼번에 치렀다.

신상보에게 작은아버지가 한 분 있었는데 남로당 무장대가 되어 한라산에 올라가 있었다. 작은아버지의 처남이 좌익이었는데 산으로 올라가자 그의 영향을 받아서 신상보의 작은아버지도 무장대가 되었던 것이다. 신상보의 아버지는 동복리의 농협 조합장으로서 마을 유지였으나 신상보의 할아버지와 함께 군경의 요시찰 대상이 되어서 불안한 나날을 보내야 했다.

주위에 요시찰 인물이 한 사람씩 처형되는 상황이었다. 신상보의 아버지는 고민에 빠진다. 이 상황을 돌파하지 않으면 멸문지화가 될 판이었다. 그는 내리 딸 다섯을 낳고 겨우 얻은 외아들 세 살배기 신상보의 안위 때문에 걱정이 태산 같았다.

그는 동네 이장과 청년단장 등 마을 유지에게 "일이 잘 못 되어 내가 죽는 것은 괜찮은데 우리 외아들 상보만은 경찰에 잘 말해서 죽임을 당하지 않도록 부탁합니다. 우리 가문의 대를 잇게 해주십시오."라고 자주 애원하곤 했었다.

그는 공산 무장대가 된 동생과 그 동생의 처남 때문에 언젠가는 처형되리라 판단하고 있었다. 그러던 차에 경찰에 끌려가서 죽느니 차라리 자기가 공산당이 아니라는 결백을 입증하고 자결하는 것이 낫다고 판단하여 "나는 공산당 빨갱이가 아닙니다. 우리 외아들 상보만은 살려주십시오."라는 유서를 남기고 목을 매달아서 자결하고 만다. 이는 자살이라기보다는 결백을 입증하고 세 살배기 외아들 상보를 살리기 위한 자결이었다.

큰아들이 자결하자 신상보의 할아버지는 집에 있다가는 경찰에 잡혀가 죽을 것이 뻔하니까 사는 길은 작은 아들이 있는 산으로 올라가는 수밖에 없다고 판단하여 이튿날 죽으면 입을 옷, 즉 호상옷(수의)을 챙겨서 등에 짊어지고 산으로 황급히 올라가는데, 누가 신고했는지 경찰이 뒤에서 총으로 사살해 버렸다.

만일 이런 진퇴양난의 상황에서 신상보의 아버지가 자결하지 않았더라면, 무장대 작은아버지와 입산 시도자 할아버지 때문에 신상보의 집안 식구는 요절날 뻔했었다. 신상보의 아버지가 아들 신상보와 집안 식구를 살리기 위하여 살신성인의 정신을 발휘한 것이었다.

나중에 경찰에 이장과 청년단장 등 마을 유지들이 유서를 보여주면서 신상보의 아버지는 마을 유지인 조합장으로서 결백하며 빨갱이가 아니라는 것을 설명하여 주어서 신상보와 그의 어머니 그리고 다섯 누님 또 갓 태어난 남동생이 무사했다는 것이다. 신상보는 자기 아버지의 영향을 받아서인지 지금도 보수우익이다. 신상보는 한정철의 초 · 중학교 동기 동창이기도 하다. 그는 지금 동복리에서 관광객에게 회국수로 유명한 '해녀촌 식당'의 사장이다. 마지막까지 불에 타지 않았던 신상보의 집은 소대장이 확인하기 위해 다시 방문하는 바람에 불에 태워지고 만다. 그래서 한정철의 외가 마을 동복리는 완전히 초토화가 되어 고즈넉했던 어촌 마을이 잿더미로 변하고 말았다.

한편, 한정철은 중위 계급장을 달고 백마 사단 소대장으로 1971년 월남전에 참전했을 때 미군의 월남 주민 학살 사건에 대하여 들었을 때 4·3 사건 때 제주도에서도 이런 학살 사건이 있었다는 것을 알고 있었던 터라 마음이 쓰리고 아팠었다. '역사는 반복되는 것인가?' 하는 의문을 품기 시작했다.

월남전이 절정에 달했을 때 미군 켈리 중위가 1968년 월남 양민을 집단 학살한 사건으로 군법회의에 넘겨진 적이 있다. 그의 소대가 수색 정찰 중에 마을 안에서 베트콩이 쏜 총에 소대원 첨병 2명이 죽자, 전우의 피를 본 소대원들이 눈이 뒤집혀서 그 마을 밀라이 촌 양민 400여 명을 집단 학살한 사건이 발생하였다.

한국군도 월남전에서 이와 유사한 사건은 없었는지 궁금하고 되돌아볼 필요성도 없지 않다. 왜냐하면 젊은이들의 전쟁터는, 전쟁 그 자체가 비합리적이기 때문이다.

*

안전한 곳이라며 이웃 마을 주민들이 김녕리로 소개되었는데, 어느 날 느닷없이 군인들이 나타나 경찰지서로 끌고 가서 무장대 협조자 또는 도피자 가족이라는 죄명을 씌워 군경이 처형하였다. 이웃 산간마을 선흘리에서는 자연 동굴 속에 숨어 있던 주민들을 토벌군이 처형하였다.

# 소개 이주민과 동굴 피신 주민 처형

## 덕천리 소개 이주민 처형

1948년 11월 17일 계엄령이 선포되자 해안 마을로 내려가라는 포고령, 즉 소개령에 따라 산간마을 덕천리민들이 해변 마을인 김녕리로 소개 이주한다. 덕천리는 김녕리의 남쪽에 있는 작은 중산간마을이다. 이들은 친인척이나 지인의 집을 임시 거처로 정했다. 그렇지 못한 주민은 마을 공회당에 임시로 머물렀다.

경찰들은 이들을 잠재적 불순분자로 보고 툭하면 불러서 취조했다. 그러던 중 취조를 받던 김장수(40세)가 갑자기 없어져 행방이 묘연해지자 경찰들의 고문과 취조가 더욱 심해졌다. 이들 중 일부는 취조 중에 총살당하기도 했다.

12월 들어 어느 날 갑자기 서북청년단으로만 구성된 이른바 '특별 중대' 군인들이 김녕리를 집마다 수색하여 중산간마을 덕천리 소개민들을 잡아들이기 시작한다. 이 '특별 중대'는 2연대 3대대 11중대로서 당시 이웃 마을 월정리 중앙초등학교에 주둔해 있었다.

덕천리 소개민들은 다른 중산간마을 주민들처럼 군경 토벌대로부터 단지 중산간마을 주민이라는 이유만으로 무조건 내통자 취급을 받았다.

1948년 12월 25일 경찰과 서북청년 특별 중대 군인들은 덕천리 소개민 16명을 지서로 잡아들여 고문하며 취조하기 시작했다. 포승줄에 묶이어 잡혀 들어 온 사람 중에는 고대감의 아버지 고갑선을 비롯한 3형제도 있었다.

함덕지서에서 체포된 반도 무장대의 수첩에서 양식을 협조받은 명단이 나왔는데 고대감의 아버지 3형제의 이름이 적혀 있었다. 경찰은 3형제가 동시에 폭도에게 양식을 제공한 것을 이상하게 생각하였다.

서북청년단 출신 경찰이 이들을 취조하기 시작했다. 그들은 살기등등했다. 그들은 포승줄로 손이 뒤로 묶인 36세의 고갑선을 발길질하며 다짜고짜 "바른대로 이야기해. 바른대로 말하지 않으면 너는 물론이고 너의 부모까지 다 죽는 줄 알아."라고 엄포를 놓았다.

"바른대로 이야기하라는데 무엇을 말하라는 것입니까? 저는 경찰이 해안가 마을로 내려가야 한다고 해서 여기 김녕리로 내려왔습니다."라고 고갑선이 대답했다.

"이놈이 나를 놀리는 거야. 몰라서 물어? 너 폭도에게 양식을 주었지? 네가 주동이 되어 너의 3형제가 단합하여 폭도와 내통하고 있었지? 얼마나 주었어? 함덕지서에서 잡힌 폭도의 수첩에 너의 3형제의 이름이 적혀 있었어. 네가 둘째이지만 이름이 맨 먼저 적혀 있었단 말이야. 얼마나 주었어?"라며 가죽 채찍으로 후려갈겼다.

"복면한 폭도가 양식을 내놓지 않으면 죽이겠다고 협박하기에 겁이 나서 양식을 네댓 박을 주었습니다."라고 대답했다.

"폭도에게 양식은 군량미인데 군량미를 주면 총살당한다는 것을 알면서도 왜 주었어? 너도 빨갱이지?"라며 가죽 채찍으로 또 후려갈겼다.

"저는 결코 빨갱이가 아닙니다. 안 주면 죽이겠다기에 살리고 양식을 주었을 뿐입니다."라고 다시 반복하여 강탈당했다는 뜻으로 말했다. 경찰은 고대감의 아버지를 포함하여 3형제를 나머지 13명에 포함시켜 그날 오후 어업조합 사무실 맞은편 옴팡밭으로 끌고 갔다. 총알이 아까워서 그랬는지 죽창과 철창으로 찔러 죽였다.

정철의 고향 친구인 이운진 시인은 "4·3 사건 당시 군경에 의해 처형당한 희생자 중에 대다수가 빨갱이가 아니었는데도 불구하고 폭도에게 양식을 몇 됫박 주었다고, 또 안면이 있는 폭도가 배가 고프다기에 밥을 좀 준 것을 가지고 군경은 빨갱이라며 잡아다가 마구 처형하였어. 또 집안에 한 사람이라도 산 폭도가 있으면 그 집안 식구들도 잡혀가 처형당했었다네. 당시는 이렇게 억울하게 죽은 사람들이 너무 많아. 처형당한 사람 중에 90%는 빨갱이가 아냐."라며 자신이 쓴 시를 정철에게 보여주었다. 이 시인은 한정철의 초중학교 동기 동창이고 시인이며 한글 서예가이기도 하다.

"비명혼(非命魂)

사상이 무엇인지 임들은 몰랐네
임들은 정말로 아무것도 몰랐네

굶주려 우는 이에게 밥 한 주걱 먹였고
양식 달라는 이에게 양식 한두 됫박 주었는데
어느날 갑자기 황천길이 웬 말이냐

똑똑했던 동생이 산 사람이 되었네
동생의 사상은 내 사상이 아닌데
어느날 갑자기 황천길이 웬 말이냐

임들은 몰랐네 왜 총맞아 죽는지를
죽어서도 몰랐네 아무것도 몰랐네"

당시 4 · 3 사건 때 골수 공산주의자를 빼놓고는 산에 올라가 남로당 무장
대가 된 사람들까지도 공산주의가 무엇인지 제대로 아는 사람이 별로 없었
고, 특히 일반 주민들은 먹고사는데 바빠서 공산주의가 무엇인지 민주주의
와 자본주의가 무엇인지도 모르는 순진한 사람들이었다.

고대감의 할아버지는 아들 셋이 지서에 끌려갔다는 말을 듣고 안절부절
못했다. 드디어 옴팡밭에서 한날한시에 아들 셋이 처형되었다는 소식을
듣고 현장으로 달려가 아들 셋의 시신을 수습해야 했다.
공산도배 무장대의 협조자라는 누명을 쓰고 죽은 터라 동네 사람들도 후
환이 두려워서인지 선뜻 나서서 시신을 수습하는 데 도와주지 않았다. 할
수 없이 고대감의 할아버지 혼자서 가마니에 시신을 싸서 지게에 짊어지
고 입산봉 공동묘지에 가서 묻어야 했다.
"하늘 아래 이런 일이 전에도 있었는가? 아비가 30대 아들 셋을 한꺼번
에 묻어야 하는 내 신세가 처량하구나. 하늘님도 무심하지 어찌 세상에 이
런 일이 있을 수 있습니까?"라고 혼잣말을 중얼거리며 가마니에 싸인 아
들의 시신을 지게에 짊어지고 공동묘지 오름을 세 번이나 오르내렸다.
세 아들의 시신을 거두어 묻는 애비의 마음은 단장의 아픔 글자 그대로
였다. 손주 고대감의 눈에 비친 할아버지의 표정은 침통했으나 만사를 포

기한 듯한 표정이었다는 것이다. 며칠이 지나자 할아버지는 일상으로 돌아와 밥도 잘 먹고 잠도 잘 자더라는 것이다. 그래서 죽은 사람만 불쌍하다는 생각이 어린 마음에도 들었다고 회상하였다.

고대감은 한정철의 초중학교 동기 동창인데 주위에서 '폭도 새끼'라는 말을 자주 들으며 자랐다. 고대감은 항상 입버릇처럼 "4·3 사건은 사람의 잘못도 아니고 이념 때문도 아니오. 단지 그 시대의 잘못이오."라고 지금도 주장하고 있다.

# 동복리 소개 이주민 처형

덕천리 소개 주민 16명이 처형되고 약 2개월 후 1949년 1월 20일 동복리 소개 이주민 30여 명이 무장대 도피자 가족으로 몰려 김녕 공회당 앞 옴팡 밭에서 처형되었다. 1월 17일 북촌리와 동복리의 주민을 집단으로 처형한 3일 후의 일이었다.

동복리 주민을 집단 처형한 것은 1월 16일 동복리에서 군인 4명과 민간인 1명 등 총 5명이 무장대의 매복 기습공격으로 죽은 것에 대한 보복이었다. 이번에 동복리 소개민 처형도 그의 연장선상에서 이루어진 것이다.

월정리 주둔 서북청년단 출신 특별 중대 군인들이 또 동복리 소개 이주민 중에 무장대 도피 가족으로 보이는 인원을 색출했는데 이번에는 여자가 더 많았다. 그들은 자진해서 산으로 올라간 진짜 무장대의 가족이 아니었기 때문에 안전한 곳으로 알고 김녕리로 이주해 온 것이 오히려 죽음을 재촉하는 길이 되어버렸다.

서북청년단 출신 특별 중대 군인들은 부천산의 부친도 포승줄로 손을 묶고 경찰지서로 연행했다. 그 와중에 다섯 살배기 아들 부천산이 무슨 영문인지도 모른 채 자기 아버지의 뒤를 따라나서자 뒷발로 자기 아들을 밀어내어 따라나서지 못하게 했다.

말로 만류하면 아들인 줄 알고 군인들이 같이 처형할까 보아 취한 행동이었다. 그는 군인들에게 끌려가면서 동생이 공산 무장대가 되었기 때문에 처형되리라는 것을 미리 알고 있었다. 그래서 당신의 씨라도 하나 남기고 싶어서 아들을 뒷발로 자꾸 밀어내어 따라오지 못하게 하였던 것이다.

죽음 앞에서도 아버지로서 아들을 살리려고 한 그의 행동을 본 주위의 사람들은 눈물겨워 했다. 그래서 주위에 있던 한 사람이 그의 뜻을 얼른 알아차리고 잽싸게 그 어린이를 떼어 놓아서 무사했다.

서북청년단 출신 경찰이 그를 취조하기 시작했다.

"동생이 산 폭도가 되었는데 당신이 김녕리로 소개된 것은 첩자 노릇을 하려고 한 것이 아닌가?"라며 다그쳐 물었다. "형제지간이지만 사상이 서로 달랐습니다. 동생이 산 폭도가 된 것은 형으로서 일말의 책임이 있습니다. 그렇지만 여기 김녕으로 이주한 것은 동생과 결별하려고 하였기 때문입니다."라고 대답했다. 솔직한 대답을 들은 경찰은 더 이상 고문하며 취조할 일이 없어서 가죽 채찍질도 하지 않고 처형 대상으로 분류하였다.


건넌방에서는 서북청년단 출신 박 순경이 한 20대 후반의 아낙을 포승줄로 손을 뒤로 묶어 놓고 취조하기 시작했다. 그 아낙은 동복리 청년단장 김호성의 여동생이었으며 이름은 김정순이었다. 그녀는 남편이 납치되어 산으로 올라가자 오빠인 청년단장과 자기의 처신을 상의하였다.

오빠인 청년단장 김호성은 여동생에게 충고하였다.

"동복리에 남아 있으면 접선하는 것으로 보여서 위험하니까 안전한 곳으로 피신하여 있는 것이 신상에 좋다. 너의 올케가 김녕리 출신이니까 안전한 곳으로 가야 살아남을 수 있어. 여기 있으면 접선하는 것으로 간주하여 죽임을 당할지도 모른다."

그 아낙은 오빠의 충고대로 소개 이주민으로 안전한 김녕리로 피신하였다. 그녀는 김녕리 출신인 자기 올케언니의 친정집에 잠시 머물고 있었다.

"남편이 산에서 몇 번 내려와서 만났어?"라고 그 아낙에게 박 순경이 물었다.

"한 번도 마을로 내려와서 만난 적이 없습니다."라고 그 아낙은 대답했다.

"젊은 여자가 누구 앞이라고 감히 거짓말을 하는 거야?"라며 가죽 채찍으로 후려 갈겨댔다. 그 아낙은 동복리에서 소문난 미인이고, 남편도 동복리에서 평판이 좋은 청년이었으며, 좌익에는 절대 빠지지 않았던 청년이었다. 그렇다고 골수 우익은 아니었다.

"당신처럼 젊고 고운 마누라를 놔두고 마누라를 만나러 안 내려왔다는 게 말이 돼?"라고 이번에는 경찰이 다소 누그러진 목소리로 물었다.

"그래서 저도 그 점은 이해가 안 갑니다. 제 남편은 평소에도 제가 없으면 하루라도 살 수 없다고 말했던 사람입니다. 그리고 제 남편은 자발적으로 산에 올라갈 사람이 아닙니다. 분명히 말하지만 제 남편은 납치되어 끌려갔습니다."라고 아낙은 또박또박 조리 있게 말을 했다.

"끌려갔으니까, 진짜 산 폭도가 아니라면, 더 내려왔을 것 아닌가?"라고 경찰이 반문했다.

"그게 저도 이상하게 생각하는 것입니다. 지금 산에 올라간 지 거의 반 년이 넘었는데 연락이 전혀 없어서 궁금하던 차에 들려오는 풍문에 의하면 제 남편이 탈출하다가 산 폭도의 총에 맞아 죽었답니다. 그러나 저는 그런 풍문을 믿지 않습니다만 제 남편이 끌려갔다는 것은 확실합니다. 그래서 저는 산 폭도의 가족이 아니라는 것을 강조하고 싶습니다."라고 아낙은 오히려 경찰에게 반문하는 것이었다.

"당신이 주장하는 말을 누가 믿어요?"라며 경찰은 일단 부정했지만 속으로는 그녀에게 동정이 갔다. 반신반의 상태였지만 그녀를 구해주고 싶은 마음이 마음 한구석에 자리를 잡은 것이었다.

끌려온 사람들을 취조하는 일이 오후가 되자 거의 다 끝났다. 모두가 다 타의건 자의건 간에 산에 올라간 사람들의 가족이라는 것을 밝혀내었다. 이제 남은 것은 처형뿐이었다. 20대 후반의 아낙을 취조했던 박 순경은 그 아낙이 마음에 걸려 상급자에게 구제를 요청하였지만, 상급자는 그 아낙이 미인이니까 총각 서북청년단 경찰이 연정을 느꼈다고 판단했는지 그의 제안을 한마디로 거절해 버렸다. 박 순경은 크게 실망하여 '졸병이 죄'라고 자책하며 체념하고 만다.

드디어 오후 늦은 시간에 30여 명 전부가 김녕 공회당 앞의 옴팡밭에서 죽창과 철창으로 처형되었다. 그러나 그 총각 박 순경은 그 젊고 미인인 아낙이 처형당하는 것을 보는 게 가슴이 아플 것 같아서 그 처형장에 가지 않았다.

청년단장 김호성은 동생 정순이가 처형되었다는 소식을 접하고 술잔을 비우며, "동생 정순이는 내가 죽였어. 오빠인 내가 조언을 잘못해서 억울하게 죽었어. 안전한 곳이라고 판단해서 김녕리로 보냈는데 동생이 죽고 나니 차라리 그때 여비라도 챙겨주어 부산으로 가서 살도록 했으면 이렇게 화를 입지는 않았을 것인데 내 생각이 짧았어. 그리고 또 그렇게 허무하게 죽을 줄 알았더라면 경찰에 미리 손을 써서라도 막았어야 했는데……."라고 혼자 독백하며 술잔만 계속 비웠다. 청년단장 김호성은 한정철의 중고등학교 동기 동창인 김승호의 부친이고 김정순은 그의 고모이다. 김승호는 유수 기업의 임원 출신이다.

한편 그 총각 서북청년단 출신 순경은 상념에 젖는다. 약 한 달 전에도 덕천리 소개 주민 16명을 단지 무장대와 관련이 있다는 이유로 집단 처형했었다. 오늘 또 꼭 같은 이유로 동복리 소개 주민 30여 명이 처참하게 처형되었다. 한 달 사이에 무려 46명, 아니 50여 명의 무고한 양민이 죽임을 당했다. 인간의 목숨이 파리 목숨만도 못한 것 같았다. 제주도에 이런 곳이 한두 곳이겠는가 생각하니 억장이 무너졌다.

무장폭동을 진압하기 위하여 '산에 있는 사람이 하산하면 처벌을 않겠다'고 선무작전을 펴서 하산한 사람을 잘 보호하여 무장반란을 진압하는 것이 원칙이고 최상의 방책이다. 그런데 그렇게 선무작전 한 것도 아닌데 제 발로 걸어 들어온 이주민을 처형한다는 것은 이해가 가지 않았다. 무장대가 수시로 침입하는 그런 마을이 위험하여 살아보겠다고 안전한 김녕리로 이주해서 어렵사리 살아가는 주민을 무장대의 가족이라는 또는 그들에게 양식을 주었다는 죄목을 씌워서 잡아들이고 처형을 하는 것이 옳은 일인지 의구심이 생겼다. 군경이 그들을 보호만 해주면 되는데 왜 그런 사람을 색출하여 처형을 해야 하는가. 화(禍)의 뿌리를 없애야겠다는 일념 때문인데 인간의 생명은 고귀한 것이어서 그렇게 간단하게 취급해서는 안 되는 것이다.

그 젊은 미인 아낙을 취조했던 서북청년단 출신 젊은 경찰은 아무리 생각해도 그녀가 처형될 만큼 죄가 있지 않다는 생각에 한참 골몰하다 보니 시간 가는 줄도 몰랐다. 땅거미가 시작되자 자기가 졸병이어서 살리지도 못했다는 것을 사죄도 할겸 또 고운 얼굴도 한 번 더 볼겸 처형장으로 갔다. 그녀는 하늘을 보고 편안하게 죽어 누어 있었다. 눈을 완전히 감고 있지는 않고 있어서 그 젊은 순경은 그 아낙의 눈을 쓸어내려 감도록 해주었다. 그리고 그의 눈에는 눈물이 고였다. 취조를 통하여 그 아낙의 결백을 알았던 터라 그녀의 죽음이 안타까웠다. 그는 그 죽은 여인을 사랑하는 지도 모른다는 생각이 들어 숙소에 돌아와 소주잔을 비웠다.

한편, 이처럼 인근 마을인 덕천리와 동복리에서 안전한 곳이라며 김녕리로 피신하여 살고 있던 이주민 46명이 약 한 달 사이에 집단으로 처형되자 김녕리 주민들이 술렁이기 시작했다. 그러자 민보단장과 민보단 대대장들이 술렁이는 민심을 달래기 위하여서 모임을 가졌다.

1대대장이 "그 사람들이 폭도라면 모를까 단지 폭도의 가족이라는 이유 하나만으로 즉결 처형하는 것은 너무 나간 것 같습니다. 4·3 사건이 일어나기 전까지만 하더라도 사상이 불순한 사람을 체포하여 법정에 세워 재판을 거쳐 징역살이하도록 했었는데, 언제인가부터 불순분자를 즉결 처분하기 시작해서 김녕리 주민만 하더라도 벌써 6명이 즉결 처형되었습니다. 이를 수수방관만 할 수는 없지 않습니까?"라고 운을 뗐다.

그러자 2대대장이 "그들이 아무리 폭도 가족이라고 해도 우리 김녕리가 안전하다고 이주해 온 이상 우리 김녕리민이고, 빨갱이와 접선하는 것이 두려워서 안전한 곳이라고 여겨서 여기 김녕리로 피신해 왔는데 그들을 보호해 주지 못한 것은 우리 김녕리 민보단에게도 일말의 책임이 있다고 봅니다."라고 거들었다. 이어서 그는

"우선 군경에 의한 즉결 처분을 막아야 합니다. 폭도 가족이라고 해서, 또는 폭도에게 양식 한두 됫박을 주었다고 해서 즉결 처분을 하는 것은 인명 중시 사상에도 어긋납니다. 의심되면 일단 체포하여 법적인 절차를 밟아서 처벌하는 것이 원칙이 아닙니까? 한동안 그렇게 법대로 잘 처리했었는데 4·3 사건이 터지고 나서는 갑자기 즉결 처형으로 돌변하여서, 벌써 우리 김녕리만 해도 이주민을 포함하여 50여 명이나 희생되었습니다. 이것을 시정하지 못하면 무고한 희생자가 더 생길 것입니다."라고 강조하였다.

"그러면 어떻게 하면 좋겠소?"라고 민보단장이 대대장에게 의견을 물었다.

"우리의 의견을 군과 경찰에 전달해야 하는데 군에는 연고가 없으니 불가하고, 경찰에는 지서장이 제주 출신이니까 지서장에게 우리의 고충을 전달하는 것이 어떻겠습니까?"라고 1대대장이 제안하였다.

"좋은 생각입니다. 군에도 우리 제주 출신이 있었으면 협조가 잘 될 텐데 그렇지 못해서 아쉽습니다. 그러나 경찰에는 다행히 제주 출신 지서장이 있어서 우리의 의견을 전달할 수 있습니다. 그런데 지서의 차석이 서북청년단 출신이어서 문제입니다. 그가 폭도의 가족은 물론 폭도와 접촉만 해도 빨갱이로 볼 뿐만 아니라 그들을 빨갱이로 몰아서 처형하는 성정을 가진 것이 큰 문제입니다. 38선을 넘기 전에 북한에서 공산당의 패악질을 직접 경험한 터라 공산당이라면 잠자다가도 벌떡 일어날 정도로 공산당에 대한 노이로제에 걸려 있는 사람입니다. 그는 제주 사람을 싫어하는 것이 아니고 빨갱이를 싫어하는 것 같아요."라고 경찰지서의 차석이 문제라는 것을 이한정 민보단장은 피력하였다.

드디어 날짜를 잡아 경찰지서장과 차석 그리고 민보단장과 대대장 2명 그리고 김여문 서김녕리장 모두 6명이 저녁 식사 겸 식당에서 만났다. 김여문 이장은 구좌면 면의원 초대 의장 출신으로 마을의 유지이며 재력가로서 지서장을 초청하고 김녕 유지들의 만찬을 주선하여 경찰과의 관계를 돈독히 하는 데 특별히 관심을 많이 가졌던 인물이다. 그는 비용을 충당하느라 이장을 하는 동안에 밭도 한두 개를 팔아야 했다.

김녕 유지들이 지서장과는 가끔 식사를 같이했지만, 차석은 처음이었다. 차석은 공산당에 대한 일종의 노이로제 환자로서 제주토박이와의 만남을 꺼리고 있었다. 그의 눈에는 전부 빨갱이이거나 그 동조자로 보이는 것 같았다. 이북에서 공산당에게 호되게 당한 터라 그는 빨갱이에 대한 경계심을 놓지 않고 있었다.

차석은 어쩌면 자신을 빼고는 전부 공산당 빨갱이라고 보는지도 모르는 상황이었다. 저녁으로 전복 요리와 제주 흑돼지 돔베고기에 따끈한 정종이 나왔다. 정종 두어 순배가 돌아가자 분위기가 덜 딱딱해졌다. 그러자 민보단장이 지서장에게 며칠 전에 대대장과 상의한 내용을 정리해서 군경에 의한 즉결 처분 지양과 재판에 넘기는 법적 절차를 밟아줄 것을 주요 골자로 보고하였다. 그런데 지서장은 민보단의 건의를 참고하겠다고 대답하였다.

그러나 차석은 성난 표정을 지으며 "이 엄중한 시기에 빨갱이의 준동을 막지 못하면 공산주의는 전염병 호열자(콜레라)와 같아서 삽시간에 주위로 번집니다. 그래서 초기에 공산당을 잡지 않으면 걷잡을 수 없습니다. 독버섯이나 다름없는 빨갱이들을 싹부터 자르지 않으면 금세 제주도 전체가 빨갱이의 세상으로 변할 것입니다. 우리는 얼마간의 희생을 치르더라도 공산화는 막아야 합니다. 그리고 현장 즉결 처분은 상부의 방침이고 나도 이를 적극적으로 지지합니다. 당신들은 당해보지 않아서 공산당이 얼마나 무서운 존재인지 몰라요. 나는 이북에서 직접 눈으로 보고, 당하고 나서 목숨을 걸고 38선을 넘어 이렇게 내려온 사람입니다. 그런 한가한 소리는 하지 말아요."라며 민보단장의 건의를 한마디로 거절하는 것이었다.

이에 분개한 2대대장이 "불순분자를 체포하지 말라는 것이 아닙니다. 재판을 거치지 않고 불순분자라는 이유로 즉결 처형하는 것을 지양해 달라는 것입니다. 지금까지 이주민 46명 우리 김녕리민 6명 도합 52명이 즉결 처형되었습니다. 즉결 처분이 위험한 것은 확증도 없는데 빨갱이라는 누명을 씌워 무고한 양민을 희생시키는 결과를 초래하기 때문입니다. 그래서 즉결 처형을 지양하자는 것입니다. 이를 막지 않으면 다음에는 함덕리에서처럼 방목한 말과 소를 보러 갔던 사람들, 즉 말테우리(목동)들을 산폭도와 접촉했다며 빨갱이로 몰아서 처형할 확률이 높습니다. 김녕리에도 소와 말을 방목하는 사람들이 꽤 있습니다. 다음에는 이들이 희생될까 봐 걱정되어서 드리는 말씀입니다."라고 즉결 처분의 부당함을 강조하였다.

그러자 1대대장이 "함덕리에서 말테우리(목동) 들이 처형되었다는 것은 무슨 말이오?"라고 궁금해서 2대대장에게 물었다.

"일전에 함덕 해수욕장 모래밭에서 군인들이 무장대와 내통했다며 '말테우리(목동)' 대여섯 명을 모아놓고 총살하기 직전이었어요. 이때 함덕리 이장(한백홍)이 현장에 도착하여 이장 입장에서 한마디 했었습니다. '저들은 몰테우리(말 목동) 들입니다. 산에 매일 올라가다 보니 산 폭도와 접촉했을 수도 있습니다. 저 목동들이 사상이 빨갱이이어서 산에 올라가는 것이 아니고 직업이 말과 소를 돌보는 목동이어서 산에 올라갔던 것입니다. 내가 이장으로서 저 목동들을 잘 훈계하여 산 폭도와 만나지 않도록 조치하겠습니다. 한 번만 용서하여 주십시오.'라고 간청했더니 총을 들고 있던 군인이 '이장부터가 사상이 이상하구먼. 이장부터 먼저 총살해야겠어.'라고 불만을 표시하였다는 겁니다."라고 2대대장이 여기까지 말하고 나서 호흡을 크게 한번 한 후에 이야기를 이어갔다.

"군인들이 이장에게 무례하게 대하자 동행했던 함덕리 유지 한 사람이 '내가 해방 전까지 일본에서 살다가 왔는데 일본에서도 공산주의자를 체포하면 재판을 거쳐 형벌을 가하지, 여기 제주도와 같이 사람을 파리 목숨처럼 함부로 죽이지는 않았습니다. 저기 저 죄 없는 목동들을 총살하는 것은 안 됩니다.'라고 강력하게 항의하자 열 받은 군인들은 6명의 목동과 함덕리 이장 그리고 그 유지(송정옥)를 포함하여 총 8명을 총살해버렸어요. 특히나 그 이장은 독립운동가였습니다. 그리고 그 이장은 우리 청주 한씨 일가여서 그 상황을 잘 알고 있습니다."라고 한재순 2대대장이 자초지종을 설명했다. 그러자 차석은 표정이 다소 경직되었으나 더 이상 언급을 자제하였다.

그래서 그런지 몰라도 경찰과 민보단의 회합이 있고 난 이후에 김녕리에서는 방목한 마소의 주인이 여러 명이 있었는데 산에 가서 마소를 돌보고 내려와도 그들에게 빨갱이라는 누명을 씌워 처형하는 일은 더 이상 없었다.

# 선흘리 동굴 속 피신 주민 학살

4·3 사건 기간에 산간의 동굴 속에 피신했던 주민이 집단으로 학살당한 사건이 한두 건이 아니었다. 자연 동굴 속에 피신한 주민은 이쪽도 저쪽도 아닌 중간지대의 사람이었다. 집 식구 또는 가까운 친인척 중에 누군가가 남로당 무장대가 되어 한라산으로 올라가는 바람에 군경의 요시찰인물이 될 수밖에 없었다. 또한 그들은 여차하면 잡혀 들어가 처형되는 운명이기 때문에 군경의 눈을 잠시라고 피하려고 중간지대인 동굴 속에서 생활하는 중간인(中間人)이 될 수밖에 없었다.

또 마을에 머무르고 있으면 산 사람 무장대가 내려와 양식을 약탈해가고, 만일 그것이 탄로 날 경우에는 군과 경찰이 잡아다가 군량미 제공이라는 죄목을 씌워 처형해 버리니, 이래도 죽고 저래도 죽는 신세였기 때문에 하루라도 더 살아보려고 군경과 무장대가 모르는 중간지대인 동굴 속을 택했던 것이다. 그렇다고 해서 산에 올라가 무장대가 될 그런 마음도 없었던 샌드위치의 처지에 놓인 사람들이었다.

그런데 이렇게 중간지대에서 어정쩡하게 지내던 사람들을 군경은 불순분자로 간주하여 그 자리에서 처형해 버렸던 것이다. 토벌대인 군경 처지에서 보면 비록 무장대의 근거지에 같이 있지 않았더라도 일단 산속에 머무르고 있으니까 무장대나 다름없는 불순분자로 오판할 공산이 큰 것은 사실이지만, 엄밀히 따져보면 그들은 결코 남로당 무장대의 편에 서지도 않았고 그렇게 가깝지도 않았다.

그들과 군경 간에는 이렇게 큰 간극이 있었다. 그들은 단지 무장대도 싫고 군경도 싫어서 죄책감이 없이 선량한 주민으로서 임시로 동굴 속에 피신했는데, 군경은 동굴 속에 피신한 주민을 숨은 것으로 간주하여, 즉 불순분자로 여기어 처형도 하고 잡아가기도 했던 것이다.

한정철이 1971년 월남전에 참전했을 때 정글 속에 있는 베트콩 기지를 공격하여 탈취하고 나면 거기에 아낙과 어린아이들이 같이 있을 때가 종종 있었다. 그런 경우 무장을 하지 않은 아낙과 어린이들은 포로로 간주하여 사살하지 않고 후방으로 후송하였다.

당시 주월 한국군 사령관 채명신 장군(예비역 육군 중장)의 강조사항이 "100명의 베트콩을 놓치는 한이 있더라도 1명의 양민을 보호하라."였다. 채명신 장군은 4 · 3 사건 기간에 소대장으로 제주도에서 근무하면서 토벌작전의 잔혹성을 보았고, 또한 사상이 다른 부하로부터 저격받았던 경험이 있었다. 그러나 다행히 총알이 빗나가 살아남았던 사람이기도 하다. 당시에 느꼈던 경험을 월남전에서 재연되는 것을 막기 위하여 그런 지시를 하달하였던 것이다.

한라산 무장대들은 양식 등 보급선만 차단하고 주민과의 만남을 끊고 막아서 격리만 하면 그들은 굶어 죽게 되어 있었다. 그래서 군경은 소개령에 따른 산간마을 초토화 작전으로 전술을 바꾸었다.

이리하여 1948년 중반에 9연대 1개 중대가 선흘 초등학교에 주둔하여 토벌 작전을 벌이고 있었다. 선흘리는 김녕리의 서남쪽의 이웃 산간마을이다. 일제 강점기까지만 해도 선흘리 출신들이 김녕중학교에 다닐 정도로 가까운 마을이었다. 선흘리는 1948년 2월 25일 주모자 14명이 비밀리에 회합을 가져 남로당 제주도당을 구국투쟁위원회로 개편한 적이 있으며, 4 · 3 사건을 전후하여 마을 청년들이 밤에 모여 왓샤 시위를 벌이는 곳이기도 하여 이와 같은 점을 고려하여 군인 1개 중대를 특별히 배치하였던 것이다.

부용하(40세)는 이 마을에 사는 유지였다. 1947년 3 · 1절 시위 행사 이후

밤마다 청년들이 모여 적기가와 레닌 찬양가를 부르고 '왓샤' 구호를 외치며 행진하자 그 청년들을 집으로 불러 타일렀다.

"너희들은 공산주의가 무엇인지 아는가? 알고 나서 하라."

그런데 이게 빌미가 되어 그들에게 반동분자로 찍혀 1948년 4월 17일 오전 4시 안방에서 잠자던 중에 무장대에 의해 피살된다. 이 사실은 '제주 인민 유격대 투쟁 보고서'에 "4월 16일 밤 선흘 반동 부용화(부용하의 오기)를 숙청"이라고 기록되어 있다.

10월 31일과 11월 18일 각각 선흘리 주민 5명이 불순분자로 낙인찍히어 군인에 의해 총 10명이 총살되었다. 10월 31일에는 청년 5명이 껄렁껄렁 돌아다니며 군인의 눈에 거슬리는 행동을 하자 왓샤 구호를 외치며 행진했던 청년으로 오판하여 군인들은 그들을 잡아다가 총살해버린다. 또한 11월 18일 양민 주부 5명이 어이없이 처형된다. 밤늦게 호롱불이 켜져 있어서 군인들이 급습했다. 아낙 5명이 모여서 다음 날 소상을 치르는 집에 제물로 가지고 갈 떡을 만들고 있었다. 군인들은 밤늦게 떡을 만드는 것을 산 사람 무장대에 제공할 것이라고 오판하여 총살해버렸다.

이런 어이없는 두 번의 주민 총살에 충격을 받은 선흘리 청년들이 놀라서 곶자왈 숲속의 자연 동굴에 피신하기 시작했다.

드디어 1948년 11월 21일 선흘리 주민에게 군경의 초토화 작전의 일환으로 소개령이 내려지자 군인들은 마을에 불을 질러 마을을 전부 태워버렸다. 그런데 함덕리로 소개된 선흘리 주민 중 20대 여자 네댓 명이 이틀 후에 함덕리 백사장에서 시신으로 발견되자 선흘리 주민들은 더 동요하기 시작했고, 해변 마을로 소개되는 것을 기피하여 동굴 속으로 더 많은 주민이 피신하게 된다.

선흘리 주변은 지금 유네스코 자연 보존 지역인 람사르 습지로 지정된 동백동산 일대로 곶자왈 지역이어서 자연 동굴인 '반못굴'과 '목시물굴' 그리고 '벤뱅듸굴' 등 여러 개가 산재해 있었는데 그중에 제일 큰 동굴이 바로 '목시물굴'이었다.

1948년 11월 25일 '반못굴'이 처음으로 발각되었다. 군인들은 굴 속에 숨어 있던 주민 중 먼저 15명을 처형하고, 처형되지 않은 주민 몇 명을 다그쳐서 두 곳에 주민이 더 숨어 있다는 정보를 얻어 낸다. 다음 날 11월 26일 그들을 앞세워 '목시물굴'을 찾아냈다.

'목시물굴'은 자연림의 깊은 곳에 있는 데다 입구가 한 사람이 겨우 들어갈 정도의 개구멍 입구였기 때문에 쉽게 찾을 수 있는 굴이 아니었다. 그래서 그 굴의 위치를 아는 사람이 그리 많지 않아 안내 없이는 찾을 수 없는 자연 동굴이었다. 그 '목시물굴' 속에는 선흘리 주민 약 200명이 숨어 있었다.

굴 속에 숨어 있는 주민들은 우선 군인에게 발각되지 않는 일이 급선무였다. 그런데 어떤 젊은 아낙의 품에 있던 아기가 갑자기 울기 시작했다. 그러자 주위 사람들이 아기의 울음소리가 동굴 밖으로 새어 나가면 자기들이 다 죽는다고 아우성을 치자, 그 아낙은 엉겁결에 아기의 입을 막고 울음소리를 막았다.

아기 울음소리가 그치고 시간이 조금 지나자 엄마가 아기에서 젖을 물렸는데 아기가 젖을 빨지 않아서 확인해보니 아기가 그사이에 죽어 있었다. 엄마가 얼마나 세게 아기의 입을 막았는지 아기는 질식하여 죽고 만 것이었다.

드디어 '목시물굴'을 발견한 군인들은 굴 속에 연막탄을 던져 주민들을 나오게 한 다음, 13세 이하 아이와 부녀자 그리고 노인들을 분리하여 함덕으로 후송하고 나머지 약 40여 명 청장년은 총살하였다. 사살된 시체는 휘발유를 뿌려 태워버렸다. 그래서 나중에 시신의 신원을 알아볼 수 없어서 주민들이 애를 먹기도 했다.

한정철의 고등학교 선배에 의하면 그의 할아버지 조선함은 소개령에 따라 함덕리로 소개되었다. 조선함은 그동안 먹이던 소와 말을 건사하기가 함덕리에 거주하면서는 힘들 것 같아서 마침 '목시물굴'에 피신해 있던 17세 아들에게 그 일을 부탁하려고 그 동굴로 잠시 찾아갔다가 아들과 함께 그의 할아버지도 총살당하는 변을 당하였다는 것이다.

11월 27일에는 '벤뱅듸굴'도 발각되어 굴 속에 숨어 있던 주민들이 또 처형되었다. 이렇게 세 군데 동굴에서 "총 157명이 처형되었다."라고 생존자 김형조가 증언하였다.

한편, 이렇게 군인들이 동굴 속에 피신해 있는 주민을 불순분자로 간주하여 즉결 처형하고 있을 때 군인의 한 무리는 인간애를 발휘하여 동굴에 피신한 주민을 귀순시키는 일이 있었다. 1949년 3월 말 녹하악 전투의 대패로 무장대의 주력이 섬멸되자 잔존 세력을 소탕하기 위하여 2연대장 함병선 대령은 4월부터 편의대를 운영하였는데 이때 1개 조가 10여 명으로 소규모였다.

편의대에서 활약했던 의귀리 전투의 주인공 이윤 중사의 저서 '진중일기'에는 다음과 같이 술회되어 있다.

〈나는 4월 2일 특무공작대 임무를 받고 한라산으로 침투하였다. 특무공작대는 편의복(편한 일반 복장)으로 한라산에 침투하여 중요정보를 수집하는 임무였는데, 북제주군과 남제주군에 각각 1개 조 총 2개 조가 편성되었으며, 내가 남제주군 책임자였다.

나는 10여 명의 대원을 직접 선발하였으며, 특히 수 일 전에 귀순해 왔으며 마을 유지로서 이장직도 수년간 역임한 바 있는 오서준 노인을 공작대에 합류시켰다. 4월 15일에 오 노인을 통하여 무장대의 1개 동굴을 포착하고 야밤에 기습하여 26명을 생포하여 중대로 후송 보냈고, 4월 18일에는 그간 생포한 남자 32명과 여자 16명 등 총 48명을 압송하여 하산하였는데, 이들을 본 유족들이 몽둥이와 칼을 들고나와 원수(주: 우익인사와 양민을 살해한 무장대에 대한 원수)를 갚게 해 달라고 아우성이었다.

이 무렵 우리 공작대가 성공하자 각 토벌부대는 우리와 비슷한 편의대를 입산시켜 성과를 올리고 있었다. 나는 대원을 보강한 뒤 다시 입산하였으며, 4월 23일에는 남제주군 군당(郡黨) 특공대가 은거하던 동굴을 기습하여 13명을 생포하였는데, 이때 기품이 장대한 부 씨 형제가 공작대의 첩보원으로 활약하겠다고 지원하기에 그들을 공작대에 합류시켰다.

5월 14일 나는 그 형제에게 아직까지 한라산에서 활약하고 있다는 남원면당(黨) 김 위원장과 접촉하라고 하였는데, 이들은 1주일 후인 5월 20일에 중요한 정보를 제공하였다. 즉 이들은 남원면당(黨)에 침투해서 김위원장과 접촉하였으며, 제주도당(黨) 간부들이 모두 남원면당(黨)에 와 있다는 것이었다.

나는 중대한 정보를 입수하고는 즉시 중대에 연락하여 1개 소대의 병력을 지원받았으며 5월 26일 새벽 3시를 기하여 수악계곡에 있던 이들의 숙영지를 포위 기습하여 23명을 사살하고 8명을 생포하였다. 8명의 포로 중에는 남원면당(黨) 김 위원장이 포함되어 있었으며 2명은 육지에서 왔다는 것이었다. 나는 특수 임무 수행 중 357명을 생포하여 하산시켰다.〉

승호는 이윤 중사의 '진중일기'를 읽고 나서 "왜 당시에 동굴 속에 피신해 있던 주민들을 이윤 중사처럼 생포하여 후송해야 하는데 군인들은 동굴 은신 주민들을 발견하자마자 거의 총살하였을까? 이윤 중사처럼 처리했으면 희생자들을 엄청나게 줄일 수 있었을 텐데 말이야."라고 아쉽다는 뜻으로 말했다.

 

*

북촌리와 동복리 주민 학살에 대해 보복하기 위하여 무장대 사령관 이덕구는 토벌군에 대한 매복 작전을 구상하고 있던 차에 토벌군이 무기를 수송한다는 정보를 입수한다. 신무기 M1 소총으로 교체한 99식 소총을 싣고 김녕리 지역을 통과하여 제주읍 방향으로 간다는 것이었다. 그래서 무장대는 보복을 위한 매복 작전을 감행한다.

# 무장대의 군에 대한 최대 보복 작전

무장대, 군경 16명 살해 및 소총 150정 탈취

1949년 1월 17일 북촌리에서 남로당 무장대 매복 기습과 북촌리 양민 학살 그리고 동복리 양민 학살 사건이 일어난 지 불과 18일 후인 1949년 2월 4일 제주읍 동쪽 구좌면 김녕리와 동복리 사이 지역에서 무장대의 매복 기습으로 군인 15명과 경찰 1명 그리고 민간인 1명이 피살되고 일본 99식 소총 150정이 피탈되는 엄청난 보복 사건이 발생했다.

당시 미군정 정보 보고서(No.1058 : 1949. 2. 8.)에 의하면 "1949년 2월 4일 호위병 20명을 태우고 일본 99식 소총 150정을 수송하던 한국군 트럭 2대가 KIMNYONG(김녕리, 970-1155→'8'970-1'5'55의 오기) 인근에서 매복해 있던 폭도들에게 기습당했다. 폭도들에 의해 호위병 15명이 피살되고 2명은 부상당했으며 무기 일체를 탈취당했다. 교전으로 경찰 1명과 주민 1명이 피살되고 폭도 1명이 사살되었다."라고 피해 내용이 기록되어 있다.

이에 앞서 북촌리와 동복리 양민 집단 학살이 있던 다음날 이덕구 인민 유격대 사령관은 동복리와 북촌리 매복 기습공격에 성공한 이집사 등 남로당 무장대의 노고를 위로하는 회식 자리를 마련하였다. 이덕구는 그들에게 술을 한 순배 돌리고 나서 다음과 같이 말하며 너털웃음을 지었다.

"동무들의 주도면밀한 매복 기습작전으로 이틀에 걸쳐 노랑 개(군인) 총 8명을 사살하고 신식 무기인 M1 소총 8자루를 탈취한 큰 전과를 올린 것을 축하하오. 그러나 군의 보복으로 무고한 양민이 학살된 것을 나도 안타깝게 생각하고 있소. 그런데 그들의 죽음은 헛되지 않을 것이오. 북촌리와 동복리 주민들은 군에 대하여 이제는 적개심을 가지게 되었소. 우리로서는 그 적개심이 큰 소득입니다. 우리의 전략은 노랑 개 군인들을 살해해서 군인들의 부아를 건드리면 그들은 앙갚음으로 주민을 학살하게 되는데 이로 인해 주민은 군을 증오한 나머지 우리 인민 유격대 편에 서게 됩니다."

그는 이어서 "이상의 전법이 소위 '이이제이(以夷制夷)' 전법이라는 것이오. 글자 그대로 풀이하면 오랑캐로 하여금 오랑캐를 제압하게 한다. 또는 오랑캐를 무찌른다는 뜻이오."라고 말했다.

이집사는 그런 깊은 뜻을 모르고 있던 터라 가슴에 와닿는 말이어서 감격해서 대답하였다. "사령관님의 그런 깊은 철학을 몰랐었는데 이제야 알겠습니다."

"이 동무! 오늘부터 이 동무를 특수 임무 중대장으로 임명하겠소. 노랑 개(군인)들에 의한 북촌리와 동복리 양민 학살의 원수를 꼭 갚으시오."라고 비장하게 지시하였다.

"네! 사령관님! 지난번 두 번이나 매복 기습작전에 성공하고 나니 저도 자신감이 생기고 저희 대원들도 전부 베테랑이 되었습니다."라고 용기백배한 이집사가 대답하였다. 그리고 대원들도 주먹을 불끈 쥐며 "우리의 원수를 꼭 갚고야 말겠습니다."라고 합창하며 결기를 다졌다.

"이집사 중대장 동무! 다음에는 김녕리 지역에서 매복 기습작전을 감행할 계획이오. 이번에도 북촌리에서 구사했던 이이제이 전법을 쓰려 하오."라고 이덕구는 자신의 구상을 이집사 중대장에게 말했다.

1949년 1월 말에 2연대의 공산 세포로부터 무기 수송에 대한 정보가 남로당 인민 유격대(무장대) 사령부에 보고되었다. 일시는 1949년 2월 4일 군용 트럭 2대에 M1 소총으로 교체된 일본 99식 소총을 싣고 김녕을 통과하여 제주읍 방향으로 이동한다는 정보였다. 이와 같은 정보에 근거하여 인민 유격대 사령부 작전부에서는 매복 작전계획을 수립하고 이집사 중대장에게 계획대로 맹훈련하라고 지시한다.

계획대로 맹훈련을 마친 후에 매복지역을 사전에 정찰하기 위하여 매복 3일 전에 이집사 중대장을 포함한 정찰대가 출발한다. 정찰 결과 매복 조건에 맞는 지역이 김녕리와 동복리 사이에 있는 바로 '큰남생이' 지역이었다. 이 지역은 도로가 꼬부랑 고갯길이어서 차의 속도가 줄어드는 곳이면서 또 길옆에 바로 소나무 숲이 우거져 있어서 몸을 숨기기에 알맞은 곳이라 매복지역으로는 안성맞춤이었다.

정찰 결과를 이덕구 사령관에게 보고하고 매복지역을 김녕리 '큰남생이' 지역으로 결정하였다. 드디어 2월 4일이 되자 꼭두새벽에 무장대 3개 소대로 이루어진 이집사의 매복 습격 특수임무 중대가 기지를 출발하였다. 중대원은 모두 48명이었다. 무장대는 오전 일찍 매복지역에 도착하였다. 1소대와 2소대 그리고 3소대를 길을 따라 일렬횡대로 길이가 60~70m가 되도록 한라산 쪽에서 바다를 내려다보게끔 배치하였다.

한편 성산포에 주둔하고 있던 2연대 3대대 12중대 본부에서는 트럭 2대에 일본 99식 소총 150정을 각각 75정씩 나누어 실었고, 무기 수송 호위병은 각각 10명씩 총 20명이 승차를 기다리고 있었다. 1번 트럭 인솔자는 중위 박재규이고 2번 트럭 인솔자는 특무상사 오철이었다. 중위 박재규는 호위병 20명을 모아놓고 그날 무기 수송 시에 경계에 주의할 것을 교육했다.

한편 매복 배치를 마친 무장대 이집사 중대장은 지시하였다.

"지난번 북촌리 매복 작전 시와 같이 20m 간격으로 도로 위에 큰 돌덩어리를 차량이 통과할 수 있는 폭을 남겨 놓고 갈지자로 설치하라. 그리고 통신병은 지금 즉시 전봇대에 올라가 전화선을 절단하라."

"중대장 동무! 돌덩이 설치 방법은 보름 전에 북촌리에서 이미 한 번 써먹은 방법이기 때문에 더 이상 속지 않을 겁니다. 이번에는 통나무토막을 밧줄로 묶어두었다가 차가 거의 다다랐을 때 도로상으로 끌어내어 차를 정지토록 해서 그때 바로 집중 사격하면 됩니다."라고 노련한 한 대원이 건의하였다.

중대장은 자기도 생각해내지 못한 아이디어를 낸 대원을 향하여 칭찬하고 나서 다시 지시를 내렸다.

"그래, 그 방법이 좋다. 그러면 각 소대의 2/3 지점에 나무토막 장애물을 설치하라. 첫 번째 장애물이 실패할 경우를 대비하여 제2소대의 2/3 지점에 나무토막 장애물을 설치하라. 그리고 또 3소대 지역에도 같은 방법으로 통나무 장애물을 설치하라."

그러자 대원들이 장애물을 준비하기 시작했다. 1시간이 지나자 장애물 설치가 완료되었다. 중대장은 사전에 예행연습을 두 번이나 실시했다. 이상이 없었다. 무장대들은 점심을 빨리 먹고 전원 전투 배치를 하고 대기하고 있었다.

한참을 기다렸더니 오후 늦게 흙먼지를 날리며 차가 다가왔다. 꼬부랑 고갯길이어서 차의 속도가 줄어들어 빨리 달리지 못했다. 드디어 1소대 첫

장애물 설치 지점에 다다르기 바로 직전에 신호병이 손으로 신호를 보냈다. 이때 장애물 설치 조가 밧줄을 당겼는데 그만 밧줄이 끊어지는 바람에 1소대 지역을 군인 차량 2대가 무사히 통과하였다.

여기에 놀란 중대장이 2소대장에게 "즉시 장애물인 나무토막을 끌어당기라."라고 고함을 질렀다. 그러자 나무토막이 갑자기 도로상으로 튀어나왔다. 이때 군 트럭 운전병이 급히 브레이크를 밟으며 정차했다. 군 트럭 2대가 2소대의 매복 배치 구간 안에 들어왔다.

이때 중대장이 "사격 개시!" 명령을 내리자 중대원들의 총구에서 불을 뿜기 시작했다. 무장대 3개 소대 총 48명이 일제히 사격을 가했다. 갑자기 기습받은 군인들은 즉각 대응 사격했지만 한꺼번에 소나기처럼 쏟아지는 총알 세례 앞에는 속수무책이었다. 군인들은 속절없이 당했다.

군인 20명 중 15명이 즉사하고 경찰관 1명과 민간인 1명 등 총 17명이 전사하고 2명이 부상하는 가장 큰 손실을 보았다. 더구나 수송 중이던 일본 99식 소총 150정은 물론 군인들이 새로 받은 M1 소총 20정도 피탈되었다. 인적, 물적 손실이 이렇게 큰 참사는 토벌 작전 개시 이래 처음이자 마지막이었다.

무기 수송 군인들을 사살한 남로당 무장대는 환호성을 지르며 도로로 내려와 상처를 입어서 신음하는 군인들을 죽창으로 찌르며 확인 사살까지 했다. 나중에 부상병으로 확인된 2명은 당시 기절하여 앓는 소리를 내지 않아 운 좋게 확인 사살을 면해 살아남았다. 군인 20명 중 3명은 M1 소총도 버리고 도망쳐서 살았다.

확인 사살까지 끝마친 무장대는 전리품을 챙기기 시작했다. 우선 M1 소총 20정과 일본 99식 소총 150정을 챙겼다. 소총 한 정 한 정씩을 걸으며 무장대들은 승리의 도취감에 빠졌다. 재빠른 무장대원은 장교 박 중위와 특무상사의 호주머니에서 양담배를 꺼내 서로 나누어 피우기 시작했다.

이집사 중대장이 M1 소총 20정과 99식 소총 150정을 회수한 것을 확인한 다음 만면에 미소를 띠며 "군인의 옷과 모자 그리고 군화까지 다 벗겨서 챙겨라. 위장복으로 요긴하게 사용할 작정이다."라고 명령을 내리자 무장대들은 내의와 양말까지 다 벗겨 전리품으로 챙겼다. 죽은 경찰관의 옷도 다 벗겨갔다. 무장대는 군인의 시신들이 실오라기 하나 안 걸친 나체가 되도록 다 벗겨갔다. 죽은 경찰관은 김녕 출신 부원하 경사로서 마침 지나가는 군용 트럭이 있어서 근무지인 함덕지서까지 가려고 김녕리에서 탑승했다가 변을 당했다.

무장대가 M1 소총 20정과 99식 소총 150정을 노획한 것은 화기가 빈약했던 남로당 무장대로서는 최대의 전과였다. 500여 명의 남로당 무장대 중에 화기가 없는 무장대가 더러 있었는데 이제는 500여 명이 정규군처럼 전부 개인 소총을 갖게 되어 완전무장한 전사가 되는 계기가 되어 남로당 무장대는 사기충천했으며 화력이 거의 2배로 증가하는 결과를 가져왔다.

인민 유격대가 320여 명으로 처음에 조직될 때만 해도 소지하고 있던 무기는 고작 일본 99식 소총 27정, 권총 7정, 다이너마이트 25발이 전부였다. 그런데 일거에 그들이 가지고 있는 총의 무려 5배가 넘는 소총 170정(M1 소총 20정과 99식 소총 150정)을 탈취하였으니 그 들 입장에서는 대첩이나 다름없었다.

중대장 이집사는 노획한 총 170정을 중대원 48명에게 각각 총 3~4자루씩 어깨에 메게 하고 한라산 기슭의 아지트로 돌아왔다. 총 170정을 한군데에 모아 놓으니 가슴이 벅차올랐다. 이덕구 사령관이 낭보를 듣고 사령관실에서 내려왔다. 수북이 쌓인 총을 보고 이덕구 사령관조차도 놀라서 벌린 입을 다물지 못했다.

산속의 무장대에게는 총 한 자루가 한 사람의 생명보다도 더 소중한 때였는데 하루아침에 170정의 소총이 생긴 것이다. 총 한 자루는 일당백의 가치보다 더 있었다. 더구나 최신식 소총인 M1 소총 20정을 본 이덕구 사령관은 만족하여 기쁨을 감추지 못했다.

이덕구 사령관은 M1 소총 20정을 껴안으며 감탄사를 연발하였다.

"우리도 이제는 최신식 무기로 무장하게 되었어. M1 소총은 일당백의 효과가 있어. 그러니 M1 소총 20정은 99식 소총 2,000정과 맞먹는 거야. 오늘 우리는 무장대 창설 이래 최고의 전과를 올린 날이야. 동지들 오늘 수고했어. 오늘 우리 동지 여러분들이 자랑스럽습니다. 수고했고 고맙습니다."

오늘 소총 170정 탈취 전과는 무장대에게 노랑 개 군인 170명을 사살한 것보다도, 아니 1,700명의 적을 사살한 것보다 더 값진 전과였다. 이덕구 사령관이 기분이 너무 좋아서 이집사 중대장을 얼싸안았다. 그리고 그는 중대장에게 찬사와 격려의 말을 했다.

"수고했어. 애썼어. 이집사 중대장 동무는 우리의 영웅이야."

그리고 나서 이덕구 사령관은 지시를 하였다.

"오늘 저녁에 소 한 마리 잡고 막걸리 회식을 준비하라. 오늘은 마음대로 먹고 마시자."

이 사건은 북한 신문이 보도할 정도로 대단한 사건이었다. 북한 함경남도 로동신문이 1949년 2월 17일 자 신문에 본 기사를 게재했다. 이 신문은 6·25 전쟁 당시 미군이 노획한 문서 중의 하나이다.

함경남도 로동신문은 "소위 국군을 습격 소멸코 무기 전부를 노획/제주 인민 항쟁 치열 〈평양 8일발 조선중앙통신〉 미군 철거를 부르짖고 그의 주구 이승만 괴뢰 '정부'를 반대하는 제주도 인민들의 구국 무장 항쟁은 점점 맹위를 떨치고 있다. 당지에 도달한 확실한 소식에 의하면 지난 4일 12시쯤 인민 무장대들은 동 도 북방 조천면 함덕리 부근에서 마침 트럭 2대에 무기를 만재하고 이동 중이던 괴뢰 정부의 소위 국군을 정면으로 공격하여 이를 완전히 섬멸하였다. 동 전투에서 소위 국군 20여 명 전부를 전멸시켰으며 이들이 소지하였던 무기와 동 트럭에 실렸던 장총 150~160정을 전부 노획하는 개가를 올렸다. 그런데 동 전투에서 인민 항쟁부대의 애국적 용사 1명이 애석하게도 희생당하였다 한다."라고 보도했다.

여기 함남 로동신문에는 매복지역을 함덕리 부근이라고 썼으나 미군과 한국군 정보 보고서에 좌표까지 기록하며 김녕리 부근이라고 명시한바, 북한 신문은 매복지역을 잘못 알고 쓴 것이다. 이렇게 신문에는 대서특필되었지만, 우리 신문에는 보도관제로 언론에 일절 공개되지 않았었다.

한편 이렇게 엄청난 군의 인명피해와 무기 소총 피탈의 손실을 본 2연대는 초상집이 되었다. 함병선 연대장과 정준철 3대대장 등은 망연자실할 수밖에 없었다. 이를 어떻게 수습할지 그리고 이와 같은 일이 다시 일어나지 않도록 방지하기 위하여 무엇을 해야 할지 장고에 들어갔다. 김녕리를 대상으로 지난번 북촌리와 동복리 양민 학살처럼 보복할 수는 없는 노릇이었다.

그러나 그 책임을 물을 대상이 김녕리밖에 없다는 결론에 도달하였다. 그래서 내린 결론은 김녕리 민보단에게 그 책임을 묻는 것이었다.

민보단원 중에 무장대와 내통하고 있다는 정보가 전부터 있었던바 그 내통자 명단에 있는 민보단원을 우선 민보단원 앞에서 본보기로 즉결 처분하기로 결심하고 2연대에서는 김녕리 민보단원 전원을 김녕초등학교에 집합시키라고 지시를 내렸다. 그날 3대대장 정준철 대위가 현장에 가서 집행하는 것으로 결정하였다. 김녕리 민보단원의 운명이 심판받는 날이 다가오고 있었다.

한편 토벌대의 인명피해와 총기 피탈 사건은 극비 보안 사항으로 보도관제를 엄격하게 실시하여서 경찰은 알고 있었지만 김녕리민은 물론 민보단장까지도 이러한 사실을 전혀 모르고 있었다. 시일이 한참 지난 1949년 7월에야 총전사자 23명의 명단을 새긴 추모비를 북촌리 '마가리' 동산에 세웠을 때에야 주민들이 그 총기 피탈 사건을 알게 되었다.

이 추모비는 일주도로 확장 사업으로 조천읍 충혼묘지로 옮겨졌다. 그러나 경찰관 1명 부원하 경사의 전사비는 아직도 김녕리 현장 '큰남생이' 부근에 보존되어 있다.

'큰남생이' 지경은 길이 구부러진 고갯길이고 울창한 소나무 숲이 우거져 있어서 무장대들이 자주 출몰하던 곳이다. 한정철이 어렸을 때에 동복리에 있는 외할머니댁에 갈 적에는 항상 지나던 곳인데 4·3 사건 때 죽은 원혼이 나타날까 봐 무서워서 그곳을 지날 때는 뛰어가곤 했던 지역이다. 지금은 몇 년 전에 재선충으로 그 아름드리 소나무들이 베어 없어졌지만 지금도 차를 타고 지나갈 때는 옛 생각이 난다는 것이다. 또 순직한 부원하 경사는 한정철의 초중학교 동기 동창인 부일태의 부친이다.

# 민보단장, 군(軍)의 민보단원 총살형 막아

이한정 민보단장이 그의 번뜩이는 지혜와 결기로 군에 의한 민보단원의 총살형을 막아낸 적이 있다. 1949년 2월 중순쯤 제2연대 연대본부에서 김녕리 민보단원 전원 소집지시가 하달되었다. 김녕리 민보단원 250명 전부를 김녕초등학교에 즉시 집합시키라는 지시가 민보단장에게 떨어진 것이다. 지금까지 연대본부에서, 아니 군에서 직접 그런 집합 지시가 내려온 적이 한 번도 없어서 이한정 민보단장은 얼떨떨하다 못해 긴장한다.

군의 소집 의도를 간파하지 못했지만 좋은 일은 아니라는 것에는 모두가 의견이 일치하였다. 왜냐하면 달포 전에 이웃 마을 북촌리와 동복리에서 주민이 집단 학살되었던 터라 분위기가 심상치 않은 상황이었다. 이한정 민보단장은 갑갑하여 한재길 지서장과 의논하였으나 지서장도 갑작스러운 집합 의도를 모른다는 것이었다. 그러나 지서장은 지난 2월 4일 김녕리 '큰남생이' 지역에서 무장대의 매복에 걸려 군인 15명과 순경 1명이 전사하고 총기 170정을 빼앗긴 것을 알고 있었지만, 이는 극비 보안 사항이었기 때문에 민보단원에게는 물론 민보단장에게조차도 일절 알리지 않고 있었다.

오전 11시쯤에 민보단원 250여 명이 김녕초등학교에 모였는데 모두가 처음 군의 지시에 의한 집합이어서 공포 분위기였다. 드디어 군용차에서 내린 대대장이 권총을 허리에 차고 참모를 거느리고 현장에 도착하였다.

연단에 올라간 대대장 정준철 대위는 비장한 목소리로 말했다.

"현재 공비(共匪, 무장대)들과 대치하는 상황에서 변절자와 배신자도 나올 수 있다. 방관하면 더 큰 비극이 초래될 수 있으니 명심하라. 그리고 오늘 중대한 일이 있을 터인즉 민보단원들은 장교들의 지시를 잘 따르라."

그리고 나서 대대장은 오늘 처리할 중대사를 논의하기 위하여 민보단장과 지서장을 불러 학교 직원실로 들어갔다.

모여 있던 민보단원들은 술렁이기 시작했다. 대대장을 따라온 참모장교는 민보단 1대대장 박용수와 2대대장 한재순에게 지시하였다.

"민보단원들에게 오후까지 집에 돌아가지 말고 학교 교정에서 필요한 교육을 실시하라."

군인 대대장과 민보단장의 회의 결과에 따라 오후에 무슨 일이 벌어질 것 같은 분위기가 감돌았다. 그러자 민보단원들은 더 동요하기 시작했다.

학교 직원실에 들어간 대대장과 민보단장 그리고 지서장은 차를 한잔 마셨지만, 분위기가 침통했고 무척 무거웠다. 침통한 분위기와 무거운 침묵만 한동안 이어졌다. 이때 민보단장은 군인(軍人) 대대장의 민보단 소집 동기와 의도를 간파할 요량으로 오찬을 같이하겠다는 결심을 한다. 이한정 민보단장이 오랜 침묵을 깨고 제안하였다.

"대대장님! 점심시간도 다 되었으니 점심을 드시면서 오늘의 중대사가 무엇인지 듣고 싶습니다. 점심 식사부터 일단 먼저 하시죠."

대대장은 민보단장에게도 책임을 물을 중대사를 앞에 놓고 식사한다는 것이 마음 내키지 않았으나 점심시간인지라 "그럽시다."라고 마뜩잖은 목소리로 짧게 대답하였다. 민보단장은 재빨리 대대장의 심기를 읽었다. 오늘 무엇인가 좋지 않은 일이 생길지도 모른다는 예감이 들었다.

식당으로 들어갔다. 민보단장은 군인(軍人) 대대장과 한 번도 식사한 적이 없었지만, 평소 그의 친화력을 발휘하여 서먹서먹하지 않게 분위를 만들어 나갔다. 대대장을 수행해서 따라온 장교와 지서장도 같이 참석했다. 대대장과 지서장은 자주 만나는 터라 임의롭게 이야기하는 사이였다.

김녕은 해녀마을이라 손바닥보다 큰 전복도 나왔다. 이렇게 큰 자연산 전복은 제주에서나 먹어 볼 수 있는 별미였다. 식사에는 반주가 따랐다. 정종이 들어왔다. 겨울철이라 따끈따끈한 정종이 제격이었다. 정종 한 순배가 돌아갔다. 한재길 지서장이 침묵을 깨고 입을 열었다.

"김녕리는 엄중한 상황이지만 여기 이한정 민보단장의 출중한 지도력으로 민보단원과 우리 경찰이 잘 합심해서 폭도들을 잘 막아내고 있습니다. 지난해 8월에 구장 출신 부양은과 9월에 특공대장이 피살되는 불행한 사건이 있었지만, 특공대장인 경우는 폭도가 마을로 침입하여 죽인 게 아니고 성문 밖의 들판 장지에서 살해되었습니다. 그렇지만 여기 김녕리는 이상이 없습니다."라고 지서장이 대대장에게 보고하였다. 그 말은 들은 대대장은 술도 한잔해서인지 억하심정이 다소 누그러지는 것 같았다.

이때 민보단장 이한정은 때를 놓치지 않고 대대장에게 보고하였다.

"대대장님! 우리 김녕리는 천하대촌입니다. 우리 250명의 민보단원은 천하대촌의 자긍심을 가지고 여기 한재길 지서장의 지휘하에 일심 단결하여 폭도가 얼씬거리지 못하도록 열심히 근무하고 있습니다. 최근에 우리 김녕리는 조용합니다."

그러자 대대장이 서류 한 장을 민보단장에게 건네면서 말했다.

"민보단장! 여기 오늘 총살할 명단이오. 한 번 보시오."

그는 이어서 구체적으로 설명하였다.

"김녕리 민보단원 중에 빨갱이 산 폭도와 내통하는 사람들이 있어서 오늘 그들을 대원들 앞에서 본보기로 즉결 처분하고자 소집 명령을 내렸던 것이오."

그 말을 들은 민보단장은 아연실색하여 얼굴이 노랗게 변했고 할 말을 잃어버렸다. 한 달 전 북촌리 집단 총살 사건 때 무장대의 매복 작전을 미

연에 방지 못했다는 책임을 물어 마을 사람이 모인 앞에서 민보단장과 단원을 총살한 장면이 머리를 스쳐 지나갔기 때문이다.

　민보단장은 놀란 가슴으로 명단을 받아들었다. 민보단장은 너무 놀라서 누가 누구인지는 확인하지도 못하고 대충 한 번 훑어보고 10여 명 정도라는 것만을 알고 나서 바로 가슴팍을 풀어 제치고 대대장 앞에 내밀면서 말했다.

　"대대장님! 오늘 이 사람들을 총살하려면 이 민보단장 이한정을 먼저 총살시켜 주십시오."

　이때 한재길 지서 주임이 옆에서 거들었다.

　"대대장님! 우리 김녕리는 천하대촌으로서 민보단원과 경찰이 똘똘 뭉쳐서 마을을 잘 지켜내고 있어서 폭도들이 함부로 습격을 못 하고 있습니다. 다른 데는 몰라도 김녕리에는 빨갱이 산 폭도와 내통하는 자가 한 사람도 없습니다. 제가 보장합니다."

　이와 같은 말에 용기를 얻은 민보단장 이한정은 간청하였다.

　"제가 맹세하건대 우리 민보단원 중에는 총살될 정도로 빨갱이 산 폭도와 내통하는 사람이 한 명도 없습니다. 만일 있었다면 김녕리가 이렇게 조용하겠습니까? 안심하십시오. 있다면 제 책임입니다. 그러니 저를 먼저 쏘아 죽여주십시오."

　그랬더니 대대장이 민보단장의 결기가 대단함을 높이 사서 총살할 의도를 살짝 감추는 표정을 짓자 민보단장은 때를 놓치지 않고 "대대장님! 실례지만 이 명단을 저도 아직은 자세히 보지 못해 누가 누구인지는 전혀 모릅니다. 또 알고 싶지도 않습니다. 저는 우리 단원들을 믿습니다. 없던 것으로 하여 주십시오. 명단을 태워버리겠습니다."라고 말하고는 라이터를 꺼내고 명단을 대대장이 보는 앞에서 불태워버렸다.

그랬더니 대대장이 껄껄 웃으며 결론을 내렸다.

"정말로 내통자가 없다는 말이지요? 그렇다면 됐어요."라고 말하며 "이 일은 없던 것으로 합시다."

그러자 옆에 있던 한재길 지서장도 기분이 좋아서 정종을 한 잔씩 더 따르고 나서 "대대장님! 오늘 정말 큰 결단을 내려 주셔서 감사합니다. 우리 김녕리 민보단원들이 앞으로 대대장님의 기대에 어긋나지 않게 마을을 잘 지켜낼 것입니다. 대대장님의 건승과 민보단의 건투를 빌겠습니다. 그런 의미에서 건배를 제의합니다. 건배!"라고 제안하자 모두가 기분이 좋아서 술을 죽 마셨다.

한편 민보단장이 군인(軍人) 대대장이 준 총살자 명단을 육탄으로 막아내었다는 소문이 민보단원에게 퍼지자 민보단원들은 그 이후부터 민보단장의 말이라면 죽는시늉까지 할 정도로 위계질서와 군기가 확립된 민보단이 되었다. 또한 민보단원들은 지서장에게도 고마움과 경의를 표했다. 그래서 남로당 무장대에게도 이 사실이 알려지면서 남로당 무장대까지도 김녕 민보단의 단결력을 무서워하여 함부로 김녕리를 습격하지 못했다.

이렇게 민보단장 한 사람의 결기와 용단으로 처형될 뻔한 민보단원 10여 명과 그들의 집식구 50~60여 명의 목숨을 구했던 것이다.

한재길 주임도 적시에 2연대 3대대장에게 보고를 잘하여 참사를 막는 데 크게 이바지하였다. 한재길 주임은 서북청년단 경찰의 틈바구니에서 제주 사람을 한 사람이라도 억울하게 죽지 않도록 음으로 양으로 노력했다. 그는 관할지역의 이장들과 수시로 접촉하여 무장대를 마을별로 민보단에 의해 잘 막아낼 수 있도록 지도하고 격려하여 주었다. 그런 그의 애민정신을 김녕리 주민들은 잘 알고 있어서 지금도 어르신들은 당시의 지서장 한재길을 칭송하는 것을 마다하지 않는다.

김녕리가 천하대촌이면서도 한라산에 올라가 공산 무장대가 된 사람은 한 명밖에 없다. 그 이유는 교육을 통한 의식 수준이 높아 소위 신사조라고 유행하는 마르크스·레닌의 공산주의에 휩쓸리지 않았다는 것이다. 김녕리는 조선시대에 김녕현으로서 정사(精舍)가 있어 교육의 중심지였다. 그래서 교육에 관심이 많았던 곳이다.

\*

김녕 경찰지서 서북청년 출신 차석이 동복리 이장을 무장대 협조자라며 처형하려는 것을 제주 출신 지서장이 막는다.

# 한재길 지서장, 동복리장 즉결 처형 막아

동복리 소개 주민 30명의 처형이 이루어진 1949년 1월 20일 그날 밤에 동복리 이장 김두임이 지서에 끌려왔다. 이유인즉, 이장이 남로당 무장대와 접선하여 김녕지서의 경찰 인원과 무기 현황을 무장대에 알려주었다는 것이다. 이 문제를 제기한 경찰은 악명높은 서북청년단 출신 차석이었다.

밤새도록 동복리장을 고문하며 무장대와 접촉했다는 사실을 자백받으려고 했으나 김 이장은 무장대가 이장 집으로 침입한 상황이었지 의도적으로 접촉한 사실은 없다고 강변하였다. 사실 그날은 동복리에 산 폭도 무장대가 침입한 날이었다. 대동청년단장 집에도 비상이 걸렸다. 어린 아들 김승호는 그의 어머니 품에 안겨 눌(가리, 짚단더미) 속에 숨었다. 어린 승호는 폭도가 눌 속을 창으로 찌른다는 말을 듣고 있어서 무서워서 부들부들 떨기 시작했다. 부들부들 떠는 게 너무 심해서 그 떠는소리가 눌 밖으로 새어 나갈까 봐 그의 어머니가 떨지 말라고 꼬집었던 일이 생각난다고 승호는 회상하였다. 김두임 이장의 강한 항변에 화가 치밀어 오른 차석은 고문으로 이장을 초주검이 되도록 만든다. 문제의 심각성을 인지한 경찰이 꼭두새벽에 지서장에게 연락하였다.

지서장이 지서에 들어서자 차석이 보고하였다.

"동복리장을 바로 처형하겠습니다."

"처형 권한은 지서장에게 있지 차석에 있지 않소. 동복리장을 즉시 방면하시오."라고 한재길 지서장이 버럭 화를 내면서, 옆에 서 있던 경찰에게 지시하였다.

두 사람 간에는 4·3 사건에 대한 시각이 확연히 달랐다. 지서장은 제주 본토박이로서 제주인의 정서를 이해하고 있는 반면에 서북청년단 출신 차석은 공산당이라면 자다가도 벌떡 일어날 정도로 경기를 일으키는 사람이었다. 차석은 공산 남로당 무장대와 관련된 조그마한 점만 있어도 무조건 체포하여 처형하는 처형주의자였다.


동복리 이장 건은 무혐의로 일단 방면하여 일단락지었으나 차석이 몽니를 부려 서북청년단 계통으로 경무부에까지 보고하는 바람에 조사도 나오고 한재길 지서장이 상당한 고초를 겪었다. 마치 한재길 지서장이 이중 첩자인 것처럼 경무부에 보고되었던 것이다. 이때 제주 경찰국장이 한재길 주임의 인품과 능력을 높게 평가하고 있어서 경무부의 압력을 차단하였기 망정이지 변절자로 처벌받을 뻔했었다.

풀려난 동복리 이장 김두임은 한정철의 고모할머니의 남편이었다. 한정철이 어렸을 때 이장 김두임 할아버지는 백마를 타고 동복리에서 김녕리 처가를 방문하곤 했었다.

한재길 지서장이 1944년 태평양 전쟁이 한창일 때 일본 게이오(경응) 대학에 재학 중에 학도병으로 징집되어 만주에서 훈련받을 때였다. 그동안 일본인 하사관 조교가 조선인을 '조센징'이라며 몇 번 업신여겨도 참고 있었는데, 어느날 훈련에 미숙한 조선인 학도병에게 발길질하며 "조센징, 빠가야로!(조선인 개새끼!)"라고 그가 경멸적인 욕을 하자, 학도병이던 한재길이 분을 참지 못하고 그에게 다가가 "야! 이 쪽발이 새끼야! 너 금방 뭐라고 말했어? 뭐, 조센징 빠가야로? 너 쪽발이 작은 고추 맛 좀 맛볼래? 이 니뽄노 빠가야로(이 쪽바리 개새끼)!"라며 그를 유도 업어치기로 냅다 땅바닥에 내리 꽂아버렸다. 업어치기 완전 한판승이었다.

이를 본 조선인 학도병들이 "와!" 하고 환호성을 질렀다. 그때 장경순 국회부의장도 학도병으로 함께 훈련받고 있었다. 그도 유도 유단자였지만 한재길이 한 수 위였다는 것을 느꼈다. 또한 그는 한재길의 당찬 기백에 압도당한다.

훈련병이, 그것도 조선인이 감히 일본인이면서 계급도 자기보다 높은 조교를 업어치기를 했으니 훈련소가 발칵 뒤집혔다. 원칙대로 하면 상관에 대한 하극상은 더구나 전시이기 때문에 총살형이었다. 한재길은 일본 헌병대에 잡혀갔다.

일본인 장교 간에 처벌에 대한 논의가 시작되었다. 일부는 "하극상이므로 군법회의에 부치어서 총살해야 한다."라고 주장했고 다른 측은 "계획적인 하극상이 아니고 민족차별로 인한 순간적인 분노 충동 때문에 발생한 것이므로 처벌은 하지 말고 훈계만 해야 한다. 또한 조교가 먼저 민족감정을 건드렸기 때문에 만일 극형에 처하면 지금 조선인 학도 훈련병들이 격렬한 반응을 보일 것인바, 이를 원만하게 처리해야 한다."라고 주장하여 양분되었다.

그런데 하극상은 하극상인데 그 방법이 일본의 국기(國技)인 유도 '업어치기'였다는 게 장교들 간에 동정심을 불러일으켰다. 유도 업어치기가 폭행의 일종이기는 하지만 업어치기로 상처 없이 땅바닥에 내리꽂은 것은 상대편의 전의를 꺾기만 한 것으로서 폭행이라고 치부할 수 없고, 또 유도는 일본의 국기이며 조선인이 유도 유단자가 된 것은 장려할 사항이라는 동정심이 작용하여 영창살이도 하지 않고 바로 훈방 조처되었다.

또한 유도를 아는 그들은 한재길의 업어치기 한판승의 기술을 높이 평가했다. 다시 훈련병으로 돌아온 한재길은 당시 조선인 학도병들에게 영웅 대접을 받았다. 특히 5·16 쿠데타 주체 세력이며 유도 9단자인 장경순(예비역 육군중장, 농림부 장관 역임) 국회부의장이 당시 학도병으로 한재길의 한판 대결을 보고 흠모하기 시작했다. 한재길 지서장이 모슬포 경찰서장을 끝으로 퇴임한 후에 장경순 국회부의장이 제주도에 올때면 항상 옛 전우인 한재길 지서장을 방문하여 교분을 두텁게 가졌었고 음으로 양으로 사업을 도와주었다고 그의 아들이며 한정철의 고등학교 동기 동창인 한상용이 회고하였다.

\*

토벌군과 무장대 간에 두 번에 걸쳐 큰 전투가 벌어지는데 의귀리 전투와 녹하악 전투가 그것이다. 두 번의 큰 전투 패배로 이덕구의 무장대 세력은 하향길에 접어든다.

# 토벌군의 대승과 무장대의 대패(大敗) 전투

## 의귀리 전투, 현의합장묘 및 송령이골묘

1949년 1월 5일 남원면의 한라산 기슭 수악계곡에 남원면당(黨) 은거지에 제주도당(黨) 간부들이 모였다. 이덕구 사령관도 그날 참석하였다. 그자리에는 전라남도 도당에서 파견된 올구(조직책) 2명도 참석하고 있었다.

의귀리에 새로 배치된 2연대 2중대가 남원면 일대를 샅샅이 수색하여 동굴에 피신한 주민들을 체포하여 압송하는 등 토벌이 심하여서 이 2중대 기지를 공격하여 짓밟아야 한다는 의견이 많아서 2중대 유린 계획을 세우기 위하여서 모였다. 모두가 그 계획에 찬성하였다.

무장대 규모는 제주도당 무장대 100명과 남원면 자위대 100명 총 200여명이 공격하는 것으로 계획을 세웠다. 기습 날짜는 1월 12일로 정했고 시간은 군인들이 깊은 잠에 빠진 새벽 2시로 잡았다.

사령관 이덕구가 "우리가 그동안 적의 중대 기지를 공격하지 않았었기 때문에 적들이 다소 해이해지어 있을 것이오. 우리 유격대가 야밤에 기습공격을 가하면 적들은 급소가 찔리어 공황 상태에 빠질 것이오. 야간공격은 기도비닉(企圖秘匿: 은엄폐)이 가장 중요하니 수류탄 투척 거리까지 포복으로 접근해서 수류탄을 동시에 여러 발을 투척하면 적들이 혼비백산할 것이오. 이때 탄약고를 선점하여 무기와 탄약을 탈취하는 데 더 신경을 쓰시오."라고 강조하였다.

드디어 1월 11일 D-1일이 되었다. 임무가 하나 더 추가되었다. 며칠 전에 한라산 기슭에서 잡혀간 남원면 주민 80여 명을 구출하는 것이었다. 밤 10시가 되자 무장대 200명은 각오를 단단히 하고 은거지에서 출발했다. 1월 12일 새벽 1시에 2중대가 주둔하고 있는 의귀리 초등학교 500m까지 접근하였다. 폭도 무장대들은 여기서부터 기도비닉을 위하여 포복으로 접근하기 시작했다.

그런데 동네 개 한 마리가 짖기 시작하더니 여러 마리가 동시에 짖기 시작하였다. 개 짖는 소리에 졸고 있던 보초가 놀라서 눈을 떠서 개가 짖는 쪽을 쳐다보았더니 새카맣게 폭도들이 포복으로 보초막 쪽으로 기어 오고 있었다.

보초 김 일병이 옆에서 졸고 있던 고 일병의 옆구리를 찌르고 폭도 쪽을 가리켰더니 고 일병은 놀란 나머지 방아쇠를 당겼다. 포복하던 폭도가 비명을 질렀다. 김 일병도 폭도를 향해 사격하기 시작했다.

잠자던 중대원들이 총소리에 놀라 잠에서 깬 후에 폭도들의 기습인 것을 알고 조건반사적으로 경계 참호 속으로 뛰어 들어갔다. 기도비닉이 탄로가 난 폭도들이 '와~' 하고 돌격해오기 시작하였다.

경계 참호에 뛰어 들어간 병사들의 총에서 불을 뿜기 시작했다. 그런데 워낙 폭도가 많은 숫자여서 죽여도 또 공격해 오는 것이었다. 이때 분대장 이윤 중사가 학교 건물 옥상에 거치된 기관총 진지로 뛰어 올라가 적을 향해 기관총으로 집중 사격을 실시했다. 때로는 기관총을 난사하기도 하였다. 기관총 세례를 받은 적은 도주하기 시작하였다.

이날 국군은 적 사살 96명과 생포 14명 총 110명의 사살과 생포의 전과를 올렸다. 공격한 무장대는 반 이상의 피해를 보고 퇴각하였다. 4·3 사건 동안 중대 기지 방어 전투로서 전무후무한 전과를 올린 전투였다. 군인의 피해는 전사 4명, 부상자 5명이 발생하였다.

한편 혈투를 벌였던 중대장은 오늘의 무장대 기습공격은 며칠 전에 산에 은거하던 주민 80명을 체포하여 학교 안에 강제 수용한 것에 대한 보복으로 판단하여 날이 밝자 주민 80명을 인근 밭으로 몰아넣어 집단 총살하기에 이른다.

80명의 주민은 무장대의 기습공격 때문에 날벼락을 맞은 것이다. 기습공격으로 부하 4명이 전사하고 5명이 부상한 것에 대한 보복 집단 총살이었다. 이러한 양민 보복 총살은 북촌리와 동복리에서도 있었고 제주에 비일비재했다.

옆에 있던 친구 승호가 물었다.

"정철! 이런 마을 주민 학살의 경우 누구의 탓으로 돌려야 하는 거야? 기습공격한 무장대 때문인가, 2중대장 때문인가?"

"우파는 기습공격한 무장대 때문이라고 할 것이고, 좌파는 토벌대 2중대장 때문이라고 하지 않겠어?"라고 반문으로 대답하였다.

반문하고 나서 좀 생각을 정리한 정철이 덧붙여 말했다.

"이는 전쟁이라는 비합리성 때문이야. 중대장도 사람인지라 악한이어서가 아니고 전쟁이 악(惡)이어서 그래. 본질이 비합리적인 전쟁에서 합리적인 이성을 찾으라는 것은 숲에서 물고기를 낚는 것과 같지 않아? 그러니까 해결책은 전쟁을 없애는 거야. 전쟁이 있는 한 이러한 상황은 항상 발생할 가능성이 높네."

한편 의귀리와 수망리 그리고 한남리 등 남원면 마을 사람들이 집단 총살 소식을 듣고 식구 또는 친인척의 시신을 거두기 시작했다. 시신의 절반 되는 40구가량은 연고자들이 찾아갔으나 나머지 40여 구는 며칠이 지나도 찾아가는 이가 없었다. 그래서 마을 사람들이 나머지 시신을 봉분을 3개를 만들어 합동으로 매장하였다. 이것이 훗날 '현의합장묘'라고 불리게 된 집단 총살의 흔적이다.

1983년에는 묘 앞에 의로운 넋들이 함께 묻혔다는 의미로 '현의합장묘(顯義合葬墓)'라는 비석을 세운다. 그런데 마을 길을 몇 차례 넓히면서 묘역이 돌출되는 상황에 이르자 새로운 묘지 조성이 필요하게 되었다. 유족들은 2002년 6월부터 기금을 모으고 관계기관에 요청해서 수망리 속칭 '신산모루' 지경에 새 묘역 부지를 마련해 이장하게 된다. 이장을 위해 사건 발생 54년 만에 유해를 발굴했는데, 서쪽 봉분에서 17구, 가운데 봉분에서 8구, 동쪽 봉분에서 14구가 다수의 유물과 함께 확인된다. 현재 '현의합장묘'에는 39구의 시신이 3개 묘에 안장되어 있다. 한편 96구의 무장대의 시신 처리가 문제였다. 무장대의 시신은 후환이 두려워서인지 아무도 관심도 없었고 대놓고 찾아가는 사람은 없었지만 몰래 찾아가는 사람이 더러 있었다. 그래서 할 수 없이 군인들이 마을 사람과 힘을 합쳐서 집단 매장하고 낮은 봉분까지 만들었다. 이 묘는 매장지역의 이름을 따서 '송령이골묘'라고 불리고 있다. 이 묘는 비록 반도 무장대의 합장묘이지만 반도 무장대이기 전에 선량한 사람이었다는 것을 알리기 위해 어떤 사회단체에서 매해 벌초하고 제사상도 차리고 있다.

의귀리 이 지역에는 4 · 3 사건을 상기시키는 유명한 곳이 3곳 있는데, 학살된 양민이 합장된 '현의합장묘'와 그날의 반도 무장대의 합장묘 '송령이골묘', 그리고 그날 전사한 군인 4명의 묘가 있는 남원 현충원이 바로 그 것들이다.

## 녹하악(鹿下岳) 전투, 이덕구 진두지휘한 무장대 대패

총기 170정을 탈취한 날인 1949년 2월 4일 밤에 한라산 기슭 무장대 기지에서 부하 무장대들과 이덕구 사령관은 술잔을 주거니 받거니 하며 술을 거나하게 마셨다. 특히 이집사 중대장을 옆에 앉혀놓고 칭찬과 격려를 하며 술을 거나하게 마셨다.

"중대장 동무! 오늘 소총 170자루를 탈취한 전과는 최대의 전과야. 특히 신식 무기인 M1 소총 20정을 탈취한 것은 전혀 상상도 못 했던 소득이야. 자 술 한 잔 더 받아." 하며 술을 한 잔 따라 주었다.

그리고 그는 이어서 "그런데 한 가지 고민이 있어. 신식 무기 M1 소총은 어느 정도 확보해서 있는데 실탄이 부족해서 탈이야."라며 푸념을 털어놓았다.

"사령관님! 실탄은 국군의 중대 기지 탄약고에 많이 있습니다."라고 중대장 이집사가 말했다.

"그거야 나도 알지. 그걸 몰라서 묻는 게 아니고 어떻게 하면 M1 실탄을 획득할 수 있느냐를 묻는 거야. 이제는 남로당 프락치 문상길도 잡혀가서 총살당하고 오일균 소령도 잡혀가 버렸으며 김억렬 연대장도 떠나 버려서 옛날처럼 실탄을 지원해 줄 사람이 없어서 하는 말이야."라고 이덕구 사령관이 고민을 털어놓았다.

"그러니까 국군 중대 기지의 탄약고에 있다고 제가 말하고 있지 않습니까? 제가 드리는 말씀은 중대 기지를 공격하여 탄약고에 있는 탄약을 탈취하자는 뜻입니다."라고 중대장이 말하자 그제야 이덕구가 정신이 번쩍 드는 것이었다. 그런 방법도 있었는데 오늘 오후 내내 고민했던 게 헛수고라는 생각이 들어 오히려 민망스러웠다.

"그래, 그런 방법도 있구나. 그래서 우리 제주도 속담에 '애기어깨(아기를 업어서 돌보는 어린아이)' 말도 들으라는 말이 있지. 오늘 그 속담이 실감이 나네."라고 말하고는 저쪽에서 대원들과 술을 마시고 있는 작전책임자를 불러서 지시하였다.

"국군 중대 기지를 파악하여 우리가 기습공격하기에 알맞은 곳을 선정하고 M1 실탄을 탈취하는 작전계획을 수립하시오."

시간이 조금 지나자 이덕구 사령관은 작전책임자를 다시 불러서 좀 더 구체적으로 지시하였다.

"기습작전 계획을 수립할 시에 중대 기지에 잔류병만 남기고 중대원이 기지를 떠나 작전을 벌이도록 계략을 세우시오. 지난번 의귀리 소재 2중대를 공격할 때는 중대원이 모두 기지에 있을 때 공격해서 우리가 크게 낭패를 본 적이 있는데 그때 교훈을 잊지 마시오. 그러다 보면 기습 시간은 밤이 아니고 대낮이 되겠구먼. 중대 본류가 작전차 기지를 비운 시간대, 즉 낮에 적 기지를 유린하여 M1 소총 실탄 등 주요 물자를 탈취하는 거요."

작전책임자가 물었다.

"사령관 동지! 무장대 출동 병력은 얼마를 동원하면 될까요?"

"무장대를 최대한으로 동원하도록 하지. 우리 도당 무장대 500여 명과 2개면 자위대 500명, 도합 1,000여 명을 동원하시오."라고 이덕구가 지시하였다.

드디어 결전의 날이 왔다. 1949년 3월 말에 있었던 녹하악(鹿下岳) 전투에 직접 참여한 제2연대 1대대 4중대장 김주형 중위의 다음 진중 친필수기는 녹하악 전투가 얼마나 치열했는지를 잘 말해 준다. 당시 대대장은 임부택 대위였다.

「1949년 3월 말, 제2연대 2대대 그리고 3대대 및 6여단 유격대대 등 3개 대대가 북제주군과 성산포 등 3개 방향으로 공격하고, 우리 제2연대 1대대는 남제주군 서북방 적악·노로악·한대악을 연하는 선을 차단하여 무장대를 포착 섬멸하는 요지의 제주도지구 전투사령부의 작전명령이 하달되었다.

나(1대대 4중대장)는 제1대대 전투 대대장 임부택 대위에게 "녹하악과 절악(折岳) 일대를 야간수색하고 13시까지 계획된 차단선을 점령하겠습니다."라고 건의하여 승인을 받았다. 나는 이미 출동한 중문리 동북방에 있는 제1중대 기지에서 숙영하고 새벽 3시에 출동하였다.

캄캄한 밤길을 약 1시간 정도 행군하여 녹하악 동쪽 고갯마루에 당도할 찰나 무장대와 마주쳐 조우전을 벌이게 되었다. 무장대가 고개 정상을 선점하고 사격하는 상황이라 나는 불리함을 깨닫고 선두의 1개 분대만으로 적을 견제토록 하고 주력은 포복으로 녹하악 정상을 선점하였다.

고지 정상에서 지형을 살펴보니 동북쪽 멀지 않은 곳에 절악(折岳)이 있는 것을 알아내고 최의경 소위에게 경기관총 2정과 60mm 박격포 1문을 주면서 1개 소대로 절악을 점령하고 적 주력에 집중 사격을 하도록 명령하였다.

새벽 5시쯤, 중대는 고갯마루의 적에게 집중 사격을 하였다. 약 1시간여의 격전 끝에 적은 10여 구의 시체를 버리고 물러났으며, 우리는 고갯마루를 확보하고 수명의 중상 포로를 잡았다.

중상 포로들의 진술에 따르면 무장대는 제주도 인민군 사령관 이덕구가 지휘한 1,000여 명이며, 작전 목적은 제1중대 기지를 유린하라는 것이었다. 즉 이들은 전날 밤 20시에 인접한 안덕면 사무소와 지서를 습격 방화하였다. 그러면 인접의 제1중대가 이튿날 출동을 할 것이고, 기지에는 소수의 잔류 병력뿐이므로 이 기회를 이용하여 기지를 유린하고 무기, 탄약,

식량, 피복 등을 탈취하려고 했다는 것이다.

그런데 야간이라 행군이 늦어져 새벽 4시쯤에 고갯마루에 도착했는데 뜻밖에 국군과 마주쳤다는 것이다. 고갯마루에서 물러난 적은 약간 후퇴하여 응사해 왔다. 그런데 이때 절악을 점령한 최의경 소위의 특공소대가 측 후방에서 적에게 집중 사격을 가했다. 불의의 공격을 당한 무장대는 다시 1km 정도 후퇴하여 동에서 서남쪽으로 흐르는 소하천을 의지하여 완강히 저항하였다.

가까운 거리에서 숨 막히는 격전이 11시까지 계속되었다. 나는 피해가 속출하는 상황을 타개하기 위해서는 돌격뿐이라 판단하고 절악의 최 소위에게 기관총과 박격포로 엄호 사격할 것을 지시하고는 11시 30분경에 돌격 명령을 내렸다. 적은 우리의 일제 돌격에 압도된 듯 분산되어 도주하기 시작했다. 적은 차후 집결지를 정하지 못한 채 뿔뿔이 흩어졌으며, 곳곳에서 각개 격파됨으로써 이후로는 대병력에 의한 작전이 없었다.

이 전투에서 우리는 적 사살 178명(유기 시체), 소총(99식, 38식, 카빈 등) 203정, 권총 4정, 기관총 2정, 일본도 1본 등 많은 전과를 올렸다. 이날 작전을 공중 지휘하던 유재흥 사령관은 비행기가 추락하여 어승생 부근에서 소나무에 걸려 가벼운 상처만 입었다.」

이 녹하악 전투에서 이덕구가 진두지휘하는 무장대 주력이 국군의 토벌 작전에 따라 섬멸되는 치명적인 타격을 받았으며 그 후 분산 은거함으로써 무장대에 의한 대규모 기습작전은 없었다.

녹하악 전투가 대승으로 끝난 뒤에 임부택 대대장이 격려차 녹하악을 방문하였다. 제1대대가 대대 단위로 작전을 전개하였지만, 이번 녹하악 전투는 1개 중대가 7~8배가 넘는 적을 대적하여 승리한 전투로서 정규전에서도 보기 드문 전과이다. 특히나 4·3 사건처럼 비정규전, 즉 게릴라전인 경우는 더욱 그렇다.

김주형 4중대장은 "대대장님! 오늘 우리의 승리는 대대장님께서 평소 교육훈련 시마다 지형지물을 잘 이용하라는 말을 귀에 딱지가 앉도록 들었던 것을 그대로 실천했던 것입니다. 그리고 또 적과 근접전에서 돌파구가 안 보일 때 우왕좌왕하지 말고 무조건 '일제 돌격 앞으로' 하면 돌파구가 생긴다는 것을 명심하여 오늘도 대대장님께서 가르쳐 주신 대로 실천했더니 결과가 이렇게 대승할 수 있었습니다. 대대장님! 저는 오늘 교육훈련이 얼마나 중요한지를 깨달았습니다. 오늘의 영광은 대대장님께 돌리고 싶습니다. 감사합니다."라고 대대장에게 고맙다고 말하였다.

"칭찬을 받아야 할 사람은 중대장 당신인데 왜 나를 추켜세우는가? 오늘 전투는 전술 교리대로 잘한 모범적인 사례요. 총알이 빗발치는 상황에서 냉정하게 판단하여 지휘를 잘한 결과입니다. 내 생각에는 오늘로써 이덕구의 인민 유격대 무장대는 힘을 잃어 사양길에 접어들 것으로 판단하오. 이 기세를 계속 유지하여 토벌한다면 곧 제주도에 평화가 찾아올 것이오."라며 임부택 대대장은 김주형 중대장의 어깨를 토닥거리며 격려해 주었다.

한편 1대대장 임부택 대위는 이러한 토벌 전투 경험을 살려 6·25 전쟁 발발 시에 6사단 7연대장으로서 춘천방어 전투를 성공적으로 수행하여 혁혁한 전공을 세운다.

\*

화북지서에 귀순한 고위급 무장대가 무장대 사령관 이덕구의 소재를 제보한다. 이튿날 화북지서 경찰관과 민보단 특공대원이 출동하여 이덕구를 사살하는 대 전과를 올린다. 폭도 수괴 이덕구만 사살한 것이 아니고 김달삼의 극비 문서인 '제주도 인민 유격대 투쟁 보고서'까지 획득하는 놀라운 전과를 올린다.

# 이덕구 인민 유격대 사령관 사살

이덕구는 조천면 신촌리 출신으로 조천 중학교에서 체육 교사로 재직하던 중에 한라산으로 올라가서 공산 남로당 무장대가 되었다. 일본 제국주의 시대에 그는 일본 관동군의 소위였다(그의 제주에 있는 묘비에는 대위로 인각되어 있다). 그는 일찍이 일본으로 건너가서 오사카 일신(日新) 상업학교를 졸업하여 입명관(立命館: 리쓰메이칸) 대학 경제학과 4학년 재학중에 학병으로 입대하여 관동군 소위로 복무하다가 해방을 맞이하여 제대하였다.

오사카에 있는 상업학교 시절 그와 알고 지냈던 제주 출신 고 씨는, "덕구는 키는 작았지만, 사람은 야무졌다. 그리고 그는 얼굴이 살짝곰보였다. 오사카(대판)에서 상업학교에 다닐 때부터 깡패 기질이 있어서 일본 사람과 충돌도 했었지만 조선 사람과는 시비를 걸지 않았다. 당시 그는 민족의식이 강한 것 같았다. 그는 일본 옷인 기모노를 입고 6촌(寸) 5분(分)짜리 단도를 언제나 지니고 다녔으며, 체구는 작았지만 행동은 민첩한 편이었다. 한편 김달삼(이승진)이도 먼발치에서 보았는데 키가 후리후리하고 미남형으로서 이덕구와는 대조적이었다."라고 회고하였다.

이덕구는 고등학교 때부터 일본인을 증오했고 보스 기질이 있었다. 이덕구는 해방이 되자 귀국하여 고향 조천중학교에서 군 출신의 경력에 부합한 체육과 역사 교사로 임용되었다. 당시 일본에서 대학을 다니고 일본군 장교로 근무했다는 것은 제주 출신으로서 그리 흔한 일은 아니었다.

그는 일본에서 대학을 다니면서 당시 일본 대학생들이 호기심을 가지고 공산주의 사상을 접하였던 것처럼 그도 접하게 된다. 그는 일본 대학생들처럼 공산주의가 신사조(新思潮)로서 유행하자 거기에 한 번 관심을 가진 적이 있었을 뿐이다. 일본 관동군 소위로 근무할 때까지는 그는 좌익은 아니었으나 좌익 사상을 완전히 버리지는 못한 상태였다.

해방되어 고향 제주도에 귀향하고 보니 해방 공간에서 좌익과 우익이 격돌하기 시작했다. 당시 똑똑한 사람 치고 유행을 따르지 않은 사람이 없듯이, 신사조(新思潮)였던 공산주의 이론을 접하지 않은 사람이 없었다. 특히 피 끓는 청년은 더 했던 시절이다. 그러자 이덕구는 그동안 잠재되어 있던 공산주의에 대한 호기심이 발동하여 좌익 활동을 하기 시작하였다.

이덕구는 조천중학교 선생 시절 스스럼없이 학생들과 잘 어울려 놀아서 학생들에게 평판이 좋았다. 그가 일본 유학 시절 일본인 깡패와 싸웠던 이야기며 또 만주에서 관동군 장교 시절의 군대 이야기를 몸짓까지 하며 말할 때는 학생들이 입을 벌리고 다물지 못했다.

학생들의 반응이 대단했다. 학교 체육 대회 때는 응원단장을 자임하여 삼삼칠 박수를 이끌며 학생들과 어깨동무도 하였다. 그럴 때는 학생들이 '덕구 덕구 이덕구! 박박 얽은 그 얼굴!'이란 노래가 학생들 사이에서 불렸을 정도로 인기가 높았다.

1947년 3·1절 시위 사건과 관련하여 3·10 총파업 때 이덕구는 조천중학교 파업 문제로 경찰지서에 끌려가 취조를 받던 중에 경찰한테 뺨을 얻어맞아 왼쪽 고막이 터졌고 며칠간 경찰에 구금되기도 했었다.

그는 1947년 8·15광복절 이후 어느 날 학생들에게 "오늘이 마지막 수업이다. 나는 오늘을 마지막 수업으로 내일 학교를 떠나 육지에 다녀오겠다. 모두 공부 열심히 하라."라는 짤막한 작별 인사를 한 후 소식이 끊겼다.

이덕구는 그때 뜻한 바가 있어 한라산으로 올라간 것이다. 1948년 4·3 사건이 발발했을 때 그는 조천면 지역 일대를 관장하는 인민 유격대 제1 지대장으로 활약하였다.

그러고 나서 1948년 8월 해주에서 개최된 남로당 인민위원회 대표자대회에 참석했던 제1대 인민 유격대 사령관 김달삼이 제주도로 돌아오지 않자, 이덕구는 그의 후임으로 제2대 인민 유격대 사령관이 되어 무장대를 총지휘하였다. 이덕구가 사령관이 된 후에는 대한민국에 선전포고하는 등 강력한 군사 활동을 전개하였으나 군경의 토벌 작전이 강화되자 무장대의 활동이 위축되기 시작하였다.

그러던 중에 화북 경찰 지서장 문창송 경위는 관내에 입산한 107명을 귀순시키는 선무 공작을 진행하고 있었는데 어느 날 마침 해안으로 침투하는 무장대의 분대장급 1명을 생포하였다. 지서장은 그 분대장에게 물었다.

"귀순하면 용서하고 살려줄 것이다. 귀순할 생각은 없는가?"

분대장은 체포되면 죽이는 줄 알았는데 살려 준다니까 감격해서 재차 물었다.

"정말입니까? 귀순하면 죽이지 않습니까"

"그렇소. 귀순하면 죽이지도 않고 더 이상 책임도 묻지 않고 용서해주고 있어요. 당신은 이제 자유인으로 살아갈 수 있어요. 더 귀순시킬 사람은 없는가? 귀순하면 모든 것을 용서하니까 한 사람만 더 귀순시키도록 노력해 보시오."라고 지서장이 주문하였다.

그러자 용서받은 대가로라도 누군가를 귀순시켜야겠다는 일념으로 그는 지서장에게 "네, 저하고 잘 통하는 사람이 있는데 공산주의에 염증을 느끼는 사람이 한 사람 있습니다만 귀순하면 죽여버릴까 봐 망설이는 것 같았습니다."라고 말했다.

그러자 지서장은 귀순 의사가 있다는 말을 듣고는 다그쳐 물었다.

"그 사람이 누구요? 어떤 사람이오?"

"지대장이라는 부두목 정도의 직책을 가진 사람입니다."라고 그 분대장이 말했다.

그러자 지서장은 신분이 높은 무장대라고 하니 더 다급해졌다.

"그러면 자네가 그와 접촉해서 귀순하면 용서해준다고 가서 말해서 귀순시킬 수 있는가?."라고 주문했다.

"죽이지 않는다는 보장이 필요합니다. 그것을 담보할 수 있습니까?"라고 단도직입적으로 그는 물었다.

"보장하고 말구. 도대체 그 사람 이름이 뭐요?"

"고청갑이라는 사람입니다."

"아, 그 사람 제주읍 용강동 사람이지. 그 사람이 그렇게 높은 위치까지 올라가 있어요? 우리는 그런 것을 전혀 모르고 있었네요. 그 사람 모친과 딸이 지금 용강동에서 잘살고 있지요."라고 지서장이 말했다.

"그의 가족이 죽지 않고 살아 있다는 말입니까? 죽이지 않았다는 겁니까? 믿기지 않습니다."

"죽이다니 왜 가족을 죽여요? 폭도 가족이라고 다 죽이지는 않아요. 그러나 이덕구처럼 두목이나 부두목 정도 되는 폭도의 가족은 때로는 처형을 하는 일이 있었지만, 그 이하의 신분의 폭도들 가족은 감시만 하지 죽이지는 않아요."라고 지서장이 설명하였다.

지서장의 설명을 들은 분대장은 "한라산으로 올라가 고청갑을 만나 귀순하도록 설득해보겠습니다."라고 말하고는 곧바로 산으로 올라갔다.

분대장은 고청갑 지대장을 만나서 단도직입적으로 물었다.

"저는 잡혀서 귀순했으며 앞으로 귀순자는 죽이지 않으니까 귀순할 사람이 있으면 귀순하도록 협조해달라기에 이렇게 다시 한라산으로 올라왔습니다. 지대장님, 혹시 전에 언뜻 귀순 의사를 밝히던데 아직도 그런 마음은 변하지 않았습니까?"

"귀순하고 싶지만 살려준다는 보장이 없지 않은가?"라고 고청갑이 의문을 제기하자 분대장은

"죽이지 않습니다. 제가 보장합니다. 그리고 지서장이 그러던데 용강동에 지대장님의 모친과 따님이 잘 살아 있다고 합디다."라고 설명을 하였다.

고청갑은 놀란 눈으로 "정말로 내 모친과 딸이 살아있다 그 말이오? 믿기지 않네요."라고 되묻고는 마음이 동했는지 분대장의 손을 잡고는 귀순하겠다는 의사를 내비쳤다. 그러고 나서 두 사람은 한달음에 산에서 내려와 화북지서에 귀순한다. 화북지서에서는 고위급 무장대가 귀순해 오자 중요한 정보를 캘 수 있다는 기대감이 한층 부풀어 올랐다.

귀순한 고청갑의 첫마디는 "귀순자를 죽이지 않고 살려 주는 겁니까?"였다.

지서장은 이 질문을 받고 죽이지 않는다는 확신을 그에게 심어주어야 더 많은 정보를 캘 수 있다는 생각이 퍼뜩 떠올라, "오늘 지금 당장 용강동에 있는 당신의 집으로 가보시오. 당신의 어머니와 사랑하는 딸을 한 번 만나 보시오"라고 말하고는 하룻밤을 가족과 함께 지내도록 선처해주었다.

고청갑은 총살당해서 죽었을 것으로 생각했던 가족이 멀쩡한 것을 보고 귀순 결심을 잘했다고 생각한다. 공산주의자 무장대는 변절이나 반동인 경우는 사람을 벌레처럼 경시하여 가족까지 모조리 절멸시키는데, 경찰은 인간의 생명을 소중하게 생각하여 그렇지 않은 것을 보고 이념의 차이가 천양지차라는 것을 알고 공산 남로당 무장대가 된 것을 후회하였다. 이튿날 화북지서에서 고청갑은 중요한 정보를 털어놓는다.

"저는 인민 유격대 사령관 이덕구가 이끄는 무장대에서 활동하였습니다. 이제는 공산주의에 염증을 느껴 이렇게 새사람이 되려고 산에서 내려왔습니다."라고 고청갑은 귀순 동기를 밝혔다.

그는 이어서 특급 비밀을 털어놓았다.

"저는 이덕구 사령관과 같이 근무하고 있어서 이덕구의 아지트를 알고 있습니다."

이 말을 들은 문창송 지서장은 이덕구를 사살할 좋은 정보라고 믿고 그의 정보의 신빙성을 확인하기 위하여 지서장이 직접 신문하기 시작했다.

지서장은 우선 이덕구의 소재 파악이 급한지라 물었다.

"이덕구의 위치를 알고 있는가?"

"네, 견월악(가오리오름, 623고지) 산정에 있습니다. 제가 이덕구 사령관과 같이 있다가 식량을 얻어오겠다며 어제 근거지를 떠나 내려왔습니다."라고 고청갑은 대답했다.

"이덕구와 같이 있었다고 했는데 그의 인상착의 중에 특징적인 것이 무엇이오?" 지서장이 물었다.

"얼굴이 얽은 사람입니다."라고 귀순한 고청갑이 대답했다.

"얼굴이 얽었다니 무슨 말이오?"라고 지서장이 '얼굴이 얽었다.'는 말을 처음에는 잘 이해하지 못하고 재차 물었다.

"마마에 걸린 후 얼굴에 곰보가 생긴 것을 얼굴이 얽었다고 합니다."라고 말하자 그제야 지서장이 그 뜻을 알아듣고는 "그러니까 곰보라는 말이지요?"라고 물었다.

그러자 귀순자는 "네 그렇습니다. 제주 사람들 특히 어르신네들은 곰보를 '얽었다'고 말을 해서 그게 입에 붙었나 봅니다."라고 대답했다.

그러자 지서장은 "그 외에 특징적인 것은 없어요?"라고 물었다.

"특징적인 것이라고는 별로 없습니다. 그러나 그 외에 특징이라면 왼쪽 가슴 윗주머니에 항상 숟가락 하나를 꽂고 다닌다는 것입니다. 겨울에는 방한모에다 얼굴을 목도리로 감아서 누가 누구인지 모를 때도 무장대원들은 그 숟가락을 보고 이덕구 사령관이라는 것을 알아보았습니다."라고 귀순자 고청갑이 말했다.

"'왼쪽 윗주머니에 꽂은 숟가락 하나!'. 왜 이덕구는 그러는 거요? 숟가락 하나가 그 무슨 훈장이라도 된단 말이오? 아니면 계급장이란 말이오? 숟가락 하나가 별 하나쯤으로 생각하나 보지요?"라며 지서장이 반농담으로 물었다.

"이덕구는 일본에서 살았고 또 일본군 장교 출신이라 그런지 몰라도 위생 면에서 아주 까탈스러웠어요. 그래서 숟가락이 남의 것과 섞이는 것을 무척 싫어한다고 들었습니다."라고 고청갑이 대답했다.

"그럴듯한 설명이네요. 그 외에 특기할만한 사항은 없나요?"

"이덕구는 평소에 항상 종아리에 모래주머니를 차고 다녔습니다."

"모래주머니를 다리에 차고 다닌다고요? 그건 또 왜요?"라며 의외의 말에 적이 놀란 지서장이 물었다.

"산 폭도는 산을 잘 타야 살아남습니다. 발각되어도 잘만 튀어서 도망가면 살아날 남을 수 있다는 게 산 폭도의 신조입니다. 이덕구도 산을 잘 타기 위한 목적으로 평소에도 무거운 모래주머니를 항상 차고 행동하였습니다. 만일 발각되면 모래주머니를 풀고 깃털처럼 가볍게 산을 타고 날아가는 거지요. 무거운 모래주머니를 풀어버렸으니 몸이 얼마나 가볍겠습니까? 새털처럼 가벼워지죠. 실제로 그는 서에서 번쩍, 동에서 번쩍했습니다."라고 고청갑이 다소 과장하여 설명하였다.

이덕구의 인상착의 등 그와 관련한 이야기를 들은 문창송 지서장은 이덕구라는 확신을 하게 되었다. 그러나 무장대는 수시로 아지트를 옮기는 습성이 있어서 아직도 그 아지트에 머물고 있는지 확신이 서지 않아서 다시한번 이덕구의 아지트를 재확인할 필요가 있다고 판단한 문창송 지서장은 고청갑에게 주문하였다.

"값어치 있는 정보를 알려주어 고맙소. 그런데 이덕구가 아직도 그 아지트에 머물고 있는지 다시 한번 확인이 필요하니 오늘 내로 산으로 올라가서 당신 눈으로 다시 한번 확인하고 오시오."

"그러고 말고요. 당장 다녀오겠습니다."라고 귀순자 고청갑은 흔쾌히 대답하고는 그 발로 바로 산으로 올라갔다.

저녁 늦게 돌아온 고청갑은 보고하였다.

"아직도 이덕구 일당이 그의 아지트인 견월악에 머물고 있었습니다."

보고를 받자 문창송 지서장은 이튿날 새벽에 작전을 개시한다.

드디어 무장대 고청갑이 귀순한 지 3일이 지나고 아지트를 다시 확인한 바로 다음 날인 1949년 6월 7일 화북지서는 토벌 작전에 돌입한다. 문창송 지서장은 경찰 10여 명 1개 분대 병력과 민보단 특공대 20명 2개 분대 병력을 토벌대로 편성하여 출동시켰다.

이때 이덕구의 은거지에 이르는 길을 안내하기 위하여 물론 귀순한 무장대 고청갑을 앞세웠다. 혹시나 허위정보에 의한 역매복에 걸리지 않도록 3개 분대로 편성하여 분대 간의 거리를 충분히 띄워서 목표물까지 접근하였다.

화북 김경무 경사가 지휘관으로서 평소에 하던 수색 타격, 즉 탐색 격멸 작전 전술에서 이번에는 이덕구의 은신처를 정확히 알았기 때문에 처음부터 포위 작전으로 전술을 바꾸었다. 종전처럼 수색하면 이덕구가 산을 날아다니기 때문에 잡을 수 없다는 판단 때문이었다.

산 폭도는 발각되어서 도망갈 때 한라산 쪽으로 도망간다는 습성을 잘 알고 있는 김 경사는 한라산 쪽에 병력을 집중하여 배치하고 은거지를 기습하는 전술을 구사했다. 기습공격이 실패하여 이덕구가 튀어서 도망갈 경우에 한라산 방향에 배치된 포위선에 걸리도록 하였다.

드디어 이덕구의 은신처를 발견하여 경찰과 특공대가 기습공격을 감행했다. 경찰이 총을 조준하는 사이에 이덕구가 시야에서 귀신처럼 사라져버렸다. 아쉬운 순간이었다. 사라진 자리에 가보니 정말 갓 벗어놓은 모래주머니를 발견하였다.

귀순한 무장대 고청갑의 진술이 확인되는 순간이었다. 도주한 놈이 이덕구라는 것을 확신한 김 경사는 토끼몰이식으로 계속 추격하여 이덕구가 한라산 쪽에 배치된 경찰의 포위망에 걸리도록 했다.

조금 지나자 한라산 방향 쪽의 경찰 포위선에서 총소리가 요란하게 났다. 이덕구가 한라산 쪽으로 도주하다가 경찰의 포위망에 걸려 집중 사격을 받아 사살되었던 것이다. 사살된 이덕구는 정말 살짝곰보였다.

또 그의 시체 '왼쪽 윗주머니에 숟가락 하나'가 꽂혀 있었다. 귀순자 고청갑이 진술한 인상착의 그대로였다. 또한 귀순자 고청갑이 사살된 시체를 보고 이덕구임을 확인하였다. 그리고 또 생포된 이덕구의 부관 양생돌까지도 방금 사살된 시신이 이덕구임을 확인하였다. 이번 토벌 작전으로 이덕구를 비롯하여 8명을 사살하였고 1명을 생포하였다. 이는 대단한 전과였다.

그리고 또 이덕구 사살 전과에 못지않은 큰 전과를 하나 더 올렸다. 바로 생포된 이덕구의 부관 양생돌의 배낭 속에서 극비 문서라고 쓰인 '제주도 인민 유격대 투쟁 보고서'를 노획했던 것이다. 이 보고서는 그동안의 남로당 무장대가 무엇을 했는지 기록한 전투 상보였다. 이는 남로당 무장대의 전투 활동을 기록한 전투 상보로 흑막에 싸였던 무장대의 전투 활동을 한눈에 알아볼 수 있는 귀중한 자료이다.

이 '제주도 인민 유격대 투쟁 보고서'는 제1대 인민 유격대 사령관 김달삼이 4 · 3 사건 전부터 1948년 8월 북한 해주로 도망가기 직전 7월 중순 전까지의 인민 유격대의 투쟁 기록으로서, 특히 당시 국방경비대 9연대와의 내밀한 관계를 기록한 문서인바, 당시 남로당 무장대와 군과의 관계를 이해하는 데 중요한 자료이다.

이 '제주도 인민 유격대 투쟁 보고서'('김달삼의 야심'이란 편에서 주요 내용은 이미 소개하였음)의 획득은 이덕구의 사살 못지않게 중요한 전과이다.

이덕구 사령관의 시체를 확인한 경찰과 특공대원들은 서로 축하하며 환호성을 질렀다. 또한 이덕구를 사살함은 물론 남로당 무장대의 전투 상보인 '인민 유격대 투쟁 보고서'까지 획득하는 등 대단한 전과를 올린 경찰과 특공대원들은 사기충천했다.

이덕구의 사살에 성공한 것은 경찰이 토벌 작전을 탐색 격멸 전술에서 포위 격멸 전술로 바꾸어 구사했기 때문이었다. 지금까지는 무장대 토벌시에 무장대가 어디에 은거하고 있는지를 몰라서 먼저 수색한 후 타격하는 탐색 격멸(Search and destroy) 전술을 구사하여 왔었다.

경찰은 이덕구의 시체를 달구지에 싣고 내려왔다. 사살된 이덕구의 시체는 '왼쪽 앞가슴 윗주머니에 숟가락 하나'를 꽂은 채 관덕정 앞 경찰서 정문에 십자가 나무에 묶인 상태로 전시되었었다. 그의 '윗주머니 숟가락 하나'가 많은 사람의 시선을 끌었다. 사람들은 그 의미가 무엇인지 몰라 고개를 갸우뚱거리며 그 전시장을 떠났다.

한정철의 지인이며 월남전 전우인 고두승은 어린 시절 어머니의 등에 업혀 관덕정에 나무 십자가에 매달아 놓은 이덕구의 시체를 보았는데 머리는 옆으로 기울어져 있었고 윗주머니에 숟가락 하나가 꽂혀 있는 것이 인상적이었고, 구경꾼이 많이 몰려들었었다고 술회하기도 했다.

승호가 물었다.

"전시되었던 이덕구의 시신은 어떻게 처리되었는가? 친지라도 와서 거두어 갔는가?"

"관덕정에 전시되었던 이덕구의 시신을 경찰은 유족들에게 찾아가도록 공지했으나 친인척 20여 명이 이미 처형된 터라 유족도 없었을 뿐만 아니라 먼 친척이나 동네 사람들이 그의 시신을 수습하려고 해도 후환이 두려워 아무도 수습하지 않았다더군.

그래서 일정한 기일이 지나자 경찰은 할 수 없이 그의 시체를 오현고등학교의 오현단 근처 '남수각' 건천가에서 화장했지. 그런데 며칠이 지나 큰비가 내리자 '남수각' 건천이 범람하여 재가 된 그의 유골마저 바다로 쓸려내려가 버렸어."라고 정철이 대답했다.

이로써 이덕구의 시체는 화장된 후에 본의 아니게 제주 앞바다에 수장되어 버렸다. 평화의 섬 제주에 광풍을 몰고 왔던 그의 무모한 꿈이 허무하게 수장되는 순간이었다. 이덕구의 나이 겨우 27세였다.

이덕구의 조천읍 소재 선산에는 그의 묘가 있으나 이는 시신이 없는 가묘이고 북한 평양 애국렬사릉에 있는 이덕구의 묘도 물론 가묘이다. 이덕구는 죽어서 북한으로부터 3급 국기훈장을 받는다. 이는 여순 10 · 19 사건을 주도한 김지회가 받은 동급의 훈장이다. 그러나 김달삼은 이보다 한 등급 높은 2급 국기훈장을 받았다.

*

김녕 출신 유일의 산 폭도 우경원은 이덕구 사령관도 사살되고 폭도 생활에 회의를 느껴 희망이 없다고 판단하여 일본으로 밀항하려고 고향 김녕리로 잠입한다. 고모 집 천장에서 1년간 은신하던 우경원은 경찰의 불시수색으로 발각된다.

# 무장대 중간 두목 우경원의 은신과 체포

군경의 토벌 작전이 성공을 거두자 산속의 무장대들은 그 세력이 급격히 약화되기 시작했다. 엎친 데 덮친 격으로 이덕구 사령관까지 피살되자 구심점을 잃은 무장대의 앞날이 불투명해졌다. 우경원은 더 이상 산속에서 생활할 수 없을 것으로 판단하고 살길을 찾아야 했다. 귀순할 생각은 추호도 없고 숨기는 숨어야 하겠는데 뾰족한 수가 없었다.

숨을 장소를 물색하느라 고민하기 시작했다. 아무리 생각해도 마땅한 곳이 없었다. 그는 일단 어디엔가 숨어 지내다가 기회가 되면 일본으로 밀항할 복안을 갖고 있었다. 그것만이 그가 살길이었다. 경찰의 수배를 받던 많은 남로당 무장대 출신들이 일본을 도피처로 믿고 밀항하였던 시절이다. 그의 고향 김녕리에서도 당시 일본으로 밀항하는 사람들이 꽤 있었다.
그래서 끝내 생각한 곳이 그가 나고 자란 고향 김녕리였다. 그런데 부모집에 숨고 싶었지만 이미 아버지는 일찍이 세상을 떴고 어머니는 경찰에 잡혀가서 죽창으로 처형당한 상태였다. 그렇다고 가까운 친척들이 있었지만, 자기 부모이면 모를까, 자기들의 목숨을 내놓으면서까지 그를 숨겨 줄 사람은 없었다. 생각하고 고민한 끝에 실낱같은 가능성을 생각해낸다. 바로 고모의 집이었다.

고모는 유독 조카 우경원이를 어려서부터 총명하다며 사랑하고 귀여워 해 주었었다. 그래서 심적으로 의지할 수 있는 데다 고모의 아들이 제주농업중학교 교사였는데 삐라 살포 문제로 경찰의 수배를 받아 숨어 지내고 있었다. 고모 아들 하상웅은 해방 전에 대구에서 사범학교에 다녔다. 해방 후 대구 폭동 등 좌익운동에 참여하지는 않았지만 관심을 두고 있었다. 이를 인지하고 있던 우경원은 고모 집이 숨기에 안성맞춤이라고 판단하게 된다.

그런데 숨을 곳을 마음에 정했지만, 마을로 잠입하는 것이 문제였다. 무장대의 침입을 막기 위하여 쌓아놓은 높은 성벽을 혼자 넘는 것은 불가능한 상태였다. 성벽에는 초소가 있었고 마을 청년과 처녀들이 순찰하고 있기 때문에 잘못하면 잡혀 총살당하기 일쑤였다. 고민 끝에 바다를 헤엄쳐서 해안으로 상륙하는 방법을 택했다.

1949년 여름에 드디어 우경원은 고모 집으로 피신할 것을 결심하고 곧 실행했다. 그는 달이 없는 캄캄한 밤을 택하여 '손오비(지금의 김녕 항구 서쪽 지역 해안가)' 해안에서 바다로 내려가 헤엄을 치기 시작했다. 겉옷과 신발은 벗어 바지 속에 넣어 가지고 들고 헤엄을 쳤다. 캄캄한 밤이어서 발각되기는 어려웠지만, 바닷물 속에서 오랫동안 견디는 것이 저체온증으로 힘들었고 바위에 부딪히는 등 그 먼 길을 헤엄치기란 쉬운 일이 아니었다. 바위 때문에 무릎이 까이고 옷이 찢어지고 온몸이 피투성이가 되었다. 밤 10시쯤부터 헤엄치기 시작해서 새벽 2시쯤에 김녕리 '하늘래(용두동 지역 해안가)' 해안에 도착했다. '하늘래' 해안가는 우경원이 어려서부터 헤엄치며 놀던 곳이어서 익숙한 지형이었다.

피투성이가 된 우경원은 고모 집을 향하여 주위를 살피며 조금씩 이동했다. 인기척은 전연 없었으나 동네 똥개가 여기저기서 짖는 바람에 등골이 오싹하기도 했다. 고모 집에 기진맥진한 상태로 도착하였다. 봉지동에 있는 고모 집은 '쇠동산'에 자리 잡고 있었다. '쇠동산'은 김녕리 마을 안에서 제일 높은 지역으로 마을 전체를 내려다 볼 수 있었고 불이 났을 때를 대비하여 큰 종을 매달아 놓고 있었다. 또한 '쇠동산'은 바다를 훤히 내려다보이는 동산이었다.

우경원은 고모 집의 대문을 조용히 두드렸다. 대문을 두드려도 인기척이 없고 사람도 나오지 않자 울타리 돌담을 넘어 들어가 조용히 고모님을 낮은 목소리로 "고모님! 고모님!"이라고 두 번 불렀다. 마치 꿈결에 듣는 목소리로 알아들은 고모가 방문을 열고 나왔다. 고모는 피투성이가 된 조카를 보고 처음에는 귀신인 줄 알고 놀라서 기절할 뻔하였다. 그리고 한동안 말이 없었다. 그러자 우경원이 "고모님! 나양 조캐(저 조카) 경원이우다(입니다)"라고 입을 뗐다.

그 말을 들은 고모는 정신을 차리고 나서 "아이구, 우리 경원이구나. 얼마나 고생핸디게(했느냐)? 난 니가 죽은 줄만 알았져(알았지). 이게 꿈인가 생시인가?"라며 말을 잇지 못했다.

조카 우경원인 줄 안 고모는 그동안 군경의 토벌 작전으로 죽은 줄로만 알았던 조카가 살아서 나타나자 너무 기뻐서 그가 공산 남로당 무장대, 소위 폭도라는 신분도 잊은 채 좋아서 어쩔 줄 몰라 했다.

방으로 데리고 온 고모는 재빨리 피를 닦고 마른 옷으로 갈아입힌 다음 누룽지와 숭늉으로 허기를 채우게 했다. 그런 다음에 밥을 지어 밥상을 차려주었다. 그는 며칠을 굶은 터라 밥을 허겁지겁 게걸스럽게 먹었다. 밥을 먹고 나니 그는 살 것 같았다. 고모와 고모부는 아들이 삐라 살포 문제로 경찰의 수배를 받고 있어서인지 무장대인 조카가 숨기 위해 고모 집에 찾아온 것을 못마땅하게 생각하지 않고 어떻게 숨겨줄 것인지에 대하여만 고민하기 시작했다. 일단 천장에 숨는 것으로 했다.

고팡(고방) 천장에 잠자리만 펴서 잘 수 있는 공간을 만들어 거기에 기거토록 하였다. 귀신이 찾아도 찾지 못할 정도로 위장이 완벽했다.

처음 서너 달 동안은 통시(화장실)에 가는 것 말고는 고팡(고방) 안에서만 생활했다. 집 밖에 있는 통시(화장실)에 가는 것도 동네 사람에게 들키지 않도록 밤에만 갔다. 오줌은 고팡 안에서 요강에 누었다. 그래서 동네 사람에게 들킬 일은 전혀 없었다. 밥도 고팡(고방)에서 먹게 했다.

숨어 지낸 지 반년이 지나서 어느 정도 적응이 되자 그도 이제는 들킬 염려가 없다는 자신감을 가졌는지 가끔 마루에 나와 책도 읽고 공책에 무엇인가 기록도 하며 햇볕이 잘 드는 양지쪽에 앉아 속옷을 벗어 이를 잡기도 했다. 때로는 초등학교에 다니는 이종사촌 여동생들에게 "이제 곧 살기 좋은 세상이 온다."라고 그는 입버릇처럼 말했다. 여동생들에게만 이 말을 한 것이 아니고 고모와 고모부에게도 똑같은 말을 반복했다.

고모 집에는 고모와 고모부 그리고 그들의 딸 3명이 살고 있었다. 아들인 교사 하상웅은 결혼하여 따로 살았으나 농업중학교의 '불온 삐라 살포 사건'과 소위 '유지 사건'으로 수배 중이었다. 가끔은 '쇠동산' 본가에 들러 무장대 간부 우경원과 공산주의 대한 이야기를 한참 나누기도 했다.

한편 우경원이 고모 집에 숨어 산다는 것을 비밀로 했으나 문중의 장손인 시아버지가 알게 되자 며느리에게 호통을 쳤다.

"하씨 집안에 시집와서 산 폭도인 친정 조카, 그것도 폭도 간부를 숨겨

줘 우리 하씨 집안을 멸문지화 시키려 하느냐?"라며 큰아들과 며느리를 나무랐다. 그러나 당신의 장손인 하상웅 교사도 경찰의 수배를 받고 있는 터라 더 이상 아들과 며느리를 나무라지는 않았지만 발각되는 것은 시간 문제라고 생각되어 마음이 편치 않고 초조했다.

1950년 여름에 김녕 경찰지서에 근무하는 곽 순경과 김 순경이 농업중 학교 삐라 살포 사건에 연루된 하상웅이 '쇠동산' 본가에 잠입했을지도 모 른다고 판단하여 혹시나 해서 쇠동산 하상웅 본가에 들이닥쳤다. 그들은 실탄과 함께 카빈총을 항상 어깨에 메고 다녔다. 경찰 1명은 경계를 서고 곽 순경은 쇠꼬챙이를 가지고 천장을 이리저리 찌르기 시작했다. 드디어 캄캄한 고팡(고방)의 천장을 푹푹 몇 번 쑤시자 쇠꼬챙이에 항문이 찔릴까 봐 천장에서 숨을 죽이고 숨어 있던 우경원이 천장에서 "아이구!"라고 괴 성을 지르며 뛰어내렸다. 거의 1년 동안 숨어 살았던 터라 머리는 귀신처 럼 길고 수염도 길어서 귀신같은 사람이 갑자기 눈앞에 나타나자 곽 순경 은 기겁하고 소리를 지르며 뒤로 나자빠졌다.

경계를 서던 김 순경이 총을 겨누며 쫓아가서 "손들어! 손 안 들면 쏜 다."라고 고함을 쳤다. 그제야 우경원이 체념을 했는지 손을 들었다. 놀라 서 뒤로 나자빠졌던 곽 순경이 정신을 차리고 일어나 그를 포승줄로 묶고 마당으로 끌고 나왔다.

우경원은 무장대의 중간 두목으로서 2년 전에 남흘동에 사는 당시 대동 청년단 간부였던 한재순을 죽이려 한정철의 집에 침입했었고 장지에서 민 보단 특공대장 박인주를 살해할 때 직접 가담은 안 했지만 진두지휘한 인 물로 알려져 있었다.

우경원은 4·3 사건 발발 시 인민 유격대 작전부에서 수립한 김녕지서를 습격하는 계획을 재고해 달라고 요청하였다. 피상적으로는 우경원의 휘하에 당시 무장대가 15~16명밖에 없어서 40여 명 정도가 필요한 지서 습격에 병력 면에서 불가능했고 내면적으로는 자기 자신이 두목이 되어 고향인 김녕리 지서를 습격할 마음이 안 생겼으며 특히나 약혼녀가 있는 고향마을에 피해를 주지 않으려는 그의 속 깊은 생각 때문이기도 했다.

피라미를 잡으러 왔다가 경찰은 뜻밖의 대어를 낚은 것이었다. 그들은 그가 경찰이 그동안 잡으려고 안간힘을 쏟던 무장대의 간부 우경원이라는 것을 단박에 알아차렸다. 대어를 낚은 경찰들은 마지막에 삐라를 살포한 교사 하상웅 마저 찾는 데에 혈안이 되었다.

집 안의 구석구석을 다 뒤지기 시작했다. 마루의 바닥 밑까지 다 뜯어서 찾아보았다. 하상웅의 부모의 마음은 속이 타들어 갔다. 그들의 아들만큼이라도 들키지 말았으면 하는 마음이 간절했다.

경찰들이 드디어 장독대 있는 곳으로 갔다. 곽 순경이 장독의 뚜껑을 하나하나 열기 시작했다. 부모는 참아 그 광경을 볼 수가 없어 눈을 감아버렸다. 경찰이 접근하는 것을 보고 아들을 큰 장독에 들어가게 한 다음 뚜껑을 닫았고 조카 우경원은 고팡(고방) 천장에 피신하도록 한 상태였다.

드디어 곽 순경이 큰 장독대를 열고 그 속에 숨어 있던 하상웅 교사를 발견하였다. 하상웅이 일어서자 곽 순경이 가죽 채찍으로 그의 목을 내리쳤다. 그 상처가 얼마나 컸던지 죽을 때까지 그 채찍 흉터가 지워지지 않았다. 그의 어머니는 그 순간 기절할 뻔했다. 더구나 시아버지가 경고했던 말 '멸문지화'가 생각나서 갑자기 쓰러질 것처럼 비틀거리기 시작했다. 그녀는 "이제 우리 집안은 망했구나. 망했어!"라며 울부짖었다. 옆에 있던 딸들이 부축해서 쓰러지는 것은 겨우 막을 수 있었다.

경찰들은 혹시나 하고 왔었는데 횡재를 한 것이었다. 그러나 우경원의 고모 집안은 쑥대밭이 되었다. 한라산 무장대 은닉죄로 하씨 가문이, 시아버지가 일찍이 경고한 대로 멸문지화 될 것이기 때문이다.

경찰은 포승줄에 묶인 우경원의 머리에 복면 두건을 씌워 경찰지서로 압송하였다. 끌려가는 폭도가 누구인지 궁금한 마을 사람들과 어린이들이 구경하려고 뒤를 쫓았다.

이어서 하상웅 교사의 부모가 폭도 은닉죄로 경찰에 끌려갔다. 시아버지와 하씨 문중 집안에서는 멸문지화를 당하게 되었다며 불안한 마음을 감추지 못한 나머지 초상집 분위기였다. 친척 무장대에게 양식만 주어도 총살당하는 게 다반사였는데 무장대를, 그것도 구좌면 서부지역 총책인 무장대의 중간 두목을 집안에 거의 1년간 숨겨주었으니 총살당하는 것은 시간문제였다.

경찰에 끌려간 무장대 간부 우경원과 삐라 사건의 하상웅 교사 그리고 하 교사의 부모는 바로 성산포 경찰서로 압송되었다. 당시 김녕 경찰지서는 성산포 경찰서의 관할이었다.


한편 초등학교에 다니는 둘째 딸은 학교에서 친구들이 폭도 집안이라며 던지는 돌멩이를 맞아야 하는 수모를 당하기도 하였다. 돌멩이를 던지지 않은 급우들은 옆에 와서 "폭도 새끼! 폭도 새끼!"라며 핀잔을 주고 놀리기 일쑤였다. 급기야는 학교 가는 것이 두려워서 장기 결석하기도 했다.

또한 육지에서 해녀로 물질하고 돌아온 큰딸을 '한개(김녕 항구 지역)' 뱃머리에서 경찰이 체포하여 지서로 끌고 갔다. 무장대 우경원과의 관련 여부를 취조하며 경찰은 매질과 고문을 하기 시작했다. 큰딸은 자기가 육지에 물질하러 간 사이에 일어난 일이어서 전혀 모른다고 주장했으나 거짓말한다며 사실을 불 때까지 고문하겠다며 인정사정없이 매질을 계속하였다.

고문과 매질로 그녀는 오줌과 똥을 쌀 지경이었다. 경찰이 휘두르는 매질과 고문에는 장사가 없었다. 그는 가혹한 매질과 고문으로 초주검이 되었다. 큰딸은 혐의가 없어 풀려나긴 했지만, 경찰의 매질과 고문의 악몽에서 벗어나지 못해 집에 돌아와서도 헛소리를 할 정도였다.

또한 때마침 하상웅의 첫째 아들 하철이 태어나자 하철의 조부모가 죽기 전에 제사를 지낼 장손을 꼭 안아보아야겠다고 해서 생후 1개월 된 하철을 업고 1950년 9월에 며느리인 하철의 어머니가 성산포 경찰서로 면회를 갔다. 하상웅의 처는 손주 하철을 유치장 안으로 들여보내 시부모님이 손주 하철이를 한번 안아보도록 하였다. 당시는 남로당 무장대를 숨겨 줄 경우에는 처형되던 시절이었다.

이로써 생후 1개월짜리 죄도 없는 하철이 잠깐이었지만 유치장 안에 들어가는 진기록을 세운다. 하상웅의 처는 한정철의 작은 이모였다. 이모는 남편과 말다툼이 있을 때는 조카 한정철에게 그때의 상황을 자주 말하곤 하였다.


한편 성산포 경찰서 유치장에 수감 되었던 우경원은 지난 1년 동안 남로당 무장대의 일원으로서 지서 습격 등 적대 행위를 일절 하지 않았고 또 1년 동안 공책에 공산주의에 대한 비판 등 반성하는 내용이 적혀져 있는 것 등이 참작이 되어 중형을 면하고 형을 다 살고 출소하였다. 출소된 우경원은 고향 김녕리에서는 낯이 부끄러워 더 이상 살 수 없다고 판단한 후 일본으로 곧장 밀항하였다.

한편, 우경원이 일본 경찰에 밀입국 혐의로 체포되었으나 일본 거주 좌파 교포들이 "우경원은 4·3 사건에 연루된 사람이기 때문에 한국으로 송환되면 중형을 받게 된다."고 청원을 하여 보석금을 내고 풀려났다. 그는 도쿄에서 호텔 사업을 하여 성공하였다.

조총련계 교포가 한국을 자유롭게 방문하게 되자 그의 사촌들이 우경원에게 "그동안 금지되었던 고국 방문이 허용되었으니까 고향 제주를 한 번 방문해야 하지 않겠느냐? 자네를 숨겨주었던 고모님도 한번 뵐 겸 말이야."라고 고국 방문을 종용하였으나 그는 "고향에 가고 싶은 마음이 난들왜 없겠는가? 그런데 내 어머니가 경찰에게 처참하게 창에 찔려 죽은 고향땅에 무엇이 즐거워서 갈 수 있겠는가? 가고 싶지 않네."라며 거절하는 것이었다. 피상적인 이유는 어머니의 처형을 언급했지만 4 · 3 사건 동안 음으로양으로 고향 사람들에게 지은 죄가 있어서 고향에 와서 낯을 들고 다닐 수없다는 판단 때문에 끝내 고국 땅을 밟지 못했다.

그러나 우경원은 그를 과거 1년 이상 숨겨준 고모의 은혜를 잊지 않고고모를 일본으로 초청하여 그동안 신세 진 것을 갚기도 했다. 고모가 돌아가시면 고모의 장례는 그가 책임지고 성대하게 치르겠다고 약속했으나그가 먼저 세상을 떠나서 우경원은 고모와의 약속을 지키지는 못했다.

\*

6·25전쟁이 발발하자 한라산 속의 무장대의 움직임이 활발해졌다. 그런데 무장대의 군사 활동에 대하여 강경파와 온건파 간에 불협화음이 발생한다. 강경파가 온건파인 3대 사령관 고승옥을 포박한 후에 인민재판을 열어 처형하고 만다. 반란군 내에서 또 반란이 일어난 것이다.

# 무장대 내의 반란, 고승옥 유격대 사령관 살해

1949년 6월 7일 이덕구 유격대 사령관이 화북지서에서 출동한 경찰관과 민보단 특공대에 의해 사살되자 그 뒤를 이어 9연대에서 탈영한 고승옥 상사가 제3대 유격대 사령관이 된다.

고승옥 상사는 4 · 3 사건이 발발하던 해인 1948년 5월 말일 9연대 프락치로서 그동안 포섭했던 병사 7명을 대동하고 한라산으로 입산하여 무장대와 합류한 인물이다. 이때 그들은 카빈총 1정과 99식 총 7정을 가지고 탈출하였다.

6월 초순에는 9연대의 마지막 프락치 문덕오 상사가 99식 소총 1정을 가지고 탈출하여 무장대와 합류한다. 이미 5월 20일에 무장 탈영하여 입산한 41명에 이어 6월 초순까지 보름 사이에 추가로 9명이 탈영하여 입산함으로써 무장 탈영하여 무장대와 합류한 9연대 병력은 무려 50명이나 되었다.

3대 사령관이 된 고승옥은 제주도 대정읍 보성리에서 1925년에 태어났으며 고향에서 초등학교를 졸업하고 일본으로 건너가 대판상업학교를 다니던 중에 제2차 세계대전인 태평양 전쟁이 일어나자 징집 대상이 되어 고등학교 졸업자만이 지원하는 일본해군항공대 조종사 양성제도인 해군 비행 연습생 교육을 받고 있었다.

시쳇말로 가미카제, 즉 인간어뢰 교육을 받고 있었다. 당시 가미카제는 어뢰를 비행기에 싣고 미군 군함에 돌진하여 자폭하는 해군 조종사였다. 가미카제 교육을 받을 수 있었다는 것은 고승옥이 조선인으로서 능력을 인정받았다는 뜻이 된다. 다행히 가미카제 해군 조종사 교육을 받던 중에 해방이 되어 고국에 돌아왔다.

고향 제주도에 돌아온 고승옥은 공산 남로당 인민위원회 활동을 하다가 경찰과 서북청년단에게 쫓기게 되자 도피처를 찾다가 1946년 11월에 군인 신병 모집 중인 국방경비대 제9연대에 1기생으로 입대하였다. 고승옥은 군인이 된 이후에도 경찰에 가졌던 반감을 그대로 표출하는 일이 종종 있어서 각종 행사 때는 충돌을 염려해 부대 자체에서 격리 조치까지 하였던 인물이다.

고승옥 상사는 남로당 중앙당의 프락치 문상길 중위와는 횡적인 관계를 유지하면서 남로당 제주도당과 밀접한 관계를 유지하였으며, 인민 유격대 사령관 김달삼의 지시에 따라 움직이고 있었다. 고승옥은 일본 가미카제 교육생 출신으로서 군대 경험도 있고 또 조종사 교육을 받은 터라 소속 병사들에게는 우상이었고 더구나 제주 출신이어서 제주 출신이 꽤 많은 9연대 내에서 영향력이 컸었다.

김달삼은 탈영하여 무장대에 합류한 프락치 고승옥 상사를 보자 기쁜 나머지 얼싸안으며 수고했다고 노고를 위로하고는 자리에 앉아 차를 마시며 정담을 나누기 시작했다. 정담을 다 나누고 일어서려는데 김달삼이 의미심장한 말을 꺼냈다.

김달삼은 "우리 무장대를 강화하고 발전시키는 데는 고 상사처럼 일본군에 복무하면서 선진군대를 경험한 인재가 필요합니다. 현재 우리 무장대 내에는 나 말고는 일본군의 경험이 있는 사람이 일본군 장교 출신인 이덕구 한 사람밖에 없어요. 인재의 가뭄 속에 우리 고 상사가 이렇게 무장대와 합류해 주어서 고맙게 생각하고 있습니다."라고 말했다.

"과찬이십니다. 그리고 영광입니다."라고 고승옥이 화답했다.

"고 상사! 앞으로 우리 무장대는 일본군의 경력이 있는 사람이 이끌어가야 합니다. 현재 우리 무장대가 약 500여 명이 되지만 정규군에서 경험을 쌓은 사람이 나와 이덕구 외에 한 사람도 없었는데 마침 고 상사가 와 주어서 천군만마를 얻은 기분이오. 만일에 내가 없을 경우에는 이덕구가 뒤를 이을 것이고 이덕구에게 유고가 생기면 고 상사 당신이 맡아 주어야 할 것 같소."라고 김달삼이 껄껄 웃으며 말하자

"제가 어떻게 그 자리까지 맡겠습니까? 농담이라도 그런 말씀 하지 마십시오. 그런데 사령관님! 그나저나 아까 '사령관님이 없을 경우'라고 말씀하셨는데 그게 무슨 말씀인지 궁금합니다. 혹시 일본으로 밀항이라도 하시겠다는 말씀이십니까?"라고 고승옥이 의아해서 단도직입적으로 물었다.

"아, 그 말뜻은 일본으로 밀항하는 것이 아니고 내가 8월경에 육지로 가서 중앙에서 활동을 하여 남한을 빨리 공산화하는 길이 무엇인지 알아보고 그 일에 매진할까 구상 중이오. 제주도는 이미 4·3 무장 항쟁을 통하여 시동을 걸어놓은 상태니까 내가 없어도 유격전을 잘 벌일 수 있다고 생각합니다. 그래서 나는 중앙에 가서 더 큰 일을 도모할까 생각하고 있어요. 이 복안은 이덕구와 당신 두 사람만 알고 있으니 비밀로 해주시오."라고 당부를 하는 것이었다.

그리고 나서 "고 상사! 이제 우리 무장대와 합류하였으니 군인을 공격하

여 무기를 획득하는 방안이 없겠소? 우리 무장대는 무기가 없어서 대부분이 죽창을 들고 싸우고 있소이다. 한 번 공격 계획을 세워 무기 탈취에 신경 써 주시오."라고 말하자 고승옥 상사는 "네, 사령관님! 제가 무기를 탈취하도록 한번 노력해 보겠습니다."라고 대답하였다.

그 이후 고승옥 특무상사는 여러 번 매복계획을 세웠으나 여건이 여의찮아 실행에 옮기지 못하였었다.

그러던 중에 1949년 3월 9일 고승옥이 인솔한 무장대가 애월면 노루오름 개남밭 골짜기에 매복하여 있다가 이곳을 지나가는 제6여단 유격대대 1개 중대를 기습하였다. 행군하는 중대의 선두는 통과시키고 중앙 부분을 집중 공격하여 큰 전과를 올렸다.

이 매복 기습공격으로 남로당 무장대는 군인 등 36명을 살해하고 소총 40여 정을 탈취하였다. 이는 4 · 3 사건 토벌 역사에서 군인이 가장 큰 인명 피해를 입은 사건이다. 그런데 이러한 대 전과를 보고 받고 기뻐해 줄 사령관 김달삼이 당시에는 북한에 가 있어서 고승옥 상사는 서운했다. 그렇지만 2대 사령관 이덕구가 김달삼 못지않게 고승옥 상사의 매복 전과를 무척 높이 평가해 주어서 서운한 마음을 어느 정도 달랠 수 있었다.

이렇게 토벌군인 국방군에 대한 매복 작전이 성공하자 무장대 내에서 고승옥의 작전지휘 능력이 인정받게 되었고 군사 지도자로서의 위상이 높아지게 되었다.

한편 1949년 3월 말에 토벌군이 대승하고 무장대는 대패한 녹하악 전투도 있었다. 이덕구의 무장대는 이날 이후로는 대규모 부대를 운용하지 못했는데 이 녹하악 전투로 치명상을 입었기 때문이었다.

그런데 이런 와중에 설상가상으로 이덕구 사령관마저 1949년 6월 7일 뜻하지 않게 사살되자 고승옥이 대를 이어 제3대 인민 유격대 사령관이 된다. 그러나 이덕구가 사살된 후에 무장대는 위축되어 무장대의 공격 작전이 다소 침체되어 있었다.

고승옥이 사령관이 된 지 약 1년 후에 6·25 전쟁이 발발하였다. 전쟁이 발발하자 그동안 움츠렸던 무장대가 사기가 올라 기지개를 켜기 시작했다.

그러자 한라산의 남로당 무장대 70여 명은 6·25 전쟁 발발 소식을 듣고 7월 어느 날 한라산 아지트에서 앞으로의 진로에 관한 토론을 벌였다. 이때 고승옥 3대 사령관, 백창원, 송원병 등 도당 지도부에 있던 3명은 대피 생활을 하며 지시를 내렸다.

"우리 김일성 장군의 인민군이 목포까지 왔으니 제주도에 상륙한 이후에 나서야 한다."

이에 앞서 각 면당 책임자도 도당에 대책을 지시받기 위해 몇 번이나 접촉했지만 그때마다 도당에서는 상황이 호전될 때까지 대피 또는 도피 생활만을 하라고 지시를 내려서 그들도 불만이 쌓이기 시작했다.

그러던 중에 일부 젊은 무장대들은 그동안 쌓였던 불만을 토로했다.

"구국 투쟁의 4·3을 일으킨 영웅적 전통을 소극적으로 해서는 안 됩니다. 매일 공격을 해야 합니다. 우리가 부모 형제 다 버리고 산에 올라 온 건 투쟁을 목적으로 올라 온 건데 최고 간부들은 투쟁을 포기하고 대피 내지는 도피 생활만 하라는 건 옳지 못한 지시입니다."

"이제 김일성 장군의 인민 해방군이 곧 제주도에 상륙할 것이다. 우리는 그동안 조용히 대기하면서 병력을 절약하고 있다가 우리 인민 해방군이 상륙할 때 기습적으로 마중물 작전을 펼쳐야지 지금 쓸데없이 우리의 전력을 드러낼 때가 아니오."라고 고승옥 사령관은 불평불만을 토로하는 부하들을 다독였다.

"지금부터 우리가 공격 활동을 해야, 불안한 제주 도민들도 이제 곧 김일성 장군의 해방군이 제주도에 상륙할 것이라고 믿고, 우리 무장대에 협조할 것이고 제주 도민 자체에서도 인민 해방군을 환영을 위하여 환영위원회를 조직할 것 아닙니까?"라고 허영삼이 주장했다.

여기에 김성규도 합세하여 강조했다.

"감나무 밑에서 감이 떨어지기만을 바라보아서는 안 됩니다. 우리가 유격 활동을 전개해서 적을 피로하게 만들어 김일성 장군의 인민 해방군이 손쉽게 상륙하여 제주도를 해방시킬 수 있도록 우리는 빨치산으로서 후방을 교란하는, 후방 교란 작전을 펼쳐야 합니다."

"내가 그것을 모르는 바가 아니오. 후방 교란 작전을 펼치려고 해도 알다시피 우리 산속에 기거하는 무장대 병력이 지금 많아야 70~80명밖에 안 되지 않소? 우리는 이 적은 병력을 평소에 절약하였다가 결정적인 순간에 사용하자는 전략이오. 그러니 여러분들은 이 사령관의 깊은 뜻을 헤아려 주시오."라고 고승옥 사령관이 읍소하였다.

열이 오른 허영삼과 김성규 일당은 자리를 박차고 나가면서 소리를 질러 댔다.

"우리는 사령관님의 의견에 동의할 수 없습니다."

이는 돌아올 수 없는 루비콘강을 건넜다는 신호이기도 했다. 그런데 고승옥 사령관은 그저 그들이 평소의 불평불만을 토로한 것으로만 치부하고 방심하고 있었다.

한편, 7월 들어 한라산 산속 깊은 곳에 무장대들끼리 향후 행동 방향을 놓고 옥신각신할 때, 민간 분야에서는 때를 맞추어 인민군 지원 환영회를 제주읍을 비롯한 각 면 단위로 조직하는 한편, 행정 · 사법기관들에 대하여 전후 대책 수립을 강력히 요구하면서 무장대를 원호하는 운동을 전면적으로 전개하여 나가고 있었다. 실제 북한군이 목포까지 내려왔으니 곧 제주도에 상륙할 것을 기대하고, 그렇게 되면 인민군과 합세하여 대한민국을 전복시키려고 했던 것이다.

고승옥 사령관에게 항의하면서 자리를 박차고 나온 허영삼과 김성규는 분이 풀리지 않았다. 해는 이미 서산에 지고 한라산의 태고의 숲은 어둠을 일찍 재촉했다. 허영삼과 김성규는 거처인 움막으로 돌아와 술을 한잔하였다. 마침 면당 책임자가 한라산 기슭에 있는 도당으로 올라오면서 술 한 됫병을 가져온 게 있어서 서로가 술을 주거니 받거니 하며 마음을 달래며 분을 삭이고 있었다. 허영삼이 먼저 입을 열었다.

"고승옥은 일본 군대에서 복무했다는데 하는 행동을 보면 어딘가 서툴고 박력이 없어요. 감달삼 사령관님이나 이덕구 사령관님은 눈빛부터가 광채가 나고 무엇인가 우리가 범접할 수 없는 기품이 있었는데 고승옥은 그런 면이 전혀 없어요."라고 고승옥을 평가절하하는 발언을 서슴지 않았다.

"우리가 이덕구 사령관이 갑자기 전사하는 불행을 당했을 때 좀 더 심사숙고해야 했는데 그저 우리는 일본군 출신은 다 같은 줄 알고 그를 사령관으로 추대한 것은 큰 실수였어요."라고 김성규가 화답했다.

김성규가 이어서 제안하였다.

"그렇다면 이제라도 늦지 않으니 고승옥을 처단하는 것이 어떻습니까? 그래서 하루빨리 조직을 재정비하여 유격전을 활발히 전개하여 김일성 장군의 인민군이 제주도에 상륙할 수 있도록 여건을 조성해야 합니다."

김성규의 제안을 듣고 허영삼이가 생각에 잠기는 표정을 짓자 김성규가 채근하였다.

"소뿔도 단김에 빼랬다고 오늘 밤 당장 체포해야 합니다."

결국 그날 밤에 허영삼과 김성규 등이 주동이 되어 야밤에 3대 사령관 고승옥 등 3명을 포박하기에 이른다. 반란군 무장대 내에서 또 반란이 일어난 것이었다. 절체절명의 순간에 무장대 내에서 적전분열이 일어난 것이다.

그 이튿날 반란군이 3대 유격대 사령관 고승옥을 비롯하여 지휘부 3명을 포승줄에 묶은 채 인민재판에 부쳐 "사상적으로 빈약하다. 소극적이다. 투쟁력을 상실했다. 당신들 때문에 투쟁 방향이 잘 못 되고 있다. 위대한 공산주의 건설을 위해서 당신들을 제거해야겠다."라고 하면서 칼로 살해하였다. 그리고 나서 그들은 고승옥을 비롯한 3명의 시신을 땅에 묻어버렸다. 그들을 살해하고 암매장하는 것이 순식간에 이루어졌다. 반란군 내에서 또 반란이 일어난 것은 역사의 아이러니다. 이로써 그동안 3대까지 일사불란하게 움직이던 무장대가 적전분열이 되어서 제대로 힘을 발휘하지 못하는 계기가 된다.

고승옥은 제9연대 탈영병 출신의 남로당 인민 유격대 3대 사령관으로 남로당 빨치산들에게 처형당한 특이한 무장대 사령관이다. 그날로 안덕면 출신 허영삼이 남로당 무장대 당책이 되고 제4대 인민 유격대 사령관은 조천면 와흘리 출신 김의봉이 맡는 것으로 허영삼이 발표하였다.

그러자 고승옥 일당을 처형한 대원 중 한 대원이 주위를 둘러보며 제안을 하였다.

"안 됩니다. 고승옥 일당을 몰아낸 허영삼 지대장이 사령관이 되어야 합니다. 우리는 허영삼 지대장 지휘하에 고승옥을 처단하였지 김의봉 지대장이 지휘하지 않았습니다. 그리고 김의봉 지대장은 처단 시에 참가하지도 않았습니다. 일을 시작한 사람이 그 일을 마무리해야 합니다. 그러므로 허영삼 지대장님이 사령관으로서 지휘봉을 잡아야 합니다. 여러분, 저의 의견이 어떻습니까?"

그러자 모두가 "옳소!"라며 박수를 치며 동의하였다.

그러자 처음 계획과 빗나가자 허영삼이 김성규를 쳐다보며 난감한 표정을 짓자 김성규가 말했다.

"우리 대원들이 원한다면 받아들이는 것이 순리입니다. 사령관 직책을 받아들이십시오."

이리하여 허영삼 지대장이 제4대 남로당 무장대 사령관이 된다.

군대 경험이 전무한 허영삼 사령관은 무장대를 완벽히 장악하여 일사불란하게 지휘하지는 못했다. 군대 복무 경험이 없는 것이 그 원인이었다. 1대 사령관 김달삼은 북으로 피신하고, 2대 사령관 이덕구는 경찰에 사살되고, 3대 사령관 고승옥은 내부 반란으로 처형됨으로써 무장대의 앞날은 그리 순탄하지 않았다. 사양길에 접어들었다는 것이 정확한 표현일 것이다.

\*

제주 9연대 병력 41명이 무장 탈영하여 한라산으로 입산하자 '제주도 빨갱이'이라는 오명 딱지가 붙었다. 6·25전쟁이 발발하자 제주 청년과 학생들은 '제주도 빨갱이'이라는 오명을 씻기 위해 공산군과 싸우기 위해 해병대와 육군에 입대하기 시작했다.

# 제주 젊은이,
# 빨갱이 오명 씻기 위해 6 · 25 전쟁 자원출정

## 빨갱이 오명 씻기 위해 해병 3, 4기 3,000여 명 자원입대

1950년 6 · 25 전쟁이 발발하자 제주도에서는 공산 남로당 무장대들이 그에 고무되어 더 활발해졌다. 그러자 군경은 특히 청년들의 행동에 의심의 눈초리를 가지고 지켜보기 시작했다. 그래서 지각 있는 청년들은 군경의 이러한 편견을 못마땅하게 생각하고 있었다. 제주도가 '빨갱이 지역'이라는 누명을 씻을 방법이 없을까 하고 고민하던 차에 북한 김일성이 불법 남침을 한 것이었다.

해병대 사령부가 제주도로 이전하여 배치된 지 6개월 만에 6 · 25 전쟁이 발발하였다. 당시 1,000여 명밖에 안 되는 해병대는 최소 연대 규모의 병력이 필요했다. 낙동강 방어선인 대구와 부산밖에 남지 않은 상황에서 그 많은 병력을 모집할 곳은 제주도밖에 없었다. 마침 제주의 청년과 학생들이 6 · 25 전쟁 참여를 열망하던 터라 해병대 사령관과 참모장은 해병대 병력 모집에 팔을 걷어 올렸다.

예상과 달리 경쟁이 치열했다. 경쟁률이 무려 3:1이었다. 한정철의 고향 김녕리에서는 청년들이 무려 60여 명이나 지원했으나 신체검사에서 떨어져 17명밖에 선발되지 않았다. 당시 신체검사는 굉장히 엄격하였었다. 해병 3기는 주로 제주 청년들이 주축이고 해병 4기는 주로 학생이 주축이 되었다. 해병 3기는 8월 5일 1,500명을 선발하여 모슬포 훈련소에서 기초훈련을 시행했고, 해병 4기는 8월 30일에 입대식을 제주북초등학교에서 거행했다. 학생들은 이미 학교에서 교련을 받았기 때문에 사격만 빼고 기초군사훈련은 되어 있는 상태였다.

해병대 4기로 입대한 학생들은 주로 제주농업중학교, 오현중학교, 제주중학교, 서귀중학교, 대정중학교의 3~5학년 학생들이 주였다. 특히 해병 4기 1,500명 중에는 여군 해병 126명이 포함되어 있다. 여고생도 있었지만 주로 학교의 여선생들이 주를 이루고 있었다. 이들은 간호와 행정요원으로 근무했다.

학생들의 해병대 입대에는 특히나 오현중학교 이경수 교장이 앞장서서 "백척간두의 국가의 위기에 학생들도 동참해야 한다."라고 강조한 것이 주효하여 다른 학교에서도 호응하기 시작하였다.

제주도 내 중학생들은 위기에 처한 나라를 구하겠다며 입대를 지원하기 위해 8월 2일에는 제주 읍내 중학생 145명이 학도돌격대를 결성하였다. 여기에는 고남화, 김문성, 김홍수 학생 등이 포함되어 있었다. 그들은 해병대 사령관 신현준 대령에게 "광주 5사단에 입대하겠으니 배편을 주선해 주십시오."라고 간청했다. 그렇지만 무산되고 만다.

드디어 1950년 9월 1일 제주 해병 3, 4기 3,000여 명은 제주읍 산지항에서 상륙함 LST에 분승하여 수많은 사람의 환송을 받으며 구국의 사명을 띠고, 또 '제주도가 빨갱이의 소굴이 아니다'라는 것을 증명하기 위하여 출항한다.

이때 해병대 사령부도 해병 3, 4기 3,000여 명과 함께 제주도를 떠난다. 이제야 해병대도 명실상부한 상륙부대로 태어난 것이다. 해병 3, 4기 3,000여 명은 해병 제1연대로 편성된다. 초대 해병 상륙 제1연대장은 김대식 해병 대령이다. 제주 출신으로만 편성된 해병 제1연대는 후에 대한민국 무적 해병 제1사단의 모체가 된다.

9월 2일에 진해 군항에 도착한 해병 3, 4기는 부산으로 이동하여 인천 상륙 작전에 대비한다. 새로 나온 M1 소총으로 9월 6일부터 5일간 부산 동래 비행장에서 실탄 사격 훈련을 받고 바로 전선에 투입된다.

# 인천 상륙 작전과 수도 서울 탈환, 빨갱이 누명 탈피

1950년 9월 11일 해병 3, 4기 3,000여 명은 새 군복과 철모에 M1 소총까지 받고 보니 제법 군인다워졌다. 개중에 키가 작은 사람에게는 M1 소총이 사람보다 더 커 보였다. 그들은 대형 수송선에 승선하여 12일 오후 부산항을 떠났다.

떠날 때까지는 인천 상륙 작전이 비밀이었다. 적의 대비를 막기 위한 기만 작전의 일환이었다. 북괴는 인천 상륙보다는 군산 상륙에 대비하고 있었다. 9월 15일 인천 상륙 전 3일간의 수송선 선내의 생활이 제주 해병용사들에게는 고통이었다. 입에 맞지 않은 양식도 문제려니와 수세식 좌변기에서 대변을 보는 것이 익숙지 않아 애를 먹었다.

드디어 9월 15일 폭격기의 폭격과 함포 사격을 필두로 인천 상륙 작전이 개시되었다. 맥아더 원수가 유엔군 총사령관으로서 기함에서 직접 인천 상륙 작전을 진두지휘하였다. 미 제1 기갑 해병사단이 주공이고 한국 해병 제1연대는 미 해병 1사단의 예비대였다. 교두보를 확보한 다음에 한국 해병은 인천시 소탕 작전을 벌였다.

한국 해병은 미 해병과 함께 수도 서울을 탈환하기 위하여 전진하였다. 한국 해병은 김포공항을 확보한 다음에 행주에서 한강을 도하하여 9월 21일 적 2개 연대 병력이 배치된 연희 104고지를 한미 합동작전으로 공격하기 시작했다.

연희 104고지는 인왕산과 와우산 중간에 있는 전략요충지로서 서울의 관문이었다. 연희 104고지 정면은 우리 해병 제1대대가, 우일선에는 미 해병 5연대 제1대대가, 좌일선에는 미 해병 5연대 제3대대가 나란히 병진 공격하였다.

한국 해병으로서는 인천 상륙 후 처음으로 실시하는 공격 작전이었다. 미군 전차 4대의 지원사격을 받으며 우리 해병 3, 4기 용사들이 연희 104 고지를 치열한 전투 끝에 점령한다. 이러한 해병 3, 4기생들의 물불을 가리지 않은 돌격 정신은 빨갱이로 몰리어서 억울해하던 부모·형제들의 아픔을 씻기 위해서 목숨을 건 감투정신의 발로였다. 제주 4·3 사건이 그들을 그렇게 강하게 키웠다.

대대 OP(관측소)에서 전장을 관측하던 미 고문관 헤게나(Hegena) 해병 중령은 해질녘까지 걸릴 것으로 판단하던 전투가 단 1시간 이내로 끝나자 "Unbelievable! (믿을 수 없네!)"이라고 혀를 내두르며 격찬을 아끼지 않았다. 이로써 우리 해병의 적과의 첫 전투에서 '귀신 잡는 해병'의 전통의 첫 기록을 우리 제주 해병 3, 4기생들이 수립했던 것이다.


한국 해병대와 미 해병은 이렇게 수도 서울의 적 방어선을 뚫고 귀신 잡는 해병의 물불 가리지 않은 투혼을 발휘하여 드디어 9월 28일 수도 서울을 탈환하였다.

대한민국 해병대가 중앙청 국기 게양대에 우리 대한민국의 태극기를 게양함으로써 서울이 완전히 수복되었다. 수도 서울이 함락된 지 3개월 만이었다. 중앙청에 태극기를 게양한 해병대는 제주 출신 해병 3, 4기 출신이었다.

이는 '제주도는 빨갱이'라는 오명을 벗어던진 순간이었다. 해병 3, 4기는 이참에 공산 괴뢰군을 끝까지 무찔러 고향의 부모·형제의 원수를 갚고야 말겠다는 다짐을 하고 또 하였다.

# 도솔산 전투 승리, 빨갱이의 질곡에서 해방

수도 서울을 탈환한 해병대는 정비와 휴식을 어느 정도 끝낸 후 10월 13일 LST에 승선하여 인천항을 출항하여 동해안으로 상륙하였다.

드디어 1951년 6월에 우리 해병 3, 4기생들은 강원도 양구와 인제 사이에 있는 도솔산 전투에 투입된다. 도솔산은 높이가 1,148m이며 용늪으로 유명한 높이 1,312m인 대암산의 북쪽으로 약 3km 떨어져 있는 산으로 행정적으로는 양구군 동면 팔랑리에 속해 있다.

이 일대는 1,000m 높이의 여러 봉우리로 이루어진 산악지대이다. 이 일대는 양구와 인제가 횡으로 연결되는 광치령 고갯길을 비롯한 횡적인 도로 통제가 가능한 지역이며 또한 해안분지, 일명 '펀치볼'을 감제(내려다보며 제어)할 수 있는 지역으로서 전술적 가치가 매우 높은 지역이다.

그래서 모택동 팔로군 사단인 정예 북괴군 12사단이 방어진지를 강도 높게 구축하여 방어에 임하고 있었다. 이 지역을 만일 아군이 확보하지 못하면 동서에서 북진하는 한미 군의 진격을 보장하지 못하기 때문에 반드시 우리가 확보해야 할 산악지대였다.

본래 이 지역은 미 해병 1사단 5연대가 책임지고 전투했던 지역이었다. 서쪽 무명고지(목표#14)와 우측 대암산(목표#15)을 연하는 소위 캔자스 선 일대를 장악하려던 미 해병 5연대는 피해가 막심해서 6월 3일 미 해병 1사단의 예비대였던 한국 해병 제1연대에 임무가 교대되어 한국 해병 1연대가 최일선 공격부대가 된다.

한국 해병 1연대장 김대식 해병 대령은 마음속으로 "키도 크고 체력이 좋으며 화력도 막강한 미 해병이 감당 못했던 지역을 우리 한국 해병이 과연 확보할 수 있을까 하고 의문을 가졌지만 '귀신 잡는 해병'의 기적을 한

번 믿어보자."라며 혼자 다짐한다. 그러나 미 해병까지도 피해가 막심해서 물러서는 마당에 쉽지 않은 전투가 될 것은 불을 보듯 명약관화했다.

드디어 6월 4일부터 도솔산 전투가 개시되었다. 말이 '도솔산 전투'이지, 엄밀히 말하면 '도솔산 지구 전투'이다. 왜냐하면 도솔산을 위시한 목표가 무려 24개 고지에 이르러서 24개의 목표 고지를 탈취하는 전투였다.

한국 해병 1연대는 중앙에 2대대가, 좌일선에 1대대가, 우일선에 3대대가 병진으로 공격하기 시작했다. 이때 우리 해병 1연대 우측에는 미 해병 1사단 5연대가, 좌측에는 미 해병 1사단 7연대가 나란히 병진 공격하고 있었다. 한국 해병 1연대의 최종 목표는 도솔산(목표 #22번, 높이 1,148m)이었지만 봉우리마다 일련번호를 매기어 총 24개의 목표를 설정하여 공격하기 시작했다.

6월 8일 화력 지원 속에 3대대 9중대가 도솔산 고지군의 하나인 1,181고지(목표#13)로 공격을 한다. 해병 4기 출신 김문성 소위는 9중대 3소대장으로서 소대를 이끌고 가파른 낭떠러지로 형성된 목표#13(1,181m 고지)을 공격하였다. 이때 피아간에 격렬한 전투가 벌어져 그 총성이 계곡을 따라 메아리쳤고 사상자도 속출해 아비규환이었다. 이 상황을 방치하면 소대가 전멸할지도 모른다고 생각을 한 김문성 소대장은 정면 돌파밖에 없다고 판단하여 소대장이 맨 앞에 서서 "나를 따르라."라며 돌격을 감행하던 중에 적의 흉탄에 맞아 쓰러지고 만다. 자기 소대장이 쓰러져 피가 흐르는 것을 본 소대원들은 눈이 뒤집히고 악에 북받쳐 물불을 가리지 않고 적진을 향해 일제히 돌격하여 적을 물리치고 도솔산 고지군의 하나인 높이 1,181m 고지인 목표#13을 탈취하였다.

만일 공격이 돈좌(중도에서 기세가 갑자기 꺾임)되고 사상자가 속출하는 상황에서 소대장이 앞장서서 돌격하지 않았더라면 3소대는 전멸할 위기였는데, 소대장이 맨 앞에서 과감하게 돌격하는 솔선수범을 보이니까 소대원들이 사기가 하늘을 찌를 듯 충천하여 일제히 돌격을 감행했던 것이다.

한편 가슴에 적의 흉탄에 맞은 김문성 소대장은 상처를 치료하는 위생병에게 "목표를 탈취했냐?"라고 묻고는 "저 빨갱이들을 내 손으로 처치했어야 했는데 아쉽구나."라며 말꼬리를 흐렸다. 그러자 위생병이 "소대장님! 소대장님! 정신을 차리십시오."라고 부둥켜안고 소리를 쳤다.

그러자 소대장은 개미만 한 목소리로 "위생병, 우리 제주도 사람 빨갱이 아니야!"라고 마지막 한마디를 남기고 숨을 거두었다. 돌격 중 전사한 것이다. 김문성 소위가 4·3 사건으로 가슴에 얼마나 한이 맺혔으면 마지막 남긴 한마디가 저랬을까 생각하니 서울 출신인 위생병은 가슴이 먹먹했다.

이렇게 위기 시에 소대장이 살신성인의 정신을 발휘한 것을 높이 평가하여 고 김문성 소위를 1계급 특진시켜 중위로, 또 충무무공훈장을 추서하였다. 모교인 제주고등학교 교정에 그의 동상이 세워져 있고 제주도 일도동 신산공원에는 6·25 전쟁 제주 출신 4대 영웅의 한 사람으로 그의 흉상이 세워져 있다.

김문성 중위는 제주농업중학생 대표로서 당시 해병대 사령관 신현준 대령에게 "광주 5사단에 입대하겠으니 배편을 주선해 주십시오."라고 부탁했던 애국심에 불타는 어린 학생이었다. 우리 속담에 '될성부른 나무는 떡잎부터 알아본다.'더니 김문성 같은 사람을 두고 하는 말일 것이다.

또한 1994년 4월 전쟁기념사업회에서 김문성 중위를 '100인의 호국 인물'로 선정하였으며 서귀포시에서는 2019년 '김문성 거리'를 조성하여 그의 호국정신을 기리고 있다.

도솔산 전투는 험한 산악지대의 산악 전투인지라 전투가 일진일퇴로 다소 느리고 지루하게 진행되었다. 도솔산을 탈취하는데 6월 4일부터 6월 19일까지 무려 15일이나 소요되었다.

한편, 6월 18일 오전에 공격준비사격이 실시된 뒤 3대대 10중대와 11중 대가 무명고지(목표#21)를 향해 돌격하여 오전 11시 30분경에 점령에 성공한다. 드디어 한국 해병 1연대도 최종 목표인 도솔산(목표#22, 높이 1,148m)을 점령하기 위하여 도솔산 공격 작전 준비에 착수하게 된다.

연대의 최종 목표인 도솔산(목표#22, 높이 1,148m)을 야간공격을 하여 탈취해야겠다는 복안을 가진 김대식 1연대장이 미 해병 1사단장 스미스(Smith) 소장에게 야간공격을 제안하였다.

"사단장님! 이번 도솔산 전투는 야간공격을 하여 목표를 탈취하겠습니다. 허락하여 주십시오."

"야간공격 경험이 없는 한국군이 어떻게 야간공격을 할 수 있는가?"라며 스미스(Smith) 미 1사단장이 다소 머뭇거렸다. 그러자 김대식 1연대장이 그의 주장을 꺾지 않았다.

"사단장님의 말씀이 맞습니다. 한국군은 야간공격을 한 번도 한 적이 없습니다. 그래서 적의 약점을 이용하자는 것입니다. 적은 아마 한국군은 야간공격을 하지 않는다고 철석같이 믿고 대비를 소홀히 하고 있다고 판단됩니다. 그래서 그들의 허를 찌르자는 것입니다."

미 1사단장 스미스(Smith) 소장이 반쯤 허락하는 어조로 재차 물었다.

"정말 야간공격에 자신이 있소? 성공할 수 있다고 자신합니까?"

"네, 자신 있습니다. 야간공격을 한 번도 한 적이 없지만 기도비닉만 잘 유지하면 주간공격과 똑같지 않습니까? 특히 저희 한국 해병 1연대는 전부가 제주 출신 병사로, 해병 3, 4기 3,000여 명으로 구성되어 있습니다. 그들은 농촌 출신들이 많아서 전기 없는 호롱불에서 주로 생활해온지라,

밤에 기동하는 데 낮에 움직이는 것처럼 행동하며 그 동작이 또한 민첩합니다. 걱정하지 마십시오. 사단장님! 꼭 성공합니다."라며 김대식 연대장은 확신에 찬 목소리로 대답하였다.

그랬더니 미 1사단장도 쾌히 승낙하였다. 미 해병대 1사단장 스미스(Smith) 소장으로부터 야간공격을 허락받은 연대장 김대식 대령은 도솔산(목표#22, 높이 1,148m) 공격을 준비 중인 3대대장에게 야간공격 지시 및 일련의 작전을 '도솔산 작전'이라고 명명해 격려한다.

6월 19일 자정 무렵 3대대 11중대는 북쪽 958고지로 우회하여 공격할 목적으로 기동했고, 새벽 3시 30분경 10중대도 정면 공격을 위해 기도비닉하에 움직여 오전 5시 30분경 도솔산을 공격하여 도솔산 탈취에 성공한다. 야간 기습공격을 받은 북괴군 정예 12사단은 한국군은 야간공격을 못한다고 마음 놓고 잠을 자다가 허를 찔리어 혼비백산하여 도주하기에 바빴다. 그동안 장기간의 전투로 식량, 탄약, 사기 등 모든 게 다 떨어진 적들은 도솔산 서쪽 능선을 따라 872고지 쪽으로 패주하였다. 뒤이어 1대대도 오전 8시부터 도솔산 서쪽 무명고지(목표#23)를 공격해 9시 30분경 점령에 성공했고, 872고지(목표#24)도 미 해병 7연대가 점령한 뒤 3중대에 인계함으로써 도솔산 전투는 마무리된다.

역사에 길이 남을 빛나는 도솔산 전투 승리로 한국 해병 3, 4기생 제1연대의 연대장 김대식 대령은 미 은성무공훈장을 수여 받는다. 또한 1대대장 공정식 소령, 2대대장 윤영준 소령, 3대대장 김윤근 소령, 통신대장 이판개 대위는 미 동성무공훈장을 수여 받는다.

여기서 통신대장이 받은 미 동성무공훈장은 매우 이례적인 것으로서 '제주어'로 통신함으로써 통신보안에 이바지한 공로가 인정되어 받은 결과였

다. 결국은 '제주어'가 받은 훈장인 것이다. 제주어를 사용한 통신병들의 송수신 내용인즉,

"갈매기 둘! 갈매길 둘! 여기는 갈매기 하나! 오버."

"여기는 갈매기 둘! 갈매기 하나, 송신! 오버."

"니네 소낭 조끄띠 이싱거 미싱거?(너의 소나무 옆에 있은 것 무엇인가?) 오버."

"강방왕 고라주커라(가서 보고 와서 말해 줄게요) 오버."

또 적에게 아군의 위치가 노출되는 상황이 벌어지자 무전기로

"그 낭 조끄띠로 곱으라(그 나무 곁에 숨어라) 오버."

"골은대로 곱으키여(말한대로 숨겠다) 오버."라고 송수신하였다.

북괴군이 이런 제주 출신 통신병들의 송수신 내용을 이해할 수 없어서 낭패를 보았다.

또한 이들 외에 전공이 있는 다른 장병들에게 대한민국 무공훈장이 대거 수여되었으며 해병 1연대에 대통령 부대 표창이 수여되었다.

이 전투의 승리 후에 이승만 대통령은 한국 해병 제1연대에 '무적 해병(無敵海兵)'이라는 휘호를 하사했다. 이는 지금도 통영 상륙 작전에서 유래한 '귀신 잡는 해병' 구호와 함께 해병대를 상징하는 구호로 쓰이고 있다. '무적 해병(無敵海兵)' 휘호는 제주 출신 해병 3, 4기 3,000여 명에게 이승만 대통령이 하사한 휘호로서 제주 출신 해병 3, 4기가 '무적 해병(無敵海兵)'의 신화를 남긴 것이다.

한편 '귀신 잡는 해병'이라는 구호는, 이승만 대통령이 하사한 휘호가 아니고, 미국의 여자 종군기자였던 히긴스(Higgince, 30세)가 쓴 신문 기사에서 유래된 것이다.

해병 1, 2기로 구성된 한국 해병대의 증강된 대대 규모의 '김성은 부대'

가 1950년 8월 17일에 7척의 해군 함정의 지원 아래 우리 군 최초의 단독 상륙 작전을 감행하여 통영의 지동리에 침투한 북괴군 7사단의 6개 대대를 섬멸하여 상륙 작전에 성공한다.

한국군 최초의 단독 상륙 작전이자 공격 작전이었던 통영 상륙 작전을 취재한 히긴스, 뉴욕 헤럴드 트리뷴 신문 기자가 우리 해병대의 활약상을 보고서는 "한국 해병은 귀신이라도 잡겠다(They might capture even devil)"라고 보도함으로써 바로 '귀신 잡는 해병'이라는 구호가 탄생한 것이다.

당시 통역은 흥남 철수 때에 미10 군단장 알몬드 장군의 통역관으로 활약했던 현봉학 박사가 담당했었다. 히긴스 기자는 유일한 여자 종군기자였으며 〈한국전쟁(War in Korea)〉이라는 책을 저술하였고 퓰리처상을 수상하였다. 또한 그녀는 월남전을 취재하다가 순직한 유명한 여자 종군기자이다.

'무적 해병(無敵海兵)' 1연대는 잠시 재정비를 마치고 8월 31일부터 미 해병 1사단의 조공으로 9월 2일에 소위 김일성 고지(924m 고지)를 탈취하고, 9월 3일에 모택동 고지(1,026m 고지)를 차례로 공격 탈취하여 해안분지, 일명 '펀치볼'을 확보하는 쾌거를 이룬다. '펀치볼' 해안분지는 제4땅굴이 있는 곳이다.

# 한정철의 31연대, 도솔산 전투 지역에서 훈련

한정철이 양구에 있는 2사단 31연대장 시절에 도솔산(높이: 1,148m)이 있는 대암산(높이: 1,312m) 일대가 2사단 31연대의 작전 책임 지역의 경계 지대 지역이었다. 대암산은 용늪이 있어서 식물 생태학적으로 유명한 보존 지역이다.

한정철은 1989년 12월에 2사단 31연대장으로 취임한 후 대암산 지역으로 훈련을 종종 나갔다. 장병들은 양구와 인제를 잇는 광치령 고갯길을 완전군장을 짊어지고 행군하여 올라갔다.

광치령 고갯길 정상에서 북쪽으로 올라가면 대암산이 있고 거기서 북쪽으로 약 3km 지점에 우리 제주 출신 해병 3, 4기의 한(恨) 많은 '도솔산 전투'로 유명한 도솔산이 있다. 도솔산 전투 당시 여기 대암산 일대가 한국 해병 제1연대의 작전 책임 지역이었고 목표가 무려 24개나 설정되었던 지역이다. 한국 해병 제1연대는 미 해병 1사단에 작전 통제되어 도솔산 전투 시에는 사단의 주공으로 작전에 투입되었었다.

한정철 연대장은 대암산과 도솔산을 정찰하면서 제주 출신 해병용사들의 발자취를 더듬을 요량으로 둘러보았다. 주로 평지에서만 생활했던 제주 청년과 앳된 학생들이 이렇게 높고 험준한 강원도 산악지형에 어떻게 적응하였을까 하는 생각이 제일 먼저 떠올랐다.

그리고 치열했던 산악 전투에서 전사한 제주의 아들들을 생각해봤다. 그에게는 삼촌뻘 되는 제주의 젊은이였다. 당시 한정철은 해병 3, 4기가 3,000여 명이라는 구체적인 사항은 모른 상태였고 전사에서 배운 대로 한국 해병 1연대는 제주 출신이 주를 이루고 있었다는 정도만 알고 있었다. 그리고 통신 보안을 위해 통신병이 제주 출신으로 제주 사투리인 '제주어'

로 송수신해서 북괴군이 아군의 교신 내용을 도청해도 그 내용을 알아차리지 못했었다는 정도의 개괄적인 내용이 전부였다.

한정철 연대장은 제주 젊은이들의 혼이 깃든 대암산과 도솔산 일대에서 훈련하는 것만으로도 마음이 숙연해지는 것을 느꼈다. 그는 지금 연대장이라는 직책 때문에, 그리고 또 평화 시기이기 때문에 이렇게 마음에 여유가 있지만, 당시 생사를 코앞에 둔 전쟁터에서 제주 젊은 용사들의 마음은 전쟁 공포 때문에 얼마나 두려워했을까를 생각하니 마음이 저미어 왔다.

4·3 사건을 겪은 제주의 젊은이들이 공산당을 쳐부수기 위하여 그리고 또 4·3 사건으로 인한 '제주도 빨갱이'라는 오명과 설움 때문에 자원입대하여 피를 흘리며 혹독한 전쟁을 치렀던 지역이어서 감회가 남달랐다.

그러나 삼촌뻘 되는 고향 제주 아저씨들이 피와 땀을 흘리며 싸웠던 격전지에서 그의 31연대가 훈련을 한다는 것도 인연이고 조물주의 계시가 아닌가 하는 생각도 들어 감사한 마음을 가졌다. 제주의 혼이 깃들어 있는 대암산과 도솔산 일대에서 훈련하는 것도 의의가 있다고 생각하니 가슴이 벅찼다. 제주의 젊은 해병이 탈환한 대암산과 도솔산 일대를 제주 출신 연대장이 잘 지키라는 뜻으로 받아들이니 한층 책임감이 무거웠다.

한정철 연대장은 혹시 고향 선배의 유골이 있을지도 몰라서 병사들에게 지시를 내리기도 했다.

"6·25 전쟁 시에 연대장의 고향 제주 출신 해병대가 싸웠던 격전지이므로 개인 호를 파다가 혹시 유골이 나올지도 모르니 유념하라."

그러나 유골은 없었고 가끔 M1 탄피가 나왔을 때는 있었다.

39년 전 제주의 젊은이들로 구성된 해병 3, 4기 3,000여 명이 생사를 걸고 싸웠던 6·25 격전지에서 그날도 제주 출신 연대장 한정철 대령(육군 소장 예편)이 지휘하는 31연대 장병들이 땀을 흘리며 맹훈련하였다.

# 거창 양민 학살 현장을 지켜본 11사단 제주 출신 병사

11사단은 6 · 25 전쟁 발발 후인 9월에 대구에서 창설되어서 병력 자원이 제주도에 의존도가 높은 편이었다. 그래서 제주 출신 병력이 태반 정도였다.

경남 거창군 신원면 경찰지서가 1950년 12월 5일 지리산의 공산 북괴군 패잔병들의 습격을 받아 경찰관 10여 명의 사상자가 발생하자 나머지 경찰관들이 거창읍으로 피신하였다. 신원면은 자연히 공산 북괴군의 세상이 되었다.

그 후 2개월이 지나 1951년 2월 8일 11사단 9연대가 신원면을 탈환한다. 신원면을 탈환한 후 바로 경찰에 인계하고 9연대는 철수하였다. 그런데 이튿날 다시 경찰지서가 공산군들의 습격을 받자 국군 9연대는 탈환 작전을 벌여 드디어 신원면을 재탈환하였다. 그러나 치열한 전투로 양쪽의 피해가 각각 몇십 명이나 되었다.

당시 지리산 일대의 북한군 패잔병의 토벌은 11사단이 맡고 있었다. 11사단에 제주 출신이 많은 것은 해병 3, 4기생처럼 '제주도 빨갱이'라는 군경의 의심 가득한 눈초리가 못마땅하여 그 오명을 벗기 위한 분노와 울분이 제주 젊은이와 학도들을 군에 자진 입대하게 하였고, 그래서 그들은 공산 북괴군을 무찌르는데 용감하였다.

이틀 후인 2월 11일에 연대장 오 중령의 명령을 받은 제3대대장 한 소령이 북한 공산군 패잔병에게 협력한 신원면 주민을 색출할 목적으로 과정리와 주위 3개 마을 주민들을 과정리에 있는 신원초등학교에 집합시켰다. 주민 500여 명이 모였는데 모인 주민 중에는 어린이와 90세 노인까지도 포함되어 있었다.

군인들은 이들을 모두 박산골로 끌고 가서 골짜기로 몰아넣은 다음에 무자비하게 무차별 학살하였다. 그러고는 근처에 쌓아두었던 장작더미를 가져다가 시체 위에 얹어놓고 불을 질렀다. 박산골은 순식간에 불바다가 되었다. 그런데 그 시신 더미 속에서 기적적으로 여성 한 사람이 살아남아서 학살 사건의 전모가 세상에 알려지게 된다.

이 참혹한 양민 학살 사건은 그로부터 한 달 보름이 지난 1951년 3월 29일에야 거창 출신의 국회의원 신중묵에 의해 공식적으로 공론화되었다. 온 나라가 벌집 쑤셔놓은 듯이 발칵 뒤집혔었지만, 정부에서는 아무런 공식 발표도 하지 않았다. 한참 후에 학살 책임자들을 군법회의에 넘기어 처벌하기는 하였다.

그런데 2년 전인 1949년 1월에 이미 제주도 북촌리와 동복리에서 양민 학살 사건이 벌어졌었는데도 거기에서 교훈을 얻지 못하고 똑같은 양민 학살이 되풀이 자행되었다. 거창 양민 학살 사건이 언론을 타고 전 세계로 퍼져나갔다. 생명 존중과 인명 중시의 교육이 부족한 탓으로만 돌리기에는 너무나 어이없는 사건이다.

거창 집단 학살 당시 제주 출신 고 일병은 주위 병사들이 전부 중대장의 사격명령에 따라 사격을 하는데 유독 그만은 사격하지 않았다. 대구 출신 김 일병이 옆에서 고 일병이 사격하지 않은 광경을 줄곧 지켜보았다.

중대장의 "사격 개시"라는 명령이 떨어지자마자 그들 중대 군인들의 총구에서 불이 뿜기 시작했다. 주민들이 비명을 지르며 나무토막 쓰러지듯 앞으로 엎어지고 뒤로 넘겨졌다. 중대원들이 정신없이 주민들을 향해 총을 쏘는데 옆에 있는 제주 출신 고 일병은 총을 쏘지 않고 있었다.

옆에 있던 김 일병이 고 일병을 보며 채근하였다.

"빨리 사격하지 않고 뭐 하고 있는 거야? 빨리 쏴!"

"나는 도저히 못 쏘겠어!"라고 그는 퉁명스럽게 대답하였다.

그리고 사격이 다 끝난 후에 그는 쓰러진 주민들의 주검을 바라보며 눈물을 글썽였다. 그는 눈물을 안 보이려고 고개를 들어 먼 하늘을 쳐다보았다. 그런데도 흐르는 눈물을 주체할 수 없었다.

옆에 있던 김 일병이 그의 눈물을 보고 물었다.

"왜 생뚱맞게 우는 거야?"

그러나 그는 대답하지 않고 흐르는 눈물을 소매로 훔치기만 하였다. 대구 출신 김 일병은 혹시 4·3 사건의 트라우마 때문이 아닐까 하는 생각이 들었다. 그는 지금 묻는 것은 소용이 없다고 판단하고 부대 주둔지에 돌아가 부대 매점 PX에서 막걸리나 한잔하며 이야기를 들어 봐야겠다고 생각을 고쳐먹었다.

김 일병은 부대 주둔지로 돌아와 고 일병의 고향 제주 출신 양 일병을 같이 불렀다. 김 일병은 대구 출신이고 대학 재학 중에 군에 입대해서 나이가 제주 출신 병사보다는 한 살 더 많고 어른스럽게 행동했다.

그들은 11사단 입대 동기여서 서로 말을 놓고 지내는 사이였다. 김 일병은 양 일병에게 오늘 학살 현장에서 일어났던 고 일병의 행동을 대충 설명한 다음에 막걸리를 한 순배 돌렸다.

한 잔씩 막걸리를 마신 다음 김 일병이 고 일병에게 졸라댔다.

"사격하지 않고 눈물을 흘린 이유가 무엇인가? 무언가 말 못 할 사정이 있는 것 같은데 말해 봐. '백지장도 맞들면 낫다.'라는 말이 있잖아?"

그러자 옆에 있던 양 일병이 거들었다.

"아마 학살당한 제주도 부모님 생각 때문일 거야. 고 일병은 2년 전 양민학살이 있었던 조천면 북촌리 출신이거든. 아마 북촌리 양민 학살 트라우마 때문이 아닐까?"

양 일병의 말에 용기를 얻었는지 드디어 고 일병이 무거운 입을 뗐다.

"골짜기에 모여 있는 거창 주민을 보자 갑자기 우리 어머니와 아버지 그리고 삼촌의 얼굴이 중첩되어 보이는 거야. 고개를 흔들어 정신을 다시 한 번 가다듬었지. 그래도 부모님과 삼촌 얼굴이 어른거렸어."라고 고 일병은 운을 뗀 후 이어서

"나는 부모의 원수를 갚으려고 군대에 들어왔어. 공산군 빨갱이를 잡으려고 말이야. 그런데 나의 첫 총부리가 나의 원수인 빨갱이가 아니고 나의 부모 같은 양민을 향하고 있었어. 나의 어머니와 아버지 그리고 삼촌을 총으로 쏘는 형국 같았지. 그래서 방아쇠를 당길 수 없었어."라고 사격하지 않은 이유를 설명했다.

고향 북촌리 학살 당시 고 일병은 제주 읍내에 볼일이 있어서 잠깐 집을 비운 사이에 북촌리 너븐숭이에서 군인에 의한 학살이 벌어졌다. 그는 운이 좋아서 살아남게 되었다. 고 일병의 부모만 총살된 것이 아니고 그의 삼촌도 함께 희생되었다.

처음에는 욱하는 기분에 군인들을 원망했었지만, 시간이 지나면서 4 · 3 사건의 주모자인 공산 남로당 무장대에 원한이 더 맺히는 것이었다. 그렇지 않아도 공산도배 무장대에 대한 울분이 쌓여있었는데 6 · 25 전쟁이 일어나자 공산군을 쳐부수어야 하겠다는 생각이 치밀어 올라 군에 자원입대하였다.

그는 이어서 김 일병을 쳐다보며 반문했다.

"오늘 거창 주민은 북촌리 학살 당시 우리 부모와 삼촌처럼 죄가 없어. 여기 지리산 공산군 패잔병들은 다 도망가고 없었어. 단지 그들이 마을로 내려와 방화하고 식량을 약탈하는 것을 막지 못했다고 그 책임을 물어 학살한 것이지. 무고한 양민을 학살하는 수고를 지리산 공산군 패잔병들을 토벌하

는 데 써야 하지 않아? 유격대는 물에 사는 물고기이니까 물만 빼면 그들을 고사시킬 수 있다는 전략인데 인간 생명이 어디 내다 버릴 물인가?"

대구 출신 김 일병은 고 일병의 반문에 대답하지 못하고 고개를 양 일병에게 돌려 물었다. "양 일병은 어떻게 생각해? 오늘 사격은 했지? 너는 왜 거창 주민이 양민인 줄 알면서 양민을 향하여 총을 쏘았어?"

"응, 내가 살기 위해서 총을 쏘았어."라고 양 일병은 퉁명스럽게 대답했다.

"살기 위해서 총을 쏘았다니? 그들은 양민이지 않아?" 김 일병은 고 일병의 마음을 읽었는지 그를 대신하여 질문을 하였다.

"아니 이번 신원면을 탈환하는데 내 옆 전우가 여러 명 죽었어. 나도 하마터면 죽을 뻔했어. 저 양민 중에 북괴군의 협력자와 동조자가 있었기 때문이야. 그래서 나는 내가 살기 위해서 북괴군은 물론 양민 중의 협력자와 동조자를 죽여야겠다고 생각했고, 또 내 상관이 그들을 쏘라고 했기 때문에 사격을 했을 뿐이야. 왜 내가 살기 위해 총을 쏜 것이 잘못된 것인가?"라고 양 일병이 오히려 대구 출신 김 일병에게 되물었다.

양 일병이 전장에서 자기가 살기 위해서 총을 쏘았다는데 더 할 말을 잃은 김 일병은 고 일병 의중의 반의반 대답이라도 들어보려고 다시 물었다. "그래도 자네는 제주 4 · 3 사건의 슬픔을 체험하지 않았어?"

"응, 나는 오늘 아무 생각 없이 상관의 명령이니까 사격했어. 제주 4 · 3 사건 절정기에 육지 군인들이 지금 우리처럼 꼬투리만 잡히면 빨갱이로 간주하여 제주도민을 막 쏴 죽였어. 우리 같은 졸병이야 상명하복의 군대에서 상관이 시키는 대로 하는 존재 아냐? 우리 제주 4 · 3 사건 때와는 주객이 전도되었다고 생각했어."라고 양 일병이 대답하자 의외의 답을 들은 김 일병은 물었다.

"아니 주객이 전도되었다는 생각이 들었다니 그게 도대체 무슨 뜻이야?

"제주도에 있을 때는 내가 언제 군인이나 경찰의 총에 맞아 죽을지 모르는 신세로 객(客)이었지만 이제는 내가 군인이 되어, 아니 이제 나는 총칼을 가진 주인이 되어 있으니 말이야. 전에는 내가 객이었지만 오늘은 내가 주인이 되었다는 생각을 하니 격세지감이 들더군."이라고 양 일병이 응수했다.

김 일병이 양 일병을 쳐다보며 말했다.

"제주도에서 육지 군인한테 많이 당했었구먼."

"제주에 있으면 언제 군인과 경찰에게 잡혀가 총살당할지 몰랐어. 조그마한 꼬투리만 잡히면 무조건 잡아갔거든. 그래서 항상 불안했어. 힘 있는 자가 힘없는 자를 마음대로 다루었어. 우리처럼 힘없는 자는 항상 그들의 밥이었지. 무법천지였어. 군경의 판단이 곧 법이었지. 공산당인 한라산 무장대도 싫었지만, 사실은 군경의 눈을 피해 살기 위해 군대에 입대했어. 군대에 들어오니 이렇게 마음이 편안한 것을 왜 빨리 입대 못 했는지 몰라. 군대에 들어오기 전까지는 언제 잡혀갈지 몰라 마음을 졸이며 살았는데 이제는 군경의 감시에서 해방이 되니 살 것 같아. 군경의 표적에서 해방이 되었을 뿐만 아니라 이제는 내가 오늘처럼 거창 주민의 생사여탈권을 쥐게 되었어. 세상이 좀 이상하지 않아?"라고 양 일병은 자신의 느낀바를 솔직하게 털어놓았다.

양 일병은 이어서 "제주도에서도 무고한 주민들을 빨갱이라고 지휘관이 지시하니 군인 졸병들은 살기 위해서 그게 사실인 줄 알고 총살했었지. 오늘도 우리 같은 졸병들이야 상관이 지시하는 대로 했을 뿐이야."라고 대답했다.

술이 한 순배 더 돌아갔다. 양 일병의 말을 들은 고 일병은 나름대로 생각했던 것을 피력했다.

"저 친구는 제주도 출신이지만 나처럼 학살지역 출신이 아니어서 학살에 대한 느낌이 다소 다를 수 있어. 나는 처참한 꼴을 보고 또 당해봐서 그런 일이 다시는 있어서 안 되겠다고 처절하게 느끼고 있지만, 양 일병은 육지 군인들이 양민을 학살하는 것을 보지는 못하고 듣기만 한 터라, 생각 없이 그들을 따라 스스럼없이 상관의 지시에 따라 사격했던 것이야.".

두 사람의 말을 다 들은 대구 출신 김 일병은 감정이입이 잘 안되어서 생각이 복잡해졌다. 한 명은 학살에 양심의 가책을 느끼고 있지만, 나머지 한 명은 전에 제주도에서 육지 출신 군인한테 생명의 위험을 당한 것에만 몰입되어 있어서인지 고 일병처럼 절절하지는 않았다.

대구 출신 김 일병은 직접 당해본 사람과 간접적으로 보고 들은 사람의 입장이 이렇게 다르다는 것을 이들 두 전우를 통해서 절실히 느끼고 알 수 있었다.

술을 마시며 이야기하던 입대 동기 3명은 내일 지리산 토벌을 마치고 공산 북한 정규군인 인민군과 싸우기 위하여 강원도 전선으로 떠나기로 되어 있어 아쉬운 술판을 끝내야 했다.

고 일병은 "이제야 비로소 진짜 빨갱이를 잡으러 가게 됐군. 벌써 그 빨갱이를 쳐부수러 떠났어야 했는데 너무 늦은 감이 들어."라고 말하고는 자리를 털고 일어나면서 전의를 불태웠다.

고 일병을 비롯한 제주 출신 병력이 태반이 넘는 11사단은 강원도 고성군으로 전개되었다. 이전까지는 지리산 일대에서 북괴군의 패잔병을 토벌하는 임무를 수행했었지만, 이제부터는 북한의 정규군과 전투해야 했다. 고성군에 있는 건봉산 일대의 고지군을 11사단이 공격하였다.

이때 11사단 13연대 9중대 2소대가 건봉산 일대의 564고지 탈취 전투에서 제주 출신 하사 박평길 분대장이 선두에 서서 적의 기관총 진지를 파괴하고 공격 중에 전사하고 만다. 박 하사 역시 여느 청년과 같이 경찰의 의심의 눈초리를 피해 자신은 빨갱이가 아니라는 것을 입증하기 위해 6·25전쟁이 발발하자 자원입대한 청년이었다.

당시 충남일보(1951년 6월)는 이를 크게 보도하였다.

"십자포화 속에 돌입한 육탄 박 하사의 공훈찬(功勳燦), 화랑 사단(11사단)의 자랑!

지난 6월 18일 중동부의 최강 요새지인 564고지 점령을 명령받은 1372부대(11사단 13연대) 제3대대 9중대의 고남화 소위가 지휘하는 제2소대는 견고한 토치카에 의지하여 완강한 저항을 기도하는 적진 20m까지 접근하여 육박돌격전을 감행하고 치열한 백병전을 전개하였다.

이때 박평길 하사는 분대장으로서 점차 치열해지는 적의 탄막을 뚫고 분대 선두에 서서 적진에 돌입하였다. 적진 10m까지 육박했을 때 1발의 흉탄이 박 하사의 대퇴부를 관통하였다. 그러나 흐르는 선혈과 상처를 돌볼 생각도 없이 수류탄을 투척하여 적의 토치카를 분쇄하고 10여 명을 살해한 다음 다시 무기를 포기하고 혼비백산하여 패주하는 적을 추격하고 총검으로 적 10여 명을 살해한 후 따발총 3정, 소식 장총 1정을 노획하면서 다시 적을 추격하고 있었다.

그러나 불행하게도 그는 또 한발의 흉탄에 치명상을 입고 그 자리에서 '대한민국 만세'를 소리쳐 부르고 이곳 동부전선 호국의 신으로 산화하고 말았다. 분대장을 잃은 분대원들은 분노와 복수에 불타는 가슴을 안고 속속 적을 물리치며 앞으로 앞으로 나갔다."

전사한 박평길 하사에게 화랑 무공훈장이 추서되고 또한 그는 2020년 1월 6·25 전쟁 영웅으로 선정되어 제주 젊은이의 위상을 드높였다.

한편 2소대장 고남화 소위(대령 예편, 2022년 작고)는 제주 출신 장교로서 1950년 8월 2일에 제주도 내 중학생들이 위기에 처한 나라를 구하겠다며 학도돌격대를 결성하였던 대표 학생 3명 중 1명이다. 나머지 2명 중 1명은 호국영웅 100인으로 선정된 해병 4기 김문성 중위이다. 이렇게 제주 출신 군인들이 '제주도 빨갱이'라는 누명을 씻기 위해 고 일병과 양 일병을 포함하여 열심히 싸워 공산도배를 무찌르는 데 앞장섰다.

세월이 어느덧 55여 년이 흘러 2006년에 서귀포 시내 음식점에 옛 11사단 전우들이 모였다. 서울에 거주하는 옛 소대장 고남화 예비역 대령이 옛 전우들을 한번 만나고 싶다고 연락이 와서 강재준 서귀포 감귤조합장이 주선하였다.

11사단 출신 옛 전우 열대여섯 명이 모였다. 대개 17~18세 홍안의 미소년이었던 옛 전우가 세월이 흘러 70대에 들어선 이제는 노인이 되어 있었다. 강재준 조합장은 서귀중 학생이었는데 4·3 사건으로 '제주도 빨갱이'라는 말이 듣기 싫어 군에 자원입대했다. 당시 군에 입대한 동기가 거의 강재준 조합장과 같았다.

남성만 모인 회식 자리에 여성 한 사람이 참석해 있었다. 강재준 조합장이 소대장 고남화 예비역 대령에게 그 여성을 소개하였다.

"소대장님! 여기 신 여사를 소개하겠습니다. 564고지에서 산화한 고 박평길 분대장의 부인입니다."

그 말을 듣는 순간 고남화 대령은 용수철처럼 자리에서 벌떡 일어나 박평길 부인의 손을 두 손으로 덥석 잡았다.

"아이구! 박평길의 부인을 이렇게 만나다니 박평길 하사를 만나는 기분입니다. 박 하사 덕분에 내가 이렇게 살아 있습니다. 박평길이 아니었으면 나는 그 564고지 탈환 작전에서 죽었을 겁니다. 박평길 하사가 소대장인

나 대신 죽은 거나 마찬가지입니다. 박평길 분대장은 용감했습니다. 평소에도 항상 박평길 하사의 용감무쌍함을 생각해 왔는데 오늘 이렇게 뜻하지 않게 부인을 만나 뵈니 감개무량합니다."라며 눈물을 줄줄 흘렸다.

이 광경을 본 전우들도 마음이 뭉클했다. 고 대령이 잡았던 손을 놓은 다음 봉투 하나를 구해오게 하더니 지갑을 꺼내 지갑에 있는 돈을 다 털어 봉투에 넣고서 하는 말이

"신 여사님! 갑작스러운 만남이라 미리 준비를 못 했습니다. 성의로 받아 주십시오."라며 봉투를 부인에게 전하였다.

고 대령은 그동안 박평길 분대장에게 마음의 빚을 지고 있었는데 오늘 그의 부인을 만나니 마음이 한결 가벼워짐을 느꼈다.

이 광경을 유심히 지켜보는 한 사람이 있었다. 바로 작가 정수현 제주수필협회 회장이었다. 그는 11사단 출신이 아니고 해병대 출신이었지만 고남화 대령이 서귀포에 온다니까 개인적으로 잘 아는 사이여서 옵서버로 합석하였다. 제주 출신 고남화 소대장과 박평길 분대장 간의 전우애에 대하여 글 쓰는 작가로서 남다르게 느낄수 있었다. 그는 6 · 25 전쟁에 참전한 제주 용사들의 활약상을 엮어 이른바 '6 · 25 전쟁과 제주 용사들'이란 제목으로 무려 11권째 집필한 작가이다.

한편 서귀포에서 옛 전우 모임이 있은지 14년이 지난 2020년 1월 어느 날 고남화 대령이 구청에 볼일이 있어서 강남구청에 갔는데 출입구 문에 이달의 호국인물이라며 옛날 부하였던 박평길 하사의 큰 사진이 붙어 있어서 깜짝 놀랐다. 갑자기 14년 전에 서귀포에서 만난 옛 전우 박평길 하사와 그의 부인 신 여사가 그의 뇌리를 스치고 지나갔다. 고남화 소대장과 박평길 분대장 간의 관계를 잘 알고 있던 정수현 작가가 보훈처에 박평길 하사의 전공을 게재한 충남일보 기사를 보낸 것이 그렇게 된 것이었다.

정수현 작가는 다음 12권째에 수록할 요량으로 2019년에 고 대령에게 "박평길 하사에 대한 자료가 혹시 있으면 보내주십시오."라고 부탁했더니 1951년의 충남일보 신문을 스크랩한 기사를 보내왔던 것이다.

　그런데 마침 국가보훈처에서 정수현 작가에게 전화가 걸려왔다.

　"혹시 6·25 참전 제주 용사 중에 6·25 전쟁 영웅으로 추천할 인물이 있으면 추천 바랍니다."

　정수현 작가는 주문을 받자마자 바로 '때는 이때다' 하고 충남일보를 스크랩한 기사 '십자포화 속에 돌입한 육탄 박하사의 공훈찬(功勳燦), 화랑사단(11사단)의 자랑!'과 그 외 자료를 준비하여 보냈더니 국가보훈처에서 심사를 거쳐 박평길 하사를 '2020년 1월달 6·25 전쟁 영웅'으로 선정하여 기리게 된 것이었다.

　"그 정수현 작가가 없었더라면 제주 출신 박평길 하사라는 6·25 전쟁 영웅이 역사 속에 파묻힐 뻔했군."이라고 승호가 말했다.

　"정수현 작가는 제주도 도의회 사무처장을 역임하고 이사관으로 퇴직한 후 서귀포시에 거주하며 제주수필협회 회장을 거쳐 지금 작가로서 활발히 활동하고 있는 인물이네. 그의 저술 덕분에 6·25전쟁에 참전한 제주 용사들의 이야기가 후대에 전할 수 있게 되었네. 역사는 기록이 중요하지."라고 정철이 화답했다.

*

4·3 사건의 고조기에도 조용하던 김녕리에 6·25 전쟁의 소강상태이던 1952년 말에 느닷없이 무장대의 침입을 받는다. 보초를 서던 청년들이 살해당하고 급기야는 보초를 서던 14세의 소녀 9명을 납치하여 가다가 저항하는 소녀 4명을 총살하고 나머지 5명을 끌고 한라산으로 올라간다.

# 무장대의 김녕리 남흘동 습격,
# 양민 살해 및 소녀 납치

　1948년 4월 3일 4·3 사건을 일으킨 남로당 무장대(인민 유격대)의 활동이
다소 소강상태였던 1952년 11월 20일에 그동안 조용했던 김녕리를 공포의
도가니로 몰아넣은 무장대의 남흘동 습격 사건이 발생했다. 제주도 전역에
걸쳐서 습격 사건이 빈발하였다. 이는 6·25 전쟁의 막바지와 맞물린 남로
당 무장대의 마지막 발악이었다.

　무장대 40여 명이 남흘동 '한거리' 성문을 기습한 것이다. 김녕리는 총 4
개의 성문을 운영하고 있었다. 동문, 서문, 남문 그리고 남흘동의 '한거리'
문이다. 남흘동의 '한거리' 성문은 남문과 같이 한라산 방향의 남쪽 문이다.

　김녕리민들이 일상적인 농사 활동을 보장하기 위하여 1948년 12월부터
이듬해 1949년 3월까지 길이가 약 4km의 성벽을 쌓으면서 4개의 출입 성
문을 만들었다. 성은 폭 1.5m이고 높이는 4m 정도로서 김녕리민들이 농
한기인 겨울 동안 남녀노소가 다 동원되어 축성한 대역사였다. 농부들은
일출 후에 성문 밖으로 나가 농사일하다가 일몰 전에 성문을 통과하여 집

으로 돌아와야 했다. 한동안 무장대의 조직적인 습격은 없었다.

무장대가 남흘동 '한거리' 성문의 성벽을 타고 올라오자 초소 밖에서 보초를 섰던 나이가 불과 14살에 불과한 소년 윤 군과 배 군 등 2명은 "폭도다! 폭도다!"라고 외쳐서 초소에 알려야 하는데 겁에 질린 소년들은 놀란 나머지 입속으로만 "포, 포, 포···"라고 중얼거리다가 그만 기절하고 만다.

보초를 따돌린 무장대는 바로 초소로 진입하여 초소 안에서 무장대의 침입을 모른 채 새끼를 꼬던 근무자 4명을 순식간에 살해하였다.

7~8명의 무장대가 한꺼번에 들이닥치자 갑작스러운 습격에 당황한 초소 근무자들은 입을 벌리고 '어! 어!'라고 소리만 질렀지, 옆에 있는 총과 칼 그리고 창을 집어 대항할 생각을 아예 하지도 못했다. 그들은 고양이 앞에 쥐의 신세였다. 초소 근무자들을 한쪽 구석으로 몰아붙인 무장대 두목은 부하 무장대에게 "총을 쏘면 총소리 때문에 비상이 걸려 경찰관과 특공대원이 출동하니까 총으로 사살하지 말고 칼과 창으로 찔러 죽여."라고 명령을 내리자 그들은 초소 근무자 4명을 차례로 살해하기 시작했다.

개중에 누군가가 급한 나머지 목숨이 경각에 달린 터라 일단 살고 보자는 생각으로 "목숨만 살려주면 무슨 일이든지 시키는 대로 다 하겠습니다. 제발 목숨만 살려주십시오."라고 애원했지만, 무장대 두목은 "한 놈이라도 살려두면 후환이 두렵다. 다 죽이고 확인까지 해라."라고 엄하게 지시하였다. 초소 근무자는 이완송, 윤상, 강태선, 윤공찬 등 4명의 남흘동 청년이었다. 이완송과 윤상은 무장대가 휘두르는 칼과 죽창에 난자당하여 그 자리에서 죽고, 강태선과 윤공찬은 중상으로 이튿날 숨졌다.

당시는 6·25 전쟁 중이어서 청년들이 군대에 가고 없는 상황이어서 마을 인원 총동원령을 내려 14세 이상의 소년과 소녀들까지 차출되어 성문 보초를 서고 또 순찰도 하였었다.

한정철의 지인이며 경찰서장 출신인 김영중은 고향이 애월읍 산간마을 납읍인데 30대의 홀어머니를 대신하여 9살에 성문 보초를 서기도 했었다. 젊은 과부가 밤에 남정네와 보초를 서는 게 무리라는 생각에서 마을 이장이 특별히 선처한 것이 머릿수는 채워야 해서 할 수 없이 초등학교 2학년짜리가 보초를 서야만 했을 정도로 당시는 엄중한 시기였다.

성문 보초들을 처치한 무장대 40여 명은 습격 목적인 식량을 탈취하는 작전에 돌입하였다. 두목이 습격 전에 지시한 주의 사항을 다시 한번 상기시키는 것이었다.

"이번 우리의 습격 목적은 오직 식량 확보에 있다. 그러므로 우익인사 살인과 방화가 목적이 아니다. 특히 방화할 때 아래 동네에 있는 경찰지서에서 알게 되면 경찰과 민보단 특공대원들이 출동하므로 우리의 목적인 식량 탈취에 지장을 주게 된다. 그러니 어떠한 일이 있더라도 방화는 절대 금물이다. 그리고 또 총을 쏘는 것도 금물이다."라고 강조하였다.

그는 이어서 "식량을 삽시간에 털어야 한다. 시간을 지체하면 경찰과 특공대 응원군이 몰려올 것이다. 그리고 경찰에 신고하기 위하여 빠져나가는 주민이 있을 수 있으니 길목에는 계획한 대로 매복하여 방지하도록 하라."고 지시하였다. 그러자 2명 1개 조인 매복조 2개 조가 경찰지서에 이르는 길목 2개소에 매복하였다.

식량 탈취조는 부잣집에 침입하여 고팡(고방) 문을 열고 들어가 쌀독에서 식량을 부대에 담기 시작했다. 짧은 시간에 식량을 털어야 하니까 3명 1개 조로 총 11개 조로 나누어 동시에 11가구를 급습하여 털기 시작하였다.

주인들은 목숨이 아까워서 반항하지도 못하였다. 또 만일 경찰에 신고하면 후에 살아남지 못한다고 엄포를 놓는 바람에 주인들은 후환이 두려워서 우두커니 서서 쳐다만 볼 수밖에 없었다. 무장대들은 총 11가구에서 식량을 약탈하여 소에다 길마를 얹어 길마에 싣고 운반하였는데 길마에 다 싣지 못한 나머지 식량은 마을 부녀자를 시켜 지게에 지고 가도록 강요하였다.

한편 남흘동에 무장대들이 급습했다는 소식을 총소리가 안 들려 접하지 못한 채 성벽을 순찰하던 소년 순찰대가 식량을 소에 싣고 가는 무장대 일당과 우연히 만났다. 무장대는 우연히 만난 소년 순찰대 2명을 살해하였다. 2명 중 1명은 김녕중학교 3학년생인 16세의 박경해이고 나머지 1명은 중산간마을 덕천리에서 김녕리로 소개 이주한 박옥길이었다. 무장대는 이처럼 어리고 순진한 소년까지도 인정사정없이 잔인하게 죽였다. 16세의 박경해는 한정철의 초등학교 은사 박경석 선생님의 바로 아래 동생이고 평소에 기대가 컸던 동생이었다고 하는 말을 은사에게서 종종 들었었다.

침입한 무장대 중에는 경찰과 군인 복장으로 위장한 무장대가 있었다. 이러한 위장은 우군을 속이기 위한 기만전술이었다. 그들이 입은 군경 복장은 3년 전인 1949년 2월 4일에 김녕리 '큰남생이' 매복 작전으로 군인 15명과 경찰 1명을 살해하고 99식 총 150정과 M1 소총 20정을 탈취할 때 군인과 김녕 출신 부원하 경사의 옷을 벗겨갔었는데 그때 벗겨간 순경 옷과 군인 옷을 입고 나타난 것이었다.

군경 복장으로 위장한 무장대가 순찰 중인 정만옥 특공대원과 만나자 "순찰하느라고 수고가 많소. 우리는 순찰을 잘 서는지 점검하러 나왔소. 마침 땡땡이치지 않고 순찰을 잘하고 있구먼요. 그런데 왜 혼자 근무하는 거요?"라고 격려의 말과 함께 질문을 하며 접근하였다. '왜 혼자 근무하느냐?'고 물은 것은 나머지 근무자가 어디에 있는지 알아보기 위한 유도 질문이었다.

그런데 특공대원 정만옥은 군경 복장의 무장대를 진짜 군경으로 오인하여 "네! 순사님 수고가 많으십니다. 저와 한 조가 되어 순찰하는 동네 처녀 2명은 저기 떨어져서 순찰하고 있습니다. 저는 땡땡이 치지 않고 이렇게 열심히 순찰 근무를 잘하고 있습니다. 그래서 그런지 폭도들이 요즘은 얼씬도 못 하고 있습니다."라고 의기양양하게 대답하였다.

그는 이어서 총을 허공에 겨냥하면서 "저는 명사수이기 때문에 저에게 걸리기만 하면 국물도 없습니다."라고 자신감에 찬 목소리로 대답하였다. 그가 총을 허공에다 겨냥할 때 혹시나 들통날까 봐 무장대들은 순간 가슴이 철렁 내려앉음과 동시에 마음이 찔했다.

이때 순경 복장을 한 무장대가 담배 한 대를 순찰 특공대원에게 권하였다. 정 특공대원은 "안 됩니다. 밤에 담배를 태우면 저의 위치가 적에게 노출되기 때문에 담배를 피우면 안 됩니다."라고 거절하였다.

이때 담배를 권하는 사이에 군복 입은 무장대 2명이 뒤로 돌아가 위장 순경과 말하는 특공대원을 일본도로 뒤에서 내리쳤다. 특공대원은 '악' 소리도 제대로 내지도 못하고 쓰러졌다. 무장대는 카빈총을 1정 탈취하는 전과까지 올린다.

먼발치에서 이 광경을 보고 있던 순찰 중인 처녀 2명은 놀란 나머지 인근에 있는 거름막(거름을 쌓아둔 오두막) 속에 숨었는데 무장대가 이들을 찾아내어 또한 살해하였다. 이날 남흘동 습격으로 양민이 총 9명이나 무장대에 의해 무참하게 살해당했다.

한편 길마에 다 싣지 못한 나머지 식량은 마을 부녀자들이 남흘동에서 약 2km 떨어진 '논밭두덕'까지 지게에 지고 갔다. 거기에 식량을 부려놓고 부역한 아낙네들은 돌아가도록 했다.

돌아가는 아낙들에게 무장대 두목은 "이 사실을 경찰에 알리면 너희들은 언제 죽을지 모르니 절대 알리지 말라. 내가 11가구를 다 알고 있으므로 죽고 싶지 않으면 절대로 이 사실을 발설하지 말라. 명심하기를 바란다." 라고 엄포를 놓자 아낙들은 살려만 주는 것만도 고마워서 전부가 "말한 대로 절대 지서에 알리지 않겠습니다."라고 말했다.

아낙네들이 식량을 무장대 기지까지 운반하면 기지가 노출될 우려가 있어서 중간 지점인 '논밭두덕'까지만 운반토록 했다. 그런데 소의 길마에 실은 양식을 기지에 갖다 놓고 다시 실으러 여기 논밭두덕까지 오는 데는 시간이 걸리기 때문에 그사이에 경찰이 알고 출동하면 안 되니까 그렇게 단속을 철저히 했던 것이다. 집으로 돌아온 그 아낙들은 후환이 두려워서 일절 발설하지 않았다. 테러가 그렇게 무서운 것이기 때문이었다.

그날 이처럼 9명이 희생되었을 뿐만 아니라 분초에서 보초를 서던 소녀 9명이 무장대에게 납치당했다. 남흘동을 습격한 무장대 두목은 식량 탈취에 성공하자 욕심이 더 생겼다. 남정네는 배가 부르면 다음에 생각나는 게 여자였다. 산에는 여자가 귀했다. 지금까지 총도 쏘지 않고 은밀히 그리고 짧은 시간에 식량 탈취를 위한 습격이 성공적으로 이루어져서 시간도 아직 넉넉하다고 판단한 무장대 두목은 여자들을 납치해야겠다는 생각이 뇌리를 스치고 지나갔다.

그는 즉시 무장대에게 "오늘 습격이 성공적으로 이루어졌는데 산에서 내려온 김에 여자들도 납치해서 가야겠다. 14세 정도의 어린 소녀들도 보초를 서고 있다고 들었는데 오늘 보초 서는 소녀들을 납치하도록 하라."고 명령을 내렸다.

명령에 따라 무장대는 2개 조로 나뉘어 '한거리' 성문을 기준으로 좌우로 순찰로를 따라나섰다. 성문인 남문 쪽 방향에서 소녀 9명이 분초에서 보초를 서고 있었다. 무장대는 양쪽에서 포위해 들어가 느닷없이 "손 들어! 움직이면 쏜다."라며 들이닥쳤다. 어린 소녀들은 겁에 질려 '악' 하고 소리를 질렀다. 어떤 소녀는 놀라서 오줌을 쌌다. 어린 소녀들은 "제발 살려 주십시오. 어머니가 보고 싶어요."라며 울면서 애원하였다. 그러자 무장대는 "알았다. 살려준다. 그런데 우리 말을 잘 들어야 한다. 만일 안 들으면 죽는 줄 알아야 한다."라며 한쪽으로 달래면서 다른 한쪽으로는 엄포를 놓았다. 소녀들은 일단 살려준다는 말에 희망을 품었다.

무장대 두목이 명령했다.

"9명을 2개 조로 나누어 산으로 끌고 가도록 해."

그러자 무장대들은 5명과 4명으로 나누어 2개 조로 편성한 뒤에 소녀들을 산으로 끌고 가기 시작했다. 성문을 지나 한라산 쪽으로 가기 시작하자 소녀들은 "어멍(엄마)! 어멍!" 하며 울기 시작했다. 14세 김계화가 속한 조는 총 4명이었다. 강순자, 임순자, 김계화, 육지 출신 이금선이다.

소녀들은 끌려가면서 오만 생각을 다 했다. 남로당 무장대에 끌려가면 산속에서 무장대에게 못된 짓을 당하면서 살아갈 것을 생각하니 치가 떨려서 도저히 더 이상 따라갈 수 없었다.

소녀 강순자가 먼저 입을 열어 애원하였다.

"아저씨! 나는 죽으면 죽었지 더 이상 산으로 갈 수 없습니다. 나를 여기서 죽여주십시오."

그러나 무장대는 발길질하고 나서 주저앉은 그의 가슴팍에 총구를 갖다 대며 "총으로 쏴 죽여버린다."라고 으름장을 놓자 그녀는 할 수 없이 일어서서 또 걷기 시작했다. 소녀들은 소가 도살장에 끌려가듯 마지못해 걸었다. 걷는 동안 오만 생각이 또다시 떠올랐다. 이처럼 산에 끌려가서 무장대에게 몸이 더럽혀지고 빨갱이라는 누명을 쓰게 되면 부모와 형제에게 누가 될 뿐만 아니라, 나중에 살아서 돌아와도 시집도 제대로 못 가게 되는 신세를 생각하니 발걸음을 더 이상 뗄 수 없었다.

강순자는 동네 친구 임순자에게 그의 심정을 무장대들이 알아듣지 못하도록 걸으면서 작은 목소리로 물었다.

"순자야! 우리가 저 산 폭도에게 이렇게 산에 끌려가서 몸이 더럽혀지고 산 폭도 집안이라고 집안 식구에게 불명예를 안겨 주느니 차라리 죽는 게 낫지 않아? 순자야, 너는 어떻게 생각해?"

"나도 그렇게 생각하고 있었어. 우리 여기서 죽어버리자. 우리 못 가겠다고 말해."라고 이번에는 임순자가 더 적극적이었다.

거기에 용기를 얻은 14세밖에 안 된 어린 소녀 강순자는 말했다.

"아저씨! 이제 우리는 산으로 더 이상 올라갈 수 없어요. 여기서 우리를 죽여주시오."

그렇게 말하자 임순자와 이금선 그리고 김계화 소녀까지도 "더 이상 올라갈 수 없습니다."라고 말하고는 주저앉아 엉엉 울기 시작했다. 당황한 무장대들은 난감했다. 팔을 잡아당기며 끌었지만 발버둥을 치며 완강히 거부하였다.

이 광경을 본 무장대 두목이 명령했다.

"할 수 없지. 저기 5명의 소녀라도 끌고 가려면 본때를 보여주어야 한다. 총살해버려."

명령이 떨어지자마자 무장대는 노리쇠를 후퇴 전진시키더니 4명을 총살하고 시신을 버리고 나머지 5명의 소녀를 끌고 산으로 올라갔다.

그런데 여기에서 기적이 일어난다. 죽은 줄 알았던 막내 김계화 소녀가 다리에 총을 맞고 기절했다가 살아난 것이다. 새벽녘에 김계화는 추위에 잠에서 깨었다. 더 정확히 말하면 기절했다가 깨어난 것이다.

사방은 아직도 동이 막 트기 전이라 어두컴컴했다. 주위를 둘러보니 보초 섰던 소녀 강순자의 시신 등 3구가 놓여 있었다. 혹시나 해서 이름을 불러보았지만, 대답이 없자 시신을 흔들어 보았다. 몸은 차고 뻣뻣해 있었다. 갑자기 시신이라고 느껴지자 무서움이 엄습해왔다.

겁에 질린 어린 김계화는 일어서서 조금 멀리 떨어져 울기 시작하였다. 그때 새벽에 밭으로 가던 농부가 울음소리를 듣고 달려와 구출해 주었다. 여기까지 회상한 김계화는 연신 눈물을 흘리며 악몽에서 벗어나려고 몸부림을 쳤다. 다른 조로 끌려간 5명의 소녀 보초들의 행방은 알 길이 없었다. 죽은 소녀도 불쌍하고 무장대에 끌려가 무장대에게 몹쓸 짓을 당하는 다른 조 5명을 생각하니 어린 소녀 김계화의 가슴이 먹먹하다 못해 미어졌다.

이번 습격으로 희생된 사람의 장례식장에서 어느 노인이 한탄하며 말했다.

"4·3사건 당일 습격 시에도 습격을 안 받았던 천하대촌 김녕리가 어찌하여 이 소강상태인 상황에서 이렇게 큰 피해를 입었는가? 알다가도 모를 일이구려."

옆에 있던 한 노인이 그에게 술잔을 따르면서 대꾸했다.

"그거야 옛날에는 우리 지역 폭도대장이 우리 김녕 출신 우경원이어서 그랬고 지금은 우경원이가 일본으로 밀항해서 없지 않은가? 그러니까 폭도 내부에 우리를 보아 줄 뒷배가 없어서 그런거야. 그래서 폭도 쪽에도 우리 사람이 있었어야 하는데 지금은 없지 않은가? 만일 우경원이가 있었더라면 폭도들이 감히 김녕리를 습격할 수 있었겠어? 그는 습격을 막았을 것이네."

그 노인들은 결정적인 시기에 무장대 부두목 우경원이가 없는 것을 아쉬워했다.

한편 무장대에 납치되어 끌려갔던 소녀 5명 중 1명이 경찰의 무장대 토벌 작전 중에 체포되었으나 나중에 납치된 사실을 확인하고 훈방 조치되었다는 사실을 김녕리민이면서 경찰 출신인 안재봉이 진술하였다.

그는 "나는 나이가 18세였던 1947년에 김녕리에서 열린 전도 축구대회 때 김녕 B조 대표 선수였고 4·3 사건의 발발과 동시에 마을에 불순 삐라를 붙이다가 경찰에 발각되자 잠시 육지로 도망갔다가 2년 후에 고향에 돌아와 경찰관이 되었다. 서귀포에서 근무하던 중 1953년 무장대에 의한 마을 습격이 빈발하자 무장대 토벌에 투입되었다. 애월면 어음리 야트막한 산 오름에서 토벌 작전을 수행하던 중에 여성 폭도 1명을 체포하였는데 그 여성이 김녕리에서 무장대에 의해 1952년 11월 20일 납치되어 산에 올라간 5명 중 한 명이었다. 그래서 그 여성은 산 폭도에게 납치되어 산에서 생활했기 때문에 다행히 면책되어 훈방 조치되었다."라고 진술하였다.

당시 납치된 소녀 5명 중 1명은 그래도 살아서 돌아왔지만, 나머지 4명의 생사는 아직도 오리무중인 것이 같은 동네 사람으로서 안타깝다고 전직 경찰관 안재봉은 회상하였다. 지금까지도 생사를 모르니 이름 모를 산골에서 죽었으리라 추정하면서 납치 중에 피살된 3명의 소녀와 함께 피어보지도 못하고 꽃봉오리가 떨어져 무참히 진 것을 무척 안타까워하며 그는 눈시울을 적셨다.

이러한 남로당 무장대의 남흘동 습격 사건은 양민 12명이 살해되고 소녀 1명이 부상하였으며 소녀 5명이 납치된 사건으로서 4·3 사건 기간에 김녕리에서 일어난 무장대의 습격에 의한 인명피해 사례 중 피해자가 총 18명으로서 단일 사건으로는 그 피해가 가장 큰 사건이다.

*

무장대 내에서 또 개인적인 감정에 의해 두 패로 나누어져 총격전이 벌어진다. 적전분열이다. 약화된 무장대 세력이 더 쪼그라든다. 마지막 무장대 사령관 김성규가 사살되고 1957년 4월 2일 마지막 산 폭도 오원권이 생포되자 만 9년 만에 제주 4·3 사건이 종료된다.

# 제주 4 · 3 사건 토벌 완료, 평화 도래

고승옥 사령관을 살해한 연후에 한라산의 남로당 무장대들은 남하하는 북한 인민군들이 곧 제주도에 상륙할 것이라는 희망 속에서 지속적인 습격을 자행하였다. 반란의 주동자 중 한 사람인 김성규가 무장세력을 이끌고 중문면 하원마을을 습격하는 것을 시작으로 간헐적으로 지서나 마을을 습격하여 경찰에게 피해를 줬다. 또한 이들은 우익인사를 살해하거나 젊은이를 납치하고 필요한 식량을 약탈하여 도주하곤 하였다.

한편 제1 지대장 김의봉은 자기 고향 대흘리를 중심으로 주로 조천면 일대를 습격하기 시작했다. 1950년 11월 9일 조천면 와흘리에 주둔 중인 경찰 토벌대를 김의봉이 이끄는 무장대 17명이 기습공격하여 경찰관 김일준(29세) 등 9명을 살해하고 경찰관 변기종(22세)을 부상시킨 후 카빈총과 M1 총 10정, 실탄 200발, 경찰복 45점, 소와 말 2마리를 탈취하여 산으로 도주하였다.

이는 이덕구가 사살된 이후 한라산 무장대의 최대 전과였다. 이를 계기로 김의봉의 차기 사령관의 지위는 어느 정도 인정되는 분위기였다.

1951년 3월 18일 조천면 와흘리에 김의봉이 이끄는 무장대 11명과 비무장 무장대 1명 등 12명이 출현하여 와흘리 거주 고두종(14세, 여), 강석종(22세)을 납치하여 산속으로 도주하였다.

1951년 5월 16일에는 와흘리에 무장대들이 침입하여 마을에 거주하는 한순애(17세)를 납치했다. 납치된 한순애는 나중에 6대 사령관 김성규의 애첩이 된다.

1951년 9월 17일에는 조천면 와흘리 속칭 '웃노들'에 무장대 20명, 비무장 무장대 4명 등 24명이 습격해 와 장병언(16세)과 이성여(20세, 여) 등 9명을 납치하여 산속으로 도주하였다.

김의봉이 지휘하는 무장대들은 20세 전후의 젊은이들을 납치하여 반도 무장대의 세력을 확장해 나갔다. 경찰의 진압 작전으로 사살자와 포로 및 귀순자가 발생하면 잔여 남로당 무장대들의 숫자가 줄어들어야 하지만, 계속된 납치로 남로당 무장대들의 숫자는 줄어들지 않았다.

이렇게 김의봉이 지대장으로서 조천면 일대에서 맹활약하고 있을 때 허영삼 사령관은 존재감이 없었다. 허영삼 사령관은 어느 날 토벌군의 총에 맞아 소리소문없이 사라지고 만다. 그러자 김의봉이 제5대 사령관이 된다.

한편 제주도 좌익계 민간인들은 1950년 7월에 들어서자 소규모이기는 하나 제주읍을 비롯하여 각 면 단위로 인민군지원환영회를 조직하여 남로당 무장대들을 지원하는 운동을 전개하였다. 이때 제주도의 도지사, 법원장, 검사장 등 제주의 유지들이 김일성의 해방 인민군의 제주 상륙을 환영하기 위한 조직을 만들었다는 소위 '유지 사건'이란 유언비어가 나돌아 당사자들이 불편을 겪었었다.

이는 근거 없는 유언비어로서 면 단위로 좌익계 인사들이 인민 해방군의 상륙을 환영하기 위한 조직을 결성하는 것이 와전되었던 사건이다.

사령관 김의봉의 활약으로 젊은이가 납치되고 무장대에게 큰 피해를 본 경찰은 절치부심하며 적극적인 토벌 작전을 감행하였다. 드디어 1953년 4월 15일 오후 11시 30분경 김의봉이 이끄는 약 20여 명의 무장대가 조천면 와흘리 부근 산록에서 동태운 총경 휘하 박원협 경위가 직접 이끄는 제주경찰 소속 사찰 유격 중대에 포착되어 약 40분간에 걸쳐 치열한 교전을 벌이다가 김의봉(당 32세) 사령관과 무장대의 간부 강봉오(와흘리 출신 28세) 외 여성 무장대 1명이 함께 사살되었다.

이때 김의봉 일당이 와흘리 부근 산록에 포진하고 있다는 정보를 와흘리 출신 경찰이 입수하였는바, 그 정보에 의하여 토벌 경찰이 적을 포위하여 섬멸하였다. 김의봉이 사살되자 그의 형제들은 정보를 수집한 와흘리 출신 경찰을 원망하며 같은 마을에 살면서도 사이가 좋지 않았고 지금도 마찬가지다. 이런 경우가 와흘리에만 국한된 일만은 아니었다.

김의봉은 체구가 장대하고 건장하여 총을 맞고도 그 자리에서 죽지 않고 2km 떨어진 습지 '대물'까지 도망가서 물을 먹고는 그 자리에서 죽은 것을 경찰이 발견하였다.

이처럼 무장대 토벌을 경찰이 주도한 것은 6·25 전쟁이 발발하자 군대가 김일성의 인민군과 싸우느라고 육지로 이동하여 전개되는 바람에 토벌 작전이 경찰에게 이양되어 경찰이 전담하였기 때문이다. 5대 사령관 김의봉이 사살되자 김성규가 제6대 사령관으로 추대된다.

여기까지 잠자코 듣고 있던 승호가 정철에게 물었다. "또다시 무장대 내에서 내분이 발생하고 급기야는 몇 명 안 남은 무장대 내에서 서로 전투가 벌어져 무장대의 세력이 크게 약화됐다는데 사실인가?"

"그게 사실이네. 그러니까 허영삼이 남로당 무장대의 4대 사령관을 할 때 4·3 사건 당시부터 무장대 권팔과 이동무 이상 두 사람은 지급받은 탄약을 약간 남몰래 감추어 왔어. 그런데 이러한 사실이 허영삼과 김의봉이 경찰에 사살되고 김성규가 남로당 무장대의 제6대 사령관으로 추대된 후 발각되었다네.

김성규는 이를 괘씸하게 여기어 자기와 막역지간인 권팔이를 용서하지 않고 고문하였으며 고문을 견디지 못한 권팔은 어느 날 밤 남로당 무장대에서 탈출하였지.

그 후부터 김성규 사령관의 부하에 대한 단속과 폭행이 더욱 심해지자 과거에 충실했던 빨치산들이 하나둘씩 무장대를 이탈하여 끝내는 권팔에게 가담한 자가 11명이나 되어 지속되는 냉전으로 분파 행동을 하다가 어느 날 양대 세력 간에 치열한 총격전이 벌어졌는데, 끝내는 인원이 적고 미약한 세력으로 편성된 권팔 일파가 전멸되었네.

그러나 김성규 일파에도 사상자가 많이 발생하여 남로당 무장대의 세력이 급격히 약해졌던 것이야."라고 정철이 설명하였다

"그렇다면 이번이 두 번째 적전분열이었네. 내부적으로 단결해도 중과부적으로 경찰에 밀리는 상황이었는데 이렇게 두 차례의 자중지란으로 적전분열이 되었으니 망하는 것은 시간문제였구먼."이라고 승호가 응수했다. 그는 이어서 "남로당 무장대에서 이렇게 두 번에 걸쳐 내전, 아니 자중지란이 벌어지고 적전분열이 발생해서 토벌 경찰에게는 다행이었지만 우리의 민족성이 적 앞에서도 단결하지 못하고 분열하는 경향을 여실히 보여주는 사례여서 씁쓸하네."라고 승호는 일침을 가하며 우리에게 잠재된 이러한 '분열의 민족성' 자체를 안타까워했다.

이로써 인민 유격대 사령관을 중심으로 한 조직적인 습격 활동은 저조하

였으나 산발적인 미미한 무장대의 활동은 지속되었다. 그중 그래도 규모가 큰 무장대의 습격 사건은, 앞에서 이미 언급하였지만 1952년 11월 20일 한정철의 고향 김녕리 남흘동을 습격하여 민간인 보초 12명을 살해하고 1명을 부상시키고 소녀 5명을 납치한 사건이다.

김녕리 습격 후에 무장대의 활동이 정중동이었는데, 이 소설 맨 앞장에 이미 언급했듯이 부두목 정권수가 4·3 사건 8주년 되는 날인 1956년 4월 3일 구좌면 송당리 일대에서 사살되었다. 이때 경찰은 정권수를 위시한 그의 부하 오원권과 변창희와도 교전을 벌이었으나 그의 부하 둘은 부상을 입고 도주하였다.

이제 남은 남로당 무장대의 숫자는 다섯 손가락 안에 있었다. 마지막 6대 사령관 김성규만 체포하거나 사살하면 4·3 사건은 종지부를 찍는 순간이었다.

드디어 1957년 3월 21일 제6대 사령관 김성규를 추적하던 중에 여자 무장대 한순애를 생포하였다. 한라산에 투입된 경찰 사찰공작대원 2명이 한라산 기슭에서 조금 밑으로 내려와 위치한 월평동 견월악 일대를 수색하던 도중에 4명의 무장대를 발견하여 추격 끝에 여자 무장대 1명을 생포하였다. 그녀가 짊어지고 다녔던 배낭도 노획하였다. 배낭 속에는 소형 식기 1개와 모포 1장과 백미 그리고 보리쌀이 4되가량 들어 있었다.

납치 당시 나이가 17세였던 한순애는 1951년 5월 6일 대흘리 산중에서 고사리를 캐던 중에 제4대 사령관 김의봉 무장대에게 납치되어 만 6년간을 무장대와 같이 산중에서 생활하면서 중산간마을에 침입하여 식량과 의류 등을 약탈하여 생명을 이어왔다.

한순애는 약 6년이란 기나긴 세월 동안 그늘진 산중생활을 하여 왔음에도 불구하고 매우 건강한 모습이었다. 그리고 머리는 길게 길렀으나 의복 등 차림새로 보아 얼핏 험한 산중생활을 했던 산 폭도로 보기에는 힘들 만큼 말쑥하게 차려입고 있었다.

그녀는 "저는 제6대 사령관 김성규와 오원권 그리고 변창희 이상 3명과 같이 행동했습니다. 김성규는 중문면 색달리 출신으로 37세이고, 오원권은 구좌면 송당리 출신으로 39세이며, 변창희는 제주읍 이호동 출신으로 23세입니다."라고 출신지와 나이까지 언급하며 나머지 남로당 무장대가 총 3명이라고 실토하였다. 이러한 정보에 고무된 제주 경찰은 남로당 무장대 박멸은 시간문제라고 판단하기에 이른다.

"그동안 산중에서 어떻게 살았는가?"라고 경찰이 묻자 그녀는 "근거지는 일정한 곳이 없었으며 깊은 밀림 속에 나무 기둥을 세워 모포로 사방을 가리고 거기에서 자고 지내며 식사했습니다. 식량은 수확기인 가을철을 중심으로 밭과 민가에 침입하여 양식을 약탈하고 곳곳에 은닉 비축해 두었다가 필요시 갖다 먹었으며, 때때로 하산하여 방목한 소와 말 등 가축을 잡아서 고기반찬을 만들어 먹었습니다. 때로는 산에 있는 열매도 따서 먹었습니다. 이번 제가 체포될 때도 소나 말을 잡아먹으려고 하산하였던 것입니다. 거처는 1개 장소에 장기간 있지 않고 약 10일 전후로 옮기곤 했습니다."라고 대답하였다.

경찰이 "사령관 김성규에 대하여 아는 대로 말해 보라."라고 주문하자 그녀는 "과거 인원이 많을 때는 김성규가 소위 사령관으로서 모든 것을 지휘했고 지휘 명령 계통이 엄격했는데 인원이 4명으로 줄어들면서부터 그저 가족적인 분위기 속에서 모든 일을 처리하였습니다. 밀림 생활에서도 가끔 김성규로부터 공산주의 교육과 한글 공부를 받으며 일기도 적었습니다.

김성규는 위장병으로 인하여 몸이 몹시 쇠약하여 몇 해 더 생명을 잇지 못할 정도이며, 오원권과 변창희는 작년 4월 부두목 정권수가 사살당할 시

총에 맞아 상처를 입었으나 이제는 완치되어 건강한데 귀순할 의향은 전혀 가지고 있지 않습니다. 이는 귀순하면 죽임을 당한다는 판단과 자신들의 범한 죄를 뉘우치지 못한 데서 발생한 것입니다. 저는 입산 당시 17세로서 일자무식이었는데 지금은 국민학교(초등학교) 3학년 과정의 한글을 알게 되었습니다."라고 덤덤하게 대답하였다.

체포된 여자 무장대 한순애가 실토한 정보에 따라 현재 남아 있는 무장대는 사령관 김성규를 비롯한 3명으로 판단하여 제주 경찰은 조속한 추격 섬멸 작전을 벌인다.

드디어 1957년 3월 27일에 한라산 산기슭 평안악 밀림지대에서 경찰국 사찰과 유격대가 6대 사령관 김성규와 무장대 군 책임자 변창희 이상 2명을 교전 끝에 사살하였다.

경찰은 눈이 녹은 5월에 무장대의 시체 2구를 유족에게 인계하였다. 이로써 남로당 무장대의 지휘부가 완벽히 소탕되고 오직 마지막 남로당 무장대 오원권 1명만이 남게 되었다.

6대 사령관 김성규를 사살한 지 6일 후인 1957년 4월 2일에 마지막으로 남아 있던 무장대 오원권을 성산포 경찰서 유격대가 그의 고향인 구좌면 산간마을 송당리 장기동에서 생포했다. 그는 카빈총 1정과 실탄 14발을 소지하고 토굴 속에서 살고 있었다. 이로써 제주 4·3 사건의 발발일인 4월 3일을 하루 앞둔 4월 2일에 마지막 무장대 1명까지 생포함으로써 정확하게 만 9년 만에 공산 남로당 무장대가 일으킨 무장 폭동 4·3 사건이 완벽히 진압되었다.

1948년 이래 9년간 공산 남로당 무장대가 계속 출몰하면서 마을을 습격하여 살인, 방화, 유부녀 강간, 태아 살해, 약탈 그리고 납치를 일삼아 그 잔혹성으로 한때 전 도민을 공포와 암흑 그리고 불안 속에 몰아넣었던 4 · 3 사건의 여진은 이제 완전히 사라졌다.

이로써 한라산에 평화의 봄이 깃들고 제주도에 드디어 그 옛날의 평화가 도래하게 되었다. 다시는 탐라에 이런 비극과 참상이 일어나지 않기를 전 도민이 빌고 다짐하였다. 정말 4 · 3 사건은 제주 도민에게는 치가 떨리는 악몽이고 지옥이었다.

*

4·3 사건으로 연좌제에 따라 제주의 젊은이들은 공직에 진출을 못 하고 농사 등 1차 산업과 자영업 등에 종사해야만 해서 그 원한과 울분이 뼈에 사무쳤다.

# 제주인의 연좌제 질곡

4·3 사건으로 인한 연좌제는 제주도의 젊은이들에게 청운의 꿈을 접게 하는 질곡이었다. 아버지 세대의 멍에가 자식들 세대까지 대물림이 된 것이다. 그들은 판·검사와 공무원 그리고 장교 등 공직에는 나갈 수 없었다. 더구나 외국 유학은 꿈도 꿀 수 없었다. 그들은 창살 없는 감옥에서 보이지 않게 차별받으며 살아야 했다.

그들은 농사 등 1차 산업밖에 종사할 수 없었으며, 1차 산업 말고는 일반 회사에 취직하거나 자기 개인사업, 즉 자영업을 하는 게 고작이었다. 그리고 그중에 문제의식을 좀 가지고 있는 사람은 문화계에 몸을 담았다. 그들에게는 취업전선이 이렇게 막혀 있었다. 그래서 그들에게는 희망이 없었다.

따라서 그들은 그들에게 연좌제의 족쇄를 채운 자유 우파 정부에 섭섭한 마음을 가졌고 4·3 사건 당시 자기들의 부모와 형제자매 그리고 삼촌을 불순분자로 분류하여 처형한 군경(軍警)을 원망하고 못마땅하게 여겼다.

제주도의 연좌제는 단지 4·3 사건 그 자체에만 국한되어 있는 것이 아니고 일본에 거주하는 교포 중에 조총련에 가담한 사람과 또 만경봉호를 타고 북한으로 북송된 사람들까지 포함되어 있어서 연좌제의 피해는 상상 이상이었다. 요약하면 4·3 사건 관련자와 일본 조총련 관련자 그리고 만경봉호 북송 관련자들로 인한 연좌제이기 때문에 연좌제의 피해자가 육지의 다른 지역보다도 상대적으로 더 많았다는 것이다. 조총련에는 4·3 사건에 관련되어 일본으로 밀항한 도피자들이 다수 포함되어 있다.

제주 출신 변정일 전 국회의원은 사법고시에 합격하여 판사 생활을 하던 중에 연좌제에 연루되어 2년 6개월 만에 중도에서 해임되는 비운과 좌절감을 맛보았다. 그는 자신의 회고록 '후회는 없다'에서 '타의로 벗은 법복'이라는 소제목으로 그와 관련된 내용을 언급하였다.

「1973년 4월 1일이 가까워져 오면서 법원에서는 대통령에 의한 법관 임명과 관련된 소문이 돌기 시작했다. 지금까지는 법관 임명을 대법원장의 명의로 임명해 왔는데 유신체제가 들어서면서 대통령의 임명 권한으로 바뀐 것이었다. 3월 25일경에는 이번 대통령에 의한 법관 임명에는 법관 경력이 짧은 법관, 성씨가 희성인 법관, 형사지방법원 판사들이 많이 제외된다는 소문이 나돌았다. 듣고 보니 내가 소문과 일치되는 법관이었다. 그래서 3월 28일 민복기 대법원장께 면담을 신청하였다. 법관 임명과 관련하여 들리는 소문을 말씀드리고, 판사 생활을 더 하고 싶다고 솔직하게 내 심정을 토로했다.

내 말을 들은 민복기 대법원장은 이렇게 말했다.

"변 판사에 대해서는 부장판사들로부터 판결문을 잘 작성하고 일을 잘한다는 칭찬의 말을 들어왔습니다. 그런데 왜 그것을 법관 임명 시에 문제 삼지 아니하고 이제야 문제 삼는지 모르겠습니다."

나는 대법원장의 이 말씀을 듣고, 아버지의 국가보안법 위반 전력을 이유로 유신체제 법관으로서는 부적합자로 법관 임명 대상에서 제외되었음을 확인하게 되었다.

나는 그날 집으로 돌아와서 가족들에게 법관을 그만두어야 하는 상황을 설명하고 뒷날 사표를 내었다. 1973년 3월 29일이었다. 이로써 평생을 법관으로 지내고 싶었던 나의 꿈은 판사 생활 2년 6개월로 끝나고 말았다. 당시 50명의 법관이 쫓겨났다.」

이렇게 변정일 의원처럼 훌륭한 판사도 하루아침에 연좌제의 굴레를 씌워 쫓아냈다.

신구범 전 제주도 지사도 연좌제 때문에 고전을 면치 못한 적이 있었다. 육군사관학교(육사 22기)를 4학년 때 자퇴하고 행정고시에 합격하여 농림수산부의 사무관으로 보직을 받아 열심히 근무했다. 고시 출신이면 사무관 5년 근무 후에는 서기관으로 자동 진급되어야 하는데 사무관으로 무려 13년을 근무하였다.

그러던 중 대통령도 시험 쳐서 뽑는다면 자기가 1등으로 당선된다고 농담하던 장덕진이 농림수산부 장관으로 부임하였다. 장덕진 장관이 주위 부서 사람들에게 물었다.

"머리 좋고 근무도 열심히 하는 신구범 사무관이 왜 서기관 진급이 안 되는 거야?"

"연좌제 때문입니다."라고 주위에서 누군가 대답하였다.

"제주 출신치고 4·3 사건으로 연좌제 안 걸린 사람이 몇이나 돼?"라고 장덕진 장관이 말하고 나서 다음 진급 때 직권으로 진급시켰다. 신구범 지사는 재일교포 6촌이 4·3 사건과 연루되어 있었다.

그런데 전두환 장군이 정권을 잡자, 1980년에 연좌제를 공식적으로 폐지하였고, 육사 22기 동기생들이 요직에 진출하여 있어서 그동안 연좌제로 고생했다며 사기를 북돋아 준다며 밀어주는 바람에 꼴찌로 서기관이 된 사람이 국장은 1차로 진급하는 영광을 얻었다. 그 후 승승장구하여 제주도 지사까지 역임하였다.

한정철이도 연좌제로 1976년부터 소령 진급에서 두 번이나 누락되어 군에서 나가라는 것을 인내심을 가지고 참고 견디어 1978년 박정희 대통령에게 청원서를 내어 가까스로 소령에 진급한 전력이 있다.

한정철의 동기생 중에는 연좌제로 진급에서 한 번 누락되자 자존심 상한다며 화가 나서 군을 떠난 사람도 있었다. 그러나 한정철은 제주인의 끈질기고 역경에 굴복하지 않고 역경을 극복하는 근성으로 좌절하지 않고 끝까지 버티어 연좌제를 극복한다.

1976년 한정철은 처음으로 소령으로 진급할 수 있는 첫해에 진급에서 빠지는 쓴맛을 보게 되었다. 그런데 이듬해인 1977년에도 진급 심사에서 또다시 떨어졌다. 그 사이 1년 후배인 육사 27기생들이 먼저 소령을 달아서 그들에게 경례를 해야 했다.

그는 큰 결심 끝에 박정희 대통령 각하에게 직접 편지를 썼다. 소령으로만 진급시켜 달라는 내용이었다. 당시에는 경호와 보안이 철저하고 엄격해서 청원서가 대통령한테 도착하는 게 거의 불가능한 시대였다. 그는 운좋게도 인편을 통해서 부칠 수 있었는데, 큰 영애 근혜양한테 보내면서 읽어 보고 난 다음에 보고할 가치가 있으면 대통령 각하께 보고해 달라고 주문했다. 이때가 육영수 여사 서거 후 얼마 안 된 때로 큰 영애 근혜양이 박대통령을 전적으로 보필하고 있었다.

한정철이 당시 보낸 편지의 내용은 이렇게 시작된다. 그는 지금까지도 이 편지를 간직하고 있다.

『존경하는 큰 영애 근혜 양께 드립니다.

안녕하십니까?

이 편지를 쓰는 관건은 저의 신상 문제에 관한 것입니다. 읽으신 후 재고의 여지가 있다고 판단되시면 대통령 각하께 말씀드려 주십사 하는 것입니다.

저는 미8군에 연락장교로 근무하는 한정철 대위입니다. 고향은 제주도이고 1970년에 육사를 졸업(육사 26기)했습니다.

저의 이복형(맏형)이 1950년대 말에 일본으로 건너가 살다가 재일교포 북송 때 북송되었다는 사실로 인하여 재작년과 작년 두 번이나 소령 진급이 누락되었습니다. 내주에 진급 심사가 시작되는데 현재로서는 또 누락되는 것이 확실합니다. 작년 2월에 육사 출신 사무관 행정직 선발에서 육군본부 선발 40명에 포함되어 있었는데 보안사령부 최종 적부심사에서 탈락하였습니다. 그러니까 지금까지 쓴 고배를 세 번이나 마신 셈입니다.

저는 절대로 진급이 안 된 데 대하여 누구를 탓하고 있지 않습니다. 이것은 전적으로 저의 쪽의 결함이기 때문입니다. 보안사령부의 조치는 저가 보아도 너무나 당연한 조치입니다. 다만, 가슴 아프게 생각하는 것은 국가에 충성하겠다는 일념으로 육군사관학교에 들어가 4년간의 피나는 훈련과 면학을 통하여 닦은 청운의 꿈이 뿌리째 뽑혀 버렸다는 것입니다.

그래서 저는 이렇게 당돌하게 글로써 청원을 드리는 바입니다. 저는 지난 9년간 전후방과 월남전에서 국가를 위하여 피땀을 흘리며 싸웠고 근무했습니다. 월남에서 백마사단 소대장 시절에 전투 유공으로 인헌무공훈장과 미육군 공로훈장(Army Commendation Medal) 그리고 월남 동성훈장을 받았습니다. 저는 지금까지 저의 발전을 위하여, 우리 군을 위하여, 국가와 국민을 위하여 저의 젊음을 바쳐 왔습니다. 저의 애국은 말로서의 애국이 아니고 실질적이고 행동과 실천을 통한 애국 행위였다고 자부합니다.

이제 저는 이복형 문제로 소령 진급을 못 하고 대위로 곧 제대해야 할 운명입니다. 육사의 투철한 4년간의 교육, 공산주의자들과 싸운 월남 전투 경력 2년, 전방 철책선에서 중대장으로서 북괴군을 응시하며 근무한 2년 등 지금까지 13년간 국가에 봉사와 충성을 해왔는데 그 정황이 전혀 참작이 아니 되겠습니까?

지금 저의 심정은 하늘이 무너지는 것 같습니다. 다시 한번 저에게 총칼을 들고 직접적으로 국가에 충성할 수 있는 영광과 기회를 주셨으면 감사하겠습니다. 만일 소령 진급이 안 되어서 대위로 제대해서 사회에 나가게 되면 육사 출신이 소령도 못 달고, 동기생은 중령을 바라보는데, 대위로 제대하는 것 보니까 무슨 개인적인 큰 결함이 있는 것으로 보고 사회에 나가 일자리 하나 얻기도 힘들게 되었습니다. 이복형 문제로 낙인찍히어 진급에서 탈락하고 그 결과 사회에서도 환영받지 못하는 사람으로 전락한다면 너무 저의 장래가 가혹하다고 생각하지 않으십니까?

군 당국에서 저의 문제를 선처하여 주기에는 너무 벅찬 문제라고 생각되어 마지막으로 군 통수권자이신 대통령 각하에게 이렇게 구제를 청원하는 바입니다.

다시 한번 부탁드립니다.

저에게 재생의 기회를 한 번만 더 주십시오.

저에게는 이제나저제나 항상 국가와 국민을 위하는 마음이 떠나본 적이 없습니다. 태극기 깃발 아래 뭉치고 태극기에 절대복종해야 한다는 것이 저의 신조이며 철학입니다.

앞으로 저의 운명은 대통령 각하의 배려에 달려 있습니다. 이 불쌍한 한 청년 장교에게 희망을 주십시오. 그것이 저의 마지막 소원입니다.

끝으로 대통령 각하 그리고 가족의 건강과 안녕을 기원합니다.

난필을 용서하여 주십시오. 감사합니다.

안녕히 계십시오.

1978년 10월 27일
대위 한 정 철 올림』

이리하여 한정철은 박정희 대통령 덕분에 소령 진급을 할 수 있었다. 그의 소령(少領) 진급은 극적이라고 할 정도로 우여곡절 끝에 이루어졌다.

한편 연좌제로 마음고생하던 인기 성우이자 MC인 김세원(金世媛, 女) 씨는 월북 작가인 아버지가 해금되자 인터뷰에서 '가슴에 박혔던 못이 빠진 기분'이라고 한국일보와의 인터뷰에서 술회했다.

어쩌면 한정철이 1981년 8월 미국 유학을 떠날 때 미국행 비행기가 김포공항을 이륙한 순간의 느낌과 똑같았을까. 왜냐하면, 한정철은 그때 소령으로 진급은 했지만, 연좌제의 족쇄에서 완전히 풀렸다고는 볼 수 없는 상황이어서, 미국 유학(1981~1983년, U. of PENN.)은 바로 연좌제가 풀린 자유의 몸이 되었다는 증거, 즉 영광의 탈출(Exodus)이었기 때문이다. 그래서 대한항공 KAL기가 김포국제공항을 이륙하자마자 흐르는 눈물을 주체할 수가 없었다. 보통 사람들이 기분이 무척 좋을 때 '날고 싶은 기분'이라고 말하는데, 한정철은 그때 날고 싶은 기분을 넘어 이미 실제로 해방이 되어 비행기를 타고 날아가고 있었다. 정말로 MC 김세원 씨처럼 가슴에 박혔던 대못이 빠지는 기분이었다.

그런데 제주 도민들은 아직도 연좌제로 인한 과거의 피해에 대하여 그 울분과 분노를 삭이는 중이다. 세월이 약이 되기를 바랄 뿐이다.

*

4·3 사건의 강경 진압으로 제주 사회에서 군 지휘관들이 원한을 많이 샀지만 6·25 전쟁이 발발하자 4·3 사건 토벌 유격전 전투 경험을 살려 북괴군을 물리치는 데 혁혁한 전공을 세웠다. 서울을 점령하고도 3일 동안 북괴군을 서울에 꽁꽁 묶어 놓을 수 있었던 것은 춘천과 홍천 전투에서 6사단이 3일간 북괴군의 남하를 잘 막아 주었기 때문이다. 6사단 예하 4·3 사건 토벌 유격전을 벌였던 7연대 임부택 중령이 춘천 방어를, 2연대 함병선 대령이 홍천 방어를 성공적으로 완벽하게 수행했기 때문이다.

# 4 · 3 사건 토벌군 지휘관과 6 · 25 전쟁

한정철은 오랜만에 중고등학교 동창이며 절친한 친구 김승호를 만나 소주를 같이 마시며 지난 학창 시절의 얘기로 그동안의 회포를 풀고 있었다. 둘이서 술이 어지간히 취하자 승호가 그동안 속으로만 생각하고 간직했던 질문을 하는 것이었다.

"정철, 4 · 3 사건 때문에 여순 반란 사건이 일어났고 여순 반란 사건 때문에 숙군 작업이 성공하여 6 · 25 전쟁이 발발하였을 때 우리 군대가 낙동강 전선까지 밀려난 상황에서도, 군대가 온전하여 공산군을 무찔렀다고 나는 생각하는데 자네의 생각은 어떤가?"라며 승호는 자기가 개발한 잔인한 논리를 펴는 것이었다.

"6 · 25 전쟁 발발 1년 전 숙군 작업이 막바지에 이르렀을 때 춘천과 홍천에 주둔해 있던 6사단 8연대에서 2개 대대가 월북한 사건이 있었네. 1949년 5월 경비대 사관학교 2기생 출신 대대장 강태무 소령과 표무원 소령이 각각 자기 대대 병력을 이끌고 월북한 사건이 마지막 부대 단위 투항이었네. 당시 김창룡 등 정보과 장교들이 빨갱이 색출에 심혈을 기울이자 빨갱이의 신분이 탄로 날까 봐 두려워서 그들은 대대 병력을 이끌고 월북했던 것이지.

숙군 작업 덕분에 그 이후 6·25 전쟁 동안에 우리 군에서 소대 단위로도 북한 공산군에 투항한 사건이 하나도 없었네. 백선엽 정보국장과 김창룡 정보과 장교들이 숙군 작업을 철저히 한 덕분이지. 그렇지만 4·3 사건 때문에 6·25 전쟁을 승리로 이끌었다는 것은 억지 논리인 것 같네.'라고 속사포처럼 말한 정철은 잠깐 심호흡으로 자세를 가다듬었다. 이어서

"당시 춘천에 주둔해 있던 6사단 8연대에서 2개 대대가 월북해서 바로 4·3 사건 토벌 경험이 있는 임부택의 7연대로 교체되었기 망정이지, 그렇지 않았더라면 8연대는 인민군의 6·25 남침 시에 춘천·홍천 방어선이 무너지기 전에 벌써 투항하여 인민군의 애초 계획대로 이천을 거쳐 수원까지 진출하여 우리 군의 주력을 수원선 이북에서 포위 섬멸했을 것이네. 그랬더라면 우리 대한민국은 벌써 사라졌을 운명이었어. 그래서 숙군이 우리 대한민국을 살렸다는 거지. 숙군 작업은 1948년 말부터 4차에 걸쳐 진행되었으며 그 결과 1,300여 명을 색출하여 처벌하였어. 이중 국방경비대 사관학교 1,2,3기 출신 장교가 무려 80여 명이 포함되어 있었어."라며 정철은 숙군의 기여도를 높이 평가하였다.


그러자 승호는

"4·3 사건을 토벌했던 지휘관들이 6·25 전쟁 시에 혁혁한 공을 세웠다고 들었는데 그것이 사실인가? 제주도 도민을 학살했다고 도민들로부터 비난받는 사람들이 6·25 전쟁 시에는 전쟁 영웅이라니 믿기지 않아서 물어보는 거야."

"유명한 사람들이 많지. 우선 초토화 작전을 개시했던 9연대장 송요찬(육군 중장, 참모총장 역임) 중령이 6·25 전쟁 시에 수도사단장으로서 혁혁한

전공을 세워 육군 참모총장까지 올라갔어. 특히 1960년 4 · 19 혁명 때는 계엄군 사령관으로서 학생 편에 서서 4 · 19 혁명을 지지하여 이승만 독재 정권을 타도하는 데 핵심적인 역할을 했지. 당시 유혈사태를 방지할 수 있었던 것은 4 · 3 사건의 트라우마가 반면교사 역할을 했기 때문이야."라고 정철이 말했다. 이번에는 4 · 3 사건 당시 소대장으로 참가한 채명신 장군을 말하고 싶었다.

그는 이어서

"채명신 장군으로 말할 것 같으면 육사 5기생으로 1948년에 소위로 임관되어 첫 부임지가 4 · 3 사건이 벌어진 제주도였지. 김익렬 중령이 지휘하는 제9연대였어. 9연대는 주로 제주 출신 병력으로 이루어진 부대였어. 부임하자마자 42명의 소대원의 눈초리를 보니 그들의 눈초리가 증오와 분노로 가득 차 있어서 골육지정으로 지휘한 결과 여러 차례의 암살 기도 시에 소대장을 소대원들이 막아주었다는 거야.

박진경 대령이 연대장으로 부임한 지 얼마 안 되어 부하인 공산 남로당 프락치 문상길의 사주를 받은 손 하사에 의해 암살당해요. 그런데 암살을 사주했던 문상길 중위가 바로 채명신 소위의 직속상관 중대장이었어.

채명신은 6 · 25 전쟁 중 1951년에 중령으로서 백골병단이라는 유격대를 편성하여 태백산맥 일대의 적 후방에서 유격전을 벌여 큰 공을 세웠어. 소대장 시절 제주 4 · 3 사건의 경험을 충분히 발휘하여 유격전을 벌인 결과 북괴군 특수전 사령관 길원팔 중장을 생포하는 전과도 올렸었지.

포로로 잡힌 북한군 길원팔 중장은 '조선민주주의인민공화국 장군이 포로로 잡혀 끌려가는 것은 수치입니다. 권총으로 자결할 수 있도록 부탁하니 들어주시오.'라고 해서 빼앗았던 권총과 실탄 한 발을 주었더니 자결을 하였다는 거야. 비록 적군의 장군이지만 그 정신이 가상해서 채명신은 그의 시신을 묻고 거기에다 나무로 '사령관 길원팔 중장 지묘'라고 목비까지 만들어 세워주었다는 거야. 일종의 휴머니즘(인간애)의 발로이지."라고 정철이 말했다.

"휴머니즘의 감동적인 장면이군." 승호가 화답했다.

"1965년 월남 파병 시 박정희 대통령은 채명신의 백골병단 유격대 활동을 높이 평가하여 그를 주월 한국군 초대 사령관 겸 맹호사단장으로 임명하지. 그는 '100명의 베트콩을 놓치는 한이 있더라도 한 명의 민간인을 보호하라.'라는 명언으로 유명했어. 이는 제주 4·3 사건의 교훈을 체득한 결과로 볼 수 있어. 그는 죽어서 동작동 국립묘지의 장군묘역에 묻히지 않고 월남 전사자 사병 묘역에 묻혀 있어."라고 정철이 설명했다.

"주월 한국군 사령관을 지낸 채명신 장군에 대하여 말하니까 갑자기 생각이 나는데, 채 장군의 후임으로 주월 사령관이었던 이세호 장군도 4·3 사건 시 토벌군으로 참여하지 않았어?"라고 승호가 물었다.

"그래 참여했지. 이세호 장군은 대위 계급장을 달고 9연대 1대대장으로 토벌에 참여했었지. 당시 김익렬 중령은 연대장으로서 그의 상관이었고, 문상길 중위가 그의 부하로서 2중대장이었어. 게다가 채명신은 2중대장 문상길 중위의 부하로서 소대장이었어.

대대장 이세호 대위와 중대장 문상길 중위 그리고 소대장 채명신 소위는 한 지휘계선 상에 있었지. 묘한 인연이었다고 보아야지. 이세호 대위와 문상길 중위 두 사람의 관계가 상당히 끈끈했었다네. 그런데 문상길이 남로당계의 프락치인 줄은 전혀 모르는 상태였지만 말이야.

문상길이 박진경 대령 암살의 배후 인물로 체포되어 군대 영창에 갇혀 있을 때 이세호 대대장이 면회 가서 '도대체 어떻게 된 것이냐?' 물으니 고개를 떨군 채 '죄송합니다.'라고만 답을 했다는 거야."라고 정철이 언급하였다.

"이세호 장군은 6 · 25 전쟁 시에도 맹활약했었는가?"

"사단 작전참모와 연대장으로서 맹활약했지. 전쟁이 끝나서, 6군단장 시절인 1968년 1 · 21 사태 때 124군 부대 김신조 일당 31명의 특수부대가 청와대를 급습하기 위하여 남파되었었는데 이때 이세호 장군이 4 · 3 사건 토벌 등 유격전의 대가로서 총지휘관이 되어 전부 사살하는 전과를 올렸지.

그런 공적을 인정받아 박정희 대통령에 의해 제2대 주월 한국군 사령관으로 발탁되었고, 나중에 육군 참모총장까지 역임한 무골 장군이네."라고 설명하였다.

"정철, 북촌리와 동복리 양민을 학살했던 2연대장이 함병선 대령이었는데 6 · 25 전쟁 시에 잘 싸웠는가? 공적이 있어? 악행을 하면 끝이 안 좋다던데."라며 승호가 말끝을 흐리며 다소 부정적인 대답이 나오기를 은근히 바라는 눈치를 보였다.

"아! 함병선 장군! 6 · 25 전쟁 영웅이지. 함병선의 2연대가 6사단 예하 부대로서 춘천 · 홍천 전투의 일부인 홍천에서 잘 싸워주어서 대한민국을 구했어. 여기에 또 1948년 제주 4 · 3 사건 토벌 때 2연대의 1대대장으로 참가했던 임부택 중령이 7연대장이 되어 춘천 방어를 잘하여 우리나라를 구했지.

6 · 25 전쟁 시 6사단의 7연대와 2연대가 춘천 · 홍천 전투를 잘해주어서 인민군에 의한 국군의 수원선 이북 포위 작전을 좌절시켰던 거야. 7연대장 임부택 중령과 2연대장 함병선 대령은 6 · 25 전쟁 영웅이지."라고 정철은 의기양양하게 대답하였다.

"함병선이 6 · 25 전쟁 영웅이라고?"라며 승호가 정철의 대답에 다소 못마땅한 듯이 내뱉었다. 제주도에서는 함병선 연대장이 무고한 양민을 많이 희생시킨 장본인으로 각인되어 있었기 때문이다.

"함병선의 2연대와 임부택의 7연대의 6사단이 없었으면 우리나라의 운명은 기구했을 거야. 그래서 함병선과 임부택이야말로 당시 연대장으로서 6·25 전쟁의 진정한 영웅이지. 다시 말해서 아무도 부정할 수 없는 구국의 영웅이야."라고 정철이 단호하게 대답했다.

1950년 6월 25일 일요일 새벽 4시에 김일성의 인민군이 불법 남침을 개시하였다. 인민군은 소련제 야크 전투기 211대의 지원을 받으면서 T-34 소련제 전차 242대를 앞세워 38선을 넘어 기습남침하였다. 중국의 국공내전 당시 모택동의 소위 팔로군에서 맹위를 떨치던 조선족으로 편성된 3개 사단이 불법 남침의 주역이었다. 당시 인민군은 20만이고 한국군은 10만이었다. 당시 우리 한국군은 단 한 대의 전차도 전투기도 없었다. 글자 그대로 맨주먹으로 싸운 거나 다름없었다.

이때 우리 군은 오열의 공작에 의해 전방 지휘관이 대거 교체되고 병사들은 1/3 정도가 농번기 휴가를 가고 없었다. 그리고 6·25 전쟁 바로 전날 육군 장교 클럽 회관이 준공되어 준공 축하연회를 열어 일선 지휘관들이 모두 모여 남침 징후도 모른 채 연회를 즐겼었다.

그런데 김종오 대령이 지휘하는 6사단은 임부택 7연대장과 함병선 2연대장을 필두로 북한 인민군의 남침 낌새를 알아차리고 병사의 휴가를 금지하였을 뿐만 아니라 춘천 시민과 학생까지 참여한 가운데 방어진지를 구축하고 야포와 박격포 등 사격훈련을 위시하여 강도 높은 훈련을 시행함으로써 만반의 준비 태세를 갖추고 있었다. 특히 춘천 방어를 담당한 임부택의 7연대와 홍천 방어를 맡은 함병선의 2연대는 제주 4·3 사건 토벌작전 경험을 살려 방어 태세를 완벽하게 구축해 놓고 있었다.

드디어 적 2군단과 전차연대가 춘천과 홍천 방향으로 물밀듯이 쳐내려오기 시작하자 6사단은 준비된 진지에서 훈련한 대로 야포와 박격포를 쏘아대며 혈투를 벌였다.

"임부택의 7연대가 3일간 춘천 방어를 위해 잘 싸웠다면서?"라고 승호가 물었다.

"정말이지, 전쟁 초기에 7연대와 2연대의 6사단이 없었더라며 우리 국군의 주력이 수원선 이북에서 포위 섬멸되어 낙동강 방어는 불가능했을 거야.

임부택 중령의 7연대는 인민군 2사단의 예봉을 꺾었을 뿐만 아니라 인민군을 다시 38도선 이북으로 몰아내기까지 했었다네. '강장 밑에 약졸 없다'고 임부택 연대장의 용맹한 리더십이 전장에서 그대로 나타난 것이야. 임부택은 나주 출신이고 일본군 경험이 있었어.

6월 25일 적 2사단의 주공부대가 춘천을 향하여 물밀듯이 쳐내려오자 옥산포 일대의 무명고지의 준비된 진지에서 옥산포 전투가 벌어졌는데 이때 포병과 박격포 화력이 공격하는 적을 박살을 냈던 거야. 평소의 훈련이 주효했고 명중률이 100%였어. 한 치의 오차도 없이 적군의 머리 위에 떨어지는 포병과 박격포 화력에 적은 맥을 추지 못했어. 당시 포병이 제일 잘 싸웠다고 봐야 해.

특히 심일 소령(당시 소위)은 7연대 대전차포대 2소대장으로서 옥산포 전투에서 적 2사단이 SU-76 자주포를 앞세워 돌진해 오자 심일 소령의 소대는 대전차포로 자주포 3대를 격파했어.

다음 날 26일에는 소양교 전방에서 혈투가 벌어졌어. 이때도 우리의 포병 화력이 적의 예봉을 꺾었어. 적이 파상적으로 공격해오면 또 포병과 박격포 사격으로 격퇴시켰지. 북한군은 6사단의 포병 화력에 데어서 선불리 소양교를 점령하지 못했던 거야.

또 소양교 전투에서 심일 소령과 부하 4명이 적 자주포 3대를 격파하고 접근하여 휘발유를 뿌려 적 자주포를 완전히 파괴하는 전과를 올렸지. 이렇게 심일 소령이 지휘한 대전차 포대의 살신성인적 감투정신이 적의 공격을 지연시켰던 것이야.

그러나 7연대의 이러한 감투정신에도 불구하고 김일성이 군단장과 사단장을 교체하면서 독전을 감행하자 춘천 방어에 3일간을 버티다가 7연대는 중과부적으로 지연전을 펼치게 되었어.

이렇게 3일간에 걸쳐 춘천을 철저히 방어하고 난 후에 중과부적으로 후퇴하면서도 지연전을 펼쳐 3일간의 시간을 더 벌어준 결과 수원 선 북방에서 한국군의 주력부대가 포위되어 궤멸하는 것을 막을 수 있었다네."라고 정철이 연대장 임부택 중령의 7연대의 성공적인 춘천 전투를 소상히 설명했다.

임부택의 전공에 대하여 듣고 난 승호는 함병선 2연대장의 전공도 듣고 싶은 마음이 생겼다.

"함병선 연대장도 임부택 연대장처럼 전공을 세웠는가?"라고 승호가 물었다.

"함병선 대령의 2연대는 홍천에서 북한군의 정예사단인 7사단(후에 12사단)의 공격을 3일간 성공적으로 잘 막아내었어. 7사단은 모택동의 팔로군에서 맹위를 떨쳤던 조선족 3개 사단 중의 1개 사단이라네. 특히 6월 28일 홍천지구의 길목인 말고개 애로 지역에서 2연대의 대전차포가 선두 자주포 1대를 명중시키자 뒤따르던 전차와 자주포가 길이 막혀 꼼짝 못 할 때 6사단 19연대 11명의 육탄 용사들이 수류탄을 적의 전차 해치를 열고 까부수어 북한군 7사단의 전차와 자주포 10대를 파괴하였어. 그래서 적의 정예 7사단의 예봉을 꺾었지.

이렇게 전투를 용감히 한 결과 6월 30일까지 홍천지구를 방어하여 적의 계획상 본래 국군의 주력을 포위 섬멸하려는 의도를 좌절시켰어.

홍천지구 전투 이후 3일간은 축차적인 지연전을 감행하여 적의 남진을 잘 지연시켰어. 그러니까 6일간 적의 공격을 성공적으로 잘 막아낸 것이지. 6사단의 2연대도 중과부적으로 지연전을 펼치면서 문경새재로 후퇴할 수밖에 없었어."라고 정철이 설명하였다.

이렇게 춘천·홍천 축선이 6사단의 7연대와 2연대에 의해 막혔기 때문에 3일 만에 서울을 점령한 북괴군이 한강을 넘어 바로 남진하기로 계획했었는데 한강을 도하하여 계속 남진을 못 하고 그 금싸라기 같은 3일을 서울에서 허송한다.

이렇게 서울을 점령한 북한 인민군이 3일간 서울에서 허송한 이유는 한강 인도교가 폭파된 원인도 있었겠지만, 춘천과 홍천이 함락되지 않아 수원에 진출하여 우리 군의 주력을 포위 섬멸하려던 최초 계획이 무산되자 서울을 점령한 인민군이 동쪽의 측후방이 노출되는 것을 우려하였기 때문이었다. 춘천과 홍천이 함락되기를 무려 3일간 기다리는 바람에 우리 군은 한강 방어선을 구축할 수 있었고 맥아더 원수가 한강 방어선을 시찰하고 주일 미군을 즉각 파병하는 시간을 벌 수 있었다.

이렇게 백척간두의 우리나라 운명을 구해준 사단이 바로 임부택의 7연대와 함병선의 2연대가 주축이 된 김종오 대령의 6사단이었다.

그런데 춘천과 홍천지역 공격에 실패하자 화가 난 김일성은 이에 책임을 물어 제2군단 군단장 김광협과 2사단장 이청송 그리고 7사단장 전우를 해임하기에 이른다. 그리고 팔로군 조선족 7사단의 명칭을 12사단으로 바꿔버리기까지 한다.

"나는 임부택은 잘 모르겠고 함병선이란 이름은 양민 학살 때문에 내 뇌리에 박혀 있어서 그렇게 좋게 안 보이는데, 자네가 6 · 25 전쟁 영웅이라고 그러니까 어느 정도는 믿겠네만 춘천 · 홍천 전투 말고 다른 전투에서도 잘 싸웠는가?"라고 승호가 물었다.

"함병선 2연대장보다 임부택 7연대장의 전투부터 먼저 설명해야겠네."라고 정철이 말하고는 이어서 "임부택 중령은 4 · 3 사건 당시 2연대의 1대대장(당시 대위)으로서, 앞에서 이미 언급했지만, 1949년 3월 말 중문의 녹하악 전투에서 적 사살 178명과 총기 140정 탈취라는 놀라운 전과를 올렸던 바로 그 대대장 출신이야."라고 말했다.

정철은 또 이어서 "임부택 중령의 7연대는 3일간의 춘천 방어를 성공적으로 수행한 다음에 축차적인 지연전을 펼치면서 남하하던 도중에 충청도 동락리 초등학교에 주둔 중인 인민군 1개 연대를 공격하여 몰살시키는 대전과를 거두었어. 동락리 전투는 6.25 전쟁 이후 우리 군이 적을 공격하여 대승을 거둔 첫 전투였지.

그래서 이승만 대통령이 7연대 전 장병에게 1계급 특진을 명하고 대통령 부대 표창도 수여하였다네. 한국군 역사상 처음이자 마지막 전 부대 1계급 특진이었네. 임부택 중령도 동락리 전투로 대령으로 특진하는 영광을 얻었어."라고 설명했다.

동락리 전투에서 대승을 할 수 있었던 것은 동락리 초등학교 김재옥 여교사 덕분이었다. 그 여교사가 무려 4km나 떨어진 7연대 진지까지 와서 인민군이 동락리 국민학교(초등학교)에 숙영 준비를 하고 있다는 정보를 알려주었기 때문이다. 나중에 김재옥 여교사는 얼굴도 이쁘고 지적이어서 7연대 이득주 중위와 결혼하게 된다. 이 두 사람을 소재로 하여 '전장과 여교사'라는 영화도 만들 정도였다. 임권택이 감독하고 김진규와 엄앵란이 주인공인 영화다. 동락 초등학교에는 김재옥 교사의 애국심을 선양하고자

설립한 여교사 김재옥 기념관이 있다.

"함병선 대령의 2연대는 어떤가?"라고 승호가 물었다.

"2연대도 3일간 홍천 전투를 성공적으로 수행하고 축차적인 지연전을 펼치며 남하여 문경새재 전방의 이화령에 방어진지를 구축하였는데 적의 공격을 성공적으로 격퇴하였어. 이 전투를 이화령 전투라고 전사는 기록하고 있네. 함병선 연대장은 이화령 전투의 전공으로 대한민국 최고의 무공훈장인 태극무공훈장을 수여 받았어."라고 정철은 함병선의 2연대의 혁혁한 전과를 승호에게 설명하여 주었다.

인천 상륙 작전이 성공하고 서울을 수복하자 국군은 1950년 10월 1일을 기하여 3사단을 선두로 38선을 돌파하여 북진하기 시작하였다. 임부택 대령의 7연대는 제일 먼저 한만 국경 압록강 변 초산에 도착하여 병사가 수통에 압록강 물을 담아서 이승만 대통령에게 보낸다.

함병선 대령의 2연대는 7연대를 후속하여 북진하다가 청천강 선을 넘자 김일성의 고급 승용차를 발견하고 획득하는 전과를 올린다. 김일성은 승용차를 버리고 묘향산 쪽으로 도망간 상태였다. 하마터면 2연대는 김일성을 생포할 뻔했다는 것이다.

2연대가 평안북도 온성(압록강 초산 남쪽에 위치)까지 진출했는데 이때 1950년 10월 25일 낭림산맥에 몰래 잠입한 중공군과 만나게 된다. 2연대의 선두 대대가 포위된다. 그제야 중공군이 압록강을 건너 불법 잠입한 것을 알게 되었다.

이때부터 우리 한국군과 미군이 중공군의 인해전술로 피해를 보면서 밀리기 시작했고 드디어 1951년 1·4후퇴로 서울이 다시 공산군에게 빼앗기게 되었다. 그러나 한국군과 유엔군이 3개월 만에 다시 서울을 수복한다.

2연대와 7연대가 주축이 된 6사단은 7연대장이었던 임부택 대령이 장도

영 사단장 휘하에 작전 부사단장이 되어 사단의 작전을 지휘하여 용문산 전투와 파로호 전투에서 중공군을 괴멸시킨다. 특히 용문산 전투에서는 2연대가 4 · 3 사건 토벌 경험을 바탕으로 방어 작전을 성공적으로 수행하여 중공군 3개 사단을 격퇴하는 대전과를 올린다.

또 2연대와 7연대의 6사단은 미군의 지원을 받아 패주하는 중공군 3개 사단을 추격하여 지엄리 전투와 파로호 전투를 벌여 5월 28일 중공군 3개 사단을 수장시켜버렸다. 중공군은 1951년 5월 26~28일까지 3일간 지속된 파로호 전투에서 최소한 2만 5,000여 명 이상의 사상자가 생겼다. 이로써 6사단은 지난 중공군의 춘계 공세 때 사창리 전투에서의 패배를 설욕하였다.

"정철, 자네의 말을 들어보니 6 · 25 전쟁 동안 국군 중에 제일 잘 싸운 사단에 6사단도 포함되겠네?"

"암, 그렇고말고. 6 · 25 전쟁 기간에 전투를 제일 잘 치른 사단은 김종오 장군의 6사단과 백선엽 장군의 1사단이네. 6사단은 개전 초기에 3일간 춘천과 홍천 전투에서 인민군을 잘 막아내어 3일간 인민군을 서울에 묶어 놓았지. 그리고 1사단은 다부동 전투에서 인민군을 격파하여 낙동강 방어선 돌파를 막아 인천 상륙 작전의 기틀을 마련했네.

이상 2개 사단은 대한민국이 백척간두의 존립 위기에 처해 있을 때 나라를 구한 구국의 사단이라고 볼 수 있네. 특히 6사단 2연대의 함병선 대령과 7연대의 임부택 대령의 역할이 눈부시게 두드러졌었지. 당시 연대장 중에 6 · 25 전쟁의 영웅을 뽑으라면 나는 맹세코 임부택과 함병선 연대장이라고 말할 수 있네. 4 · 3 사건 토벌 유격전 전투 경험이 그들에게는 권투 시합의 스파링 역할을 하였다고도 볼 수 있네."라고 말했다.

정철은 또 이어서 "백선엽 장군이 6 · 25 전쟁에서 승리한 것도 그가 6 · 25 전쟁 바로 전 해인 1949년에 지리산 공비를 토벌했던 유격전 전투 경험을 쌓았기 때문이라고 생각하네. 그는 당시 대령 계급으로 5사단장이었어. 5사단장으로서 지리산 공비 토벌에 참여하였다가 1사단장으로 부임하여 6 · 25 전쟁을 맞았지. 백선엽 장군처럼 유격전 전투 경험도 있고 또 일제 강점기에 일본군에 복무했던 전력이 있는 함병선 연대장과 임부택 연대장 등이 6 · 25 전쟁 시에 공산군과 잘 싸웠어. 우리가 일본군에 복무하면 친일파라고 매도하는데 선진국의 군대에서 선진 군사 지식을 습득하였던 것이오, 일본에 군사 유학을 하였다고 볼 수도 있어. 너무 그렇게 부정적으로만 볼 일이 아니네."라고 말했다.

정철의 설명을 듣고 난 후 승호가 "6 · 25 때 북한 인민군에는 중공의 팔로군에 근무했던 군인들로 3개 사단을 편성하여 남침 시에 선봉에서 쳐내려왔지만 우리는 4 · 3 사건 한라산 무장대와 지리산 빨치산을 토벌했던 장교들이 공산군을 잘 막아내었다고 보아야겠네."라고 말했다.

"그게 사실이네. 이는 우리 국군 지휘관 중에 지리산과 한라산의 공산 도배 무장대를 토벌했던 유격전 실전 경험이 있는 백선엽, 송요찬, 함병선, 임부택, 채명신 등과 같은 장교가 있었기 때문이었네."라고 정철이 응답했다.

6 · 25 전쟁을 승리로 이끈 2연대장 함병선 대령은 육군 중장까지 진급하였으며, 7연대장 임부택 대령은 육군 소장까지 진급하여 1군단장으로서 대한민국 육군 발전에 크게 기여한 국가 안보의 별이 되었다.

여기까지 들은 승호가 자기가 대화 시작 시에 언급한 것이 사실로 입증되었다는 듯이 다시 되풀이 하여 언급하였다.

"4 · 3 사건 때문에 여순 반란 사건이 일어났고 이상 두 사건 때문에 숙군 작업이 성공하여 6 · 25 전쟁이 발발하였을 때 우리 군대가 낙동강 전선까지 밀려난 상황에서도, 군대가 온전하여 공산군을 무찔렀다고 생각하네. 그러니까 4.3사건과 여순10.19 사건은 우리 군에 예방주사 역할을 하였다고 보아도 무방하지 않아?"

"억지 논리이지만 그런 논리를 펴는 것이 가상하긴 하네."라며 정철은 껄껄거리며 웃었다.

이상의 영웅들 외에도 4 · 3 사건 토벌에 참여한 기타 인물로서는 합참의장을 지낸 장창국 장군이 있다. 그는 1946년 11월에 제주도에서 중위 계급으로 9연대를 창설하였고, 유재흥 국방부 장관과 서종철 국방부 장관 그리고 심흥선 합참의장(총무처 장관 역임) 출신들도 청년 장교 시절 제주도 4 · 3 사건 때 토벌 유격전에 참여하였었다.

*

한편 4 · 3 사건 때 제주도에 배치된 2연대는 제주 지형과 물정을 잘 아는 제주 출신 병력이 필요했다. 그래서 제주 출신 병력 160명을 모집하여 토벌 작전에 임하였다. 6 · 25 전쟁이 발발하자 2연대의 제주 병력도 홍천 방어 작전에 투입되어 용감히 잘 싸웠다. 그러나 3일간 잘 버티었으나 중공 팔로군 출신 정예 7사단과 대적하기에는 역부족이었다. 그래서 2연대는 사단과 함께 축차적으로 지연전을 펼치며 후퇴해야 했다.

때가 여름이라 물이 분 홍천강을 건너야 했는데 이때 도하 장비 없이 헤엄쳐서 강을 건너는 동안 2연대의 병력 손실이 컸다. 제주 출신 고덕윤(1928년생) 병사는 당시 상황을 이렇게 회상하였다.

"6사단 2연대의 홍천 방어 작전에서 인민군은 아군을 유인하기 위하여 일시 후퇴하는 척하였다. 그러자 아군은 그들의 술책을 모르고 적을 추격하기 시작했다. 이때 포위 작전에 능한 중공 팔로군 출신 인민군이 사방에서 포위 작전을 펼쳤다. 제주 병력 절반이 이때 전사하거나 포로가 되었다.

물이 불어 홍천강을 건너지 못해 희생은 더 많았고, 6사단 2연대의 낙오병 10여 명이 포위망을 뚫고 7월 12일에 탈출하는 데 성공하였다. 포위된 지 14일 만이었다. 그러나 포위망을 뚫느라고 늦는 바람에 2연대 본대를 잃고 말았다.

때마침 강릉에 주둔했던 8사단의 낙오병 20여 명을 강원도 횡성에서 만나 소백산을 넘어 안동에 주둔했던 3사단 사령부로 귀환하였다. 고덕윤 병사는 제주도 고향을 그리며 정처 없이 행군하다가 길가에 세워진 2연대의 입간판이 눈에 띄어 2연대에 다시 합류하였다. 1950년 8월 12일이었다. 인천 상륙 작전 성공 후에 6사단 2연대가 38선을 넘은 것은 10월 5일이었다. 중공군 개입으로 다시 후퇴하였다. 1952년 3월 강원도 양구에서 파악해보니 제주 병력 160명 중에 살아남은 전우는 10명에 불과했다."

고덕윤 병사는 1952년 9월에 이등상사(지금 중사)로 진급과 동시에 모슬포 제1 훈련소에서 2년간 근무하다가 이등상사로 1954년에 제대하여 고향 한림읍 옹포리에 살고 있다. 고덕윤은 병사인데도 불구하고 4 · 3 사건 토벌과 6 · 25 전쟁 동안의 체험을 그때그때 수첩에 빼곡하게 기록해 두었다며 죽기 전에 책으로 발간하고 싶다는 심정을 피력하였다.

\*

4·3 사건 희생자는 23년 이상 지금까지 조사한 결과 1만 5,000여 명에 이른다. 그런데 좌파들은 2.5만~3만여 명으로 추정된다고 주장하고 있다. 문재인 대통령은 심지어 사망자가 3만여 명으로 추정된다고 4·3 희생자 추모사를 한 적이 있다. 희생자 3만 명이 아니라 사망자 3만 명이라고 새빨간 거짓말을 하였다. 희생자와 사망자의 낱말의 뜻이 확연히 다른데도 말이다. 희생자에는 사망자와 행방불명 그리고 수형인과 후유장애인까지 포함된다. 4·3 희생자에는 보도연맹 희생자와 육지 형무소 수형인도 포함되어 있다.

# 4 · 3 사건 희생자 현황

## 희생자 현황

당시 남로당 무장대는 산간마을에서, 특히 밤에는, 지상의 왕자였다. 밤에는 그들이 경찰이 없는 산간마을을 쥐락펴락했다. 당시 남로당 무장대의 숫자가 얼마나 되었었는지 의아해하던 고대감이 경찰서장 출신인 강영주를 만난 자리에서 물었다.

"남로당 무장대가 500여 명이라고 좌파에서는 주장하고 우파에서는 3,000~4,000여 명이라고 주장하고 있는데 격차가 너무 커 보여요. 그런데 어느 것이 진실입니까?"

"좌파가 주장하는 것은 주로 산에 은거하며 소총 같은 화기를 소지한 무장대가 500여 명이라는 뜻인 것 같고, 마을에 거주하며 소총 같은 화기로 무장하지 않은 공산도배는 남로당 무장대라고 보고 있지 않은 반면, 우파는 마을에 거주하면서 소총을 들고 있지 않아도 죽창과 칼과 일본도나 철창을 들고서 공산당에 적극적으로 가담한 자까지 무장대로, 즉 공산도배로 간주하여 최소 3,000여 명으로 보고 있지요."라고 강영주 전 서장이 답했다.

사실 당시 4·3 사건 절정기에는 실제 소총으로 무장한 500여 명이 무장대로 산속에서 활동했었고 마을에 기거하며 무장대의 예비군 성격으로 활동했던 자위대가 추가로 2,500여 명이 더 존재하고 있어서 이를 합쳐서 3,000여 명의 공산도배 무장대가 당시에 존재했었다.

여기에서 남로당 무장대의 간부였던 김봉현과 무장대의 일원이었던 김민주가 일본으로 밀항하여 펴낸 책 '제주 인민들의 4·3 무장 투쟁사'에서 무장대가 3,000여 명이라고 밝혔고 미군정의 브라운 대령의 보고서에는 무장대가 4,000여 명이라고 기록하고 있다.

미국인 존 메릴이 쓴 석사 논문 '제주도 반란(The Cheju-do Rebellion)'에도 3,500여 명으로 기록하고 있다. 존 메릴은 후에 미 국무부 동북아 실장을 역임한 인물이다.

또한 김달삼이 1948년 8월 25일 해주 남로당 인민대표자 회의에서 발표한 연설문에는 4·3 사건 이후 "약 2,000여 명 이상이 투항하였다."라고 보고하였는바, 기존 500여 명의 무장대와 합치면 총 2,500여 명 이상의 무장대가 제주 전역에서 활동하고 있다고 실토한 것이다.

남원면인 경우 1948년 11월 28일 공산 무장대 200여 명과 비무장 폭도(자위대) 500여 명이 남원리 등 남원면 일대의 집 250여 채를 방화하고 주민 89명을 학살하였다. 당시 추자도를 제외한 12개 읍면동이 있었는데 각 면이 남원면의 무장대 총 700여 명의 반 정도만 보유하고 있다고 계산해도 무장대가 4,200여 명에 이른다는 결론이 나온다. 이를 고려할 때 3,000여 명의 공산 도배 무장대가 당시 제주 전역에 존재했었다고 판단하는 것은 무리가 아니다.

한편 4 · 3 사건 희생자가 정확히 몇 명인지 궁금하여 고대감이 또 경찰 서장 출신인 강영주에게 물었다.

"내가 듣기로는 4 · 3 사건 희생자 숫자가 2.5만~3만 명이라는데 이것이 사실이라면, 당시 제주 인구가 약 30만 명이었으니까, 제주 인구의 약 10%가 희생되었다는 것이지요. 그런데 어떤 국가가 자기 백성을 이렇게 많이 도륙할 수 있단 말이오?"

그러자 강영주 전 서장이 맞받아쳤다.

"옛말에 '말 가는데 더 가고 떡 가는데 덜 간다.'라는 말이 있듯이 소문은 항상 과장되어 퍼집니다. 우리가 숫자를 말할 때는 과장하여 통상 2~3배 정도, 심할 때는 10배 정도 부풀려서 말하는 습관이 있지요.

최근의 예를 하나 든다면 1980년 광주 5 · 18 당시 시민 2,000여 명이 죽었다고 소문이 파다하였습니다. 북한은 지금도 그렇게 주장하고 있습니다. 게다가 경상도 군인이 전라도 사람을 다 죽이고 있다며 지역감정까지 건드렸습니다. 당시 특전사와 20사단 병력에는 전라도 장병들도 많았습니다.

그런데 5 · 18 종료 후에 정확한 희생자를 철저히 조사한 결과, 총희생자는 민간인 166명과 군인 23명 그리고 경찰 4명 등 총 193명이었습니다. 희생자가 193명인데 소문은 2,000여 명이었습니다. 몇 배로 부풀려진 것입니까? 거의 10배로 과장되었던 것입니다. 이렇게 입소문은 사실과 다르게 10배까지도 부풀려지는 경향이 있습니다."라며 그 소문이 부풀려졌다고 강영주 전 서장은 설명했다.

"그렇다면 정확히 희생자 수가 얼마나 된다는 것이오? 요즘 국가에서 배 · 보상이 이루어진다니 희생자 숫자가 어느 정도 정확히 나올 것 아니겠소?"라고 고대감이 물었다.

"희생자 2.5만~3만 명 설은 단지 소문으로서 4 · 3 사건 직후에 어림잡아 추정한 수치입니다. 희생자 조사를 한 통계치가 아닙니다. 4·3 사건 직후에 그냥 떠돌아다니는 소문이었고 추정치입니다. 그러니까 가짜 악성 소문이죠. 4·3 사건으로 양민이 많이 죽었고 4·3 사건이 그만큼 비참했었다는 것을 문학적으로 표현한다는 것이 그렇게 부풀려졌다고 생각합니다. 내가 지금까지 나온 자료를 근거로 하여 판단하기로는 약 15,000여 명 내외 정도가 아닐까 생각합니다."라고 강영주 전 서장은 자신 있게 말했다.

"무슨 근거로 그렇게 추정합니까? 소문과는 너무 차이가 나는데요? 문재인 대통령만 해도 2018년 4월 3일 제70주년 4·3 사건 희생자 추념식 추념사에서 '제주도 인구의 1/10인 3만 명이 죽은 것으로 추정됩니다.'라고 공식적으로 언급했는데, 그렇다면 일국의 대통령이 거의 두 배로 숫자를 부풀려서 말했다는 것 아닙니까?"라고 고대감이 어이없다는 듯이 물었다.

"그래도 명색이 대통령인데 일국의 대통령이 풍문에 나도는 숫자를 가지고 근거도 없이 국민에게 발표했다는 것 자체가 매우 부적절한 처사입니다. 희생자가 3만 명이라는 것은 거짓말입니다. 문 대통령은 공식적인 석상에서 발표한 가짜 숫자에 대하여 책임을 져야 합니다."라고 강영주 전 서장이 얼굴을 붉히며 반박했다.

그는 이어서 "'3만 명이 죽은 것으로 추정됩니다.'라고 언급했는데 '죽은 것'과 '희생자'는 의미가 다릅니다. 희생자는 죽은 사람과 행방불명자 그리고 수형자와 후유장애자 등을 망라한 것입니다. 그런데 왜 희생자를 죽은 사람으로 왜곡하여 사태를 악마화했는지 의문입니다. 문 대통령은 '사망자 3만 명 추정설'에 대하여 책임을 져야 합니다. 일국의 대통령은 정제된 표현을 써야 하는 것 아닙니까? 명색이 대통령이라는 분이 장삼이사가 말하듯 해서야 되겠습니까? 이것은 체통의 문제입니다."라고 일갈하였다.

한국 역사상 처음으로 2024년 노벨 문학상을 받은 한강 작가도 4·3 소설 '작별하지 않는다'에서 문 대통령이 3만이라고 하니 덩달아서 삼만이라고 했다. 또 보도연맹 희생자가 556명인데 두 배로 부풀려서 천여 명이라고 했고, 10세 미만 희생자가 856명인데 두 배로 부풀리어 천오백 명이라고 했다. 소설은 창작이니까 거짓말이 통하지만 역사적 통계수치는 창작해서는 안 되지 않은가.

고대감은 다시 물었다.
"그렇다면 정확한 4·3 희생자는 몇 명이나 됩니까?"
"최대한으로 잡아도 15,000여 명 내외가 될 것입니다. 당시 미군정도 4.3사건 희생자 현황을 파악한 결과 1,5000여 명이라고 했습니다. 국내 언론과 당국이 터무니 없이 3만 명이라고 주장했지만 나는 미군정의 보고가 6군단 정보보고서를 기초로 했기 때문에 미군정의 보고를 신뢰합니다. 미 대사관도 희생자가 15,000여 명이라고 인지하고 있었고 뉴욕타임스도 1,5000여 명이라고 보도하였습니다."
"그것은 문재인 대통령의 발표와는 큰 차이가 나는데요. 거의 반 토막이네요."라고 고대감이 다시 반문했다.
"제주 4·3 위원회에서 희생자로 확정된 자는 2024년 8월 12일 현재 총 14,871명입니다. 이를 세분하면 사망자 10,606명, 행방불명자 3,708명, 후유장애자 222명, 수형인 335명입니다. 그러나 신고 결정된 희생자 중에는 4·3과 무관한 사망자, 자연사한 자, 월북한 자, 일본 도피자, 남파간첩, 북한 인민군 등이 적지 않게 보이고 물론 4·3 주동자도 많이 있습니다.

특히 행불자 3,708명 중에는 6·25 전쟁 발발 시 월북자 또는 북한 의용군이 된 마포 형무소 와 인천 형무소 그리고 서대문 형무소에 수감되었던

830(+)여 명이 포함되어 있습니다.

문 대통령이 추정하여 발표한 3만 명이 맞다면 4·3 희생자 중앙위원회의 정부 보고서에 3만 명이라고 발표해야 하는 것 아닙니까? 중앙위원회가 아무리 조사해도 희생자가 3만 명이 안 되고 그 절반밖에 안 되는 14,871명입니다. 그리고 사망자는 공식적으로 10,606명인데 문재인 대통령은 '사망자가 3만 명으로 추정된다.'라며 거의 3배나 부풀려 언급했습니다. 이는 악의적인 표현입니다. 정부의 조직인 4·3 희생자 중앙위원회를 믿지 못하면 누구를 믿어야 합니까? 희생자 수가 총 14,871명인 것도 2000년부터 희생자를 접수하기 시작하여 근 23년 반 동안 계속 접수한 결과입니다.

특히 4.3사건 희생자 현황과 관련하여 실체적 진실을 밝히기 위하여 제주4.3평화 재단이 작심하여 4.3사건 특별법에 근거하여 지난 5년(2014~2019)간 심혈을 기울여 4·3사건 당시 12개 읍면 165개 마을의 인적 피해, 즉 4.3사건 희생자 현황을 대대적으로 조사하여 파악하였습니다. 이렇게 심혈을 기울여 추가 진상조사를 한 결과 그들의 기대와는 달리 종전과 거의 동일한 결과가 나왔습니다.

조사결과는 2019년 12월 30일 발간한 '제주 4·3사건추가 진상보고서 Ⅰ'에 의하면 총 희생자 14,442명(사망 10,389명, 행방불명 3,610명, 후유장애 164명, 수형자 279명)입니다. 그후 5년이 경과한 2024년 8월 12일 현재 총 희생자는 14,871명으로서 329명밖에 증가하지 않았습니다. 진실이 이렇게 밝혀졌는데도 좌파는 아직도 희생자가 2.5~3만 명이라며 자유 대한민국을 매도하고 있습니다.

그리고 지금으로부터 23년 반 전에 2000년 2월 29일 신고 첫해에 희생자가 총 12,243명이었고 1년 후 2001년 5월 30일 현재 신고한 희생자 수가 총 14,028명으로 접수되었었습니다. 2000년과 2001년에는 희생자 가족과 이웃들이 거의 생존해 있었던 때였기 때문에 오차가 발생해도 몇천 명씩이나 그렇게 크게 오차가 발생하지 않을 것입니다. 그 후 23년 반 동안 자세히 조사해서 늘어난 희생자 수는 848명에 불과합니다.

최근에 희생자 배·보상금으로 희생자 1인당 9,000만 원을 지급한다고 발표했으니까 유족들이 관심이 커져서 희생자 수가 늘겠지만 그렇게 눈에 띄게 증가하지는 않을 것입니다. 그래서 제가 4·3 희생자는 15,000여 명 내외가 될 것이라고 자신 있게 말하는 것입니다."라며 강영주 전 서장은 정부 발표 내용을 근거로 자세하게 설명하였다.

강영주 전 서장은 이어서 "희생자 신고 둘째 해인 2001년도 희생자 실제 조사 결과가 14,028명이라고 나와 있는데도 불구하고 2003년도 제주 4·3 사건 진상 보고서에 2001년도 실제 조사한 수치로 대치하지 않고 종전에 좌파들이 주장해온 추정 수치 2.5만~3만 명이라고 기록한 것을 대통령이 그대로 인용하여 3만 명이라고 발표한 것입니다. 그것도 희생자가 아니고 죽은 사람, 즉 사망자가 3만 명으로 추정된다고 언급했습니다. 이는 사태를 더 악화시키는 발언입니다. 그러니까 2003년도에 발간된 '제주 4·3 사건 진상 조사 보고서'가 문제입니다.

그 보고서는 우파 전문위원 3명(월남전 두코전투 영웅 한광덕 예비역 육군 소장, 경찰출신 이황우 교수, 김점곤 교수)이 탈퇴하고 좌파의 주도로 작성되었는데, 희생자가 최소 3만 명은 되어야 제주 인구의 10분의 1이 학살되었다는 것이 사실로 확인되어 4·3 사건의 책임을 군경의 학살로 뒤집어씌울 수 있을 텐데 그 반토막밖에 안 되니 난감한 나머지 좌파들의 소망치 3만 명을 그대로 적시했다고 볼 수밖에 없고, 문재인 대통령도 그것을 인용하였던 것인데 그것도 악의적으로 죽은 사람이 3만 명으로 추정된다고 했습니다. 희생자를 사망자로 둔갑시켜 추념사를 했습니다."라고 강조하였다.

　고대감은 물었다.

　"희생자 중에는 무장대에 의해 반동분자로 몰리어 희생된 사람들도 있지 않습니까?"

　"가장 최근에 조사한 2024년 8월 12일 현재 무장대에 의한 희생자가 1,885명이고 토벌군에 의한 희생자가 12,331명이며 기타 655명으로서 총 희생자는 14,871명입니다."라고 강영주 전 서장이 지적했다.

　다시 말하면 4 · 3 희생자 14,871명 숫자 속에는 무장대에 의하여 반동분자로 몰려 희생된 우익인사 등 1,885명도 포함되어 있다는 것이다.

　통상 우리가 4 · 3 희생자라고 하면 군경에 의하여 처형된 무고한 양민의 사망자를 연상하게 되는데 4 · 3 사망자는 10,606명으로서 여기에는 무장대 폭도에 의해 반동분자로 처형된 사망자(희생자) 1,885명이 포함되어 있어서 그 숫자 1,885명을 빼고 나면 군경 토벌대에 의하여 처형된 4 · 3 사망자는 그만큼 줄어들어서 8,721명(10,606명-1,885명=8,721명)이 된다. 그러니까 억울하게 죽은 사람이 8,721명이라는 것이다.


　한편, 행방불명으로 신고된 희생자는 3,708명으로서 여기에는 군경과 무장대 간의 상호 전투 간에 사살된 무장대 숫자와 일반재판 수형자 200여 명과 군법회의 수형자 2,530명 등 총수형자 2,730여 명이 포함되어 있다. 제주도에서 사형이 집행된 수형인 총 288명을 제외한 나머지 2,442명의 수형자는 당시 제주도에는 형무소가 없었기 때문에 목포, 광주, 인천, 마포, 서대문 등 전국 각지의 형무소로 분산 수감되었었다.

　그런데 6 · 25 전쟁이 발발하자 이들은 처형되어 암매장되는 바람에 행방불명이 된 것이다. 또 여기에 뒤에서 설명을 하겠지만 군이 토벌할 때 15회의 상호 전투 간에 토벌대가 사살한 남로당 무장대가 약 1,000명으로서 이 숫자를 포함하면 행방불명자는 총 3,730여 명이 된다. 이 숫자는 행방불명으로 신고된 숫자 3,708명과 얼추 비슷한 수치이다. 신고된 행방불명자 3,708명 중에는 6·25 전쟁 발발 직후에 인민군에게 접수된 인천 형무소와 마포 형무소 그리고 서대문 형무소에 수감되었던 수형인 830(+)여 명이 인민군의 의용군이 되었고, 일본으로 밀항한 자와 자진 월북한 자들이 상당수 있다.

　　요약 정리하면 무장대와 군경 양쪽에 의하여 희생된 사람이 최근 조사에 의하면 14,871명인데 문재인 대통령은 이를 3만 명으로 추정된다고 두 배로 부풀려서 발표했다. 이것은 일단 거짓말이고 또 3만 명이 군경의 학살에 의한 희생자처럼 보이게 했다는 데에 문제가 있다.

　　4·3 사건은 양민의 피해가 너무 컸다는 것이 문제이기는 하나 문재인 대통령이 발표한 대로 사망자가 3만 명으로 추정된다는 것은 터무니없는 거짓말이다. 대통령부터 이렇게 거짓말로 뻥튀기하니 좌파들은 그것을 진실로 믿고 침소봉대하고 있는 실정이다.

　　"당시 제주 경찰이 4·3 사건 토벌 결과 현황을 갖고 있을 텐데 경찰의 토벌 현황은 어떻습니까?"라고 고대감이 경찰의 토벌 현황과 희생자 접수 현황과 얼마나 차이가 나는지 궁금해서 물었다.

　　"당시 군경의 무장대 토벌 결과를 보면 사살 7,893명, 체포 7,000여 명, 귀순 2,000여 명 등 공비(共匪, 무장대와 자위대 지칭)가 총 16,900여 명입니다."

　　"당시 군경의 피해 상황은 어떤가요?"라고 고대감이 물었다.

　　"남로당 무장대에 의한 군경의 피해는 군인 160명과 경찰 191명 총 351명이 전사하였습니다."라고 강영주 전 서장이 대답했다.

그는 이어서 "상호 전투 간 피아를 1:1로 비교해도 무장대가 최소 351명이 사살되었고 군경이 화력 등 군사력이 우세한 것으로 감안하여 피아를 1:2~3으로 볼 때 군경은 무장대를 702~1,053명이나 사살했다고 보는 것이 타당할 것입니다. 실제로 상호간 15회 전투에서 사살된 공산 무장대가 1,029명에 달하였습니다."라고 주장했다.

"당시 무장대가 총 500여 명이었는데 군경이 351명이나 희생되었다는 것은 의외입니다. 무기 등 무장면에서나 여건 면에서 볼 때 군경이 월등히 우세했는데 이해가 잘 안되네요."라고 고대감이 촌평하자, 강영주 전 서장이 "군경이 피해가 351명이었다는 것은 사실입니다. 앞에서 이미 언급하였지만 무장대의 매복 작전으로 군인의 피해가 컸습니다. 1949년 1월 16일 동복리 개여물 동산에서 무장대의 매복으로 군인 4명 전사, 이튿날 1월 17일 북촌 마가리 동산에서 무장대의 매복에 의해 군인 4명이 전사하자 이에 대한 보복으로 북촌과 동복리에서 민간인 학살이 발생하였다는 것은 이미 앞에서 언급하였습니다.

2월 4일 김녕리 큰남생이에서 군인 15명과 경찰 1명 전사 및 총기 170정이 피탈되는 등 20일 사이에 군인 총 23명과 경찰 1명이 전사하였습니다. 그리고 김녕리 매복 기습 이후 한 달 만에 또 1949년 3월 9일 애월면 노루오름 근처에서 무장대의 매복에 의해 군인 36명이 전사하고 소총 40정이 피탈되는 피해가 발생하였습니다. 이렇게 두 달도 안 된 기간에 무장대의 매복 작전에 의해 군인이 무려 59명이 전사하였고 경찰도 1명 전사하였습니다."라고 짧은 기간 동안 군인의 피해가 막대했음을 피력하였다.

토벌군과 남로당 무장대 간의 전투가 어떠했는지 궁금한 고대감이 물었다.

"나는 군인과 경찰은 죽어도 몇 명 안 죽고 남로당 무장대와 많은 무고한 양민만 죽은 줄 알았어요. 군인과 무장대 간에 전투가 어디에서 어떻게 일어났고 무장대의 피해를 대강은 알 수 있나요?"

"쌍방 간의 주요 전투만 요약하여 설명하겠습니다."라고 말문을 연 뒤 강영주 전 서장은 주요 전투 15건만을 골라서 설명하기 시작했다.

"① 고성리 전투: 1948년 10월 29일 이틀 전에 애월지서를 습격했던 남로당 무장대 200여 명이 애월면 고성리 부근에서 회합하고 있을 때 9연대가 치열한 교전 끝에 무장대 100여 명을 사살하였다.

② 장전리 전투: 1948년 10월 29일 장전리에서 남로당 무장대와 자위대 등 공산도배들이 회합이 있다는 정보를 입수하고 이를 급습하기 위하여 제9연대 1대대를 출동시켰고, 1대대는 200여 명이 모여 있는 회합 장소를 급습하여 135명을 사살하였다. 나머지는 산속으로 도주하였다.

③ 한림면 전투: 1948년 11월 2일 무장대가 9연대 2대대 6중대가 한림초등학교에 주둔하고 있었는데 대낮에 기습공격을 감행하였다. 무장대는 도망가는 척하며 6중대를 유인하여 매복하고 있다가 기습공격을 가해 중대장을 포함하여 14명이 전사하였고, 6중대를 지원 나갔던 8중대도 기습공격을 받아 중대장은 부상당하고 7명이 전사하였다. 5중대가 야간에 무장대가 야영하는 곳을 공격하여 100여 명을 사살하여 복수하였으나 군의 피해도 총 21명이나 되었다.

④ 신엄리 전투: 1948년 12월 19일 신엄리에 30여 명의 무장대가 침입하여 주민 10여 명을 살해하자 9연대 7중대가 신고를 받고 출동 중에 적의 매복에 걸려 1개 분대 9명 전원이 피살되었고, 증원 나갔던 11중대도 중대

장과 소대장이 부상을 당하고, 납치되었던 병사 15명은 죽창에 의해 살해되었다. 이 전투에서 군인은 총 24명이 전사하는 큰 피해를 보았다.

이에 5중대가 보복을 위해 추가로 투입되었으나 날이 어두워 추격하지 못하고 이튿날 주민 200여 명을 연행하여 행적을 조사하여 무장대 협력자들을 추려내어 처형함으로써 피습에 대한 보복을 하는 비이성적인 반응을 보였다.

⑤ 오등리 전투: 1949년 1월 1일 이덕구가 직접 지휘하는 무장대 600여 명이 제주읍 오등리에 주둔하고 있던 2연대 3대대 숙영지를 급습하였다. 치열한 교전 끝에 30명이 사살되고 10명이 포로로 잡혔다. 결과적으로 남로당 무장대 40명의 사살 및 포로의 전과를 올렸으나 군인도 10명이 전사하는 피해를 보았다.

⑥ 월평리 전투: 1949년 1월 5일 제주읍 월평리에 남로당 무장대 1개 중대가 있다는 정보에 따라 새벽녘에 2연대 6중대가 적의 숙영지를 급습하여 적 153명을 사살하는 큰 전과를 올렸다. 한편 이날 남로당 무장대는 선전 삐라를 통하여 노랑 개(군인) 50여 명을 처단하였다고 선전하였다. 여기에서 군은 피해를 발표하지 않았지만 대략 15명 정도가 전사하지 않았나 하는 생각이 든다.

⑦ 관음사 전투: 월평리 전투에 이어 관음사 부근에서도 국군과 남로당 무장대 간에 치열한 전투가 벌어졌다. 국군이 수류탄을 던지며 공격하자 무장대는 연기를 피워 국군의 추격을 방지할 목적으로 관음사를 소각하고 달아났다. 상호 간에 피해는 없었다.

⑧ 의귀리(남원면) 전투: 1949년 1월 12일 새벽 의귀초등학교에 주둔하고 있던 2연대 2중대와 200여 명의 남로당 무장대 간의 전투인데 앞에서 이미 언급하였다. 적 사살 96명과 생포 14명이고, 아군 피해는 전사 4명, 부상 5명이다.

⑨ 남원면 전투: 1949년 2월 15일 2연대는 남원면 산록에 무장대 주력이 잠복하고 있다는 정보를 입수하여 출동하였는데 날이 저물어 도중에 숙영하고 있었다. 이번에는 밤 2시경에 700여 명의 무장대가 국군의 숙영하는 정보를 입수하여 오히려 역공에 나섰다. 약 4시간 동안 치열한 전투가 벌어졌는데 무장대는 160여 구의 시체를 버리고 패주하였다. 국군의 피해도 만만치 않았다. 군의 피해가 발표되지 않았지만 20명 정도가 전사한 것으로 판단된다.

⑩ 녹하악(중문면) 전투: 1949년 3월 말 녹하악에서 임부택 대위의 1대대와 이덕구가 지휘한 무장대 1,000여 명 간의 전투인데 앞에서 이미 언급하였다. 무장대가 대패한 전투로서 적 사살 178명과 총기 140정 탈취라는 놀라운 전과를 올렸다. 이후부터 조직적인 무장대의 공격은 뜸해졌다.

⑪ 서홍리 쌀오름 전투: 1949년 4월 2일 서귀포 서홍리 쌀오름에 있던 남로당 제주도당부가 제2연대 2대대의 공격을 받아서 당책 김용관, 조직책 김양근, 총무책 김두봉, 선전책 김석환 등 제주도당의 주요 간부들이 체포됨으로써 남로당 제주도당 조직이 와해되었다.
그리고 잔존 제주도당 간부들과 남원면당 김 위원장이 함께 있는 곳을 알아내어 5월 26일 1대대 1개 소대의 병력으로 은밀히 포위하여 급습한 결과 23명을 사살하고 8명을 생포하였다. 사살 및 생포가 총 31명이다. 생포

한 8명 중에는 육지에서 파견된 올구 (조직책) 2명이 포함되어 있었는데 1명은 남로당 중앙당 소속이었고 나머지 1명은 전남도당 인원이었다. 이로써 남로당 제주도당은 완전히 와해하였다.

⑫ 이덕구 사살 견월악 전투: 급기야 1949년 6월 7일 견월악 전투에서 이덕구 등 8명이 사살되고 1명이 생포되자 남로당 무장대의 이빨이 완전히 빠진 상태가 되어 한라산에서 활동하는 잔존 무장대 70여 명이 명맥을 유지하게 되었다.

⑬ 5대 사령관 김의봉 사살 전투: 1953년 4월 15일 하오 11시 30분경 김의봉이 이끄는 약 20여 명의 무장대가 조천면 와흘리 부근 산록에서 동태운 총경 휘하 박원협 경위가 직접 이끄는 제주 경찰사찰 유격 중대에 포착되어 약 40분간에 걸쳐 치열한 교전을 벌이다가 김의봉(당 32세) 사령관과 무장대의 간부 강봉오(와흘리 출신 28세) 외 여성 무장대 1명이 함께 사살되었다. 이때 김의봉 일당이 와흘리 부근 산록에 포진하고 있다는 정보를 와흘리 출신 경찰이 입수한 정보를 바탕으로 토벌 경찰이 적을 포위하여 섬멸하였던 것이다. 김의봉은 체구가 장대하고 건장하여 총을 맞고도 그 자리에서 죽지 않고 2km 떨어진 습지 '대물'까지 도망가서 물을 먹고는 그 자리에서 죽어 있는 것을 경찰이 발견하였다.

⑭ 6대 사령관 김성규 사살: 1957년 3월 27일에 한라산 산기슭 평안악 밀림지대에서 경찰국 사찰과 유격대가 6대 사령관 김성규와 무장대 군 책임자 변창희 이상 2명을 교전 끝에 사살하였다. 경찰은 눈이 녹은 5월에 무장대의 시체 2구를 유족에게 인계하였다. 이로써 남로당 무장대의 지휘부가 완전히 소탕되고 오직 마지막 남로당 무장대 오원권 1명만이 남게 되

었다.

⑮ 마지막 산폭도 무장대 오원권 체포: 1957년 4월 2일에 마지막으로 남아 있던 무장대 오원권을 성산포 경찰서 유격대가 구좌면 산간부락 송당리 장기동에서 생포했다. 그는 카빈총 1정과 실탄 14발을 소지하고 토굴 속에서 살고 있었다.

이로써 1957년, 제주 4·3 사건의 발발일인 4월 3일을 하루 앞둔 4월 2일에 마지막 산폭도 무장대 1명까지 생포함으로써 만 9년 만에 공산 남로당 무장대가 일으킨 무장 폭동 4·3 사건이 완전히 진압되었다."고 강영주 전 서장이 15건의 전투를 축약하여 다소 장황하게 설명했다.

"이상의 15회 전투 결과 남로당 무장대의 총피해는 얼마나 됩니까?"라고 고대감이 물었다.

"지금까지 상호 전투에 의한 남로당 무장대의 피해를 산출하면 공산도배 무장대 사살 및 생포된 인원은 총 1,029명입니다. 상호 전투에 의한 국군의 피해는 94명인데 위에 이미 언급한 무장대의 매복에 의한 전사자 59명을 합치면 153명이나 됩니다. 이는 공식적으로 발표한 군인 전사자 160명의 숫자와 얼추 근접한 전사자 현황입니다."라고 강영주 전 서장이 대답했다.

이어서 강영주 전 서장은 '첨언하자면'이라고 단서를 달고서, "4·3 평화공원에 모셔진 위패 중에는 제주도에 간첩으로 내려왔다가 잡힌 사람도 있습니다. 이런 사람들이 4·3 희생자입니까? 그런데 왜 이런 사람을 4·3 유족회와 좌파 정권은 평화공원에 위패를 모시는 것입니까? 이외에도 분명히 공산남로당 무장대의 핵심 요원으로 2연대에 의해 체포되어 군법회의에서 사형을 언도 받고 집행된 한림면 당책 등 7명이 평화공원에 위패가 모셔져 있습니다. 이런 경우가 한두 명이 아닙니다."라고 열변을 토하였다.

이어서 강영주 전 서장은 "현재 4·3 희생자에 대한 배·보상이 이루어지고 있는데 지금까지 5,300여 명이 이미 배·보상금을 지급 받았고 앞으로도 연차적으로 계속 지급될 것입니다. 그런데 현재까지 배·보상을 신고한 희생자 수가 아직 10,230여 명밖에 안 됩니다. 총 4·3 희생자 14,871명 중에 국가 유공자 786명을 제외하면 14,085명이 1인당 배·보상 9,000만 원을 신청할 자격이 있는데 이 중 10,230여 명만 신청을 했다는 것은 최초의 희생자 현황에 거품이 끼어 있다는 것을 웅변으로 말해 주는 수치입니다.

희생자에게 1인당 9,000만원씩 지급하는 배·보상금을 신청하지 않는 희생자나 가족 또는 관련된 당사자가 있겠습니까? 아마 없을 겁니다."라고 강조했다.

그는 또 "제가 강조하고 싶은 것은 일부 좌파들이 희생자 수를 저들의 소망대로 2.5만~3만 명으로 부풀려 진실을 더 이상 호도하지 말라고 부탁드리고 싶습니다. 다시 한번 말씀드리지만 앞으로 더 이상 4·3 희생자 숫자를 가지고 장난을 치는 일이 없었으면 합니다. 숫자를 가지고 계속 장난을 치는 것은 무고한 수많은 희생자에 대한 모독이라고 생각합니다."라고 강조하였다.

# 수형인, 육지 형무소에 분산 수감 후 처형

1949년에 4 · 3 사건과 관련되어 제주 경찰서 유치장에 수용되었던 수감자들이 일반재판과 군법회의 재판을 받고 전국 각지의 형무소로 분산 수감되었다. 그런데 6 · 25 전쟁이 발발하자 육지 형무소에 수감되었던 4 · 3 사건 관련 수형자들이 처형되기 시작하였다.

4 · 3 사건 관련 수형자는 일반재판 수형자 200여 명과 군법회의 수형자 2,530명이었다. 이 중 1948년 군법회의 수형자가 871명이고 1949년 군법회의 수형자가 1,659명이었다. 일반재판 수형자와 군법회의 수형자를 합치면 총수형자는 2,730여 명이었다.

여기 총수형자 중에 제주도에서 사형이 집행된 수형인은 총 288명으로서, 1949년 2월 27일 화북에서 39명이 사형 집행되었고, 같은 해 10월 2일 대통령의 재가를 받고 제주 비행장 인근에서 249명이 사형 집행되었다.

사형이 집행된 288명을 제외한 나머지 2,442명의 수형자는 당시 제주도에는 형무소가 없었기 때문에 목포, 광주, 인천, 마포, 서대문, 대구, 김천, 부산 등 전국 각지의 형무소로 분산 수감되었다.

목포 형무소에 수형자 453명이 수감되었는데 이 중 202명은 얼마 지나지 않아 대구 형무소로 이감되었다. 이 목포 형무소에서는 1949년 9월 14일 오후 5시 재소자 400여 명이 형무소 내 무기고를 습격하고 무장한 채 탈옥하는 사건이 벌어졌다. 원인은 수감자 포화상태에 대한 불만 때문이었다. 목포 형무소는 600명밖에 수용할 수 없었지만 탈옥 사건 당시에는 수용 능력 2배가 넘는 1,421명을 수용하고 있었다. 9월 19일 현재 탈옥수 286명을 사살하고 85명을 체포하는 등 가까스로 탈옥 사건을 수습하였다.

마포 형무소에 390여 명, 인천 형무소에 360여 명, 서대문 형무소에 여성 재소자 80여 명, 대전 형무소에 300여 명, 대구 형무소에 499명, 전주 형무소에 132명, 부천 형무소에 숫자 미상, 기타 등 전국에 걸친 형무소에 4·3 사건 관련 수형인들을 분산 수감하였다.

이 중 마포 형무소 390여 명과 인천 형무소 360여 명 그리고 서대문 형무소 여성 재소자 80여 명, 부천 형무소 숫자 미상 등 총 830(+)여 명의 수형인들은 6·25 전쟁 발발로 북한 인민군이 형무소를 장악하게 되자 거의 가 북한 인민군의 의용군에 편입되거나 북한으로 넘어갔다. 개중에 더러 대한민국을 선택하는 사람도 있었으나 그 수가 미미하였다.

나머지 수형인들은 북한 인민군이 형무소를 장악하기 전에 처형되는 신세를 면하지 못했다. 한정철의 고향 김녕리 출신 김창윤도 목포 형무소를 거쳐 김천 형무소에 수감되었다가 1950년 6·25 전쟁이 발발하자 사상범 수형자 우선 처결 원칙에 따라 김천 형무소에서 처형되었다. 또한 김녕리 출신 한을생이도 대구 형무소에서 처형되었다. 그러나 개중에는 그런 혼돈의 와중에도 기적적으로 살아남아 고향 제주에 내려온 수형자도 있었다.

당시 군법회의 대상자들은 군 프락치 및 경찰 프락치 사건 연루자와 9연대의 한라산 입산 탈영병 그리고 일부 간부급 무장대를 제외하면 1948년 10월 17일 소개령 선포와 11월 17일 계엄령 선포와 동시에 강경한 초토화 작전을 피하여 산속에 숨어 들어갔던 순수한 주민들이 대부분이다. 토벌대의 선무 작전에 의해 "산에서 내려오면 살려준다."는 말을 철석같이 믿고 귀순한 민간인들이었다. 그런데 토벌 군경은 이들에 대한 사면 방침을 무시하고 강경일변도로 군법회의에 회부하여 처리하였다.

한편 논란이 많은 1948년 10월 제주 비행장의 249명에 대한 집단 사형 집행과 관련하여 미 군사 고문단의 1949년 10월 6일 G2 정기 정보 보고서에는 다음과 같이 기록되어 있다.

"1949년 10월 2일 오전 9시 제주 경찰서에 수감되어 있던 249명의 폭도들이 대통령
의 재가를 받고 제주 비행장 해안가에서 처형되었다. 사형 집행자는 제주도 헌병대장
조영구 육군 소령이었고 대대 정보장교와 법무장교 그리고 기타 대대 장교들이 입회
하였다. 처형자 명단 가운데에는 9연대 장교 1명과 하사관(부사관) 5명이 포함되어
있었다. 거기에는 또한 이전(1948년)에 제주도에 주둔하였던 9연대에서 탈영하여
제주도 폭도에 합류하였던 15명의 또 다른 병사들도 포함되어 있었다. (KMAG G2
정기 정보 보고서, 1949년 10월 6일)"

처형자 중에 9연대 군인 장교 1명과 부사관 5명은 군사 반란을 기도했
던 군 프락치 사건에 연루된 군인으로서, 군대에서 반란죄는 극형에 처하
게 되어 있다. 또 15명의 9연대 무장 탈영병은 전시의 무장 탈영은 그 자체
만으로도 사형인데, 게다가 한라산으로 올라가서 적인 공산반도 무장대와
합류한 것은 역적 행위로서 극형을 면할 수 없는 죄이다.

이상의 21명의 군인들은 죄상이 확연히 드러나서 논란의 여지가 없지만,
민간인 처형자들은 당시 경찰 프락치 사건 연루자를 제외하고는 죄상이
앞의 군인들처럼 확연히 드러난 상태에서 처형되었는지는 논란의 여지가
없지 않다.

또 하나의 문제는 처형한 후에 시신을 연고자에게 돌려주어야 하는데 집
단 암매장을 하였기 때문에 처형 자체의 당위성에 의혹이 생기는 것이다.

# 보도연맹 학살 사건

국민보도연맹은 1949년 6월 5일 좌익 계열 전향자로 구성됐던 반공단체 조직이다. 겉으로는 순수 민간단체처럼 보이나 내용을 들여다보면 관변단체에 속한다. 공산주의에 물든 사람들을 전향시켜 이들을 보호하고 선도한다는 뜻으로 '보도(保導)연맹'으로 명명하였으며, 시행된 국가보안법에 따라, 1949년 11월 반공과 공산정권 타도를 기치로 내걸고 조직된 반공단체가 바로 '국민보도연맹'이다.

6·25 전쟁이 발발하자 대한민국 정부는 초기 후퇴 과정 중에 보도연맹원이 북한과 내통하고 급기야는 배반할지도 모른다는 의구심 때문에 대한민국 경찰과 교도소 교도관들은 북한군에 아직 점령되지 않은 남부 지역의 보도연맹원들을 무차별 검속하고 즉결 처분하기 시작했다.

경기도 이천시에서는 국민보도연맹원 100명이 총살되었고, 대전 교도소에서는 3,000여 명이 처형당하는 등 대한민국 전역에서 각 마을별로 국민보도연맹에 가입한 사람들이 무차별적으로 학살됐다.

'예비검속 및 예방학살'이라는 명분으로 경찰이 이들 보도연맹원들을 처형한 후 이를 철저히 은폐하고 금기시했다.

6·25 전황이 낙동강 선까지 밀리어 국운이 백척간두에 처한 때에 남로당 제주도당은 '인민군 지원 환영회'를 읍면 단위로 조직하여 한라산 무장대와 결합하여 그 위세가 거칠 것이 없었다. 상황이 이렇게 급박하게 돌아가자 정부는 안보상 위협요소를 사전에 제거한다는 목적으로 보도연맹에 대한 예비검속을 실시하게 되었다.

예비검속자는 총 820명에 이르렀으며 희생자는 '제주 4·3 사건 추가 진상 보고서 Ⅰ (2019년)'에 의하면 총 566명이다. 이를 세분하면 제주 경찰서 199명(제주읍, 애월 및 조천면), 서귀포 경찰서 114명(서귀, 남원, 중문면), 모슬포 경찰서 240명(안덕, 대정, 한림면), 성산포 경찰서 13명(구좌, 표선, 성산면)이다.

이렇게 예비검속된 556명은 1950년 8월 20일 집단 학살되었다. 여기에는 대정 송악산 섯알오름 탄약고 터에서 집단 학살된 모슬포 절간고구마 창고 수감자 132명이 포함되어 있다. 6·25 전쟁 발발로 그동안 멀쩡했던 사람들이 날벼락을 맞은 것이다. 총살 집행 중에 성산포 경찰서 문형순 서장은 군의 예비검속자 처형에 불복하여 죄 없는 주민 70여 명의 희생을 막았다.

세월이 지나 1956년 5월 모슬포 절간고구마 창고 수감 희생자 유족들이 132구의 시신을 수습하였으나 신원을 확인할 수 없어서 132명의 시신을 한데 모아 대정면 상모리에 집단으로 안장하고 '백 할아버지의 한 자손'이라는 뜻으로 '백조일손지지(百祖一孫之地)'라고 명명하였다. 여기에 2024년 8월 '백조일손' 역사관을 개관하여 평화와 인권 교육장으로 활용하고 있다.

보도연맹의 예비검속과 처형 그리고 육지 형무소 수형인 처형은 4·3 사건과 6·25 전쟁이 맞물려서 일어난 비극이다. 만일 6·25 전쟁만 안 일어났어도 처형이라는 참극은 없었을 것이다.

\*

고대감과 강영주 전 서장 간에 장시간에 걸친 대화를 김승호도 관심을 가지고 들었다. 대화를 듣고 있던 승호가 무고한 4·3 희생자 명단에서 제외된 인원이 고작 30명밖에 안 된다는 사실을 알고 질문하였다.

"4·3 희생자 명단에서 제외된 인원이 고작 30명밖에 안된다던데 너무 한 것 아닌가요? 한정철은 4·3 희생자 15,000여 명 중에 99%는 무고한 희생자이지만 1%인 150여 명은 골수로서 악랄한 폭도 무장대라고 주장하고 있어요. 강영주 서장님은 어떻게 생각하십니까?"

"좋은 질문입니다. 제주 4·3 진상 보고서가 발간되고 나서 이 문제 때문에 민심이 부글부글 끓었습니다. 산 폭도 무장대 중에 최소 150여 명은 무고한 4·3 희생자 명단에서 제외되어야 합니다. 예를 들어 9연대에서 무장 탈영하여 한라산 무장대가 된 9연대 군인 52명입니다. 이들은 전시나 다름없는 상황에서 무장 탈영했기 때문에 군법회의에서 사형감입니다. 게다가 그들은 적인 무장대에 합류했습니다. 그러니까 이들은 두 번이나 반역을 한 셈입니다. 그리고 여순 10·19 반란 사건 직후의 군과 경찰 프락치 사건의 반란 주모자 20여 명, 산 폭도 무장대 핵심 간부 20여 명, 당시 12개 읍면 남로당 책임자 12명, 기타 인원 등 핵심 요원들은 무고한 희생자가 아닙니다. 이들은 오히려 무고한 희생자들을 욕보이게 하고 있다는 것을 명심해야 합니다. 그들에게 15,000여 명의 희생자를 낳게 한 4·3 사건의 책임을 물어야 합니다. 그들은 절대로 무고한 희생자들이 아닙니다."라고 강영주 전 서장은 열변을 토했다.

\*

미군정팀이 제주도에 입도한 것은 해방 후 무려 3개월 후이다. 이는 미군정의 첫째 실책이다. 그동안 인민위원회가 작동하여 제주에는 좌익의 공산주의 사상이 이미 널리 퍼져 있었다.

# 미군정과 4 · 3 사건

## 미군정(美軍政)의 실책

미군정의 결정적인 실책 중 하나는 제주도에 대한 미군정이 광복 후 무려 약 3개월 후에야 뒤늦게 실시되었고 제주도 특유의 정국 혼란 수습을 위한 역량이 미흡하였다는 것이다. 한 마디로 호기를 놓친 것으로서 실기하였다는 말이다. 제주도에 주둔하고 있던 일본군의 무장을 해제하고 항복문서를 받아내기 위하여 미군이 제주에 들어오기 시작했다.

1945년 9월 28일 오전에 2대의 미군 수송기 C-47을 타고 그린(Green) 대령이 인솔하는 항복 접수 팀이 도착하여 제주농업학교에서 제주도에 주둔해 있던 일본군 제58군 사령관 도야마 중장으로부터 항복문서를 받아낸다.

도야마 중장이 지휘하는 제58군은 일본 본토와 식민지 한반도를 방어하기 위한 '결7호' 작전을 수행하기 위하여 제주도에 긴급 배치된 부대이다. 제58군은 한반도에 주둔해 있던 일본군 중에 가장 규모가 큰 부대로서 병력이 무려 6.5만여 명이나 되었다.

또 같은 날 9월 28일 파웰(Powell) 대령이 이끄는 무장 해제 팀이 LST 상륙함을 타고 산지항에 도착하였다. 이는 미군이 한반도의 일본군 무장 해제를 위하여 1945년 9월 8일 인천에 상륙하여 서울에 도착한 지 20일 만의 일이었다. 또한 미군의 인천항 도착은 일본이 항복한 지 24일 만이다. 이렇게 미군의 한반도 진주가 굼뜬 것이 남한 내에서의 공산주의 활동이 활발해지는 계기가 되었다.

이어서 10월 22일에 일본군의 송환을 담당할 미군 제749 야전포병대대가 제주에 들어온다. 그러나 제주도에 군정을 실시할 미군 제59 군정 중대는 11월 10일에야 입도하였는데, 늦어도 한참 늦었다. 이처럼 해방 후 무려 86일, 즉 약 3개월이나 지연된 것은 해방 후 3개월간 좌파들의 독무대를 만들어 준 결과를 초래하였다. 이렇게 미군정이 늦은 것이 제주도에서 공산주의 조직인 소위 인민위원회가 활성화되는 환경을 조성하게 되어 결국 4·3 사건의 온상이 되었다. 군정 중대가 늦게 도착하였을 뿐만 아니라 군정 통치 경험이 없는 군인들이라 군정 능력이 미흡하여 제주도의 정국 혼란 상황을 제대로 수습하지 못했다. 이렇게 미군정 통치가 약 3개월 지연된 것과 군정 통치 역량 부족이 첫 번째 실책이다.

두 번째의 실책은 1948년 4월 3일 4·3 사건이 일어나기 전에 당시 제주 경찰은 4·3 사건을 발본색원할 절호의 기회를 놓쳤다는 것이다. 한반도의 총선거를 관장하기 위하여 UN에서 한국에 파견된 UN 한국 임시위원단이 일을 저지르고 만다. 그들은 공정한 선거를 관리한다는 목적으로 자유로운 분위기를 조성한 상태에서 자유투표를 실시해야 한다면서 정치적인 이유로 체포되어 수감된 사람들을 전부 석방해야 한다고 건의하였다.

제주 경찰은 3·1절 기념행사를 가장한 투쟁 시위와 3·10 총파업 등 사회불안을 조성한 좌익관련자들을 다수 체포하여 구금하고 있었다. 제주 경찰은 일제 강점기 시대의 순사들이어서 그때부터 공산당의 폐해를 잘 알고 있었고, 해방 공간에서 그들의 행적을 추적하는 등 세밀하게 꿰차고 있었다.

그런데 5 · 10 선거를 자유스러운 분위기에서 치러야 한다면서 UN 한국 임시위원단은 이들을 석방해야 한다고 미군정에 권고하였고, 미군정도 남로당 제주도당 좌익들의 활동상이 얼마나 집요하고 악랄하고 무서운지를 모르는 상태에서 UN 한국 임시위원단의 건의를 받아들여서 수감되었던 좌익들을 석방하고 만다. 이것이 결정적인 실책이었다.

그러니까 미군정이 이들을 전격적으로 석방하기 전에 이미 제주 경찰은 1948년 1월 22일과 26일 사이에 그동안 남로당 제주도당의 불순한 움직임을 파악하여 안세훈과 이덕구 등 핵심 수뇌부 221명을 검거하여 수감하고 있어 일망타진된 상태였다. 이때 김달삼은 경찰에 체포되어 연행 중에 운 좋게 탈출에 성공한다.

석방된 그들은 물 만난 물고기처럼 좌익 활동을 활발하게 전개하였다. 만일 당시 이들 중에 핵심 세력만이라도 일정 기간 격리 · 수용했었더라면 4 · 3 사건을 미리 방지할 수 있었으며 대량 인명피해까지도 막을 수 있었다. 물론 UN 한국 임시위원단의 권고사항이었지만, 미군정이 공산주의 불순분자 핵심 세력 221명을 석방한 것은 미군정의 실책 중 가장 큰 실책이었다.

미군정장관 윌리엄 딘(William Dean) 장군으로부터 지시를 받은 조병옥 경무부장은 3월 3일 전국 경찰관서장을 소집하여 이 지침을 설명하며 시행 준비 지시를 내렸고, 이어서 윌리엄 딘 미군정장관이 3월 31일 직접 전국 정치범 3,140명을 석방하였다. 여기에 제주 경찰이 구속 수감한 공산 남로당 핵심 세력 221명이 포함되어 석방된다.

외래인이 중요한 사항을 결정할 때는 항상 현지인의 의견을 수렴하여 참고해서 결정해야 하는데, 당시 제주 경찰의 반대에도 불구하고 미군정이 공산당 불순분자 핵심 세력 221명을 전부 석방하였던 것이다. 따라서 미국은 4·3 사건의 참혹한 비극으로부터 자유로울 수 없으며, 결정적인 순간에 핵심 좌익세력 221명을 무조건 석방한 데 대하여 미국은 그 실책을 통감해야 한다. 이때 제주도는 예외지역으로 선정하여 공산당 불순분자 핵심 세력의 석방을 일단 보류했어야 했다.

세 번째의 실책은 4·3 사건 희생자가 많이 발생한 것은 군인과 경찰 말단에까지 불순분자에 대한 즉결 처분 권한을 함부로 부여하였다는 데서 기인한다. 즉 미군정은 그 권한을 감시 감독하는 문제에 소홀했다는 점이다. 신생국가에서 파벌 간의 무력 충돌이 발생한다는 것은 역사적인 주지의 사실이다. 미군정은 진압 작전 시 인권 침해가 없을 것인지를 판단하여 그러한 야만적인 처형 등 인권탄압이 없도록 감시·감독을 해야 했다.

1947년에 2월 28일에 대만에서 2·28 사건이라는 대학살극이 벌어졌던 것을 타산지석으로 삼아 제주 4·3 사건 시에 유사한 사건이 발생하지 않도록 미군정 당국이 선제적 조치를 했어야 했다.

대만에서 1947년 2·28 사건이 발생하였다. 2월 28일 노점상에서 담배를 팔던 대만인 한 여인이 관원에 의해 제지당하고 무릎을 꿇는 사건이 발생한다. 이에 분노한 대만인이 항의 시위를 하는 과정에서 학생 1명이 총에 맞아 사망한다.

이 소식을 듣고 분노한 대만인 군중은 장개석 국민당이 운영하던 경찰서와 군대로 몰려들어 가해자 처벌을 요구하기 시작했다. 이것이 받아들여지지 않자 군중은 경찰서에 난입해 학생 천원시를 죽인 가해자를 포함한 경찰관 2명을 살해하고 4명에게 부상을 입혔다.

이후 대만 군중은 행정장관 공서로 몰려가 시위를 벌였는데 식량이 부족해 쌀값이 폭등하던 당시, 행정장관 공서에는 막대한 쌀이 비축되어 있다는 소문이 퍼지면서 시위는 폭동으로 변했고, 급기야는 3월 1일 이후 폭동은 대만 전역으로 확대되었다.

이를 계기로 대만인들이 총궐기하여 중국 본토인 탐관오리를 몰아내자는 반란을 일으킨 것이다. 이에 놀란 대만 행정장관 천이는 장개석 총통에게 병력 파견을 요청하여 강경 진압을 하게 된다. 이것이 대만 2·28 반란 사건이다.

장개석 총통은 국공내전이 한창일 때여서 처음 파병을 요청받았을 때는 군대 파견을 거부했으나 이번 폭동이 단지 지방 탐관오리의 척결을 위한 폭동인데도 불구하고 천이 행정장관이 과장하여 정부 전복 시도로 이어지고 있다고 보고하였기 때문에 장개석은 최초의 결심을 번복하여 결국 진압군 1개 사단을 대만에 투입한다.

그래서 3월 9일 도착한 21사단 병력을 대만 북부에 투입하여 시작한 진압작전은 대만 전국에 국부군 병력이 투입되면서 대대적인 학살로 이어졌다. 그들은 반란군을 색출하는 것이 아니고 신분이 대만인(본성인)이냐 본토인(외성인)이냐의 여부만을 따져서 대만인만을 골라서 집단 처형하였다.

그 결과 대만인과 본토인 간에는 극도의 대립과 갈등이 조성되는 양상을 보였다. 이에 분노한 대만인들의 반발이 점점 더 거세지자 강경 진압의 강도도 더 높아져 희생자가 더 많이 발생하는 결과를 가져오게 되었다.

대만인과 본토인 간 의사소통에도 문제가 있었다. 대만은 1904년 청일전쟁 이후 일본의 식민지가 되어 40여 년간 일본어를 사용하였다. 안 그래도 중국은 땅덩어리가 넓어서 각 성 간에 의사소통이 잘 안되었는데 설상가상으로 40년간 서로 교류가 없었고 대만인은 일본어를 쓰다 보니 의사소통이 거의 안 되었었다.

여기에 착안하여 장개석의 국부군은 진압 과정에서 수상한 사람에게 중국어로 말을 걸었고 중국어로 대답하지 못하면 대만인으로 간주하여 무자비하게 학살했다. 이러한 학살은 3월 17일 바이충시가 타이완 지역의 군정 장관으로 부임한 후 진정되기 시작하였다.

드디어 5월 16일 장개석이 공식적으로 계엄령을 종결하면서 사건은 일단락되었다. 5월 16일에야 반란이 진압되었는바, 약 80일 소요 기간에 28,000여 명이 희생되었다고 언론에서는 보도했지만, 대만 당국은 희생자가 수천 명에서 1만 명에까지 이른다고 공식적으로 보도하였다. 언론 보도와 대만 당국의 보고를 참조하여 볼 때 희생자가 1만 명은 족히 된다고 보아야 할 것 같다. 미군정 당국은 바로 1년 전에 우리처럼 일본제국주의로부터 독립한 대만에서 일어난 참사였기 때문에 이를 4·3 사건 시에 반면교사로 삼지 못하는 우를 범한 것이다.

네 번째의 실책은 체포된 불순분자나 소개민의 수용과 감금을 위한 가(假)건물로서 대형 임시 집단 수용소 건립이 미흡했다는 것이다. 1948년 4·3 사건이 발발하자 미군정도 사태의 심각성을 깨닫고 경찰로만 치안을 유지하던 미군정이 군인도 경찰과 합세하여 공산도배인 무장대 토벌 작전을 전개하도록 방침을 바꾼다.

이때 불순분자로 체포된 사람들을 수용하는 시설을 갖추지 못한 것이 문제였다. 제주 농업학교에 천막을 치고 또 주정 공장에 수용하는 것이 고작이었다. 이때 미군정이 임시 대형 수용소를 가(假)건물로 건립하여 수용인들을, 인권은 물론 급식과 위생까지 잘 관리했더라면 하산자가 더 늘었을 것이고 또 향후 초토화 작전 시에도 집 잃고 하산한 소개 주민을 수용했더라면 무고한 희생을 줄일 수 있었을 것이다.

미국은 2차대전 시에 미국 서부 해안에 거주하는 일본인 약 12만 명을 집단 수용하여 혹시 있을지도 모를 간첩 활동을 원천 차단한 경험이 있다. 1948년 4 · 3 사건 발발 시는 물론 1948년 8월 15일 대한민국 정부가 수립될 때까지 4개월 12일간 미군정 시절이었으므로 미국의 국력으로 볼 때 미군정이 의지만 있으면 15,000여 명 정도의 수용시설을 임시 건물로 건립하는 것은 그리 어렵지 않았을 것이다.

물론 2연대 함병선 연대장이 선무 작전에 의해 산에서 내려온 주민들을 갱생원(피난민 집단 수용소)에 수용하여 잘 돌보아 주어서 그 영향으로 하산하는 주민이 증가하여 선무 작전의 효과가 있었다는 것은 인정한다. 그러나 당시 갱생원의 규모가 크지 않아 소기의 목적을 달성하는 데는 한계가 있었다.

미군정의 마지막 실책은 일본군이 철수하면서 저장해 두었던 엄청난 양의 군량미를 제주 비행장에서 휘발유를 뿌려 소각하는 만행을 저질렀는데 이를 막지 않고 수수방관한 것이다. 그 양이 어마어마하여 제주 도민의 4개월분의 분량이었다. 제주도 미군정이 일본군이 양곡을 불태우지 못하도록 막고 그 양곡을 도민들에게 분배해 주었더라면 도민 민심이 그렇게 흉흉하지는 않았을 것이다. 당시는 식량을 비롯하여 제주도의 경제가 악화 일로여서 민심이 흉흉했던 것이 공산주의 선전 선동이 먹혀들었던 면도 없지 않다.

그때는 도민의 태반이 하루 두 끼 먹기가 힘든 시절이었다. 굶주림 때문에 당시 도민들은 '공산주의 세상이 되면 모두가 평등하게 잘살게 된다.'라는 구세주 같은 말에 속아서 공산주의 운동을 지지하는 경향을 보이기도 하였다.

　해방이 되자 한정철의 고향 김녕리에서 양곡창고를 부수고 양곡을 탈취하는 사건이 일어난다. 그동안 굶주렸던 주민 100여 명이 지게를 짊어지고 양곡창고 앞에 모여들었다. '사람이 굶어 죽는데 해방이 되었으니 일본군의 군량미를 분배하라.'는 주장과 함께 주민들이 모여들어 아우성이었다. 갓 해방이 된 터여서 법과 질서가 마비된 상태라 막을 길이 없었다. 힘센 사람들이 보리 가마니 하나씩을 짊어지고 나가는 등 아수라장이 되었다.
　이때 어떤 주민의 밀고로 패잔병 일본군이 양곡 탈취 사건이 일어난 것을 알고 나서 총검을 들고 달려와 청장년 두 사람을 사살해 버린다. 그제야 사태가 진정되었다. 양곡창고에서 700여m 떨어진 톳 공장에 일본군 1개 소대가 주둔하고 있었다. 이들은 항복한 상태였지만 호신용으로 일부 군인은 합법적으로 여전히 총을 소지하고 있었다. 그들은 양곡창고가 아직도 일본군의 군량미라고 판단하고 있었다.
　그만큼 패잔병 일본 군인들은 전쟁물자의 하나인 군량미 보전에 신경을 많이 쓰고 있었다. 그런데 도민을 사살하면서까지 군량미를 지켰던 그들이 철수할 때는 그 군량미를 미군정에 반납해야 하는데 무기를 바다에 버리듯 군량미에다 휘발유를 뿌려 소각하고 만다. 그들은 무장 해제해야 한다니 무기는 물론이고 군량미까지도 무장이라고 판단했던 것일까.

　억울하게 죽은 두 사람의 장례를 치르면서도 김녕리 주민들은 일본군의 과잉 진압에 대하여 일절 항의가 없었다. 일제 36년간의 강점이 주민들의 저항 의지의 싹을 잘라버린 결과였다. 주민들이 '패잔병 주제에 어디 감히 조선 사람에게 총을 들이대어 사살할 수 있느냐?'라며 항의라도 해야 하는

데 조치한다는 것이 고작 만만한 주민 한 명을 일본군에게 밀고했다는 죄목을 씌워 다른 마을에 가서 살도록 쫓아낸 것이 전부였다.

승호가 "정철, 자네가 앞에서 미군정의 실책을 언급했는데 4 · 3 사건 발생일로부터 대한민국이 건국된 8월 15일까지 미군정이 약 4개월 12일 정도의 짧은 기간에 4 · 3 사건과 관련하여 결정적이고 치명적인 실책은 전혀 없었는가?"라고 물었다.

"4 · 3 사건 이후에는 미군정이 4 · 3 사건 관련해서 결정적인 실책은 없었지. 4 · 3 사건이 발발하자 인명피해를 줄이기 위하여 미군정이 김익렬 9연대장에게 토벌 작전 이전에 인민 유격대 사령관 김달삼과 평화 협상을 하라고 지시하기도 했었으니 말이야.

그리고 4 · 3 사건 전에도 인권 문제에 관심이 많아서 경찰에 의한 2건의 고문치사 사건 발생 시에 관련 경찰관을 재판에 넘기어 징역형을 살게 했어. 미군정의 짧은 기간 동안 무고한 4 · 3 희생자는 거의 없었어. 문제는 미군정이 끝난 8월 15일 이후부터 희생자가 발생하기 시작했네. 앞에서도 몇 번이나 언급했지만 소위 소개령이 내려진 10월 17일 이후부터야. 4 · 3 사건과 관련하여 무고한 수많은 희생자가 발생한 데에는 미군정과는 직접적인 상관이 없다고 생각이 되네. 그러나 실책 다섯 가지에 관한 한 도의적 책임은 있다고 보아야 하지 않겠어?"라고 정철이 대답하였다.

# 제주 도민, 미국에 두 배로 감사해야

"남로당 제주도당이 미군 철수를 주장하고 또 한때 학생 350여 명이 '양놈 과자 불매운동과 함께 미군 철수 시위까지 벌였었는데 미국의 은혜를 너무 모르고 한 일이 아닌가?"라고 승호가 물었다.

"맞아, 자네 말이 맞아."라고 정철이 화답했다.

승호가 "그런데 소련군은 북한 지역에 진주하면서 해방군이라고 입장을 밝혔지만 미군은 남한 지역에 진주하면서 점령군이라고 밝힌 것을 가지고 점령군 미군보다는 해방군 소련군이 더 환영을 받았다고 좌파들이 주장하는데 정철, 자네는 이것을 어떻게 생각해?"라고 물었다.

"한반도에 진주한 양군의 구호만 가지고 평가할 것이 아니고 실천한 내용을 가지고 평가해야 하는 것 아냐? 일본이 압록강에 건설한 동양 최대의 수풍수력발전소의 발전기를 일부 뜯어가고 병사들은 주민들에게 빼앗은 시계를 팔뚝에 여러 개 차고 다니는 등 우리를 약탈했던 소련군이 과연 해방군이라고 볼 수 있을까? 비록 점령군이라는 명목으로 진주했지만 미군은 영토 야욕이 없었을 뿐만 아니라 우리에게 약탈해간 것이 하나도 없으며 자유민주주의와 시장경제를 활착시켜 우리나라를 발전시키는 데 역점을 두었다네. 약탈을 일삼던 소련군이 고마운가 약탈하지 않고 오히려 우리를 도와준 미군이 더 고마운가?"라고 정철이 질문으로 답을 하였다.

정철은 이어서 "우리 제주 사람들은 다른 육지 사람들보다 두 배로 미국에 감사해도 모자랄 판인데 미군 철수 시위까지 벌였다는 것은 이해가 안 가네."라고 대꾸했다.

그러자 승호는 두 배로 감사해야 한다는 말이 이해가 안 돼서 "아니, 제주 사람들은 미국에 두 배로 감사해야 한다니 도대체 그게 무슨 말이야?"
라며 따지듯이 물었다.

"아, 그 말은 만일 미국이 원자폭탄 실험이 지연되었거나 실패하였더라면 미군은 제주도에 상륙 작전을 감행하였을 것이네. 그랬더라면 우리 제주 도민도 오키나와 주민처럼 많은 인명피해를 입었을 것이야. 아마 10만여 명이 희생되었을 것이네. 오키나와 전투에서 오키나와 주민의 9만여 명이 일본군의 옥쇄 전술로 희생되었었거든. 미국은 우리나라를 해방시켜 주었을 뿐만 아니라 원자폭탄을 일본에 투하하여 항복을 받아내어서, 결국 제주도를 표적으로 상륙 작전을 전개할 필요성을 없게 만들어 급기야 우리 제주 도민의 인명피해를 미리 막아주었다네. 그런 의미에서 우리 제주 도민은 우리나라 다른 지역 국민보다 미국에 두 배로 감사해야 한다는 뜻이야. 그래서 한 말이었어. 이제 이해가 되는가?"라고 정철이 그 이유를 설명하였다.

"그런 말은 처음 듣네. 정말 그렇겠군. 해방되는 해 1948년 3월에 갑자기 일본군 6.5만여 명이 제주도에 배치되었었다는 것은 알고 있었지만 말일세. 당시 도민들이 일본군이 산과 해안지역 일대에 동굴 등 진지를 구축하는 데 노력 동원되어 고생을 많이 했다는 말은 들어서 잘 알고 있었네만."이라고 승호가 놀란 눈으로 정철을 쳐다보며 말했다.

오키나와 전투는 1945년 4월 1일부터 81일간 미국과 일본 간의 최대의 혈투였다. 후시지마 중장이 이끄는 제32군 휘하에 3개 사단과 1개 혼성여단의 총병력 6만 7천여 명의 일본군이 옥쇄 전술로, 미군 버크너 중장이 지휘하는 미 10군 휘하의 미 육군 5개 사단과 미 해병 3개 사단의 총병력 19만여 명의 상륙 작전을 막으려 했으나 역부족으로 6월 21일 사령관 후

시지마 중장과 참모장 조 이사무 중장이 할복자살함으로써 미군의 승리로 끝난 혈투이다.

일본은 가미카제 특공대가 무모한 자살 공격으로 미국 전투함정에 돌진하여 전투함 20척을 격침하고 157척을 파괴하였다. 파괴된 전투함에는 2척의 항공모함도 포함되어 있었다. 그러나 항공모함은 격침되지는 않았다. 또한 미10군 사령관 버크너 중장은 일본군의 포탄에 맞아 현장에서 전사하고 만다.

한편 일본군은 이오지마(유황도) 전투에서 적의 상륙 직전에 격멸하는 소위 수변격멸(水邊擊滅; 해안 상륙 직전과 직후에 적 격멸 작전) 작전 개념에서 탈피하여 내륙 진지 지구전으로 작전 개념을 변경한 결과, 미군에게 막대한 인명피해를 입혔다. 일본군은 오키나와 전투에서도 내륙 진지 지구전을 감행하였다.

그러나 장비와 병력 면에서 수세에 몰린 일본군은 오키나와 주민은 물론 소년과 소녀까지 동원하여 옥쇄 전술로, 즉 총알받이로 이용하여 오키나와 주민의 1/3인 9만여 명을 희생시켰다.

오키나와 전투 이전부터 태평양상의 일본 섬 이오지마(유황도)가 미군에게 함락되자 일본은 일본의 본토를 사수하기 위한 본토 방어 작전 계획을 수립한다. 북쪽의 홋카이도 방어를 위한 '결1호' 작전과 남쪽 규수를 방어하기 위한 '결6호' 작전 그리고 제주도를 방어하기 위하여 '결7호' 작전계획을 수립한다.

일본 대본영은 '결7호' 방어 작전 계획에 의해 1945년 3월 제주도에 제96사단이 최초로 배치된 후 연이어서 5월에 제111사단과 제121 사단 그리로 제108 혼성여단 등 일본군 6.5만여 명을 제주도에 긴급 배치하여 제주도를 요새화하기 시작했다.

특히 상륙 가능한 지역 해안가에는 인간 자살 어뢰정을 위한 동굴 진지를 구축하는 데 혈안이 되어 있었다. 제주도의 '결7호' 작전은 제58군 사령관 도야마 중장이 지휘하였다.

한편 일본 대본영은 '결7호' 작전을 위하여 제주도 주민 중 부녀자와 어린이 그리고 노약자 5만여 명을 육지로 소개한다는 계획을 수립하고 1차로 500명을 목표로 수송하는 중에 황화환(晃和丸: 고와마루) 여객선이 1945년 5월 7일 미군 전투기에 의해 폭침되자 소개 계획을 취소한다. 그러자 대신에 육지로 5만 명을 소개하려던 계획을 산간으로 대피시키기로 계획을 세운다.

또한 일본군 전투기 4대가 1945년 6월 7일 사라봉 일대에서 미군기에 의해 격추된다. 이것 말고도 미군의 전투기와 잠수함에 의한 일본군의 피해가 속출하였다. 미군은 일본군이 제주도에 배치되자 신경을 곤두세워 제주에 배치된 일본군의 일거수일투족을 철저히 감시하고 있었다. 이는 당시 유사시에 미군이 제주도에 상륙 작전을 염두에 두었던 징조로 판단하고 있었다는 것이 중론이다. 당시는 이렇게 제주도에도 일촉즉발의 전운이 감돌기 시작하고 있었다.

1945년 6월 21일 오키나와를 점령한 미국은 일본 본토에 상륙하기 위하여 마지막 관문인 제주도를 확보해야 했다. 그런데 미국은 이오지마(유황도) 전투와 오키나와 전투에서 일본군과 싸우면서 승리는 하였지만, 일본군의 내륙 진지 지구전과 옥쇄 전술 그리고 가미카제 자살특공대로 말미암아 상상외로 막대한 인명 손실을 보았다.

미국은 일본 본토에 상륙 작전을 감행하여 일본의 항복을 받아내는데 약

100만 명의 희생자가 발생할 것으로 판단하고 있었다. 그래서 그런 막대한 인명피해를 막기 위하여 희생이 막심한 상륙 작전을 감행하는 데 의문을 제기하기 시작했지만 다른 방도가 없었다. 미국은 인명 손실을 줄이면서 전쟁에 승리할 방안은 원자탄 개발과 투하밖에 없다는 결론에 도달한다.

이리하여 트루먼 대통령은 루스벨트 대통령 때부터 개발 중인 핵무기 개발계획, 즉 '맨해튼 프로젝트'를 독촉하기에 이른다. 드디어 1945년 7월 16일 뉴멕시코주에서 핵실험에 성공한다.

결과적으로 이오지마(유황도) 전투에 이어 오키나와 전투까지 합쳐서 일본군으로부터 막대한 인명피해를 입은 미국은 상륙 작전으로 인한 인명 손실을 더 이상 감내할 수 없다고 판단하여, 당시 미 대통령 해리 트루먼과 미군 상층부는 '맨해튼 프로젝트'의 성공으로 만든 '리틀보이와 팻맨 원자폭탄'을 일본 본토에 투하하기로 하였다.

그리하여 드디어 8월 6일 히로시마에 원자폭탄 리틀 보이 1발을 B-29 폭격기가 투하하자 570m 상공에서 터졌다. 히로시마에서 14만 명이 죽었다. 이 중에는 수많은 조선인이 포함되어 있었다.

그러나 일본이 즉각 항복하지 않자 3일 후인 8월 9일 나가사키에 팻맨이라고 불리는 원자폭탄 1발을 B-29 폭격기가 투하하였다. 500m 상공에서 폭발했다. 여기에서 7만여 명이 희생되었다. 두 발의 원자폭탄 세례를 받은 일본은 경기를 일으킨다. 드디어 일본 천황은 1945년 8월 15일 무조건 항복을 선언하였다.

이리하여 하느님이 보우하사 예상되었던 미군의 제주도 상륙 작전으로 인한 제주 도민의 인명피해를 막을 수 있었고 드디어 대한민국은 해방되었다. 그래서 제주 도민은 두 배의 축복을 받은 것이다. 미국을 공격하고 세계의 평화에 도전한 일본이 미국에 의해 핵무기로 철퇴를 맞은 것이다. 마찬가지로 4·3 사건을 일으켜 경찰지서를 공격하고 대한민국의 건국에 도전한 4·3 무장 반란의 공산도배 무장대가 대한민국의 군경에 의해 철퇴를 맞았다.

*

좌파는 4·3 사건을 민중 항쟁으로 평가하고 있다. 이제부터 4·3 사건의 성격이 폭동인가 항쟁인가 등 4·3 사건의 실체적 진실이 무엇인지 고찰해 볼 필요가 있다.

# 4 · 3 사건의 실체적 진실

## 4 · 3 사건의 성격, 폭동인가 항쟁인가?

승호가 "정철, 요즘 4 · 3 사건과 관련하여 진실이 많이 드러나고 있는데 그 성격이 폭동인가 항쟁인가?"라고 물었다.

"제주 4 · 3 사건 진상 정부 보고서를 쓰면서 대두된 문제인데 폭동이냐 항쟁이냐를 놓고 좌파와 우파의 집필진 간에 심한 논쟁이 있었으나 결론을 내리지 못하고 4 · 3 사건의 성격은 후대와 역사에 맡기기로 한 상태인데 지금 좌파는 끈질기게 항쟁이라고 주장하고 있다네."라고 정철이 피력했다.

정철은 이어서 "우리가 항쟁이라 함은 정의(正義)라는 옳고 긍정적인 의미를 내포하고 있는 어휘거든. 항쟁이라고 하면, 구국 투쟁이거나 애국 투쟁 또는 민주화 투쟁 등 대한민국을 위한 투쟁을 말하는 것인데, 4 · 3 사건은 대한민국의 건국을 반대한 투쟁이었기 때문에 구국 투쟁인 항쟁이라고 볼 수 없지 않은가? 한마디로 4 · 3 사건은 반역 사건인데 좌파는 이를 미화하여 항쟁이라고 주장하고 있어."라고 정철이 4 · 3 사건을 항쟁으로 볼 수 없다고 설명했다.

항쟁(抗爭)이란 맨주먹 비무장으로 항거(抗拒)할 때 우리는 이를 항쟁이라 한다. 공권력이 아무리 탄압을 하더라도 먼저 총을 들고 합법적인 공권력에 대항하는 것은 항쟁으로 볼 수 없다. 4.19혁명, 부마항쟁, 6.10항쟁은 그들이 총을 들지 않았기 때문에 우리는 혁명 또는 항쟁이라고 부르고 있다. 항쟁이냐 폭동(暴動)이냐의 기준은 누가 먼저 총을 들었느냐의 여부이다. 우리는 먼저 총을 든 쪽을 항쟁이라고 부르지 않는다. 4.3사건은 고문치사 사건 등 정치적 탄압 때문에, 그게 계기가 되어, 단선(單選)·단정(單政)을 반대할 목적으로 공산 무장대가 먼저 총을 들고 경찰 지서를 습격한 사건이다. 이유야 어떻든 합법적인 공권력에 항거하여 무장대가 먼저 총을 들었기 때문에 항쟁이라고 볼 수 없다. 따라서 4.3사건은 공산 폭동이고 반란(叛亂)이라고 볼 수밖에 없다.

이번에는 승호가 "김대중 대통령이 4·3 사건은 '공산주의자들이 폭동을 일으킨 것'이라고 외국 언론 기자에게 말했다던데 그게 사실인가? 그 근거가 확실히 있는가?"라고 물었다.

그러자 정철은 "그래, 좌파의 우상인 김대중 대통령이 그렇게 언급한 것은 사실이야. 1998년 11월 23일 김대중 대통령이 미국 CNN 방송과의 인터뷰에서 CNN 기자가 '한국과 미국 정부는 1948년 4·3사태에 대한 진상을 서로 언제 공개할 방침입니까?'라고 질문했어. 그러자 김대중 대통령은 '원래 시작은 공산주의자들이 폭동을 일으킨 것이지만 많은 무고한 사람들이 공산주의자로 몰려서 억울하게 죽임을 당했습니다. 이 문제는 세월이 많이 지났지만, 그들의 명예를 회복시키고 해서 유가족을 위로해 주어야합니다.'라고 4·3 사건의 성격에 대하여 명확하게 언급했지."라고 정철이 힘주어 말했다.

정철은 이어서 "이 녹취록은 지금 '김대중 사이버 기념관'에 보존되어 있다네. 그리고 CNN 방송 인터뷰를 한 이튿날 1998년 11월 24일 제주도 일간 신문 '한라일보'에도 제주도 민간 안보 단체의 이름으로 성명서를 게재했는데 '김대중 대통령의 4·3 성격 발표를 지지한다.' 그리고 부제로 '4·3 공산당 폭동으로 발생, 양심 희생자 누명 벗겨줘야'라는 내용이야. 이 정도면 신빙성이 있는 사실 아닌가?"라고 정철이 김대중 대통령의 기자회견 내용이 사실이고 진실이라는 것을 강조하였다.

"그렇다면 김대중 대통령이 4·3 사건의 성격을 '공산주의자들이 폭동을 일으킨 것'이라는 것을 미국 CNN 방송을 통하여 세계 만방에 선포한 것이네?"라고 승호가 물었다.

"그렇고말고. 김대중 대통령이 제주 4·3 사건은 '공산주의자들이 폭동을 일으킨 것'이라는 것을 결정적으로 언급하였네. 여기에는 재론의 여지가 없다네. 게다가 그것도 세계 유수의 방송인 미국 CNN이 보도했기 때문에 세계인이 다 알고 있어서 이제는 주워 담을 수도 없네. 그리고 또 김대중 대통령이 거짓말을 한 것도 아니고, 있는 사실을 있는 그대로 솔직히 그리고 정직하게 언급한 것이네. 그리고 그에 못지 않게 수많은 양민이 공산주의자로 몰리어 억울하게 희생되었다는 것을 강조하였어."라고 정철이 대답했다.

4·3 사건의 성격은 두 개의 특징을 한 짝(세트)으로 규정할 수 있는데 그 하나가 '공산주의자들의 무장 폭동'이고, 다른 하나는 군경의 강경 진압으로 무고한 희생자가 많이 발생한 참사이다. 4·3 사건의 성격을 이상의 어느 하나의 특징만 언급하여 규정해서는 안 된다. 두 개의 특징을 동시에 한 세트(짝)로 언급하여 규정해야 한다. 이는 동전의 양면과 같아서 어느 한쪽의 특징만으로는 설명할 수 없다. 한 문장으로 축약하면 '4·3 사건은

공산 폭동으로서 군경의 강경 진압으로 무고한 희생자가 과다 발생한 참사이다.'라고 규정할 수 있다.

그러나 불행하게도 이승만 정부와 군사 정권 시절에는 '무고한 희생자가 과다 발생한 참사'라는 표현은 금기시되었고, 4·3 사건은 '공산 폭동'이라고만 일방적으로 일컬어져 왔다. 그런데 2000년 4·3 사건 특별법 제정 이후에는 반대로 좌파에서 '공산 폭동'이라는 표현을 금기시하는 방향으로 여론을 호도하면서 '무고한 희생자가 과다 발생한 참사'라고만 일방적으로 적극적으로 부각하며 4·3 사건을 민중 항쟁이라고 주장하고 있다.

이렇게 역사를 사람에 따라 시대에 따라 호불호로 왜곡 평가해서는 안 된다. 역사는 있는 사실을 있는 그대로 진실하게 공명정대하게 기록해야 한다.

제주 4·3 사건의 동기와 목표 등 그 배경과 전모를 살펴보자면 공산주의자들이 4·3 무장 폭동을 일으킨 동기는 3·1 투쟁과 3·10 총파업 투쟁 후에 경찰과 서청에 의한 무도한 탄압 때문이라고 김달삼은 주장하고 있으며, 그들의 목표는 단선(單選)·단정(單政) 반대였다. 즉 그들은 5·10 제헌 선거를 반대하고 8월 15일 대한민국 정부 수립을 반대하였다. 그들의 염원은 통일국가 건설이었으며 그들의 통일국가는 공산화 통일국가였다.

이는 반역으로서 합법적 공권력인 미군정과 대한민국 정부는 진압하지 않을 수 없었다. 그런데 군경의 강경 진압으로 무고한 희생자가 대량 발생하는 참사로 변질되어 버렸다. 일어나서는 안 될 정말 안타까운 일이었다. 이것이 4·3 사건의 실체이며 전모라고 볼 수 있다. 그런데 4·3 사건이 군경의 강경 진압으로 무고한 희생자가 많이 발생한 참사라는 이유 하나만을 가지고 공산 폭동이 민중 항쟁으로 둔갑하여서는 안 된다. 4·3 사건의 성격을 한마디로 축약하면 "4·3 사건은 '공산 폭동·양민 학살' 사건이다." 여기에 더 이상 보태지도 말고 빼지도 말아야 한다. 4 · 3 평화공원 백비에도 4 · 3 정명으로 "4 · 3 공산 폭동 · 양민 학살"이라고 새겨놓자. 그래서 공산주의 무장대와 군경 토벌대가 서로 참회하도록 하자.

여기에서 군경 토벌군만이 양민을 학살하였는가? 공산 무장대도 양민을 학살하였다. 그 좋은 실례이며 증거로서 1948년 11월 28일 새벽 6시경 무장대 약 200명과 비무장 폭도 500명이 남원면 내의 남원리와 위미리 그리고 태흥리를 습격했다. 가옥 250채가 방화로 소실되었으며 양민 총 89명이 살해되고 주민 70명과 경찰 3명이 부상했다. 무장대가 무고한 양민을 무려 89명이나 학살하였다. 학살 규모로 볼 때 북촌리 너븐숭이 학살 270여 명 다음으로 두 번째이며 세 번째가 동복리 굴왓 학살 86명이다. 무장대가 구좌면 세화리에서는 1948년 12월 3일 마을 방화와 함께 48명을 학살하였고 표선면 성읍리에서는 1949년 1월 13일 마을 방화와 함께 양민 46명을 학살하였다.

이렇게 양민을 학살해 놓고도 좌파는 4.3사건을 항쟁이라고 주장할 수 있는가? 북한은 4.3사건이 공산 폭동이었으니까 인민항쟁으로 호칭할 수 있지만 자유 민주주의 대한민국에서는 이를 항쟁으로 호칭할 수 없지 않은가?

김대중 대통령은 박정희 대통령과 더불어 대한민국에서 공산주의에 관한 한 정통하고 권위 있는 대가(大家)라고 볼 수 있다. 그들은 4 · 3 사건을 직접 겪은 세대이다. 또한 그들은 색깔론에 혹독하리만치 시달렸던 사람들이다. 공산주의에 관한 한 대가인 김대중 대통령이 이러한 4 · 3 사건의 성격에 대하여 규정한 것에 누가 감히 토를 달 수 있겠는가.

만일 4 · 3 사건이 '항쟁'이라면 긍정적이고 정의롭다는 뜻인데 희생자가 무려 15,000여 명(좌파 가짜 주장 2.5만~3만 명)이나 발생한 비극이 앞으로

도 계속 일어나도 괜찮다는 말인가. 아니 환영하고 권장한다는 뜻인가. 또 우리가 지금 자유와 풍요를 만끽하고 있는데 김일성의 3대 세습 체제의 치하에서 북한 동포들처럼 기아에 허덕이며 자유가 없는 노예처럼 살아가기를 바란다는 것인가.

또 항쟁의 하나의 다른 요건은 비폭력 · 비무장이라야 한다. 1960년 4 · 19 혁명, 1979년 부마 항쟁, 1987년 6 · 10 항쟁이 비무장 · 비폭력으로서 그 좋은 예이다. 피를 흘리지 않은 비무장 · 비폭력 시위였을지라도 그들의 6 · 10 항쟁의 뜻 '대통령 직선제'가 관철되었다. 왜냐하면 그들의 뜻이 정의롭고 고결하고 숭고했기 때문이다.


한편, 4 · 3 사건의 성격과 관련하여 2001년 헌법재판소에서 재판관 전원일치로 "제주 4 · 3 사건은 대한민국의 건국을 방해하고 5 · 10 총선거를 방해할 목적으로 조선민주주의인민공화국 건설을 지지하는 공산 무장세력이 주도한 반란 사건이다."라고 2001년에 판결을 한 바 있다.

이것은 2000년의 4 · 3 특별위원회에서는 그 성격을 명시하지 못하고 후세와 역사에 맡긴다는 상황에서 헌법재판소가 뒤늦게 내린 결론이다.

윤석열 대통령은 다수당에 의한 국회 입법 독재를 막기 위해 2024년 12.3 비상계엄을 선포하였으나 위헌이라는 국회의 불승인으로 비상계엄은 해제되었으며 급기야는 내란의 수괴로 낙인 찍혀 탄핵소추 당하였다. 그리고 군대가 국회의사당에 투입되었으나 폭동없는 무혈 비상계엄이었다. 그런데 무혈 비상계엄도 내란이라는 마당에 단선(單選) · 단정(單政)의 반대를 목표로 일으킨 유혈 폭동의 4.3사건을 반란 · 내란이 아니고 항쟁이라고 좌파가 주장하는 것이 이치에 맞는 것인지 되묻지 않을 수 없다.

# 유족, "희생자, 공산화 그런 꿈을 꾼 적이 없다"고 항의해야

그런데 갑자기 승호가 정철을 쳐다보며 "그런데 말이지 문재인 대통령은 4·3 사건 제73주년(2021. 4. 3)의 추념사에서 4·3 사건에 대하여 '완전한 독립을 꿈꾸며 분단을 반대했다는 이유로 국가 권력은 폭동, 반란의 이름으로 무자비하게 탄압했다.'고 공산 무장대의 관점에서 일방적인 선언을 했어. 심지어 그보다 1년 전 제72주년에는 '먼저 꿈을 꾸었다는 이유로 제주는 처참한 죽음과 마주했고 지난날 제주가 겪었던 꿈이 지금 우리의 꿈입니다.'라고 역사 편향성을 보여서 일반 국민이 적이 놀란 적이 있었지. 그런데 자네 정철은 어떻게 생각하는가? 조금은 일리가 있는 것도 같아서 하는 말이네."라고 물었다.

정철은 "일리는 무슨 일리? 여기에서 문재인 대통령이 언급한 '꿈'은 무엇을 말하는 것인가? 아직 이루지 못해 안타까워하는 상황을 말하는 것이 아닌가? 우리가 4·3 사건 희생자를 추모하는 것은 무고한 양민들이 소위 빨갱이로 몰려서 희생된 것에 대한 애도이고 추모이지, 4·3 사건이라는 무장 반란을 일으킨 제1대 인민 유격대 사령관 김달삼과 제2대 사령관 이덕구 등 남로당 무장대 핵심 주모자들이나 살인 방화와 부녀자 강간 등을 일삼던 공산도배 무장대들의 공산화 꿈을 이루기 위한 4·3 사건 그 자체를 추모하는 것이 아니지 않은가?.

그런데 문 대통령은 마치 그것을 추모하는 것 같은 추모사를 하였기 때문에 하는 말이야."라고 정철은 논박하였다.

희생자들은 공산주의자들의 감언이설에 속았을 뿐이다. 그들은 빨갱이가 아니었다. 당시 해방 공간에서 일반 국민은 공산주의가 무엇인지도 제대로 알지 못했었다. 그러나 그들은 문재인 대통령이 말한 '그런 꿈', 즉 공산화 통일의 꿈을 꾸었던 사람들이 아니다. 그런데 왜 문 대통령은 그런 꿈을 꾸지도 않았던 순수하고 무고한 희생자들에게 그런 꿈을 꾸었었다고 애먼 '빨갱이'라는 누명을 뒤집어씌우려 하는가.

여기에서 승호가 한마디 더 보탰다. "문 대통령의 추모사를 언뜻 들으면 희생자 유가족을 위로하고 자부심을 느끼도록 하려고 한 것 같은데, 자세히 뜯어서 음미해보면 그 반대야. 문 대통령은 억울하게 빨갱이로 몰려 죽은 양민 희생자를 추모하는 것이 아니고 공산화 통일을 꿈꾸며 4 · 3 사건을 일으키고 죽은 공산도배 무장대를 추모하는 말을 한 것이네. 희생자 유족은 빨갱이라는 불명예를 벗겨주리라고 믿었는데 오히려 양민 희생자를 공산화 통일을 먼저 꿈꾼 사람이라며 애먼 사람을 빨갱이로 치부하는 발언을 하였어."

"승호, 자네야말로 핵심을 잘 꿰뚫어 보았네. 그런데 대부분의 희생자 유족들은 문 대통령의 말이 자기들을 위로해 주는 말로 잘못 알고 있어. 엄한 희생자인 자신들을 빨갱이로 몰아가고 있는데도 말이야. 이제는 무고한 희생자 유족들이 '무고한 희생자를 빨갱이로 몰지 말라. 무고한 희생자는 결코 빨갱이가 아니다. 우리 희생자 유족들은 빨갱이 후손이 아니다.'라고 문재인 대통령에게 강력하게 항의할 차례야."라고 강한 어투로 말했다.

만일 우리가 당시 4 · 3 사건을 진압하지 못하고 공산화 통일이 되었더라면 지금 우리나라는 아시아의 후진국으로 전락하여 우리의 딸과 손녀들이 지금과는 정반대로 베트남이나 필리핀으로 신부로 팔려 가는 신세를 면하기 어려웠을 것이다.

그리고 또 만일 제주 4 · 3 사건을 진압하지 못했더라면 바로 2년 후 1950

년에 6·25 전쟁을 일으킨 김일성이 한반도를 공산화 통일하는 데 성공하여 우리는 지금 김일성의 손자 김정은의 치하에서 노예가 되었을 것이다. 문재인 대통령은 정녕 그렇게 되기를 바라고 있는 것인가. 문재인 남쪽 대통령의 머릿속에는 무슨 사상이 들어 있는가.

한정철은 비록 경선에서 탈락했지만 2016년 20대 총선에 출마했었다. 국회의원 후보 출마 기자회견 때에 어떤 기자가 "4·3 사건에 대한 견해를 말해 주십시오."라고 질문을 하는 것이었다. 제주도는 약 7만~8만 명이나 되는 4·3 사건 유족의 표가 결정적인 역할을 하므로 한정철처럼 자유 우파 후보에게는 매우 불리한 형국이다. 그래서 지금까지 약 20년 동안 자유 우파의 국회의원은 한 사람도 당선된 적이 없고 4·3 사건을 우호적으로 보는 좌파 국회의원 3명이 내리 당선되어왔다.

그러나 한정철은 "4·3 사건은 제주의 비극입니다. 진압 과정에서 과잉 토벌로 인하여 무고한 희생자가 많았던 사건입니다. 다시는 이러한 비극이 일어나지 않도록 우리 모두 노력해야 합니다. 그렇지만 비극이라고 해서 4·3 사건을 미화해서는 절대 아니 됩니다."라고 선거 표와 관계없이 그의 소신을 군 장성 출신답게 피력하였다. 4·3 사건을 무장봉기라든지 더 나아가 무장 항쟁이라는 주장을 정면으로 반박하였다. 그에 대한 기자의 질문은 더 이상 없었다.

한정철이 국회의원 선거에 출마한 것은 제2연평해전의 진실을 파헤치고 그 진실을 규명하기 위함이었다. 한정철은 제5679부대(777사령부) 대북 감청 정보 사령관으로서 김대중 정부 시절인 2002년 10월 4일 국회의 국방부 국정감사장에서 '제2연평해전과 관련한 북한군의 도발 정보가 있었느냐.'는 국회의원의 질문에 '결정적인 도발 정보가 두 건이 있었으나 국방부가 이를 깔아뭉개어 의도적으로 해군에 하달하지 않아 우리 해군이 당했다.'라고 증언하였다.

10여 년이 지나서 발표된 것이지만 그 두 건의 도발정보는 "해안포 사격 준비 중이니 방심하지 말 것"과 "발포 명령만 내리면 바로 발포하겠음"이었다.

그러자 2002년 대통령 선거를 코앞에 둔 상태에서 당시 좌파 여당 민주당 국회의원들이 들고일어나 정보 사령관 한정철 장군이 거짓말을 하고 있다며 중징계를 내려 강제 전역시킨다. 그러나 2005년 1월 행정소송을 통해 승소함으로써 명예는 되찾았으나 제2연평해전의 진실은 아직도 어둠 속에 파묻혀 있다.

제2연평해전이란 2002년 한 · 일 월드컵 축구 경기 3, 4위전이 우리나라와 터키 간에 벌어지던 날인 6월 29일 오전에 연평도 서쪽 NLL 선상에서 벌어진 남북 간의 해상전투이다. NLL을 무단 침범한 북한의 경비정이 우리 해군의 고속정 참수리호(357호, 150톤)에 선제 기습사격을 가해 일어난 해전이다.

이러한 제2연평해전으로 우리 해군 장병 6명이 전사하고 18명이 다쳤으며 해군 함정인 고속정 1척이 침몰한 대참사였다. 김대중 정부의 국방부가 북한군의 도발 정보를 고의로 깔아뭉개어 해군에 하달하지 않고 우리의 꽃다운 젊은이들을 북한에 제물로 바치는 형국이 되어 버린 사건이다.

우리 영웅들의 영결식에는 국방부 장관 등 고위직에 있는 사람은 한 사람도 참석하지 않았으며, 김대중 대통령은 월드컵 폐막식에 참석차 일본으로 가던 길의 길목에 있는 국군통합병원 장례식장에 들러 조문도 하지 않고 성남 비행장을 떠났다. 그러나 전두환 대통령과 손학규 경기도 지사가 참석하여 우리 영웅들의 명복을 빌어준 것이 영웅들에게는 큰 위로가 되었다.

당시 정보 전문가들은 '김대중 정부가 북한 김정일에게 3년 전에 대패한 제1연평해전을 보복할 수 있도록 기회를 만들어 주었을 가능성도 배제할 수 없다.'라는 의구심을 갖기도 했었다.

한편 제2연평해전은 2015년에 '연평해전'이라는 영화로 제작되어 관객 600만 명을 동원하는 기록을 세우기도 하였다.

# 3 · 1 행사 기점으로 자주적 민중 항쟁이라고?

좌파에서는 4 · 3 사건을 3 · 1절 경찰 발포 사건에 분노한 제주 도민이 일으킨 투쟁이기 때문에 민중 항쟁이라고 주장하고 있다. 그들은 더 나아가 제주 남로당 무장대가 남로당 중앙당의 지령을 받고 4 · 3 사건을 일으킨 것이 아니고 자주적이고 독립적으로 일으킨 투쟁이기 때문에 더욱더 민중 항쟁이라고 억지를 부리고 있다.

김달삼은 그의 극비(極祕) 문서인 '제주도 인민 유격대 투쟁 보고서' 1쪽에 4 · 3 사건의 동기, 즉 인민 유격대를 조직하게 된 동기를 다음과 같이 밝히고 있다.

"제주도에 있어서 반동 경찰을 위시한 서청과 대청의 작년 3·1 및 3·10 투쟁 후의 잔인무도한 탄압으로 인한 인민의 무조건 대량 검거, 구타, 고문 등이 금년 1월의 신촌 사건을 전후하여 고문치사 사건의 연발(조천지서에서 김용철 동무, 모슬포지서에서 양은하 동무)로서 인민 토벌 학살 정책으로 발전, 정치적으로 강화되자, 단선·단정 반대, UN 조위(한국 임시 위원단) 격퇴 투쟁과 연결하여 인민의 피 흘리는 투쟁을 징조(徵兆)하게 되었다."

이처럼 '제주도 인민 유격대 투쟁 보고서'에는 4 · 3 사건의 동기가 '3 · 1절 경찰 발포'라는 언급은 일절 없을 뿐만 아니라 그 4 · 3 사건의 동기의 시점이 '작년 3 · 1 및 3 · 10 투쟁 후(後)'라고 명기하고 있다. 좌파는 4 · 3 사건의 기점을 3 · 1절로 주장하고 있으나 4 · 3 무장 폭동의 주모자 김달삼은 그의 '제주도 인민 유격대 투쟁 보고서'에 4 · 3 사건의 동기는 경찰을 위시한 서청과 대청의 3 · 1 및 3 · 10 투쟁 '후(後)'의 '잔인무도한 탄압'이 강화되자 이에 분개하여 단선 · 단정을 반대하는 4 · 3 사건 투쟁을 전개하게 되었다고 주장하고 있다.

한 마디로 3·1 및 3·10 투쟁 '후(後)'의 일, 즉 탄압 저항과 단선·단정 반대로 인해 4·3 사건을 일으킨 것이지 3·1절과 3·10 투쟁과는 직접적인 아무런 관련이 없다는 것이다. 4·3 무장 폭동을 주도한 인민 유격대 사령관 김달삼 장본인이 4·3 사건은 3·1 및 3·10 파업 투쟁 등 그 자체와는 아무 관련이 없다고 말하는데 왜 당시 그 자리에도 없던 제삼자가 3·1절 경찰 발포 사건이 4·3 사건의 기점이라고 주장하는가. 이는 자다가 봉창 두드리는 격이다.

또한 당시 3·1절 행사는 좌익들이 주도한 불순한 의도를 가진 시위형식의 투쟁 행사였다. 그래서 무장대 측은 3·1절 '행사'를 3·1 '투쟁'으로 명명하고 있다. 경찰과 서청 그리고 대청의 잔인무도한 탄압에 대한 투쟁이 4·3 사건 발발의 기폭제이거나 동기가 되었을망정 그것이 4·3 사건의 목표는 아니었다. 그들의 4·3 사건의 목표는 단선·단정 반대였다.

이에 승호가 "그런데 좌파가 굳이 4·3 사건 발발의 기점을 경찰 발포 사건이 발생한 1947년 3월 1일이라고 끈질기게 주장하는 이유가 무엇이라고 생각하는가?"라고 정철에게 물었다.

"경찰의 무도한 발포 사건에 분개하여 일으킨 4·3 사건이기 때문에 이는 무장 반란이 아니고 4·3 민중 항쟁으로 호도하기 위한 그들의 술책에 불과하다고 생각하네. 4·3 사건의 원인과 동기가 '3·1절 경찰 발포'라고 하는 것은 좌파의 아전인수 논리이고, 폭동을 민중 항쟁으로 호도하기 위한 꼼수에 불과해. 어떠한 정치 사회적 사건에 대한 분노는 한두 달 내에 폭발하지, 1년 이상 걸리지 않는다는 것이 정치사회 학계의 통설이야."라고 정철이 대답했다.

"그런 학설을 증명할 수 있는 사건들이 있었어? 예를 들면?"

"있고말고. 비근한 예로 4·19 혁명 그리고 6·10 민주화 운동 등이 그 좋은 예라고 볼 수 있지. 1960년 4월 11일 김주열 학생의 시신이 마산 앞바다에 떠오르자 이에 분노한 학생들이 4·19 혁명을 일으켰어. 그리고 또 1987년 5월 18일 천주교 정의구현사제단이 박종철 고문치사 사건과 관련하여 추가 내용을 발표하자 이 사건과 관련된 일련의 추모 집회와 규탄대회가 '6·10 민주항쟁'으로 발전되어 대통령 직선제를 실시하게 되었다네.

이렇듯 분노는 약 한 달 내외에 표출되는 거야. 그래서 '3·1절 경찰 발포 사건'에 대한 분노는 벌써 3·10 총파업으로 폭발하여 이미 나타났어. 다시 말해서 '3·1절 경찰 발포 사건'에 대한 분노는 3·10 총파업으로 일단락되었다는 거지. 그러므로 '3·1절 경찰 발포 사건'에 대한 분노가 1년 1개월 후인 1948년 4월 3일에 폭발하였다는 것은 어불성설이야."라고 정철이 설명하였다.

본래 1998년 제주 4·3 사건 특별법을 만들 때 보수 우파 국회의원인 변정일 의원 등 제주 출신 국회의원 3명이 4·3 사건의 기점을 4·3 사건이니까 1948년 4월 3일로 잡았으나 제주 좌파들은 1947년 3월 1일을 주장하였다. 3명의 국회의원이 4월 3일을 고집하자 제주 좌파 대표들이 특별법을 직접 작성하는 국회의원을 향하여 "당신 제주 출신 국회의원 맞아요? 왜 4·3 사건의 기점을 3월 1일로 정하는 것을 반대합니까? 다른 지역 출신이라면 모를까요."라며 고성을 지르며 항의하였다.

그러자 3명의 국회의원이 다시 모여 이 문제를 상의하였다. 어느 한 의원이 "저들이 3월 1일을 가지고 저렇게 죽기 살기로 대드는데 저들의 제안을 받아들이는 게 어떻겠소? 지금까지 우리 셋이서 제주의 아픔을 달래기 위하여 노력해 왔는데 여기에서 무산되면 그동안의 우리 수고가 헛수고가 되고 물거품이 되는 게 아깝지 않소? 우리 보수 우파의 손으로 4·3 사건의 아픔을 치유해야 하오. 4·3 사건의 기점을 1948년 4월 3일로 하나 1947년

3월 1일로 하나 그게 뭐 대수겠소?"라고 타협안을 내놓았다.

그런데 변정일, 현경대, 고 양정규 의원 등 3명이 순진해서 저들의 속내, 즉 저들이 감추고 있는 의도를 모르고 순수한 의도로 받아들인 것이 문제였다.

저들은 애초부터 4 · 3 사건을 민중 항쟁으로 몰고 갔었다. 어떤 사적 모임에서 제주도 도청 고위공직 출신자 옆에 평소 서로 친하게 지내는 좌파 핵심 인물이 앉아서 이런 얘기 저런 얘기를 나누다가 4 · 3 사건 문제가 나오자 그 좌파 인물이 스스럼없이 "4 · 3 기점이 문제인데 4월 3일로 하면 민중 항쟁이 안 되고 3월 1일로 해야 민중 항쟁이라고 우리가 주장할 수 있습니다. 이 문제는 우리의 명운이 걸려 있는 문제입니다."라고 그의 속내를 털어놓은 적이 있다.

좌파들이 4 · 3 사건을 민중 항쟁이라고 주장하는 이유 중 하나가 4 · 3 사건이 '3 · 1절 경찰 발포 사건' 때문이라는 것이다. 그러나 앞에서도 이미 언급했지만, 김달삼은 4 · 3 사건의 동기를 "3 · 1 및 3 · 10 투쟁 '후(後)'의 '잔인무도한 탄압'으로~"라며 '3 · 1 및 3 · 10 투쟁과는 직접적인 관계가 없고 그 '후(後)'에 가해진 탄압 때문이라고 '제주도 인민 유격대 투쟁 보고서'에 적시했다.

이는 3월 1일 경찰의 발포 사건이 그 동기가 아니라는 것을 4 · 3 사건의 주모자 김달삼이 자기 자신의 입으로 천명한 것이다.

## 이념 갈등은 잘못된 시대의 산물

한정철의 고등학교 때 친구인 함덕 출신 재일교포 김방산은 19살에 일본으로 건너갔다. 그는 4·3 사건 연좌제 때문에 한을 품고 살아온 사람이다. 본래 한정철처럼 육군사관학교에 진학하려고 했으나 연좌제 문제로 좌절되자 일본으로 밀항했다.

그의 아버지가 공산 남로당 무장대(인민 유격대)가 되어 한라산에 올라가 있었는데, 그의 할머니 제사 때에 잠시 집에 내려왔다가 군인에게 붙잡혔다. 먼동이 트기 전에 이불 속에서 그의 아버지가 이상한 꿈을 꾸고서 그의 어머니에게 이제 막 꿈꾼 이야기를 하였다.

"여보, 나 이상한 꿈을 꾸었어요. 돌아가신 아버지가 나타나 '풍랑도 없고 물때도 맞고 바다가 잔잔하니 얼른 바다로 나가라.'고 채근하셨어요. 돌아가신 아버지가 꿈에 나타나는 일은 그동안 없었어요. 꿈이 아주 이상하지 않소?"라며 해몽이라도 해보라는 뜻으로 말을 했다.

김방산의 어머니는 꿈 이야기를 듣자마자 불길한 예감이 들었으나 불길하다고 방정맞게 말하는 것은 오랜만에 만난 남편에게 예의가 아닌 것 같아서 "그런 꿈을 꾸셨나요? 아버지가 저승에서도 아들인 당신 걱정을 많이 하시는 것 같군요."라고 속 마음과는 달리 입으로는 별 내용이 아닌 것 같이 말했다.

방산의 아버지는 무장대가 되기 전에는 발동선인 어선을 타고 동해안 청진까지 가서 고기잡이해서 꽤 괜찮게 잘 살았었다.

그런데 그 꿈 이야기를 하고 나서 얼마 지나지 않아 다시 눈을 붙이려는데 대문 밖에서 군화 발자국 소리가 요란하게 들리더니 총을 멘 군인 3명이 집에 들이닥쳤다.

동네 청년이 군(軍)에 "오늘 밤 저 김가네 산 폭도 집에 폭도의 어머니 제 삿날이어서 그 산 폭도가 내려올 것입니다. 제사 때마다 산에서 꼭 내려오 곤 했습니다."라고 밀고하였던 것이다. 동이 막 트는 새벽녘이었다. 그의 어머니는 당신 남편이 붙잡혀 가는 것을 보고 혼절하고 만다.

꿈 이야기를 들었을 때 빨리 여기 집을 떠나 산으로 올라가라고 채근하 지 못한 것이 당신의 책임이라고 생각하였던 것이다. 붙잡혀 가자마자 집 에서 약 300m 떨어진 공터에서 총소리가 났다. 방산의 아버지는 바로 총 살당했다. 방산의 작은할아버지와 할머니가 시신을 수습하여 약식으로 초 라하게 장례를 치렀다. 그때 방산의 나이는 2살이었다.

아들 방산이 어느 정도 자라자 그의 어머니는 입버릇처럼 "꿈을 잘 해몽 해야 한다. 꿈을 잘 해몽해야 한다."라고 몇 번이나 되풀이해서 아들 방산 에게 말하곤 하였다. 꿈 해몽만 잘했더라면 당신의 남편을 살릴 수도 있었 는데 설마가 사람을 잡았다며 꿈 해석에 노이로제가 걸려 있었다.

한편 방산이 그동안 궁금해하던 질문을 자기 어머니에게 "어머니! 그때 밀고한 그 동네 청년이 원망스럽지 않읍디까(않았습니까)?"라고 물었다. 그 러자 그의 어머니는 "당시 시국의 잘못이지 사람의 잘못이 아니지 않냐?" 라고 오히려 담담히 반문하면서 그 동네 청년도, 당신 남편까지도 원망하 지 않았다는 것이다.

"동네 청년도 자기가 살려고 고자질했고 군인도 상관의 지시이기 때문 에 붙잡아 가서 총살한 것 아니냐?"라며 그의 어머니가 사람을 원망하지 않고 오히려 시국을 원망하는 말에 아들 방산은 초등학교밖에 나오지 못 한 시골 아낙네가 어떻게 저리도 해탈한 사람처럼 말할 수 있는 건지 감명 받았다.

그 말을 들은 아들 방산은 느끼는 바가 있어, 그전까지는 토벌 진압군과 경찰을 증오했지만, 그 이후부터는 4·3 사건을 객관적인 관점에서 보기 시작했다. 자기 어머니의 말씀대로라면 당시 일제 강점기와 해방 공간이라는 시국, 즉 시대의 문제이지 사람의 문제가 아닐 수도 있다고 생각한 것이다.

김방산은 자기 아버지도 남로당 무장대가 되어서 군인에 의해 죽었지만 2000년 피해자 조사 시에는 자기 부친을 희생자로 신고하지 않았다.

또한 그는 고향 선배에게 "선배님! 요즘 4·3 사건 희생자 등록하라는데 선배님의 삼촌이 경찰의 총에 맞아 죽었으니까 희생자로 등록해야 하는 거 아닙니까?"라고 물었더니, "방산아! 우리 삼촌은 철저한 공산주의자였어. 누명을 써서 억울하게 죽은 사람들이 희생자로 등록하는 거 아니야? 그런데 우리 삼촌은 골수 빨갱이였기 때문에 나는 당 조카로서 신고를 안 하겠네."라고 그 고향 선배가 대답했다는 것이다.

그래서 그는 4·3 희생자 유족회에 가입하지도 않고 지내고 있다는 것이다. 그러니까 무장대와 군경과의 잘잘못을 따지다 보니 제주도가 다시 분열되고 갈등의 양상을 보이고 있는데, 당시 시대가 충돌할 수밖에 없게 만들었으니 시국의 잘못으로 책임을 전가하자는 것이다.

앞에서 이미 언급했지만, 당시 해방 공간에서는 사회에서 조금 똑똑하다는 사람들, 아니 공부를 좀 했다는 사람들, 특히 젊은 사람들은 마르크스·레닌주의(Marxism-Leninism)인 공산주의(Communism)에 매료되어 있었다. 게다가 레닌의 제국주의론(Imperialism)의 식민지 해방론은 당시 독립 운동가들을 고무시킨 결과로 피 끓는 젊은 청년치고 공산주의에 한 번 빠져보지 않은 사람은 드물었다.

## 희생자 유족, 4 · 3 사건에 대한 상반된 인식

4 · 3 사건과 관련하여 보수 우파 정부에 대하여 비판적인 성향을 보여 왔던 고대감과 정철이 또 만났다. 앞에서 이미 언급했지만, 그는 아버지와 숙부 두 분이 경찰에 처형당한 희생자 유족이다. 고대감은 "4 · 3 사건이 '공산당에 의한 반란이고 폭동이다.'라며 무고한 양민 학살을 물타기 하려는 우파가 못마땅해. 죄 없는 선량한 도민을 학살한 죄과는 죽어서도 갚을 수 없을 거야."라고 비판하였다.

그의 울분에 찬 말을 들은 한정철은 "4 · 3 특별법을 자유 우파 제주 출신 국회의원 3명이 민주당 의원보다 먼저 발의한 것 아니오?"라며 좀 그를 진정 시키려 말했더니 그는 곧바로 역정을 내며 "4 · 3 특별법도 좌파 정부에서 마무리 지었고, 우파는 그 이후 4 · 3 진상 보고서 채택에도 딴지를 걸었어요. 4 · 3 희생자 배 · 보상 문제에도 미적거렸을 뿐만 아니라, 보수 우파 대통령이 4 · 3 희생자 추모행사에 한 번도 참석한 적이 없었어요."라며 속사포처럼 단숨에 섭섭한 마음을 피력했다.

그의 말을 들은 한정철은 4 · 3 유족 중에 그와 같이 생각하고 있는 사람이 많을 것으로 생각하니 난감했다. 이러한 난제를 어떻게 풀어야 할지 앞이 캄캄했다. 인간이란 원인이야 어떻든 당장 입은 피해만을 생각한다. 그게 인지상정이다. 그래서 그들은 4 · 3 사건을 일으킨, 즉 원인을 제공한 공산도배 무장대보다는 자기의 부모 · 형제와 자식을 죽인 군경을 더 증오하고 있다.

한정철은 "진상 보고서 채택에는 너무 좌파의 일방적인 보고서여서 잘못을 시정해달라고 지적했을 뿐이고, 배 · 보상 문제는 우파 정당도 적극적으로 동참하여 추진한 결과 희생자 1인당 9,000만 원을 연차적으로 배 · 보상하기로 되어 있지 않소? 자유 우파에서는 보상비를 더 올려서 1인당 1억 3천만 원을 주자고 주장하고 있어요. 그리고 나의 개인적인 입장이지만 북촌리와 동복리 등 주민 학살이 명백한 경우는 너무나 억울하고 어처구니가 없는 희생이기 때문에 1인당 2억 원 이상을 주어야 한다고 생각하고 있어요. 그리고 또 윤석열 대통령이 선거 공약대로 당선인 자격으로 2022년 4·3 희생자 추모일에 자유 우파 대통령으로서는 처음으로 참석하지 않았소?"라고 평소의 생각을 피력하였다.

한정철의 말을 듣고 난 그는 느끼는 바가 있었는지 "4·3 사건 동안 억울하게 죽은 양민을 희생자로 명예를 회복해주고 국가의 강경 진압을 국가 폭력이라고 사과하였으며 희생자에 대한 배·보상도 이루어지고 있으므로 앞으로는 과거와 같이 우파를 철천지원수처럼 적대시하지는 않을 것 같아요."라고 묘한 여운을 남기는 것이었다.

한편 한정철의 고등학교 친구 중에 그이처럼 우파에 의해 아버지가 살해당한 유탁호가 있다. 그는 평소에도 자유 우파적인 사고방식과 가치관 그리고 철학을 견지하고 있어서 평소에 국가와 안보를 걱정하는 얘기를 할 때 아주 편안한 상대이다. 그는 사업에도 성공했었고 도의원으로서 정치 활동도 한 적이 있어서 정치적인 대화를 나눌 때는 대단한 자유 우파이다.

그런데 그의 아버지가 독립운동가임에도 불구하고 그는 연좌제 때문에 공직을 포기하고 일찍이 개인사업을 시작한 친구이다. 친구 유탁호가 연좌제로 마음고생을 했다는 말은 들었지만, 그 자세한 내용은 모르고 있었다.

그래서 한정철이 친구 유탁호에게 물었다.

"자네 부친이 4·3 사건 당시 조천면 면장을 했었는데 무슨 일이 있었는가?"

"내 선친께선 당시 조천면 면장을 하고 계셨지. 자네도 잘 알다시피 조천은 옛날부터 육지와 주로 왕래하는 관문인 조천포구와 조천관이 있고 또 연북정이 있어서 다른 마을보다 똑똑하고 깬 사람들이 좀 많았네. 그래서 3·1 독립 만세 운동도 제주도에서는 조천에 있는 만세동산에서 제일 먼저 일어났었지. 게다가 해방 공간에 안세훈과 이덕구를 비롯하여 좌익 골수 공산주의자들이 여기 조천과 이웃 마을 신촌에 좀 많았어."라고 유탁호는 대답했다.

"그래서 자네 면장 부친이 그들과 어떻게 연루되었다는 건가?"라고 정철이 물었다.

"아니 글쎄 말이야. 동네 잘 아는 집안의 아들이 어느 날 찾아와서 양식을 좀 보태달라고 해서 몇 됫박 주었는데 나중에 알고 보니 그가 무장대의 프락치였다는 것이 발각되었다는 거야. 경찰이 우리 아버지를 지서로 호출해서 갔는데 순경이 다짜고짜 '폭도에게 양식을 준 사실이 있느냐?' 물어서 사실대로 '동네 내 지인의 아들에게 준 적이 있다.'라고 대답했더니 '그 청년이 폭도의 프락치인 것을 몰랐느냐?'고 물었다는 거야. 그래서 우리 아버지는 '그 청년이 무장대의 프락치라는 것은 전혀 몰랐다.'라고 사실대로 대답했더니 '폭도에게 양식은 군량미인데 면장까지 되어서 그것도 모르느냐?'라며 가죽 채찍을 휘둘렀다는 거야.

그런데 그때 그 순경이 제주 출신이었다면 우리 부친이 면장으로서 명성도 있고 또 독립운동가이기도 해서 좀 다르게 처리할 수 있었을 텐데, 마침 그 순경이 악명 높은 서북청년단 출신이어서 우리 아버지를 함부로 대했다는 거야. 그런데 서북청년단이 벌써 우리 부친에게 앙심을 품고 있었던 거야. 서북청년단원이 어느 날 조천면 양곡창고에 비축되었던 양식을 서북청년단에 줄 수 없냐고 제안했을 때 우리 선친이 흉년에 대비한 비축 양식이기 때문에 사사로이 줄 수 없다고 일언지하에 거절한 것을 가지고 벼르고 있던 차에 면장이 무장대 프락치에게 양식을 준 사실을 어떻게 알아내었는지 이를 경찰에 고자질한 것이었어. 서청 출신 경찰과 서북청년단 사이가 긴밀한 관계였던 시절이었지."라고 유탁호가 설명하였다.

그리고 나서 그는 한숨을 푹 쉰 다음에 이어서 "마침 취조 중에 출타 중이었던 지서장이 돌아와서 보니 조천 면장이 취조를 받고 있는 것을 보고서는 깜짝 놀라서 일단 중지시킨 다음에 자초지종을 보고 받고 나서, 지서장은 '독립유공자이신 면장님을 우리 서청 출신 경찰이 잘 몰라서 실례하였습니다. 용서하여 주십시오.'라고 말한 후 조사 결과 이상이 없다는 증서로 석방증을 발부하여 주었다는 거야.

그런데 고자질한 서북청년단은 지서 앞에서 기다리고 있다가 석방되는 우리 아버지를 납치하여 어디론가 끌고 가서 살해하였어. 이는 우파에 의한 우파에 대한 일종의 테러지. 양곡창고의 쌀을 주지 않았다는 이유로 그래도 명색이 현직 면장인데 서북청년단이라고 그렇게 잔인하게 보복 살인할 수 있느냐 이거지. 아무리 4·3 사건이 혼란기라 하더라도 천인공노할 일이 벌어졌었네. 당시 제주도에는 법과 질서가 실종된 암흑기라고 볼 수밖에 없네."라며 그는 마치 한정철이 책임을 져야 하는 당사자인 것처럼 열변을 토하였다.

"참 안 되었군. 그래, 부친 시신은 찾아서 장례는 잘 치렀어?"라고 한정철이가 물었다.

"야, 말도 마, 우리 부친의 시신을 찾는 데 몇 날 며칠이나 걸렸는지 몰라. 집안에서 동원할 수 있는 수단과 방법을 다 동원해서 보름 만에야 겨우 찾아서 장례를 치렀어. 시신은 삼성혈 근처의 밭에서 찾았는데 이미 부패되어 있었다네."라며 한숨을 푹 쉬는 것이었다.

그는 이어서 "당시 서북청년단은 물론 서북청년단 출신 군경들이 과격하고 무소불위의 권력을 휘두르는 바람에 우리 제주 도민의 희생이 더 컸다고 보네."라며 자기 부친이 서북청년단에게 억울하게 당한 것을 머릿속에 그리며 말을 내뱉었다.

한정철이 단도직입적으로 친구인 유탁호에게 물었다.

"그런데 자네의 부친이 그렇게 억울하게 당하고 연좌제 때문에 자네가 청운의 꿈도 접고 진로도 바꿀 정도였는데 다른 유족과 같이 군경과 자유 우파에 대하여 악감정을 가질 만도 한데, 어떤가? 그런 내색을 전혀 안 해왔어. 그게 본심인가 아니면 본심을 숨기고 있는 것인가?"

"나도 인간인데 왜 억울하고 분한 마음이 없겠는가? 그 서북청년단이 원망스럽기도 하지. 그런데 당시 4·3 사건은 국가의 명운을 걸고 한판 대결을 겨루는 상황이었지 않은가? 만일 4·3 무장 폭동이 진압이 안 되면 우리 제주도가 공산화가 될 판인데 그거는 막아야 하지 않겠어?

나는 그런 의미에서 군경의 강경 진압으로 수많은 양민이 희생된 것은 안타깝긴 하지만, 제주도에서 공산주의 세력을 뿌리 뽑을 수 있었다는 것은 하늘이 우리 제주도, 아니 우리나라 대한민국을 도왔다고 생각하는 사람이네."라고 유탁호는 자기의 소신과 철학을 단호하게 피력하였다.

유탁호는 이어서 "4·3 사건 당시 군경에 의해서 희생되었건 무장대에 의해서 희생되었건 죽은 사람만 불쌍하고 억울한 것이네. 그러니 이제 과거는 과거대로 묻어 버리고 상대방을 경원시하거나 탓하지 말고 전부 내 탓으로 돌려서 화해와 상생의 길로 나가야 하지 않겠어?"라고 자신의 소회를 밝혔다.

\*

4·3 사건 동안 무고한 제주 주민의 피해는 1948년 말부터 초토화 작전이 개시되면서 더 커졌다.

# 초토화 작전(焦土化 作戰) 피해, 국가 책임

1948년 10월 17일부터 중산간 마을에 소개령이 내려지고 주민이 떠난 빈집을 불태워 버리는 소위 초토화 작전이 개시되었고, 더구나 11월 17일 계엄령이 선포되자 본격적으로 초토화 작전이 강도 높게 시행되었다.

초토화 작전은 산속에 은거하고 있는 반도 무장대의 보급을 차단하기 위하여 주민과 공산 무장대를 분리하고 격리하는 전략 전술의 한 방법이었다. 그런데 일부 사람들은 4 · 3 사건 당시의 초토화 작전을 가옥 방화는 물론 주민들까지도 살상하는 정책으로 잘못 이해하고 있다.

4 · 3 사건과 같이 게릴라전인 경우는 초토화 작전이야말로 게릴라 무장대를 토벌하는 데 가장 효과적이고 적합한 전술이었다.

초토화 작전(焦土化 作戰: Scorched-earth policy)의 사전적 의미는 전쟁 시의 전략 전술의 한 방법으로서 적에게 유용하게 사용될 가능성이 있는 모든 것, 특히 보급을 파괴하는 전략이다. 따라서 좌파에서 4 · 3 사건을 진압하기 위하여 초토화 작전을 구사한 것이 잘못이라고 비난하고 있는 것은 본래의 뜻을 잘 모르는 데 기인한 것이다.

토벌군의 초토화 작전은 꼭 필요한 전술이었다. 그런데 초토화 작전 시 소개되는 주민을 수용할 건물 등 사전에 준비가 미흡한 상태에서 의욕만 앞섰지, 주민을 먼저 완전히 소개하는 등 수행 절차와 방법론에서 문제가 좀 있었던 것이지 초토화 작전 그 자체가 나쁜 정책은 아니다.

'초토화 작전'의 개념과 '초토화'의 개념은 서로 다른 것이다. 가옥에 방화하여 소실시키는 것은 같지만 작전이라는 개념이 들어가면 주민들을 먼저 안전하게 소개한 후에 방화하는 것이고, 작전이라는 개념이 없으면 마적단의 전술과 똑같이 방화하고 동시에 사람까지 살상하는 것이다.

토벌군은 중산간 부락을 대상으로 맨 먼저 주민을 소개한 다음에 가옥에 방화하는 초토화 작전을 실시하였지만, 공산도배 무장대는 마적단과 같이 한 마을을 습격하여 방화하고 인명 살상과 약탈 그리고 납치 등 마을을 폐허로 만들어 버리는 마적단식 초토화를 구사하였다.

1948년 11월 28일 새벽 6시경 무장대 약 200명과 비무장 폭도 500명이 남원면 내의 남원리와 위미리 그리고 태흥리를 습격했다. 가옥 250채가 방화되어 소실되었으며 주민 총 89명이 피살되고 주민 70명과 경찰 3명이 부상했다.

구좌면 세화리에서는 1948년 12월 3일 밤 9시경 무장대의 대대적 습격으로 가옥 150채가 소실되었으며 마을 사람 48명이 희생되었다. 특히 박찬금 가족의 경우 이날 보초 근무를 서던 아들 2명을 제외한 8명이 집단 학살되었다.

표선면 성읍리에서는 1949년 1월 13일 군경이 토벌차 마을을 비운 사이에 무장대가 성읍리를 습격하여 2시간 동안 마을을 휘젓고 다니며 학살, 방화, 약탈을 자행하였다. 가옥 116채가 소실되었고 주민 46명이 희생되었다.

1949년 5월 13일 오전 7시 150명의 무장대가 애월면 산간 부락인 저지 마을을 습격하였다. 지서와 가옥 130채를 방화하였고, 경찰관 1명과 마을 주민 6명이 죽고 마을 사람 1명이 행방불명, 7명이 납치되었다. 습격한 무장대들은 식량과 의복을 탈취하여 산으로 올라갔다.

이렇듯 무장대는 마적단과 똑같이 마을을 방화하여 마을이 초토화되었을 뿐만아니라 무장대는 토벌군경처럼 무고한 양민을 학살하기도 하였다. 토벌군은 집합시켜 집단 학살하였지만 무장대는 마을을 휘젓고다니며 닥치는 대로 학살하였다. 무장대는 남원면 남원리 등에서 89명, 세화리에서 48명, 성읍리에서 46명을 집단 학살하였다.

세계 역사에서 초토화 작전이 성공한 예는 1812년 나폴레옹의 러시아 침공 시를 들 수 있다. 나폴레옹이 45만의 프랑스 대군을 거느리고 1812년 9월 14일 러시아의 수도 모스크바를 점령한다. 러시아의 쿠드초프 원수는 프랑스의 대군과 정면 승부를 회피하고 나폴레옹 침략군을 '굶어 죽게' 하는 초토화 작전을 구사한다. 9월 14일부터 18일까지 4일간 모스크바 시민 전부를 내륙 깊숙한 곳으로 대피시킨 후에 수도 모스크바를 완전히 불태워 버린다.

나폴레옹 군대 45만이 모스크바에 3주간 버티다가 먹을 것이 없어서 할 수 없이 10월 9일 철수를 강행한다. 출발 때 45만의 대군이었던 군대가 파리에 돌아왔을 때는 겨우 10만이었다. 병력의 77.8%가 사라진 상태였다. 결국 러시아 쿠드초프 원수의 지략에 의한 원대한 초토화 작전(Scorched earth policy)으로 말미암아 모스크바 원정에 실패한 나폴레옹은 몰락의 길에 접어들었다.

토벌군인도 초토화 작전을 쿠드초프 원수처럼 구사해야 했는데 준비가 미흡했고 서툴고 우격다짐이 많았다.

당장 대식구를 거느리고 해변 마을로 내려가라는데 거기에 가면 솥단지 도 하나 없이 어디에서 어떻게 살라고 하는 것인지 모른 상태에서 소개한다 는 것이 결코 쉬운 일이 아니었다. 조상 대대로 살아온 터전을 버리고, 아닌 밤에 홍두깨식으로, 당장 떠나라고 하니 상황적응 훈련이 안 된 농부 주민 들은 망설일 수밖에 없었다. 그들은 자주 이동하는 유목민이 아니었다.

또한 가옥에 불을 지를 때도 사건이 진압되면 국가에서 집을 다시 지어 줄 터이니 너무 안타까워하지 말라고 타이르고 달래야 하는데, 마치 산간 부락 주민들을 폭도와 내통하고 있는 불순분자로 죄인 취급을 하니, 개중 에는 불안하여 산으로 올라가고, 또 어중간한 사람은 동굴로 숨고, 소와 말을 키우던 사람은 터전을 버리고 떠나기가 아쉬워 미적거리는 것을 군 경은 그들을 불순분자로 간주하여 즉결 처형을 하는 우를 범하였다.

초토화 작전은 무장대에 보급을 차단하기 위하여 주민을 소개하여 무장 대와 격리하고 가옥을 불태우는 것이지 주민을 즉결 처형하는 것은 아니 었는데도 불구하고 소개에 불응하는 주민에게 시간적 여유를 주지 않고 가차 없이 처형하였기 때문에 문제가 되는 것이다.

그런데 우리도 1960년대 월남전에서 똑같은 우를 범하였다. 베트콩 출 몰지역의 마을을 수색정찰할 때 순순히 손을 들고 나오는 주민은 괜찮았 지만 그렇지 않고 도망가는 주민과 집안의 토굴 속에 숨어있는 주민은 베 트공이든지 베트공 협조자로 간주하여 한국군은 그들을 가차없이 사살하 였다. 안 그러면 그놈이 언제 총을 들고 나와서 또는 숨어서 우리 한국군 을 저격할지 모르기 때문이었다. 4·3 사건 당시 초토화 작전 때도 이와 유사한 상황이어서 피해가 많지 않았나 하는 생각이 든다.

초토화 작전을 전개할 때 마을을 떠나면 의식주가 걱정되어 마을에서 미적거리던 사람과 군경의 눈을 피하여 잠시 자연 동굴 속에 숨어 있던 사람들은 실제로는 무기를 소지하지 않고 있었다. 그러니 공산 무장대는 아니었고 또한 군경에 당장 위협이 되는 무리가 아니었으므로 그들을 즉결 처형할 것이 아니고 체포한 후에 일단 집단수용소에 수용하여 일정한 법 절차에 따라 처리해야 하는데 미소개 마을 사람들을 마치 파리 새끼 잡듯 처형해버렸다.

만일 미국이 태평양 전쟁 때 재미 일본인을 수용했던 것처럼 미군정이 집단수용소를 설치하여 선무 공작과 함께 중산간마을 사람들을 수용하여 의식주 걱정이 없도록 잘 돌보아 주었더라면 해안가 마을로 소개할 필요도 없이 모두 중산간마을을 떠나 집단수용소 생활을 하였을 것이다.

그러면 자연히 공산도배 무장대는 결국 물이 없는 연못 속의 물고기 신세가 되어 쉽게 소탕할 수 있었다. 그렇게 했더라면 결과적으로 4 · 3 사건을 큰 희생 없이 진압하여 평정할 수 있었다는 시나리오가 된다.

그런데 이러한 조처를 하지 않은 상황에서, 즉각 하산하지 않고 머뭇거린다는 이유로 중산간마을 양민을 무조건 즉결 처형한 것은 마치 병자호란 때 조선 여자들이 여진족에게 잡혀갔다가 어렵사리 귀국한 환향녀를 홀대하는 것과 무엇이 다른가. 산간마을을 경찰이 잘 지켜주지 못하니까 주민들이 살기 위해 공산도배 무장대의 말을 들은 것은 마치 백성을 왕이 지켜주지 못하니까 조선 여자들이 여진족에게 끌려간 것과 같은 상황인데, 조선 왕이 조선 여자를 지켜주지 못한 것은 자책하지 않고 끌려간 조선 여자에게 왜 끌려가서 몸을 더럽히고 왔느냐고 묻는 소위 환향녀 취급과 무엇이 다른가.

전술적으로는 초토화 작전을 구사하지만, 마음속에는 공산 무장대에 포로가 된 산간마을 주민을 구출한다는 마음가짐으로 구출 작전을 전개해야 하는데, 산간 주민들은 공산도배 무장대에 잡혀 있어서 이미 공산당에게 세뇌되어 불순분자가 되었을지도 모른다는 선입관으로 군경의 지시에 응하지 않으면 인정사정없이 무조건 처단한다는 사고방식을 당시 군인들이 갖고 있었다는 것이 문제였다. 한 마디로 애민정신의 결여가 문제였다.

군경 토벌대로서는 일단 초토화 작전을 효과적으로 수행하기 위하여 산간마을 주민이 살던 집을 불태웠으니 진압 후에는 국가가 배·보상해야 하나, 보상을 했어도 너무 미미하여서 하지 않은 것이나 다름없었다. 또 소개 주민들을 위한 생활 대책도 없었으니 이를 또 국가가 배·보상해야 한다. 4·3 사건으로 인한 초토화 마을은 중산간 부락으로서 마을 수가 160여 개에 이르며 주민 희생자가 1,600여 명(사망: 1,193명, 부상: 419명)이고 소실된 가옥이 16,000여 호(36,000여 동)이며 이재민은 당시 제주 인구의 3분에 1(1/3)에 해당하는 약 90,000명에 이르렀다. 초토화 작전 이후 아직도 복구가 안 된 마을(동 단위 수준 마을)이 100여 개 있다. 화북리의 곤을동 마을과 중문면 영남리 영남동 마을 등은 아직도 복구가 안 되어 폐허로 남아 있는 대표적인 곳이다.


한편, 초토화 작전으로 폐허가 된 상황에서 제2연대 1대대장 전부일 소령은 무장대에 의해 소실된 중문중학교 교실을 1949년 2월에 작전상의 이유로 벌채한 목재를 이용하여 지어주어 학생들이 공부할 수 있도록 대민 지원에 힘쓰기도 했다.

또한 제2연대장 함병선 대령이 1949년 7월에 진압 작전이 어느 정도 성공하여 무장대의 활동이 소강상태에 이르자 해안지역에 소개했던 이주민을 원래의 주거지로 복귀시키는 사업으로 제주읍 산간마을 봉개리를 재건하여 입주시키면서 마을 이름을 바꿔 함명리로 명명하기도 했었다.

여기까지 상황을 파악한 승호가 질문을 하였다.

"초토화 작전으로 인한 피해를 국가가 배·보상해야 하는 것 아닌가?"

그는 이어서 "이제 일단 희생자에 대한 배·보상이 일단락되었으니 다음은 초토화 작전에 따른 피해, 즉 가옥 소실과 이주민의 이주대책에 대한 국가배상이 이루어져야 하는 것 아냐?"라고 그의 의견을 내비쳤다.

"좋은 의견이네. 초토화 작전을 위해 토벌군이 계획적으로 국민의 재산에 불을 질러 태워버렸기 때문에 국가가 사후에 소실된 가옥에 대하여 반드시 배상할 책임이 있네. 피해 보상은 소실된 가옥 단위로 그리고 이주대책비는 가구 단위로 배·보상해야 하지 않겠어?"라고 정철이 화답하였다.

"그동안 보수 우파가 4·3 사건 특별법 관련 선수를 쳤지만 주도권을 좌파에게 빼앗겨 4·3 유족들의 마음을 얻지 못했는데, 이번 초토화 작전 피해 배·보상 문제 해결에는 이전과 같은 전철을 밟지 않도록 해야 하지 않겠어? 그래서 보수 우파가 4·3 사건 유족들의 마음을 어느 정도 살 수 있도록 온 힘을 다했으면 좋겠네."라고 승호는 조언을 아끼지 않았다.

\*

억울하게 희생된 4·3 희생자들을 이제부터 우리들은 대한민국 건국에 기여한 애국자로 기려야 한다.

# 4 · 3 무고한 희생자, 결국 건국에 기여한 애국자

"무고한 4 · 3 희생자들이 비록 억울하게 희생되었지만, 그들은 결과적으로 대한민국의 공산화를 막았어."라고 정철이 말하자, 승호가 "아니 무고한 양민을 군경이, 국가가 그렇게 많이 죽여놓고, 이제 와서 무고한 4 · 3 희생자들이 결과적으로 대한민국의 공산화를 막는 역할을 했다니, 도대체 그런 해괴한 논리가 어디에 있는가?"라고 물었다.

"아, 그 말은 무고한 양민의 희생이 안타까운 일이지만 결과적으로 그들이 강제적으로 희생됨으로써 공산 남로당 무장대들을 고립시킬 수 있었기 때문에 마침내 군경이 무장대들을 일망타진할 수 있었다는 뜻이네. 그러니까 남로당 무장대를 소탕할 수 있었던 것은 비록 안타까운 희생이었지만 그 희생자들 덕분이었다는 뜻이지. 그래서 대한민국이 건국되고 한반도 전체가 공산화되는 것을 막을 수 있었다는 뜻이야. 그들이 흘린 피의 대가로 대한민국이 건국되었다는 뜻이오. 결코 그들의 흘린 피가 헛되지 않았다는 뜻이지."라고 정철은 부연 설명을 하였다.

"그런 구차한 변명은 하지 말게. 군경이 그렇게 수많은 죄 없는 양민을 희생시킨 것은 어떠한 이유를 갖다 대어도 비난을 면할 수 없네."

"그런 무고한 희생은 안타까운 일이었지만 군경이 공산도배를 토벌하는 과정에서 일어날 수도 있는 소지가 없지 않았다는 말일세. 일종의 부작용이지. 예를 들어, 초기 위암 환자가 있다고 하자. 이 암세포를 없애야 그 환자를 살릴 수 있는 게 아닌가. 이때 암세포가 바로 남로당 무장대이고 환자는 대한민국이라고 볼 수 있지. 환자를 살리기 위해서 암세포를 잘라내는 수술을 의사가 했던 것이지. 여기서 의사는 군경이라고 볼 수 있지.

환자를 살리기 위해서 의사는 위암 수술을 했어. 즉 대한민국을 구하기 위해서 군경이 공산주의자 무장대를 토벌한 것이지. 그런데 문제는 의사가 이제 막 전문의, 즉 레지던트를 끝낸 의사여서 위암 수술 경험이 없는 상태에서 위암 수술을 했는데 위의 삼분의 일(1/3)만 도려내어도 되는데도 불구하고 서툴러서, 혹시 암세포가 더 넓게 위에 퍼져 있을지도 모른다고 예단하여 과도하게 위 전체를 잘라내어 버렸던 거야. 불필요한 과도한 수술이었지. 즉 군경이 암세포인 공산도배 무장대만 토벌해야 하는데 인간애(휴머니즘), 다시 말해서 애민(愛民)정신이 부족해서 희생시키지 않아도 될 양민을 암세포인 무장대와 관련이 있다고 판단한 나머지 아예 싹부터 잘라야 한다는 짧은 생각에서, 서툰 의사처럼 희생시켜서는 안 될 양민을 과도하게 희생시켜 버린 셈이지." 정철은 승호의 언급에 대꾸하였다.

그는 이어서 "여기서 환자를 살리기 위해서 과도하게 수술을 한 의사를 나무랄 수 없듯이 대한민국을 구하기 위해서 과잉 토벌을 한 군경을 천인공노할 존재로만 매도해도 되느냐 이 말이지. 그렇다고 군경이 잘했다고 하는 말이 절대 아니고 정상을 참작해야 하지 않겠느냐는 뜻이야."라고 정철이 부연 설명했다. 그래도 승호가 잘 이해가 안 된다는 표정을 지었다.

그러자 정철이 "서툰 의사지만 위암 환자를 결국 살려냈듯이 애민정신이 결핍된 군경이 대한민국을 결국은 구하지 않았는가 이 말이네. 결과만 보면 그렇다는 거지. 군경에 의한 수많은 양민 희생은 이중 효과의 원리 (Doctrine of Double-effect: DDE)에 의해 재조명해 볼 가치가 있다고 보네. '이중 효과의 원리(DDE)란 행위자가 좋은 결과를 의도했고, 이때 발생하는 나쁜 결과가 의도된 게 아니라 단순히 예측된 것이라면, 이때의 나쁜 결과는 목적으로든 수단으로든 의도된 것이 아니었으므로 그의 행위는 허용 가능하다.'라는 것이야. 그렇다고 군경이 잘했다고 두둔하는 것은 절대 아니고 토벌 과정에서 애민정신의 결핍으로 그런 엄청난 결과가 발생했다는 것을 말하고 있는 것이네."라고 장황하게 설명하였다.

"정철, 자네가 4 · 3 희생자는 단순 희생자가 아니고 결과적으로 대한민국의 공산화를 막고 건국을 도운 애국자라는 논리를 펴는데, 지금까지 자네의 설명은 병 주고 약 주는 식이네."라고 승호가 또 딴지를 걸었다.

"이해할 수 없다는 얘기인데 어느 정도 이해는 가네만 무고한 4 · 3 희생자는 결국 대한민국의 건국 기여자라는 것은 진실이라고 생각하네."라며 정철은 자기의 주장을 꺾지 않았다.

평소에도 정철은 4 · 3 사건이 진압된 것은 군경의 토벌 작전 못지않게 무고한 4 · 3 희생자들의 희생 덕분이라는 철학을 견지했다. 그래서 무고한 4 · 3 희생자가 건국 기여자이기 때문에 그들의 명예를 회복해주고, 그들의 원혼을 달래주어야 하며, 그들을 영원히 기억할 수 있도록 무고한 4 · 3 희생자 추모일을 제정하여 추모해야 한다고 생각해왔다. 그리고 또 그들에게 배 · 보상도 이루어져야 한다는 생각을 줄곧 해왔다.

정철은 "그래서 나는 지금처럼 일부 언론에서 4 · 3 희생자 추모일을 '희생자'라는 어휘를 빼고 '4 · 3 추모일'이라고 보도하는 경향이 있는데 반드시 '희생자'라는 어휘를 포함해서 '4 · 3 희생자 추모일'로 보도해야 한다는 것이지."라고 열변을 토하였다.

정철은 이어서 "당시는 역적 집안은 3족을 멸한다는 조선조 시대의 풍조가 만연한 시대여서인지, 집안에서 누가 한라산에 올라간 무장대가 한 사람만 있어도 '도피자 가족'이라는 구실로 그 집식구는 연대책임 때문에 처형을 감수해야 했었어. 또 목숨을 부지하기 위하여 무장대에 쌀 한 됫박만 주어도 처형되었지. 중산간마을 주민들은 초토화 작전으로 산으로 올라가거나 동굴에 숨거나 소개를 미적거리자 인정사정없이 사살되었어. 그때는 인권도 없었고 사람의 목숨이 파리 목숨이었었지. 오래전도 아니야. 75년 전의 대한민국의 실상이었어. 지금 생각해보면 우리가 그렇게 미개국이었나 하는 부끄러운 생각도 들어."라며 안타까워했다.

이렇게 군경이 강경일변도로 나가니, 사람들은 강한 쪽으로 붙는 경향이 있어서인지, 도민들은 살기 위하여 공산도배 무장대를 멀리하게 되었고, 결국 한라산에서 활동하는 공산 무장대는 자연히 고립되고 결국은 물 없는 물고기 신세가 되어서 진압되었다.

물을 퍼냈더니 물고기가 말라 죽은 것처럼, 주민들의 인명피해가 무척 컸지만 결국 4·3 사건이 평정되었다.

그래서 4·3 사건은 주민들의 무고한 죽음의 역사이다. 그들의 희생적 죽음이 없었더라면 우리 대한민국은 온전하지 못했을 것이다. 그들은 군경에 의한 강제된 희생물이었다. 다시 말해서 그들이 죄가 없는데도 불구하고 빨갱이로 몰리어 군경의 강제력에 의해 죽임을 당하였기 때문에 우리나라가 살아났다고 말할 수 있다. 그런 의미에서 그들은 건국에 이바지한 애국자이다. 그래서 우리가 그들이 결코 공산당, 즉 빨갱이가 아니었다고 천명하고 그들의 명예를 회복해주고 그들의 희생을 추모해야 하는 것이다.

이처럼 억울하고 무고한 도민의 희생 때문에 4 · 3 사건이 진압되어서 한정철은 4 · 3 희생자들이 군경에 의하여 결국 강제적으로 희생된 것, 즉 희생 그 자체를 애국 행위로 보고 또 그렇게 평가하고 믿고 있는 것이다.

그러니까 그들은 죽임을 당함으로써 결과적으로 애국을 하였다. 다시 말해서 그들은 희생되지 않아도 될 사람들이 희생되어서 종국적으로 무장대들의 고립을 불러오는 결과를 초래했기 때문에 4 · 3 희생자들은 애국자라는 것이다. 그래서 우리는 처형에 반항할 힘이 없어서 죽어간 그들의 원혼을 달래주고 기려야 한다.

당시 억울하게 희생된 사람 중에는 김녕초등학교 교사 3명과 함덕리장 그리고 조천 면장처럼 이른바 식자들도 많이 포함되어 있었다. 또한 당시 공산주의자로 몰리어 처형된 사람은 제주 사회에서, 아니 마을에서 그래도 공부깨나 하고 말깨나 하는 사람들이었다. 그런 인재들이 시대를 잘못 만나서 공산주의자로 몰리어, 결국은 빨갱이로 낙인찍히어 희생되었다는 것은 제주도의 발전을 위해서도 크나큰 인적 손실이었다.

또한 당시 사회적으로 명망이 높았던 우익인사들이 소위 반동으로 몰리어 무장대에 의해 많이 피살된 것도 제주도의 크나큰 인재 손실이었다. 게다가 그들의 젊은 후손 인재들이 연좌제라는 명에로 인해 사장되는 바람에 제주도는 발전 동력을 잃었다고 보아도 무리가 아니다.

진실은 하나다. 4 · 3 사건은 남로당 무장대가 무장 폭동을 일으킨 사건으로 군경이 무장 폭동을 진압 평정하는 과정에서 수많은 무고한 양민이 희생된 비극의 역사이다. 그렇다고 4 · 3 사건을 미화해서는 안 된다. 그들은 순수한 양민이었다. 그동안 그들에게 덮어씌웠던 불명예를 벗겨주어야 한다.

그들의 명예를 되찾는 데 75년이라는 긴 세월이 걸렸다. 그들은 이제야 그 누명을 벗고 하늘나라에서 평안히 영면할 수 있게 되었다.

군경에 의해 강제적으로 희생된 무고한 4·3 희생자 덕분에, 대한민국이 건국되고 동족상잔의 6·25 전쟁을 잘 막아내었으며, 자유민주주의와 시장경제를 밑바탕으로 우리나라는 지금 세계 경제 10위권에 진입하여 평화롭고 풍요롭게 잘 사는 선진입국이 되었다.

우리가 이러한 눈부신 발전을 구가하고 있는 것은 4·3 희생자의 희생 때문이므로 그들에게 감사해야 하며 무한한 빚을 지고 있다는 것을 망각해서는 안 된다. 그래서 우리는 군경의 무차별 강경 진압을 사과하고 억울한 4·3 희생자의 명예를 회복시키고 미흡하지만 배·보상을 실시하고 있다.

우리가 4·3 희생자 발생을 교훈으로 삼아 반드시 받아들여 실천해야 할 사명은 무력 집단인 군과 경찰에게 휴머니즘(인간애)과 인권 존중에 대한 교육을 철저히 해서, 4·3 희생자와 같은 비극이 다시는 이 땅에 일어나지 않도록 무력 행사에 신중하고 또한 엄격성을 부여하는 체화교육과 제도를 갖추는 것 또한 급선무이다.

그리고 4·3 사건은 '시대의 잘못'으로 인한 사건이므로 그 시대를 넘지 못하여 억울하게 희생된 수많은 사람을 살아있는 우리가 그들의 누명을 벗겨주고 잃어버린 명예를 되찾아주며 그들을 불쌍히 여기고 기려야 한다. 무고한 수많은 4·3 희생자들을 우리는 절대 잊지 말아야 한다. 결코 잊어서는 안 된다. 4·3 사건은 이념 때문만도 아니고 사람 때문만도 아니다. 시대를 잘못 만난 탓이다. 잘못된 시대의 산물로 돌리자. 이리하여 우리는 화해와 상생 그리고 평화의 길로 나가야 한다.

# 글을 마치면서(남기고 싶은 말, 결론)

　인생 70대 후반에 접어든 한정철은 4 · 3 사건을 4 · 3 사건 기간에 제주에서 보고 자란 저자의 눈으로 재조명하여 보았다.

　희생자 유족의 지속적인 문제 제기와 제주 도민의 관심 속에 정치권이 움직여서 '제주 4 · 3 사건 진상 규명 및 희생자 명예 회복을 위한 특별법'이 이제 시행단계에 접어들었다. 희생자 명예 회복을 위한 배 · 보상으로 희생자 1인당 9,000만 원씩을 5년에 걸쳐 2022년부터 연차적으로 지급하고 있다.

　그런데 진상 규명, 즉 4 · 3 사건의 정의에 대해서는 합의가 이루어져 명기되었지만, 아직도 4 · 3 사건의 성격에 대하여 합의가 이루어지지 않고 있어서 안타깝다. 일부에서는 4 · 3 사건이 민중 항쟁이라고까지 주장하고 있다. 그래서 한정철은 4 · 3 사건의 실체적 진실이 무엇인지 탐구하여 보았다.

　한정철은 '진리는 하나이고 진실 또한 하나이며 사실, 즉 팩트(fact)도 하나이다.'라는 철학과 원칙을 견지하고 4 · 3 사건의 실체적 진실 규명에 노력하였다.

그런데 우선 당장 보수 자유 우파에서 항의가 들어올 것 같다. 왜냐하면 북촌리와 동복리 학살 사건 등을 비롯하여 저자가 군경의 강경 진압 과정에서 인권을 짓밟고 희생자를 법적 절차를 무시하여 학살한 것을 가감 없이 지적하였기 때문이다.

또한 좌파도 4 · 3 민중 항쟁이라고 부르고 싶은데 저자가 이를 반박하기 때문이다. 우파 쪽에서는 군경의 인권 존중과 휴머니즘(인류애) 그리고 애민정신이 결여되어 있었고, 좌파는 헛된 공산주의 이념을 가지고 순진무구한 제주 도민을 현혹하여 공산 폭동을 일으켰음에도 불구하고 이를 민중 항쟁으로 미화하려고 해서다.

정부가 군경의 강경 진압을 사과하고 공산당이라는 희생자의 억울한 누명을 벗겨줌으로써 그동안 긴 세월 75년간 쌓였던 희생자와 유가족의 서러움과 한이 어느 정도 풀리고 명예가 또한 회복되기 시작했다.

제주 4 · 3 사건은 6 · 25 전쟁 이전에 벌써 제주에서 일어난 전쟁이었다. 섣부른 공산주의 이념으로 제주에는 살육 광풍이 몰아쳤다. 이에 따라 무고한 수많은 도민이 공산주의자로 몰려 희생되었다. 이는 제주의 슬프고 아픈 역사이다. 1273년 김통정의 삼별초의 난과 101년 후 1374년 몽골인의 목호의 난 때 외부의 요인으로 그와 전혀 관련이 없는 제주인들이 육지의 관군인 토벌군에 의해 이미 수없이 많이 희생되었었다.

역사는 되풀이되는 것인가, 아니면 제주도가 버림받은 땅인가. 이번에는 공산주의라는 이념(이데올로기: Ideology)이 요인이 되어 애먼 제주 사람들이 많이 희생되었다. 이번에도 육지의 토벌군, 즉 서북청년단과 군경에 의해 제주인들이 많이 희생되었다는 점은 삼별초의 난과 목호의 난과 판박이다. 이것이 바로 제주 4 · 3 사건이다. 이러한 제주인들의 피해의식이 배타적인 정서로 바뀌어 4 · 3 사건을 미화하려는 성정이 제주인들에게 있는지도 모른다. 그래서 제주 사람의 일부가 4 · 3 사건을 항쟁으로 부르고 싶은 것으로 보인다. 그러나 역사와 진실은 그렇지 않다.

그동안 4·3 사건 해결의 핵심은 4·3 사건 시 무고한 양민 학살에 대한 규명과 사과 및 명예 회복 그리고 그에 대한 배·보상 문제였다. 이것이 우리 전 제주 도민의 소망이었다. 4·3 사건 당시에는 공산주의자들에 의한 무장 폭동 또는 반란이었다는 것에 대하여 이의를 제기하는 사람은 거의 없었다. 오직 무고한 양민을 공산주의자로 몰아 무참히 처형한 것에 대한 규명, 즉 불명예의 누명을 벗기고, 연좌제 폐해도 없애고, 급기야는 정권의 사과와 배·보상을 하여 희생자와 유족들의 한을 풀어주고 그들의 명예를 회복시켜주는 것이 골자였다.

이제 4 · 3 사건 특별법에 의해 진상 조사와 좌 편향이지만 '4 · 3 진상 보고서'도 출간되었으며, 4 · 3 배 · 보상 특별법도 제정되고, 노무현 대통령의 대국민 사과와 윤석열 대통령 당선인의 4 · 3 희생자 추모식 참석 등 4 · 3 사건의 난제가 거의 풀린 상태이다. 그래서 4 · 3 사건은 완전히 해결되는 줄 알았다. 이제야말로 제주 사람들이 화해와 상생의 길로 매진할 상황이었다.

그런데 갑자기 암초를 만났다. 느닷없이 4 · 3 사건이 민중 항쟁이고 4 · 3 사건의 정명(正名)을 논하여야 할 때라고 주장하는 복병을 만난 것이다.

4·3 평화공원을 조성할 때부터 평화공원에 백비가 있었는데 거기에 4·3 사건의 정명을 새겨넣으려고 글자 없는 백비를 만들었다. 이것으로 볼 때 4·3 항쟁이라는 것이 이미 그들의 마음속에 뿌리를 틀고 있었던 것으로 보인다.

여기 4·3 사건과 관련하여 항쟁(抗爭)이란 구국(救國) 투쟁을 의미하는 것으로서, 우리 대한민국의 자유민주주의를 위한 투쟁이었다면 4·3 사건을 항쟁이라고 볼 수 있지만, 4·3 사건은 대한민국의 건국을 방해하고 조선민주주의 인민공화국을 위한, 즉 공산화 통일을 위한 망국(亡國) 투쟁이었기 때문에 항쟁으로 부를 수 없는 것이다.

인민 유격대 1대 사령관 김달삼의 묘와 2대 사령관 이덕구의 묘가 북한 평양에 있는 애국열사릉에 있고, 각각 국기훈장 2급과 국기훈장 3급을 받은 것이 이를 웅변으로 증명하고 있지 않은가.

4·3 사건 당시 북한은 4·3 사건을 줄곧 4·3 인민 항쟁이라고 불렀고 당시 폭도라고 불렀던 소위 인민 유격대를 무장대라고 불렀다. '무장대'라는 용어는 객관적이고 정치색이 없는 용어이기 때문에 여기에서도 쓸 수 있으나, '민중 항쟁'이라는 용어는 정치적인 색깔이 있고 북한을 위한 어휘이기 때문에 4·3 사건과 관련해서는 쓸 수 없다. 만일 4·3 사건이 '탐라의 독립'을 위한 투쟁이었다면 4·3 항쟁이라고 부를 수도 있다고도 생각한다. 그러나 우리가 과연 공산도배 무장대의 투쟁을 프랑스의 레지스탕스라고 부를 수 있는가. 그렇지 않지 않은가 말이다.

4·3 사건은 공산 폭동 내지는 반란으로서 진압하지 않으면 대한민국이 건국되지 못했을 뿐만 아니라 대한민국이 공산화되어 소멸되는 절체절명의 순간이었다. 앞서 언급한 '삼별초의 난'이나 '목호의 난'이 우리 몸에 생

긴 일종의 '악성 종기'라면, '4·3 사건'은 공산 폭동으로서 '악성 암'으로서 수술하여 도려내지 않으면 환자가 죽을 수밖에 없는 것과 같이 대한민국이 공산화로 소멸될 위기였다.

4·3 사건을 4·3 민중 항쟁으로 명명하는 것은 무고한 수많은 희생자와 그 유족들을 모욕하는 처사이다. 공산주의자로 몰려 억울하게 떼죽임당한 희생자들의 99%가 공산주의자가 아니었다. 그들은 결코 북한 김일성을 위하여 투쟁하지 않았다. 그런데 4·3 항쟁이라며 4·3 사건을 미화시켜 희생자들에게 빨갱이라는 딱지를 붙여서는 안 된다. 그들은 양민이었고 일부는 감언이설에 속아서 잠시 회색 인간이었을 뿐 그들은 결코 뼛속까지 빨간 공산주의자가 아니었다. 시대를 잘못 만나 희생된 그들에게 4·3 항쟁이라며 2차 가해를 가해서는 안 된다.

좌파들이 4·3 사건을 민중 항쟁이라고 주장하는 이유는 두 가지이다. 첫째 3·1일 경찰 발포 사건을 기점으로 잡은 것과, 둘째 남로당 무장대의 자주적이고 독립적인 투쟁이었다는 것이다. 좌파는 4·3 사건이 3월 1일 경찰의 발포 사건을 기점으로 삼고 있으나 김달삼은 4·3 사건의 동기를 "경찰을 위시한 서청과 대청의 작년 '3·1 및 3·10 투쟁 후'의 잔인무도한 탄압으로~"라며 3·1 및 3·10 투쟁 '후'라고 인민 유격대 투쟁 보고서에 적시했다. 이는 3월 1일 경찰의 발포 사건이 그 동기가 아니라는 것을 천명한 것이다.

또 다른 하나는 4·3 사건 과정에서 "남로당 중앙당의 지시가 있었다는 자료는 발견되지 않고 있다."고 주장하고 있는바, 이는 마치 4·3 사건이 제주 남로당 무장대의 독자적이고 독립적으로 일으킨 무장 반격전이라고 주장하고 있는 것으로 해석되는 대목이다.

그런데 김달삼은 그의 '인민 유격대 투쟁 보고서' 39쪽에

"3·1 투쟁 직전에 내도한 도(道: 전라남도) 올구(조직책) 이(李) 동무의 상도(上道) 편에 국경 문제에 대한 시급한 대책을 요청하였던바 이(李) 동무는 재차 3월 중순에 내도함과 동시에 무장 반격에 관한 지시와 아울러 국경(국방경비대) 프락치는 도당(島黨: 제주도당)에서 지도할 수 있으며 이번의 무장 반격에 이것(국방경비대)을 최대한으로 동원하여야 된다.'고 언명하였음."

이렇게 분명히 기록하고 있다. 여기에 '지시'와 '언명'이라는 어휘가 나온다. 이는 그동안의 좌파 주장이 거짓이었다는 것이 들통난 증거이다. 제주도당의 상부인 전라남도 도당의 지시에 의해 4·3 사건이 일어난 것이다. 다시 말해서 4·3 사건이 제주 남로당 무장대에 의해 독자적이고 독립적으로 일어난 것이 아니라는 것이다.

이제 4·3 사건의 문제가 해결된 마당에 4·3 민중 항쟁이란 새 화두를 꺼내 들고나온 것은 이제 겨우 무고한 희생자와 유가족들이 공산당이었다는 누명을 벗고 얼굴을 들고 당당하게 살아가려는 순간에, 좌파들은 4·3 민중 항쟁이라며 다시 그 무고한 희생자와 유족들에게 공산당의 누명을 덧씌우는 꼴이 되고 말았다.

4·3 사건의 성격은 '공산 폭동·양민 학살'사건이다. 좌파는 4·3 사건의 정명을 '4·3 항쟁'으로 하려고 하고 있는데 기존의 '4·3 사건'이라고 부르는 것이 무난한 것으로 보이나 정히 새로운 4·3 정명이 필요하다면 4·3 사건의 성격을 반영하여 좀 길지만 '4·3 공산 폭동·양민 학살'이 어떤가.

4·3 사건 희생자라는 의미는 공산주의자가 아니었는데 공산주의자로 몰려서 처형 또는 처벌됐다는 뜻이 되지만, 4·3 민중 항쟁 희생자라면

공산주의 운동을 당당하게 하다가 붙잡혀서 처형 또는 처벌되었다는 뜻으로 해석될 여지가 많다.

좌파는 자기들의 이념을 합리화하기 위하여 무고한 희생자와 유가족을 공산주의자로 둔갑시켜 두 번 죽이는 우를 범하지 말아야 한다. 이제야말로 우리 무고한 4 · 3 희생자와 유가족들이 들고일어나서 "우리는 결코 4 · 3 사건을 4 · 3 민중 항쟁이라고 부를 수 없다. 4 · 3 사건이란 명칭과 달리 4 · 3 민중 항쟁이란 명칭은 대놓고 공산 폭동이라고 선전하는 것이다. 우리는 결코 공산주의자가 아니었다. 우리는 '공산당'이라는 말만 들어도 지긋지긋하고 진저리가 난다. 우리를 이제는 공산당이라는 트라우마에서 벗어나도록 놓아달라. 그리고 우리의 이름을 팔아서 공산당을 띄우지 말라. 왜 공산주의자가 아닌 우리 희생자를 공산주의자로 둔갑시키려 하느냐. 우리는 공산화 통일을 꿈꾼 적이 없다."라고 부르짖어서 저들의 음흉한 획책에 일침을 가해야 한다.

4 · 3 사건은 정의를 위한 항거도 아니었지만 앞으로 제주인은 아무리 정의를 위한 항거일지라도 합법적인 국가 권력이 진압을 할 것이라는 사실을 알고서 비폭력 비무장 시위는 가능하나 무력 항거를 해서는 안 된다. 그리고 국가 권력은 이러한 항거를 진압하면서 동족이라는 것을 명심하여 피해를 최소화하도록 노력해야 한다.

특히 총칼을 든 젊은 군인들이 감정에 휩쓸려 총칼을 휘두르지 않도록 애민정신과 인권 존중을 교육해야 한다. 그래서 쌍방 간에 서로 절제를 통하여 문제를 해결해 나갈 수 있는 길을 모색해야 한다.

이것이 4 · 3 사건이 우리에게 남긴 교훈이다. 우리 평화의 섬 제주에는 이러한 분위기가 형성되어야 한다. 1273년 삼별초의 난과 101년 후인

1374년 목호의 난 그리고 마지막으로 574년 후인 1948년 4·3 사건 이상 세 번으로 충분하다. 앞으로 우리는 제주를 영원한 낙원인 평화의 섬으로 만들어 나가야 한다.

이제 국가가 군경의 강경한 토벌을 참회하고 사과와 재발 방지를 약속하였으며, 희생자에 대한 명예 회복과 배·보상이 이루어지고 있어서 한 많은 4·3 사건이 일단락, 해결되었다고 볼 수 있다.

이런 마당에 지금은 남로당 무장대의 핵심 주모자들이 4·3 사건의 야기를 참회하고 재발 방지를 약속한다면 금상첨화이고 4·3 사건의 해결에 화룡점정(畵龍點睛)이 될 것이다.

그런데 일부에서는 4·3 사건을 민중 항쟁이라고 주장하고 있다. 이는 화해와 상생의 정신에 역행하는 처사이다. 이는 그들이 4·3 사건의 불씨를 살려 다시 제주를 반목과 불화의 온상으로 만들려는 처사라고 볼 수밖에 없다. 그들이 정 억울하면 4·3 사건을 역사에 맡기자. 먼 훗날 4·3 사건과 관련이 없는 후손들이 객관적으로 4·3 사건을 평가할 것이기 때문이다. 그래서 우리 세대에 이만큼 진전을 본 것도 우파와 좌파가 함께 노력한 결과로 일단 여기에서 한숨을 돌릴 시간적 여유를 갖는 것이 필요하다.

그래서 4·3 민중 항쟁이라는 일부의 억지 주장을 접고 4·3 사건은 '시대의 잘못'으로 돌리고 또 과거를 잊고 새로운 용서의 마음으로, 즉 화해와 상생의 정신으로 평화와 화합을 이루어 발전된 제주도를 건설해 나가는 미래로 나가야 한다.

4·3 사건을 미화(美化)해서도 안 되고 또 4·3 사건의 역사를 날조(捏造)해서도 안 된다.

진실(眞實)은 하나다! 지금은 우리 모두가 반성하고 합심하여 평화의 섬 제주도에 평화가 깃들도록 노력할 때다.

- 제주 4·3 문과 답(김영중 저, 도서출판 제주문화, 2021. 5. 31.)
- 제주 4·3 진실 도민보고서(제주 4·3 진실규명을 위한 도민연대, 도서출판 제주문화, 2018. 6. 30.)
- 김녕리지(김녕리지 편찬위원회, 열림문화, 2020. 12.)
- 4·3은 말한다(제민일보 4·3 취재반, 도서출판 전예원, 1994. 4. 5.)
- 한라산은 알고 있다('인민유격대 투쟁 보고서' 원문 포함). 묻혀진 4·3의 진상(문창송 저, 대림인쇄사, 1995. 8. 10.)
- 제주 4·3사건 진상조사보고서(제주 4·3사건 진상규명 및 희생자 명예회복위원회, 도서출판 선인, 2003. 12. 5.)
- 4·3사건 토벌작전사(국방부 군사편찬연구소, 국방부 인쇄창)
- 남로당 제주도당 지령서 분석(김영중 편저, 퍼플, 2017. 9. 8.)
- 제주 4·3사건 문과 답(김영중 저, 나눔사, 2022 개정 완결판, 2022. 8. 15.)
- 순이 삼촌(현기영, 창비, 1978. 11.15.)
- 지상에 숟가락 하나(현기영, 창비, 2018. 4. 20. )
- 한나의 메아리(양의선, 북한에서 출판, 1999년)
- 침묵의 세월(오경훈, 도서출판 디딤돌, 2001. 3. 15.)
- 불과 재(현길언, 물레books, 2018. 6. 25.)
- 제주 4·3사건 추가진상보고서 I(제주 4·3평화재단, 2019.12. 30)
- 제주도의 4월 3일은? 4집(제주자유수호협의회, 도서출판 열림문화 2012. 7. 23.)
- 기타 인터넷 자료